全唐詩

第 九 册

卷五四九 —— 卷六三〇

中 华 书 局

全唐诗第九册目次

卷五四九

赵 嘏

卷五五〇

赵　嘏

卷五五二

卷五五四

项　斯

卷五五五

马　戴

卷五五六

马 戴

卷五五七

卷五六〇

薛 能

卷五六一

薛　能

卷五六二

刘 威

卷五六三

卷五六八

李群玉

卷五六九

李群玉

卷五七〇

李群玉

卷五七一

贾　岛

卷五七三

贾　岛

卷五七四

贾　岛

卷五七五

温庭筠

卷五七六

温庭筠

卷五七七

温庭筠

卷五七八

温庭筠

卷五七九

温庭筠

卷五八〇

温庭筠

卷五八一

温庭筠

卷五八二

温庭筠

卷五八三

温庭筠

卷五八四

段成式

卷五八五

刘　驾

卷五八七

李 频

卷五八八

李 频

卷五八九

李　频

卷五九〇

李　郢

卷五九二

曹　邺

卷五九三

曹　邺

卷五九六

司马扎

卷五九九

于 濆

卷六〇〇

牛　徵

伊　璠

卷六〇二

汪 遵

卷六〇三

许　棠

卷六〇五

邵　谒

卷六〇六

林　宽

卷六〇九

皮日休

卷六一〇

皮日休

卷六一一

皮日休

卷六一二

皮日休

卷六一三

皮日休

卷六一四

皮日休

卷六一五

皮日休

卷六一六

皮日休

卷六一七

陆龟蒙

卷六二二

陆龟蒙

卷六二五

陆龟蒙

卷六二六

陆龟蒙

卷六二七

陆龟蒙

卷六二八

陆龟蒙

卷六三〇

陆龟蒙

全唐诗卷五四九

赵 嘏

　　赵嘏,字承祐,山阳人。会昌二年,登进士第。大中间,仕至渭南尉卒。嘏为诗赡美,多兴味。杜牧尝爱其"长笛一声人倚楼"之句,吟叹不已,人因目为赵倚楼。有《渭南集》三卷,《编年诗》二卷,今合编为二卷。

汾—作江上宴别 —作许浑诗

云物如故乡,山川知异路—作异歧路。年来未归客,马上春色—作欲暮。一尊花下酒,残日水西树。不待管弦终,摇鞭背花去。

书 斋 雪 后

拥褐坐茅檐,春晴喜初日。微风入桃径,爽气归—作生缥帙。频时苦风雪,就景理巾栉。树暖高鸟来,窗闲曙云出。乡遥路难越,道蹇时易失。欲静又不—作未能,东山负艺术。

寄 道 者

洞庭先生归路长,海云望极春茫茫。别来几度向蓬岛,自傍瑶台折灵草。

虎丘寺赠渔处士

兰若云深处，前年客重过。岩空秋色动，水阔夕阳多。早负江湖志，今如鬓发何。唯思闲胜我，钓艇在烟波。

陪崔璞侍御和崔玭音瓶春日有怀

诗家本多感，况值广陵春。暖驻含窗日，香余醉袖尘。浮名皆有分，一笑最关身。自此容依托，清才两故人。

昔昔盐二十首 以薛道衡诗每句为题

垂柳覆金堤

新年垂柳色，袅袅对空闺。不畏芳菲好，自缘离别啼。因风飘玉户，向日映金堤。驿使何时度，还将赠陇西。

蘼芜叶复齐

提筐红叶下，度日采蘼芜。掬翠香盈袖，看花忆故夫。叶齐谁复见，风暖恨偏孤。一被春光累，容颜与昔殊。

水溢芙蓉沼

渌沼春光后，青青草色浓。绮罗惊翡翠，暗粉妒芙蓉。云遍窗前见，荷翻镜里逢。将心托流水，终日渺无从一作穷。

花飞桃李蹊

远期难可托，桃李自依依。花径无容迹，戎装一作装未下机。随风开又落，度日扫还飞。欲折枝枝赠，那知归不归。

采桑秦氏女

南陌采桑出，谁知妾姓秦。独怜倾国貌，不负早莺春。珠履荡花湿，龙钩折桂新。使君那驻马，自有侍中人。

织锦窦家妻

当年谁不羡，分作窦家妻。锦字行行苦，罗帏日日啼。岂知登陇远，只恨下机迷。直候阳关使，殷勤寄海西。

关山别荡子

那堪闻荡子，迢递涉关山。肠为一作共马嘶断，衣从泪滴斑。愁看塞上路，讵惜镜中颜。傥见征西雁，应传一字还。

风月守空闺

良人犹远戍，耿耿夜闺空。绣户流宵月，罗帏坐晚一作晓风。魂飞沙帐北，肠断玉关中。尚自无消息，锦衾那得同。

恒敛千金笑

玉颜恒自敛，羞出镜台前。早惑阳城客，今悲华锦筵。从军人更远，投一作报喜鹊空传。夫婿交河北，迢迢路几千。

长垂双玉啼

双双红泪堕，度日暗中啼。雁出居延北，人犹辽海西。向灯垂玉枕，对月洒金闺。不惜罗衣湿，惟愁归意迷。

蟠龙随镜隐

鸾镜无由照，蛾眉岂忍看。不知愁发换，空见隐龙蟠。那惬红颜改，偏伤白日残。今朝窥玉匣，双泪落阑干。

彩凤逐帷低

巧绣双飞凤，朝朝伴下帷。春花那见照，暮色已频欺。欲卷思君处，将啼裛泪时。何年征戍客，传语报佳期。

惊魂同夜鹊

万里无人见，众情难与论。思君常入梦，同鹊屡惊魂。孤寝红罗帐，双啼玉箸痕。妾心甘自保，岂复暂忘恩。

倦寝听晨鸡

去去边城骑,愁眠掩夜闺。披衣窥落月,拭泪待鸣鸡。不愤连年别,那看长夜啼。功成应自恨,早晚发辽西。

暗牖悬蛛网

暗中蛛网织,历乱绮窗前。万里终无信,一条徒自悬。分从珠露滴,愁见隙风牵。妾意何聊赖,看看剧断弦。

空梁落燕泥

春至今朝燕,花时伴独啼。飞斜珠箔隔,语近画梁低。帷卷闲窥户,床空暗落泥。谁能长对此,双去复双栖。

前年过代北

代北几千里,前年又复经。燕山云自合,胡塞草应青。铁马喧鼙鼓_{一作严阵},蛾眉怨锦屏。不知羌笛曲,掩泪若为听。

今岁往辽西

万里飞书至,闻君已渡辽。只谙新别苦,忘却旧时娇。烽戍年将老,红颜日向凋。胡沙兼汉苑,相望几迢迢。

一去无还意

良人征绝域,一去不言还。百战攻胡虏,三冬阻玉关。萧萧边马思,猎猎戍旗闲。独抱千重恨,连年未解颜。

那能惜马蹄

云中路杳杳,江畔草凄凄。妾久垂珠泪,君何惜马蹄。边风悲晓_{一作晚}角,营月怨春鼙。未道休征战,愁眉又复低。

送韦处士归省朔方

映柳见行色,故山当落晖。青云知已暮,白首一身归。满袖萧关雨,连沙塞雁飞。到家翻有喜,借取老莱衣。

送权先辈归觐信安

衣彩独归去，一枝兰更香。马嘶芳草渡，门掩百花塘。野色亭台晚，滩声枕簟凉。小斋松岛上，重叶覆书堂一作重拂读书床。

风　蝉

风蝉旦夕鸣，伴夜送秋声。故里客归尽，水边身独行。噪轩高树合，惊枕暮山横。听处无人见，尘埃满甑生。

重寄卢中丞

贱子来还去，何人伴使君。放歌迎晚醉，指路上高云。此夜雁初至，空山雨独闻。别多头欲白，惆怅惜馀醺。

晓　发　一作姚鹄诗

旅行宜早发，况复是南归。月影缘山尽，钟声隔浦微。星残萤共映，叶落鸟惊飞。去去渡南渚，村深人出稀。

送友人郑州归觐

为有趋庭恋，应忘道路赊。风消荥泽冻，雨静圃田沙。古陌人来远，遥天雁势斜。园林新到日，春酒酌梨花。

洛中逢卢郢石归觐

不堪俱失意，相送出东周。缘切倚门恋，倍添为客愁。春山和雪静，寒水带冰流。别后期君处，灵源紫阁秋。

赠越客

故国波涛隔,明时心久留。献书双阙晚,看月五陵秋。南棹何当返,长江忆共游。定知钓鱼伴,相望在汀州。

经无锡县醉后吟

客过无名姓,扁舟系柳阴。穷秋南国泪,残日故乡心。京洛衣尘在,江湖酒病深。何须觅陶令,乘醉自横琴。

东归道中二首

平生事行役,今日始知非。岁月老将至,江湖春未归。传家有天爵,主祭用儒衣。何必劳知己,无名亦息机。

未明唤僮仆,江上忆残春。风雨落花夜,山川驱马人。星星一镜发,草草百年身。此日念前事,沧洲情更亲。

旅次商山

役役依山水,何曾似问津。断崖如避马,芳树欲留人。日夕猿鸟伴,古今京洛尘。一枝甘已失,辜负-作惆怅故园春。

长洲

扁舟殊不系,浩荡路才分。范蠡湖中树,吴王苑外云。悲心人望月,独夜雁离群。明发还驱马,关城见日曛。

江边

终日劳车马,江边款行扉。残花春浪阔,小酒故人稀。戍鼓客帆远,津云夕照微。何由兄与弟,俱及暮春-作潮归。

宿灵岩寺 即古吴宫

明月溪头寺,虫声满橘洲。倚栏香径晚,移石太湖秋。古树一作老树,一作树老。云归尽,荒台一作台荒水更流。无人见惆怅,独上最高楼。

越 中 寺 居

迟客疏林下,斜溪小艇通。野桥连寺月,高竹半楼风。水静鱼吹浪,枝闲鸟下空。数峰相向绿,日夕郡城东。

赠金刚三藏 一作许浑诗

心法云无住,流沙归复来。锡随山鸟动,经附海船回。洗足柳遮寺,坐禅花委苔。惟将一童子,又欲过天台。

长安晚秋 一作秋望,一作秋夕。

云物凄凉一作清拂曙流,汉家宫阙动高秋。残星几点雁横塞,长笛一声人倚楼。紫艳半开篱菊静,红衣落尽渚莲愁。鲈鱼正美不归去,空戴南冠学楚囚。

齐 安 早 秋

流年堪惜又堪惊,砧杵风来满郡城。高鸟过时秋色动,征帆落处暮云平。思家正叹江南景,听角仍含塞北情。此日沾襟念歧路,不知何处是前程。

东 望 一作草堂

楚江一作练江横在草堂前,杨柳洲西一作边载酒船。两见梨花归不一作不归得,每逢寒食一滑一作云鸟即依然。斜阳映阁山当寺,微绿含风月一作树满川。同郡故人攀桂尽,把诗吟向沉寥天。

长安月夜与友人话故山 一作旧山,一作故人。

宅边秋水浸苔矶,日日持竿去不归。杨柳风多潮未落,兼葭霜冷一作在雁初飞。重嘶匹马吟红叶,却听疏钟忆翠微。今夜秦城一作关满楼一作城月,故人相见一沾衣。

题横水驿双峰院松 一作横水馆双松

故园溪上雪中别,野馆门一作枕前云外逢。白发渐多何事一作自苦,清阴长在好相容一作从。迎风几拂朝天骑一作盖,带月犹含度岭钟。更忆葛洪丹井畔一作侧,数株临水欲成龙。

发剡中 武德中置嵊州

正怀何谢俯长流,更览馀封识嵊州。树色老依官舍晚,溪声凉傍客衣秋。南岩气爽横郛郭,天姥云晴拂寺楼。日暮不堪还上马,蓼花风起路悠悠。

登安陆西楼

楼上华筵日日开,眼前人事只堪哀。征车自入红尘去,远水长穿绿树来。云雨暗更歌舞伴,山川不尽别离杯。无由并写春风恨,欲下郧城首重回。

九日陪越州元相燕龟山寺

佳晨何处泛花游,丞相筵开水上头。双影旆摇山雨霁,一声歌动一作裛寺云秋。林光一作花静带高城晚,湖一作水色寒分半槛流。共贺万家逢此节,可怜风物似一作满荆州。

经汉武泉

芙蓉苑里起清秋,汉武泉声落御沟。他日江山映蓬鬓,二年杨柳别渔舟。竹间驻马题诗去,物外何人识醉游。尽把归心付红叶,晚来随水向东流。

曲江春望怀江南故人

杜若洲边人未归,水寒烟暖想柴扉。故园何处风吹柳,新一作一雁南来雪满衣。目极思随原草遍,浪高书到海门稀。此时愁望情多少,万里春流绕钓矶。

上令狐相公

鹗在卿云冰在壶,代天才业奉讦谟。荣同伊陟传朱户,秀比王商入画图。昨夜星辰回剑履,前年风月满江湖。不知机务时多暇,犹许诗家属和无。

忆山阳

家在枚皋旧宅边,竹轩晴与楚坡连。芰荷香绕垂鞭袖,杨柳风横弄笛船。城碍十洲烟岛路,寺临千顷夕阳川。可怜时节堪归去,花落猿啼又一年。

二 一作寒食遣怀

折柳城一作矶边起暮愁,可怜春色独怀忧一作羞。伤心正叹人间事,回首更惭江上鸥。鹧鸪声中寒食雨一作酒,芙蓉花外夕阳楼。凭高满眼送清渭,去傍故山山下流。

送僧归庐山

禅栖忽忆五峰游，去著方袍谢列侯。经一作花启楼台千叶曙，锡含
风雨一枝秋。题诗片石侵云在，洗钵香泉覆菊流。却忆前年别师
处，马嘶残月虎溪头。

赠天卿寺神亮上人 师不下寺已五年

五看春尽此江濆，花自飘零日自曛。空有慈悲随物一作佛念，已无
踪迹在人群。迎秋日色檐前见，入夜钟一作经声竹外闻。笑指白莲
心自得，世间烦恼是浮云。

降虏

广武溪头降虏稀，一声寒角怨金微。河湟不在春风地，歌舞空裁雪
夜衣。铁马半嘶边草去，狼烟高映塞鸿飞。扬雄尚白相如吃，今日
何人从猎归。

平戎 时谏官谕北虏未回，天德军帅请修城备之。

边声一夜殷秋鼙，牙帐连烽拥万蹄。武帝未能忘塞北，董生一作仲
舒才足使胶西。冰横晓渡胡兵合，雪满穷沙汉骑迷。自古平戎有
良策，将军不用倚云梯。

宿楚国寺有怀

风动衰荷寂寞香，断烟残月共苍苍。寒生晚寺波摇壁一作碧，红堕
疏林叶满床。起雁似惊南浦棹，阴云欲护北楼霜。江边松菊荒应
尽，八月长安夜正长。

早发剡中石城寺

暂息劳生树色—作—日间，平明机虑—作尘事又相关。吟辞宿处烟霞
去—作古，心负秋来水石闲。竹户半开钟未绝，松枝静霁鹤初还。
明朝一倍堪惆怅，回首尘中见此山。

寄　　归

三年踏尽化衣尘，只见—作在长安不见春。马过雪街天未曙，客迷
关路—作乡逼云树泪空频。桃花坞接啼猿寺，野竹庭—作亭通画鹢津。
早晚相—作粗酬身事了，水边归去一闲人。

献淮南李相公

傅岩高静见台星，庙略当时讨不庭。万里有云归碧落，百川无浪到
沧溟。军中老将传兵术，江上诸侯受政经。闻道国人思再入，熔金
新铸鹤仪形。

宛陵寓居上沈大夫二首

满耳歌谣满眼山，宛陵城郭翠微间。人情已觉春长在，溪户仍将水
共闲。晓色入楼红蔼蔼，夜声寻砌碧潺潺。幽云高鸟俱无事，晚伴
西风醉客还。
溪树参差绿可攀，谢家云水满东山。能忘天上他年贵，来结林中一
日闲。醉叩玉盘歌袅袅，暖鸣幽涧鸟关关。觥筹不尽须归去，路在
春风缥缈间。

淮信贺滕迈台州

凋瘵民思太古风，上贤绥辑副宸衷。舟移清镜禹祠北，路转翠屏天

姥东。旌旆影前横竹马,咏歌声里乐樵童。遥知到郡沧波晏,三岛离离一望中。

下第寄宣城幕中诸公

一醉曾将万事齐,暂陪欢去便如泥。黄花李白墓前路_{一作草},碧浪桓彝宅后溪。九月霜中随计吏,十年江上灌春畦。莫言春尽不惆怅,自有闲眠到日西。

送令狐郎中赴郢州

佐幕才多始拜侯,一门清贵动神州。霜蹄晓驻秦云断,野旆晴翻郢树秋。几处尘生随候骑,半江帆尽见分流。大冯罢相吟诗地,莫惜频登白雪楼。

送卢绒_{一作缄}归扬州

曾向雷塘寄_{一作静}掩扉,荀家灯火有馀辉。关河日暮望空极,杨柳渡头人独_{一作未}归。隋苑荒台风袅袅,灞陵残雨梦_{一作梦雨}依依。今年春色还相误,为我江边谢钓矶。

送李裴评事 _{一本无李字}

塞垣从事识兵机,只拟平戎不拟归。入夜笳声含白_{一作素}发,报秋榆叶落征衣。城临_{一作连}战垒黄云晚,马渡寒沙夕照微。此别_{一作别后}不应书断绝,满天霜雪有鸿飞。

别　麻　氏

晓哭呱呱_{一作呜呜}动四邻,于君我作负心人。出门便涉_{一作作}东西路,回首初惊枕席尘。满眼泪珠和语咽,旧窗风月更谁亲。分_{一作}

伤离况值花时节,从此东风不似春。

代 人 赠 别

月自斜窗梦自惊,衷肠中有万愁生。清猿处处三声尽,碧落悠悠一水横。平子定情词丽绝,诗人匪石誓分明。会须携手乘鸾去,箫史楼台在玉京。

寒食新丰别友人

一百五日家未归,新丰鸡犬独依依。满楼春色傍人醉,半夜雨声前计非。缭绕沟塍含绿_{一作景}晚,荒凉树石向川微。东风吹泪对花落,憔悴故交相见稀。

李侍御归山同宿华严寺

家有青山近玉京,风流柱史早知名。园林手植自含绿,霄汉眼看当去程。处处白云迷驻马,家家红树近流莺。相逢一宿最高寺,夜夜翠微泉_{一作松落声}。

今年新先辈以遏密之际每
有_{一作月}宴集必资清谈书此奉贺

天上高高月桂丛,分明三十一枝风。满怀春色向人动,遮路乱花迎马红。鹤驭回_{一作尚,一作迥}飘云雨外,兰亭_{一作堂}不在管弦中。居然自是前贤事,何必青楼倚翠空。

自 遣

晚树疏蝉起别愁,远人回首忆沧洲。江连故国无穷恨,日带残云一片秋。久客转谙时态薄,多情只共酒淹留。到头生长烟霞者,须向烟霞老始休。

浙东陪元相公游云门寺

松下山前一径通,烛迎千骑满山—作川红。溪云乍敛幽—作高岩雨,
晓气初高—作开大旆风。小槛宴花容客醉,上方看竹与僧同。归来
吹尽岩城角,路转横塘乱水东。

陪韦中丞宴扈都头花园 —作楚州宴花楼

门下—作外烟横载酒船,谢家—作公携客醉华筵。寻花偶坐将军树,
饮水—作酒方重刺史天。几曲艳歌春色里,断—作数行高鸟—作雁暮
云边。分明听得舆人语,愿及行春更一年。

花园即事呈常 —作韦中丞 —作侍郎

烟暖池塘柳覆台,百花园里看花来。烧衣焰席三千树,破鼻醒愁一
万杯。不肯为歌随拍落,却因令舞带香回。山公仰尔延—作留宾
客,好傍春风—作城次第开。

宿何书记先辈延福新居

松下有琴闲未收,一灯高为石—作桂丛留。诗情似到山家夜,树色
轻含御水秋。小槛提携终—作宜永日,半斑—作年容鬓漫生愁。因
君抚掌问时俗,紫阁堆檐不举头。

秦中逢王处士 —作先生

万水东流去不回,先生独自负仙才。蕊宫横浪海边别,鹤翅驻云天
上来。几处吹箫森羽卫,谁家残月下楼台。春风正好分琼液,乞取
当时白玉杯。

江上逢许逸人

是非处处生尘埃，唯君襟抱无嫌猜。收帆依雁溢浦宿，带雨别僧衡
岳回。芳樽稍驻落日唱，醉袖更拂长云开。清秋华发好相似，却把
钓竿归去来。

和令狐补阙春日独游西街

左掖初辞近侍班，马嘶寻得过街闲。映鞭柳色微遮水，随一作迎步
花枝欲碍山。暖泛鸟声来席上，醉从诗句落人间。此时失意哀吟
客，更觉风流不可攀。

广陵答崔琛

棹倚隋家旧院墙，柳金梅雪扑檐香。朱楼映日重重晚，碧水含光滟
滟长。八斗已闻传姓字，一枝何足计行藏。声名官职应前定，且把
旌麾一作红旌入醉乡。

答　友　人

诗家才子酒家仙，游宦曾依积水边。窗户动摇三岛树，琴尊安稳五
湖船。罗浮道士分琼液，锦席佳人艳楚莲。今日相逢朗吟罢，满城
砧杵一灯前。

送张又新除温州

东晋江山称永嘉，莫辞红斾向天涯。凝弦夜醉松亭月，歇马晓寻溪
寺花。地与剡川分水石，境将蓬岛共一作接烟霞。却愁明诏征非
晚，不得秋来一作乘秋见海槎。

送滕迈郎中赴睦州

郡斋秋尽一江横,频命郎官地更清。星月去随新诏动,旌旗遥映故
山明。诗寻片石依依晚,帆挂孤云杳杳轻。想到钓台逢竹马,只应
歌咏伴猿声。

送剡客 一作薛逢诗

两重江外片帆斜,数里林塘绕一家。门掩右军馀水石,路横诸谢旧
烟霞。扁舟几处逢溪雪,长笛何人怨一作思柳花。若到一作到日天台
洞阳观,葛洪丹井在云涯一作崖。

李先辈擢第东归有赠送 一作薛逢诗

金榜前头无是非,平人分得一枝归。正怜日暖云飘路,何处宴回风
满衣。门掩长淮心更远,渡连芳草马如飞。茂陵自笑犹多病,空有
书斋在翠微。

送同年郑祥先辈归汉南 时恩门相公镇山南

年来惊喜两心知,高处同攀次第枝。人倚绣屏闲赏夜,马嘶花径醉
归时。声名本是一作自文章得,藩阃一作阃曾劳笔砚随。家去恩门
四千里,只应从此梦旌旗。

送沈单作尉江都 一作许浑诗

炀帝都城春水边,笙歌夜上木兰船。三千宫女自涂地,十万人家如
洞天。焰焰花枝官舍晚,重重云影寺墙连。少年作尉须矜慎,莫向
楼前坠马鞭。

送李蕴赴郑州因献卢郎中一作中丞俶

仆射陂西想到一作别时,满川晴色见旌旗。马融闲卧笛声远,王粲醉吟楼影移。几日赋诗秋水寺,经年草诏一作起草白云司。唯君此去人多羡,却是恩深自不知。

送韩绛归淮南寄韩绰先辈

岛上花枝系钓船,隋家宫畔水连天。江帆自落鸟飞外,月观静依春色边。门巷草生车辙在,朝廷恩及雁行联。相逢且一作莫问昭一作扬州事,曾敲庄盆对逝川。

送薛耽先辈归谒汉南

雪绕千峰驿路长,谢家联句待檀郎。手持碧落新攀桂,月在东轩旧选床。几日旌幢延骏马,到时冰玉动华堂。孔门多少风流处,不遣一作许颜回识醉乡。

送陈嘏登第作尉归觐

千峰归去旧林塘,溪县门前即故乡。曾把桂夸春里巷,重怜身称锦衣裳。洲迷翠羽云遮槛,露湿红蕉月满廊。就养举朝人共羡,清资让却校书郎。

送裴延翰下第归觐滁州

失意何曾恨解携,问安归去秣陵西。郡斜杨柳春风岸,山映楼台明月溪。江上诗书悬素业,日边门户倚丹梯。一枝攀折回头是,莫向清秋惜马蹄。

题崇圣寺简云端僧录

暮尘飘尽客愁长,来扣禅关月满廊。宋玉逢秋空雪涕,净名无地可
容床。高云覆槛千岩树,疏磬含风一夜霜。回首故园红叶外,只将
多病告医王。

越中寺居寄上主人

野寺初容访静来,晚晴江上见楼台。中林有路到花尽,一日无人一
作愁看竹回。自晒诗书经雨后,别留门户为僧开。苦心若是酬恩
事,不敢吟春忆酒杯。

早出洞仙观

露浓如水洒苍苔,洞口烟萝密不开。残月色低当户后,晓钟声迥隔
山来。春生药圃芝犹短,夜醮斋坛鹤未回。愁是独寻归路去,人间
步步是尘埃。

题昭应王明府溪亭

靖节何须彭泽逢,菊洲松岛水悠溶。行人自折门前柳,高鸟不离溪
畔峰。晓渭度檣帆的的,晚原含雨树重重。轩车过尽无公事,枕上
一声长乐钟。

赠　王　先　生

太一真人隐翠霞,早年曾降蔡经家。羽衣使者峭于鹤,鸟爪侍娘飘
若花。九鼎栏干归一作窥马齿,三山窈窕步云涯。时因弟子偷灵
药,散落人间驻一作润物华。

赠　道　者

华盖飘飘绿鬓翁，往来朝谒蕊珠宫。几年山下阴阳鼎，尽日涧边桃李风。野迹似云无处著，仙容如水与谁同。应怜有客外妻子，思在长生一顾一作诸中。

王先生不别而去

仙翁归袖拂烟霓，一卷素书还独携。劚药满囊身不病，抱琴何处鹤同栖。沾衣尽日看山坐，搔首残春向路迷。树树白云幽径绝，短船空倚武陵溪。

山阳卢明府以双鹤寄遗
白一作伯氏以诗回答因寄和

缑山双去羽翰轻，应为仙家好弟兄。茅固枕前秋对舞，陆云溪上夜同鸣。紫泥封处曾回首，碧落归时莫问程。自笑沧江一渔叟，何由似尔到层城。

赠　李　秘　书

束带临一作随风气调新，孔门才业独谁伦。杉松韵冷一作静雪溪暗，鸾鹤势高天路春。美玉韫来休问价，芳枝攀去正无尘。莫将芸阁轻科第，须作人间一作词场第一人。

回于道中寄舒州李珏相公

都无鄙吝隔尘埃，昨日丘门避席来。静语乍临清庙瑟，披风如在九层台。几烦命妓浮溪棹，再一作每许论诗注酒杯。从此微尘知感恋，七真台上一作坛畔望三台。

舒州献李相公

野人留得五湖船,丞相兴歌郡国年。醉笔倚风飘涧雪,静襟披月坐
楼天。鹤归华表山河在,气返青云雨露全。闻说万方思旧德,一时
倾望重陶甄。

成名年献座主仆射兼呈同年

拂烟披月羽毛新,千里初辞九陌尘。曾失玄珠求〔象罔〕(罔象),不
将双耳负伶伦。贾嵩词赋相如手,杨乘歌篇李白身。除却今年仙
侣外,堂堂又见两三春。

抒怀上歙州卢中丞宣州杜侍郎

东来珠履与旌旗,前者登朝亦一时。竹马迎呼逢稚子,柏台长告见
男儿。花飘舞袖楼相倚,角送归轩客尽随。独有贱夫怀感激,十年
两地负恩知。

山阳韦中丞罢郡因献

笙歌只是旧笙歌,肠断风流奈别何。照物二年春色在,感恩千室泪
痕多。尽将魂梦随西去,犹望旌旗暂一过。今日尊前无限思,万重
云月隔烟波。

山阳即席献裴中丞

早年天上见清尘,今日楼中醉一春。暂肯剖符临水石,几曾焚笔动
星辰。琼台雪映迢迢鹤,蓬岛波横浩浩津。好是仙家羽衣使,欲教
垂涕问何人。

西峰即事献沈大夫

松竹闲游道路身，衣襟落尽往来尘。山连谢宅馀霞在，水映一作应琴溪一作金鸡旧浪春。拂榻从容今有地，酬恩寂寞久无人。安知不及屠沽者，曾对青萍泪满巾。

杜陵贻杜牧侍御 一作题杜侍御别业

紫陌尘一作烟多不可寻，南溪酒熟一披襟。山高一作当昼枕石床隐一作稳，泉落夜窗烟树深。白首寻人嗟一作羞问计，青云无一作何路觅知音。唯君怀抱安如一作闲于，又作安于。水，他日门墙许醉吟。

下第后上李中丞

落第逢人恸哭初，平生志业欲何如。鬓毛洒尽一枝桂，泪血滴来千里书。谷外风高�羽翮，江边春在忆樵渔。唯应感激知恩地，不待功成死有馀。

浙东赠李副使员外

妙尽戎机佐上台，少年清苦自霜台。马嘶深竹闲宜贵，花拂朱衣美称才。早入半缘分务重，晚吟多是看山回。名高渐少翻飞伴，几度烟霄独去来。

寄淮南幕中刘员外

郎官何逊最风流，爱月怜山不下楼。三佐戎旃换朱绂，一辞兰省见清秋。桂生岩石本潇洒，鹤到烟空更自由。休向西斋久闲卧，满朝倾盖是依刘。

薛廷范从事自宣城至因赠

少年从事霍嫖姚,来自枫林度柳桥。金管别筵楼一作花灼灼,玉溪回首马萧萧。清风气调真君辈,知己风流满圣朝。独有故人愁欲死,晚檐疏雨动空瓢。

寄浔阳赵校书

帘下秋江夜影空,倚楼人在月明中。不将行止问朝列,唯脱衣裳与钓翁。几处别巢悲去燕,十年回首送归鸿。那应更结庐山社,见说心闲胜远公。

赠李从贵

白马嘶风何处还,鞭梢拂地看南山。珠帘卷尽不回首,春色欲阑休闭关。花外鸟归残雨暮,竹边人语夕阳闲。知君旧隐嵩云下,岩桂从今几更攀。

赠陈正字

鲁儒今日意何如,名挂春官选籍初。野艇几曾寻水去,故山从此与云疏。吟怜受露花阴足,行觉嘶风马力馀。闻说晚心心更静,竹间依旧卧看书。

洞庭寄所思

日断兰台空望归,锦衾香冷梦来稀。书中自报一作空有刀头约,天上三一作频看破镜飞。孤浪谩疑红脸笑,轻云忽似舞罗衣。遥知不语坐相忆,寂寞洞房寒烛微。

代人赠杜牧侍御 宣州会中

郎作东台御史时,妾长西望敛双眉。一从诏下人皆羡,岂料恩衰不
自知。高阙如天萦晓梦,华筵似水隔秋期。坐来情态犹无限,更向
楼前舞柘枝。

旅馆闻雁别友人

路绕秋塘首独搔,背群燕雁正呼号。故关何处重相失,碧落有云终
自高。旅宿去缄他日恨,单飞谁见一作讶此生劳。行衣湿尽千山
雪,肠断金笼好羽毛。

泊凫矶江馆

风雪晴来岁欲除,孤舟晚下意何如。月当轩色湖一作潮平后,雁断
云声夜一作客起初。傍晓管弦何处静,犯寒杨柳绕津疏。三间茅屋
东溪上,归去生涯竹与书。

春尽独游慈恩寺南池

竹外池塘烟雨收,送春无伴亦迟留。秦城马上半年客,潘鬓水边今
日愁。气变晚云红映阙,风含高树碧遮楼。杏园花落游人尽,独为
圭峰一举头。

重游楚国寺

往事飘然去一作竟不回,空馀山色在楼台。池塘风一作春暖雁寻去,
松桂寺一作树高人独来。庄叟著书真达者,贾生挥涕信悠哉。老僧
心地闲于水,犹被流年日日一作白发催。

三像寺酬元秘书

官总芸香阁署崇，可怜诗句落春风。偶然侍坐水声里，还许醉吟松
影中。车马照来红树合，烟霞咏尽翠微空。不因高寺闲回首，谁识
飘飘一作零一塞翁。

献淮南李仆射

早年曾谒富民一作人侯，今日难甘失鹄羞。新诺似山无力负，旧恩
如水满身流。马嘶红叶萧萧晚，日照长江滟滟秋。功德万重知不
惜，一言抛得百生愁。

江亭晚望

碧江凉冷雁来疏，闲望江云思有馀。秋馆池亭荷叶歇，野人篱落豆
花初。无愁自得仙翁术，多病能忘太史书。闻说故园香稻熟，片帆
归去就鲈鱼。

赠曹处士幽居

勾漏先生冰玉然，曾将八石问群仙。中山暂醉一千日，南苑往来三
百年。棋局不收花满洞，霓旌欲别浪翻天。何须更学鸱夷子，头白
江湖一短船。

重阳日示舍弟 时在吴门

多少乡心入酒杯，野塘今日菊花开。新霜何处雁初下，故国穷秋首
正回。渐老向人空感激，一生驱马傍尘埃。侯门无路提携尔，虚共
扁舟万里来。

客 至 一作许浑诗

得路逢津更俊才,可怜鞍马照春来。残花几日小斋闭,大笑一声幽抱开。袖拂碧溪寒缭绕,冠攲红树晚裴回。相逢少别更堪恨,何必秋风江上台。

全唐诗卷五五〇

赵嘏

岁暮江轩寄卢端公

积水生高浪,长风自北时。万艘俱拥棹,上客独吟诗。路以重湖阻,心将小谢期。渚云愁正断,江雁重惊悲。笑忆游星子,歌寻罢贵池。梦来孤岛在,醉醒百忧随。戍迥烟生晚,江寒鸟过迟。问山樵者对,经雨钓船移。敢叹今留滞,犹胜曩别离。醉从陶令得,善必丈人知。道蹇才何取,恩深剑不疑。此身同岸柳,只待变寒枝。

秋日吴中观贡藕

野艇几西东,清泠映碧空。褰衣来水上,捧玉出泥中。叶乱田田绿,莲馀片片红。激波才入选,就日已生风。御洁玲珑膳,人怀拔擢功。梯山谩多品,不与世流同。

华清宫和杜舍人 一作张祜诗

五十年天子,离宫仰峻一作旧粉墙。登封时正泰,御宇日何一作初长。上位先名实,中兴事宪章。起一作举戎轻甲胄,徯地复一作取河湟。道帝玄元祖,儒封孔子王。因缘百司署,丛会一人汤。渭水波摇绿,秦郊一作山草半黄。马驯金勒细,鹰健玉铃锵。一作马头开夜照,鹰眼利星芒。下箭朱弓满，鸣鞭皓腕攘。敻思获吕望，谏只避周昌。兔迹贪前逐，枭心不早防。几添鹦鹉劝，先一作频赐荔枝尝。月锁千门静，天吹一作高一笛凉。细音摇羽一作翠珮，轻步宛霓裳。祸乱基一作振潜结，升平意遽忘。衣冠逃犬豕，鼙鼓动渔阳。外戚心殊迫，中途事可量。血一作雪埋妃子艳一作貌，刳断禄儿肠。近侍烟尘隔，前踪辇路荒。益知迷宠佞，遗一作唯恨丧贤一作忠良。北阙尊明主，南宫逊上皇。禁清馀凤吹，池冷睡一作映龙光。祝寿山犹在，流年水共伤。杜鹃魂厌蜀，蝴蝶梦悲庄。雀卵遗雕栱，虫丝冒画梁。紫苔侵壁润，红树闭门芳。守吏齐鸳瓦，耕民得翠珰。登年齐酺乐一作昔时饮康乐，讲武旧兵场。暮草深岩翠一作霭，幽花坠径香。不堪垂白叟，行折御沟杨。

下　第

南溪抱瓮客，失意自怀羞。晚路谁携手，残春自白头。

到　家　一作杜牧诗，题作《归家》。

童稚苦相一作稚子牵衣问，归来何太迟。共谁争岁月，赢得鬓边丝。

春　酿

春酿正风流，梨花莫问愁。马卿思一醉，不惜鹔鹴裘。

寒　塘

晓发梳临水，寒塘坐见秋。乡心正无限，一雁度南楼。

寄前黄州窦使君

池上笙歌寂不闻，楼中愁杀碧虚云。玉壶凝尽重重泪，寄与风流旧使君。

八月二十九日宿怀

秋天晴日菊还香,独坐书斋思已长。无奈风光易流转,强须倾酒一杯觞。

泗上奉送相公

语堪铭座默含春,西汉公卿绝比伦。今日抱辕留不得,欲挥双涕学舒人。

赠 桐 乡 丞

舟触长松岸势回,潺湲一夜绕亭台。若教靖节先生见,不肯更吟归去来。

哭李进士 一作于邺

牵马街中哭送君,灵车碾雪隔城闻。唯有山僧与樵客,共异孤榇入幽坟。

重　阳

节逢重九海门外,家在五湖烟水东。还向秋山觅诗句,伴僧吟一作入对菊花风。

重阳日即事

病酒坚辞绮席春,菊花空伴水边身。由来举止非闲雅,不是龙山落帽人。

十无诗寄桂府杨中丞

琴酒曾将风月须，谢公名迹满江湖。不知贵拥旌旗后，犹暇怜诗爱酒无。

东省南宫兴不孤，几因诗酒谬招呼。一从开署芙蓉幕，曾向风前记得无。

遥闻桂水绕城隅，城上江山满画图。为问訾家洲畔月，清秋拟许醉狂无。

日暮江边一小儒，空怜未有白髭须。马融已贵诸生老，犹自容窥绛帐无。

一种吟诗号孔徒，沧江有客独疏愚。初筵尽辟知名士，许到风前月下无。

望断南云日已晡，便应凭梦过重湖。不知自古登龙者，曾有因诗泥得无。

早游门馆一樵夫，只爱吟诗傍药炉。旌旆满江身不见，思言记得颍川无。

孔融襟抱称名儒，爱物怜才与世殊。今日宾阶忘姓字，当时省记荐雄无。

僻爱江山俯坐隅，人间不是便为图。尊前为问神仙伴，肯向三清慰荐无。

脣门不避额逢珠，绝境由来卷轴须。早忝阿戎诗友契，趋庭曾荐祢生无。

寄　山　僧

云里幽僧不置房，橡花藤叶盖禅床。朝来逢著山中伴，闻说新移最上方。

喜张溃及第

九转丹成最上仙，青天暖日踏云轩。春风贺喜无言语，排比花枝满杏园。

赠张溃榜头被驳落

莫向花前泣—作春风送酒杯，谪仙依旧—作真个是仙才。犹堪与世为祥瑞，曾到蓬山顶上来。

悼亡二首

一烛从风到奈何，二年衾枕逐流波。虽知不得公然泪，时泣阑干恨更多。

明月萧萧海上风，君归泉路我飘蓬。门前虽有如花貌，争奈如花心不同。

宫乌栖

宫乌栖处玉楼深，微月生檐夜夜心。香辇不回花自落—作发，春来空佩辟寒金。

长信宫 —作孟迟诗

君恩已尽欲何归，犹有残香在舞衣。自恨身轻不如燕，春来长绕御帘飞。

广陵城 —作孟迟诗

红映高台绿绕城，城边春草傍墙生。隋家不向此中尽，汴水应无东去声。

冷日过骊山 _{一作孟迟诗}

冷日微烟渭水愁,翠华宫树不胜秋。霓裳一曲千门锁,白尽梨园弟
子头。

下第后归永乐里自题二首

无地无媒只一身,归来空拂满床尘。尊前尽日谁相对,唯有南山似
故人。

玄发侵愁忽似翁,暖尘寒袖共东风。公卿门户不知处,立马_{一作在}
九衢春影中。

出试日独游曲江

江莎渐映花边绿,楼日自开池上春。双鹤绕空来又去,不知临水有
愁人。

题 曹 娥 庙

青娥埋没此江滨,江树飕飀惨暮云。文字在碑碑已堕,波涛辜负色
丝文。

题段氏中台

看山台下水无尘,碧筱前头曲水春。独对_{一作坐}一尊风雨夜,不知
家有早朝人。

华州座中献卢给事

送迎皆到三峰下,满面烟霜满马尘。自是追攀认知己,青云不假送
迎人。

商山道中 一作度商山晚静，又作净。

和如春色一作暖净一作静如秋，五月商山是胜游。当昼火云生不得，一溪紫一作分作万重愁。

赠 歙 州 妓

滟滟横波思有馀，庾楼明月堕云初。扬州寒食春风寺一作市，看遍花枝尽不如。

赠 王 明 府

五柳逢秋影渐微，陶潜恋酒不知归。但存物外醉乡在，谁向人间问是非。

吕校书雨中见访

竹阁斜溪小槛明，惟君来赏见山情。马嘶风雨又归去，独听子规千万声。

千 秋 岭 下

知有岩前万树桃，未逢摇落思空劳。年年盛发无人见，三十六溪春水高。

歙州道中仆逃

去跳风雨几奔波，曾共辛勤奈若何。莫遣穷归不知处，秋山重叠戍旗多。

重阳日寄韦舍人

节过重阳菊委尘,江边病起杖扶身。不知此日龙山会,谁是风流落帽人。

赠薛勋下第

一掷虽然未得卢,惊人不用绕床呼。牢之坐被青云逼,只问君能酷似无。

宛陵望月寄沈学士

一川如画敬亭东,待诏闲游处处同。天竺山前镜湖畔,何如今日庾楼中。

翡翠岩

芙蓉幕里千场醉,翡翠岩前半日闲。惆怅晋朝人不到,谢公抛力上东山。

发新安后途中寄卢中丞二首

楼上风流庾使君,笙歌曾醉此中闻。目前已是陵阳路,回首丛山满眼云。

晚树萧萧促织愁,风帘似水满床秋。千山不碍笙歌月,谁伴羊公上夜楼。

留题兴唐寺

满水楼台满寺山,七年今日共跻攀。月高对菊问行客,去折芳枝早晚还。

广 陵 道

斗鸡台边花照尘,炀帝陵下水含春。青云回翅北归雁,白首哭途何
处人。

茅 山 道 中

溪一作烟树重重水乱流,马嘶残雨晚程秋。门前便是仙山路,目送
归一作断寒云一作鸿不得游。

江 上 与 兄 别

楚国湘江两渺溔,暖川晴雁背帆飞。人间离别尽堪哭,何况不知何
日归。

落 第

九陌初晴处处春,不能回避看花尘。由来得丧非吾事,本是钓鱼船
上人。

宛陵馆冬青树 一作汉阴亭树

碧树如烟覆晚波,清秋欲尽客重过。故一作家园亦有如烟树,鸿雁
不来风雨多。

赠五老韩尊师

有客斋心事玉晨,对山须鬓绿无尘。住山道士年如鹤,应识当时五
老人。

经汾阳旧宅

门前不改旧山河,破虏曾轻马伏波。今日独经歌舞地,古槐疏冷_一
作影夕阳多。

寄卢中丞

叶覆清溪滟滟红,路横秋色马嘶风。独携一榼郡斋酒,吟对青山忆
谢公。

途　中

故园回首雁初来,马上千愁付一杯。惟有新诗似相识,暮山吟处共
徘徊。

寄裴澜

绮云初堕亭亭月,锦席惟横滟滟波。宋玉逢秋正高卧,一篇吟尽奈
情何。

淮南丞相坐赠歌者虞姹

绮筵无处避梁尘,虞姹清歌日_{一作白}日新。来值渚亭花欲尽,一声
留得满城春。

酬段侍御

莲花上客思闲闲,数首新诗到笮关。吟得楚天风雨霁,一条江水两
三山。

寻僧二首

台殿参差日堕尘,坞西归去一庵云。寒泉何处夜深落,声隔半岩疏叶闻。

溪户无人谷－作百鸟飞,石桥横木挂禅衣。看云日暮倚松立,野水乱鸣僧未归。

发柏梯寺

一泓秋水千竿竹,静得劳生半日身。犹有向西无限地,别僧骑马入红尘。

西江－作江上晚泊

茫茫霭霭失西东,柳浦桑村处处同。戍鼓一声帆影尽,水禽飞起夕阳中。

南　池

照影池边多少愁,往来重见此塘秋。芙蓉苑外新经雨,红叶相随何处流。

江楼旧感 －作感怀

独上江楼思渺然,月光如水水如天。同来望－作玩月人何处,风景依稀似去年。

南　园

雨过郊园－作原绿尚微,落花惆怅满尘衣。芳尊有酒无人共,日暮看山还独归。

南　亭

孤亭影在乱花中,怅望无人此醉同。听尽暮钟犹独坐,水边襟袖起春风。

赠　女　仙

水思云情小凤仙,月涵花态语如弦。不因金骨三清客,谁识吴州有洞天。

宣州送判官

来时健笔佐嫖姚,去折槐花度野桥。谁见尊前此惆怅,一声歌尽路迢迢。

宿　僧　院

月满长空树满霜,度云低拂近檐床。林中夜半一声磬,卧见高僧入道场。

寻　僧

斜日横窗起暗尘,水边门户闭闲春。千竿竹里花枝动,只道无人似有人。

经王先生故居

晚波东去海茫茫,谁识蓬山不死乡。弄玉已归萧史去,碧楼红树倚斜阳。

送从翁中丞奉使黠戛斯六首

扬雄词赋举天闻,万里油幢照塞云。仆射峰西几千骑,一时迎著汉将军。

旌旗杳杳雁萧萧,春尽穷沙雪未消。料得坚昆受宣后,始知公主已归朝。

虽言穷北海云中,属国当时事不同。九姓如今尽臣妾,归期那肯待秋风。

牢山望断绝尘氛,滟滟河西拂地云。谁见鲁儒持汉节,玉关降尽可汗军。

山川险易接胡尘,秦汉图来或未真。自此尽知边塞事,河湟更欲托何人。

秦皇无策建长城,刘氏仍穷北路兵。若遇单于旧牙帐,却应伤叹汉公卿。

东 亭 柳

拂水斜烟一万条,几随春色倚—作醉河桥。不知别后谁攀折,犹自风流胜舞腰。

僧 舍 二 首

只言双鬓未蹉跎,独奈牛羊送日何。禅客不归车马去,晚檐山色为谁多。

溪上禅关水木间,水南山色与僧闲。春风尽日无来客,幽磬一声高鸟还。

新　月

玉钩斜傍画檐生,云匣初开一寸明。何事最能悲少妇,夜来依约落边城。

赠皇甫垍

养由弓箭已无功,牢落生涯事事同。相劝一杯寒食酒,几多辛苦到春风。

四祖寺

千株松下双峰寺,一盏灯前万里身。自为心猿不调伏,祖师元是世间人。

听　蝉

噪蝉声乱日初曛,弦管楼中永不闻。独_{一作争}奈愁人数茎发_{一作鬓},故园秋隔五湖云。

寄　远

禁钟声尽见栖禽,关塞迢迢故国心。无限春愁莫相问,落花流水洞房深。

池　上

正怜佳月夜深坐,池上暖回燕雁声。犹有渔舟系江岸,故人归尽独何情。

春 日 书 怀

暖莺春日舌难穷,枕上愁生晓听中。应袅绿窗残梦断,杏园零落满枝风。

赠　别

水边秋草暮萋萋,欲驻残阳恨—作去马蹄。曾是管弦同醉伴,一声歌尽—作断各东西。

灵 岩 寺

馆娃宫伴千年寺,水阔云多客到稀。闻说春来更—作倍惆怅,百花深处一僧归。

代人听琴二首

抱琴花夜不胜春,独奏相思泪满巾。第五指中心最恨,数声呜咽为何人。

湘娥不葬九疑云,楚水连天坐忆君。惟有啼乌旧名在,忍教呜咽夜长闻。

访沈舍人不遇

溪翁强访紫微郎,晓鼓声中满鬓霜。知在禁闱人不见,好风飘下九天香。

座上献元相公

初嘏尝家于浙西,有美姬,惑之,计偕。会中元鹤林之游,浙帅窥其姬,遂奄有之。明年,嘏及第,因以一绝箴之云。

寂寞堂前日又矄，阳台去作不归云。从来闻说沙〔吒〕(叱)利，今日青娥属使君。

遣 兴 二 首

溪花入夏渐稀疏，雨气如秋麦熟初。终日苦吟人不会，海边兄弟久无书。

读彻残书弄水回，暮天何处笛声哀。花前独立无人会，依旧去年双燕来。

送李给事 一作萧俛相公归山

眼前轩冕是鸿毛，天上人间漫自劳。脱却朝衣独归一作便东去，青云不及白云高。

宿 僧 舍

高僧夜滴芙蓉漏，远客窗含杨柳风。何处相逢话心地，月明身在磬声中。

吴门梦故山

心熟家山梦不迷，孤峰寒绕一条溪。秋窗觉后情无限，月堕馆娃宫树西。

别 李 谱

尊前路映暮尘红，池上琴横醉席风。今日别君如别鹤，声容长在楚弦中。

和杜侍郎题禅智寺南楼

楼畔花枝拂槛红,露天香动满帘风。谁知野寺遗钿处,尽在相如春思中。

发 青 山

凫鹥声暖野塘春,鞍马嘶风一作风高驿路尘。一宿青山又前一作须去,古来难得是闲人。

入 蓝 关

微烟已辨秦中树,远梦更依江上台。看落晚花还怅望,鲤鱼时节入关来。

落第寄沈询

穿杨力尽独无功,华发相期一夜中。别到江头旧吟处,为将双泪问春风。

送 韦 中 丞

二年恩意是春辉,清净胸襟似者希。泣尽楚人多少泪,满船唯载酒西归。

咏端正春树

一树繁阴先著名,异花奇叶俨天成。马嵬此去无多地,只合杨妃墓上生。

叙事献同州侍御三首

青云席中罗袜尘,白首江上吟诗人。登龙不及三千士,虚度膺门二十春。

平生望断云层层,紫府杳是他人登。却应归访溪边寺,说向当时同社僧。

尊前谁伴谢公游,莲岳晴来翠满楼。坐见一方金变化,独吟红药对残秋。

婺州宴上留别 一作婺州宴留上萧员外

双溪楼影向云横,歌舞一作转高台晚更清。独自下楼骑瘦马,摇鞭重入乱蝉声。

别牛郎中门馆

整襟收泪别朱门,自料难酬顾念恩。招得片魂骑匹马,西风斜日入秋原。

山中寄卢简求

竹西池上有花开,日日幽吟看又回。心忆郡中萧记室,何时暂别醉乡来。

寄梁佪兄弟

桃李春多翠影重,竹楼当月夜无风。荀家兄弟来还去,独倚栏干花露中。

同州南亭陪刘侍郎送刘先辈

处处云随晚望开，洞庭秋水—作入管弦来。谢公待醉消离恨，莫惜临川酒一杯。

赠馆驿刘巡官

云别青山马踏尘，负才难觅作闲人。莫言馆驿无公事，诗酒能消一半春。

赠解头贾嵩

贾生名迹忽无伦，十月长安看尽春。顾我先鸣还自笑，空沾一第是何人。

题　僧　壁

晓望—作傍疏林露满巾，碧山秋寺属闲人。溪头尽日看红叶，却笑高僧衣有尘。

沙溪馆 —作仙娥驿

翠湿衣襟山满楼，竹间溪水绕床流。行人莫—作亦羡邮亭吏，生向此中今白头。前二句—作谿上邮亭气早秋，树边溪色绕床流。

李侍御归炭谷山居同宿华严寺

家在青山近玉京，白云红树—作叶满归程。相逢一宿最高寺，半夜翠微泉落声。

过喷玉泉

平生半为山淹留，马上欲去还回头。两京尘路一双鬓，不见玉泉千万秋。

汉阴庭树

掘沟引水浇蔬圃，插竹为篱护药苗。杨柳如丝风易乱，梅花似雪日难消。

送王龟拾遗谢官后归浐水山居

水边残雪照亭台，台上风襟向雪开。还似当时姓丁鹤，羽毛成后一归来。

宿长水主人

白云溪北丛岩东，树石夜与潺湲通。行人一宿翠微月，二十五弦声满风。

寒食离白沙

莫惊客路已经年，尚有青春一半妍。试上方垣望春野，万条杨柳拂青天。

将发循州社日于所居馆宴送

浪花如雪叠江风，社过高秋万恨中。明日便随江燕去，依依俱是故巢空。

句

浮云悲晚翠,落日泣秋风。　见《万花谷》

语风双燕立,裛树百劳飞。

松岛鹤归书信绝,橘洲风起梦魂香。

徒知六国随斤斧,莫有群儒定是非。　题秦皇句,宣宗览之不悦。　以上见
《优古堂诗话》

一千里色中秋月,十万军声半夜潮。　钱塘

梁王旧馆已秋色,珠履少年轻绣衣。　以上见《主客图》

全唐诗卷五五一

卢　肇

卢肇，字子发，袁州人。会昌三年登第。初为鄂岳卢商从事，后除著作郎，迁仓部员外郎，充集贤院直学士。咸通中，出知歙州，移宣、池、吉三州卒。《赋集》八卷，《诗文集》十三卷，今编诗一卷。

汉堤诗 并序

上元年秋，汉水大溢，啮襄堤以入。既沉汉郛，遂灭岘趾，栋楝且流，压溺无算，襄之城仅以门免。三日水去，陷为大涂，馀民栖于楚山，号不敢下，餧踶相挽，其能全者什六七。上大忧曰："襄惟东南，实腥荆海，若气不息，吾躬曷瘳。今天下灾于有汉，庭垣尽潴，骴骼在潦，有婴坠井，毋实号之。今襄人尽坠，吾号尚及哉！咨乃卿士，畴能振之，以易吾乱。"咸以地官范阳公旧理南粤，岛夷率化，甘于民心，俾践于襄，必克底义。上俞以往。公既至，省汉之溺，由旧防之不固几五十载。又询之，汉水之不犯襄郛，惟是甚灾，既鱼士庶，灾或能嗣，孰以遏之？募民新汉之堤，食敌其功，资三其食，因故堤之址，广倍之，高再倍之，距襄之郊，缭半百里。明年春，堤成，公具以疏。上大欢，复襄之疲民一祀，赈谷十万斛。民既保宁，讴歌怡愉。既而舒苏，不知曩之灾也。昔狄败卫侯于荧泽，齐桓公帅诸侯城缘陵以居之，而卫国忘亡。君子是以称桓公之德。今公之为是堤也，襄有卫人之思焉，而况宣天子之慈以生厥民，曷齐桓之尚哉！嘻！五材之生沴也，必极于物，物之既极，天必资明哲以苏之，理之常也。古之人有力保一邑，勇御一寇，谓之有功，尚以金石载之，况捍大灾，救大患，其美若是，岂得无称焉？是宜以声诗播之。登于乐府，惟汉亦有瓠子之歌，是可类之。谨按正考甫作商诗，公子奚斯命太史克请于周，作鲁诗。皆其国之公族也。肇于公为族孙，幸力于文，所不宜默。惟岘之碑曰羊公，惟堤之诗曰卢公，是古今之相光昭也。其谁曰不然？诗曰：

阴沴奸阳，来暴于襄。洎入大郛，波端若铓。触厚摧高，不知其防。骇溃颠委，万室皆毁。灶登蛟鼍，堂集鳣鲔。惟恩若餻，母不能子。洪溃既涸，闠闳其虚。以陻我堵，以剥我庐。酸伤顾望，若践丘墟。帝曰念嗟，朕日南顾。流灾降戾，天曷台怒。滔滔襄郊，捽我婴孺。於惟馀畒，饥伤喘呼。斯为淫痍，孰往膏傅。惟汝元寮，金举明哲。我公用谐，苴茅杖节。来视襄人，噢咻提挈。不日不月，哈乎抃悦。乃泳故堤，陷于沙泥。缺落坳圮，由东讫西。公曰呜呼，汉之有堤。实命襄人，不力乃力。则及乃身，具锸与畚。汉堤其新，帝廪有粟。帝府有缯，尔成尔堤。必锡尔勤，襄人怡怡。听命襄浒，背囊肩杵。奔走蹈舞，分之卒伍。令以麾鼓，寻尺既度。日月可数，登登岊岊。周旋上下，披岘斫楚。飞石挽土，举筑殷雷。骇汗霡雨，疲癃鳏独。奋有筋臂，呀吁来助。提筐负筥，不劳其劳。杂沓笑语，咸曰卢公，来赐我生。斯堤既成，蜿蜿而平。确尔山固，屹如云横。汉流虽狂，坚不可蚀。代千年亿，与天无极。惟公之堤，昔在人心。既筑既成，横之于南。萌渚不峻，此门不深。今复在兹，于汉之阴。斯堤已崇，兹民获祐。觊童相庆，室以完富。贻于襄人，愿保厥寿。繄公之功，赫焉如昼。捍此巨灾，崒若京阜。天子赐之，百姓载之。族孙作诗，昭示厥后。

题甘露寺

北固岩端寺，佳名自上台。地从京口断，山到海门回。曙色烟中灭，潮声日下来。一隅通雉堞，千仞耸楼台。林暗疑降虎，江空想度杯。福庭增气象，仙磬落昭回。觉路花非染，流年景谩催。隋宫凋绿草，晋室散黄埃。西蜀波湍尽，东溟日月开。如登最高处，应得见蓬莱。

江陵府初试澄心如水

丹心何所喻，唯_{一作为}水并清虚。莫测千寻底，难知一勺初。内明非有物，上善本无鱼。澹泊随高下，波澜逐卷舒。养蒙方浩浩，出险_{一作海}每徐徐。若灌情田里，常流尽不如。

风 不 鸣 条

习习和风至，过条不自鸣。暗通青律起_{一作暖}，远傍白蘋生。拂树花仍落，经林鸟自_{一作讵}惊。几牵萝蔓动，潜惹柳丝轻。入谷_{一作幽}涧迷松响_{一作韵}，开_{一作闲}窗失竹声。薰弦方在御，万国仰皇情。

别宜春赴举

秋天草木正萧疏，西望秦关别旧居。筵上芳樽今日酒，箧中黄卷古人书。辞乡且伴_{一作离山且作}衔芦雁，入海终为戴角鱼。长短九霄飞直上，不教毛羽落空虚。

射 策 后 作

射策明时愧不才，敢期青律变寒灰。晴怜断雁侵云去，暖见醯鸡傍酒来。箭发尚忧杨叶远，愁生只恐杏花开。曲江春浅人游少，尽日看山醉独回。

和主司王起 一作奉和主司王仆射答周侍郎贺放榜作

嵩高降德为时生，洪笔三题造化名。凤诏仁归专北极，骊珠搜得尽东瀛。褒衣已换金章贵，禁掖曾随玉树荣。明日定知同相印，青衿新列柳间营。

及第 一本有后字 送潘图归宜春

三载皇都恨食贫，北溟今日化穷鳞。青云乍喜逢知己，白社犹悲送故人。对酒共惊千里别，看花自感一枝春。君归为说龙门寺 一作事，雷雨初生电绕身。

将归宜春留题新安馆

东里如今号郑乡，西家昔日近丘墙。芸台四部添新学，秘殿三年学老郎。天外鸳鸾愁不见，山中云鹤喜相忘。犹张皂盖归蓬荜，直谓时无许子将。

竞渡诗 一作及第后江宁观竞渡寄袁州刺史成应元

石溪久住思端午，馆驿楼前看发机。鼙鼓动时雷隐隐，兽头凌处雪微微。冲波突出人齐〔㰱〕(唊)跃浪争先鸟退飞。向道是龙刚不信，果然夺得锦标归。

除歙州途中寄座主王侍郎 一本题上有咸通初恩四字

忽忝专城奉六条，自怜出谷屡迁乔。驱车虽道还家近，捧日惟愁去国遥。朱户昨经新荣戟，风帆常觉恋箪瓢。江天夜夜知消息，长见台星在碧霄。

御沟水

万壑朝溟海,萦回岁月多。无如此沟水,咫尺奉天波。

杨柳枝

青鸟泉边草木春,黄云塞上是征人。归来若得长条赠,不惮风霜与苦辛。

新植红茶花偶出被人移去以诗索之

严—作最恨柴门一树花,便随香远逐香车。花如解语还应道,欺我郎君不在家。

戏　题　肇初计偕至襄阳,奇章公方有真珠之惑。

神女初离碧玉阶,彤云犹拥牡丹鞋。知道相公怜玉腕,强将纤手整金钗。

成名后作

桂在蟾宫不可攀,功成业熟也何难。今朝折得东归去,共与乡闾年少看。

登祝融寺兰若　一作登南岳月宫兰若

祝融绝顶万馀层,策杖攀萝步步登。行到月宫霞外寺,白云相伴两三僧。

被谪连州

黄绢外孙翻得罪,华颠故老莫相嗤。连州万里无亲戚,旧识唯应有荔枝。

谪后再书一绝

岷峒道士误烧丹，赤鼠黄牙几许难。坠堕阎浮南斗下，不知何事犯星官。

题清远峡观音院二首

清潭洞澈深千丈，危岫攀萝上几层。秋尽更无黄叶树，夜阑唯对白头僧。

风入古松添急雨，月临虚槛背残灯。老猿啸狖还欺客，来撼窗前百尺藤。

喜杨舍人入翰林

御笔亲批翰长衔，夜开金殿送瑶缄。平明玉案临宣室，已见龙光出傅岩。

谪连州书春牛榜子

阳和未解逐民忧，雪满群山对白头。不得职田饥欲死，儿侬何事打春牛。

送　弟

去日家无担石储，汝须勤若事樵渔。古人尽向尘中远，白日耕田夜读书。

牧　童

谁人得似牧童心，牛上横眠秋听深。时复往来吹一曲，何愁南北不知音。

嘲　小　儿

贪生只爱眼前珍,不觉风光度岁频。昨日见来骑竹马,今朝早是有
年人。

金　钱　花

轮郭休夸四字书,红窠写出对庭除。时时买得佳人笑,本色金钱却
不如。

木　笔　花

软如新竹管初齐,粉腻红轻样可携。谁与诗人偎槛看,好于笺墨并
分题。

句

君梦涔阳月,中秋忆棹歌。　见《岳州府志》
妙吹应谐凤,工书定得鹅。 李群玉善急就章,喜食鹅,肇赠句云云。 　见《纪
事》
亭边古木昼阴阴,亭下寒潭百丈深。黄菊旧连陶令宅,青山遥负向
平心。 题绿阴亭　见《临江府志》

全唐诗卷五五二

丁　稜

丁稜,字子威,会昌三年进士。是岁,王起再知贡举,卢肇、丁稜、姚鹄以李德裕荐依次放榜。诗二首。

塞　下　曲

北风鸣晚角,雨雪塞云低。烽举战军动,天寒征马嘶。出营红旆展,过碛暗沙迷。诸将年皆老,何时罢鼓鼙。

和主司王起 一作和主司王仆射答华州周侍郎贺放榜作

公心独立副天心,三辖春闱冠古今。兰署门生皆入室,莲峰太守别知音。同升一作飞翰苑时名重,遍历朝端主意深。新有受恩江海客,坐听朝夕继为霖。

高退之

高退之,字遵圣,会昌三年进士第。诗一首。

和主司王起 一作和主司王仆射酬周侍郎贺放榜

昔年桃李已滋荣,今日兰荪又发生。荺菲采时皆有道,权衡分处且

无情。叨陪鸳鹭朝天客,共作门阑出谷莺。何事感恩偏觉重,忽闻
金榜扣柴荆。 自注:退之自顾微劣,不敢有叨窃之望,策试之后,遂归盘屋山居,不
期一旦选士及第。遣人赉榜扣关相报,方知忝矣。

孟　球

孟球,字廷玉,会昌三年进士第。咸通中,捡校工部尚书、
徐州刺史。诗一首。

和主司王起 一作和主司酬周侍郎

当年门下化龙成,今日馀波进后生。仙籍共知推丽藻一作则,禁垣
同得荐嘉名。桃蹊早茂夸新萼,菊圃初开耀晚英。谁料羽毛方出
谷,许教齐和九皋鸣。

刘　耕

刘耕,会昌三年进士第。诗一首。

和主司王起 一作和主司酬周侍郎

孔门频建铸颜功,紫绶青衿感激同。一篑勤劳成太华,三年恩德仰
一作等维嵩。杨随前辈穿皆中,桂许平人折欲空。惭和周郎应见
顾,感知大造竟无穷。

裴　翻

裴翻,字云章,会昌三年进士第。诗一首。

和主司王起 一作和主司酬周侍郎

常将公道选群生,犹被春闱屈重名。文柄久持殊岁纪,恩门三启动寰瀛。云霄幸接鸳鸾盛,变化欣同草木荣。乍得阳和如细柳,参差长近亚夫营。

樊　骧

樊骧,字元龙,会昌三年进士第。诗一首。

和主司王起 一作和主司酬周侍郎

满朝簪发半门生,又见新书甲乙名。孤进自今开道路,至公依旧振寰瀛。云飞太华清词著,花发长安白屋荣。忝受恩光同上客,惟将报德是经营。

崔　轩

崔轩,字鸣山(一作岚),会昌三年进士第。诗一首。

和主司王起 一作和主司酬周侍郎

满朝朱紫半门生,新榜劳人又得名。国器旧知收片玉,朝宗转觉集登瀛。同升翰苑三年美,继入花源九族荣。共仰莲峰听雪唱,欲赓仙曲意忪营。

蒯希逸

蒯希逸,字大隐,会昌三年登第。杜牧有池州送希逸诗。诗一首。

和主司王起 一作和主司酬周侍郎

一振声华入紫薇,三开秦镜照春闱。龙门旧列金章贵,莺谷新迁碧落飞。恩感风雷宜一作皆变化,诗裁锦绣借一作惜光辉。谁知散质多荣忝,鸳鹭清尘接布衣。

句

蟾蜍醉里破,蛱蝶梦中残。 牛相在扬州,常称之。

山险不曾离马后,酒醒长见在床前。 希逸有仆武干,相随十馀岁。希逸擢第,乞归养亲。留之不得,以诗送之,士人皆有继和。 并见《纪事》

林 滋

林滋,字后象,闽人。会昌三年进士第,与同年詹雄、郑诚齐名,时称雄诗、诚文、滋赋为闽中三绝。官终金部郎中。诗六首。

望 九 华 山

兹山突出何怪奇,上有万状无凡姿。大者嶙峋若奔虺,小者矗岿如婴儿。玉柱金茎相拄枝,干空逾碧势参差。虚中始讶巨灵擘,陡处乍惊愚叟移。萝烟石月相蔽亏，天风裛裛猿呷呷。龙潭万古喷飞溜，虎穴几人能得窥？吁予比年爱灵境，到此始觉魂神驰。如何独得百丈索，直上高峰抛俗羁。

春　望

春海镜—作接长天，青郊丽上年。林光虚霁晓，山翠薄晴烟。气暖禽声变，风恬草色鲜。散襟披石磴，韶景自深怜。

蠡泽旅怀

谁言行旅日，况复桃花时。水即沧溟—作浪远，星从天汉垂。川光独鸟暮，林色落英迟。岂是王程急，偏多游子悲。

宴韦侍御新亭

烟磴披青霭，风筵藉紫苔。花香凌桂醑，竹影落藤杯。鸣籁将歌远，飞枝拂舞开。未愁留兴晚，明月度云来。

人　日 —下有题日二字

春辉新入碧烟开，芳院初将穆景来。共向花前图瑞胜，试看池上动轻苔。林香半落沾罗幌。蕙色微含近酒杯。闻道宸游方命赏，应随恩赉喜昭回。

和主司王起 —作和主司酬周侍郎

龙门一变荷生成，况是三传不朽名。美誉早闻喧北阙，颓波今见走东瀛。鸳行既接参差影，鸡树仍同次第荣。从此青衿与朱紫，升堂侍宴更何营。

李宣古

　　李宣古，字垂后，会昌三年进士第。诗四首。

听蜀道士琴歌 第五句缺一字

至道不可见，正声难得闻。忽逢羽客抱绿绮，西别峨嵋峰顶云。初排□面蹑轻响，似掷细珠鸣玉上。忽挥素爪画七弦，苍崖劈裂进碎泉。愤声高，怨声咽，屈原叫天两妃绝。朝雉飞，双鹤离，属玉夜啼独鹜悲。吹我神飞碧霄里，牵我心灵入秋水。有如驱逐太古来，邪淫辟荡贞心开。孝为子，忠为臣，不独语言能教人。前弄啸，后弄鞏，一舒一惨非冬春。从朝至暮听不足，相将直说瀛洲宿。更深弹罢背孤灯，窗雪萧萧打寒竹。人间岂合值仙踪，此别多应不再逢。抱琴却上瀛洲去，一片白云千万峰。

和主司王起 一作和主司酬周侍郎

恩光忽逐晓春生，金榜前头忝姓名。三感至公神造化，重扬文德振寰瀛。仁为霖雨曾相贺，半在云霄觉更荣。何处新诗添照灼，碧莲峰下柳间营。

杜司空席上赋

　　《纪事》云：杜司空悰自忠武军节度使出镇澧阳，宣古数陪游宴，乘醉慢侮，悰欲辱之，长林公主曰："岂有饮而举人细过耶？"谓宣古请为诗，翼弥缝也。宣古得韵，立成此诗。

红灯初上月轮高，照见堂前万朵桃。觱栗调清银象一作字管，琵琶声亮紫檀槽。能歌姹女颜如玉，解引萧郎眼似刀。争奈夜深抛耍令,舞来挼一作接去使人劳。

赋寒食日亥时 一作寒食夜

人定朱门尚未一作半开,初星粲粲照人回。此时寒食无烟火一作灯烛,花柳苍苍月欲来。

句

翠盖不西来,池上天池歇。

冉冉池上烟。盈盈池上柳。生贵非道傍,不断行人手。 张为《主客图》

黄 颇

黄颇,宜春人。以洪奥文章蹉跎者一十三载,至会昌三年登第,官监察御史。诗三首。

风不鸣条 一作舒元舆

五纬一作习起祥飙,无声瑞圣朝。稍开含露蕊一作蕚,才转惹烟条。密叶应潜变一作长,低枝几暗摇。林间莺欲啭,花下蝶微飘。初满沿堤草,因生逐水苗。太平无一事,天外奏虞一作云韶。

和主司王起 一作和主司酬周侍郎

二十二年文教主,三千上士满皇州。独陪宣父蓬瀛奏,方接颜生鲁卫游。多羡龙门齐变化,屡看鸡树第名流。千堂何处最荣美,朱紫环〔尊〕(镈)几处酬。

闻宜春诸举子陪郡主登河梁玩月

一年秋半月当空,遥羡飞觞接庾公。虹影迥分银汉上,兔辉全写玉
筵中。笙歌送尽迎寒漏,冰雪吟消永夜风。虽向东堂先折桂,不如
宾席此时同。

张道符

　　张道符,字梦锡,会昌三年进士第。诗一首。

和主司王起 一作和主司酬周侍郎

三开文镜继芳声,暗暗云霄接去程。会压一作厌洪波先得路,早升
清禁共垂名。莲峰对处朱轮贵,金榜传时玉韵成。更许下一作不才
听白雪,一枝今过郄诜荣。

丘上卿

　　丘上卿,字陪之,会昌三年进士第。诗一首。

和主司王起 一作和主司酬周侍郎

常将公道选诸生,不是鸳鸿不得名。天上宴回联步武,禁中麻出满
寰瀛。簪裾尽过前贤贵,门馆仍叨旧学荣。看著凤池相继入,都堂
那肯滞关营。

石 贯

石贯,字总之,会昌三年进士第。诗一首。

和主司王起 一作和主司酬周侍郎

重德由来为国生,五朝清显冠公卿。风波久伫济川楫,羽翼三迁出谷莺。绛帐青衿同日贵,春兰秋菊异时荣。孔门弟子皆贤哲,谁料穷儒忝一名。

李 潜

李潜,字德隐,宜春人,会昌三年进士第。诗一首。

和主司王起 一作和主司酬周侍郎

文学宗师心秤平,无私三用佐贞明。恩波旧是仙舟客,德宇新添月桂名。兰署崇资金色重,莲峰高唱玉音清。羽毛方荷生成力,难继鸾凰上汉声。

孟 守 一作宁

孟守,字处中。长庆三年,王起主文,尝放及第,为时相所退。至会昌三年,起再知贡举,守龙钟就试成名。诗一首。

和主司王起 一作和主司酬周侍郎

科文又主守初时,光显门生济会期。美擅东堂登甲乙,荣同内署侍恩私。群莺共喜新迁木,双凤皆当即入池。别有倍深知感士,曾经两度得芳枝。

唐思言

唐思言,字子文,会昌三年进士第。诗一首。

和主司王起 一作和主司酬周侍郎

儒雅皆传德教行,几崇浮俗赞文明。龙门昔上波涛远,禁署同登渥泽荣。虚散谬当陪杞梓,后先宁异感生成。时方侧席征贤急,况说歌谣近帝京。

戈 牢 戈,《英华》作左。

戈牢,字德胶,会昌三年进士第。诗二首。

风不鸣条 一作章孝标诗

旭日悬清景,微风在绿条。入松声不发,度—作过柳影空摇。长养应潜变—作遍,扶疏每暗飘。有林时袅袅,无树渐—作暂萧萧。慢—作误逐青烟散,轻和瑞气—作树色饶。丰年知有待,歌咏美唐尧。

和主司王起 一作和主司酬周侍郎

圣乾文德最称贤,自古儒生少比肩。再启龙门将二纪,两司莺谷已三年。蓬山皆美成荣贵,金榜谁知忝后先。正是感恩流涕日,但思旌斾碧峰前。

金厚载

　　金厚载，字化光，会昌三年进士第。诗二首。

风 不 鸣 条

寂寂曙风生，迟迟散野轻。露华摇有滴，林叶袅无声。暗剪丛芳
发，空传谷鸟鸣。悠扬韶景静，澹荡霁烟横。远水波澜息，荒郊草
树一作木荣。吾君垂至化，万类共澄清。

和主司王起 一作和主司酬周侍郎

长庆曾收间世英，果居台阁冠公卿。天书再受恩波远，金榜三开日
月明。已见差肩趋翰苑，更期连步掌台衡。小儒谬迹云霄路，心仰
莲峰望太清。

王甚夷

　　王甚夷，字无党，会昌三年进士第。诗二首。

风 不 鸣 条

圣日祥风起，韶晖助发生。蒙蒙遥野色，袅袅细条轻。荏弱看渐
动，怡和吹不鸣。枝含余露湿，林霁晓烟平。缥缈春光媚，悠扬景
气晴。康哉帝尧代，寰宇共澄清。

和主司王起 一作和主司酬周侍郎

春闱帝念主生成，长庆公闻两岁名。有蕴赤心分雨露，无私和气浃

寰瀛。龙门乍出难胜幸,鸳侣先行是最荣。遥仰高峰看白雪,多惭
属和意屏营。

全唐诗卷五五三

姚鹄

姚鹄,字居云,蜀人。登会昌三年进士第。诗一卷。

送李潜归绵州觐省

朱楼对翠微,红斾出重扉。此地千人望,寥天一鹤归。雪封山崦白,鸟拂栈梁飞。谁比趋庭恋,骊珠耀彩衣。

塞外寄张侍御

千里入黄云,羁愁日日新。疏钟关路晓,远雨塞山春。南眺有归雁,北来无故人。却思陪宴处,回望与天邻。

晓 发 一作赵嘏诗

旅行宜早发,况复是南归。月影缘山尽,钟声隔浦一作水微。残星萤共失,落叶鸟和飞。去去渡南浦,村中人出稀。

题终南山隐者居

开门绝壑旁,蹑藓过花梁。路入峰峦影,风来艺术一作草香。夜吟明雪牖,春梦闭云房。尽室更何有,一琴兼一觞。

嘉川驿楼晚望

楼压寒江上，开帘对翠微。斜阳诸岭暮，古渡一僧归。窗迥云冲起，汀一作天遥鸟背飞。谁言坐多倦，目极自忘机。

送人归吴

东吴与上国，万里路迢迢。为别晨昏久，全轻水陆遥。湘阴岛上寺，楚色月中潮。到此一长望一作叹，知君积恨销。

送石贯一作贾归湖州

同志幸同年，高堂君独还。齐荣恩未报，共隐事应闲。访寺临湖岸，开楼见海山。洛中推二陆，莫久恋乡关。

送刘耕归舒州

四座莫纷纷，须臾歧路分。自从同得意，谁不惜离群。旧国连青海，归程在白云。弃繻当日路，应竞看终军。

寄赠许璋少府

若说君高道，何人更得如。公庭唯树石，生计是琴书。诗句峭无敌，文才清有馀。不知尺水内，争滞北溟鱼。

寄雍陶先辈

知音杳何处，书札寄无由。独宿月中寺，相思天畔一作半楼。露凝衰草白，萤度远烟秋。怅望难归枕，吟劳生夜愁。

寄 友 人

西风又开菊，久客意如何。旧国天涯远，清砧月夜多。明时难际
会，急景易蹉跎。抱玉终须献，谁言恋薜萝。

感 怀 陈 情

恩重空感激，何门誓杀身。谬曾分玉石，竟自困风尘。阴谷非因
暖，幽丛岂望春。升沉在言下，应念异他人。

送程秀才下第归蜀

莺迁与鹖退，十载泣岐分。蜀道重来老，巴猿此去闻。晓程侵岭
雪，远栈入谿云。莫滞趋庭恋，荣亲只待君。

旱鱼词上苗相公

似龙鳞已足，唯是欠登门。日里腮犹湿，泥中目未昏。乞锄防蚁
穴，望水泻金盆。他日能为雨，公田报此恩。

野寺寓居即事二首

南山色当户，初日半檐时。鹤去卧看远，僧来嫌起迟。窗明云影
断，庭晓树阴移。何处题新句，连谿密叶垂。

古寺更何有，当庭唯折幢。伴僧青薜榻，对雨白云窗。暝色生前
岭，离魂隔远江。沙洲半藜草，飞鹭白双双。

襄州献卢尚书

立事成功尽远图，一方独与万方殊。藩臣皆一作昔竞师兵略，相国
今多揖庙谟。礼乐政行凋弊俗，歌谣声彻帝王都。即随风诏归何

处，只是操持造化炉。

将归蜀留献恩地仆射二首

自持衡镜采幽沈，此事常闻旷古今。危叶只将终委地，焦桐谁料却
为琴。蒿莱讵报生成德，犬马空怀感恋心。明日还家盈眼血，定应
回首即沾襟。

江上长思狎钓翁，此心难与昨心同。自承丘壑一作岳新恩重，已分
烟霞旧隐空。龙变偶因资巨浪，鸟飞谁肯借高风。应怜死节无门
效，永叹潜怀似转蓬一作冰炭潜怜逐转蓬。

随州献李侍御二首

彩笔曾专造化权，道尊翻向宦途闲。端居有地唯栽药，静坐无时不
忆山。德望旧悬霄汉外，政声新溢路岐间。众知圣主搜贤相，朝夕
欲征黄霸还。

再刖未甘何处说，但垂双泪出咸秦。风尘匹马来千里，蓬梗全家望
一身。旧隐每怀空竟夕，愁眉不展几经春。今朝傥降非常顾，倒屣
宁惟有古人。

虢州献杨抑一作大卿二首

盖世英华更有谁，赋成传写遍坤维。名科累中求贤日，苦节高标守
郡时。楼上叫云秋鼓角，林间宿鹤夜旌旗。征归诏下应非久，德望
人情在凤池。

碧山曾共惜分阴，暗学相如赋上林。到此敢逾千里恨，归家且遂十
年心。疏愚只怯膺门险，浅薄争窥孔室深。一顾傥怜持苦节，更令
何处问升沉。

赠边将

三边近日往来通,尽是将军镇抚功。兵统万人为上将,威加千里慑西戎。清笳绕塞吹寒月,红旆当山肃晓风。却恨北荒沾雨露,无因扫尽虏庭空。

送费炼师供奉赴上都

缩地周游不计程,古今应只有先生。已同化鹤临华表,又见骖龙向玉清。萝磴静攀云共过,雪坛当醮月孤明。无因相逐朝天帝一作去,空羡烟霞得送迎。

和徐先辈秋日游泾州南亭呈三二同年

多此欢情泛鹢舟,桂枝同折塞同游。声喧岛上巢松鹤,影落杯中过水鸥。送日暮钟交戌岭,叫云寒角动城楼。酒酣笑语秋风里,谁道槐花更起愁。

送一本有同年二字黄颇归袁

莫倦连期在醉乡,孔门多恋惜分行。文章声价从来重,霄汉途程此去长。何处听猿临万壑,几宿一作宵因月一作因宿滞三湘。炉峰若上应相忆,不得同过惠远房。

和陕州参军李通微首夏书
怀呈同僚张裳段群二先辈

公门何事更相牵,邵伯优贤任养闲。满院落花从覆地,半檐初日未开关。寻仙郑谷烟霞里,避暑柯亭树石间。独为高怀谁和继,掾曹同处桂同攀。

玉真观寻赵尊师不遇

羽客朝元昼掩扉，林中一径雪中微。松阴绕院鹤相对，山色满楼人未归。尽日独思风驭返，寥天几望野云飞。凭高目断无消息，自醉自吟愁落晖。

及第后上主司王起

三年竭力向春闱，塞断浮华众路岐。盛选栋梁非一作称昔日，平均雨露及明时。登龙旧美无邪径，折桂新荣尽直枝。莫道只陪金马贵，相期更在凤凰池。

送贺知章入道 一本题上有拟字

若非尧运及垂衣，肯许巢由脱俗机。太液始同黄鹤下，仙乡已驾白云归。还披旧褐辞金殿，却捧玄珠向翠微。羁束惭无仙药分，随车一作君空有梦魂飞。

送友人出塞

帝城春色著寒梅，去恨离怀醉不开。作别欲将何计免，此行应又隔年回。入河残日雕西尽，卷雪惊蓬马上来。有思莫忘清塞学，众传君负佐王才。

送僧归新罗

淼淼万馀里，扁舟发落晖。沧溟何岁别，白首此时归。寒暑途中变，人烟岭外稀。惊天巨鳌斗一作起，蔽日大鹏飞。雪入行砂屦，云生坐石衣。汉风深习得，休恨本心违。

奉和秘监从翁夏日陕州河亭晚望

洪河何处望，一境在孤烟。极野如蓝日，长波一作陂似镜年。卷帘花影里，倚槛鹤巢边。霞焰侵旌旆，滩声杂管弦。钟微来叠岫，帆远落遥天。过客多一作烦相指一作访，应疑会水仙。

风 不 鸣 条

吾君理化清，上瑞报时平。晓吹何曾歇，柔条自不鸣。花香知暗度，柳动觉潜生。只见低垂影一作势，那闻击触声。大王初溥畅，少女正轻盈。幸遇无私力，幽芳愿发荣。

书情献知己

日日恨何穷，巴云旧隐一作望空。一为栖寓客，二见北归鸿。有道期攀桂，无门息转蓬。赁居将罄比，乞食与僧同。花月登临处，江山怅望中。众皆轻病骥，谁肯救焦桐。坐惜春还至，愁吟夜每终。谷寒思变律，叶晚怯回风。谒蔡惭王粲，怜衡冀孔融。深恩知一作如尚在，何处问穷通。

和工部杨尚书重送绝句

桂枝攀得献庭闱，何似空怀楚橘归。好控扶摇早回首，人人思看大鹏飞。

全唐诗卷五五四

项　斯

项斯,字子迁,江东人。会昌四年擢第,终丹徒尉。诗一
卷。

寄石桥僧

逢师入山日,道在石桥边。别后何—作无人见,秋来几处禅。溪中
云隔寺,夜半雪—作雨添泉。生有天台约,知—作应无却—作再出缘。

送欧阳衮归闽中

秦城几年住,犹著故乡衣。失意时相—作曾识,成名后独归。海秋
蛮树黑,岭夜瘴禽飞。为学心难满,知君更掩扉。

古　观

置观碑已折,看松年不分。洞中谁识药,门外日添坟。放去龟随
水,呼来鹿怕薰。坛边见灰火,几烧祭星文。

题令狐处士谿居

白发已过半,无心离此溪。病尝山药遍,贫起草堂低。为月窗从
破,因诗壁重泥。近来常夜坐,寂寞与僧齐。

送僧归南岳

心知衡岳路，不怕去人稀。船里谁—作犹鸣磬，沙头自曝衣。有家
从小别，是寺即言归。料得逢春—作寒住，当禅云—作船雪满扉。

宁　州　春　思

失意离城早，边城任见花。初为断酒客，旧识卖书家。寒寺稀无
雪，春风亦有沙。思归频入梦，即路不言赊。

山友赠藓花冠

尘污出华发，惭君青藓冠。此身闲未得，终日戴应难。好就松阴
挂，宜当枕石看。会须寻道士，簪去绕霜坛。

蛮　家

领得卖珠钱，还归铜柱边。看儿调小象，打鼓试新船。醉后眠神
树，耕时语瘴烟。不逢寒便老，相问莫知年。

早春题湖上顾氏新居二首

近得水云看—作云中路，门长侵早开。到时微—作犹有雪，行处又—作
已无苔。劝酒客初醉，留茶僧未来。每逢晴暖日，唯见乞花栽。
门不当官道，行人到亦稀。故从餐后出，方—作多至夜深归。开箧
拣—作收，—作陈。书—作诗卷，扫床移褐—作卧衣。几时同买宅，相近
有柴扉。

苍　梧　云　气

何年化—作尽作愁，漠漠便难收。数点山能远，平铺水不流。湿连

湘竹暮,浓盖舜坟秋。亦有思归—作乡客,看来尽白头。

晚 春 花

阴洞日光薄,花开不及时。当春无半树,经烧—作晚足空枝。疏与
香风会,细将泉影移。此中人到少,开尽几人知。

宿胡氏溪亭

独住水声里,有亭无热时。客来因月宿,床势向山移。鹤睡松枝
定,萤归葛叶垂。寂寥犹欠伴,谁为报僧知。

送华阴隐者

往往到城市,得非征药钱。世人空识面,弟子莫知年。自说能医
死,相期更学仙。近来移住处,毛女旧峰前。

落第后寄江南亲友

古巷槐阴合,愁多昼掩扉。独存过江马,强拂看花衣。送客心先
醉,寻僧夜不归。龙钟易惆怅,莫遣寄书稀。

欲 别

花时人欲别,每日醉樱桃。买酒金钱尽,弹筝玉指劳。归期无岁
月,客路有风涛。锦缎裁衣赠,麒麟落剪刀。

留别张水部籍

省中重拜别,兼领寄—作故人书。已念此行—作程远,不应相问疏。
子—作禁城西并宅,御水北同渠。要取春前到,乘闲候起居。

小 古 镜

字已无人识,唯应记铸年。见来深似水,携去重于钱。鸾翅巢空月,菱花遍小天。宫中照黄帝,曾得化为仙。

题太白山隐者

高居在幽岭,人得见时稀。写篆肩虚白,寻僧到翠微。扫坛星下宿,收药雨中归。从服小还后,自疑身解飞。

病中怀王展先辈在天台

枕上用心静,唯应改旧诗。强行休去早,暂卧起还迟。因说来归处,却愁初病时。赤城山下寺,无计得相随。

鲤 鱼

似龙鳞又足,只是欠登门。月里腮犹湿,泥中目未昏。乞锄防蚁穴,望水写金盆。他日能为雨,公田报此恩。

子 规 一作贾岛诗

游魂自相叫,宁复记前身。飞过人家月,声连客路春。梦边催晓急,愁外送风频。自有沾花血,相和泪一作露滴新。

边州客舍

开门不成出,麦色遍前坡。自小诗名在,如今白发多。经年无越信,终日厌蕃歌。近寺居僧少,春来亦懒过。

赠 道 者

晏来知养气，度日语时稀。到处留丹一作唯开井，终一作经寒不絮衣。病乡多惠药，鬼俗有符威。自说身轻健，今年数梦飞。

边 游

古镇门前去，长安路在东。天寒明堠火，日晚裂旗风。一作天晴槐叶雾，日暮苹花风。塞馆皆无事一作簟，儒装亦有弓。防秋故乡卒，暂喜语音同。

夜 泊 淮 阴

夜入楚家烟，烟中人未眠。望来淮岸尽，坐到酒楼前。灯影半临水，筝声多在船。乘流向东去，别此易经年。

远 水

渺渺浸天色，一边生晚光一作凉。阔浮一作含萍思一作势远，寒入雁愁长。北极连平地，东一作南流即一作接故乡。扁舟来一作当宿处，仿佛似潇湘。

黄 州一作河暮愁

凌澌冲泪眼，重叠自西来。即夜寒应合，非春暖不开。岂无登陆计，宜弃济川材。愿寄浮天外，高风万里回。

晓一作早发昭应

行人见雪愁，初作帝乡一作京游。旅店开偏早，乡帆去未收。灯残催卷席，手冷怕梳头。是物寒无色，汤泉正一作只自流。

赠金州姚合使君

为郎名更重,领郡是蹉跎。官壁题诗尽,衙庭看鹤多。城池连草一
作竹堑,篱落带椒坡。未觉旗幡一作旌贵,闲行一作游触处过。

送殷中丞游边

话别无长夜,灯前闻曙鸦。已行难避雪,何处合逢花。野寺门多
闭,羌楼酒不赊。还须见一作向边将,谁拟静尘沙。

寄 坐 夏 僧

坐夏日偏长,知师在律堂。多因束带热,更忆剃头凉。苔色侵经
架,松阴到簟床。还应炼诗句,借卧石池傍。

寄 卢 式

到处久南望,未知何日回。寄书频到海,得梦忽闻雷。岭日当秋
暗,蛮花近腊开。白身居瘴疠,谁不惜君才。

日东一作本病僧

云水绝归路,来时风送船。不言一作已无身后事一作念,犹坐病中禅。
深壁藏灯影,空窗出艾烟。已无乡土信,起塔寺门前。一作要人知是
客,白日指生缘。

泛 溪

溪船泛渺弥,渐觉灭炎辉。一作溪舟泛数里,便觉少炎辉。动水花连影,
逢人鸟背飞。深犹见白石,凉好换生衣。未得多诗句,终须隔宿
归。

送顾少府 一作送顾逢尉永康

作尉年犹少,无辞去路赊。渔舟县前泊,山吏日高衙。幽景临谿寺,秋蝉织杼一作纴家。行程须过越,先一作应醉镜湖花。

咸阳别李处士

古道自迢迢,咸阳离别桥。越人闻水处,秦树带霜朝。驻马言难尽,分程望易遥。秋前未相见,此意转一作各萧条。

寄　流　人

毒草不曾枯,长添客健无。雾开蛮市合,船散海城孤。象迹频藏齿,龙涎远蔽珠。家人秦地老,泣对日南图。

华 顶 道 者

仙人掌中住,生一作坐有上天期。已废烧丹处,犹多种杏时。养龙于浅水,寄鹤在高枝。得道复无事,相逢尽日棋。

酬从叔听夜泉见寄

梦罢更开户,寒泉声隔云。共谁寻最远,独自坐偏闻。岩际和风滴,溪中泛月分。岂知当此夜,流念到江濆。

和李用夫栽小松

移来未换叶,已胜在空一作深山。静对心标直,遥吟境助闲。影侵残雪际,声透小窗间。即耸凌空干,修修岂易攀。

哭 南 流 人

遥见南来使,江头哭问君。临终时有雪,旅葬处无云。官库空收剑,蛮—作山僧共起坟。知名人尚少,谁为录遗文。

经 李 白 墓

夜郎归未老,醉死此江边。葬阙官家礼,诗残乐府篇。游魂应到蜀,小碣岂旌贤。身没犹何罪,遗坟野火燃。

春夜樊川竹亭陪诸同年宴

相知皆是旧,每恨独游频。幸此同芳夕,宁辞倒醉身。灯光遥映烛,萼粉暗飘茵。明月分归骑,重来更几春。

送 僧

灵山巡未遍,不作住持心。逢寺暂投宿,是山皆独寻。有时过静界,在处想空林。从小即行脚,出家来至今。

送苏处士归西山

南游何所为,一箧又空归。守道安清世,无心换白衣。深林蝉噪暮,绝顶客来稀。早晚重相见,论诗更及微。

游 烂 柯 山

步步出尘氛,溪山别是春。坛边时过鹤,棋处寂无人。访古碑多缺,探幽路不真。翻疑归去晚,清世累移晨。

送友人之永嘉

长贫知不易，去计拟何逃。相对人愁别，经过几处劳。城连沙岫远，山断夏云高。犹想成诗处，秋灯半照涛。

巴中逢故人

劳思空积岁，偶会更无由。以分难相舍，将行且暂留。路岐何处极，江峡半猿愁。到此分南北，离怀岂易收。

送归江州友人初下第 一作送友人下第归

名高不俟召，收采献君门。偶屈应缘数，他人尽为冤。新春城外路，旧隐水边村。归去无劳久，知君更待论。

舜 城 怀 古

禅禹逊尧聪，巍巍盛此中。四隅咸启圣，万古赖成功。道德去弥远，山河势不穷。停车一再拜，帝业即今同。

送刘道士之成都严真观 严公通《老子》《易》以成道

严君名不朽，道出二经中。归去精诚恳，还应梦寐通。池台镜定月，松桧雨馀风。想对灵玄忆，人间恋若空。

汉南遇友人

此身西复东，何计此相逢。梦尽吴越水，恨深襄汉钟。积云开去路，曙雪叠前峰。谁即知非旧，怜君忽见容。

游头陀寺上方

高步陟崔嵬,吟闲路惜回。寺知何代有,僧见梵天来。暮霭连沙积,馀霞遍槛开。更期招静者,长啸上南台。

送友人游河东

停车晓烛前,一语几潸然。路去干戈日,乡遥饥馑年。湖波晴见雁,槐驿晚无蝉。莫纵经时住,东南书信偏。

中秋夜怀

趋驰早晚休,一岁又残秋。若只如今日,何难至白头。沧波归处远,旅食尚^{一作向}边愁。赖见前贤说,穷通不自由。

寄富春孙路处士

平生醉与吟,谁是见君心。上国一归去,沧江闲至今。钟繁秋寺近,峰阔晚涛深。疏放长如此,何人长得寻。

送客归新罗

君家沧海外,一别见何因。风土虽知教,程途自致贫。浸天波色晚,横笛鸟行春。明发千樯下,应无更远人。

杭州江亭留题登眺

处处日驰销,凭轩夕似朝。渔翁闲鼓棹,沙鸟戏迎潮。树间津亭密,城连坞寺遥。因谁报隐者,向此得耕樵。

荆州夜与友亲相遇

山海两分岐，停舟偶似期。别来何限意，相见却无辞。坐永神凝梦，愁繁鬓欲丝。趋名易迟晚，此去莫经时。

送友人游边

方春到帝京—作城，有恋有愁并。万里江海思，半年沙塞程。绿阴斜向驿，残照远侵城。自可资新课，还期振盛名。

题赠宣州亢拾遗

传骑一何催，山门昼未开。高人终避世，圣主不遗才。坐次敧临水，门中独举杯。谁为旦夕侣，深寺数僧来。

姚 氏 池 亭

池馆饶嘉致，幽人惬所闲。筱风能动浪，岸树不遮山。啸槛鱼惊后，眠窗鹤语间。何须说庐阜，深处更跻攀。

送友人之江南

东南路苦辛，去路见无因。万里此相送，故交谁更亲。日浮汀草绿，烟霁海山春。握手无别赠，为予书札频。

彭蠡湖春望

湖亭东极望，远棹不须回。遍草新湖落，连天众雁来。芦洲残照尽，云障积烟开。更想鸱夷子，扁舟安在哉。

闻友人会裴明府县楼

闲阁雨吹尘，陶家揖上宾。湖山万叠翠，门树一行春。景遍归檐燕，歌喧已醉身。登临兴不足，喜有数来因。

归　家　山　行

献赋才何拙，经时不耻归。能知此意是，甘取众人非。遍陇耕无圃，缘溪钓有矶。此怀难自遣，期在振儒衣。

长安书怀呈知己

江湖归不易，京邑计长贫。独夜有知己，论心无故人。一灯愁里梦，九陌病中春。为问清平日，无门致出身。

闻　蝉

动叶复惊神，声声断续匀。坐来同听者，俱是未归人。一棹三湘浪，单车二蜀尘。伤秋各有日，千可念因循。

李处士道院南楼

霜晚复秋残，楼明近远山。满壶邀我醉，一榻为僧闲。树簇孤汀眇，帆欹积浪间。从容更南望，殊欲外人寰。

送顾非熊及第归茅山

吟诗三十载，成此一名难。自有恩门入，全无帝里欢。湖光愁里碧，岩景梦中寒。到后松杉月，何人共晓看。

春日题李中丞樊川别墅

心知受恩地，到此亦裴回。上路移时立，中轩隔宿来。川光通沼沚，寺影带楼台。无限成蹊树，花多向客开。

龙州与韩将军夜会

庭绿草纤纤，边州白露沾。别歌缘剑起，客泪是愁添。见月鹊啼树，避风云满帘。将军尽尊酒，楼上赋星占。

途中逢友人

长大有南北，山川各所之。相逢孤馆夜，共忆少年时。烂醉百花酒，狂题几首诗。来朝又分袂，后会鬓应丝。

送友人下第归襄阳

失意已春残，归愁与别难。山分关路细，江绕夜城寒。草色连晴坂，鼍声离晓滩。差池是秋赋，何以暂怀安。

宿 山 寺

栗叶重重复翠微，黄昏溪上语人稀。月明古寺客初到，风度闲门僧未归。山果经霜多自落，水萤穿竹不停飞。中宵能得几时睡，又被钟声催著衣。

病 鹤

青云有意力犹微，岂料低回得所依。幸念翅因风雨困，岂教身陷稻粱肥。曾游碧落宁无侣，见有清池不忍飞。纵使他年引仙驾，主人恩在亦应归。

梦　仙

昨宵魂梦到仙津,得见蓬山不死人。云叶许裁成野服,玉浆教吃润愁身。红楼近月宜寒水,绿杏摇风占古春。次第引看行未遍,浮光牵入世间尘。

古　扇

昨日裁成夺夏威,忽逢秋节便相违。寒尘妒尽秦王女,凉殿恩随汉主妃。似月旧临红粉面,有风休动麝香衣。千年萧瑟关人_{一作人间}事,莫语_{一作话}当时掩泪归。

泾州听张处士弹琴

边州独夜正思乡,君又弹琴在客堂。仿佛不离灯影外,似闻流水到潇湘。

赠　别

鱼在深泉鸟在云,从来只得影相亲。他时纵有逢君处,应作人间白发身。

对　鲙

行到鲈鱼乡里时,鲙盘如雪怕风吹。犹怜醉里江南路,马上垂鞭学钓时。

忆朝阳峰前居

每忆闲眠处,朝阳最上峰。溪僧来自远,林路出无踪。败褐黏苔遍,新题出_{一作在}石重。霞光侵曙发,岚翠近秋浓。健羡机能破,安危道不逢。雪残猿—作僧到阁，庭午鹤离松。此地虚为别，人间久未容。何时无一事，却去养疏慵。

暮上瞿唐峡

自古艰难地，孤舟旦暮程。独愁空托命，省已是轻生。有树皆相倚，无岩不倒倾。蛟螭波数怒，鬼怪火潜明。履道知无负，离心自要惊。何年面骨肉，细话苦辛行。

和李中丞醉中期王徵君
月夜同游浐水旧居

醉后情俱远，难忘素浐间。照花深处月，当户旧时山。事想同清话，欢期一破颜。风流还爱竹，此夜尚思闲。

浊 水 求 珠

灵魄自沉浮，从来任浊流。愿从深处得，不向暗中投。圆月时堪惜，沧波路可求。沙寻龙窟远，泥访蚌津幽。是宝终知贵，唯恩且用酬。如能在公掌，的不负明眸。

江 村 夜 泊

日—作月落江路—作村黑，前村人语稀。几家深树里，一—作点火夜渔—作照船归。

落第后归觐喜逢僧再阳

相逢须强笑，人世别离频。去晓—作晓去长侵月，归乡动隔春。见僧心暂静，从俗事多屯。宇宙诗名小，山河客路新。翠桐犹入爨，青镜未辞尘。逸足常思骥，随群且—作自退鳞。宴乖红杏寺，愁在绿杨津。羞一作老病难为药，开眉懒顾一作赖故人。

送越僧元瑞

静中无伴侣，今亦独随缘。昨夜离空室，焚香净去船。

旧　宫　人

自出先皇玉殿中，衣裳不更染深红。宫钗折尽垂空鬓，内扇穿一作
遮，一作藏，一作摇。多减半风。桃熟亦曾君手赐，酒阑犹候妾歌终。
如今还向城边住，御水东流意不通。

梦　游　仙

梦游飞上天家楼，珠箔当风挂玉钩。鹦鹉隔帘呼再拜，水仙移镜懒
梳头。丹霞不是人间晓，碧树仍逢岫外秋。将谓便长于此地，鸡声
入耳所堪愁。

送宫人入道

愿随仙女董双成，王母前头作一作结伴行。初戴玉冠多误拜，欲辞
金殿别称名。将敲碧落新斋磬，却进昭阳旧赐筝。旦暮焚香绕坛
上，步虚犹作按歌声。

长　安　退　将

塞晚冲沙损眼明，归来养病住秦京。上高楼阁看星坐，著白衣裳把
剑行。常说老身思斗将，最悲无力制蕃营。翠眉红脸和回鹘，惆怅
中原不用兵。

遥 装 夜

卷席贫抛壁下床，且铺他处对灯光。欲行千里从今夜，犹惜残春发故乡。蚊蚋已生团扇急，衣裳未了剪刀忙。谁知更有芙蓉浦；南去令人愁思长。

送苗七求职

相逢未得三回笑，风送离情入剪刀。客路最能销日月，梦魂空自畏波涛。独眠秋夜琴声急，未拜军城剑色高一作远拜城隍剑气高。去去缘多山与海，鹤身宁肯一作不为飞劳。

山 行 一作山中作

青枥林深一作疏亦有人，一渠流水数家分。山当日午回一作移峰影，草带泥痕过鹿群。蒸茗气从一作冲茅舍出，缫丝声隔竹篱闻。行逢卖药归来客，不惜相随入岛云。

题永忻寺影堂

不遇修寺日，无钱入影堂。故来空礼拜，临去重添香。僧得名难一作虽近，灯传火已长。发心依止后，借住有邻房。

献令狐相公时相公郊坛行事回 一作赵嘏诗

鹗在卿云冰在壶，代天才业本讦谟。荣同伊陟传朱户，秀比王商入画图。昨夜星辰回剑履，前年风月满江湖。不知机务时多暇，还许诗家属和无。

句

佳人背江坐，眉际列烟树。　庾楼燕

马蹄没青莎，船迹成空波。

春风吹两意，何意更相值。　古意　以上并见张为《主客图》

更望会稽何处是，沙连竹箭白鹇群。　见《吟窗杂录》

全唐诗卷五五五

马　戴

　　马戴,字虞臣,会昌四年进士第。宣宗大中初,太原李司空辟掌书记,以正言被斥为龙阳尉。懿宗咸通末,佐大同军幕,终太学博士。诗集一卷,今编二卷。

校猎曲 第十句缺二字

楚子畋郊野,布罟笼天涯。浮云张作罗,万草结成罝。意在绝飞鸟,臂弓腰镞铘。远将射勾践,次欲诛夫差。壮志一朝尽,他□□繁华。当时能猎贤,保国兼保家。

蛮　家

领得卖珠钱,还归铜柱边。看儿调小象,打鼓放新船。醉后眠神树,耕时语瘴烟。又逢衰蹇老,相问莫知年。

春　思

初日照杨柳,玉楼含翠阴。啼春独鸟思,望远佳人心。幽怨贮瑶瑟,韶光凝碧林。所思曾不见,芳草意空深。

送从叔—作弟赴南海幕

洞庭秋色起，哀狖更难闻。身往海边郡，帆悬天际云。炎州罗翠
鸟，瘴岭控蛮军。信一作消息来非易，堪悲此路分。

江行留别

吴楚半秋色，渡江逢苇花。云侵帆影尽一作落，风逼雁一作鸟行斜。
返一作夕照开岚一作峰翠，寒潮荡一作漾浦沙。余将何所往，海一作孤
峤拟一作欲营家。

将别寄友人

帝乡归未得，辛苦事羁游。别馆一尊酒，客程千里秋。霜风红叶
寺，夜雨白蘋洲。长恐此时泪，不禁和恨流。

客　行

路岐长不尽，客恨杳难通。芦荻晚汀雨，柳花南浦风。乱钟嘶马一
作鸣鸟急，残日半帆红。却羡渔樵侣，闲歌落照一作黯谷中。

过野叟居

野人闲种树，树老野人前。居止白云内，渔樵沧海边。呼儿采山
药，放犊饮溪泉。自著养生论，无烦忧暮年。

答光州王使君

信一作昨来淮上郡，楚岫入秦云。自顾为儒者，何由答使君。蜕风
蝉半一作乍失，阻雨雁频闻。欲识平生分，他时别纪勋。

下第再过崔邵池阳居

岂无故乡路,路远未成归。关内相知少,海边来信稀。离云空石
穴,芳草偃郊扉。谢子一留宿,此心聊息机。

夕次淮口

天涯秋光尽,木末群鸟还。夜久游子息,月明歧路闲。风生淮水
上,帆落楚云间。此意竟谁见,行行非一作悲故关。

落日怅望

孤云与归鸟,千里片时间。念我一何滞,辞家久未还。微阳下乔
木,远色隐秋山。临水不敢照,恐惊平昔颜。

早发故山作

云门夹峭石,石路荫长松。谷响猿相应,山深水复重。餐霞人不见
一作已往,采药客犹逢。独宿灵潭侧,时闻岳顶钟。

下第别郜扶 一作大,一作秩。

穷途别故人,京洛泣风尘。在世即应老,他乡又欲春。平生空志
学,晚岁一作节拙谋身。静话归休计,唯将海上一作沧海亲。

寄终南真空禅师

闲想白云外,了然清净僧。松门山半寺,夜雨佛前灯。此境可长住
一作往,浮生自不能。一从林下别,瀑布几成冰。

长安寓居寄赠贾岛 一作长安赠贾岛

岁暮见华发，平生志半空。孤云不我弃，归隐与谁同。枉道一作羡
紫宸谒，妨栽丹桂丛。何如随野鹿，栖止石岩一作在林中。

秋 郊 夕 望

度鸟向栖急，阴虫逢夜多。馀霞媚秋汉，迥月濯沧波。蔓草将萎
绝，流年其奈何。耿然摇落思，独酌不成歌。

赠 越 客

故国波涛隔，明时已久留。献书双阙晚，看月五陵秋。南棹何时
返，长江忆共游。遥知钓船畔，相望在汀洲。

送顾非熊下第归江南

无成西别秦，返驾江南春。草际楚田雁，舟中吴苑人。残云挂绝
岛，迥树入通津。想到长洲日，门前多白蘋。

汧上劝一作款旧友

斗酒故人同，长歌起北风。斜阳一作日斜高垒闭，秋角暮山空。雁
叫一作宿寒流上，萤飞薄一作淡雾中。坐来生一作忧白发，况复久从
戎。

送狄参军赴杭州

新官非次受，圣主宠前勋。关雪发车晚，风涛挂席闻。海门山叠
翠，湖岸郡藏云。执简从公后，髯参岂胜君。

过故人所迁新居

金马诏何晚,茂陵居近修。客来云雨散,鸟下梧桐秋。迥汉衔天阙,遥泉响御沟。坐看凉月上,为子一淹留。

落　照 一作耿沣诗

照曜天山外,飞鸦几共过。微红拂秋汉,片白透长波。影促寒汀薄,光残古木多。金霞与云气,散漫复相和。

宿崔邵池阳别墅

杨柳色已改一作故,郊原日复低。烟生寒渚上一作树上,霞散乱山西一作雾薄乱流西。待月人相对,惊风雁不齐。此心君莫问,旧国去将迷。

楚江怀古三首

露气寒光集,微阳下楚丘。猿啼洞庭树,人在木兰舟。广泽生明月,苍山一作霞夹乱流。云中君不降一作见,竟夕自悲秋。

惊鸟去无际,寒蛩鸣我傍。芦洲生早雾,兰隰下微霜。列宿分穷野,空流注大荒。看山候明月,聊自整云装。

野风吹蕙带,骤雨滴兰桡。屈宋魂冥寞,江山思寂寥。阴霓侵晚一作反景,海树入回潮。欲折寒芳荐,明神讵可招。

远　水

荡漾空沙际,虚明入远天。秋光照不极,鸟影去无边。势引长云断,波轻一作凝片雪连。汀洲杳难到,万古覆苍烟。

夕发邠宁寄从弟 —作寄舒从事

半一作饮酤走马别一作白马，别后锁边城。日落月未上，鸟栖人独行。
方驰故国恋，复怆长年情。入一作久夜不能息，何当闲此生。

赠别北客 一本无别字

君生游侠地，感激气何高。饮尽玉壶酒，赠留金错刀。雁关飞霰
雪，鲸海落云涛。决去如征鸟，离心空自劳。

夜下 一作入湘中

洞庭人夜别一作到，孤一作鸣棹下湘中。露洗寒山遍，波摇楚月空。
密林飞暗狖，广泽发鸣鸿。行值一作抵扬帆者，江分又不同。

送吕郎中牧东海郡

假道经淮泗，樯乌集隼旟。芜城沙茭接，波岛石林疏。海鹤空一作
公庭下，夷人远岸居。山乡足一作召遗老，伫听荐贤书。

山 行 偶 作

缘危一作巴路忽穷，投宿值樵翁。鸟下山含暝一作影，蝉鸣露滴空。
石门斜月入，云窦暗泉通。寂寞生幽思，心疑旧隐同。

巴 江 夜 猿

日饮巴江水，还啼巴岸边。秋声巫峡断，夜影楚云连。露滴青枫
树，山空明月天。谁知泊船一作帆者，听此不能眠。

送田使君牧蔡州

主意思政一作共理，牧人官不轻。树多淮右地，山远汝南城。望稼周一作殷田隔，登楼楚月生。悬知蒋亭下，渚鹤伴闲行。

雀 台 怨

魏宫歌舞地，蝶戏鸟还鸣。玉座人难到一作倒，铜台雨滴平。西陵树不见，漳浦草空生。万恨尽埋此，徒悬千载名。

早 发 故 园

语一作论别在中夜，登车离故乡。曙钟寒出岳一作寺，残月迥凝霜。风柳条多折，沙云气尽黄。行逢海西雁，零落不成行。

赠 别 江 客

湘中有岑穴，君去挂帆过。露细兼葭广，潮回岛屿多。汀洲延夕照，枫叶坠寒波。应使同渔者，生涯许钓歌。

宿 翠 微 寺

处处松阴一作生满，樵开一径通。鸟归云壑一作霜磬静，僧语石楼一作桥空。积翠含微月，遥泉韵细风。经行心不厌，忆在故山中。

霁后寄白阁僧

苍翠霾高雪，西峰鸟外看。久披山衲坏，孤坐石床寒。盥手水泉滴，燃灯夜烧残。终期老云峤，煮药伴中餐。

送僧归金山寺

金陵山一作江色里，蝉急向秋分。迥寺横洲岛，归僧渡水云。夕阳依岸尽一作落，清磬隔潮闻。遥想禅林下，炉香带一作对月焚。

新秋雨霁宿王处士东郊

夕阳逢一雨，夜木洗清阴。露气竹窗静，秋光云一作月一作色深。煎尝灵药一作草味，话及一作友故山心。得意两不寐，微风生玉琴。

关山曲二首

金甲耀兜鍪，黄金一作云拂紫骝。叛羌旗下戮，陷壁夜中收。霜霰戎衣月，关河碛气秋。箭疮殊未合，更遣击兰州。

火发龙山北，中宵易左贤。勒兵临汉水，惊雁散胡天。木落防河急，军孤受敌偏。犹闻汉皇怒，按剑待开边。

塞下曲二首

旌旗倒北风，霜霰逐南鸿。夜救龙城急，朝焚虏帐空。骨销金镞在，鬓改玉关中。却想羲轩氏一作代，又作世，无人尚一作说战功。

广漠云凝惨，日斜飞霰生。烧山搜猛兽，伏道击回兵。风折旗竿曲，沙埋树杪一作塞路平。黄云飞旦夕一作云飞日一夕，偏奏苦寒声。

广　陵　曲

葱茏桂树枝，高系黄金羁。叶隐青蛾翠，花飘白玉墀。上鸣间关鸟，下醉游侠儿。炀帝国已破，此中都不知。

送 人 游 蜀

别离杨柳陌,迢递蜀门行。若听清猿后,应多白发生。虹霓侵栈道,风雨一作雨雪杂江声。过尽愁人处,烟花是锦城。

宿无可上人房 一作宿翠微寺

稀逢息心侣,细话远一作故山期。河一作云汉秋深一作生夜,杉梧露滴时。风传林磬响一作久,月掩一作萤掠草堂迟。坐卧禅心在,浮生皆不知。

旅 次 夏 州

嘶马发相续,行次夏王台。锁郡云阴暮,鸣笳烧色来。霜繁边上宿,鬓改碛中回。怅望胡沙晓,惊蓬朔吹催。

同庄秀才宿镇星观

的的星河落,沾苔复洒松。湿光微泛草,石翠澹摇峰。野观云和月,秋城漏间钟。知君亲此境,九陌少相逢。

鹳雀楼晴望

尧女楼西望,人怀太古时。海波一作帆通禹凿一作穴,山木闭虞祠。鸟道残虹挂,龙潭返照移。行云如可驭,万里赴心期。

赠 淮 南 将

何事淮南将,功高业未成。风涛辞海郡,雷雨镇山营。度碛黄云起,防秋白发生。密机曾制敌,忧国更论兵。塞色侵旗动,寒光锁甲明。自怜心有作,独立望专征。

寄贾岛

海上不同来，关中俱久住。寻思别山日，老尽经行树。志业人未
闻，时光鸟空度。风悲汉苑秋，雨滴秦城暮。佩玉与锵金，非亲亦
非故。朱颜枉自毁，明代空相遇。岁晏各能归，心知旧歧路。

湘川吊舜

伊予生好古，吊舜苍梧间。白日坐将没，游波凝不还。九疑云动
影，旷野竹成班。雁集兼葭渚，猿啼雾露山。南风吹早恨，瑶瑟怨
长闲。元化谁能问，天门恨久关。

送僧归闽中旧寺

寺隔海山遥，帆前落叶飘。断猿通楚塞，惊鹭出兰桡。星月浮波
岛，烟萝渡石桥。钟声催野饭，秋色落寒潮。旧社人多老，闲房树
半凋。空林容病士一作者，岁晚待相招。

寄 远

坐想亲爱远，行嗟天地阔。积疹甘毁颜，沈忧更销骨。迢迢游子
心，望望归云没。乔木非故里，高楼共明月。夜深秋风多，闻雁来
天末。

经咸阳北原

秦山曾共转，秦云自舒卷。古来争雄图，到此多不返。野狖穴孤
坟，农人耕废苑。川长波又逝，日与岁俱晚。夜入咸阳中，悲吞不
能饭。

冬日寄洛中杨少尹

黄河岸柳衰，城下度流澌。年长从公懒，天寒入府迟。家山望一作
登几遍，魏阙赴何时。怀古心谁识，应多谒舜祠。

浙江夜宿

落帆人更起，露草满汀洲。远狄啼荒峤，孤萤溺漫流。积阴开片
月，爽气集高秋。去去胡为恋，搴芳时一游。

寄西岳白石僧

挂锡中峰上，经行踏石梯。云房出定后，岳月在池西。峭壁残霞
照，攲松积雪齐。年年著山屐，曾得到招提。

同州冬日陪吴常侍闲宴

中天白云散，集客郡斋时。陶性聊飞爵，看山忽罢棋。雪花凝始
散，木叶脱无遗。静理一作里良多暇，招邀惬所思。

答鄜畤友人同宿见示

为客自堪悲，风尘日满衣。承明无计入，旧隐但怀归。雪积孤城
暗，灯残晓角微。相逢喜同宿，此地故人稀。

题僧禅院 一作题兴善寺英律师院

虚室焚一作燃香久，禅一作看心悟几生。滤泉侵月起，扫径避虫行。
树隔前朝在，苔滋废渚平。我来风雨夜，像设一作照一灯明。

怀故山寄贾岛

心偶羡明代,学诗观国风。自从来阙下,未胜在山中。丹桂日应老,白云居久空。谁能谢时去,聊与此生同。

灞 上 秋 居

灞原风雨定,晚见雁行频。落叶他乡树,寒灯独夜人。空园白露滴,孤壁野僧邻。寄卧郊扉久,何门致此身。

寄崇德里居作

扫君园林地,泽一作涤我清凉襟。高鸟云路晚,孤蝉杨柳深。风微汉宫漏,月迥秦城砧。光景坐如此,徒怀经济心。

河 梁 别

河梁送别者,行哭半非亲。此路一作地足征客,胡天多杀人。金罍照离思一作席,宝瑟凝残一作青春。早晚期相见,垂杨凋复新。一本无末二句。

留别定襄卢军事

行行与君别,路在雁门西。秋色见边草,军声闻戍鼙。酣歌一作衔杯击宝剑,跃马上金一作荒堤。归去咸阳里,平生志不迷。

送杜秀才东游

羁游年复长,去日值秋残。草出函关白,云藏野渡寒。鸿多霜雪重,山广道途难。心事何人识,斗牛应数看。

怀 黄 颇

有客南浮去,平生与我同。炎州结遥思,芳杜采应空。秦雁归侵月,湘猿戏袅枫。期君翼明代,未可恋山中。

陇 上 独 望

斜日挂边树,萧萧独望间。阴云藏汉垒,飞火照胡山。陇首行人绝,河源夕鸟还。谁为立勋者,可惜宝刀闲。

长 安 书 怀

歧路今如此,还堪恸哭频。关中成久客,海上老诸亲。谷口田应废,乡山草又春。年年销壮志,空作献书人。

邯郸驿楼作

芜没丛台久,清漳废御沟。蝉鸣河外树,人在驿西楼。云烧天中赤,山当日落秋。近郊经战后,处处骨成丘。

别家后次飞狐西即事

远归从此别,亲爱失天涯。去国频回首,方秋不在家。鸣蛮闻塞路,冷雁背龙沙。西次桑干曲,洲中见荻花。

题青龙寺镜公房

一室意何有,闲门为我开。炉香寒自灭,履雪饭初回。窗迥孤山入,灯残片月来。禅心方此地,不必访天台。

全唐诗卷五五六

马　戴

边城独望

聊凭—作平危堞望,倍—作暗起异乡情。霜落兼葭白—作寒迥关防绝,山昏雾露生。河滩胡雁下,戎垒汉鼙惊。独树残秋色,狂歌泪满缨。

江亭赠别

长亭晚送君,秋色渡江濆。衰柳风难定,寒涛雪不分。猿声离楚峡,帆影入湘云。独泛扁舟夜,山钟可卧闻。

旅次寄贾岛兼简无可上人

相思边草长,回望水连空。雁过当行次,蝉鸣复客中。壮年看即改,羸病计多同。傥宿林中寺,深凭问远公。

寄剡中友人

故人今在剡,秋草意如何。岭暮云霞杂,潮回岛屿多。沃洲僧几访,天姥客谁过。岁晚偏相忆,风生隔楚波。

送国子韦丞

临水独相送,归期千里间。云回逢过雨,路转入连山。一骑行芳草,新蝉发故关。遥聆茂陵下,夜启竹扉闲。

题吴发原南居

闲居谁厌僻,门掩汉祠前。山色夏云映,树阴幽草连。晴光分渚曲,绿气冒原田。何日远游罢,高枝已噪蝉。

雒中寒夜姚侍御宅怀贾岛

夜木一作树动寒色一作夜来寒色动,雒阳城阙深。如何异乡思,更抱故人心。微月关山远,闲阶霜霰一作雾侵。谁知石门一作桥路,待与子同寻。

征妇叹

稚子在我抱,送君登远道。稚子今已行,念君上边城。蓬根既无定,蓬子焉用生。但见请防胡,不闻言罢兵。及老能得归,少者还长征。

山中一作到山寄姚合员外

朝与城阙别,暮同麋鹿归。鸟鸣松观静,人过石桥稀。木叶摇山翠,泉痕一作声入涧扉。敢招仙署客,暂此拂朝衣。

中秋月

阴魄出海上,望之增苦吟。冷搜骊颔重,寒彻蚌胎深。皓气笼诸夏,清光射万岑。悠然天地内,皎洁一般心。

下第寄友人

金门君待问,石室我思归。圣主尊黄屋,何人荐白衣。年来御沟柳,赠别雨霏霏。

寄广州杨参军

南方春景好,念子缓归心。身方脱野服,冠未系朝簪。足恣平生赏,无虞外役侵。汀洲观鸟戏,向月和猿吟。税驾楚山广,扬帆湘水深。采奇搜石穴,怀胜即枫林。怅望极霞际,流情堕海阴。前朝杳难问,叹息洒鸣琴。

离夜二首

东征辽水迥,北近单于台。戎衣挂宝剑,玉箸衔金杯。红烛暗将灭,翠蛾终不开。

凝夜照离色,恐闻啼晚鸦。前年营雁塞,明月戍龙沙。曾与五陵子,休装孤剑花。

答太原从军—作事杨员外送别下四字—作郎中见寄

君将—作枉海月珮,赠之光我行。见知言不浅,怀报意非轻。反照临岐思,中年未达情。河梁人送别,秋汉雁相鸣。衰柳摇边吹,寒云冒古城。西游还献赋,应许托平生。

送从叔重赴海南从事

又从连帅请,还作岭南行。穷海何时到,孤帆累月程。乱蝉吟暮色,哀狖落秋声。晚路潮波起,寒葭雾雨生。沙埋铜柱没,山簇瘴云平。念此别离苦,其如宗从情。

送韩校书江西从事

出关寒色尽,云梦草生新。雁背岳阳雨,客行江上春。遥程随水阔,枉路倒帆频。夕照临孤馆,朝霞发广津。湖山潮半隔,郡壁岸斜邻。自此钟陵道,裁书—作相思有故人。

送顾少府之永康

婺女星边去,春生即有花。寒关云复雪,古渡草连沙。宿次吴江晚,行侵日徽斜。官传梅福政,县顾赤松家。烧起明山翠,潮回动海霞。清高宜阅此,莫叹近天涯。

幽上—作土留别令狐侍郎

自别丘中隐,频年哭路岐。辛勤今若是,少壮岂多时。露滴阴虫苦,秋声远客悲。晚营严鼓角,红叶拂旌旗。北阙虚延望,西林久见思。川流寒水急,云返故山迟。落照游人去,长空独鸟随。不堪风景隔,忠信寡相知。

襄阳席上呈于司空 —作元稹诗

花枝临水复临堤,也照清江也照泥。寄语东君好抬举,夜来曾伴凤凰栖。

宿裴氏谿居怀厉玄先辈

树下孤石坐,草间微有霜。同人不同北—作此,云—作零鸟自南翔。迢递夜山色,清泠泉月光。西风耿离抱,江海遥相望。

集宿姚殿中宅期僧无可不至

殿中日一作殿内臣相命,开尊话旧时。馀钟催鸟绝,积雪阻僧期。林静寒光一作声远,天阴曙色迟。今夕复何夕,人谒去难追一作鸣佩出难随。

宿贾岛原居 一作寻贾岛原东居

寒雁过原急,渚边秋色深。烟霞向海岛,风雨宿园林。俱住明时愿,同怀故国心。一作共许贫交久,犹嫌外事侵。未能先隐迹一作去,聊一作闲此一相寻。

赠 别 空 公

云门一作外秋却入,微径久无人。后夜中峰月,空林百衲身。寂寥寒磬尽,盥漱瀑泉新。履迹谁相见一作重见,松风扫石尘。

府试观开元皇帝东封图

俨若翠华举,登封图乍开。冕旒明主立,冠剑侍臣陪。迹类飞仙去,光同拜日来。粉痕疑检玉,黛色讶生苔。挂壁云将起,陵风仗若回。何年复东幸,鲁叟望悠哉。

府试水始冰

南池寒色动,北陆岁阴生。薄薄流渐聚,漓漓一作微微翠潋平。暗沾霜稍厚,回照日还轻。乳窦悬残滴,湘流减恨声。即堪金井贮,会映玉壶清。洁白心虽识,空期饮此明。

边馆逢贺秀才

贫病无疏我与君，不知何事久离群。鹿裘共弊同为客，龙阙将移拟献文。空馆夕阳鸦绕树，荒城寒色雁和云。不堪吟断边筛晓，叶落东西客又分。

宿王屋天坛

星斗半沉苍翠色，红霞远照海涛分。折松晓拂天坛雪，投简寒窥玉洞云。绝顶醮回人不见，深林磬度鸟应闻。未知谁与传金箓，独向仙祠拜老君。

岐阳逢曲阳故人话旧

异地还相见，平生问一作分可知。壮年俱欲暮，往事尽堪悲。道路频艰阻，亲朋久别离。解兵逃白刃，谒帝值明时。淹疾生涯故，因官事一作世业移。鸡鸣关月落，雁度朔风吹。客泪翻岐下，乡心落海湄。积愁何计遣，满酌浣相思。

赠　禅　僧

弟子人天遍一作满，童年在沃洲。开禅一作禅开山木长，浣衲一作衲浣海沙秋。振一作立锡摇汀月，持瓶接瀑流。赤城何日上，鄙愿从师游。一作常多白云兴，愿结赤城游。

题 庐 山 寺

白茅为屋宇编荆，数处阶墀石叠成。东谷笑言西谷响，下方云雨上方晴。鼠惊樵客缘苍壁，猿戏山头撼紫柽。别有一条投涧水，竹筒斜引入茶铛。

题 石 瓮 寺

僧室并皇宫, 云门辇路同。渭分双阙北, 山迥五陵东。修绠悬林表, 深泉汲洞中。人烟窥垤蚁, 鸳瓦拂冥鸿。薜壁松生峭, 龛灯月照空。稀逢息心侣, 独礼竺乾公。

谒仙观二首

我生求羽化, 斋沐造仙—作山居。葛蔓没—作汲丹井, 石函盛—作开道书。寒松多偃侧, 灵洞遍清虚。一就泉西饮—作岭, 云中采药蔬。山空蕙气香, 乳管折云房。愿值壶中客, 亲传肘后方。三更礼星斗, 寸匕服丹霜。默坐树阴下, 仙经横石床。

送朴山人归新罗 —作海东

浩渺行无极, 扬帆但信风。云山过海半—作畔, 乡树入舟中。波定遥天出, 沙平远岸穷—作蒙。离心寄何处, 目断曙霞东。

题静住寺钦用上人房

寺近朝天路, 多闻玉佩音。鉴人开慧眼, 归鸟息禅心。磬接星河曙, 窗连夏木深。此中能宴—作闲坐, 何必在云林。

赠杨先辈 —作送杨之梁先辈

平生闲放久, 野鹿许为群。居止邻西岳, 轩窗度白云。斋心饭松子, 话道接茅君。汉主思—作方清净, 休书谏猎文。

酬李景章先辈

平生诗句忝多同, 不得陪君奉至公。金镝自宜先中鹄, 铅刀甘且学雕虫。莺啼细柳临关路,燕接飞花绕汉宫。九陌芳菲人竞赏,此时心在别离中。

赠祠部令狐郎中

官初执宪称雄才,省转为郎雅望催。待制松阴移玉殿,分宵露气静天台。算棋默向孤云坐,随鹤闲穷片水回。忽忆十年相识日,小儒新自海边来。

送册东夷王使

越海传金册,华夷礼命行。片帆秋色动,万里信潮生。日映孤舟出,沙连绝岛明。翳空翻大鸟,飞雪洒一作喷长鲸。旧鬓回应改,遐荒梦易惊。何当理风楫,天外问来程。

送武陵王将军

河外今无事,将军有战名。艰难长剑缺一作阁,功业少年成。晓仗亲云陛,寒宵突禁营。朱旗身外色,玉漏耳边声。开阁谈宾至,调弓过雁惊。为儒多不达,见学请长缨。

赠鄠县尉李先辈二首

同人家鄠杜,相见罢官时。野坐苔生石,荒居菊入篱。听蝉临水久,送鹤背山迟。未拟还城阙,溪僧别有期。

休官不到阙,求静匪营他。种药唯愁晚,看云肯厌多。渚边逢鹭下,林表伴僧过。闲检仙方试,松花酒自和。

边 将

玉樏酒频倾,论功笑李陵。红缰跑骏马,金镞掣秋鹰。塞迥连天雪,河深彻底冰。谁言提一剑,勤苦事中兴。

下第别令狐员外

论文期雨夜,饮酒及芳晨。坐叹百花发,潜惊双鬓新。旧交多得路,别业远仍贫。便欲辞知己,归耕海上春。

送春坊董正字浙右归觐

去觐一作省毗陵日,秋残建业中。莎垂石城古,山阔海门空。灌木寒檐远一作并,层波皓月同。何当复雠校,春集少阳宫。

送和北虏使

路始阴山北,迢迢雨雪天。长城人过少,沙碛马难前。日入流沙际,阴生瀚海边。刀镮向月动,旌纛冒霜悬。逐兽孤围合,交兵一箭传。穹庐移斥候一作冒顿,烽火绝祁连。汉将行持节,胡儿坐控弦。明妃的回面,南送使君一作臣旋。

摅情留别并州从事

浅学长自鄙,谬承贤达知。才希汉主召,玉任楚人疑。年长惭漂泊,恩深惜别离。秋光独鸟过一作逝,暝色一蝉悲。鹤发生何速,龙门上苦迟。雕虫羞朗鉴,干禄贵明时。故国诚难返,青云致未期。空将感激泪,一自洒临岐。

酬田卿送西游

华堂开翠簟,惜别玉壶深。客去当烦暑,蝉鸣复此心。废城乔木在,古道浊河侵。莫虑西游远,西关绝陇阴。

雪中送青州薛评事

腊景不可犯，从戎难自由。怜君急王事，走马赴边州。岳雪明日观，海云冒营丘。惭无斗酒泻，敢望御重裘。

哭京兆庞尹

神州丧贤尹，父老泣—作哭关中。未尽群生愿，才留及物功。清光沉皎月，素业振遗风。履迹莓苔掩，珂声紫陌空。从来受知者，会葬汉陵东。

路傍树

古树何人种，清阴减昔时。莓苔根半露，风雨—作雪节偏危。虫蠹心将穴，蝉催叶向衰。樵童不须翦，聊起邵公思。

送客南游

拟卜何山隐，高秋指岳阳。苇干云梦色，橘熟洞庭香。疏雨残虹影，回云背鸟—作雁行。灵均如可问，一为哭清湘。

寄襄阳王公子

君马勒金羁，君家贮玉笄。白云登岘首，碧树醉铜鞮。泽广荆州北，山多汉水西。鹿门知不隐，芳草自萋萋。

集宿姚侍御宅怀永乐殷侍御

石田虞芮接，种树白云阴。穴闭神踪古，河流禹凿深。樵人应满郭，仙鸟几巢林。此会偏相语—作忆，曾供—作同雪夜吟。

易水怀古

荆卿西去不复返，易水东流无尽期。落日萧条蓟城北，黄沙白草任风吹。

送僧二首

亲在平阳忆久归，洪河雨涨出关迟。独过旧寺人稀识，一一杉松老别时。

龛中破衲自持行，树下禅床坐一生。来往白云知岁一作我久，满山猿鸟会经声。

赠友人边游回 一作薛能诗

游子新从绝塞回，自言曾上李陵台。尊前语尽北风起，秋色萧条胡雁来。

山中作

屐齿无泥竹策轻，莓苔梯滑夜难行。独开石室松门里，月照前山空水声。

出塞词

金带连环束战袍，马头冲雪度临洮。卷旗夜劫单于帐，乱斫胡儿一作兵缺宝刀。

寄云台观田秀才

云压松枝拂石窗，幽人独坐鹤成双。晚来漱齿敲冰渚，闲读仙书倚翠幢。

边上送杨侍御鞫狱回

狱成冤雪晚云开,豸角威清塞雁回。飞将送迎遥避马,离亭不敢劝金杯。

射　雕　骑

蕃面将军著鼠裘,酣歌冲雪在边州。猎过黑山犹走马,寒雕射落不回头。

高司马移竹

丛居堂下幸君移,翠掩灯窗露叶垂。莫羡孤生在山者,无人看著拂云枝。

赠前蔚州崔使君

战回脱剑绾铜鱼,塞雁迎风避隼旟。欲识前时为郡政,校成上下考新书。

秋　思　二　首

万木秋霖后,孤山夕照馀。田园无岁计,寒近忆樵渔。
亭树霜霰满,野塘凫鸟多。蕙兰不可折,楚老徒悲歌。

黄神谷纪事

霹雳振秋岳,折松横洞门。云龙忽变化,但觉玉潭昏。

过　亡　友　墓

忆昨送君葬,今看坟树高。寻思后期者,只是益生劳。

闻瀑布冰折

万仞冰峭折，寒声投白云。光摇山月堕，我向石床闻。

赠　道　者

深居白云穴，静注赤松经。往往龙潭上，焚香礼斗星。

华下逢杨侍御

巨灵掌上月，玉女盆中泉。柱史息车看，孤云心浩然。

新春闻赦　龙阳作

道在猜谗息，仁深疾苦除。尧聪能下听，汤网本来疏。

送李侍御福建从事

晋安来越国，蔓草故宫迷。钓渚龙应在，琴台鹤乱栖。泛涛明月广，边海众山齐。宾府通兰棹，蛮僧接石梯。片云和瘴湿，孤屿映帆低。上客多诗兴，秋猿足夜啼。

酬刑部姚郎中

路岐人不见，尚得记心中。月忆潇湘渚，春生兰杜丛。鸟啼花半落，人一作客散爵方空。所赠诚难答，泠然一雅一作榻风。

送柳秀才往连州看弟

离人非逆旅，有弟谪连州。楚雨沾猿暮，湘云拂雁秋。兼葭行广泽，星月棹寒流。何处江关锁，风涛阻客愁。

晚 眺 有 怀

点点一作默默抱离念, 旷怀成怨歌。高台试延望, 落照在寒波。此地芳草歇, 旧山乔木多。悠然暮天际, 但见鸟相过。

山 中 兴 作

高高丹桂枝, 袅袅女萝衣。密叶浮云过, 幽阴暮鸟归。月和风翠动, 花落瀑泉飞。欲剪兰为佩, 中林露未晞。

送皇甫协律淮南从事

辟书丞相草, 招作广陵行。隋柳疏淮岸, 汀洲接海城。楚樯经雨泊, 烟月隔潮生。谁与同尊俎, 鸡鸾集虎营。

别灵武令狐校书

北风吹别思, 落月度关河。树隐流沙短, 山平近塞多。雁池戎马饮, 雕帐戍人过。莫虑行军苦, 华夷道正和。

田氏南楼对月

主人同露坐, 明月在高台。咽咽阴虫叫, 萧萧寒雁来。影摇疏木落, 魄转曙钟开。幸免丹霞映, 清光溢酒杯。

送宗密上人

门前九陌尘, 石上定中身。近放辽天鹤, 曾为南岳人。腊高松叶换, 雪尽茗芽新。一自传香后, 名山愿卜邻。

白鹿原晚望

浐曲雁飞下，秦原人葬回。丘坟与城阙，草树共尘埃。

失意书怀呈知己

直道何由启圣君，非才谁敢议论文。心存黄箓兼丹诀，家忆青山与白云。麋鹿幽栖闲可近，鸳鸾高举势宜分。微生不学刘琨辈，剑刃相交拟立勋。

春日寻浐川王处士

碧草径微断，白云扉晚开。罢琴松韵发，鉴水月光来。宿鸟排花动，樵童浇竹回。与君同露坐，涧石拂青苔。

宿阳台观

玉洞仙何在，炉香客自焚。醮坛围古木，石磬响寒云。曙月孤霞映，悬流峭壁分。心知人世隔，坐与鹤为群。

寄金州姚使君员外

老怀清净化，乞去守洵阳。废井人应满，空林虎自藏。进泉疏石窦，残雨发椒香。山缺通巴峡，江流带楚樯。忧一作劝农生野思，祷庙结云装。覆局松移影，听琴月堕光。鸟鸣开郡印，僧去置禅床。罢贡金休凿，凌寒笋更长。退公披鹤氅，高步隔鹓行。相见朱门内，麾幢拂曙霜。

中秋夜坐有怀

秋光动河汉，耿耿曙难分。堕露垂丛药，残星间薄云。心悬赤城峤,志向紫阳君。雁过海风起,萧萧时独闻。

题镜湖野老所居 一作秦系诗

湖里寻君去,樵风往返吹。树喧巢鸟出,路细耔田移。沤苎成鱼网,枯根是酒卮。老年唯自适,生事任群儿。

题女道士居 不饵芝朮四十馀年。一作秦系诗。

不饵住云溪,休丹罢药畦。杏花虚结子,石髓任成泥。扫地青牛卧,栽松白鹤栖。共知仙女丽,莫是阮郎妻。

送王道士 一作秦系诗

真人俄整舄,双鹤屡飞翔。恐入壶中住,须传肘后方。霓裳云气润,石径术苗香。一去何时见,仙家日月长。

送道友入天台山作

却忆天台去,移居海岛空。观寒琪树碧,雪浅石桥通。漱齿飞泉外,餐霞旱境中。终期赤城里,披氅与君同。

题章野人山居 一作秦系诗

带郭茅亭诗兴饶,回看一曲倚危桥。门前山色能深浅,壁上湖光自动摇。闲花散落填书帙,戏鸟低飞碍柳条。向此隐来经几载,如今已是汉家朝。

江 中 遇 客

危石江中起,孤云岭上还。相逢皆得意,何处是乡关。

期王炼师不至 —作秦系诗

黄精蒸罢洗琼杯,林下从留石上苔。昨日围棋未终局,多乘白鹤下山来。

秋日送僧志幽归山寺 —作秦系诗

禅室绳床在翠微,松间荷笠一僧归。磬声寂历宜秋夜,手冷灯前自衲衣。

句

申胥任向秦庭哭,靳尚终贻楚国忧。

全唐诗卷五五七

易　重

易重,字鼎臣,宜春人。会昌五年进士第,官至大理评事。诗一首。

寄宜阳兄弟

六年雁序恨分离,诏下今朝遇已知。上国皇风初喜日,御阶恩渥属身时。内庭再考称文异,圣主宣名奖艺奇。故里仙才若相问,一春攀得两重枝覆考第一。

孟　迟 一云升之

孟迟,字迟之,平昌人,登会昌五年进士第。诗十七首。

发蕙风馆遇阴不见九华山有作

我来淮阴城,千江万山无不经。山青水碧千万丈,奇峰急派何纵横! 又闻九华山,山顶连青冥。太白有逸韵,使我西南行。一步一攀策,前行正鸡鸣。阴云冉冉忽飞起,千里万里危峥嵘。譬如天之有日蚀,使我昏沉犹不明。人家敲镜救不得,光阴却属贪狼星。恨亦不能通,言亦不足听。长鞭挥马出门去,是以九华为不平。

寄浙右旧幕僚

由来恶舌驷难追,自古无媒谤所归。勾践岂能容范蠡,李斯何暇救韩非。巨拳岂为鸡挥肋,强弩那因鼠发机。惭愧故人同鲍叔,此心江柳尚依依。

壮 士 吟

壮士何曾悲,悲即无回期。如何易水上,未歌泪先垂。

徐 波 渡

晓月千重树,春烟十里溪。过来还过去,此路不知迷。

题 嘉 祥 驿

树顶烟微绿,山根菊暗香。何人独鞭马,落日上嘉祥。

怀 郑 洎

风兰舞幽香,雨叶堕寒滴。美人来不来,前山看向夕。

长信宫 —作赵嘏诗

君恩已尽欲何归,犹有残香在舞衣。自恨身轻不如燕,春来还绕御帘飞。

闺 情

山上有山归不得,湘江暮雨鹧鸪飞。蘼芜亦是王孙草,莫送春香入客衣。

莲 塘

脉脉低回殷袖遮,脸横秋水髻盘鸦。莲茎有刺不成折,尽日岸傍空看花。

还淮却寄睢阳

梁王池苑已苍然,满树斜阳极浦烟。尽日回头看不见,两行愁泪上南船。

乌 江

中分岂是无遗策,百战空劳不逝骓。大业固非人事及,乌江亭长又何知。

新 安 故 关

汉帝英雄重武材,崇山险处凿门开。如今更有将军否,移取潼关向北来。

广陵城 —作赵嘏诗

红绕高台绿绕城,城边春草傍墙生。隋家不向此中尽,汴水应无东去声。

过骊山 —作赵嘏诗

冷日微烟渭水愁,华清宫树不胜秋。霓裳一曲千门锁,白尽梨园弟子头。

吴 故 宫

越女歌长君且听,芙蓉香满水边城。岂知一日终非主,犹自如今有
怨声。

兰 昌 宫

宫门两片掩埃尘,墙上无花草不春。谁见当时禁中事,阿娇解佩与
何人。

宫 人 斜

云惨烟愁苑路斜,路傍丘冢尽宫娃。茂陵不是同归处,空寄香魂著
野花。

句

天地有时饶一掷。江山无主任平分。 过垓下 见《纪事》

王 铎

　　王铎,字昭范,宰相播之从子。会昌初,擢进士第,咸通时
拜相。黄巢之乱,命为行营都统,封晋公。后落职,节度沧景,
为魏博节度乐从训所害。诗三首。

和于兴宗登越王楼诗

谢朓题诗处,危楼压郡城。雨馀江水碧,云断雪山明。锦绣来仙
境,风光入帝京。恨无青玉案,何以报高情。

谒梓潼张恶子庙

盛唐圣主解青萍,欲振新封济顺名。夜雨龙抛三尺匣,春云凤入九重城。剑门喜气随雷动,玉垒韶光待贼平。惟报关东诸将相,柱天功业赖阴兵。

罢都统守镇滑州作

用军何事敢迁延,恩重才轻分使然。黜诏已闻来阙下,檄书犹未遍军前。腰间尽解苏秦印,波上虚迎范蠡船。正会星辰扶北极,却驱戈甲镇南燕。三尘上相逢明主,九合诸侯愧昔贤。看却中兴扶大业,杀身无路好归田。

句

华表尚迷丁令鹤,竹坡犹认葛溪龙。　见《吟窗杂录》

郑　畋

郑畋,字台文,荥阳人,会昌进士第。刘瞻镇北门,辟为从事。瞻作相,荐为翰林学士,迁中书舍人。乾符中,以兵部侍郎同平章事,寻出为凤翔节度使,拒巢贼有功,授检校尚书左仆射。诗一卷,今存十六首。

中秋月直禁苑

禁署方怀忝,纶闱已再加。暂来西掖路,还整上清槎。恍惚归丹地,深严宿绛霞。幽襟聊自适,闲弄紫薇花。

麦 穗 两 岐

圣虑忧千亩,嘉苗荐两岐。如云方表盛,成穗忽标奇。瑞露纵横滴,祥风左右吹。讴歌连上苑,化日遍平陂。史册书堪重,丹青画更宜。愿依连理树,俱作万年枝。

五月一日紫宸候对时属
禁直穿内而行因书六韵

朱夏五更后,步廊三里馀。有人从翰苑,穿入内中书。漏响飘银箭,灯光照玉除。禁扉犹锁钥,宫姬已妆梳。紫府游应似,钧天梦不如。尘埃九重外,谁信在清虚。

题缑山王子晋庙

有昔灵王子,吹笙溯沉濠。六宫攀不住,三岛去相招。亡国原陵古,宾天岁月遥。无蹊窥海曲,有庙访山椒。石帐龙蛇拱,云栊彩翠销。露坛装琬琰,真像写松乔。珠馆青童宴,琳宫阿母朝。气舆仙女侍,天马吏兵调。湘妓红丝瑟,秦郎白管箫。西城要绰约,南岳命娇娆。句曲觞金洞,天台啸石桥。晚花珠弄蕊,春茹玉生苗。二景神光秘,三元宝箓饶。雾垂鸦翅髻,冰束虎章腰。鹤驭争衔箭,龙妃合献绡。衣从星渚浣,丹就日宫烧。物外花尝满,人间叶自凋。望台悲汉戾,阅水笑梁昭。古殿香残地,荒阶柳长条。几曾期七日,无复降重霄。嵩岭连天汉,伊澜入海潮。何由得真诀,使我珮环飘。

初秋寓直三首

晓星独挂结麟楼,三殿风高药树秋。玉笛数声飘不住,问人依约在东头。

宿鸟翩翩落照微，石台楼阁锁重扉。步廊无限金羁响，应是诸司扈
从归。

幽阁焚香万虑凝，下帘胎息过禅僧。玉堂分照无人后，消尽金盆一
碗冰。

夜景又作

铃绦无响闭珠宫，小阁凉添玉蕊风。枕簟满床明月到，自疑身在五
云中。

杪秋夜直

蕊宫裁诏与宵分，虽在青云忆白云。待报君恩了归去，山翁何急草
移文。

禁直寄崔员外

银台楼北蕊珠宫，复与人间路不同。在省五更春睡侣，早来分梦玉
堂中。

闻　号

陛兵偏近羽林营，夜静仍传禁号声。应笑执金双阙下，近南犹隔两
重城。

禁直和人饮酒

卉醴陀花物外香，清浓标格胜椒浆。我来尚有钧天会，犹得金尊半
日尝。

下直早出

诸司人尽马蹄稀,紫帕云竿九钉归。偏觉石台清贵处,榜悬金字射晴晖。

金銮坡上南望

玉晨钟韵上一作索清虚,画戟祥烟拱一作拥帝居。极眼一作目向南无限地,绿烟深处认中书。

酬隐珪舍人寄红烛

蜜炬殷红画不如,且将归去照吾庐。今来并得三般事,灵运诗篇逸少书。

马嵬坡

〔玄〕(肃)宗回马杨妃死,云雨虽亡日月新。终是圣明天子事,景阳宫井又何人。

句

圆明青饲饭,光润碧霞浆。　见《古今诗话》

浴殿晴秋倘中谢,残英犹可醉琼杯。　紫薇花　见《海录碎事》

谭　铢

谭铢,吴人,登会昌进士第,尝为苏州醋院官。诗二首。

题九华山

忆闻九华山,尚在童稚年。浮沉任名路,窥仰会无缘。罢职池阳时,复遭迎送牵。因兹契诚愿,瞩望枕席前。况值春正浓,气色无不全。或如碧玉静,或似青霭鲜。或接白云堆,或映红霞天。呈姿既不一,变态何啻千。巍峨本无动,崇峻性岂偏。外景自隐隐,潜虚固幽玄。我来暗凝情,务道志更坚。色与山异性,性并山亦然。境变山不动,性存形自迁。自迁不阻俗,自定不失贤。浮华与朱紫,安可迷心田。

真娘墓

武丘山下冢累累,松柏萧条尽可悲。何事世人偏重色,真娘墓上独题诗。

卢嗣立

卢嗣立,登会昌进士第。诗一首。

望九华山

九华深翠落轩楹,迥眺澄江气象明。不遇阴霾孤岫隐,正当寒日众峰呈。坐观风雪销烦思,惜别烟岚驻晓行。得路归山期早诀,夜来潜已告精诚。

朱可名

朱可名,越州人,会昌进士及第,终长安令。诗一首。

应举日寄兄弟

废刈镜湖田,上书紫阁前。愁人久委地,诗道未闻天。不是烧金手,徒抛钓月船。多惭兄弟意,不敢问林泉。

张良器

张良器,会昌进士第。诗一首。

河出荣光

引派昆山峻,朝宗海路长。千龄逢圣主,五色瑞荣光。隐映浮中国,晶明助太阳。坤维连浩漫,天汉接微茫。丹阙清氛里,函关紫气旁。位尊常守伯,道泰每呈祥。习坎灵逾久,居卑德有常。龙门如可涉,忠信是舟梁。

全唐诗卷五五八

薛 能

薛能,字太拙,汾州人,登会昌六年进士第。大中末,书判中选,补盩厔尉。李福镇滑,表署观察判官,历御史、都官刑部员外郎。福徙西蜀,奏以自副。咸通中,摄嘉州刺史,迁主客、度支、刑部郎中,权知京兆尹事,授工部尚书,节度徐州,徙忠武。广明元年,徐军戍溵水,经许,能以旧军,馆之城中。军惧见袭,大将周岌乘众疑逐能,自称留后,因屠其家。能僻于诗,日赋一章,有集十卷,今编诗四卷。

新雪八韵 一作闲居新雪

大雪满初晨,开门万象新。龙钟鸡未起,萧索我何贫。耀若花前境,清如物外身。细飞斑户牖,干洒乱松筠。正色凝高岭,随流助要津。鼎消微是一作示滓,车碾半和尘。茶兴留诗客,瓜情想戍人。终篇本无字,谁别胜阳春。

国学试风化下

雾阙露穿崇,含生仰圣聪。英明高比日,声教下如风。静发宸居内,低来品物中。南薰歌自溥,北极响皆通。蘋末看无状,人间觉有功。因今一作令委泥者,睹此忘途穷。

升平词十首 乐府作升平乐

瑞一作正气绕宫楼，皇居信上一作上苑游。远冈连一作延圣祚，平地载
神州。会合皆重译，潺湲近八流。中兴岂假问，据此自千秋。

寥沉敞延英，朝班立位横。宣传无草动，拜舞有衣声。鸳瓦霜消
湿，虫丝日照明。辛勤自不到，遥见似前程一作生。

处处是一作足欢心一作声，时康岁已深。不同三尺剑，应似五弦琴。
寿笑山犹尽，明嫌日有阴。何当怜一物，亦遣断愁吟。

曙质绝埃氛，彤庭列禁军。圣颜初对日，龙尾竞缘云。佩响交成
韵，帘阴暖带纹。逍遥岂有事，于此咏南薰。

一物至周天，洪纤尽晏然。车书无异俗，甲子并丰年。奇技皆归
朴，征夫亦服田。君王故不有，台鼎合韦弦一作贤。

日日听歌谣，区中尽祝尧。虫蝗初不害，夷狄近全销。史笔惟书
瑞，天台绝见妖。因令匹夫志，转欲事清朝。

品物尽昭苏，神功复帝谟。他时应有寿，当代且无虞。赐历通遐
俗，移关入半胡。鹓鹣一何幸，于此寄微躯。

无战复无私，尧时即此时。焚香临极早，待月卷帘迟。端拱乾坤
内，何言黈纩垂。君看圣明验，只此是神龟。

旭日上清穹，明堂坐圣聪。衣裳承瑞气，冠冕盖一作见重瞳。花木
经宵露，旌旗入一作立仗风。何期于此地，见说是神工一作仙宫。

五帝三皇主，萧曹魏邴臣。文章惟返朴，戈甲尽生尘。谏纸应无
用，朝纲自有伦。升平不可记，所见是闲人。

送冯温往河外

琴剑事行装，河关出北方。秦音尽河内，魏画自黎阳。野日村苗
熟，秋霜馆叶黄。风沙问船处，应得立清漳。

送从兄之太原副使

少载琴书去，须知暂佐军。初程见西岳，尽室渡横汾。元日何州住，枯风宿馆闻。都门送行处，青紫骑纷纷。

送马戴书记之太原

一曲大河声，全家几日行。从容长约夜，差互忽离城。镇北胡沙浅，途中霍岳横。相逢莫已讯—作泛，诗雅—作句负雄名。

送友人出塞

榆关到不可，何况出榆关。春草临岐断，边楼带日闲。人归穿帐外，鸟乱—作度废营间。此地堪愁—作秋堪想，霜前作意还。

送李溟出塞

边城官尚恶，况乃是羁游。别路应相忆，离亭更少留。黄沙人外阔，飞雪马前稠。甚险穷庐宿，无为过代州。

寄终南隐者

海日东南出，应开岭上扉。扫坛花入簪，科竹露沾衣。饭后嫌身重，茶中见鸟归。相思爱民—作名者，难说与亲违。

赠 隐 者

自得高闲性，平生向北—作此栖。月潭云影断，山叶雨声齐。庭树人书匣，栏花鸟坐低。相留永不忘，经宿话丹梯。

惜　春

花开亦花落,时节暗中迁。无计延春日,可能留少年。小丛初散蝶,高柳即闻蝉。繁艳归何处,满山啼杜鹃。

送人自苏州之长沙县官

驱马复乘流,何时发虎丘。全家上南岳,一尉事诸侯。茶煮朝宗水,船停调角州。炎方好将息,卑湿旧堪忧。

早春归山中旧居

茫茫驱匹马,归处是荒榛。猿迹破庭雪,鼠踪生甑尘。开门冲网断,扫叶放苔匀。为惜诗情错,应难致此身。

麟中一作东寓居寄蒲中友人

萧条秋雨地,独院阻同群。一夜惊为客,多年不见君。边心生落日,乡思羡归云。更在相思处,子规灯下闻。

关 中 送 别

一行千里外,几事寸心间。才子贫堪叹,男儿别是闲。黄河淹华岳,白日照潼关。若值乡人问,终军贱不还。

中秋夜寄李溟

满魄断埃氛,牵吟并舍闻。一年唯此夜,到晚愿无云。待赏从初出,看行过二分。严城亦已闭,悔不预期君。

赠禅师

梦想青山寺，前年住此中。夜堂吹竹雨，春地落花风。旧句师_{一作}
僧曾见，清斋我亦同。浮生寒莫问，辛苦未成功。

送禅僧

寒空孤鸟度，落日一僧归。近寺路闻梵，出郊风满衣。步摇瓶浪
起，盂戛磬声微。还坐栖禅所，荒山月照扉。

赠隐者

门前虽_{一作惟}有径，绝向世间行。薙草因逢药，移花便得莺。甘贫
原_{一作元}是道，苦学不为名。莫怪苍髭晚，无机任世情。

冬日送僧归吴中旧居 _{一本无旧居二字}

去扫冬_{一作东}林下，闲持未遍经。为山低凿牖，容月广开庭。旧业
云千里，生涯水一瓶。还应觅新句，看雪倚禅扃。

恭禧皇太后挽歌词三首

八月曾殊选，三星固异仪。祔陵经灞浐，归赗杂华夷。旌去题新
谥，宫存锁素帏。重泉应不恨，生见太平时。

月落娥兼隐，宫空后岂还。衔哀穷地界，亲莅泣天颜。旧住留丹药
_{一作灶}，新陵在碧山。国人伤莫及，应只咏关关。

配圣三朝隔，灵仪万姓哀。多年好黄老，旧日荐贤才。道著标彤
管，宫闲闭绿苔。平生六衣在，曾著祀高禖。

送胡澳下第归蒲津

无媒甘下一作不飞,君子尚麻衣。岁月终荣一作容终,一作荣终。在,家
园近且归。山光临舜庙,河气隔王畿。甚积汤原思,青青宿麦肥。
原注:汤原故地。

春 日 闲 居

权门多见薄,吾道岂终行。散地徒忧国,良时不在城。花繁春正
王,茶美梦初惊。赖有兹文在,犹堪畅此生。

题 逃 户

几界旹一作事农桑,凶年竟失乡。朽关生湿菌,倾屋照斜阳。雨水
淹残臼,葵花压倒墙。明时岂致此,应自负苍苍。

郊 居 答 客

傍舍虫声满,残秋宿雨村。远劳才一作之子骑,光一作先顾野人门。
败叶盘空蔓,雕丛露暗根。相携未尽语一作语未尽,川月照黄昏。

早春归山中旧居 一作寓居有怀呈旧知

绿草闭闲院,悄然花正开。新年人未去,戊日燕还来。雨地残枯
沫,灯窗积旧煤。归田语不忘,樗散料非才。

下第后春日长安寓居三首

一榜尽精选,此身犹陆沉。自无功说分,敢抱怨尤心。暖陌开花
气,春居闭日阴。相知岂不有,知浅未知深。
暂屈固何恨,所忧无此时。隔年空仰望,临日又参差。劳力且成

病,壮心能不衰。犹将琢磨意,更欲候宗师。

关东归不得,岂是爱他乡。草碧馀花落,春闲白日长。全家期圣泽,半路敢农桑。独立应无侣,浮生欲自伤。

春早选寓长安二首

疏拙自沉昏,长安岂是村。春非闲客事,花在五侯门。道僻惟忧祸,诗深不敢论。扬雄若有荐,君圣合承恩。

旧论已浮海,此心犹滞秦。上僚如报国,公道岂无人。岩隐悬溪瀑,城居入榻尘。渔舟即拟去,不待晚年身。

送进士一本无进士二字许棠下第东归

长安那不住,西笑又东行。若以贫无计,何因一作因何事有成。云峰天外出,江色草中明。谩忝相于一作知分,吾言世甚轻。

咏　岛

孤岛一作鸟如江上,诗家犹一作独闭门。一池分倒影,空舸系荒根。烟湿高吟石,云生偶坐痕。登临有新句,公退与谁论。

冬日写怀 一作寓怀

幕府尽平蛮,客留戎阃间。急流霜夹水,轻霭日连山。设醴徒惭楚,为郎未姓颜。斯文苦不胜,会拟老民闲。

和杨中丞早春即事

贵宅登临地,春来见物华。远江桥外色,繁杏竹边花。戍客烽楼迥,文君酒幔斜。新题好不极,珠府未穷奢。

闻官军破吉浪戎小而固
虑史氏遗忽因记为二章

一战便抽兵, 蛮孤吉浪平。通连无旧穴, 要害有新城。昼卒烽前寝, 春农界上耕。高楼一拟_{一作凝}望, 新雨剑南清。

泸水断嚣气, 妖巢已自焚。汉江无敌国, 蛮物在回军。越嶲通游国_{一作客,一作骑}, 苴咩闭聚蚊。空馀罗凤曲, 哀思满边云。

寒食有怀

流落伤寒食, 登临望岁华。村球高过索, 坟树绿和花。晋聚应搜火, 秦喧定走车。谁知恨榆_{一作杨柳}, 风景似吾家。

绵_{一作锦}楼

溪边人浣纱, 楼下海棠花。极望虽怀土, 多情拟置家。前山应象外, 此地已天涯。未有销忧赋, 梁王礼欲奢。

雕 堂

丈室久多病, 小园晴独游。鸣蛩孤烛雨, 啅雀一篱秋。圣主恩难谢, 生灵志亦忧。他年谁识我, 心迹在徐州。

赠 歌 人

温燠坐相侵, 罗襦一水沉。拜深知有意, 令背不无心。近住应名玉, 前生约_{一作的姓}阴。东山期已定, 相许便抽簪。

柘枝词三首 《乐府诗集》题作《柘枝调》

同营三十万, 震鼓伐西羌。战血黏秋草, 征尘搅夕阳。归来人不识，帝里独戎装。

悬军征拓羯，内地隔萧关。日色昆仑上，风声朔漠间。何当千万骑，飒飒贰师还。

意气成功日，春风起絮天。楼台新邸第，歌舞小婵娟。急破〔催〕(摧)摇曳，罗衫半脱肩。

咏 柳 花

浮生失意频，起絮又飘沦。发自谁家树，飞来独院春。朝容萦断砌，晴影过诸邻。乱掩宫—作空中蝶，繁—作还冲陌上人。随波应到海，沾雨或依尘。会向慈恩日，轻轻对此身。

一 叶 落

轻叶独悠悠，天高片影流。随风来此地，何树落先秋。变色黄应近，辞林绿尚稠。无双浮水面，孤绝落关头。乍减诚难觉，将凋势未休。客心空自比，谁肯问新愁。

行 路 难

何处力堪殚，人心险万端。藏山难测度，暗水自波澜。对面如千里，回肠似七盘。已经吴坂困，欲向雁门难。南北诚—作试须泣，高深不可干。无因善行止，车辙得平安。

蔡 州 蒋 亭

草径彻林间，过桥如入山。蔡侯添水榭，蒋氏本柴关。静泛穷幽趣，惊飞湿醉颜。恨无优俸买，来得暂时闲。步与招提接，舟临夕照还。春风应不到，前想负花湾。

戏　题

闪闪动鸣珰，初来烛影傍。拥头珠翠重，萦步绮罗长。静发歌如磬，连飘气觉香。不言微有笑，多媚总无妆。坐缺初离席，帘垂却入房。思惟不是梦，此会胜高唐。

酬曹侍御见寄

儒道苦不胜，迩来惟慕禅。触途非巧者，于世分沉然。要地羞难入，闲居钝更便。清和挑菜食，闲寂闭花眠。累遣期抛俸，机忘怕与权。妨春愁笼榷，响夜忆林泉。匪石从遭刖，殊膏枉被煎。讨论唯子厚，藏退合吾先。旧制群英伏，来章六义全。休旬一拟和，乡思乱情田。

送赵道士归天目旧山

愚朴尚公平，此心邻道情。有缘终自鄙，何计逐师行。日者闻高躅，时人盖强名。口无滋味入，身有羽仪生。奏乞还乡远一作速，诗曾对御成。土毛珍一作征到越，尘鬓倦离京。符叱一作咒风雷恶，朝修月露清。观临天目顶一作秀，家住海潮声。道引图看足，参同注解精。休粮一拟问，窗一作匆草俟回程。

除　夜　作

和吹度穹昊，虚徐接建寅。不辞加一岁，唯喜到三春。燎照云烟好，幡悬井邑新。祯祥应北极，调燮验平津。树欲含迟日，山将退旧尘。兰萎残此夜，竹爆和诸邻。祝寿思明圣，驱傩看鬼神。团圆多少辈，眠寝独劳筋。茜旆犹双节，雕盘又五辛。何当平贼后，归作自由身。

桃　花

香色一作秀气自天种一作钟,千年岂易逢。开齐全未落,繁极欲相重。冷湿朝如淡,晴干午更浓。风光新社燕,时节旧春农。篱落欹临竹,亭台盛间松。乱缘堪羡蚁,深入不如蜂。有影宜暄煦,无言自冶容。洞连非俗世,溪静一作尽接仙踪。子熟河应变,根盘土已封。西王潜爱惜,东朔盗过从。醉席眠英好,题诗恋景慵。芳菲聊一望,何必在临邛。

黄　河

何处发昆仑,连乾复浸坤。波浑经雁塞,声振自龙门。岸裂新冲势,滩馀旧落痕。横沟通海上,远色尽山根。勇逗三峰坼,雄标四渎尊。湾中秋景树,阔外夕阳村。沫乱知鱼响,槎来见鸟蹲。飞沙当白日,凝雾接黄昏。润可资农亩,清能表帝恩。雨吟堪极目,风度想惊魂。显瑞龟曾出,阴灵伯固存。盘涡寒渐急,浅濑暑微温。九曲终柔胜,常流可暗吞。人间无博望,谁复到穷源。

华　岳

簇簇复亭亭,三峰卓杳冥。每思穷本末,应合记图经。发地连宫观,冲天接井星。河微临巨势,秦重载奇形。太古朝群后,中央擘巨灵。邻州犹映槛,几县恰当庭。鹤翽坛风乱,龙漦洞水腥。望遥通北极,上彻见东溟。客玩晴难偶,农祈雨必零。度关无暑气,过路得愁醒。羽客时应见,霜猿夜可听。顶悬飞瀑峻,崦合白云青。混石猜良玉,寻苗得茯苓。从官知一作如侧近,悉俸致岩扃。

秋　雨 第二十二句缺一字

宿雨觉才初,亭林忽复徐。簌声诸树密,悬滴四檐疏。省漏疑方丈,愁炊问斗储。步难多入屐,窗浅欲飘书。动蠖苍苔静,藏蚕落叶虚。吹交来翕习,雷慢歇踌躇。滞已妨行路,晴应好荷锄。醉楼思蜀客,鲲市想淮鱼。径草因缘合,栏花自此除。有形皆霡霂,无地不污潴。境晦宜甘寝,风清□退居。我魂惊晓簟,邻话喜秋蔬。既用功成岁,旋应惨变舒。仓箱足可恃,归去傲吾庐。

春色满皇州 一作滕迈诗

蔼蔼复悠悠,春归十二楼。最明云里阙,先满日边州。色媚青门外,光摇紫陌头。上林荣旧树,太液镜一作泛新流。暖带祥烟起,清一作晴添瑞景浮。阳和如启蛰,从此事芳游。

寄喑张乔喻坦之

何事尽参差,惜哉吾子诗。日令销此道,天亦负明时。有路当重振,无门即不知。何当见尧日,相与啜浇漓。

赠　僧

尽日行方到,何年独此林。客归惟鹤伴,人少似师心。坐石落松子,禅床摇竹阴。山灵怕惊定,不遣夜猿吟。

全唐诗卷五五九

薛　能

春日旅舍书怀

出去归来旅食人,麻衣长带几坊尘。开门草色朝无客,落案灯花夜一身。贫舍卧多消永日,故园莺—作阴老忆残春。蹉跎冠盖谁相念,二十年中尽苦辛。

秋日将离滑台酬—作贻所知二首

身起中宵骨亦惊,一分年少已无成。松吹竹簟朝眠冷,雨湿蔬餐宿疾生。僮汲野泉兼土味,马磨霜树作秋声。相知莫话诗心苦,未似前贤取得名。

灯涩秋光静不眠,叶声身—作峰影客窗前。闲园露湿鸣蛩夜,急雨风吹落木天。城见远山应北岳,野多空地本南燕。明朝欲别忘形处,愁把离杯听管弦。

下第后夷门乘舟至永城驿题

秋赋春还计尽违,自知身是拙求知。唯思旷海为—作无休处—作日,忽—作却喜孤舟似去时。连浦—作夜一城—作程兼汴宋,夹堤千柳杂唐隋。从来此恨皆前达,敢负吾君作楚辞。

秋夜旅舍寓怀

庭锁荒芜独夜吟,西风吹动故山一作人心。三秋木落半年客,满地
月明何处砧。渔唱乱沿汀鹭合,雁声寒咽陇云深。平生只有松堪
对,露泡霜欺不受侵。

洛下寓怀

胡为遭遇孰为官,朝野君亲各自欢。敢向官一作宦途争虎首,尚嫌
身累爱猪肝。冰霜谷口晨樵远,星火炉边夜坐寒。唯有报恩心未
剖,退居犹欲佩芄兰。

题 平 湖

平湖湖畔雨晴新,南北东西不隔尘。映野烟波浮动日,损花风雨寂
寥春。山无俗路藏高士,岸泊仙舟忆主人。那得载来都未保,此心
离此甚情亲。

平 阳 寓 怀

晋国风流阻一作沮洳川,家家弦管路岐边。曾为郡职随分竹,亦作
歌词乞采莲。北榭远峰闲即望,西湖残景醉常眠。墙花此日休回
避,不是当时恶少年。

留题汾上旧居

乡园一别五年归,回首人间总祸机。尚胜邻翁常寂寞,敢嫌羸马未
轻肥。尘颜不见应消落,庭树曾栽已合围。难说累牵还却去,可怜
榆柳尚依依。

怀汾上旧居

素汾千载傍吾家,常忆衡门对浣纱。好事喜逢投宿客,刈田因得自生瓜。山头鼓笛阴沉庙,陌上薪蒸突兀车。投暗作珠何所用,被人专拟害灵蛇。

送同儒大德归柏梯寺

柏梯还拟谢微官,遥拟千峰送法兰。行径未曾青石断,拂床终有白云残。京尘濯后三衣洁,山舍禅初万象安。薇蕨纵多师莫踏,我心犹欲尽一作画图看。

春日使府寓怀二首

一想流年百事惊,已抛渔父戴尘缨。青春背我堂堂去,白发欺人故故生。道困古来应有分,诗传身后亦何荣。谁怜一作言合负清朝力,独把风骚破郑声。

平生无解亦无操,永日书生坐独劳。唯觉宦情如水薄,不知人事有山高。孤心好直迍犹强,病发慵梳痒更搔。何事故溪归未得,几抛清浅泛红桃。

许州题德星亭

澴一作汉水南流东有堤,堤边亭是武陵溪。槎松配石堪僧坐,蕊杏含春欲鸟啼。高树月生沧海外,远郊山在夕阳西。频来不似军从事,只戴纱巾曳杖藜。

送人归上党 时潞寇初平

燕台基坏穴狐蛇,计拙因循岁月赊。兵革未销王在镐,桑蚕临熟客还家。霏微对岸漳边雨，堆阜邻疆蓟北沙。若到长平战场地，为求遗镞辟魔邪。

春日重游平湖

湖上春风发管弦，须临三十此离筵。离人忽有重来日，游女初非旧少年。官职已辜疲瘵望，诗名空被后生传。啼莺莫惜蹉跎恨，闲事听吟一两篇。

并　州

少年流落在并州，裘脱文君取次游。携挈共过芳草渡，登临齐凭绿杨楼。庭前蛱蝶春方好，床上樗蒲宿未收。坊号偃松人在否，饼炉南畔曲西头。

相国陇西公南征能以留务独宿府城作

吾君贤相事南征，独宿军厨负请缨。灯室卧孤如怨别，月阶簪草似临行。高埤撼铎思巴栈，老木嘷风念野营。殊忆好僧招不及，夜来仓卒锁严城。

早 春 书 事

百蛮降伏委三秦，锦里风回岁已新。渠滥水泉花巷湿，日销冰雪柳营春。何年道胜苏群物，尽室天涯是旅人。焚却蜀书宜不读，武侯无可律余身。

春 日 书 怀

伯牙琴绝岂求知，往往情牵自有诗。垄月正当寒食夜，春阴初过海棠时。耽书未必酬良相，断酒唯堪作老师。多病不任衣更薄，东风台上莫相吹。

投杜舍人

床上新诗诏草和，栏边清酒落花多。闲消白日舍人宿，梦觉紫薇山鸟过。春刻几分添禁漏，夏桐_{一作阴}初叶满庭柯。风骚委地苦无主，此事圣君终若何。

献仆射相公

清如冰雪_{一作玉}重如山，百辟严趋礼绝攀。强虏外闻应丧_{一作须}破胆，平人相见尽开颜。朝廷有道青春好，门馆无私白日闲。致却垂衣更何事，几多诗句咏_{一作定}关关。

上盐铁尚书 时太庙宿斋

南宫环雉隔嚣尘，况值清斋宿大臣。城绝鼓钟更点后，雨凉烟树月华新。檐前漱晓穿苍碧，庭下眠秋沉瀿津。闻说务闲心更静，此时忧国合求人。

汉南春望

独寻春色上高台，三月皇州驾未回。几处松筠烧后死，谁家桃李乱中开。奸邪用法原非法，唱和求才不是才。自古浮云蔽白日，洗天风雨几时来。

晚春

恶怜风景极交亲，每恨年年作瘦人。卧晚不曾抛好夜，情多唯欲哭残春。阴成杏叶才通日，雨著杨花已污尘。无限后期知有在，只愁烦_{一作还}作总戎身。

将赴镇过太康县有题

才入东郊便太康,自听何暮岂龚黄。晴村透日桑榆影,晓露湿秋禾黍香。十万旌旗移巨镇,几多一作二三辊轵负孤庄。时人欲识征东将,看取欃枪落太一作大荒。

彭门解嘲二首

呜呜吹角贰师营,落日身闲笑傲行。尽觉文章尊万事,却嫌官职剩双旌。终休未拟降低屈,忽遇一作遇便还须致太平。频上一作向水楼谁会我,泗滨浮磬是一作好同声。

伤禽栖后意犹惊,偶向鬣竿脱此生。身外不思簪组事,耳中唯要管弦声。耽吟乍可妨时务,浅饮无因致宿醒。秦客莫嘲瓜戍远,水风潇洒是彭城。

清河泛舟

都人层立似山丘,坐啸将军拥棹游。绕郭烟波浮泗水,一船丝竹载凉州。城中睹望皆丹膜,旗里惊飞尽白鸥。儒将不须夸郤縠,未闻诗句解风流。

新　竹

柳营茅土倦粗材,因向山家乞翠栽。清露便教一作从终夜滴,好风疑是一作自故园来。栏边匠去朱犹湿,溉一作培后虫浮穴暗开。他日会应威凤至,莫辞公府受尘埃。

晚　春

征东留滞一年年,又向军前遇火前。画出鹡舟宜祓禊,镂成鸡卵有

秋千。澄明烟水孤城立,狼藉风花落日眠。赖指清和樱笋熟,不然
愁杀暮春天。

题彭祖楼

新晴天状湿融融,徐国滩声上下洪。极目澄鲜无限景,入怀轻好可
怜风。身防潦倒师彭祖,妓拥登临愧谢公。谁致此楼潜惠我,万家
残照在河东。

汉庙祈雨回阳春亭有怀

南荣轩槛接城闉,适罢祈农此访春。九九已从南至尽,芊芊初傍北
篱新。池中水是前秋雨,陌上风惊自古尘。欲召罗敷倾一盏,乘闲
言语不容人。

送李倍秀才

南朝才子尚途穷,毕竟应须问叶公。书剑伴身离泗上,雪风吹面立
船中。家园枣熟归圭窦,会府槐疏试射弓。相顾日偏留不得,夜深
聊欲一杯同。

重游德星亭感事

颍水川中枕水台,当时难别此重来。舟沉土岸生新草,诗映纱笼有
薄埃。事系兴亡人少到,地当今古我迟回。残阳照树明于旭,犹向
池边把酒杯。

许州题观察判官厅

三载从戎类系匏,重游全许尚分茅。刘郎别后无遗履,丁令归来有
旧巢。冬暖井梧多未落,夜寒窗竹自相敲。纤腰弟子知千恨,笑与

扬雄作解嘲。

闲　题

　　能镇彭门,时溥、刘巨容、周岌俱在麾下,后各领重镇兼端揆,故作此诗。

八年藩翰似侨居,只此谁知报玉除。旧将已成三仆射,老身犹是六尚书。时丁厚蠆终无咎,道致中兴尚有馀。为问春风谁是主,空催弱柳拟何如。

送福建李大夫

洛州良牧帅瓯闽,曾是西垣作谏臣。红旆已胜前尹正,尺书犹带旧丝纶。秋来海有幽都雁,船到城添外国人。行过小藩应大笑,只知夸近不知贫。

送李倍巡官归永乐旧居

羡君归去一作处五峰前,往往星河实见仙。麦垄夏枯成废地,枣枝秋赤近高天。山泉饮犊流多变,村酒经蚕味可怜。曾约道门终老一作却住,步虚声里寄闲眠。

赠　歌　者

一字新声一颗珠,转喉疑是击珊瑚。听时坐部音中有,唱后樱花叶里无。汉浦蓂闻虚解佩,临邛焉用枉当垆。谁人得向青楼宿,便是仙郎不是夫一作虚。

舞　者

绿毛钗动小相思,一唱南轩日午时。慢靸轻裾行欲近,待调诸曲起来迟。筵停匕箸无非听,吻带宫商尽是词。为问倾城年几许,更胜琼树是琼枝。

天际识归舟

斜日满江楼,天涯照背流。同人在何处,远目认孤舟。帆省当时席,歌声旧日讴。人浮津济晚,棹倚沇寥秋。晴阔忻全见,归迟怪久游。离居意无限,贪此望难休。

和曹侍御除夜有怀

有病无媒客,多慵亦太疏。自怜成叔夜,谁与荐相如。嗜退思年老,谙空笑岁除。迹闲过寺宿,头暖近阶梳。春立穷冬后,阳生旧物初。叶多庭不扫,根在径新锄。田事终归彼,心情倦老於。斫材须见像,藏剑岂为鱼。效浅惭尹禄,恩多负辟书。酬知必拟共,勿使浪踌躇。

华清宫和杜舍人 一作张祜诗,一作赵嘏诗。

五十年天子,离宫仰峻一作旧粉墙。登封时正泰,御宇日何一作初长。上位先名实,中兴事宪章。起一作举戎轻甲胄,馀地复一作取河湟。道降玄元祖,儒封孔子王。因缘百司署,聚会一人汤。渭水波摇绿,秦山一作郊草半黄。马驯金勒细,鹰健玉铃锵。一作马头开夜照,鹰眼利星芒。下箭朱方满,鸣鞭皓腕攘。畋思获吕望,谏只避周昌。兔迹贪前逐,枭心不早防。几添鹦鹉劝,先一作频赐荔枝尝。月锁千门静,天吹一作高一笛凉。细音摇羽佩,轻步宛霓裳。祸乱基一作根潜结,升平意遽忘。衣冠逃犬虏,鼙鼓动渔阳。外戚心殊迫,中原事可量。血一作雪埋妃子艳一作貌,刃断禄儿肠。近侍烟尘隔,前踪辇路荒。益知迷宠佞,遗一作唯恨丧贤一作忠良。北阙尊明主,南宫逊上皇。禁清馀凤吹,池冷睡一作映龙光。祝寿山犹在,流年水共伤。杜鹃魂厌蜀,蝴蝶梦悲庄。雀卵遗雕栱,虫丝胃画梁。紫苔侵壁润,红树闭门芳。守吏齐鸳瓦,耕民得翠珰。登年一作欢康昔酺一作时乐,讲武旧兵场。暮一作春草深岩翠一作霭,幽花坠径香。不堪垂白叟,行折御沟杨。

送浙东王大夫

天爵擅忠贞,皇恩复宠荣。远源过晋史,甲族本缑笙。亚相兼尤美,周行历尽清。制除天近晓,衔谢草初生。宾客招闲地,戎装拥上京。九街一作衢鸣玉勒,一宅照红旌。细雨当离席,遥花显去程。佩刀畿甸色,歌吹馆桥声。骍�从秦赐,舻艭到汴迎。步沙逢雾月,宿岸致严更。渤澥流东鄙,天台压属城。众谈称重镇,公意念疲甿。井邑曾多难,疮痍此未平。察应均赋敛,逃必复桑耕。隼重权兼帅,罴雄设有兵。越台随厚俸,剡硾得尤名。近相传搗熟纸名硾。夜蜡一作猎州中宴,春风部外行。香奁扃凤诏,朱篆动一作进龙坑。报后功何患,投虚论素精。征还真指掌,感激自关一作开情。旧业怀昏作,微班负旦评。空馀骚雅事,千古傲刘桢。

送李殷游京西

立马送君地,黯然愁到身。万途皆有匠,六义独无人。莫怪敢言一作言如此,已能甘世贫。时来贵亦在,事是掩何因。投刺皆羁旅,游边更苦辛。岐山终蜀境,泾水复蛮尘。埋没餐须强,炎蒸一作凉醉莫频。俗徒欺合得,吾道死终新。展分先难许,论诗永共亲。归京稍作意,充斥犯西邻。

长安送友人之黔 一作湖 南

衡岳犹云过,君家独几千。心从贱游话,分向禁城偏。陆路终何
处,三湘在素船。琴书去迢递,星路照潺湲。台镜簪秋晚,盘蔬饭
雨天。同文到乡尽,殊国共行连。后会应多日,归程自一年。贫交
永无忘,孤进合相怜。

寄 李 频

长安千万蹊,迷者自多迷。直性身难达,良时日易低。环檐消旧
雪,晴气满春泥。那得同君去,逢峰苦爱齐。

赠苗端公二首

繁总近何如,君才必有馀。身欢步兵酒,吏写鲁连书。坐默闻鼙
吹,庭班见雪初。沉碑若果去,一为访邻居。
至老不相疏,斯言不是虚。两心宜一体,同舍又邻居。晓角秋砧
外,清云白月初。从军何有用,未造鲁连书。

寄河南郑侍郎 一作郎中

三峡一作二陕与三壕,门阑梦去劳。细冰和洛水,初雪洒嵩高。大
雅何由接,微荣亦已逃。寒窗不可寐,风地叶萧骚。

蒙恩除侍御史行次华州寄蒋相

林下天书起遁逃,不堪移疾入尘劳。黄河近岸阴风急,仙掌临关旭
日高。行野众喧闻雁发,宿亭孤寂有狼嗥。荀家位极兼禅理,应笑
埋轮著所操。

寄唐州杨郎中

关睢憔悴一儒生,忽把鱼须事圣明。贫得俸钱还乍喜,晚登朝序却无荣。前年坐蜀同樽俎,此日边淮独旌旄。班列道孤君不见,曲江春暖共僧行。

塞上蒙汝州任中丞寄书

三省推贤两掖才,关东深许稍迟回。舟浮汝水通淮去,雨出嵩峰到郡来。投札转京忧不远,枉缄经庌喜初开。西楼一望知无极,更与何人把酒杯。

题盐铁李尚书泸州别业

鹿原阴面泸州湄,坐觉林泉逼梦思。闲景院开花落后,湿香风好雨来时。邻惊麦野闻雏雉,别创茅亭住老师。备足好中还有阙,许昌军里李陵诗。

全唐诗卷五六○

薛　能

送刘驾归京

相逢听一吟，惟我不降心。在世忧何事，前生得至音。蒲多南去远，汾尽北游深。为宿关亭日，苍苍晓欲临。

夏日寺中有怀

亭午四邻睡，院中唯鸟鸣。当门塞鸿去，欹枕世人情。地燥苍苔裂，天凉晚月生。归家岂不愿，辛苦未知名。

夏日蒲津寺居二首

日日闲车马，谁来访此身。一门兼鹤静，四院与僧邻。雨室墙穿溜，风窗笔染尘一作菌。空馀气长在，天子用平人。

故国有如一作馀梦，省来长远游。清晨起闲院，疏雨似深秋。宿寝书棱叠，行吟杖迹稠。天晴岂能出，春暖未更裘。

北都题崇福寺 寺即高祖旧宅

此地潜龙寺，何基即帝台。细花庭树荫，清气殿门开。长老多相识,旬休暂一来。空空亦拟解,干进幸无媒。

题 龙 兴 寺

高户列禅房,松门到上方。像开祇树岭,人施蜀城香。地遍磷磷
石,江移子子樯。林僧语不尽,身役_{一作后}事梁王。

题大云寺西阁

阁临偏险寺当山,独坐西城笑满颜。四野有歌行路乐,五营无战射
堂闲。鼕和调角秋空外,砧办征衣落照间。方拟杀身酬圣主,敢于
高处恋乡关。

舟行至平羌

貔虎直沙堠,严更护早眠。簇霜孤驿树,落日下江船。暂去非吴
起,终休爱鲁连。平羌无一术,候吏莫加箠。

题开元寺阁

一阁见一郡,乱流仍乱山。未能终日住,尤爱暂时闲。唱棹吴门
去,啼林杜宇还。高僧不可羡,西景掩_{一作坐}禅关。

凌 云 寺

像阁与山齐,何人致石_{一作置是}梯。万烟生聚落,一崦露招提。斋_一
_{作霁}月人来上,残阳鸽去栖。从边亦已极,烽火是沈黎。

石 堂 溪

三面接_{一作枕}渔樵,前门向郡桥。岸沙崩橘树,山径入茶苗。夜拥
军烟合,春浮妓舸邀。此心无与醉,花影莫相烧。

荔枝楼

高槛起边愁，荔枝谁致楼。会须教匠圻，不欲见蛮陬。树瘁无春影，天连觉汉流。仲宣如可拟，即此是荆州。

圣　冈

古迹是何王，平身入石房。远村通后径，一郡隔前冈。昼静唯禅客，春来有女郎。独醒回不得，无事可焚香。

蜀州郑史—作使君寄鸟嘴茶因以赠答八韵

鸟觜撷浑牙，精灵胜镆铘。烹尝方带酒，滋味更无茶。拒碾乾声细，撑封利颖斜。衔芦齐劲实，啄木聚菁华。盐损添常诫，姜宜著更夸。得来抛道药，携去就僧家。旋觉前瓯浅，还愁后信赊。千惭故人意，此惠敌丹砂。

暇日寓怀寄朝中亲友 第六句缺一字

命与才违岂自由，我身何负我身愁。临生白发方监郡，遥耻青衣懒上楼郡南有青衣山。过客闷嫌疏妓乐，小儿憨爱□貔貅。闲吟一寄清朝侣，未必淮阴不拜侯。

春日寓怀

幽拙未谋身，无端患不均。盗憎犹念物，花尽不知春。井邑常多弊，江山岂有神。犍为何处在，一拟吊埋轮。

监郡犍为舟中寓题寄同舍

一寝闲身万事空，任天教作假文翁。旗穿岛树孤舟上，家在山亭每日中。叠果盘餐丹橘地,若_{一作落}花床席早梅风。佳期说尽君应笑,刘表尊前且不同。

江　柳

条绿似垂缨,离筵日照轻。向人虽有态,伤我为无情。桥远孤临水,墙低半出营。天津曾此见,亦是怆行行。

寄吉谏议

将迎须学返抽身,合致蹉跎敢效颦。性静拟归无上士,迹疏常负有情人。终凭二顷谋婚嫁,谬著千篇断斧斤。闻说旧交贤且达,欲弹章甫自羞贫。

江上寄情

天际归舟浩荡中,我关王泽道何穷。未为时彦徒经国,尚有边兵耻佐戎。酿黍气香村欲社,斫桑春尽野无风。年来断定知休处,一树繁花一亩宫。

平盖观

巨柏与山高,玄门静有猱。春风开野杏,落日照江涛。白璧心难说,青云世未遭。天涯望不极,谁识咏离骚。

春　霁

久客孤舟上,天涯漱晓津。野芳楷似柳,江霁雪和春。吏叫能惊鹭,官粗实害身。何当穷蜀境,却忆滞游人。

春居即事

云密露晨晖，西园独掩扉。雨新临断火，春冷著单衣。榆荚奔风健，兰芽负土肥。交亲不是变，自作寄书稀。

边城寓题

孤蹇复飘零，天涯若堕萤。东风吹瘤疾，暖日极青冥。蚕市归农醉，渔舟钓客醒。论邦苦不早，只此负王庭。

春日江居寓怀

归兴乍离边，兰桡复锦川。斫春槎栟树，消雪土膏田。岸暖寻新菜，舟寒著旧绵。临邛若个是，欲向酒家眠。

边城作

行止象分符，监州是戏儒。管排蛮户远，出箐鸟巢孤。蜀人谓税为排户，谓林为丛箐。北向秦何在，南来蜀已无。怀沙悔不及，只有便乘桴。

闻李夷遇下第东归因以寄赠

囊中书是居山写，海畔家贫—作频乞食还。吾子莫愁登第晚，古人惟爱贱游闲。舟行散适江亭上，郡宴歌吟蜡烛间。从此乐章休叙战，汉兵无阵亦无蛮。

留 题

茶兴复诗心，一瓯还一吟。压春甘蔗冷，喧雨荔枝深。骤去无遗恨，幽栖已遍寻。蛾眉不可到，高处望千岑。

春日北归舟中有怀

尽日绕盘飧,归舟向蜀门。雨干杨柳渡,山热杏花村。净镜空山一作江晓,孤灯极浦昏。边城不是意,回首未终恩。

初发嘉州寓题

劳我是犍为,南征又北移。唯闻杜鹃夜,不见海棠时。在阁曾无负,含灵合有一作见知。州人若爱树,莫损召南诗。

题汉州西湖

西湖天下名,可以濯吾缨。况是携家赏,从妨半驿程。尝茶春味渴,断酒晚怀清。尽得幽人趣,犹嫌守吏迎。重餐逢角暮,百事喜诗成。坐阻湘江谪,谁为话政声。前安抚副使曾此赋诗,寻自南宫有湘潭之命,因以吟叹。

自广汉游三学山

残阳终日望栖贤,归路携家得访禅。世缺一来应薄命,雨留三宿是前缘。诗题不忍离岩下,屐齿难忘在水边。猿鸟可知僧可会,此心常似有香烟。

三学山开照寺

尽室遍相将,中方上下方。夜深楠树远,春气陌一作柏林香。圣迹留岩险,灵灯出混茫。何因将慧剑,割爱事空王。

雨霁北归留题三学山

远树平川半夕阳,锦城遥辨立危墙。闲思胜事多遗恨,却悔公心是

谩忙。灌口阙寻惭远客,峨嵋乖约负支郎。灵龛一望终何得,谬有
人情满蜀乡。

行次灵龛驿寄西蜀尚书

北客推车指蜀门,乾阳知已近临坤。太原府有乾阳门,尚书自北都迁蜀。
从辞府郭常回首,欲别封疆更感恩。援寡圣朝难望阙,暑催蚕麦得
归村。雷公解劚冲天气,白日何幸遣戴盆。

雨霁宿望喜驿

风雷一罢思何清,江水依然浩浩声。飞鸟旋生啼鸟在,后人常似古
人情。将来道路终须达,过去山川实不平。闲想更逢知旧否,馆前
杨柳种初成。

筹笔驿 余为蜀从事,病武侯非王佐才,因有是题。

葛相终宜马革还,未开天意便开山。生欺仲达徒增气,死见王阳合
厚颜。流运有功终是扰,阴符多术得非奸。当初若欲酬三顾,何不
无为似有鳏。

通 仙 洞

高龛险欲摧,百尺洞门开。白日仙何在,清风客暂来。临崖松直
上,避石水低回。贾掾曾空去,题诗岂易哉。

嘉陵驿见贾岛旧题

贾子命堪悲,唐人独解诗。左迁今已矣,清绝更无之。毕竟吾犹
许,商量众莫疑。嘉陵四十字,一一是天资。

嘉陵驿 一作题嘉陵江驿

江涛千叠阁千层，衔尾相随尽室登。稠树蔽山闻杜宇，午烟薰日食嘉陵。频题石上程多破，暂歇泉边起不能。如此幸非名利切，益州来日合携僧。

嘉　陵　驿

尽室可招魂，蛮馀出蜀门。雹凉随雨气，江热傍山根。蚕月缫丝路，农时碌碡村。干将磨欲尽，无位可酬恩。

西县途中二十韵

野客误桑麻，从军带镆铘。岂论之白帝，未合过黄花。落日投江县，征尘漱齿牙。蜀音连井络，秦分隔褒斜。碛路商逢使，山邮雀啅蛇。忆归临角黍，良遇得新瓜。食久庭阴转，行多屐齿洼。气清岩下瀑，烟漫雨馀畬。黄鸟当蚕候，稀菁杂麦查。汗凉风似雪，浆度蜜如沙。野色生肥芋，乡仪捣散茶。梯航经杜宇，烽候彻苴咩。逗石流何险，通关运固赊。葛侯真竭泽，刘主合亡家。陷彼贪功吠，贻为黩武夸。阵图谁许可，庙貌我揄揶。闲事休征汉，斯行且咏巴。音繁来有铎，轨尽去无车。溢目看风景，清怀啸月华。焰樵烹紫笋，腰篝憩乌纱。杞国忧寻悟，临邛渴自加。移文莫有诮，必不滞天涯。

西　县　作

三年西蜀去如沉，西县西来出万岑。树石向闻清汉浪，水风初见绿萍阴。平郊不爱行增气，好井无疑漱入心。从此渐知光景异，锦都回首尽愁吟。

分水岭望灵宝峰

千寻万仞峰，灵宝号何从。盛立同吾道，贪程阻圣踪。岭奇应有药，壁峭尽无松。那得休于是，蹉跎亦卧龙。

水帘吟

万滴相随万响兼，路尘天产尽旁沾。源从颢气何因绝，派助前溪岂觉添。豪客每来清夏葛，愁人才见认秋檐。嘉名已极终难称，别是风流不是帘。

褒斜道中

十驿褒斜到处慵，眼前常似接灵踪。江遥旋入旁来水，山豁犹藏向后峰。鸟径恶时应立虎，畲田闲日自烧松。行吟却笑公车役一作使，夜发星驰半不逢。

褒城驿有故元相公旧题诗因仰叹而作

鄂相顷题应好池，题云万竹与千梨。我来已变当初地，前过应无继此诗。敢叹临行殊旧境，惟愁后事劣今时。闲吟四壁堪搔首，频见青蘋白鹭鸶。

题褒城驿池

池馆通秦槛向衢，旧闻佳赏此踟蹰。清凉不散亭犹在，事力何销舫已无。钓客坐风临岛屿，牧牛当雨食菰蒲。西川吟吏偏思葺，只恐归寻水亦枯。

送崔学士赴东川

羽人仙籍冠浮丘，欲作�¤侯且蜀侯。导骑已多行剑阁，亲军全到近绵州。文翁劝学人应恋，魏绛和戎戍自休。唯有夜樽欢莫厌，庙堂他日少闲游。

海　棠 并序

> 蜀海棠有闻，而诗无闻。杜子美于斯，兴象靡出，没而有怀。天之厚余，谨不敢让。风雅尽在蜀矣，吾其庶几。

酷烈复离披，玄功莫我知。青苔浮落处，暮柳间开时。带醉游人插，连阴被曳移。晨前清露湿，晏后恶风吹。香少传何许，妍多画半遗。岛苏涟水脉，庭绽粒松枝。偶泛因沉砚，闲飘欲乱棋。绕山生玉垒，和郡遍坤维。负赏惭休饮，牵吟分失饥。明年应不见，留此赠巴儿。

咏夹径菊

夹径尽黄英，不通人并行。几曾相对绽，元自两行生。丛比高低等，香连左右并。畔摇风势断，中夹日华明。间隔蛩吟隔，交横蝶乱横。频应泛桑落，摘处近前楹。

碧鲜亭春题竹

竹少竹更重，碧鲜疆一作犹更名。有栏常凭立，无径独穿行。夕月阴何乱，春风叶尽轻。已闻图画客，兼写薛先生。

竹　径

盘径入依依，旋惊幽鸟飞。寻多苔色古，踏碎箨声微。鞭节横妨户,枝梢一作苗动拂衣。前溪闻到处,应接钓鱼矶。

新　柳

轻轻须重不须轻,众木难成独早成。柔性定胜刚性立,一枝还引万枝生。天钟和气元无力,时遇风光别有情。谁道少逢知己用,将军因此建雄名。

牡 丹 四 首

异色禀陶甄,常疑主者偏。众芳殊不类,一笑独奢妍。颗折羞含懒,丛虚隐陷圆。亚心堆胜被,美色艳于莲。品格如寒食,精光似少年。种堪收子子,价合易贤贤。迥秀应无妒,奇香称有仙。深阴宜映幕,富贵助开筵。蜀水争能染,巫山未可怜。数难忘次第,立困恋傍边。逐日愁风雨,和星祝夜天。且从留尽赏,离此便归田。
万朵照初筵,狂游忆少年。晓光如曲水,颜色似西川。白向庚辛受,朱从造化研。众开成伴侣,相笑极神仙。见焰宁劳火,闻香不带烟。自高轻月桂,非偶贱池莲。影接雕盘动,丛遭恶草偏。招欢忧事阻,就卧觉情牵。四面宜绯锦,当头称管弦。泊来莺定忆,粉扰蝶何颠。苏息承朝露,滋荣仰雾天。压栏多尽好,敌国贵宜然。未落须迷醉,因兹任病缠。人谁知极物,空负感麟篇。
去年零落暮春时,泪湿红笺怨别离。常恐便随巫峡散,何因重有武陵期。传情每向馨香得,不语还应彼此知。欲就一作见欲栏边安枕席,夜深闲共说相思。
牡丹愁为牡丹饥,自惜多情欲瘦羸。浓艳冷香初盖后,好风乾雨正开时。吟蜂遍坐无闲蕊,醉客曾偷有折枝。京国别来谁占玩,此花光景属吾诗。

使 院 栽 苇

戛戛复差差,一丛千万枝。格如僧住处,栽得吏闲时。笋自厅中
出,根从府外移。从军无宿例,空想夜风吹。

失 鹤 二 首

偶背雕笼与我违,四方端仵竟忘归。谁家白日云间见,何处沧洲雨
里飞。曾啄稻粱残粒在,旧翘泥潦半踪稀。凭人转觉多相误,尽道
皤然作令威。

华表翘风未可期,变丁投卫两堪疑。应缘失路防人损,空有归心最
我知。但见空笼抛夕月,若何无树宿荒陂。不然直道高空外,白水
青山属腊一作猎师。

答贾支使寄鹤

瑞羽奇姿踉跄形,称为仙驭过清冥。何年厚禄曾居卫,几世前身本
姓丁。幸有远云兼远水,莫临华表望华亭。劳君赠我清歌侣,将去
田园夜坐听。

陈州刺史寄鹤

临风高视耸奇形,渡海冲天想尽经。因得羽仪来合浦,便无魂梦去
华亭。春飞见境乘桴切,夜唳闻时醉枕醒。南守欲知多少重,抚毛
千万唤丁丁。

孔 雀

偶有功名正俗才,灵禽何事降瑶台。天仙黼黻毛应是,宫后屏帏尾
忽开。曾处嶂中真雾隐,每过庭下似春来。佳人为我和衫拍,遣作

傞傞一作婆婆送一杯。

鄜州进白野鹊

轻毛叠雪翅开霜,红嘴能深练尾长。名应玉符朝北阙,色柔金性瑞西方。不忧云路填河远,为对天颜送喜忙。从此定知栖息处,月宫琼树是仙乡。

早　蝉

不见上庭树,日高声忽吟。他人岂无耳,远客自关心。暂落还因雨,横飞亦向林。分明去年意,从此渐闻砧。

申　湖

昔年依峡寺,每日见申湖。下泪重来此,知心一已无。雨霖舟色暗,岸拔木形枯。旧境深相恼,新春宛不殊。方来寻熟侣,起去恨惊凫。忍事花何笑,喧吟瀑正粗。堪忧从宦到,倍遣曩怀孤。上马终回首,傍人怪感吁。

谢刘相一本有公字寄天柱茶

两串春团敌夜光,名题天柱印维扬。偷嫌曼倩桃无味,捣觉嫦娥药不香。惜恐被分缘利市,尽应难觅为供堂。粗官寄与真抛却,赖有诗情合得尝。

题　后　集

诗源何代失澄清,处处狂波污后生。常感道孤吟有泪,却缘风坏语无情。难甘恶少欺韩信,枉被诸侯杀祢衡。纵到缑山也无益,四方联络尽蛙声。

秋晚送无可上人

半夜觉松雨,照书灯悄然。河声才淅沥,旧业近潺湲。坐滴寒更尽,吟惊宿鹤迁。相思不相见,日短复愁牵。

赠源寂禅师

瓶钵镇随腰,怡然处寂寥。门一作师禅从北祖,僧格似南朝。性近徒相许,缘多愧未销。何传能法一作当传去慧,此岸要津桥。

赠 禅 师

嗜欲本无性,此生长在禅。九州空有路,一室独多年。鸣磬微尘落,移瓶湿地圆。相寻偶同宿,星月坐忘眠。

夏日青龙寺寻僧二首

帝里欲何待,人间无阙遗。不能安旧隐,都属扰明时。违理须齐辱,雄图岂藉知。纵横悉已误,斯语是吾师。
得官殊未喜,失计是忘愁。不是无心速,焉能有自由。凉风盈夏扇,蜀茗半形一作邢,一作锎瓯。笑向权门客,应难见道流。

寄题巨源禅师

风雨禅思外,应残木槿花。何年别乡土,一衲代袈裟。日气侵瓶暖,雷声动枕斜。还当扫楼影,天晚自煎茶。

题河中亭子

河擘双流岛在中,岛中亭上正南空。蒲根旧浸临关道,沙色遥飞傍苑风。晴见树卑知岳大,晚闻车乱觉桥通。无穷胜事应须宿,霜白兼葭月在东。

逢友人边游回 一作马戴诗

游子新从绝塞回,自言曾上李陵台。尊前语尽北风起,秋色萧条胡雁来。

春　雨

电阔照潺潺,惊流往复还。远声如有洞,迷色似无一作巫山。利物乾坤内,并风竹树间。静思来朔漠,愁望满柴关。进湿消尘虑,吹风触疾一作病颜。谁知草茅径一作者,沾此尚虚闲。

夏　雨

何处发天涯,风雷一道赊。去声随地急,残势傍楼斜。透树垂红叶,沾尘带落花。潇湘无限思,闲看下兼葭。

秋夜山中述事

初宵门未掩,独坐对霜空。极目故乡月,满溪寒草风。樵声当岭上,僧语在云中。正恨归期晚,萧萧闻塞鸿。

长　安　道

汲汲复营营,东西连两京。关缮古若在,山岳累应成。各自有身事,不相知姓名。交驰兼一作喧众类,分散入重城。此一作路去应无尽,万方人旋一作始生。空馀片言苦,来往觅刘桢。

酬泗州韦中丞埔上日寄赠兼次本韵

鲁儒相悟欲成空,学尽文章不见功。官自掖垣飘海上,镇从随一作隋岸入山中。尝遭火发瞿云一作昙宅,争得天如老氏弓。何意杜陵怀宝客,也随迷路出关东。

泛觞池

通咽远一作绕华樽,泛觞名自君。净看筹见影,轻动酒生纹。细滴随杯落,来声就浦分。便应半酣后,清冷漱兼云。

全唐诗卷五六一

薛 能

荔枝诗 有序

杜工部老居两蜀,不赋是诗,岂有意而不及欤? 白尚书曾有是作,兴旨卑泥,与无诗同。予遂为之题,不愧不负。将来作者,以其荔枝首唱,愚其庶几。

颗如松子色如樱,未识蹉跎欲半生。岁杪监州曾见树,时新入座久闻名。

丁巳上元日放三雉

婴网虽皆困,襄笼喜共归。无心期尔报,相见莫惊飞。

寓 题 一作边城寓题

王泽犹来雅在新,尚词微事一作征事可愁人。淫哇满眼关雎弱,犹贺清朝有此身。

望 蜀 亭

树簇烟迷蜀国深,岭头分界恋登临。前轩一望无他处,从此西川只在心。

游嘉州—作陵后溪开元观闲游,因及后溪,偶成二韵。

山屐经过满径踪,隔溪遥见夕阳春。当时诸葛成何事,只合终身作卧龙。

自　讽

千题万咏过三旬,忘食贪魔作瘦人。行处便吟君莫笑,就中诗病不任春。

乞假归题候馆—本题首有河东幕三字

仆带雕弓马似飞,老莱衣上著戎衣。邮亭不暇吟山水,塞外经年皆未归。

监郡犍为将归使府登—本有通济二字楼寓题

几日监临向蜀春,错抛歌酒强忧人。江楼一望西归去,不负嘉州只负身。

过象耳山二首

一色青松几万栽,异香薰路带花开。山门欲别心潜愿,更到蜀中还到来。
到处逢山便欲登,自疑身作住来僧。徒行至此三千里,不是有缘应不能。

圣　灯

莽莽空中稍稍灯,坐看迷浊变〔清澄〕(澄清)。须知火尽烟无益,一夜栏边说向僧。

过昌利观有怀

万仞云峰八石泉，李君仙后更谁仙。我来驻马人何问，老柏无多不种田。

蜀　路

剑阁缘云拂斗魁，疾风生树过龙媒。前程憩罢知无益，但是驽蹄亦到来。

山 下 偶 作

零雨沾山百草香，树梢高顶尽斜阳。横流巨石皆堪住，何事无僧有石房。

伏 牛 山

虎蹲峰状屈名牛，落日连村好望秋。不为时危耕不得，一黎风雨便归休。

老圃堂 一作曹邺诗

邵平瓜地接吾庐，谷雨乾时偶一作手自锄。昨日春风欺不在，就床吹落读残书。

春　题

柳莫摇摇花莫开，此心因病亦成灰。人生只有家园乐，及取春农一作浓归去来。

并州寓怀

人多知遇独难求，人负知音独爱酬。常恐此心无乐处，枉称年少在
并州。

中秋旅舍 一作中秋旅舍书怀

云卷庭虚一作卷尽庭云月逗空，一方秋草尽一作色草鸣虫。是时兄弟
正南北，黄叶满阶来去风。

符亭二首 并序

　　东三泉十五里，以飞瀑结茅，虽小，甚胜。诸所记注皆云，前宰符姓
　　所为，俞姓所修。而不识其人，因题曰符亭，旌之也。

符亭之地雅离群，万古悬泉一旦新。若念农桑也如此，县人应得似
行人。

山如巫峡烟云好，路似嘉祥水木清。大抵游人总应爱，就中难说是
诗情。

秋夜听任郎中琴

十指宫商膝上秋，七条丝动雨修修。空堂半夜孤灯冷，弹著乡心欲
白头。

留别关东旧游

我去君留十载中，未曾相见及花红。他时住得君应老，长短看花心
不同。

赠 出 塞 客

出郊征骑逐飞埃，此别惟愁春未回。寒叶夕阳投宿意，芦一作萧关
门向远河开。

秋 溪 独 坐

黄叶分飞砧上下，白云零落马东西。人生万意此端坐，日暮水深一
作声流出溪。

蒲中霁后晚望

河边霁色无人见，身带春风立岸头。浊水茫茫有何意，日斜还向古
蒲州。

宋 氏 林 亭

地湿莎青雨后天，桃花红近竹林边。行人本是农桑客，记得春深欲
种田。

云花寺寓居赠海岸上人

暂寄空门未是归，上方林榭独一作独著儒衣。吾师不语应相怪一作
问，频惹街尘入寺飞。

关 中 秋 夕

簟湿秋庭岳在烟，露光明滑竹苍然。何人意绪还相似，鹤宿松枝月
半天。

西县道中有短亭岩穴
飞泉隔江洒至因成二首

风凉津湿共微微,隔岸泉冲石窍飞。争得巨灵从野性,旧乡无此擘
将归。

一瀑三峰赤日天,路人才见便脩然。谁能夜向山根宿,凉月初生的
有仙。

省试夜 一作韦承贻诗

白莲千朵照廊明,一片承平雅颂声。更报第三条烛尽,文昌风景画
难成。

过 骊 山

丹腾苍苍簇背山,路尘应满旧帘间。玄宗不是偏行乐,只为当时四
海闲。

曲 江 醉 题

闲身行止属年华,马上怀中尽落花。狂遍曲江还醉卧,觉来人静日
西斜。

参军厅新池

帘外无尘胜物外,墙根有竹似山根。流泉不至客来久,坐见新池落
旧痕。

太原使院晚出

青门无路入清朝,滥作将军最下僚。同舍尽归身独在,晚风开印叶

萧萧。

寒食日曲江

曲水池边青草岸，春风林下落花杯。都门此日是寒食，人去看多身
独来。

蕯厔官舍新竹

心觉清凉体似吹，满风轻撼叶垂垂。无端种在幽闲地，众鸟嫌寒凤
未知。

京中客舍闻筝

十二三弦共五音，每声如截远人心。当时向秀闻邻笛，不是离家岁
月深。

铜 雀 台

魏帝当时铜雀台，黄花深映棘丛开。人生富贵须回首，此地岂无歌
舞来。

寿 安 水 馆

地接山林兼有石，天悬星月更无云。惊鸥上树满池水，瀺灂一声中
夜闻。

雨后早发永宁

春霖朝罢客西东，雨足泥声路未通。独爱千峰最高处，一峰初日白
云中。

宿仙游寺望月生峰

公门身入洞门行,出阱离笼似有情。僧语夜凉云树黑,月生峰上月初生。

秋　题

独坐东南见晓星,白云微透沐寥清。磷磷甃石堪僧坐,一叶梧桐落半庭。

和友人寄怀

从来行乐近来希,蘧瑗知言与我违。自是衰心不如旧,非关四十九年非。

子　夜

嫖姚家宴敌吴王,子夜歌声满画堂。此日相逢眉翠尽,女真行李乞斋粮。

雁和韦侍御

肃肃雍雍义有馀,九天鸾凤莫相疏。唯应静向山窗过,激发英雄夜读书。

和府帅相公一作蜀中和府帅相公过安抚崔判官厅不遇之什

竹映高墙似傍山,邹阳归后令威还。君看将相才多少,两首诗成七步间。

又和留山鸡

五色文胜百鸟王,相思兼绝寄芸香。由来不是池中物,鸡树归时即取将。

舟中酬杨中丞春早见寄

锦楼春望忆丹楹,更遇高情说早莺。江上境寒吟不得,湿风梅雨满船轻。

寒 食 日 题

美人寒食事春风,折尽青青赏尽红。夜半无灯还有睡—作不寐,秋千悬在月明中。

杏 花

活色生香第一流,手中移得近青楼。谁知艳性终相负,乱向春风笑不休。

黄 蜀 葵

娇黄新嫩—作蕊欲题诗,尽日含毫有所思。记得玉人初病起—作〔校〕(较),道家妆束厌襀时。

春 咏

春来还似去年时,手把花枝唱竹枝。狂瘦未曾餐有味,不缘中酒却缘诗。

赠欢娘 八岁善吹笙

一束龙吟细竹枝，青娥擎在手中吹。当时纵使双成在，不得如伊是小时。

戏 瞻 相

失意蹉跎到旧游，见吹杨柳便遮羞。瞻相赵女休相拽，不及人前诈摆头。

赠解诗歌人

同有诗情自合亲，不须歌调更含嚬。朝天御史非韩寿，莫窃香来带累人。

赠韦氏歌人二首

弦管声凝发唱高，几人心地暗伤刀。思量更有何堪比，王母新开一树桃。

一曲新声惨画堂，可能心事忆周郎。朝来为客频开口，绽尽桃花几许香。

加 阶

二年中散似嵇康，此日无功换宠光。唯有一般酬圣主，胜于东晋是文章。

野 园

野园无鼓又无旗，鞍马传杯用柳枝。娇养翠娥无怕惧，插人头上任风吹。

郊　亭

郊亭宴罢欲回车，满郭传呼调角初。尚拥笙歌归未得，笑娥扶著醉尚书。

老　僧

清瘦形容八十馀，匏悬篱落似村居。劝师莫羡人间有，幸是元无免破除。

僧　窗

不悟时机滞有馀，近来为事更乖疏。朱轮皂盖蹉跎尽，犹爱明窗好读书。

题 平 等 院

十里城中一院僧，各持巾钵事南能。还应笑我功名客，未解嫌官学大乘。

影灯夜二首 一作上元诗

偃王灯塔古徐州，二十年来乐事休。此日将军心似海，四更身领万人游。

十万军城百万灯，酥油香暖夜如烝。红妆满地烟光好，只恐笙歌引上升。

许州旌节到作

两地旌旗拥一身，半缘伤旧半荣新。州人若忆将军面，写取雕堂报国真。

重游通波亭

十年抛掷故园花,最忆红桃竹外斜。此日郊亭心乍喜,败榆芳草似
还家。

戏舸

远舸冲开一路萍,岸傍偷上小茅亭。游人莫觅杯盘分,此地才应聚
德星。

偶题

到处吟兼上马吟,总无愁恨自伤心。无端梦得钧天乐,尽觉宫商不
是音。

折杨柳十首 并序

　　　　此曲盛传,为词者甚众。文人才子,各炫其能,莫不条似舞腰,叶如
　　眉翠,出口皆然,颇为陈熟。能专于诗律,不爱随人,搜难抉新,誓脱常
　　态。虽欲弗伐,知音其舍诸。

华清高树出离宫,南陌柔条带暖风。谁见轻阴是良夜,瀑泉声畔月
明中。

洛桥晴影覆江船,羌笛秋声湿塞烟。闲想习池公宴罢,水蒲风絮夕
阳天。

嫩绿轻悬似缀旒,路人遥见隔宫楼。谁能更近丹墀种,解播皇风入
九州。

暖风晴日断浮埃,废路新条发钓台。处处轻阴—作轻可惆怅,后人
攀处古人栽。

潭上江边袅袅垂,日高风静絮相随。青楼一树无人见,正是女郎眠

觉时。

汴水高悬百万条,风清两岸一时摇。隋家力尽虚栽得,无限春风属圣朝。

和风烟树一作雨九重城,夹路春阴十万营。唯向边头不堪望,一株一作林憔悴少人行。

窗外齐垂旭日初,楼边轻暖好一作好暖风徐。游人莫道栽无益,桃李清阴却不如。

众木犹寒独早青,御沟桥畔曲江亭。陶家旧日应如此,一院春条绿绕厅。

帐偃缨垂细复繁,令人心想石家园。风条月影皆堪重,何事侯门爱树萱。

柳 枝 四 首

数首新诗带恨成,柳丝牵我我伤情。柔娥幸有腰支稳,试踏吹声作唱声。

高出军营远映桥,贼兵曾斫火曾一作曾逢兵火一时烧。风流性在终难改一作尽,一作死,一作挫,依旧春来一作风,一作暖日还生。万万条。

县依陶令想嫌迟,营畔将军即大粗。此日与君除万恨,数篇风调更应无。

狂似纤腰嫩胜绵,自多情态竟一作更谁怜。游人不折还堪恨,抛向桥边与路边。

柳枝词五首 并序

乾符五年,许州剌史薛能于郡阁与幕中谈宾酣饮醅酎,因令部妓少女作杨柳枝健舞,复歌其词,无可听者,自以五绝为杨柳新声。

朝阳晴照绿杨烟,一别通波十七年。应有旧枝无处觅,万株风里卓旌旃。

晴垂芳态吐牙—作芽新，雨摆轻条湿面春。别有出墙高数尺，不知摇动是何人。

暖—作晓梳簪朵事登楼，因挂垂杨立地愁。牵断绿丝攀不得，半空悬著玉搔头。

西园高树后庭根，处处寻芳有折痕。终忆旧—作我游桃叶舍，一株斜映竹篱门。

刘白苏台总近时，当初章句是谁推。纤腰舞尽春杨柳，未有侬家一首诗。 自注：刘白二尚书继为苏州刺史，皆赋杨柳枝词，世多传唱。虽有才语，但文字太僻，宫商不高，如可者，岂斯人徒欤？洋洋乎唐风，其令虚爱。

吴 姬 十 首

夜锁重门昼亦监，眼波娇利瘦岩岩。偏怜不怕傍人笑，自把春罗等舞衫。

龙麝薰多骨亦香，因经寒食好风光。何人画得天生态，枕破施朱隔宿妆。

滴滴春霖透荔枝，笔题笺动手中垂。天阴不得君王召，鬈著青蛾作小诗。

钿合重盛绣结深，昭阳初幸赐同心。君知一夜恩多少，明日宣教放德音。

退红香汗湿轻纱，高卷蚊厨独卧斜。娇泪半垂珠不破，恨君瞋折后庭花。

取次衣裳尽带珠，别添龙脑裹罗襦。年来寄与乡中伴，杀尽春蚕税亦无。

画烛烧兰暖复迷，殿帏深密下银泥。开门欲作侵晨散，已是明朝日向西。

楼台重叠满天云，殷殷鸣鼍世上闻。此日杨花初似雪，女儿弦管弄参军。

冠剪黄绡帔紫罗，薄施铅粉画青娥。因将素手夸纤巧，从此椒房宠更多。

身一作自是三千第一名，内家丛里独分明。芙蓉殿上中元日，水拍银台弄化生。

题于公花园

含桃庄主后园深，繁实初成静扫阴。若使明年花可待，应须恼破事花心。

登　城

偶作闲身上古城，路人遥望不相惊。无端将吏逡巡至，又作都头一队行。

好　客

好客连宵在醉乡，蜡烟红暖胜春光。谁人肯信山僧语，寒雨唯煎治气汤。

赠普恭禅师

一日迢迢每一餐，我心难伏我无一作心难。南檐十月绳床暖，背卷真经向日看。

赠无表禅师

笠戴圆阴楚地棕，磬敲清响蜀山铜。秋来说偈寅朝殿，爽爽一作轻洒杨枝满手风。

彭门偶题

淮王西舍固非夫，柳恽偏州未是都。直到春秋诸列国，拥旄才子也应无。

嘲赵璘

巡关每傍摴蒲局，望月还登乞巧楼。第一莫教娇太过，缘人衣带上人头。

句

百首如一首，卷初如卷终。《北梦琐言》：能以诗自负，还刘得仁卷，题诗云云。

坐久仆头出，语多僧齿寒。《南部新书》

西塞长云尽，南湖片月斜。《古今诗话》

李白终无取，陶潜固不刊。 论诗　见《郑谷集注》

我身若在开元日，争遣名为李翰林。 寄符郎中　见《郑集》

全唐诗卷五六二

刘 威

刘威,会昌时人。诗二十七首。

早 春

晓来庭户外,草树似依依。一夜东风起,万山春色归。冰消泉派动,日暖露珠晞。已酝看花酒,娇莺莫预飞。

伤春感怀

花飞惜不得,年长更堪悲。春尽有归日,老来无去时。风前千片雪,镜里数茎丝。肠断青山暮,独攀杨柳枝。

闰 三 月

三年皆一闰,此闰胜常时。莫怪花开晚,都缘春尽迟。节分炎气近,律应蕙风移。梦得成胡蝶,芳菲幸不遗。

早秋游湖上亭

危亭秋尚早,野思已无穷。竹叶一尊酒,荷香四座风。晓烟孤屿外,归鸟夕阳中。渐爱湖光冷,移舟月满空。

宿　渔　家

竹屋清江上，风烟四五家。水园分芰叶，邻界认芦花。雨到鱼翻浪，洲回鸟傍沙。月明何处去，片片席帆斜。

旅　中　早　秋

金威生止水，爽气遍遥空。草色萧条路，槐花零落风。夜来万里月，觉后一声鸿。莫问前程事，飒然沙上蓬。

早秋西归有怀

求归方有计，惜别更堪愁。上马江城暮，出郊山戍秋。暗销何限事，白尽去年头。莫怪频惆怅，异乡难再游。

冬　夜　旅　怀

寒窗危竹枕，月过半床阴。嫩叶不归梦，晴虫成苦吟。酒无通夜力，事满五更心。寂寞谁相似，残灯与素琴。

塞　上　作

萧萧陇水侧，落日客愁中。古塞一声笛，长沙千里风。鸟无栖息处，人爱战争功。数夜城头月，弯弯如引弓。

秋日寄陈景孚秀才

征车日已远，物候尚凄凄。风叶青桐落，露花红槿低。心随秦国远，梦到楚山迷。却恨衔芦雁，秋飞不向西。

冬日送友人西归

北风吹别思，杳杳度云山。满望是归处，一生犹未闲。知音方见誉，浮宦久相关。空有心如月，同居千里还。

感　寓

海竭山移岁月深，分明齐得世人心。颜回徒恨少成古，彭祖何曾老至今。须向道中平贵贱，还从限内任浮沉。他年兔似骊山鬼，信有蓬莱不可寻。

七　夕

乌鹊桥成上界通，千秋—作年灵会此宵同。云收喜气星楼晓—作桥满，香—作雨拂轻—作香尘玉—作月殿空。翠辇不行青草路，金銮徒候—作恨白榆风。彩盘花阁无穷意，只在游丝一缕中。

晚春陪王员外东塘游宴

水绿山青春日长，政成因暇泛回塘。初移柳岸笙歌合，欲过蘋洲罗绮香。共济已惊依玉树，随流还许醉金觞。一声画角严城暮，云雨分时满路光。

游东湖黄处士园林

偶向东湖更向东，数声鸡犬翠微中。遥知杨柳是门处，似隔芙蓉无路通。樵客出来山带雨，渔舟过去水生风。物情多与闲相称，所恨求安计不同。

题许子正处士新池

坐爱风尘日已西,功成得与化工齐。巧分孤岛思何远,欲似五湖心易迷。渐有野禽来试水,又怜春草自侵堤。那堪更到芙蓉拆,晚夕香联桃李蹊。

旅　怀

物态人心渐渺茫,十年徒学钓沧浪。老将何面还吾土,梦有惊魂在楚乡。自是一身嫌苟合,谁怜今日欲佯狂。无名无位却无事,醉落乌纱卧夕阳。

早　秋　归

数口飘零身未回,梦魂遥断越王台。家书欲寄雁飞远,客恨正深秋又来。风解绿杨三署冷,月当银汉四山开。茫茫归路在何处,砧杵一声心已摧。

欧阳示新诗因贻四韵

冲戛瑶琼得至音,数篇清越应南金。都由苦思无休日,已证前贤不到心。风入寒松声自古,水归沧海意皆深。欲知字字惊神鬼,一气秋时试夜吟。

尉　迟　将　军

天仗拥门希授钺,重臣入梦岂安金。江河定后威风在,社稷危来寄托深。扶病暂将弓试力,感恩重与剑论心。明妃若遇英雄世,青冢何由怨陆沉。

赠欧阳秀才

桐上知音日下身，道光谁不仰清尘。偶来水馆逢为客，旧熟诗名似故人。永日空惊沧海阔，何年重见白头新。权门要路应行遍，闲伴山夫一夜贫。

赠　道　者

五云深处有真仙，岁月催多却少年。入郭不知今世事，卖丹犹觅古时钱。闲寻白鹿眠瑶草，暗摘红桃去洞天。时向人间深夜坐，鬼神长在药囊边。

赠　道　者

道帔轻裾三岛云，绿髯长占镜中春。高风已驾祥鸾驭，浮世休惊野马尘。过海独辞王母面，度关谁识老聃身。儒生也爱长生术，不见人间大笑人。

遣怀寄欧阳秀才

地上江河天上乌，百年流转只须臾。平生闲过日将日，欲老始知吾负吾。似豹一班时或有，如龟三顾岂全无。古来晚达人何限，莫笑空枝犹望苏。

送元秀才入道

不教荣乐损天机，愿逐鸾凰次第飞。明月满时开道帔，欲尘飘处脱儒衣。只携仙籍还金洞，便与时流隔翠微。空有缄题报亲爱，一千年后始西归。

三闾大夫

三闾一去湘山老,烟水悠悠痛古今。青史已书殷鉴在,词人劳咏楚
江深。竹移低影潜贞节,月入中流洗恨心。再引离骚见微旨,肯教
渔父会升沉。

伤曾秀才马

买得龙媒越水濆,轻桃细杏色初分。秋归未过阳关日,夜魄忽销阴
塞云。吴练已知随影没,朔风犹想带嘶闻。临轩振策休惆怅,坐致
烟霄只在君。

李 玖

李玖,歙州巡官。诗八首。

喷玉泉冥会诗八首

《纂异记》曰:会昌元年,孝廉许生下第东归,次寿安甘棠馆西,逢白
衣叟云:"赴喷玉泉,与三四君子追旧游。至泉所,见有四丈夫,有少年神
貌扬扬者,有短小气宇落落者,有长大少须髯者,有清瘦言语瞻视疾速
者,皆金紫,会泉傍,谓叟曰:'玉川来何迟?'叟曰:'适憩前馆,偶见西楹
题诗,晦其姓名,有似为座中一二公者,吟讽少驻耳。'因述其诗,座中皆
掩面恸哭。神貌扬扬者曰:'作诗人得非伊水上受我推食解衣之士乎?'
久之,各赋《喷玉泉感旧游书怀》诗。诗成,各自吟讽,长号数四,响动岩
谷,惨无言语而别。"按:四丈夫,甘露四相也;玉川,卢仝也;伊水受恩
之士,玖自谓。喷玉泉在河南寿安县,《传》载云:山水绝胜。太和中,游
者始盛。《王涯传》:别墅有佳木流泉。详诗意,墅正在此泉上也。

白衣叟途中吟二首

春草萋萋春水绿，野棠开尽飘香玉。绣岭宫前鹤发人，犹唱开元太平曲。

厌世逃名者，谁能答姓名。曾闻王乐否，眷取路傍情。

白衣叟述甘棠馆西楹诗

浮云凄惨日微明，沉痛将军负罪名。白昼叫阍无近戚，缟衣饮气只门生。佳人暗泣填宫泪，厩马连嘶换主声。六合茫茫皆汉土，此身无处哭田横。

白衣叟喷玉泉感旧游书怀

树色川光向晚晴，旧曾游处事分明。鼠穿月榭荆榛合，草掩花园畦垄平。迹陷黄沙仍未瘗，罪标青简竟何名。伤心谷口东流水，犹喷当时寒玉声。

四丈夫同赋

鸟啼莺语思何穷，一世荣华一梦中。李固有冤藏蠹简，邓攸无子续清风。文章高韵传流水，丝管遗音托草虫。春月不知人事改，闲垂光影照涛宫。少年神貌扬扬者。

桃蹊李径尽荒凉，访旧寻新益自伤。虽有衣衾藏李固，终无表疏雪王章。羁魂尚觉霜风冷，朽骨徒惊月桂香。天爵竟为人爵误，谁能高叫问苍苍。短小器宇落落者。

落花寂寂草绵绵，云影山光尽宛然。坏室基摧新石鼠，潴宫水引故山泉。青云自致惭天爵，白首同〔归〕(临)感昔贤。惆怅林间中夜月，孤光曾照读书筵。清瘦瞻视疾速者。

新荆棘路旧衡门，又驻高车会一尊。寒骨未沾新雨露，春风不长败兰荪。丹诚岂分埋幽壤，白日终希照覆盆。珍重昔年金谷友，共来泉际话幽魂。长大少髭鬌者。

潘　唐

潘唐,会昌时人。诗一首。

下第归宜春酬黄颇饯别

圣代澄清雨露均,独怀惆怅出咸秦。承明未荐相如赋,故国犹惭季子贫。御苑钟声临远水,都门树色背行尘。一从此地曾携手,益羡江头桃李春。

全唐诗卷五六三

裴　休

　　裴休,字公美,济源人。登进士第,举贤良方正异等,擢累监察御史、兵部侍郎。大中中,拜同中书门下平章事。诗二首。

题　渤　潭

渤潭形胜地,祖塔在云湄。浩劫有穷日,真风无坠时。岁华空自老,消息竟谁知。到此轻尘虑,功名自可遗。

赠黄蘖山僧希运

曾传达士心中印,额有圆珠七尺身。挂锡十年栖蜀水,浮杯今日渡漳滨。一千龙象随高步,万里香华结胜因。拟欲事师为弟子,不知将法付何人。

令狐绹

　　令狐绹,字子直,楚之子。举进士,擢累左补阙、右司郎中,出为湖州刺史。大中初,召为考功郎中、知制诰,入翰林为学士,进中书舍人,再迁兵部侍郎,俄拜同中书门下平章事。

懿宗嗣位,出为河中节度使,徙宣武、淮南。僖宗时,终凤翔节度使,封赵国公。诗一首。

登望京楼赋

夷门一镇五经秋,未得朝天不免愁。因上此楼望京国,便召楼作望京楼。

夏侯孜

　　夏侯孜,字好学,亳州谯人,累迁婺、绛等州刺史。宣宗时,自兵部侍郎为同中书门下平章事。懿宗立,进司空,寻罢,以太子少保分司东都。诗一首。

享太庙乐章

于铄令主,圣祚重昌。兴起教义,申明典章。俗尚素朴,人皆乐康。积德可报,流庆无疆。

魏　謩

　　魏謩,字申之,郑公徵五世孙,登进士第。文宗时,为右拾遗,擢谏议大夫。武宗立,贬信州长史。宣宗嗣位,召授给事中,迁御史中丞,兼户部侍郎,俄进同中书门下平章事。大中十年,领剑南西川节度使。上疾求代,拜吏部尚书,寻授检校尚书右仆射。集十卷,今存诗一首。

和重阳锡宴御制诗

四方无事去,宸豫杪秋来。八水寒光起,千山雾色开。

周 墀

周墀,字德升,汝南人。擢进士第,辟湖南巡官,入为监察御史、集贤殿学士。李宗闵镇山南,表行军司马,阅岁召还,以考功员外郎兼起居舍人事知制诰。武宗即位,改工部侍郎,出为义成节度使,寻以兵部侍郎召判度支,进同中书门下平章事,俄罢为剑南西川节度使。诗二首。

贺王仆射放榜

文场三化鲁儒生,三十馀年振重名。曾忝木鸡夸羽翼,又陪金马入蓬瀛。自注:墀初年《木鸡赋》及第,常陪仆射守职内庭。虽欣月桂居先折,更羡春兰最后荣。欲到龙门看风雨,关防不许暂离营。

酬李常侍景让立秋日奉诏祭岳见寄

秋祠灵岳奉尊罍,风过深林古柏开。莲掌月高圭币列,金天雨露鬼神陪。质明三献虽终礼,祈寿千年别上杯。岂是琐才能祀事,洪农太守主张来。

李景让

李景让,字后己,憕之孙。大中中,历御史大夫、西川节度使,终太子少保分司东都,谥曰孝。诗一首。

寄华州周侍郎墀立秋日奉诏祭岳诗

关河豁静晓云开,承诏秋祠太守来。山霁莲花添翠黛,路阴桐叶少
尘埃。朱辘入庙威仪肃,玉佩升坛步武回。往岁今朝几时事,谢君
非重我非才。

句

成都十万户,抛若一鸿毛。　见《北梦琐言》

郑　颢

　　郑颢,字奉正,宰相絪之孙。登进士第,官起居郎,尚宣宗
女万寿公主,拜驸马都尉,历礼部侍郎。大中末,检校礼部尚
书、河南尹。诗一首。

续梦中十韵 并序

　　去年寿昌节,赴麟德殿上寿回,憩于长兴里第,昏然昼寝,梦与十数
人纳凉于别馆。馆宇萧洒,相与联句,予为数联,同游甚称赏。既寤,不
全记诸联,唯有十字云:"石门雾露白,玉殿莓苔青。"用杜甫句,私怪语
不祥。书之于楹,不敢言于人。不数日,上不豫,废朝会,及宫车上仙,
方悟其事,追惟顾遇,续石门之句为十韵云。

间岁流虹节,归轩出禁扃。奔波陶畏景,萧洒梦殊庭。境象非曾
到,崇严昔未经。日斜乌敛翼,风动鹤飘一作梳翎。异苑人争集,凉
台笔不停。石门雾露白,玉殿莓苔青。若匪灾先兆,何缘思入冥。
御炉虚仗马,华盖负云亭。白日成千古,金縢闷九龄。小臣哀绝
笔,湖上泣青萍。

刘绮庄

刘绮庄,毗陵人。初为昆山尉,宣宗时官州刺史。集十卷,今存诗二首。

扬 州 送 人

桂楫木兰舟,枫江竹箭流。故人从此去,望远不胜愁。落日低帆影,归风引棹讴。思君折杨柳,泪尽武昌楼。

置　酒

酒熟人须饮,春还鬓已秋。愿逢千日醉,得遁百年愁。卒卒周姬旦,栖栖鲁孔丘。平生能几日,不及且遨游。

张　固

张固,大中中尝为桂管观察使。诗二首。

重阳宴东观山亭和从事卢顺之

乱山青翠郡城东,爽节凭高一望通。交友会时丝管合,羽觞飞处笑言同。金英耀彩晴云外,玉树凝霜暮雨中。高咏已劳潘岳思,醉欢惭道自车公。

独 秀 山

孤峰不与众山俦,直入青云势未休。会得乾坤融结意,擎天一柱在南州。

刘　皋

刘皋,宣宗时盐州刺史,为监军杨玄价所杀。诗一首。

长 门 怨

营营孤思通,寂寂长门夜—作夕。妾妒亦知非—作君,君恩那不借—
作惜。携琴就玉阶,调悲声未谐。将心寄—作托明月,流影入君怀。

李　质

李质,字公幹,襄阳人,擢进士第。大中时,官至江西观察
使。诗一首。

宿日观东房诗

曾入桃溪路,仙源信少双。洞霞飘素练,薜壁画阴窗。古木愁—作
疑撑月,危峰欲堕江。自吟空向寂,谁共倒秋缸。

南　卓

南卓,字昭嗣,初为拾遗,因谏出宰松滋。大中时,为黔南
经略使。诗一首。

赠 副 戎

翱翔曾在玉京天,堕落江南路几千。从事不须轻县宰,满身犹带御

炉烟。

李　讷

　　李讷,字敦正,赵郡人。大中时,为浙东观察使,终兵部尚书、太子太傅。诗一首。

命妓盛小丛歌饯崔侍御还阙

绣衣奔命去情多,南国佳人敛翠娥。曾向教坊听国乐,为君重唱盛丛歌。

崔元范

　　崔元范,大中时,以监察御史为浙东幕府。诗一首。

李尚书命妓歌饯有作奉酬

羊公留宴岘山亭,洛浦高歌五夜情。独向柏台为老吏,可怜林木响馀声。

杨知至

　　杨知至,字几之,汝士之子,登进士第。初为浙东团练判官,后以比部郎中、知制诰,终户部侍郎。诗二首。

和李尚书命妓歌饯崔侍御

燕赵能歌有几人,为花回雪似含颦。声随御史西归去,谁伴文翁怨九春。

覆落后呈同年

由来梁雁与冥鸿,不合翩翩向碧空。寒谷谩劳邹氏律,长天独遇宋都风。此时泣玉情虽异,他日衔环事亦同。二月春光正摇荡,无因得醉杏园中。

李明远

李明远,大中中监察御史。诗一首。

送韦觐谪潘州

北鸟飞不到,南人谁去游。天涯浮瘴水,岭外向潘州。草木春秋暮,猿猱日夜愁。定知迁客泪,应只对君流。

萧　缜

萧缜,大中时望江县令。诗一首。

前望江麹令颂德

政绩虽殊道且同,无辞买石纪前功。谁论重德光青史,过里犹歌卧辙风。

卢顺之

卢顺之,字子谟,范阳人,杞之孙,大中时桂管从事。诗一首。

重阳东观席上赠侍郎张固

渡江旌旆动鱼龙,令节开筵上碧峰。翡翠巢低岩桂小,茱萸房湿露香浓。白云郊外无尘事,黄菊筵中尽醉容。好是谢公高兴处,夕阳归骑出疏松。

李善夷

李善夷,与李群玉同时,谪宦沣阳。《江南集》十卷,今存诗二首。

责汉水辞 并序

春秋僖公四年,齐桓公合诸侯之师盟于召陵,责楚之苞茅不入,"寡君之罪也,敢不供给。"昭王南征之不复,"君其问诸水滨。"按昭王南征至汉,舟人胶其舟,王遂溺死。杜预曰:"当时汉水未属楚。"杜之注,其为谬哉!且楚实殷之始封,楚苦县濑乡,在汉水东北六百馀里,则汉水于西周之际,岂未属楚乎?又《诗》云:"挞彼殷武,奋伐荆楚。深入其阻,裒荆之旅。"郑玄注云:"深入方城之阻也。"方城今在汉水北三百里,岂昭王时未属楚乎?屈完以齐桓所问之大,不敢他对,但请自问于水滨之人,言我不之知也,汉实属楚久矣。夫山林川泽,天子祀之,必有其神,楚人胶其船而祸其君,神不能福,神之罪也。余过汉,见其波涛混漾而责其水。词曰:

汉之广兮,风波四起。虽有风波,不如蹄涔之水。蹄涔之水,不为下国而倾天子。汉之深兮,其堤莫量。虽云莫量,不如行潦之汪。行潦之汪,不为下国而溺天王。汉之美者曰鲂。吾虽饥不食其鲂,恐污吾之饥肠。

大 堤 曲

酒旗相望大堤头,堤下连檐堤上楼。日暮行人争渡急,桨声幽轧满中流。

卢　澂

卢澂,浙东处士。诗二首。

金 灯

疏茎秋拥翠,幽艳夕添红。有月长灯在,无烟烬火同。香浓初受露,势庳不知风。应笑金台上,先随晓漏终。

和李尚书命妓饯崔侍御

乌台上客紫髯公,共捧天书静境中。桃朵不辞歌白苎,耶溪暮雨起樵风。

赵　牧

赵牧,大中、咸通间人。诗一首。

对 酒

云翁耕扶桑,种黍养日乌。手捼六十花甲子,循环落落如弄珠。长绳系日未是愚,有翁临镜捋白须。饥魂吊骨吟古书,冯唐八十无高

车。人生如云在须臾,何乃自苦八一作七尺躯。裂衣换酒且为娱,
劝君朝饮一瓢,夜饮一壶。杞天崩,雷腾腾,桀一作纣非尧一作舜是
何足凭。桐君桂父岂胜我,醉里白龙多上升。菖蒲花开鱼尾定,金
丹始可延君命。

裴 诚

　　裴诚,闻喜人,晋公度之从子,官历职方郎中、太子中允。
诗五首。

南歌子词三首

不是厨中弗,争知炙里心。井边银钏落,展转恨还深。
不信长相忆,抬头问取天。风吹荷叶动,无夜不摇莲。
𪎭蜡为红烛,情知不自由。细丝斜结网,争奈眼相钩。

新添声杨柳枝词

思量大是恶姻缘,只得相看不得怜。愿作琵琶槽那畔,得他一作美
人长抱在胸前。
独房莲子没人看,偷折莲时命也挤。若有所由来借问,但道偷莲
是下官。

全唐诗卷五六四

于兴宗

于兴宗，大中时御史中丞，守绵州，后为洋州节度。诗二首。

夏杪登越王楼临涪江望雪山寄朝中知友

巴西西北楼，堪望亦堪愁。山乱江回远，川清树欲秋。晴明中雪岭，烟霭下渔舟。写寄朝天客，知余恨独游。初在左绵时，作此诗，和者李朋、杨牢辈，皆朝中之友也。

东阳涵碧亭《金华志》：兴宗宝历初，令东阳创此亭。

高低竹杂松，积翠复留风。路剧阴溪里，寒生暑气中。

李 朋

李朋，刑部员外郎。诗一首。

奉酬绵州中丞以江山小图远垂赐及兼寄诗

巴江与雪山，井邑共回环。图写丹青内，分明烟霭间。移君名郡兴,助我小斋闲。日想登临处,高踪不可攀。

杨 牢

　　杨牢,字松年,弘农人。父从田弘正,死于赵军。牢走常山二千里,号伏叛垒,求尸归葬,衔哀雨血,时称孝童。年十八,登大中二年进士第,最有诗名。诗二首。

奉酬于中丞登越王楼见寄之什

剑外书来日,惊忙自折封。丹青得山水,强健慰心胸。事少胜诸郡,江回见几重。宁悲久作别,且似一相逢。诗合焚香咏,愁应赖酒浓。庾楼寒更忆,肠断雪千峰。

赠舍弟

秦云蜀浪两堪愁,尔养晨昏我远游。千里客心难寄梦,两行乡泪为君流。早驱风雨知龙圣,饿食鱼虾觉虎羞。袖里镆铘光似水,丈夫不合等闲休。

句

虾蟆欲吃月,保护常教圆。

心明外不察,月向怀中圆。

罗帏若不卷,谁道中无人。 牢性情急,累居幕府,主人多不容,同列有谗之者,与之诗。 见《语林》

魁形下方天顶亚,二十四寸窗中月。 牢年六岁,母俾就学,误入人家,乃父友也。方弹棋,戏以局为题,命俾赋之,牢应声而作。 见《纪事》

李　续

李续,赵郡人,尝为柳公绰幕僚,终曹州刺史。诗一首。

和绵州于中丞登越王楼见寄 时为同州刺史

早年登此楼,退想不胜愁。地远二千里,时将四十秋。续相从东川奏举,过绵州,刺史韦洪皋尚书携登此楼,于今三十七年矣。遭迍多失路,华皓任虚舟。诗酒虽堪使,何因得共游。

李汶儒

李汶儒,太和五年登第,官翰林学士。诗一首。

和绵州于中丞登越王楼作

珍重巴西守,殷勤寄远情。剑峰当户碧,诗韵满楼清。日照涪川阔,烟笼雪峤明。微黄看即及,莫叹滞江城。

田　章

田章,开成四年进士第。诗一首。

和于中丞夏杪登越王楼望雪山见寄

志乖多感物,临眺更增愁。暑候虽云夏,江声已似一作报秋。雪遥难辨木,村近好维舟。莫恨归朝晚,朝簪拟胜游。

薛 蒙

薛蒙,考功郎。诗一首。

和绵州于中丞登越王楼作

左绵江上楼,五马此销愁。暑退千山雪,风来万木秋。遭回犹刺郡,系滞似维舟。即有徵黄日,名川莫厌游。

李 邺

李邺,户部郎。诗一首。

和绵州于中丞登越王楼作

长听巴西事,看图胜所闻。江楼明返照,雪岭乱晴云。景象诗情在,幽奇笔迹分。使君徒说好,不只怨离群。

于 瓖

于瓖,字正德,敖之子。大中七年进士第一人。诗二首。

和绵州于中丞登越王楼作二首 时为校书郎

楼因藩邸号,川势似依楼。显敞含清暑,岚一作风光入素秋。山宜姑射貌,江泛李膺舟。郢曲思朋执,轻纱画胜游。

极目郡城楼,浮云拂槛愁。政成多暇日,诗思动先秋。远霁千岩雪,随波一叶舟。昔曾窥粉绘,今愿许陪游。

王　严

王严,大中时布衣。诗一首。

和于中丞登越王楼

雉堞临朱槛,登兹便散愁。蝉声怨炎夏,山色报新秋。江转穿云树,心闲随叶舟。仲〔宣〕(宜)徒有叹,谢守几追游。

刘　暧一作骙

刘暧,大中时乡贡进士。诗一首。

题越王楼寄献中丞使君

朱轩迥压碧烟州,昔岁贤王是胜游。山簇剑峰朝阙远,水如巴字绕城流。人间物象分千里,天上笙歌醉五侯。今日登临无限意,同沾惠化自销愁。

李　渥

李渥,大中时乡贡进士,后登第。诗一首。

秋日登越王楼献于中丞

越王曾牧剑南州,因向城隅建此楼。横玉远开千峤雪,暗雷下听一江流。画檐先弄朝阳色,朱槛低临众木秋。徒学仲宣聊四望,且将词赋好依刘。

刘 璐

刘璐,尝刺蜀州,代于兴宗为绵州刺史。诗一首。

洋州于中丞顷牧左绵题诗
越王楼上朝贤继和辄课四韵

隔政代君侯,多惭迹令猷。山光来户牖,江鸟满汀洲。雅韵微朝客,清词写郡楼。至今谣未已,注意在洋州。

卢 栯一作郁

卢栯,弘文馆学士。诗一首。

和于中丞登越王楼作

图画越王楼,开缄慰别愁。山光涵雪冷,水色带江秋。云岛孤征雁,烟帆一叶舟。向风舒霁景,如伴谢公游。

李体仁

李体仁,续之子也,官至江州刺史。诗一首。

飞鸿响远音

漠漠微霜夕,翩翩出渚鸿。清声流迥野,高韵入寥空。旧质经寒塞,残音响远风。紫云犹类网,避月尚疑弓。弱羽虽能振,丹霄竟未通。欲知多怨思,听取暮烟中。

全唐诗卷五六五

韩 琮

韩琮,字成(一作代)封,初为陈许节度判官,后历中书舍人、湖南观察使。诗一卷。

春 愁

金乌长飞玉兔走,青鬓长青古无有。秦娥十六语如弦,未解贪花惜杨柳。吴鱼岭雁无消息,水誓一作盼兰情别来久。劝君年少莫游春,暖风迟日浓于酒。

牡 丹 一作咏牡丹未开者

残花何处藏,尽在牡丹房。嫩蕊包金粉,重葩结绣囊。云凝巫峡一作山梦,帘闭一作开景阳妆。应恨年华促,迟迟待日长。

兴平县野中得落星石移置县斋

的的堕芊苍,茫茫不记年。几逢疑虎将,应逐犯牛仙。择地依兰畹,题诗间锦钱。何时成五色,却上女娲天。

题 商 山 店

商山驿路几经过,未到仙娥见谢娥。红锦机头抛皓腕,绿云鬟下送横波。佯嗔阿母留宾客,暗为王孙换绮罗。碧涧门前一条水,岂知平地有天河。

风

竞持飘忽意何穷,为盛为衰半不同。偃草喜逢新雨后,鸣条愁一作谁听晓霜中。凉飞玉管来秦甸,暗袅花枝入楚宫。莫见东风便无定,满帆还有济川功。

云

深一作轻惹离情一作愁霭落晖,如车如盖早依依。山头触石应常在,天际从龙自不归。莫向隙窗笼夜月,好来仙洞湿行衣。春风淡荡无心后,见说襄王梦亦稀。

露

长随圣泽堕尧天,濯遍幽兰叶叶鲜。才喜轻尘销陌上,已愁新月到阶前。文腾要地成非久,珠缀秋荷偶得圆。几处花枝抱离恨,晓风残月正凄然。

霞

应是行云未拟归,变成春态媚晴晖。深如绮色斜分阁,碎似花光散满衣。天际欲销重惨淡,镜中闲照正依稀。晓来何处低临水,无限鸳鸯妒不飞。

颍　亭

颍上新亭瞰一川,几重旧址敞一作敝幽关。寒声北下当轩水,翠影西来扑槛山。远目静随孤鹤去,高情常共白云间。知君久负巢由志,早晚相忘寂寞间。

咏　马

曾经伯乐识长鸣,不似龙行不敢行。金埒未登嘶若是,盐车犹驾瘦何惊。难逢王济知音癖,欲就燕昭买骏名。早晚飞黄引同皂,碧云天上作鸾鸣。

题圭峰下长孙家林亭

赵国林亭二百年,绿苔如毯葛如烟。闲期竹色摇霜看,醉惜松声枕月眠。出树圭峰寒压坐,入篱沙濑碧流天。明知富贵非身物,莫为金章堕地仙。

牡　丹

桃时杏日不争浓,叶帐一作翠幄阴成始放红。晓艳远分金掌露,暮香深惹玉堂风。名移兰杜千年后,贵擅笙歌百醉中。如梦如仙忽零落,暮霞何处绿屏空。

雨

阴云拂地散丝轻,长得为霖济物名。夜浦涨归天堑阔,春风洒入御沟平。轩车几处归频湿,罗绮何人去欲生一作惊。不及流他荷叶上,似珠无数转分明。

京一作凉西即事

秋草河兰起阵云,凉州唯向管弦闻。豺狼毳幕三千帐,貔虎金戈一作郊十万军。候骑北来惊有说,戍楼西望悔为文。昭阳亦待平安火,谁握旌旗不见勋。

公 子 行

紫袖长衫色，银蝉一作蟾半臂花。带装一作长盘水玉，鞍绣坐云霞。
别殿承恩泽，飞龙赐渥洼。控罗青袅一作裹翠，镂象碧熏一作重葩。
意气倾一作催歌舞，阑珊走钿车。袖障云缥缈，钗转凤欹斜。珠卷
迎归箔，雕一作红笼晃醉纱。唯无难夜日，不得似仙家。

秋晚信州推院亲友或责无书即事寄答

官信安仁拙，书非叔夜慵。谬驰骢马传，难附鲤鱼封。万里劳何
补，千年运忝逢。不量横草力，虚慕入云踪。洁水空澄鉴，持铅亦
砺锋。月寒深夜桂，霜凛近秋松。宪摘无逃魏，冤申得梦冯。问狸
将挟虎，奸蚤敢虞蜂。商吹移砧调，春华改镜容。归期方一作芳畹
积，愁思暮山重。仙鼠犹惊燕，莎鸡欲变蚕。唯应碧湘浦，云落及
芙蓉。

晚春江晴寄友人 一作晚春别

晚日低霞绮，晴山远画眉。春青一作青青河畔草，不是望乡时。

凉 州 词

树发花如锦，莺啼柳若丝。更游欢宴地，悲见别离时。

暮春浐水送别 一作暮春送客

绿暗红稀出凤城，暮云楼阁一作宫阙古今情。行人莫听宫前水，流
尽年光是此声。

骆 谷 晚 望

秦川如画渭－作柳如丝,去国还家－作乡一望时。公子王孙莫来好,
岭花多是断肠枝。

二月二日游洛源

旧苑新晴草似苔,人还香－作乡在踏青回－作开。今朝此地成惆怅,
已后逢春更莫来。

柳 －作和白乐天诏取永丰柳植上苑,时为东都留守。

折柳歌中得翠条,远移金殿种青霄。上阳宫女含－作吞声送,不忿
－作忍先归舞细－作学舞腰。

杨 柳 枝

梁苑隋堤事已空,万条犹舞旧春风。那堪更想千年后,谁见杨花入
汉宫。

杨 柳 枝 词

枝斗纤腰叶斗眉,春来无处不如丝。霸陵原－作桥上多离别,少有
长条拂地垂。

全唐诗卷五六六

王传

王传,大中三年登第,辟山南观察判官,加授监察御史。诗一首。

和襄阳徐相公商贺徐副使加章绶 一作和徐商贺卢员外赐绯鱼

朱紫联辉照日新,芳菲全属断金人。华筵重处宗盟地,白雪飞时郢曲春。仙府色饶攀桂侣,莲花光让握兰身。自怜亦是膺门客,吟想恩荣气益振。

卢邺

卢邺,大中四年登第,为浙东观察副使。诗一首。

和李尚书命妓饯崔侍御

何郎载酒别贤侯,更吐歌珠宴庾楼。莫道江南不同醉,即陪舟楫上京游。

陆 肱

陆肱,大中九年,登进士第。咸通六年,自前振武从事试平判,入等,后牧南康郡。诗一首。

松

雪霜知劲质,今古占嘉名。断砌盘根远,疏林偃盖清。鹤栖何代色,僧老四时声。郁郁心弥久,烟高万井生。

崔 澹

崔澹,字知之,博陵人。父玙,兄弟八人并显贵,时谓崔氏八龙。大中十三年登第,终吏部侍郎。诗一首。

赠王福娘 一作赠美人

怪得清一作轻风送异香,娉婷仙子曳霓裳。惟应错认偷桃客,曼倩曾为汉侍郎。

莫宣卿

莫宣卿,字仲节,封州人。大中间举第一,官台州别驾。诗三首。

答问读书居

书屋倚麒麟，不同牛马路。床头万卷书，溪上五龙渡。井汲冽寒泉，桂花香玉露。茅檐无外物，只见青云护。

百官乘月早朝听残漏

建礼俨朝冠，重门耿夜阑。碧空蟾魄度，清禁漏声残。候晓车舆合，凌霜剑佩寒。星河犹皎皎，银箭尚珊珊。杳霭祥光起，霏微瑞气攒。忻逢圣明代，长愿接鹓鸾。

赋得水怀珠

长川含媚色，波底孕灵珠。素魄生蘋末，圆规照水隅。沦涟冰彩动，荡漾瑞光铺。迥夜—作夜迥星同贯，清秋—作秋清岸不枯。江妃思在掌，海客亦忘躯。合浦当还日，恩威信已敷。

句

我本南山凤，岂同凡鸟群。 见《封川志》

封彦卿

封彦卿，蓨人，大中进士第。咸通中，累官中书舍人，坐于琮，贬司户。诗一首。

和李尚书命妓饯崔侍御

莲府才为绿水宾，旧注：庾杲之在王俭幕府，似芙蓉泛绿水，故有此句。忽乘骢马入咸秦。为君唱作西〔河〕(歌)调，日暮偏伤去住人。

李 节

李节，登大中进士第，尝为河东节度卢钧巡官。诗三首。

赠释疏言还道林寺诗 有序

会昌季年，武宗大翦释氏，巾其徒且数万人。民隶其居，容貌于土木者沉诸水，言词于纸素者烈诸火。分命御史乘驲走天下，察敢隐匿者罪之。由是天下名祠珍宇，毁撤如扫。天子建号之初，雪释氏之不可废也，诏徐复之。而自湖已南，远人畏法，不能酌朝廷之体，前时焚撤书像，殆无遗者，故虽明命复许创立，莫能得其书。道林寺，湘川之胜游也，有释疏言，警辨有谋，独曰："太原府国家旧都，多释祠。我闻其帅司空范阳公，天下仁人，我第往求释氏遗文，以惠湘川之人，宜其听我而助成之矣。"即杖而北游。既上谒军门，范阳公果诺之。因四求散逸不成蕴帙者，至释祠而不见焚而副剩者，又命讲丐以补缮缺漏者，未几，凡得释经五千四十八卷。以大中九年秋八月，辇自河东而归于湘焉。喜释氏之助世，既言之矣。向非我君洞察理源，其何能复立之；即既立之，且亡其书，非有疏言识远而诚坚，孰克洪之耶？吾嘉疏言，奉君之令，演释之宗，不惮寒暑之勤，德及远人，为叙其事，且赠以诗。

湘川猎猎兮俗犷且佷，利杀业偷兮吏莫之驯。繄释氏兮易暴使仁，释何在兮释在斯文。

湘水滔滔兮四望何依，猿狄腾拏兮云树飞飞。月沉浦兮烟暝山，樯席卷兮樯床闲。偃仰兮啸咏，鼓长江兮何时还。

湘川超忽兮落日惋惋，松覆秋亭兮兰被春苑。上人去兮几千里，何日同游兮湘川水。

韦　蟾

　　韦蟾,字隐珪,下杜人。大中登进士第,初为徐商掌书记,咸通末,终尚书左丞。诗十首。

和柯古穷居苦日喜雨

贞机澹少思,雅尚防多僻。揽葛犹不畏,劳形同处瘵。头焦讵是焚,背汗宁关炙。方欣见润础,那虞悲铄石。道与古人期,情难物外适。几怀朱邸绶,颇旷金门藉。清奥已萧萧,陈柯将槭槭。玉律诗调正,琼厄酒肠窄。衣桁袭中单,浴床抛下绤。黎侯寓于卫,六义非凡格。

岳麓道林寺

石门迥接苍梧野,愁色阴深二妃寡。广殿崔嵬万壑间,长廊诘曲千岩下。静听林飞念佛鸟,细看壁画驮经马。暖日斜明蜻蛛梁,湿烟散幂鸳鸯瓦。北方部落檀一作泥香塑,西国文书贝叶写。坏栏进竹醉好题,窄路垂藤困堪把。沈裴笔力斗雄壮,宋杜词源两风雅。他方居士来施斋,彼岸上人投结夏。悲我未离扰扰徒,劝我休学悠悠者。何时得与刘遗民,同入东林远公社。

上元一作奉和山灯三首

新正圆月夜,尤重看灯时。累塔嫌沙细,成文讶笔迟。归牛疑燧落,过雁误书迟。生惜兰膏烬,还为隔岁期。
举烛光才起,挥毫势竞分。点时惊坠石,挑处接崩云。辞异秦丞相,铭非窦冠军。唯愁残焰落,逢玉亦俱焚。

多宝神光动,生金瑞色浮。照人低入郭,伴月夜当楼。熏穴应无取,焚林固有求。夜阑陪玉帐,不见九枝留。

梅

高树临溪艳,低枝隔竹繁。何须是桃李,然后欲忘言。拟折魂先断,须看眼更昏。谁知南陌草,却解望王孙。

送卢潘尚书之灵武

贺兰山下果园成,塞北江南旧有名。水木万家朱户暗,弓刀千队铁衣鸣。心源落落堪为将,胆气堂堂合用兵。却使六番诸子弟,马前不信是书生。

题　僧　壁

一竹横檐挂净巾,灶无烟火地无尘。剃头未必知心法,要且闲于名利人。

赠　商　山　僧

商岭东西路欲分,两间茅屋一溪云。师言耳重知师意,人是人非不欲闻。

长乐驿谑李汤给事题名

渭水秦川拂一作照眼明,希仁一作笑人何事寡诗情。只应学得虞姬婿,书字才能记姓名。

句

争挥钩弋手,竞耸踏摇身。伤颊讵关舞,捧心非效颦。　襄阳风光亭夜

宴有妓醉殴赋　见《纪事》

卢　渥

卢渥,字子章,范阳人。大中进士第,历中书舍人、陕府观察使,终检校司徒。诗二首。

赋得寿星见

玄象今何应,时和政亦平。祥为一人寿,色映九霄明。皎洁垂银汉,光芒近斗城。含规同月满,表瑞得天清。甘露盈条降,非烟向日生。无如此嘉祉,率土荷秋成。

题 嘉 祥 驿

交亲荣饯洛城空,秉钺戎装上将同。星使自天丹诏下,雕鞍照地数程中。马嘶静谷声偏响,旆映晴山色更红。到后定知人易化,满街棠树有遗风。

郭　虁—作藥

郭虁,大中时江南进士。诗一首。

九 华 山

岩翠凌云出迥然,岩峣万丈倚秋天。暮风飘送当轩色,晓雾斜飞入槛烟。帘卷倚屏双影聚,镜开朱户九条悬。画图何必家家有,自有画图来目前。

柳 珪

柳珪,公绰之孙。大中中,擢进士,杜悰表为西川幕府,后以蓝田尉直弘文馆,迁右拾遗,终卫尉少卿。诗一首。

送莫仲节状元归省

青骢聚送谪仙人,南国荣亲不及君。椰子味从今日近,鹧鸪声向旧山闻。孤猿夜叫三湘月,匹马时侵五岭云。想到故乡应腊过,药栏犹有异花薰。

全唐诗卷五六七

郑嵎

郑嵎,字宾先,大中五年进士第。诗一首。

津阳门诗 并序

津阳门者,华清宫之外阙,南局禁闱,北走京道。开成中,嵎常得群书,下帷于石瓮僧院,而甚闻宫中陈迹焉。今年冬,自虢而来,暮及山下,因解鞍谋餐,求客旅邸。而主翁年且艾,自言世事明皇,夜阑酒馀,复为嵎道承平故实。翼日,于马上辄裁刻俚叟之话,为长句七言诗,凡一千四百字,成一百韵止,以门题为之目云耳。

津阳门北临通逵,雪风猎猎飘酒旗。泥寒款段蹋不进,疲童退问前何为。酒家顾客催解装,案前罗列樽与卮。青钱琐屑安足数,白醪软美甘如饴。开垆引满相献酬,枯肠渴肺忘朝饥。愁忧似见出门去,渐觉春色入四肢。主翁移客挑华灯,双肩隐膝乌帽欹。笑云鲐老不为礼,飘萧雪鬓双垂颐。问余何往凌寒曦,顾翁枯朽郎岂知。翁曾豪盛客不见,我自为君陈昔时。时平亲卫号羽林,我才十五为孤儿。射熊搏虎众莫敌,弯弧出入随伥飞。开元中未有东西神策军,但以六军为亲卫。此时初创观风楼,檐高百尺堆华榱。楼南更起斗鸡殿,晨光山影相参差。观风楼在宫之外东北隅,属夹城而连上内,前临驰道,周视山川。宝应中,鱼朝恩毁之以修章敬,今遗址尚存,唯斗鸡殿与球场迤逦尚在。其年十月移禁仗，山下栉比罗百司。朝元阁成老君见，会昌县以新丰移。时有诏改新丰为会昌县，移自阴盘故城，置于山下。至明年十月，老君见于朝元阁南，而于其处置降圣观，复改新丰为昭应县。廓宇始成，令大将军高力士率禁乐以落之。幽州晓进供奉马，玉珂宝勒黄金羁。安禄山每进马，必殊特而极衔勒之饰。五王鹥驾夹城路，传声校猎渭水湄。羽林六军各出射，笼山络野张罝维。雕弓绣镯不知数，翻身灭没皆蛾眉。赤鹰黄鹘云中来，妖狐狡兔无所依。人烦马殆禽兽尽，百里腥膻禾黍稀。申王有高丽赤鹰，岐王有北山黄鹘，逸翮奇姿，特异他等。上爱之，每弋猎，必置于驾前，目为决胜儿。暖山度腊东风微，宫娃赐浴长汤池。刻成玉莲喷香液，漱回烟浪深透迤。宫内除供奉两汤池，内外更有汤十六所，长汤每赐诸嫔御，其修广与诸汤不侔，甃以文瑶宝石，中央有玉莲捧汤泉，喷以成池。又缝缀绮绣为凫雁于水中，上时于其间泛钗镂小舟以嬉游焉。犀屏象荐杂罗列，锦凫绣雁相追随。破簪碎钿不足拾，金沟残溜和缨緌。上皇宽容易承事，十家三国争光辉。绕床呼卢恣樗博，张灯达昼相谩欺。相君侈拟纵骄横，日从秦虢多游嬉。朱衫马前未满足，更驱武卒罗旌旗。杨国忠为宰相，带剑南节度使，常与秦、虢联辔而出，更于马前以两川旌节为导也。画轮宝轴从天来，云中笑语声融怡。鸣鞭后骑何蹲蹀，宫妆襟袖皆仙姿。青门紫陌多春风，风中数日残春遗。骊驹吐沫一奋迅，路人拥篲争珠玑。事尽载在国史中，此下更重叙其事。八姨新起合欢堂，翔鹍贺燕无由窥。万金酬工不肯去，矜能恃巧犹嗟咨。虢国创一堂，价费万金。堂成，工人偿价之外，更邀赏伎之直，复受绛罗五千段，工者嗤而不顾。虢国异之，问其由，工曰："某生平之能，殚于此矣。苟不知信，愿得蝼蚁蟑蟮蜂虿之类，去其目而投于堂中，使有隙、失一物，即不论工直也。"于是又以绘采珍贝与之。山下人至今话故事者，尚以第行呼诸姨焉。四方节制倾附媚，穷奢极侈沽恩私。堂中特设夜明枕，银烛不张光鉴帷。虢国夜明枕，置于堂中，光烛一室。西川节度使所进，事载国史，略书之。瑶光楼南皆紫禁，梨园仙宴临花枝。迎娘歌喉玉窈窕，蛮儿舞带金葳蕤。瑶光楼即飞霜殿之北门，迎娘、蛮儿乃梨园弟子之名闻者。三郎紫笛弄烟月，怨如别鹤呼羁雌。玉奴琵琶龙香拨，倚歌促酒声娇悲。上

皇善吹笛,常宝一紫玉管。贵妃妙弹琵琶,其乐器闻于人间者,有逻逤檀为槽,龙香柏
为拨者。上每执酒卮,必令迎娘歌水调曲遍,而太真辄弹弦倚歌,为上送酒。内中皆以
上为三郎,玉奴乃太真小字也。**饮鹿泉边春露晞,粉梅檀杏飘朱塈。金沙**
洞口长生殿,玉蕊峰头王母祠。山城内多驯鹿,流涧号为饮鹿。有长生殿,乃
斋殿也。有事于朝元阁,即御长生殿以沐浴也。**禁庭术士多幻化,上前较胜**
纷相持。罗公如意夺颜色,三藏袈裟成散丝。上颇崇罗公远,杨妃尤信
金刚三藏。上尝幸功德院,将谒七圣殿,忽然背痒,公远折竹枝化作七宝如意以进,上
大喜,顾谓金刚曰:“上人能致此乎?”三藏曰:“此幻术耳,僧为陛下取真物。”乃于袖中
出如意,七宝炳耀,而光远所进,即时复为竹枝耳。后一日,杨妃始以二人定优劣。时
禁中有创小殿,三藏乃举一鸿梁于空中,将中公远之首,公远不为动容。上连命止之,
公远飞一符于他处,窃三藏金栏袈裟于簏中,守者不之见。三藏怒。又咒取之,须臾而
至。公远复噀水龙符于袈裟上,散为丝缕以尽也。**蓬莱池上望秋月,无云万**
里悬清辉。上皇夜半月中去,三十六宫愁不归。月中秘乐天半间,
丁珰玉石和埙篪。宸聪听览未终曲,却到人间迷是非。叶法善引上入
月宫,时秋已深,上苦凄冷,不能久留,归,于天半尚闻仙乐。及上归,且记忆其半,遂于
笛中写之。会西凉都督杨敬述进婆罗门曲,与其声调相符,遂以月中所闻为之散序,用
敬述所进曲作其腔,而名霓裳羽衣法曲。**千秋御节在八月,会同万国朝华**
夷。花萼楼南大合乐,八音九奏鸾来仪。都卢寻橦诚踉踉,公孙剑
伎方神奇。马知舞彻下床榻,人惜曲终更羽衣。上始以诞圣日为千秋
节,每大酺会,必于勤政楼下使华夷纵观。有公孙大娘舞剑,当时号为雄妙。又设连
榻,令马舞其上,马衣纨绮而被铃铎,骧首奋鬣,举趾翘尾,变态动容,皆中音律。又令
宫妓梳九骑仙髻,衣孔雀翠衣,佩七宝璎珞,为霓裳羽衣之类,曲终,珠翠可扫。其舞
马,禄山亦将数匹以归,而私习之。其后田承嗣代安,有存者,一旦于厩上闻鼓声,顿挫
其舞。厩人恶之,举篲以击之。其马尚为怒未妍妙,因更奋击宛转,曲尽其态。厮恐,
以告。承嗣以为妖,遂戮之,而舞马自此绝矣。**禄山此时侍御侧,金鸡画障当**
罘罳。绣衳衣褕日员颖,甘言狡计愈娇痴。上每坐及宴会,必令禄山坐
于御座侧,而以金鸡障隔之,赐其箕踞。太真又以为子,时襁褓戏而加之。上亦呼之禄
儿,每入宫,必先拜贵妃,然后上。上笑而问其故,辄对曰:“臣本蕃中人,礼先拜母后
拜父,是以然也。”诏令上路建甲第,楼通走马如飞翚。大开内府恣供

给，玉缶金筐银簸箕。时于亲仁里南陌为禄山建甲第，令中贵人督其事，仍谓之曰："卿善为部署，禄山眼孔大，勿令笑我。"至于筹筐簸箕釜缶之具，咸金银为之。今四元观，即其故第耳。异谋潜炽促归去，临轩赐带盈十围。禄山肥博过人，腹垂而缓，带十五围方周体。忠臣张公识逆状，日日切谏上弗疑。张曲江先识其必反逆状，数数言于上。上曰："卿勿以王夷甫识石勒而误疑禄山耳。"汤成召浴果不至，潼关已溢渔阳师。御街一夕无禁鼓，玉辂顺动西南驰。其年，赐柑子使回，泣诉禄山反状云："臣几不得生还。"上犹疑其言，复遣使，喻云："我为卿造一汤，待卿至。"使回，答言反状。上然后忧疑，即寇军至潼关矣。九门回望尘垒多，六龙夜驭兵卫疲。县官无人具军顿，行宫彻屋屠云螭。时郊畿草扰，无御顿之备，上命彻行宫木，宰御马，以飨士卒。马嵬驿前驾不发，宰相射杀冤者谁。长眉鬓发作凝血，空有君王潜涕洟。青泥坂上到三蜀，金堤城边止九旂。移文泣祭昔臣墓，度曲悲歌秋雁辞。驾至蜀，诏中贵人驰祭张曲江墓，悔不纳其谏。又过剑门下，望山川，忽忆水调辞云："山川满目泪沾衣，富贵荣华能几时？不见只今汾水上，唯有年年秋雁飞。"上泫然流涕，顾问左右曰："此谁人诗？"从臣对曰："此李峤诗。"复掩泣曰："李峤真可谓才子也。"明年尚父上捷书，洗清观阙收封畿。两君相见望贤顿，君臣鼓舞皆歔欷。望贤宫在咸阳之东数里，时明皇自蜀回，肃宗迎驾。上皇自致传国玺于上，上歔欷拜受，左右皆泣，曰："不图今日。"复观两君相见之礼，驾将入开远门，上皇疑先后入门不决，顾问从臣，不能对。高力士前曰："上皇虽尊，皇帝，主也。上皇偏行而先行，皇帝正门而入，后行。"耆老皆呼万岁，当时皆是之。宫中亲呼高骠骑，潜令改葬杨真妃。花肤雪艳不复见，空有香囊和泪滋。时肃宗诏令改葬太真，高力士知其所瘗，在嵬坡驿西北十馀步。当时乘舆匆遽，无复备周身之具，但以紫缛裹之。及改葬之时，皆已朽坏，惟有胸前紫绣香囊中，尚得冰麝香。时以进上皇，上皇泣而佩之。銮舆却入华清宫，满山红实垂相思。飞霜殿前月悄悄，迎春亭下风飔飔。飞霜殿即寝殿，而白傅《长恨歌》以长生殿为寝殿，殊误矣。上皇至明年复幸华清宫，信宿乃回，自此遂移处西内中矣。雪衣女失玉笼在，长生鹿瘦铜牌垂。象床尘凝罃飒被，画槛虫网颇梨碑。太真养白鹦鹉，西国所贡，辨惠多辞，上尤爱之，字为雪衣女。上常于芙蓉园中获白鹿，惟山人王旻识之，曰："此汉时鹿也。"上异之，令左右周视之，乃于角际雪毛中得铜牌子，刻之曰："宜春苑中白鹿。"上由是愈爱之，移于北山，目之曰仙客。上止华清，霍讽公主尝为上晨召，听按新水调。主爱起晚，遽冒珍珠被而出。及寇至，仓惶随驾出宫，后不知省。及上归南内，一旦再入此宫，而当时霍讽之被，宛然而尘积矣。上尤感焉，温泉堂碑，其石莹彻，见人形影，宫中号为颇梨碑。碧菱花覆云母陵，风篁雨菊低离披。真人影帐偏生草，果老药堂空掩扉。真人李顺兴，后周时修道北山，神尧皇帝受禅，真人潜告符契，至今山下有祠宇。宫中有七圣殿，自神尧至睿宗〔逮〕(建)窭后皆立，衣衮衣，绕殿石榴树皆太真所植，俱拥肿矣。南有功德院，其间瑶坛羽帐皆在焉。顺兴药堂、果老药室，亦在禁中也。鼎湖一日失弓剑，桥山烟草俄霏霏。空闻玉碗入金市，但见铜壶飘翠帷。开元到今逾十纪，当初事迹皆残隳。竹花唯养栖梧凤，水藻周游巢叶龟。会昌御宇斥内典，去留二教分黄缁。庆山污潴石瓮毁，红楼绿阁皆支离。奇松怪柏为樵苏，童山智谷亡崄巇。烟中壁碎摩诘画，云间字失玄宗诗。持国寺，本名庆山寺，德宗始改其额。寺有绿额，复道而上，天后朝，以禁臣取宫中制度结构之。石瓮寺，开元中以创造华清宫馀材修缮，佛殿中玉石像，皆幽州进来，与朝元阁道像同日而至，精妙无比，叩之如磬。馀像并杨惠之手塑，肢空像皆元伽儿之制，能妙纤丽，旷古无俦。红楼在佛殿之西岩，下临绝壁。楼中有玄宗题诗，草、八分每一篇一体，王右丞山水两壁。寺毁之后，皆失之矣。摩诘乃王维之字也。石鱼岩底百寻井，银床下卷红绠迟。当时清影荫红叶，一旦飞埃埋素规。石鱼岩下有天丝石，其形如瓮，以贮飞泉，故上以石瓮为寺名。寺僧于上层飞楼中县辘轳，叙引修笮长二百馀尺以汲，瓮泉出于红楼乔树之杪。寺既毁拆，石瓮今已埋没矣。韩家烛台倚林杪，千枝灿若山霞摛。昔年光彩夺天月，昨日销熔当路岐。韩国为千枝灯台，高八十尺，置于山上，每至上元夜则然之，千光夺目，凡百里之内，皆可望焉。龙宫御榜高可惜，火焚牛挽临崎岖。孔雀松残赤琥珀，鸳鸯瓦碎青琉璃。寺额，睿宗在藩邸中所题也，标于危楼之上。世传孔雀松下有赤茯苓，入土千年则成琥珀。寺之前峰，古松老柏，泊乎嘉草，今皆樵苏荡除矣。今我前程能几许，徒有馀息筋力羸。逢君话此空洒涕，却忆欢娱无见期。主翁莫泣听我语，宁劳感旧休吁嘻。河清海宴不难睹，我皇已上升平基。湟中土地昔湮没，

昨夜收复无疮痍。戎王北走弃青冢,房马西奔空月支。两逢尧年
岂易偶,愿翁颐养丰肤肌。平明酒醒便分首,今夕一樽翁莫违。

崔　橹 一作鲁

崔橹,大中时举进士(一作广明中进士),仕为棣州司马。
《无机集》四卷,今存诗十六首。

春日 一本此下有长安二字 即事

一百五日又欲来,梨花梅花参差开。行人自笑不归去,瘦马独吟真
可哀。杏酪渐香邻舍粥,榆烟将变旧炉灰。画桥春暖清歌夜,肯信
愁肠日九回。

春晚岳阳言怀二首

烟花零落过清明,异国光阴老客情。云梦夕阳愁里色,洞庭春浪坐
来声。天边一与旧山别,江上几看芳草生。独倚阑干意难写,暮笛
呜咽调孤城。
翠烟如钿柳如环,晴倚南楼独看山。江国草花三月暮,帝城尘梦一
年间。虚舟尚叹萦难解,飞鸟空惭倦未还。何似不羁詹父伴,睡烟
歌月老潺潺。

过蛮溪渡

绿杨如发雨如烟,立马危桥独唤船。山口断云迷旧路,渡头芳草忆
前年。身随远道徒悲梗,诗卖明时不直钱。归去楚台还有计,钓船
春雨日高眠。

岸　梅

含情含怨一枝枝,斜压渔家短短篱。惹袖尚馀香半日,向人如诉雨
多时。初开偏称一作已入雕梁画,未落先愁玉笛吹。行客见来无去
意,解帆烟浦为题诗。

重阳日次荆南路经武宁驿

茱萸冷吹溪口香,菊花倒绕山脚黄。家山去此强百里,弟妹待我醉
重阳。风健早鸿高晓景,露清圆碧照秋光。莫看时节年年好,暗送
搔头逐手霜。

述　怀

白首成何事,无欢可替悲。空馀酒中兴,犹似少年时。

三月晦日送客

野酌乱无巡,送君兼送春。明年春色至,莫作未归人。

华清宫三首

草遮回磴绝鸣銮,云树深深碧殿寒。明月自来还自去,更无人倚玉
栏干。
障掩金鸡蓄祸机,翠华西拂蜀云飞。珠帘一闭朝元阁,不见人归见
燕归。
门横金锁悄无人,落日秋声渭水滨。红叶下山寒寂寂,湿云如梦雨
如尘。

题云梦亭

薄烟如梦雨如尘,霜景晴来却胜春。好住池西红叶树,何年今日伴何人。

有酒失于虔州陆郎中
肱以诗谢之 一作酒后谢陆虔州

醉时颠蹶醒时羞,麴糵推人不自由。叵耐一双穷相眼,不堪花卉在前头。

闻 笛 一作华清宫

银河漾漾月晖晖,楼碛星边织女机。横玉叫云天似水,满空霜逐一声飞。

山 路 见 花

晓红初一作轻拆露香新,独立空山冷笑人一作春。春意自知无主惜,恣风吹逐马蹄尘。

暮 春 对 花

病香无力被风欺,多在青苔少在枝。马上行人莫回首,断君肠是欲残时。

句

强半瘦因前夜雪,数枝愁向晚天来。 梅花 以下并见《摭言》

无人解把无尘袖,盛取残香尽日怜。 莲花

一番春雨吹巢冷,半朵山花咽嘴香。 山鹊

云生柱础降龙地,露洗林峦放鹤天。

菱叶乍翻人采后,荇花初没舸行时。　池上　见《诗史》

全唐诗卷五六八

李群玉

李群玉,字文山,澧州人。性旷逸,赴举一上而止,惟以吟咏自适。裴休观察湖南,延致之。及为相,以诗论荐,授弘文馆校书郎。未几,乞假归卒。集三卷,后集五卷,今编诗三卷。

乌夜号 一作啼

层波隔梦渚一作时,一望青枫林。有鸟在其间,达晓自悲吟。是时月黑天,四野烟雨深。如闻生离哭,其声痛人心。悄悄夜正长,空山响哀音。远客不可听,坐愁华发侵。既非蜀帝魂,恐是桓一作恒山禽。四子各分散,母声犹至今。

升 仙 操

嬴女去秦宫,琼笙一作箫飞一作生碧空。凤台闭烟雾,鸾吹飘天风。复闻周太子,亦遇浮丘公。丛簧发天一作仙弄,轻举紫霞中。浊世不久驻,清都路何穷。一去霄汉上,世人那得逢。

雨夜呈长官

远客坐长夜,雨声孤寺秋。请量东海水,看取浅深愁。愁穷重于山,终年压人头。朱颜与芳景,暗赴东波流。鳞翼思风水,青云方

阻修。孤灯冷素艳,虫响寒房幽。借问陶渊明,何物号忘忧。无因
一酪酊,高枕万情休。

小弟艎南游近书来 一作近来书

湘南客帆稀,游子寡消息。经时停尺素,望尽云边翼。笑言频一作
凭梦寐,独立想容色。落景无来人,修江入天白。停停倚门念,瑟
瑟风雨夕。何处泊扁舟,迢递湍波侧。秋归旧窗竹,永夜一凄寂。
吟尔鹡鸰篇,中宵慰相忆。

赠方处士

白衣方外人,高闲溪中鹤。无心恋稻粱,但以林一作云泉乐。赤霄
终得意,天池俟飞跃。岁晏入帝乡,期君在寥廓。

秋　怨 一作悲

瑟瑟凉海气,西来送愁容。金风死绿蕙,玉露生寒松。所思在滇一
作冥碧,无因一相逢。登楼睇去翼,目尽沧波重。虚窗度流萤,斜月
啼幽蛩。疏红落残艳,冷水凋芙蓉。岁暮空太息,年华逐遗踪。凝
情耿不寐,揽涕起疏慵。

感　春

春情不可状,艳艳令人醉。暮水绿杨愁,深窗落花思。吴宫新暖
日,海燕双飞至。秋一作愁思逐烟光,空濛满天地。

山中秋夕

抱琴出南楼,气爽浮云灭。松风吹一作吟天箫,竹路踏碎月。后山
鹤唳定,前浦荷香发。境寂良一作长夜深,了与人间别。

将游罗浮登广陵楞伽台别羽客

清远登高台, 晃朗纵览历。濯泉唤仙风, 于此荡灵魄。冷光邀<small>一作</small><small>激</small>远目, 百里见海色。送云归蓬壶, 望鹤灭秋碧。波澜收日气, 天<small>一作上</small>自回澄寂。百越落掌中, 十洲点空白。身居飞鸟上, 口咏玄元籍。飘如出尘笼, 想望吹箫客。冥冥人间世, 歌笑不足惜。褐来罗浮巅, 披云炼琼液。谢公云岑兴, 可以蹑高迹。吾将抱瑶琴, 绝境纵所适。

卢溪道中

晓发潊溵亭, 夜宿潊溵水。风篁扫<small>一作拂</small>石濑, 琴声九十里。光奔觉来眼, 寒落梦中耳。曾向三峡行, 巴江亦如此。

湖中古愁三首

凉风西海来, 直渡洞庭水。修修木叶下, 白浪连天起。蘅兰委皓雪<small>一作霜</small>, 百草一时死。摧残负志人, 感叹何穷已。

昔我睹云梦, 穷秋经汨罗。灵均竟不返, 怨气成微波。奠桂开古祠, 朦胧入幽萝。落日潇湘上, 凄凉吟九歌。

南云哭重华, 水死悲二女。天边九点黛, 白骨迷处所。朦胧波上瑟, 清夜降北渚。万古一双魂, 飘飘在烟雨。

别狄佩 <small>梁公玄孙, 旅于南国。</small>

翠竹不著花, 凤雏长忍饥。未开凡霄翮, 空把碧梧枝。圣人奏云韶, 祥凤一来仪。文章耀白日, 众鸟莫敢窥。郁抑<small>一作菀柳</small>不自言, 凡鸟何由知。当看九千仞, 飞出太平时。

古　镜

明月何处来,朦胧在人境。得非轩辕作,妙绝世莫并。瑶匣开旭日,白电走孤影。泓澄一尺天,彻底寒一作涵霜景。冰辉凛毛发,使我肝胆冷。忽惊行深幽,面落九秋井。云天入掌握,爽朗神魂一作魄净。不必负局仙,金沙发光炯。阴沉蓄灵怪,可与天地永。恐为悲龙吟,飞去在俄顷。

我思何所在

我思何所在,乃在阳台侧。良宵相望时,空此明月色。归魂泊湘云,飘荡去不得。觉来理舟楫,波浪春湖白。烟光浩一作皓楚秋,瑶草不忍摘。因书天末一作莫心,系此双飞翼。

送萧绾之桂林 时群玉游豫章

兰香一作江佩兰人,弄兰一作三弄兰江春。尔为兰林一作陵秀,芳藻惊常伦。灿灿凤池裔,一毛今再新。竹花不给口,憔悴清湘滨。一朝南溟飞,彩翮不可亲。苍梧云水晚,离思空凝颦一作频。我亦纵烟棹,西浮彭蠡津。丈夫未虎变,落魄甘风尘。大禹惜寸阴,况我无才身。流光销道路,以此生嗟辛。万里阔分袂,相思杳难申。桂水秋更碧,寄书西上鳞。

感 兴 四 首

子云吞白凤,遂吐太玄书。幽微十万字,枝叶何扶疏。婉娈猛虎口,甘言累其初。一睹美新作,斯瑕安可除。
昔窃不死药,奔空有一作二嫦一作姮娥。盈盈天上艳,孤洁栖金波。织女了无语,长宵隔银河。轧轧挥素手,几时停玉梭。

洞房三五夕，金钉凝焰灭。美人抱云和，斜倚纱窗月。沉吟想幽梦，闺思深不说。弦冷玉指寒，含颦待—作达明发。

朔雁—作雁口衔边秋，寒声落燕代。先惊愁人耳，颜发潜消改。凝云蔽洛浦，梦寐劳光彩。天边无书来，相思泪成海。

将之吴越留别坐中文酒诸侣

秋色满水国，江湖兴萧然。氛埃敛八极，万里净澄鲜。浐浦纵孤棹，吴门渺三千。回—作迥随衡阳雁，南入洞庭天。早闻陆士龙，矫掌跨山川。非思鲈鱼脍，且弄五湖船。暝泊远浦霞，晓饭芦洲烟。风流访王谢，佳境恣洄沿。霜剪别岸柳，香枯北池莲。岁华坐摇落，寂寂—作戚戚感流年。明朝即漂萍，离憾—作恨无由宣。相思空江上，何处金波圆。

大云池泛舟 第五句缺三字

九月莲花死，萍枯霜水清。船浮天光远，棹拂翠澜轻。古木□□□，了无烟霭生。游鳞泳皎洁，洞见逍遥情。渔父一曲歌，沧浪遂知名。未知斯水上，可以濯吾缨。

送友人之 此下一本有巫字峡

东吴有赋客，愿识阳台仙。彩毫飞白云—作雪，不减郢中篇。楚水五月浪，轻舟入暮烟。巫云多感梦，桂楫早回旋。

登宜春醉宿景星寺寄郑判官兼简空上人

晓发碧水阳，暝宿金山寺。松风洒寒雨，淅沥醒馀醉。夜中香积饭，蔬粒俱—作具精异。境寂灭尘愁，神高得诗思。皎皎荥阳子，芳春富才义。涨海豁心源，冰壶见门地。碧霄有鸿—作鸿，一作鸧序，未

展联行翅。俱一作但笑一尺绳，三年绊骐骥。摧藏担簦客一作容，郁
抑胸襟事。名业尔一作两未从，临风嘿舒志一作气。一身渺一作眇云
岭，中夜空涕泗。侧枕对孤灯，衾寒不成寐。粮薪极桂玉，大道生
榛刺。耻息恶木阴，难书剑歌意。扬鞭入莽苍，山驿凌烟翠。越鸟
日南飞，芳音愿相次。

江楼独酌怀从叔

水国发爽气，川光静高秋。酣歌金尊醁，送此清风愁。楚色忽满
目，滩声落西楼。云翻天边叶，月弄波上一作中钩。芳意长一作怅摇
落，蘅兰谢汀洲。长吟碧云合，怅望江之幽。

登 章 华 楼

楚子故宫地，苍然云水一作木秋。我来览从一作后事，落景空生愁。
伯业没荆棘，雄图成古丘。沈吟问鼎语，但见东波流。征鸿引乡
心，一去何悠悠。晴湖碧云晚，暝色空高楼。迢递趋远峤，微茫入
孤舟。空路不堪望，西风白浪稠。

骢 马

浮云何权奇，绝足世未知。长嘶清一作青海风，蹀躞振云丝。由来
渥洼种，本是苍龙儿。穆满不再活，无人昆阆骑。若一作君识跃峤
一作跻怯，宁劳耀金羁。青刍与白水，空笑驽骀肥。伯乐倘一见，应
惊耳长垂。当思八荒外，逐日向瑶池。

赠方处士兼以写别

天与云鹤情，人间恣诗酒。龙宫奉采觅，颍洞一千首。清如南薰
丝，韵若黄钟吼。喜于风骚地，忽见陶谢手。籍籍九江西，篇篇在

人口。芙蓉为芳菲,未落诸花后。所知心眼大,别自开户牖。才力似风鹏,谁能算一作弄升斗。无营一作云傲云竹,琴帙静为友。鸾凤戢羽仪,骐骥在郊薮。镜湖春水绿,越客忆归否。白衣四十秋,逍遥一何久。此身无定迹,又逐浮云走。离思书不穷,残阳落江一作红柳。

湘西寺霁夜

雨过琉璃宫,佳兴浩清绝。松风冷晴滩,竹路踏碎月。月波荡如水,气爽星朗灭。皓夜千树寒一作霜,峥嵘万岩雪。后山鹤唳断,前池荷香发。境寂凉夜深,神思空飞越。

伤　　思

八月白露浓,芙蓉抱香死。红枯金粉堕,寥落寒塘水。西风团叶下,叠縠参差起。不见棹歌人,空垂绿房子。

送郑京昭之云安

君吟高唐赋,路过巫山渚。莫令巫山下,幽梦惹云雨。往事几千年,芬菲一作芳今尚传。空留荆王馆,岩嶂深苍然。楚水五月浪,轻舟入蘋烟。送君扬楫去,愁绝郢城篇。

送处士自番禺东游便归苏台别业

哑轧暮江上,橹声摇落心。宛陵三千里,路指吴云深。莼菜动归兴,忽然闻会吟。南浮龙川一作舟月,东下敬亭岑。多君一作道咏一作吟逍遥,结萝碧溪阴。高笼华表一作亭鹤,静对幽兰琴。汗漫江海思,傲然抽冠簪。归屿一作欤未云寂,还家一作许应追寻。二陆文苑秀,岩峣怀所钦。惜我入洛晚,不睹双南金。江左风流尽,名贤成古今。送君无限意,别酒但加斟。

法华微上人盛话金山
境胜旧游在目吟成此篇

江上青莲宫,人间蓬莱岛。烟霞与波浪,隐映楼台好。潮门一作朝
闻梵音静,海日天光一作风早。愿与灵鹫人,吟经此终老。

洞庭入澧江寄巴丘故人

四月桑半枝,吴蚕初弄丝。江行好风日,燕舞轻波时。去事旋成
梦,来欢难预期。唯凭东流水,日夜寄相思。

自澧浦东游江表途出巴丘投员外从公虞

短翮后飞者,前攀鸾鹤翔。力微应万里一作点,矫首空苍苍。谁昔
探花源,考槃西岳一作丘阳。高风动商洛,绮皓无馨香。一朝下蒲
轮,清辉照岩廊。孤醒立众醉,古道何由昌。经术震浮荡,国风扫
齐梁。文襟即玄圃,笔下成琳琅。霞水散吟啸,松筠奉琴觞。冰壶
避皎洁,武库羞一作差锋铓。小子书代耕,束发颇自强。艰哉水投
石,壮志空摧藏。十年侣龟鱼,垂头在沅湘。巴歌掩白雪,鲍肆埋
兰芳。骚雅道未丧一作消,何忧名不彰。饥寒束困厄,默塞飞星霜。
百志不成一,东波掷年光。尘生脱粟甑,万里违高堂。中夜恨火
来,焚烧九回肠。平明梁山泪,缘枕沾匡床。依泊洞庭波,木叶忽
已黄。哀砧捣秋色,晓月啼寒螀。复此棹孤舟,云涛浩茫茫。朱门
待媒势一作贽,短褐谁揄扬。仰羡野陂凫,无心忧稻粱。不如天边
雁,南北皆成行。男儿白日间,变化未可量。所希困辱地,剪拂成
腾骧。咋笔话肝肺,咏兹枯鱼章。何由首西路,目断白云乡。

洞庭驿楼雪夜宴集奉赠

前湘州张员外 第十二句下缺八字

昔与张湘州，闲登岳阳楼。目穷衡巫表，兴尽荆吴秋。掷笔落郢曲，巴人不能酬。是时簪裾会，景物穷冥搜。误忝玳筵秀，得陪文苑游。几篇云楣上，风雨沉银钩。□□□□□，□□□沧洲。童儿待郭伋，竹马空迟留。路指云汉津，谁能吟四愁。银壶傲海雪，青管罗名讴。贱子迹未安，谋身拙如鸠。分随烟霞老，岂有风云求。不逐万物化，但贻知己羞。方穷立一作力命说，战胜心悠悠。不然蹲会稽，钩下三一作二五牛。所期波涛助，焯赫呈吞舟。一本自童儿以下别为一首，题作沧洲。

送郑子宽弃官东游便归女儿

八月湖浸天，扬帆入秋色。岷峨雪气来，寒涨潇湘碧。子真冥鸿志，不逐笼下翼。九女叠云屏，于焉恣栖息。新诗山水思，静入陶谢格一作室。因一作因醉松花春，追攀紫烟客。相逢十年旧，辇笑等欢慼。一饭玉露蔬一作篛，中肠展堆积。停食不尽意，倾意一作景怅可惜。云水一分飞，离忧洞庭侧。回车三乡路，仙菊正堪摘。寄谢杜兰香，何年别张硕。

长沙九日登东楼观舞

南国有佳人，轻盈绿腰舞。华筵九秋暮，飞袂拂云雨。翩如兰苕翠一作缓如祥烟泛，婉如一作若游龙举。越艳罢前溪，吴姬停白纻。慢态不能穷，繁姿曲向终。低回莲破一作簸，一作被。浪，凌乱雪萦风。坠珥时流眄，修裾欲溯空。唯愁捉不住，飞去逐惊鸿。

龙山人惠石廪方及团茶

客有衡岳隐,遗余石廪茶。自云凌烟露,采掇春山芽。圭璧相压
叠,积芳莫能加。碾成黄金粉,轻嫩如松花。红炉爨霜枝,越儿斟
井华。滩声起鱼眼,满鼎漂清霞。凝澄坐晓灯,病眼如蒙纱。一瓯
拂昏寐,襟鬲开烦挐。顾渚与方山,谁人留品差?持瓯默吟味,摇
膝空咨嗟。

宿鸟远峡化一作北台遇风雨

孤鹤长松颠,独宿万岩雨。龙湫在石脚,引袂时一取。惊风折乔
木,飞焰猎窗户。半夜霹雳声,高斋有人语。

岳 阳 春 晚

不觉春物老,块然湖上楼。云沙鸥鹭思,风日沉湘愁。去翼灭云
梦,来帆指昭丘。所嗟芳桂晚,寂寞对汀洲。

汉 阳 春 晚

汉阳抱青山,飞楼映湘渚。白云蔽黄鹤,绿树藏鹦鹉。凭高送春目
一作日,流恨伤千古。遏思一作想祢衡才,令人怨黄祖。

将离澧浦置酒野屿奉怀
沈正字昆弟三人联登高第

春月一作日三改兔,花枝成绿阴。年光东流水,浩叹伤羁心。酌桂
烟屿晚,鸪一作鹧鸣江草深。良图一超忽,万恨空相寻。上国刘一作
列翘楚,才微甘陆沉。无灯假贫女,有泪沾牛衾。衡岳三麒麟,各
振黄钟音。卿云被文彩,芳价摇一作倾词林。夫子芸阁英,养鳞湘

水浔。晴沙踏兰菊,隐几当青岑。明月_{一作日}洞庭上,悠扬挂离襟。
停筋一摇笔,聊寄生刍吟。

湘中别成威阇黎

至哉彼上人,冰霜凛规则。游心杳何境,宴坐入冥默。解空与密
行,名腊信崇德。吐论驾秋涛,龙宫发胸臆。群迷行大夜,浩浩一
昏黑。赤水千丈深,玄珠几人得。持杯挹_{一作浥}溟涨,至理安可测。
宁假喻芭蕉,真成嗅蒼卜。松声扫白月,霁夜来静域。清梵罢法
筵,天香满衣襟_{一作褉}。何方济了岸,只仗慈航力。愿与十八贤,同
栖翠莲国。

别 尹 炼 师

吾家五千言,至道悬日月。若非函谷_{一作关}令,谁注流沙说。多君
飞升志,机悟独超拔。学道玉笥山,烧丹白云穴。南穷衡疑秀,采
药历幽绝。夜卧瀑布风,朝行碧岩雪。洞宫四百日,玉籍恣探阅。
徒以菌蟪姿,缅攀修真诀。尘笼罩浮世,遐思空飞越。一罢棋酒
欢,离情满寥泬。愿骑紫盖鹤,早向黄金阙。城市不可留,尘埃秽
仙骨。

饭 僧

好读天竺书,为寻无生理。焚香面金偈,一室唯巾水。交信方外言
_{一作所交信方外},二三空门子。峻范照秋霜,高标掩僧史。清晨洁蔬
茗,延请良有以。一落喧哗竞_{一作竞涂},栖心愿依止。奔曦入半百,
冉冉颓濛汜。云泛名利心,风轻_{一作经}是非齿。向_{一作尚}为情爱缚,
未尽金仙旨。以静制猿心,将虞瞥然起。纶巾与藜杖,此意真已
矣。他日云壑间,来寻幽_{一作庞}居士。

赠回雪

回雪舞萦盈，萦盈若回雪。腰支一把玉，只恐风吹折。如能买一
笑，满斗量明月。安得金莲花，步步承罗袜。

将之京国赠薛员外

黄叶下空馆，寂寥寒雨愁。平居岁华晏，络纬啼林幽。节物凋壮
志，咄嗟不能休。空怀赵鞅叹，变化良无由。所思杳何知，侧身仰
一作望皇州。苍烟晦楚野，寒浪埋昭丘。赵壹赋命薄，陈思多世忧。
翻然羡鱼鸟，畅矣山川游。薛公龙泉姿，其气在斗牛。南冠束秀一
作秀发，白石劳悲讴。圭衮照崇阁一作阆，文儒嗣箕裘。旷然方寸
地，霁海浮云舟。澧浦一遗佩，郢南再悲秋。叫阍路既阻，浩荡怀
灵修。莫奏武溪笛，且一作登仲宣楼。亨通与否闭，物理相沉浮。
天子坐宣室，夔龙奉谟一作谋猷。行当赐环去，岂作遗贤羞。

送魏珪觐省

木落楚一作秋色深，风高浪花白。送君飞一叶，鸟逝入空碧。猗欤
白华秀，伤心倚门夕。不知云涨遥，万里看咫尺。萧萧青枫岸，去
掩江山一作上宅。离筵有黄花，节物助凄戚。潇湘入潭桂，一路萦
水石。烟萝拂行舟，玉濑锵枕席。多君林泉趣，耽玩日成癖。长啸
凌清晖，襟情当雪一作当日涤。登龙屈指内，飞誉甚籍籍。未折月
中枝，宁随宋都鶂。曰一作日余吞声地，举足伤瓦砾。见尔一开颜，
温明乃珠璧。春风到云峤，把酒时相忆。豆蔻花入船，鹧鸪啼送
客。飓天与瘴一作嶂海，此去备沿历。珍重春官英，加餐数刀帛。

始忝四座奏状闻荐蒙恩授官旋进歌诗延英宣赐言怀纪事呈同馆诸公二十四韵

两鬓有二毛，光阴流浪中。形骸日土木，志气随云风。冥默楚江畔，萧条林巷空。幽鸟事翔翥，敛翼依蒿蓬。一饭五放箸，愀然念途穷。孟门在步武，所向何由通。只征一作征诸大易言，物否不可终。庶期白雪调，一奏惊凡聋。昨忝丞相召，扬鞭指冥鸿。姓名挂丹诏，文句飞天聪。解薜龙凤署，怀铅兰桂丛。声名仰闻见，烟汉陪高踪。峨峨群玉山，肃肃紫殿东。神飙泛钟漏，佳气浮筠松。自顾珉玞璞，何缘侣圭琮。群贤垂重价，省已增磨礲。天子栖穆清，三台付夔龙。九霄降雨露，万国望时雍。巍巍致君期，勋华将比崇。承天四柱石，嶷若窥衡嵩。日见帝道升，谋猷垂景钟。寰瀛纳寿域，翔泳皆冲融。百神俨云亭，伫将告成功。吾徒事文藻，骧首歌登封。

穆 天 子

穆满恣逸志，而轻天下君。一朝得八骏，逐日西溟渍。寂漠一作寥崦嵫幽，绝迹留空文。三千闼一作闭宫艳，怨绝宁胜云。或言帝轩辕，乘龙凌紫氛。桥山葬弓剑，暧一作冥昧竟难分。不思五弦琴，作歌咏南薰。但听西王母，瑶池吟白云。

广州重别方处士之封川 久约同游罗浮，期素秋而行。

楚国傲名客，九州遍芳声一作馨。白衣谢簪绂，云卧重岩扃。长波飞素舸，五月下南溟。大笑相逢日，天边作酒星。
七一作十年一云雨，常恨辉容隔。天末又分襟，离忧鬓堪白。愿回凌一作陵潮楫，且著登山屐。共期罗浮秋，与子醉海色。

洞 庭 遇 秋

尘愁老来颜,久与江山一作上隔。逍遥澄湖上,洗眼见秋色。凉波
弄轻棹,湖一作湘月生远碧。未减遥客情,西望杳何极。

寄 短 书 歌

骨肉萍蓬各天末,十度附书九不达。孤台冷眼无来人,楚水秦天莽
空阔。翔雁横秋过洞庭,西风落日浪峥嵘。三年音信凝颦外,一曲
哀歌白发生。

王内人琵琶引 皓魄翻以下缺

檀槽一曲黄钟羽,细拨紫云金凤语。万里胡天海塞秋,分明弹出风
沙愁。三千宫嫔推第一,敛黛倾鬟艳兰室。嬴女停吹降浦箫,嫦一
作常娥净掩空波瑟。翠幕横云蜡焰光,银龙吐酒菊花香。皓魄一作
腕翻 下缺。

醒起独酌怀友

西风静夜吹莲塘,芙蓉破红金粉香。摘花把酒弄秋芳,吴云楚水愁
茫茫。美人此夕不入梦,独宿高楼明月凉。

竞渡时在湖外偶为成章

雷奔电逝三千儿,彩舟画楫射初晖。喧江雷鼓鳞甲动,三十六龙衔
一作冲浪飞。灵均昔日投湘死,千古沉魂在湘水。绿一作荒草斜一作
寒烟日暮时,笛声幽远一作怨愁江鬼。

全唐诗卷五六九

李群玉

新 荷

田田八九叶,散点绿池初。嫩碧才平水,圆阴已蔽鱼。浮萍遮不合,弱荇绕犹疏。半在春波底,芳心卷未舒。

初 月 二 首

滟滟流光浅,娟娟泛露—作雾轻。云间龙爪落,帘上玉钩明。桂树枝犹小,仙人影未成。欲为千里别,倚幌独含情。

凝鞶立户前,细魄向娟娟。破镜徒相问,刀头恐隔年。轻轻摇远水,脉脉下春烟。别后春江上,随人何处圆。

石 潴 —作绪

古岸陶为器,高林尽一焚。焰红湘浦口,烟浊洞庭云。迥野煤飞乱,遥空爆响闻。地形穿凿势,恐到祝融坟。

云 安

滩恶黄牛吼,城孤白帝秋。水寒巴字急,歌迥竹枝愁。树暗—作倚荆王馆,云昏蜀客舟。瑶姬不可见,行雨在高丘。

石 头 城

伯业随流水,寒芜上古城。长空横海色,断岸落潮声。八极悲_{一作}
皆扶拄,五湖来_{一作吾家}永止倾。东南天子气,扫地入函京。

湖 阔 一作阁

楚色笼青草,秋风_{一作光}洗洞庭。夕霏生水寺,初月尽_{一作落}云汀。
棹响来空阔,渔歌发_{一作去}杳冥。欲浮阑下艇,一到斗牛星。

失 鹤

瑶台烟雾外,一去不回_{一作没}还心_{一作从}昔有遐心。清_{一作暗}海蓬壶远,
秋风碧落深。堕翎留片雪,雅操入孤琴。岂_{一作}不是笼中物,云萝
莫更_{一作更莫}寻。

腊夜雪霁_{一作霁雪}月彩交光开阁
临轩竟睡不得命家_{一作童}仆吹笙数
曲独引一壶奉寄江陵副使杜中丞

月华临霁雪,皓彩射貂裘。桂酒寒无醉,银笙冻不流。怀哉梁苑
客,思作剡溪游。竟夕吟琼树,川途恨_{一作限}阻修。

长沙陪裴大夫登北楼

岩嶂随高步,琴尊奉胜游。金风吹绿簟,湘_{一作湖}水入朱楼。朗抱
云开月,高情鹤见秋。登临多暇日,非为赋消忧。

登蒲涧寺后二岩三首

五仙骑五羊，何代降兹乡。涧有尧年韭，山馀禹日粮。楼台笼海色，草树发—作美天香。浩—作吟啸—作笑波—作秋光—作烟波里，浮溟兴甚长。

行尽崎岖路，惊从汗漫游。青天豁眼快—作客，碧海醒心秋。便欲寻河汉，因之犯斗牛。九霄身自致—作到，何必遇—作向浮丘。—作扬帆赴飞鸟，一济日边舟。

南溟吞越绝，极望碧鸿濛。龙渡潮声里，雷喧雨气中。赵佗丘垄灭，马援鼓鼙空。遐想鱼鹏化，开襟九万风。

早　鸿

木落波浪动，南飞闻夜鸿。参差天汉雾，嘹唳月明风。野水莲茎折，寒泥稻穗空。无令一行侣，相失五湖中。

旅　泊

摇落江天里，飘零倚客舟。短篇才遣闷，小酿不供愁。沙雨潮痕细，林风月影稠。书空闲度日，深拥破貂裘。

半　醉

处俗常如病，看花亦似秋。若无时复酒，宁遣镇长愁。渐觉身非我，都迷蝶与周。何烦五色药，尊下即丹—作浮丘。

昼　寐 —作寝

筼筜晚萧疏，任人嘲宰予。鸟惊林下梦，风展枕前书。正作庄生蝶，谁知惠子鱼。人间无乐事，直拟到华胥。

晚 莲

露冷芳意尽,稀疏空碧荷。残香随暮雨,枯蕊堕寒波。楚客罢奇服,吴姬停一作倚棹歌。涉江无可寄,幽恨竟如何。

将之番禺留别湖南府幕

本乏烟霞一作霄志,那随鸳鹭游。一枝仍未定,数粒欲何求。溟涨道途远,荆吴云一作暮雪愁。会登梅岭翠,南矗入炎洲。

宵 民

大雅无忧怨,宵民有爱憎。鲁侯天不遇,臧氏尔何能。惨惨心如虺,营营舌似蝇。谁于销骨地,一鉴玉壶冰。

吾 道

吾道成微哂,时情付绝言。凤兮衰已尽,犬也吠何繁。轻重忧衡曲,妍媸虑镜昏。方忻耳目净,谁到翟公门。

与三山人夜话 一作与濮阳夏侯吴三山人夜话

静谈云鹤一作壑趣,高会两三贤。酒思弹琴夜,茶芳向火天。免裘堆膝暖,鸠杖倚床偏。各厌池笼窄,相看意浩然。

春 寒

拨火垂帘夕,将暄向冷天。闷斟壶酒暖,愁听雨声眠。处世心悠一作倏尔,干时思一作事索然。春光看已半,明日又藏烟。

广江驿饯筵留别

别筵欲尽秋，一醉海西楼。夜雨寒潮水，孤灯万里舟。酒飞鹦鹉重，歌送鹧鸪愁。惆怅三年客，难期此处游。

桑落洲

九江寒露夕，微浪北风生。浦屿渔人火，兼葭凫雁声。颓云晦庐岳，微鼓辨溢城。远忆天边弟，曾从此路行。

杜　门

且咏闲居赋，飞翔去未能。春风花屿酒，秋雨竹溪灯。世路变陵谷，时情验友朋。达生书一卷，名利付春冰。

池州封员外郡斋双鹤丹顶霜翎仙态浮旷罢政之日因呈此章

潇洒二白鹤，对之高兴清。寒溪侣云水，朱阁伴琴笙。顾慕稻粱惠，超遥江海情。应携帝乡去，仙阙看飞鸣。

经费拾遗所居呈封员外

云卧竟不起，少微空陨光。唯应孔北海，为立郑公乡。旧馆苔藓合，幽斋松菊荒。空馀书带草，日日上阶长。

送秦炼师

紫府静沉沉，松轩思别琴。水流宁有意，云泛本无心。锦洞桃花远，青山竹叶深。不因时卖药，何路更相寻。

湘阴县送迁客北归

不须留薏苡，重遣世人疑。瘴染面如虆，愁熏头似丝。黄梅住雨
外，青草过湖时。今日开汤网，冥飞亦未迟。

九日陪崔大夫宴清河亭

玉醴浮金菊，云亭敞玳筵。晴一作青山低画浦，斜雁远书天。谢脁
离都日，殷公出守年。不知瑶水宴，谁和一作制白云篇。近见去年圣制
黄菊联句。

送房处士闲游

采一作主药陶贞白，寻山许远游。刀圭藏妙用，岩洞契冥搜。花月
一作竹三江水，琴尊一叶舟。羡君随野鹤一作性，长揖稻粱愁。

赠　花

酒为看花酝，花须趁酒红。莫一作嗔令芳树晚，使我绿尊空。金谷
园无主，桃一作仙源路不通。纵非乘露折一作酒兴，长短尽随风。

洞庭风雨二首

面南一片黑，俄起北风颠。浪泼巴陵树，雷烧鹿角田在青草北。鱼
龙方簸荡，云雨正喧阗。想赭君山日，秦皇怒赫然。
巨浸吞湘一作沅澧，西风忽怒号。水将天共黑，云与浪争高。羽化
思乘鲤，山漂欲一作长抃鳌。阳乌犹曝翅，真一作直恐湿蟠桃。

临 水 蔷 薇

堪爱一作恨复堪伤，无情不久长。浪摇千脸笑一作泪，风舞一丛芳一

作身香。似濯文君锦,如窥－作啼汉女妆。所思云雨外,何处寄馨
香。

中秋维舟君山看月二首 －本作长律一首

汗漫铺澄碧,朦胧吐玉盘。雨师清滓秽,川后扫波澜。气射繁星
灭,光笼八表寒。来从云涨迥,路上碧霄宽。

熠耀游何处,蟾蜍食渐残。棹翻银浪急,林映白虹攒。练彩连河
晓,冰晖压树干。夜深高不动,天下仰头看。

桂州经佳人故居琪树 －本无琪树二字

种树人何在,攀枝空叹嗟。人无重见日,树有每年花。满－作旧院
雀－作蕉声暮,半庭春景－作色斜。东风不知恨,遍地落馀霞。

赠　元　绂

相逢在总角,与子即同心。隐石那知玉,披沙始－作喜遇金。兰秋
香不死,松晚翠方深。各保芳坚性,宁忧霜霰侵。

中秋广江驿示韦益

莫惜三更坐,难消万里情。同看一片月,俱在广州城。泪逐金波
满,魂随夜鹊－作鹤惊。支颐乡思断,无语到鸡鸣。

九　日　越　台

旭日高山上,秋天大海隅。黄花罗粔籹,绛实簇茱萸。病久欢情
薄,乡遥客思孤。无心同落帽,天际望归途。

中秋越台看月

海雨洗尘一作烟埃,月从空碧来。水光笼草树,练影挂楼台。皓曜迷鲸目,晶荧失蚌胎。宵分凭槛望,应合见蓬莱。

长沙开元寺昔与故长林
许侍御题松竹一作石联句

墙阴数行字,怀旧惨伤情。薜荔侵年月,莓苔压姓名。逝川前后水,浮世短长生。独立秋风暮,凝睇隔郢城。

伤　友

玉棺来九天,凫舄掩穷泉。芜没池塘屿一作兴,凄凉翰墨筵。短期存大梦,旧好委浮烟。我有幽兰曲,因君遂绝弦。

法性寺六祖戒坛

初地无阶级,馀基数尺低。天香开茉莉,梵树落菩提。惊一作警俗生真性,青莲出淤泥。何人得心法,衣钵在曹溪。

东湖二首

晚景微雨歇,逍遥湖上亭。波闲鱼弄饵,树静鸟遗翎。性野难依俗,诗玄自入冥。何繇遂潇洒,高枕对云汀。

雨气消残暑,苍苍月欲升。林间风卷簟,栏下水摇灯。迥野垂银镜,层峦挂玉绳。重期浮小楫,来摘半湖菱。

湖阁晓晴寄呈从翁二首

岭日开寒雾,湖光荡霁华。风乌摇径一作迳柳,水蝶恋幽花。蜀国地西极,吴门天一涯。轻舟栏下去,点点入湘霞。

高秋凭远槛,万里看新晴。重雾披天急,千云触石轻。湖山四五点,湘雁两三声。遥想潘园里,琴尊兴转清。

同张明府游溇—作楼水亭

草色绿溪晚,梅香生縠文。云天敛馀霁,水木笼微曛。垂钓坐方一作芳屿,幽禽时一闻。何当五柳下,酌醴吟庭筠。

七月十五夜看月

朦胧南溟月,汹涌出云涛。下射长鲸眼,遥分玉兔毫。势来星斗动,路越青冥高。竟夕瞻光彩,昂头把白醪。

北　风

病发干垂枕,临风强起梳。蝶飞魂尚弱,蚁斗体犹虚。瘦骨呻吟后,羸容几杖初。庭幽行药静,凉暑一作景翠筠疏。

游　玉　芝　观

寻仙向玉清,独倚雪初晴。木落寒郊迥,烟开叠嶂明。片云盘鹤影,孤磬杂松声。且共探玄理,归途月未生。

中秋夜南楼寄友人

海月出银一作白浪,湖光射高楼。朗吟无渌酒,贱价买清秋。气冷鱼龙寂,轮高星汉幽。他乡此夜客,对景一作酌钱多愁。

三月五日陪裴大夫泛长沙东湖 —作张又新诗

上巳馀风景,芳辰集远坰。彩舟浮滉荡,绣毂下娉婷。林樾回葱蒨,笙歌转杳冥。湖光迷翡翠,草色醉蜻蜓。鸟弄桐花日,鱼翻谷雨萍。从今留胜会,谁肯一作看画兰亭。

龟

静养千年寿,重泉自隐居。不应随跛鳖,宁肯滞凡鱼。灵腹唯玄露,芳巢必翠藻。扬花一作光输蚌蛤,奔月恨蟾蜍。曳尾辞泥后,支床得水初。冠山期不小,铸印事宁虚。有志酬毛宝,无心畏豫且。他时清洛汭,会荐帝尧书。

长沙春望寄涔阳故人

清明别一作前后雨晴时,极浦空矏一望眉。湖畔春山烟黯黯一作点点,云中远树黑一作墨离离。依微水戍闻疏鼓,掩映河桥见酒旗。风暖草长愁自一作似醉,行吟无处寄相思。

金 塘 路 中

山连一作川楚越复吴秦,蓬梗何年是住身。黄叶黄花古城路,秋风秋雨别家人。冰霜想一作怯度商於一作村冻,桂玉愁居帝里贫。十口系心抛不得,每回回首即长矏。

自 遣

翻覆升沉百岁中,前途一半已成空。浮生暂寄梦中梦,世事如闻风里风。修竹万竿资阒寂一作洒落,古书千卷要穷通。一壶浊酒暄和景,谁会陶然失马翁。

送于少监自广州还紫逻

鸣皋一作高山水似麻源,谢监东还忆故一作旧园。海峤烟霞轻一作输逸翰,洛川花木待回轩。宦情薄去诗千首,世事闲来酒一尊。明日中书见颜范—作范,始—作如应通籍入金门。

石门韦明府为致东阳潭石鲫—作鱼鲙

锦鳞衔饵—作钓出清涟,暖日江亭动鲙筵。叠雪乱飞消箸底,散丝繁洒拂刀前。太湖浪说朱衣鲋,汉浦休夸缩项编。隽味品流知第一,更劳霜橘助芳鲜。

规公业在净名得甚深义仆近获顾长康月宫真影对戴安道所画文殊走笔此篇以屈瞻礼

五浊之世尘冥冥,达观栖心于此经。但用须弥藏芥子,安知牛迹笑东溟。生公吐辩真无敌,顾氏传神实有灵。今日净开方丈室,一飞白足到茅亭。

玉真观

高情帝女慕乘鸾,绀发初簪玉叶冠。公主玉叶冠,时人莫计其价。秋月无云生碧落,素蕖寒—作含露出清澜。层城烟雾将归远,浮世尘埃久住—作驻难。一自—作日箫声飞去后,洞宫深掩—作洞深空探碧瑶坛。

辱绵州于中丞书信

一缄垂露到云林,中有孙阳念骥心。万木自凋山不动,百川皆—作空旱海—作水长深。风标想见瑶台鹤,诗韵如闻渌水琴。他日纵陪池上酌,已应难到暝猿吟。渴疾渐加,酒户日减。

送崔使君萧山祷雨甘泽遽降

谢公一拜敬亭祠,五马旋归下散丝。不假土龙呈矫矫,自然石燕起参差。预听禾稼如云语,应有空濛似雾时—作诗。已向为霖报消息,颍川征诏是前期。

重经巴丘追感 开成初,陪故员外从翁诗酒游泛。

昔年高接李膺欢,日泛仙舟醉碧澜。诗句乱随青草发—作落,酒肠俱逐洞庭宽。浮生聚散云相似,往事微茫—作冥梦一般。今日片帆城下去—作过,秋风回首泪阑干。

湘阴江亭却寄友人

湘岸初晴淑景迟,风光正是客愁时。幽花暮落骚人浦,芳草春深帝子祠。往事隔年如过梦,旧游回首谩劳—作追思。烟波自此扁舟去,小酌文园—作酌酒联文杳未期。

哭郴州王使君

银章朱绂照云骢,六换鱼书惠化崇。瑶树忽倾沧海里—作苍柏下,醉乡翻在夜台中。东山妓逐飞花散,北海尊随逝水空。曾是绮罗筵上客,一来长恸向春风。

九日巴丘杨公台上宴集 一本无上字

凄凄霜日上高台,水国秋深客思哀。万叠银山寒浪起—作去,一行斜字早鸿来。谁家捣练孤城暮,何处题衣远信回。江汉路长身不定,菊花三笑旅萍开。

奉和张舍人送秦炼师归岑公山

仙翁归卧翠微岑,一夜—作叶西风月峡深。松径—作涧定知芳草合,玉书应念素尘侵。闲云不系东西影,野鹤宁知—作伤去住心。兰浦苍苍春欲暮,落花流水怨一作思离琴一作襟。

送陶少府赴选

陶君官兴本萧疏,长傍青山碧水居。久向三茅穷艺术,仍传五柳旧
琴书。迹同飞鸟栖高树,心似闲云在太虚。自是葛洪求药价,不关
梅福恋簪裾。

寄张祜 祜亦未面,频寄声相闻。

越水吴山任兴行,五湖云月挂高情。不游都邑称平子,只向江东作
步兵。昔岁芳声到童稚,老来一作年佳句遍公卿。如一作知君气力
波澜地,留取阴何沈范名。

寄长沙许侍御

三一作二年文会许追随,和遍南朝一作江南杂体诗。未把一作以彩毫
还郭璞,乞留残锦与丘迟。竹斋琴酒欢成梦,水寺烟霞赏一作相对
谁。今日秋风满湘浦,只应一作只令搔首咏琼枝。

望月怀友 一作寄人

浮云卷尽看一作月朣胧,直出沧溟上碧空。盈手水一作冰光寒不湿,
流天素彩一作影静无风。酒花荡漾金尊里,棹影飘飖玉浪中。川路
正长难可越,美人千里思何穷。

和吴中丞悼笙妓

丽质仙姿烟逐风,凤凰声断吹台一作楼空。多情草色怨还绿,无主
杏花春自红。堕珥尚存芳树下,馀香渐减一作灭玉堂中。唯应去抱
云和管,从此长归阿母宫。

薛侍御处乞靴

越客南来夸桂麑,良工用意巧缝成。看时共说荣萸皱,著处嫌无鹐鹐鸣。百里奚身悲甚似,五羊皮价敢全轻。日于文苑陪高步,赢得芳尘接武名。

九子坡—作坂闻鹧鸪

落照苍茫秋草明,鹧鸪啼处远人行。正穿诘—作屈曲崎岖路,更听钩辀格磔声。曾泊桂江深岸雨,亦于梅岭阻归程。此时为尔肠千断,乞放—作定是今宵白发生。

凉公从叔春祭广利王庙

龙骧伐鼓下长川,直济云涛古庙前。海客敛威惊火斾,天吴收浪避楼船。阴灵向—作迴作南溟主,祀典高齐五岳肩。从此华夷封域静,潜熏玉烛奉尧年。

长沙紫极宫雨夜愁坐

独坐高斋寒拥衾,洞宫台殿夐沉沉。春灯含思静相伴,夜雨滴愁更向深。穷达未知他日事,是非皆到此时心。羁栖摧—作催剪平生志,抱膝时为梁甫吟。

送人隐居 —作卢逸人隐居

棋局茅亭幽涧滨,竹寒江静远无人。村梅尚敛风前笑,沙草初偷雪后春。鹏鷃喻中消日月,沧浪歌里放心神。平生自有烟霞志,久欲抛身狎隐沦。

江楼闲望怀关中—作内亲故 —作知

摇落江天欲尽秋,远鸿高送一行愁。音书寂绝秦云外,身世蹉跎楚
水头。年貌暗随黄叶去,时情深付碧波流。风凄日冷江湖—作湘光
晚,驻目寒空独倚楼。

请告南归留别同馆 中元作

一点灯前独坐身,西风初动帝城砧。不胜庾信乡关思,遂作陶潜归
去吟。书阁乍离情黯黯,彤庭回望肃沉沉。应怜一别瀛洲侣,万里
单飞云外深。

仙明洲口号

长爱沙洲水竹居,暮江春树绿阴初。浪翻新月金波浅,风损轻云玉
叶疏。半浦夜歌闻荡桨,一星幽火照叉鱼。二年此处寻佳句,景物
常输楚客书。

送萧十二校书赴郢州婚姻

蓬莱—作山才子即萧郎,彩服青书—作春卜凤凰。玉珮定催红粉色,
锦衾应惹翠云—作芸香。马穿暮雨荆山远,人宿寒灯郢梦长。领取
和鸣好风景古乐府有凤兮归故乡,石城花月送归乡。

送隐者归罗浮

春山—作天杳杳日迟迟,路入云峰白犬随。两卷素—作褰书留贳酒,
一柯樵斧坐看棋。蓬莱道士飞霞履—作札,清远仙人寄好诗。自此
尘寰音信断,山川风月永相思。

献王中丞 时有除拜

登仙望绝李膺舟,从此青蝇点遂稠。半夜剑-作愤吹牛斗动,二年
门掩雀罗愁。张仪会展平生舌,韩信那惭跨下羞。他日图勋画麟
阁,定呈肝胆始应休。

哭小女痴-作凝儿

平生未省梦熊罴,稚女如花坠-作堕晓枝。条蔓纵横输葛藟,子孙
蕃育羡螽斯。方同王衍钟情切,犹念商瞿有庆迟。负尔五年恩爱
泪,眼中惟有洎泉知-作眼中惟洎更无知。

醉后赠冯姬

黄昏歌舞促琼筵,银烛台西见小莲。二寸横波回慢水,一双纤手语
香弦。桂形浅拂梁家黛,瓜字初分碧玉年。愿托襄王云雨梦,阳台
今夜降神仙。

广州陪凉公从叔越台宴集

一径松梢踏石梯,步穷身在白云西。日衔赤浪金车没,天拂沧波翠
幕-作笠低。高鸟散-作四飞惊大旆,长风万里卷秋声。玉钩挂海
笙歌合,珠履三千半似泥。

留别马使君

俱来海上叹烟波,君佩银鱼我触罗。蜀-作泾国才微甘放荡,专城
年少岂蹉跎。应怜旅梦千重思,共怆离心一曲歌。唯有管弦知客
意,分明吹出感恩多。

将欲南行陪崔八宴海榴亭

朝宴华堂暮未休，几人偏得谢公留。风传鼓角霜侵戟，云卷笙歌月上楼。宾馆尽开徐孺榻，客帆空恋李膺舟。谩夸书剑无归处，水远山长步步愁。

湖寺清明夜遣怀

柳暗花香愁不眠，独凭危槛思凄然。野云将雨渡微月，沙鸟带声飞远天。久向饥寒抛弟妹，每因时节忆团圆。饧餐冷酒明年在，未定萍蓬何处边。

九　日

年年羞见菊花开，十度悲秋上楚台。半岭残阳衔树落，一行斜雁向人来。行云永绝襄王梦，野水偏伤宋玉怀一作才。丝管阑珊归客尽，黄昏独自咏诗回。

同郑相并歌姬小饮戏赠 一作杜丞相悰筵中赠美人

裙拖六幅湘江水，鬓耸巫山一段一作千朵云。风格一作貌态只应天上有，歌声岂合世间闻。胸前瑞雪灯斜照，眼底桃花酒半醺。不是相如怜赋客，争一作肯教容易见文君。

秣　陵　怀　古

野花黄叶旧吴宫，六代豪华烛散风。龙虎势衰佳气歇，凤凰名在故台空。市朝迁变秋芜绿，坟冢一作垅高低落照红。霸业鼎图人去尽，独来惆怅水云中。

黄　陵　庙

小姑一作孤,一作袁。洲北浦云边,二女容华一作啼妆,一作明妆。自一作共
俨然。野庙向江春寂寂,古碑无字草芊芊。风回日一作东风近暮吹
芳芷,月落一作落日山深哭杜鹃。犹似含颦望巡狩,九疑愁断一作如
黛,一作愁绝。隔湘川。

送唐侍御福建省兄

桂枝攀尽贾家一作贤才,霄汉春风棣萼开。世掌一作事纶言传大笔,
官分鸿序压霜台。闽山翠卉迎飞旆,越水清纹散落梅。到日池塘
春草绿,谢公应梦惠一作阿连来。

送秦炼师归岑公山

紫泥飞诏下金銮,列象分明世仰观。北省谏书藏旧草,南宫郎署握
新兰。春归凤沼恩波暖,晓入鸳行瑞气寒。偏是此生栖息者,满衣
零泪一时干。

浔　阳　观　水

朝宗汉水接阳台,唅呀填坑吼作雷。莫见九江平稳去,还从三峡崄
巇来。南经梦泽宽浮日,西出岷山劣泛杯。直至沧溟涵贮尽,深沉
不动浸昭回。

谪仙吟赠赵道士

汗漫东游黄鹤雏,缙云仙子住清都。三元麟凤推高座,六甲风雷闷
小壶。日月暗资灵寿药,山河直拟一作常值化生符。若为失意居蓬
岛,鳌足尘飞桑树枯。

长沙陪裴大夫夜宴

东山夜宴酒成河，银烛荧煌照绮罗。四面雨声笼笑语，满堂香气泛笙歌。泠泠玉漏初三滴，滟滟金觞已半酡。共向柏台窥雅量，澄陂万顷见天和。

宝　剑

雷焕丰城掘剑池，年深事远迹依稀。泥沙难掩冲天气，风雨终思发匣时。夜电尚摇池底影，秋莲空吐锷边辉。自从星圻中台后，化作双龙去不归。

人日梅花病中作

去年今日湘南一作西寺，独把寒梅愁断肠。今年此日江边宅，卧见琼枝低压墙。半落半开临野岸，团情团思醉韶光。玉鳞寂寂飞斜月，素艳亭亭对一作带夕阳。已被儿童苦攀折，更遭风雨一作雪损馨香。洛阳桃李渐撩乱，回首行宫春景长。

全唐诗卷五七〇

李群玉

静 夜 相 思

山空天籁寂,水榭延轻一作清凉。浪定一浦月,藕花闲自香。

桂州经佳人故居

桂水依旧绿,佳人本一作今不还。只应随暮雨,飞入九疑山。

放 鱼

早觅为龙去,江湖莫漫一作浪游。须知香饵下,触口是铦钩。

莲 叶

根是泥中玉,心承露下珠。在君塘下一作上种,埋没任春浦。

客 愁 二 首

客愁看柳色,日日逐春深。荡漾一作浩荡春风起,谁知历乱心。
客愁看柳色,日日逐春长。凭送湘流水,绵绵入帝乡。

洞庭干二首

借问蓬莱水,谁逢清浅年。伤心云梦泽,岁岁作桑田。
朱宫紫贝阙,一旦作沙洲。八月还平在,鱼虾不用愁。

病起别主人

益愧千金少,情将一饭殊。恨无泉客泪,尽泣感恩珠。

火炉前坐

孤灯照不寐,风雨满西林。多少关心事,书一作画灰到夜深。

古 词

一合相思泪,临江洒素秋。碧波如会意,却与向西流。

嘲卖药翁

劚尽春山土,辛勤卖药翁。莫抛破笠子,留作败一作贩天公。

伤小女痴一作凝儿

哭尔春日短,支颐长叹嗟。不如半死树,犹吐一枝一作半边花。

青 鹢

独立兼葭雨,低飞浦屿风。须知毛色下一作异,莫入鹭鸶丛。

池塘晚景

风荷珠露倾,惊起睡鸂𪆟。月落池塘静,金刀剪一声。

役从叔

可惜出群蹄,毛焦久卧泥。孙阳如不顾,骐骥向谁嘶。

恼自澄

常闻天女会,玉指散天花。莫遣春风里,红芳点袈裟。

读贾谊传

卑湿长沙地,空抛出世才。已齐生死理,鹏鸟莫为灾。

寄人

寄语双莲子,须知用意深。莫嫌一点苦,便拟弃莲心。

寄韦秀才

荆台兰渚客,寥落共含情。空馆相思夜,孤灯照雨声。

春日寄友 一作春日南台初晴望寄友

晴气熏樱蕊,丰濛雪满林。请君三斗酒,醉卧白罗岑。

题竹

一顷含秋绿,森一作春风十万竿。气吹朱夏转,声扫碧霄寒。

怀初公

不见休上人,空伤碧云思。何处开宝书,秋风海光寺。

龙安寺佳人阿最歌八首

团团明月面,冉冉柳枝腰。未入鸳鸯被,心长似火烧。

见面知何益,闻名忆转深。拳挛荷叶子,未得展莲心。

欲摘不得摘,如看波上花。若教亲玉树,情愿作兼葭。

门路穿茶焙－作灶,房门映竹烟。会须随鹿女,乞火到窗前。

不是求心印,都缘爱绿珠。何须同泰寺,然后始为奴。

既为金界客,任改净人名。愿扫琉璃地,烧香过一生。

素腕撩金索,轻红约翠纱。不如栏下水,终日见桃花。

第一龙宫女,相怜是阿谁。好鱼输獭尽－作画,白鹭镇长饥。

野　鸭

鸂鶒借毛衣,喧呼鹰隼稀。云披菱藻地,任汝作群飞。

题　二　妃　庙

黄陵庙前春已空,子规啼血滴松风。不知精爽归何处,疑是行云秋色中。

寄　友　二　首

野水晴山雪后时,独行村落－作路更相思。无因一向溪头－作桥醉,处处寒梅映酒旗。

花落轻寒酒熟迟,醉眠不及落花期。愁人相－作想忆春山暮,烟树苍苍播－作拨谷时。

桃　源

我到瞿真－作童上升处,山川四－作西望使人愁。紫云白鹤去不返,唯有桃花一作源溪水流。

题王侍御宅

门向沧江碧岫开,地多鸥鹭少尘埃。绿阴十里滩声里,闲自一作去,
一作即。王家看竹来。

闻湘南从叔朝觐

长沙地窄却回时,舟楫骎骎向凤池。为报湘川神女道,莫教云雨湿
旌旗。

汉阳太白楼

江上层一作晴楼翠霭间,满帘春水满窗山。青枫绿草将愁去,远入
吴云暝不还。

送　客

沅水罗文海燕回,柳条牵恨到荆台。定知行路春愁里,故郢城边见
落梅。

醴　陵　道　中

别酒离亭十里强,半醒半醉引愁长。无端一作人寂寂春山路,雪打
溪梅狼藉香。

校书叔遗暑服

翠云一作芸箱里叠穗枕一作枕穗,楚葛湘纱净似空。便著清江明月
夜,轻凉与挂一作致一身风。

赠魏三十七

名珪字玉净无瑕，美誉芳声有数车。莫放焰光高二丈，来年烧杀杏园花。

酬崔表仁 一作臣

昨日朱门一见君，忽惊野鹤在鸡群。不应长啄潢污水，早晚归飞碧落云。

旅游番禺献凉公

帝乡群侣杳难寻，独立沧洲岁暮心。野鹤栖飞一作飞栖无远近，稻粱多处是一作则恩深。

长沙元门寺张璪员外壁画

片石长松倚素楹，脩然云壑见高情。世人只爱凡花鸟，无处不知梁广名。

请告出春明门 一本无请告二字

本不将心挂名利，亦无情意在樊笼。鹿裘藜杖且归去，富贵荣华春梦中。

引 水 行

一条寒玉走秋泉，引出深萝洞口烟。十里暗流声不断，行人头上过潺湲。

移　松　竹

龙髯凤尾乱飕飕一作飚飕,带雾停风一亩秋。待取满庭苍翠合,酒尊书案闭门休。

叹灵鹫寺山榴

水蝶岩蜂俱不知,露红凝艳数千枝。山深春晚无人赏,即是杜鹃催落时。

黄陵庙 一作李远诗

黄陵庙前莎草春,黄陵女儿茜裙新。轻舟短一作小棹一作楫唱一作随歌去,水远山长愁杀人。

北　亭

斜雨飞丝织晓空,疏帘半卷野亭风。荷花向尽秋光晚,零落残红绿沼中。

送客往涔阳

春与春愁逐日长,远人天畔远思乡。蘋生水绿不归去,孤负东溪七里庄。

寄友人鹿胎冠子

数一作散点疏星紫锦斑,仙家新样剪三山。宜与谢公松下戴,净簪云发翠微间。

江 南

鳞鳞别浦起微波,泛泛轻舟桃叶歌。斜雪北风何处宿,江南一路酒旗多。

答友人寄新茗

满火芳香碾麴尘,吴瓯湘水绿花新。愧君千里分滋味,寄与春风酒渴人。

峡山寺上方

满院泉声水一作山殿凉,疏一作殿帘微雨野松香。东峰下视南溟月,笑踏金波看海光。

秋登涔阳城一作楼二首

万户砧声水国秋,凉风吹起故乡愁。行人望远偏伤思,白浪青枫满北楼。

穿针楼上闭秋烟,织女佳期又隔年。斜笛一作汉夜深吹不落,一条银汉一作浪挂秋天。

钓 鱼

七尺青竿一丈丝,菰浦一作蒋叶里逐风吹。几回举手抛芳饵,惊起沙滩水鸭儿。

酬魏三十七

静里一作裛寒香触思初,开缄忽见二琼琚。一吟丽句风流极,没得弘文李校书。

赠 琵 琶 妓

我见鸳鸯飞水上,君还望月苦相思。一双裙带同心结,早寄黄鹂孤
雁儿。

落帆后赋得二绝

平湖茫茫春日落,危樯独映沙洲泊。上岸闲寻细草行,古查飞起黄
金鹗。

水浮秋烟沙晓雪,皎洁无风灯影彻_{一作影澄澈}。海客云帆未挂时,相
与缘江拾明月。

赠 人

曾留宋玉旧衣裳,惹得巫山梦里香。云雨无情难管领,任他别嫁楚
襄王。

赠 妓 人

谁家少女字千金,省向人间逐_{一作触}处寻。今日分明花里见,一双
红脸动春心。

山 榴

洞中春气蒙笼暄,尚有红英千树繁。可怜夹水锦步障,羞数石家金
谷园。

鸂 鶒

锦羽相呼暮沙曲,波上双声戛哀玉。霞明川静极望中,一时飞灭青
山绿。

沅江渔者

倚棹汀洲沙日晚,江鲜野菜桃花饭。长歌一曲烟霭深,归去沧江一作浪绿波远。

题金山寺石堂

白波四面照楼台,日夜潮声绕寺回。千叶红莲高会处,几曾龙女献珠来。

戏赠魏十四

兰浦秋来烟雨深,几多情思在琴心。知君调得东家子,早晚和鸣入锦衾。

和人赠别

鬒黛低红别怨多,深亭一作停芳恨满横波。声中唱出缠绵意,泪落灯前一曲歌。

宿巫山庙二首

寂寞高堂别楚君,玉人天上逐行云。停舟十二峰峦下,幽佩仙香半夜闻。

庙闭春山晓月光,波声回合树苍苍。自从一别襄王梦,云雨空飞巫峡长。

伤柘枝妓

曾见双鸾舞镜中,联飞接影对春风。今来独在花筵散一作上,月满秋天一半空。

题 樱 桃

春初携酒此花间,几度临风倒玉山。今日叶深一作声黄满树,再来
惆怅不能攀。

恼 从 兄

芳草萋萋新燕飞,芷汀南望雁书稀。武陵洞里寻春客,已被桃花迷
不归。

紫极宫斋后

紫府空歌碧落寒,晓星寥亮月光残。一群白鹤高飞上一作散,唯有
松风吹石坛。

春 晚

思乡之客空凝睩,天边欲尽未尽春。独攀江树深不语,芳草落花愁
杀人。

喜浑吉见访

公子春衫桂水香,远冲飞一作霏雪过书堂。贫家冷落难消日,唯有
松筠满院凉。

索 曲 送 酒

帘外春风正落梅,须求狂药解愁回。烦君玉指轻拢撚,慢拨鸳鸯送
一杯。

山 驿 梅 花

生在幽崖独无主,溪萝涧鸟为俦侣。行人陌上不留情,愁香空谢深山雨。

重阳日上渚宫杨尚书

落帽台边菊半黄,行人惆怅对重阳。荆州一见桓宣武,为趁悲秋入帝乡。

书院二小松

一双幽色出凡尘,数粒秋烟二尺鳞。从此静窗闻细韵,琴声长伴读书人。

劝人庐山读书

怜君少隽利如锋,气爽神清刻骨聪。片玉若磨唯转莹,莫辞云水入庐峰。

言 怀

白鹤高飞不逐群,嵇康琴酒鲍昭文。此身未有栖归处,天下人—作之间一片云。

闻 笛

冉冉生山草何异,截而吹之动天地。望乡台上望乡时,不独落梅兼落泪。

晓 宴 一作妆

金波西倾银汉落,绿树含烟倚朱阁。晓华胧朦一作眬瞍闻调笙,一点残灯隔罗幕。

将游荆州投魏中丞

贫埋病压老巉屼,拂拭菱花不喜看。又恐无人肯青眼,事须凭仗小还丹。

二 辛 夷

狂吟乱舞双白鹤,霜翎玉羽纷纷落。空庭向晚春雨微,却敛寒香抱瑶尊。

题龙潭西斋

寂寞幽斋暝烟起,满径西风落松子。远公一去兜率宫,唯有面一作门前虎溪水。

中秋寄南海梁侍御 一本无梁字

海静天高景气殊,鲸睛失彩蚌潜珠。不知今夜越台上,望见瀛洲方丈无。

戏赠姬人 一本此下有赋尖字韵四字。一作张祜与杜牧联句诗。

骰子巡抛裹手拈,无因得见玉纤纤。但知谴道金钗落,图向人前露指尖。

大庾山岭别友人

篛笸无子鸳雏饥，毛彩凋摧不得归。谁念火云千嶂里，低身犹傍鹧鸪飞。

石 门 戍

到此空思吴隐之，潮痕草蔓上幽碑。人来皆望珠玑去，谁咏贪泉四句诗。

文殊院避暑

赤日黄埃满世间，松声入耳即心闲。愿寻五百仙人去，一世清凉住雪山。

南庄春晚二首

连云草映一条陂，鸂鶒双双带水飞。南村小路桃花落，细雨斜风独自归。

草暖沙长望去舟，微茫烟浪向巴丘。沅江一作湘寂寂春归尽，水绿蘋香人自愁。

湘 妃 庙

少将风月怨平湖，见尽扶桑水到枯。相约杏花坛上去，画栏红紫斗樗蒲。

全唐诗卷五七一

贾　岛

　　贾岛,字浪(一作阆)仙,范阳人。初为浮屠,名无本。来东都时,洛阳令禁僧午后不得出,岛为诗自伤。韩愈怜之,因教其为文,遂去浮屠,举进士。诗思入僻,当其苦吟,虽逢公卿贵人,不之觉也。累举不中第。文宗时,坐飞谤,贬长江主簿。会昌初,以普州司仓参军迁司户,未受命卒。有《长江集》十卷,《小集》三卷,今编诗四卷。

古　意

碌碌复碌碌,百年双转毂。志士终一作中夜心,良马白日足。俱为不等闲,谁是知音一作者目。眼中两行泪,曾吊三献玉。一作别来两泪尽,谁向荆山哭。

望　山

南山三十里,不见逾一旬。冒雨时立望,望之如朋亲。虬龙一掬波,洗荡千万春。日日雨不断,愁杀望山人。天事不可长,劲风来如奔。阴霾一作霾一以扫,浩翠写国门。长安百万家,家家张屏新。谁家最好山,我愿为其邻。

北 岳 庙

天地有五岳,恒岳居其北。岩峦叠万重,诡怪浩难测。人来不敢
入,祠宇白日黑。有时起霖雨,一洒天地德。神兮安在哉,永康我
王国。

朝 饥

市中有樵山,此一作北舍朝无烟。井底有甘泉,釜中乃空然。我要
见白日,雪来塞青天。坐一作立闻西床琴,冻折两三弦。饥莫诣他
门,古人有拙言。

哭 卢 仝

贤人无官死,不亲者亦悲。空令古鬼哭,更得新邻比。平生四十
年,惟著白布衣。天子未辟召,地府谁来追。长安有交友,托孤遽
弃移。冢侧志石短,文字行参差。无钱买松栽,自生蒿草枝。在日
赠我文,泪流把读时。从兹加敬重,深藏恐失遗。

剑 客 一作述剑

十年磨一剑,霜刃未曾试。今日把似一作示,一作事。君,谁为一作有
不平事。

口 号

中夜忽自起,汲此百尺泉。林木含白露,星斗在青天。

寄 远

别肠多郁纡,岂能肥肌肤。始知相结密,不及一作若相结疏。疏别

恨应少,密离一作别恨难祛。门前南流一作去水,中有北飞鱼。鱼飞
向北海,可以寄远书。一本无此句,多此情复何如。欲剪衣上襟,裁作寄远书三
句。不惜寄远书,故人今在无。一作华山岩峣形,遥望齐平芜。况此数尺
身,阻彼万里途。自非日月光,难以知子躯。

斋　中

眈静非谬一作伪为,本性实疏索。斋中一就枕,不觉白日落。低扉
碍轩辂,寡德谢接一作然诺。丛菊在墙阴,秋穷未开萼。所餐一作食
类病马,动影似移岳。欲驻迫逃衰,岂殊辞绠缚。已见饱时雨,应
丰蔬与药。

感　秋

商气飒已来,岁华又虚掷。朝云藏奇峰,暮雨洒疏滴。几蜩嘿一作
番飞凉叶,数蛩思阴壁。落日空馆中,归心远山碧。昔人多秋感,今
人何异昔。四序驰百年,玄发坐成白。喧喧徇声利,扰扰同辙迹。
傥无世上怀,去偃松下石。

玩　月

寒月破东北,贾生立西南。西南立倚何,立倚青青杉。近月有数
星,星名未详谙。但爱杉倚月,我倚杉为三。月乃不上杉,上杉难
相参。眙睚子细视,睛瞳桂枝剜。目常有热疾,久视无烦炎。以手
扪衣裳,零露已濡沾。久立双足冻,时向股髀淹。立久病足折,兀
然藕胶黏。他人应已睡,转喜此景恬。此景亦胡为,而我苦淫耽。
无异市井人,见金不知廉。不知此夜中,几人同无厌。待得上顶一
作顶上看,未拟归枕函。强步望寝斋,步步情不堪。步到竹丛西,东
望如隔帘。却坐竹丛外,清思刮幽潜。量知爱月人,身愿化为蟾。

辞 二 知 己

一双千岁鹤，立别孤翔鸿。波岛忽已暮，海雨寒濛濛。离人闻美
弹，亦与哀弹同。况兹切切弄，绕彼行行躬。云飞北岳碧，火息一作
思西山红。何以代远诚，折芳腊雪中。

义雀行和朱评事

玄鸟雄雌俱，春雷惊蛰馀。口衔黄河泥，空一作去即翔天隅。一夕
皆莫归，哓哓遗众雏。双雀抱仁义，哺食劳劬一作忘劳劬。雏既逦
迤一作众雏既俪飞，云间声相呼。燕雀虽微类，感愧诚不殊。一作燕感
雀深恩，雀愧扬不殊。禽贤难自彰，幸得主人书。

宿 悬 泉 驿

晓行沥水楼，暮到悬泉驿。林月值云遮，山灯照愁寂。

辩　士

辩士多毁訾，不闻谈己非。猛虎恣杀暴，未尝啗妻儿。此理天所感
一作惑，所感一作惑当问谁。求食饲雏禽，吐出美言词。善哉君子
人，扬光掩瑕玼。

不　欺

上不欺星辰，下不欺鬼神。知心两如此，然后何所陈。食鱼味在
鲜，食蓼味在辛。掘井须到流，结交须到头。此语诚不谬，敌君三
万秋。

绝　句

海底有明月,圆于天上轮。得之一寸光,可买千里春。

寓　兴

莫居暗室中,开目闭目同。莫趋碧霄路,容飞不容步。暗室未可居,碧霄未可趋。劝君跨仙鹤一作竹,日下云为衢。

游　仙

借得孤鹤骑,高近金乌飞。搦河洗老一作古貌,照月生光辉。天中鹤路直,天尽鹤一息。归来不骑鹤,身自有羽翼。若人无仙骨,芝术徒一作无烦食。

枕　上　吟

夜长忆白日,枕上吟千诗。何当苦寒气,忽被东风吹。冰开鱼龙别,天波殊路岐。

双鱼谣 时韩职方书中以孟常州简诗见示

天河堕双鲂,飞我一作来庭中央。掌握尺馀雪,劈开肠有璜。见令馋舌短,烹绕邻舍香。一得古诗字,与玉含异藏。

易　水　怀　古

荆卿重虚死,节烈书前史。我叹方寸心,谁论一时事。至今易水桥,寒风兮萧萧。易水流得尽,荆卿名不消一作凋。

早　起

北客入西京一作凉，北雁再离北。秋寝独前兴，天梭星落织。耽玩馀恬爽，顾盼轻痾力。旅途少颜尽，明镜劝仙食。出门路纵横，张家路最直。昨夜梦见书，张家厅上壁。

客　喜

客喜非实喜，客悲非实悲。百回信到家，未当身一归。未归长嗟愁，嗟愁填中怀。开口吐愁声，还却入耳来。常恐泪滴一作滴泪多，自损两目辉。鬓边虽有丝，不堪织寒衣。

延寿里精舍寓居

旅托避华馆，荒楼遂愚慵。短庭无繁植，珍果春亦浓。侧庐废一作发扃枢，纤魄时卧逢。耳目乃廛井，肺肝即岩峰。汲泉饮酌馀，见我闲静容。霜蹊犹舒英，寒蝶断来踪。双履与谁逐，一一作欲寻青瘦筇。

赠智朗禅师

上人分明见，玉兔潭底没。上人光惨貌，古来恨峭发。涕辞孔颜庙，笑访禅寂室。步随青山影，坐学白塔骨。解听无弄琴，不礼有身佛。欲问师何之，忽与我相别。率赋赠远言，言惭非子曰。

送沈秀才下第东归

曲言恶者谁，悦耳如弹丝。直言好者谁，刺耳如长锥。沈生才俊秀，心肠无邪欺。君子忌苟合，择交如求师。毁出疾夫口，腾入礼部闱。下第子不耻，遗才人耻之。东归家室远，掉箬时参差。浙云近吴见,汴柳接楚垂。明年春光别,回首不复疑。

酬栖上人

夜久城馆闲,情幽出一作只在山。新月有微辉,朗一作亦朗空庭间。
处世虽一作不识机,伊余多掩关。松姿度腊见,篱药知春还。静览
冰雪词,厚为酬赠颜。东林有踯躅,脱屣期共攀。

冬月长安雨中见终南雪

秋节新已尽,雨一作林疏露山雪。西峰稍觉明,残滴犹未绝。气侵
瀑布水一作冰,冻著白云穴。今朝灞浐雁,何夕潇湘月。想彼石房
人,对雪扉不闭必结切。

寄孟协律

我有吊古泣,不泣向路岐。挥泪洒暮天,滴著一作每滴桂树枝。别
后冬节至,离心北风吹。坐孤雪扉夕一作久,泉落石桥时。不惊猛
虎啸,难辱君子词。欲酬空觉老,无以堪远持。岧峣倚角窗一作窗
角,王屋悬清思。

和刘涵

京官始云满,野人依旧闲。闭扉一亩居,中有古风还。市井日已
午,幽窗梦南山。乔木覆北斋,有鸟鸣其间。前日远岳僧,来时与
开关。新题惊我瘦,窥镜见丑颜。陶情惜清澹,此意复一作共谁一作
群攀。

明月山怀独孤崇鱼琢

明月长在目,明月长在心。在心复在目,何得稀去寻。试望明月

人,孟夏树蔽岑。想彼叹此怀,乐喧忘幽林一作森。乡本北岳外,悔一作每恨东夷深。愿缩地脉还,岂待天恩临。非不渴隐秀一作季,却嫌他事侵。或云岳楼钟,来绕草堂吟。当从令尹后,再往步柏林。

投张太祝

风骨高更老,向春初阳葩。〔泠泠〕(冷冷)月下韵,一一落海涯。有子不敢和,一听千叹嗟。身卧东北泥,魂挂西南霞。手把一枝栗,往轻觉程赊。水天朔方色,暖日嵩根花。达一作逵闲幽栖山,遣寻种药家。欲买双琼瑶,惭无一木瓜。

咏韩氏二子

千岩一尺璧,八月十五夕。清露堕桂花,白鸟舞虚碧。

送 别

丈夫未得意一作志,行行且低眉。素琴弹复弹,会有知音知。

携新文诣张籍韩愈途中成

袖有新成诗,欲见张韩老。青竹未生翼,一步万里道。仰望青冥天,云雪压我脑。失却终南山,惆怅满怀抱。安得西北风,身愿变蓬草。地祇闻此语,突出惊我倒。

上谷送客游江湖

莫叹迢递分,何殊咫尺别。江楼到夜登,还见南台月。

重酬姚少府

隙月斜枕旁,讽咏夏贻什。如今何时节,虫虺亦已蛰。答迟礼涉

傲，抱疾思加涩。仆本胡为者，衔肩贡客集。茫然九州内，譬如一
锥立。欺暗少此怀，自明曾沥泣。量无趏勇士，诚欲戈矛戢。原阁
期跻攀，潭舫偶俱入。深斋竹木合—作多，毕夕风雨急。俸利沐均
分，价称烦嘘噏。百篇见删罢，一命嗟未及。沧浪愚将还，知音激
所习。

投 孟 郊

月中有孤芳，天下聆薰风。江南有高唱，海北初来通。容飘清冷
馀，自蕴襟抱中。止息乃流溢，推寻却冥濛。我知雪山子，谒—作渴
彼偈句空。必竟获所实，尔焉遂深衷。录之孤灯前，犹恨百首终。
一吟动狂机，万疾辞顽躬。生平面未交，永夕梦辄同。叙诘—作诗
谁君师，诓言无吾宗。余求履其迹，君曰可但攻。啜波肠易—作未
饱，揖险神难从。前岁曾入洛，差池阻从龙。萍家复从—作徙赵，云
思长紫萦—作嵩。嵩海—作海铲每可诣，长途追再—作难穷。原倾肺
肠事，尽入焦梧桐。

代 边 将

持戈簇边日，战罢浮云收。露草泣寒霁，夜泉鸣陇头。三尺握中
铁，气冲星斗牛。报国不拘贵，愤将平虏雠。

寄 刘 栖 楚

趋走与偃卧，去就自殊分。当窗一重树，上有万里云。离披不相
顾，仿佛类人群。友生去更远，来书绝如焚。蝉吟我为听，我歌蝉
岂闻。岁暮傥旋归，晤言桂氛氲。

寄丘儒

地近轻数见,地远重一面。一面如何重,重甚珍宝片。自经失欢笑,几度腾霜霰。此心镇悬悬,天象固_{一作因}回转。长安秋风高,子在东甸县。仪形信寂蔑,风雨岂乖间。凭人报消息,何易凭笔砚。俱不尽我心,终须对君宴。

送陈商

古道长荆棘,新岐路交横。君于荒榛中,寻得古辙行。足踏圣人路,貌端禅士形。我曾接夜谈,似听讲一经。联翩曾数举,昨登高第名。釜底绝烟火,晓行皇帝京。上客远府游,主人须目_{一作月}明。青云别青山,何日复可_{一作同升一作并}。

送张校书季霞

从京去容州,马在船上多_{一作赊}。容州几千里,直傍青天涯。掌记试校书,未称高词华。义往_{一作枉}不可屈,出家如入家。城市七月初,热与夏未差。饷君到野地,秋凉满山坡_{一作坨}。南境异北候,风起无尘沙。秦吟宿楚泽,海酒落桂花。暂醉即还醒,彼土生桂茶。

寄友人

同人半年别,一别寂来音。赖有别时文,相思时一吟。我常倦投迹,君亦知此衿。笔砚且勿弃,苏张曾陆沉。但存舌在口,当冀身遂心。君看明月夜,松桂寒森森。

答王参

寸晷不相待,四时互_{一作去}如竞。客思先觉秋,虫声苦知暝。霜松积旧翠,露月团一作圆如镜。诗负属景同,琴孤坐堂听。相期黄菊节,别约红桃径。每把式微篇,临风一长咏。

延 康 吟

寄居延寿里,为与延康邻。不爱延康里,爱此里中人。人非十年故,人非九族亲。人有不朽语,得之烟山春。

戏 赠 友 人

一日不作诗,心源如废井。笔砚为辘轳,吟咏作縻一作縼绠。朝来重汲引,依旧得清〔冷〕(冷)。书赠同怀人,词中多苦辛。

寓 兴

真集道方至,貌殊妒还多。山泉入城池,自然生浑波。今时出古言,在众翻为讹。有琴含正韵,知音者如何。一生足感激,世言一作颜忽嵯峨。不得市井味,思响一作向吾岩阿。浮华岂我事,日月徒蹉跎。旷哉颍阳风,千载无其他。

怀 郑 从 志

西风吹阴云一作雪,雨雪一作云半夜收。忽忆天涯人,起看斗与牛。故人别二年,我意如百秋。音信两杳杳,谁云昔绸缪。平明一封书,寄向一作来东北舟一作州。翩翩春归鸟,会自为匹俦。

易州登龙兴寺楼望郡北高峰

郡北最高峰,巉岩绝云路。朝来上楼望,稍觉得幽趣。朦胧碧烟里,群岭若相附。何时一登陟,万物皆下顾。

送郑山人游江湖

南游衡岳上，东往天台里。足蹑华顶峰—作峰顶，目观沧海水。

就 峰 公 宿

河出鸟宿后，萤火白露中。上人坐不倚，共我论量空。残月华暗暖，远水响玲珑。尔时无了梦—作瘵，兹宵方未穷。

刘景阳东斋

松阴连竹影，中有芜苔井。清风此地多，白日空自永。景阳公干孙，诗句得真景。劝我不须归，月出东斋静。

对 菊

九日不出门，十日见黄菊。灼灼尚繁英，美人无消息。

送集文上人游方

来从道陵井，双木—作去求溪边会。分首芳草时，远意青天外。此游诣几岳，嵩华衡恒泰。

题岸上人郡内闲居

静向方寸求，不居山—作千嶂幽。池开菡萏香，门闭莓苔秋。金玉重四句，秕糠轻九流。炉烟上乔木，钟磬下危楼。手种一株松，贞心与师俦。

游 子

游子喜乡远，非吾忆归庐。谁知奔他山，自欲早旋车。朝赏暮已足,图归愿无馀。当期附鹏翼,未偶方踟蹰。

寄山中王参

我看岳西云,君看岳北月。长怀燕城南,相送十一作千里别。别来
千馀日,日日忆不歇。远寄一纸书,数字论白发。

送　汲　鹏

淮南卧理后,复逢君姓汲。文采非寻常,志愿期卓立。深江东泛
舟,夕阳眺原隰。夏夜言诗会,往往追不及。

寄令狐相公 一作赴长江道中

策杖一作马驰山驿,逢人问梓州。长江那可一作日到,行客替生愁。

全唐诗卷五七二

贾 岛

哭柏岩和尚

苔覆石床新,师曾占一作吾师去几春。写留行道影,焚却坐禅身。塔院关松雪一作路,经房锁隙尘。自嫌双泪下,不是解空人。

山中道士

头发梳千下,休粮带瘦容。养雏成大一作老鹤,种子作高松。白石通宵煮,寒泉尽日春。不曾离隐处,那得世人逢。

就可公宿

十里寻幽寺,寒流数派分。僧同雪夜坐,雁向草堂闻。静语终灯焰,馀生许峤云。由来多抱疾,声不达明君。

旅 游

此心非一事,书札若为传。旧国别多日,故人无少年。空巢霜叶落,疏牖水萤穿。留得林僧宿,中宵坐默然。

送邹明府游灵武

曾宰西畿县,三年马不肥。债多平一作凭剑与,官满载书归。边雪
藏行径,林风透卧衣。灵州听晓角,客馆未开扉。

题皇甫荀蓝田厅

任官经一年,县与玉峰连。竹笼拾山果,瓦瓶担石泉。客归秋雨
后,印锁暮钟前。久别丹阳浦,时时梦钓船。

赠 王 将 军

宿卫炉烟近,除书墨未干。马曾金镞中,身有宝刀瘢。父子同时
捷,君王画阵看。何当为外帅,白日出长安。

下　第 一本有别人二字

下第只一作惟空囊一作鬓毛苍,如何住一作裘回悬帝乡。杏园啼百舌,谁
醉在花傍。一作莺声寒食后,人醉曲江傍。泪落故山远,病来春草长。知
音逢一作酬岂易一作岂易别,孤棹负一作复三湘。

寄贺兰朋吉

往往东林下,花香似火焚。故园从小别,夜雨近秋闻。野菜连寒
水,枯株簇古坟。泛舟同远客,寻寺入幽云。斜日扉多掩,荒田径
细分。相思蝉几处,偶坐蝶成群。会宿曾论道,登高省议文。苦吟
遥可想,边叶向纷纷。

忆 吴 处 士

半夜长安雨,灯前越客吟。孤舟行一月,万水与千岑。岛屿夏云

起,汀洲芳草深。何当折松叶,拂石剡溪阴。

哭 孟 郊

身死—作没声名在,多应万古传。寡妻无子息,破宅带林泉。冢近登山道,诗随过海船。故人相吊后,斜日下寒天。

送 崔 定

未知游子意,何不避炎蒸。几日到汉水,新蝉鸣杜陵。秋江待得月,夜语—作话恨无僧。巴峡吟过否,连天十二层。

寄白阁默公

已知归白阁,山远晚—作晓晴看。石室人心静,冰潭月影残。微云分片灭,古木落薪干。后—作夜夜谁闻—作风飘磬,西峰绝顶寒。

雨后宿刘司马池上

蓝溪秋漱玉,此地涨清澄。芦苇声兼雨,芰荷香绕灯。岸头秦古道,亭面汉荒陵。静想泉根本,幽崖落几层。

送朱可久归越中

石头城下泊,北固暝钟初。汀鹭潮冲—作冲潮起,船窗月过—作过月虚。吴山侵越众,隋柳入唐疏。日欲躬调膳,辟来何府书。

送田卓入华山

幽深足—作入暮蝉,惊觉石床眠。瀑布五千仞,草堂瀑布边。坛松涓滴露,岳月沉寥天。鹤过君须看,上头应有仙。

送董正字常州觐省

相逐一行鸿，何时出碛中。江流翻白浪，木叶落青枫。轻楫浮吴国，繁霜下楚空。春来欢侍阻，正字在东宫。

酬姚少府

梅一作海树与山木，俱应摇落初。柴门掩寒雨，虫响出秋蔬。枯槁彰清镜，屡愚友道书。刊文非不朽，君子自相于。

送无可上人

圭峰霁色新，送此草堂人。麈尾同离寺，蛩鸣暂别亲一作秦。独行潭底影，数息树边身。终有烟霞约，天台作近邻。

送李骑曹 一作胄

归骑双旌远，欢生此别中。萧关分碛路，嘶马背寒鸿。朔色晴天北，河源落日东。贺兰山顶草，时动卷帆一作旐风。

送乌行中一本有还字石淙一作琮别业

寒水长绳汲，丁泠数滴翻。草通石淙脉，砚带海潮痕。岳色何曾远，蝉声尚未繁。劳思当此夕，苗稼在西原。

送觉兴上人归中条山兼谒河中李司空

又忆西岩寺，秦原草白时。山寻樵径上，人到雪房迟。暮磬一作墼潭泉冻，荒林野烧一作火移。闻师新译偈，说拟对旌麾。

寄无可上人

僻寺多高树,凉天忆重游。磬过沟水尽,月入草堂秋。穴蚁苔痕静,藏蝉柏叶稠。名山思遍往,早晚到嵩丘。

南　池

萧条微雨绝,荒岸抱清源。入舫山侵塞,分泉稻一作道接村。秋声依树色,月影在蒲根。淹泊方难遂,他宵关梦魂。

寄龙池寺贞空二上人

受请终南住,俱妨去石桥。林中秋信绝,峰顶夜禅遥。寒草烟藏虎,高松月照雕。霜天期到寺,寺置即前朝。

送贞空二上人

林下中餐后,天涯欲去时。衡阳过有伴,梦泽出应迟。石磬疏寒韵,铜瓶结夜澌。殷勤讶此别,且未定归期。

送 裴 校 书

拜官从秘省,署职在藩维。多故长疏索,高秋远别离。天寒泗上醉,夜静岳阳棋。使府临南海,帆飞到不迟。

升道一作丹阳精舍南台对月寄姚合

月向南台见,秋霖洗涤馀。出逢危叶落,静看一作益众峰疏。冷露常一作寻时有,禅窗此夜虚。相思聊怅望,润气遍衣初一作裾。

即　事

索莫对孤—作寒灯, 阴云积几层。自嗟怜—作邻十上, 谁肯待三征。心被通人见, 文叨大匠称。悲秋秦塞草, 怀古汉家陵。城静高崖树, 漏多幽沼冰。过声沙岛鹭, 绝行石庵僧。岂谓—作为旧庐在, 谁言归未曾。

黄子陂上韩吏部

石楼云一别, 二十二三春。相逐升堂者, 几为埋骨人。涕流闻度—作染瘴, 病起喜—作贺还秦。曾是令—作今勤道, 非惟恤在迍。疏衣蕉缕细, 爽味茗芽新。钟绝滴残雨, 萤多无近邻。溪潭承到数, 位秩见辞频。若个山招—作中隐, 机忘任此身。

投李益

四十归燕字, 千—作十年外始吟。已将书北岳, 不用比南金。

吊孟协律

才行古人齐, 生前品位低。葬时贫卖马, 远—作逝日哭惟妻。孤冢北邙外, 空斋中岳西。集诗应万首, 物象遍曾题。

送人适越

高城满夕阳, 何事欲沾裳。迁客蓬蒿暮, 游人道路长。晴湖胜镜碧, 寒柳似金黄。若有相思梦, 殷勤载八行。

送僧游衡岳

心知衡岳路, 不怕去人稀。船里犹鸣磬, 溪头自曝衣。有家从小别,无寺不言归。料得逢寒住,当禅雪满扉。

送 路一本有某从军三字

别我就蓬蒿,日斜飞伯劳。龙门流水急,嵩岳片云高。叹命无知己,梳头落白毛。从军当此去,风起广陵涛。

洛阳道中寄弟

趋走迫流年,惭经此路一作地偏。密云埋二室,积雪度三川。生类梗萍泛,悲无金石坚。翻鸿有归翼,极目仰联翩。

登江亭晚望

浩渺浸云根,烟岚没远村。鸟归沙有迹,帆过浪无痕。望水知柔性,看山欲倦魂。纵情犹未已,回马欲黄昏。

送耿处士

一瓶离别酒,未尽即言行。万水千山路,孤舟几月程。川原秋色静,芦苇晚风鸣。迢递不归客,人传虚隐名。

过唐校书书斋

池满风吹竹,时时得爽神。声齐雏鸟语,画卷老僧真。月出行几步,花开到四邻。江湖心自切,未可挂头巾。

送杜秀才东游

东游谁见待,尽室寄长安。别后一作夜叶频落,去程一作登途山已寒。大河风色度,旷野烧烟残。匣有青铜镜,时将照鬓看。

送天台僧

远梦归华顶,扁舟背岳阳。寒蔬修净食,夜浪动禅床。雁过孤峰晓一作晚,猿啼一树霜。身心无别念,馀习在诗一作文章。

怀紫阁隐者

寂寥思隐者,孤烛坐秋霖。梨栗猿喜熟,云山僧说深。寄书应不到,结伴拟同寻。废寝方终夕,迢迢一作沉沉紫阁心。

雨夜同厉玄怀皇甫荀

桐竹绕庭匝,雨多风更吹。还如旧山夜,卧听瀑泉时。碛雁来期近,秋钟到梦迟。沟西吟苦客,中夕话兼思。

秋 暮

北门杨柳叶,不觉已缤纷。值鹤因临水,迎僧忽背云。白须相并出,清一作暗泪两行分。默默空朝夕,苦吟谁喜闻。

哭 胡 遇

夭寿知齐理,何曾免叹嗟。祭回一作葬时收朔雪,吊后一作罢折寒花。野水秋吟一作吟秋断,空山暮影一作影暮斜。弟兄相识遍,犹一作那得到一作见君家。

送丹师归闽中

波涛路杳然,衰柳落阳蝉。行李经雷电,禅前漱岛泉。归林久别寺,过越未离船。自说从今去,身应老海边。

送安南惟鉴法师

讲经春殿里，花绕御床飞。南海几回渡_{一作过}，旧山临老归。潮摇
蛮草落，月湿岛松微。_{一作触风香损印，沾雨磬生衣。}空水既如彼_{一作云水}，
路迢递，往来消息稀。

题李凝幽居

闲居少邻并，草径入荒园。鸟宿池边_{一作中}树，僧敲月下门。过桥
分野色，移石动云根。暂去还来此，幽期不负言。

送　韩　湘

挂席从古_{一作中}路，长风起广津。楚城花未发，上苑蝶来新。半没
湖波月，初生岛草春。孤霞临石镜，极浦映村神。细响吟干苇，馀
馨动远蘋。欲凭将一札，寄与沃洲人。

寄　董　武

虽同一城里，少省得从容。门掩园林僻，日高巾帻慵。孤鸿来半
夜，积雪在诸峰。正忆毗陵客，声声隔水钟。

宿赟上人房

阶前多是竹，闲地拟栽松。朱点草书疏，雪平麻履踪。御沟寒夜
雨，宫寺静时钟。此时_{一作室}无他事，来寻_{一作多}不厌重。

访李甘原居

原西居处静，门对曲江开。石缝衔枯草，查根上净_{一作渍古苔}。翠
微泉夜落，紫阁鸟时来。仍忆寻淇岸，同行采蕨回。

题山寺井

沉沉百尺馀,功就岂斯须。汲早僧出定,凿新虫自无。藏源重嶂底,澄翳大空隅。此地如经劫,凉潭会共枯。

僻居无可上人相访

自从居此地,少有事相关。积雨荒邻圃,秋池照远山。砚中枯叶落,枕上断云闲。野客将禅子,依依偏往还。

送李馀及第归蜀

知音伸久屈,觐省去光辉。津渡逢清夜,途程尽翠微。云当绵竹叠,鸟离锦江飞。肯寄书来否,原居出亦一作甚稀。

荒斋

草合径微微,终南对掩扉。晚凉疏雨绝,初晓远山一作蝉稀。落叶无青地,闲身著白衣。朴愚犹一作由本性,不是学忘机。

夜喜贺兰三见访

漏钟仍夜浅,时节欲秋分。泉聒栖松鹤,风除翳月云。踏苔行引兴,枕石卧论文。即此寻常静,来多只是君。

题青龙寺镜公房

一夕曾留宿,终南摇落时。孤灯冈一作龛舍掩,残磬雪风吹。树老因寒折,泉深出井迟。疏慵岂有事,多失上方期。

送陈判官赴绥一作天德

将军邀入幕，束带便离家。身暖蕉衣窄，天寒碛日斜。火烧冈断苇
一作草，风卷雪平一作和沙。丝竹丰州有，春来只欠花。

送唐环归敷水庄

毛女峰当户，日高头未梳。地侵山影扫，叶带露痕书。松径僧寻药
一作庙，沙泉鹤见鱼。一川风景好一作人境别，恨不有吾庐。

原东居喜唐温琪频至

曲江春草生，紫阁雪分明。汲井尝泉味，听钟问寺名。墨研秋日
雨，茶试老僧铛。地近劳频访，乌纱出送迎。

送敫法师

度岁不相见，严冬始一作知出关。孤烟寒色树，高雪夕阳山。瀑布
寺应到，牡丹房甚闲一作寒。南朝遗迹在，此去几时还。

寄钱庶子

曲江春水满，北岸掩一作枕柴关。只有僧邻舍，全无物映山。树阴
终日扫，药债一作诗价隔年还。犹记听琴夜，寒灯竹屋间。

原上秋居

关西一作山又落木，心事复如何。岁月辞山久，秋霖入夜多。鸟从
井口出，人自洛一作岳阳过。倚仗聊闲望，田家未剪禾。

夏　夜

原寺偏邻近,开门物景澄。磬通多叶罅,月离片云棱。寄宿山中
鸟,相寻海畔僧。唯愁秋色至,乍可在炎蒸。

冬　夜

羁旅复经冬,瓢空盎亦空。泪流寒枕上,迹绝旧山_{一作溪}中。凌结
浮萍水,雪和衰柳风。曙光鸡未报,嘹唳两三鸿。

送厉宗上人

拥策背岷峨,终南雨雪和。漱泉秋鹤至,禅树夜猿过。高顶白云
尽,前山黄叶多。曾吟庐岳上,月动九江波。

寄李存穆

闻道船中病,似忧亲弟兄。信来从水路,身去到柴城。久别长须
鬓,相思书姓名。忽然消息绝,频梦却还京。

赠无怀禅师

身从劫劫修,果以此生周。禅定石床暖,月移山树秋。捧盂观宿
饭,敲磬过清流。不掩玄关路,教人问白_{一作到}头。

寄武功姚主簿

居枕江沱北,情悬渭曲西。数宵曾梦见,几处得书披。驿路穿荒
坂,公田带淤泥。静棋功奥妙,闲作韵清凄。锄草留丛药,寻山上
石梯。客回河水涨,风起夕阳低。空地苔连井,孤村火隔溪。卷帘
黄叶落,锁印子规啼。陇色澄秋月,边声入战鼙。会须过县去,况

是屡招携。

题刘华书斋

白石床无尘,青松树一作栌有鳞。一莺啼带雨,两树合一作各从春。荒榭苔胶砌,幽丛果堕榛。偶来疏或数,当暑夕胜晨。露滴星河水,巢重草木薪。终南同往意,赵北独游身。渡叶司天漏,惊蛩远地人。机清公干族一作疾,也莫卧漳滨。

送卢秀才游潞府

雨馀滋润在,风不起尘沙。边日寡文思,送君吟月华。过山干相府,临水宿僧家。能赋焉长屈,芳一作他春宴杏花。

送南康姚明府

铜章美少年,小邑在南天。版籍多迁客,封疆接洞田。静江鸣野鼓,发缆带村烟。却笑陶元亮,何须忆醉眠。

送友人弃官游江左

羡君休作尉,万事且全身。寰海多虞日,江湖独往人。姓名何处变,鸥鸟几时亲。别后吴中使,应须访子真。

雨中怀友人

对雨思君子,尝茶近竹幽。儒家邻古寺,不到又逢秋。

寄　远

家住锦水上,身征辽海边。十书九不到,一到忽经年。

南　斋

独自南斋卧,神闲景亦空。有山来枕上,无事到心中。帘卷侵床月,屏遮入座风。望春春未至,应在海门东。

早春题友人湖上新居二首 一作项斯诗

近得云中路一作看,门长侵早开。到时犹有雪,行处已无苔。劝酒客初醉,留茶僧未来。每逢晴暖日,惟见乞花栽。

门不当官道,行人到亦稀。故从餐后出,多是夜深归。开篋收诗卷,扫床移卧衣。几时同买宅,相送一作近有柴扉。

送雍陶入蜀

江山事若谙,那肯滞云南。草色分危磴,杉阴近古潭。日斜褒谷鸟,夏浅櫑州蚕。吾自疑双鬓,相逢更不堪。

张郎中过原东居

年长惟添懒,经旬止掩关。高人餐药后,下马此林间。对坐天将暮,同来客亦闲。几时能重至,水味似深山。

答王建一本无建字秘书

人皆闻蟋蟀,我独恨一作叹蹉跎。白发无心镊,青山去意多。信来漳浦岸,期负洞庭波。时扫高槐影,朝回或恐过。

送李馀往湖南

昔去候温凉,秋山满楚乡。今来从辟命,春物遍浔阳。岳石挂海雪,野枫堆渚樯。若寻吾祖宅,寂寞在潇湘。

偶　作

野步随吾意，那知是与非。稔年时雨足，闰月暮蝉稀。独树依冈老，遥峰出草微。园林自有主，宿鸟且同归。

过雍秀才居

夏木鸟巢边，终南岭色鲜。就凉安坐石，煮茗汲邻泉。钟远清霄半，蜩稀暑雨前。幽斋如葺罢，约我一来眠。

寄顾非熊

知君归有处，山水亦难齐。犹去潇湘远，不闻猿狖啼。穴通茆岭下，潮满石头一作城西。独立生遥思，秋原日渐低。

送神邈法师

柳絮落濛濛，西州道路中。相逢一作留春忽尽，独去讲初终。行疾遥山雨，眠迟后夜风。绕房三两树，回日一作去叶应红。

送慈恩寺霄韵法师谒太原李司空

何故谒司空，云山知几重。碛遥来雁尽，雪急去僧逢。清磬先寒角，禅灯彻晓烽一作峰。旧房闲片石，倚著最高松。

送知兴上人

久住巴兴寺，如今始拂衣。欲临秋水别，不向故园一作山归。锡挂天涯树，房开一作闲岳顶扉。下看千一作万里晓，霜海日生微。

送惠雅法师归玉泉

只到一作向潇湘水，洞庭湖未游。饮泉看月别，下峡听猿愁一作浮。
讲不停雷雨，吟当一作曾近海流。降霜归楚夕，星冷玉泉秋。

忆江上吴处士

闽国扬帆去，蟾蜍亏一作还复团。秋风生渭水，落叶满长安。此地
聚会夕，当时雷雨寒。兰桡殊未返，消息海云端。

题张一作章博士新居

青枫何不种，林在洞庭村。应为三湘远，难移万里根。斗牛初过
伏，菡萏欲香门。一作斗移亭北榭，莲照水边门。旧即湖山隐，新庐葺此
原。

石一作百门陂留辞从叔薯

幽鸟飞不远，此行千里间。寒冲陂水雾，醉下菊花山。有耻长为
客，无成又入关。何时临涧柳，吾党共来攀。

送朱兵曹回越

星彩练中见，澄江岂有泥。潮生垂钓罢，楚尽去樯西。碛鸟辞沙
至，山鼯隔水啼。会稽半侵海，涛白禹祠溪。

怀博陵故人

孤城易水头，不忘旧交游。雪压围棋石，风吹饮酒楼。路遥千万
里，人别十三秋。吟苦相思处，天寒水急流。

夕 思

秋宵已难曙，漏向二更分。我忆山水坐，虫当寂寞闻。洞庭风落木，天姥月离云。会自东浮去，将何欲致君。

寄河中杨少尹

非惟咎襄时，投刺诣门迟。怅望三秋后，参差万里期。禹留疏凿迹，舜在寂寥祠。此到一作致杳难共，回风逐所思。

孟 融 逸 人

孟君临水居，不食水中鱼。衣褐唯粗帛，筐箱只素书。树林幽鸟恋，世界此心疏。拟棹孤舟去，何峰又结庐。

晚晴见终南诸峰

秦分一作下积多峰，连巴势不穷。半旬藏雨里，此日到窗中。圆魄将升兔，高空一作虚欲叫鸿。故山思不见，碣石沉寥东。

宿 池 上

泉来从绝壑，亭敞在中流。竹密无空岸，松长可绊舟。螮蝀潭上夜，河汉岛前秋。异夕一作日期深涨，携琴却此游。

喜姚郎中自杭州回

路多枫树林，累日泊清阴。来去泛流水，脩然适此心。一披江上作，三起月中吟。东省期司谏，云门悔不寻。

送郑长史之岭南 _{一本题作送郑史}

云林颇重叠,岑渚复幽奇。汨水斜阳岸,骚人正则祠。苍梧多蟋蟀,白露湿江蓠。擢第荣南去,晨昏近九疑。

送李溟谒宥州李权使君

英雄典宥州,迢递苦吟游。风宿骊山下,月斜灞水流。去时初落叶,回日定非_{一作无}秋。太守携才子,看鹏百尺楼。

永福湖和杨郑州

积水还平岸,春来引郑溪。旧渠通郭下,新堰绝湖西。嵩少分明对,潇湘阔狭齐。客游随庶子,孤屿草萋萋。

题长江 _{一本有厅字}

言心俱好静,廨署落晖空。归吏封宵钥,行蛇入古桐。长江频雨后,明月众星中。若任迁人去,西溪_{一作浮}与剡通。

泥 阳 馆

客愁何并起,暮送故人回。废馆秋萤出,空城寒雨来。夕阳飘白露,树影扫青苔。独坐离容惨,孤灯照不开。

送徐员外赴河中

原野正萧瑟,中间分散情。吏从甘扈罢,诏许朔方行。边日_{一作月}沉残角,河关截夜城。云居闲独往,长老出房迎。

送贺兰上人

野僧来别我,略坐傍泉沙。远道擎空钵,深山蹋落花。无师禅自解,有格句堪夸。此去非缘事,孤云不定家。

全唐诗卷五七三

贾 岛

送令狐绹—本无绹字相公

梁园趋戟节，海草几枯春。风水难遭便，差池未振鳞。姓名犹语及，门馆阻何因。苦拟修文卷，重擎献匠人。吟看青岛处，朝退赤墀晨。根爱杉栽活，枝怜雪霰新。缀篇嗟调逸，不和揣才贫。早晚还霖雨，滂沱洗月轮。握苗方灭裂，成器待陶钧。困坂思回顾，迷邦辄问津。数行望外札，绝句握中珍。是日荣游汴，当时怯往陈。鸿春乖汉爵，〔桢〕（祯）病卧漳滨。岳整五千仞，云惟一片身。故山离—作心未死，秋水宿经旬。下第能无恶，高科恐有神。罢耕田料废，省钓岸应榛。慷慨知音在，谁能泪堕巾。

寄沧州李尚书

沧溟深绝阔，西岸郭东门。戈者罗夷鸟，桴人思峤猿。威棱高腊列，煦育极春温。陂淀封疆内，兼葭壁垒根。摇鞚边地脉，愁箭虎狼魂。水县卖纱市，盐田煮海村。枝条分御叶，家世食唐恩。武可纵横讲，功从战伐论。天涯生月片，屿顶涌泉源。非是泥池物，方因—作应雷雨尊。沉谋藏未露，邻境帖无喧。青冢骄回鹘，萧关陷叶蕃。何时霖岁旱，早晚雪邦冤。迢递瞻旌纛，浮阳寄咏言。

逢旧识

几岁阻干戈，今朝劝酒歌。羡君无白发，走马过黄河。旧宅兵烧尽，新宫日奏—作奉多。妖星还有角，数尺铁重磨。

崇圣寺斌公房

近来惟一食，树下掩禅扉。落日寒山磬，多年坏衲衣。白须长更剃，青霭远还归。仍说游南岳，经行是息机。

送李傅侍郎—作御剑南行营

走马从边事，新恩受外台。勇看双节出，期破八蛮回。许国家无恋，盘江栈不摧。移军刁斗逐，报捷剑门开。角咽猕猴叫，鼙干霹雳来。去年新甸邑，犹滞佐时才。

别徐明府—作甫

抱琴非本意，生事偶相萦。口尚袁安节，身无子贱名。地寒春雪盛，山浅夕风轻。百战馀荒野，千夫渐耦—作遍耕。一杯宜独夜，孤客恋交情。明日疲骖去，萧条过古城。

岐下送友人归襄阳

蹉跎随泛梗，羁旅到西州。举翮笼中鸟，知心海上鸥。山光分首—作手暮，草色向家秋。若更登高岘，看碑定泪流。

送友人游蜀

万岑深积翠，路向此中难。欲暮多羁思，因高莫远看。卓家人寂寞，扬子业凋残。唯有岷江水，悠悠带月寒。

送郑少府

江岸一相见,空令惜此分。夕一作溢阳行带月,酌水少留君。野地初一作多烧草,荒山过雪云。明年还调集,蝉可在家闻。

子　规 一作项斯诗

游魂自相叫,宁复记前身。飞过邻家月,声连一作怜野路一作寺春。梦边催晓急,愁处送风频。自有沾花血,相和雨滴新。

送僧归天台

辞秦经越过,归寺海西峰。石涧双流水,山门九里松。曾闻清禁漏,却听赤城钟。妙宇一作字研磨讲,应齐智者踪。

让纠曹上乐使君

战战复兢兢,犹如履薄冰。虽然叩一掾,还似说三乘。瓶汲南溪水,书来北岳僧。戆愚兼抱疾,权纪不相应。

赠　友　人

五字诗成卷,清新韵具一作少得偕。不同狂客醉,自伴律僧斋。春别和花树,秋辞带月淮。却归登第日,名近榜头排。

送雍陶及第归成都宁亲 一作觐

不唯诗著籍,兼又赋知名。议论于题称,春秋对问精。半应阴骘与,全赖有司平。归去峰一作岩峦众,别来松桂生。涨江流水品一作凸,当道白云坑。勿以攻文捷一作健,而将学剑轻。制衣新濯锦,开酝旧烧罂。同日升科士,谁同膝下荣。

谢令狐绹_{一本无绹字}相公赐衣九事

长江飞鸟外,主簿跨驴归。逐客寒前夜,元戎予厚衣。雪来松更绿,霜降月弥辉。即日_{一作入}调殷鼎,朝分是与非。

送金州鉴周上人

地_{一作池}必寻天目,溪仍住若耶。帆随风便发,月不要云遮。极浦浮霜雁,回潮落海查。峨嵋省春上,立雪指流沙。

送谭远上人

下视白云时,山房盖_{一作挂}树皮。垂_{一作雪}枝松落子,侧_{一作佛}顶鹤听棋。清净从沙劫,中终未日歆。金光明本行,同侍出峨嵋。

新　年

嗟以龙钟身_{一作貌},如何岁复新。石门思隐久,铜镜强窥频。花发新移树,心知故国春。谁能平此恨,岂是北宗人。

送　僧

出家从卝岁,解论造玄门。不惜挥谈柄,谁能听至言。中时山果熟,后夏竹阴繁。此去逢何日,峨嵋晓复昏。

送姚杭州

白云峰下城,日夕白云生。人老江波_{一作鱼江钓},田侵海树耕。吴山钟入越,莲叶吹摇旌。诗异石门思,涛来向越_{一作远迎一作阁上迎}。

夜集田卿宅

朗咏高斋下,如将古调弹。翻鸿向桂水,来雪渡桑干。滴滴玉漏曙,脩脩竹籁残。曩年曾宿此,亦值五陵寒。

寄山友—作中长孙栖峤

此时气萧飒—作瑟,琴院可应关。鹤似君无事,风吹雨遍山。松生青石上,泉落白云间。有径连高—作嵩顶,心期相与还。

酬厉玄

我来从北鄙,子省涉—作度西陵。白发初相识,秋山拟共登。邻居帝城雨,会宿御沟冰。未报见—作君贻作,耿然中夜兴。

送刘式洛中觐省

晴峰三十六,侍立上春台。同宿别离恨,共看星月回。野莺临苑语,河棹历江来。便寄相思札,缄封花下开。

送空公往金州

七百里山水,手中榔栗粗。松生师坐石,潭涤祖传盂。长拟老岳峤,又闻思海湖。惠能同俗姓,不是岭南卢。

赠绍明上人

未住青云—作龙室,中秋独往年。上方嵩若—作古寺,下视雨和—作如烟。祖岂无言去,心因断臂传。不知能已后,更有几灯然。

赠弘泉上人

洗足下蓝岭,古师精进同。心知溪卉长,居此玉林空。西殿宵灯
磬,东林曙雨风。旧峰邻太白,石座雨苔濛。

送宣皎上人游太白

剃发鬓无雪,去年三十三。山过春草寺,磬度落花潭。得句才邻
约,论宗意在南。峰灵疑懒下,苍翠太虚参。

病　起

高一作嵩丘归未得,空自责迟回。身事岂能遂,兰花又已开。病令
新作少,雨阻故人来。灯下南华卷,祛愁当酒杯。

送殷侍御赴同州

冯翊蒲西一作连郡,沙冈拥地形。中条全离岳,清渭半和泾。夜暮
一作久眠明月,秋深一作新至洞庭。犹来交辟士一作由来交臂者,事别一
作事偃林扃。

送　沈　鹤

家楚婿于秦,携妻去养亲。陆行千里外,风卷一帆新。夜泊疏山
雨,秋吟捣药轮。芜城登眺作一作后,才动广陵人。

秋夜仰怀钱孟二公琴客会

月色四时好,秋光君一作吾子知。南山昨夜雨,为我写一作寄清规。
独鹤耸寒骨,高杉韵细飔。仙家缥缈弄,仿佛此中期。

赠李金州

绮里祠前后,山程践白云。溯流随大旆,登岸见全军。晓角吹人
梦,秋风卷雁群。雾开方露日,汉水底一作与沙分。

酬姚合一本无合字校书

因贫行远道一作道远,得见旧交游。美酒易倾尽,好诗难卒酬。公
堂朝共到,私第夜相留。不觉入关晚,别来林木秋。

送独孤马二秀才居明月山读书

濯志俱高洁,儒科慕冉颜。家辞临水郡,雨到读书山。栖鸟棕花
上,声钟砾一作栎阁间。寂寥窗户外,时见一舟还。

病 蝉

病蝉飞不得,向我掌中行。拆翼犹能薄,酸吟尚极清。露华凝在
腹,尘点误侵睛。黄雀并一作兼鸢一作乌鸟,俱怀害尔情。

青 门 里 作

燕存鸿已过,海内几人愁。欲问南宗理,将归北岳修。若无攀桂
分,只是卧云休。泉树一为别,依稀三十秋。

卢秀才南台

居在青门里,台当千万岑。下因冈助势,上有树交阴。陵远根才近
一作辨,空长畔可寻。新晴登啸处一作月,惊起宿枝禽。

寄李�днotable

寄李鄘侍郎

终过盟津书，分明梦不虚。人从清渭别，地隔太行馀。宾幕谁嫌静，公门但晏如。橌鞭干霹雳，斜汉湿蟾蜍。追琢垂今后，敦庞得古初。井台怜操筑，漳岸想丕疏。亦冀铿珉珮，终当直石渠。此身多抱疾，幽里近营居。忆漱苏门涧，经浮楚泽潴。松栽侵古影，荤断尚芹菹。语嘿曾延接，心源离滓淤。谁言姓琴氏，独跨角生鱼。

寄令狐绹<small>一本无绹字</small>相公

驴骏胜羸马，东川路匪赊。一缄论贾谊，三蜀寄严家。澄彻霜江水，分明露石沙。话言声及政，栈阁谷离斜。自著衣偏暖，谁忧雪六花。裹裳留阔襆，防患与通茶。山馆中宵起，星河残月华。双僮前日雇，数口向天涯。良乐知骐骥，张雷验镆铘。谦光贤将相，别纸圣龙蛇。岂有斯言玷，应无白璧瑕。不妨圆魄里，人亦指虾蟆。

再投李益常侍

何处初投刺，当时赴尹京。淹留花柳<small>一作木变</small>，然诺肺肠倾。避暑蝉移树，高眠<small>一作登高</small>雁过城。人家嵩岳色，公府洛河声。联句逢秋尽，尝茶见月生。新衣裁白纻，思从曲江行。

积　雪

昔<small>一作省</small>属时霖滞，今逢腊雪多。南猜飘桂渚，北讶雨交河。尽灭平芜色，弥重古木柯。空中离白气，岛外下沧波。隐者迷樵道，朝人冷玉珂。夕繁仍昼密，漏间复钟和。想积高嵩顶，新秋皎<small>一作皓</small>月过。

过杨—作阳道士居

先生修道处,茆屋远嚣氛。叩齿坐明月,支颐望白云。精神含药
色,衣服带霞纹。无话—作每语瀛洲路,多年别少君。

赠 僧

乱山秋木穴,里有灵蛇藏。铁锡挂临—作陵海—作锡挂临沧海,石楼闻
异香。出尘头未白,入定衲凝霜。莫话五湖事,令人心欲狂。

送友人游塞

飘蓬多塞下,君见益潸然。迥碛沙衔日,长河水接天。夜泉行客
火,晓戍向京烟。少结相思恨,佳期芳草前。

思游边友人

凝愁对孤烛,昨日饮离杯。叶—作邺下故人去,天中新雁来。连沙
秋草薄,带雪暮山开。苑北红尘道,何时见远回。

秋暮寄友人

寥落关河暮,霜风树叶低。远天垂地外,寒日下峰—作山西。有志
烟霞切,无家岁月迷。清宵话白阁,已负十—作数年栖。

寄令狐绹—本无绹字相公

官高频—作蒙明敕授,老免把犁锄。一主长江印,三封东省书。不
无濠上思,唯食圃中蔬。梦幻将泡影,浮生事只如。

和孟逸人林下道情

四气一作时相陶铸,中庸道岂销。夏云生此日,春色尽今朝。陋巷贫无闷,毗耶疾未调。已栽天一作毫末柏,合抱岂非遥。

宿姚少府北斋

石溪同夜泛,复此北斋期。鸟绝吏归后,蛩鸣客卧时。锁城凉雨细,开印曙钟迟。忆此漳川岸,如今是别离。

雪晴晚望

倚杖望晴雪,溪云几万重。樵人归白屋,寒日下危峰。野火烧冈草,断烟生石一作古松。却回山寺路,闻打暮天钟。

送崔峤游潇湘

功烈尚书孙,琢磨风雅言。渡河山凿处,陟岘汉滩喧。梦想吟天目,宵同话石门。枫林叶欲下,极浦月清皦。

寄朱锡珪

远泊与谁同,来从古木中。长江人钓月,旷野火烧风。梦泽吞楚大,闽山厄一作隐海丛。此时樯底水,涛起屈原通。

马戴居华山因寄

玉女洗头盆,孤高不可言。瀑流莲岳顶,河注华山根。绝雀林藏鹘,无人境有猿。秋蟾才过雨,石上古松门。

寄 胡 遇

一自残春别,经炎复到凉。萤从枯树出,蛩入破阶藏。落叶书胜
纸,闲砧坐当床。东门因送客,相访也何妨。

送李戎扶侍往寿安

二千馀里路,一半是波涛。未晓著衣起,出城逢日高。关山多寇
盗,扶侍带弓刀。临别不挥泪,谁知心郁陶。

送 孙 逸 人

衣屦犹同俗,妻儿亦宛然。不餐能累月,无病一作疾已多年。是药
皆谙性,令人渐信仙。杖头书数卷,荷入翠微烟。

寄 华 山 僧

遥知白石室,松柏隐朦胧。月落看心次,云生闭目中。五更钟隔
岳,万尺水悬空。苔藓嵌岩所,依稀有径通。

送李登少府

伊阳耽酒尉,朗咏醉醒新。应见嵩山里,明年踯躅春。一千寻树
直,三十六峰邻。流水潺潺处,坚贞玉涧珉。

易州过郝逸人居

每逢词翰客,邀我共寻君。果见闲居赋,未曾流俗闻。也知邻市
井,宛似出嚣一作尘氛。却笑巢由辈,何须隐白云。

酬鄠县李廓少府见寄

稍怜公事退，复遇夕阳时。北朔霜凝竹，南山水入篱。吟怀沧海侣，空问白云师。恨不相从去，心惟野鹤知。

净业寺与前鄠县李廓少府同宿

来从城上峰，京寺暮相逢。往往语复默，微微雨洒松。家贫初罢吏，年长畏闻蛩。前日犹拘束，披衣起晓钟。

送南卓归京

残春别镜陂，罢郡未霜髭。行李逢炎暑，山泉满路岐。云藏巢鹤树，风触哢莺枝。三省同虚位，双旌带去思。入城宵梦后，待漏月沉时。长策并忠告，从容写玉墀—作池。

卧疾走笔酬韩愈书问

一卧三四旬，数书惟独—作书至独思君。愿为出海月，不作归山云。身上衣频寄—作蒙与，瓯中物亦分。欲知强健否，病鹤未离群。

长孙霞李溟自紫阁白阁二峰见访

寂寞吾庐贫，同来二阁人。所论唯野事，招作—作访我住云邻。古寺期秋宿，平林散早春。漱流今已矣，巢许岂尧臣。

送惟一游清凉寺

去有巡台侣，荒溪众树分。瓶残秦地水，锡入晋山云。秋月离喧见，寒泉出定闻。人间临欲别，旬日雨纷纷。

郑尚书新开涪江二首

岸凿青山破,江开白浪寒。日沉源出海,春至草生滩。梓匠防波溢,蓬仙畏水干。从今疏决后,任雨滞峰峦。

不侵南亩务,已拔北江流。涪水方移岸,浔阳有到舟。潭澄初捣药,波动乍垂钩。山可疏三里,从知一作惟应历亿秋。

寄乔侍郎

大宁犹未到,曾渡北浮桥。晓出爬船寺,手擎紫栗条。差池不相见,怅望至今朝。近日营家计,绳悬一小瓢。

送去华法师

在越居何寺,东南水路归。秋江洗一钵,寒日晒三衣。默听鸿声尽,行看叶影飞。囊中无宝货,船户夜扃稀。

送蔡京

跃蹄归鲁日,带漏别秦星。易折芳条桂,难穷邃义经。登封多泰岳,巡狩遍沧溟。家在何林下,梁山翠满庭。

慈恩寺上座院

未委衡山色,何如对塔峰。曩宵曾宿此,今夕值秋浓。羽族栖烟竹,寒流带月钟。井甘源起异,泉涌渍苔封。

题朱庆馀所居

天寒吟竟晓,古屋瓦生松。寄信船一只,隔乡山万重。树来沙岸鸟,窗度雪楼钟。每忆江中屿,更看城上峰。

送黄知一作和新归安南

池亭沉饮遍,非独曲江花。地远路穿海,春归冬到家。火山难下
雪,瘴土不生茶。知决移一作秋来计,相逢期尚赊。

赠 胡 禅 归

自是根机钝,非关夏腊深。秋来江上寺,夜坐岭南一作头心。井凿
山含月,风吹磬出林。祖师携一作遗只履,去路杳难寻。

元日女道士受箓

元日更新夜,斋身称净衣。数星连斗出,万里断云飞。霜下磬声
在,月高坛影微。立听师语了,左肘系符归。

重与彭兵曹

故人在城里,休寄海边书。渐去老不远,别来情岂疏。砚冰催腊
日,山雀到贫居。每一作羡有平戎计一作策,官家一作蒙别敕一作名救尽
除。

赠 庄 上 人

不语焚香坐,心知道已成。流年衰此世,定力见他生。暮雪馀春
冷,寒灯续昼明。寻常五侯至,敢望下阶迎。

落第东归逢僧伯阳

相逢须语笑,人世别离频。晓至一作去长侵月,思乡动隔春。见僧
心暂静,从俗事多迍。宇宙诗名小,山河客路新。翠桐犹入爨,清
镜未辞尘。逸足思奔骥,随群且退鳞。宴乖红杏寺,愁在绿杨津。

老病难为乐,开眉赖故人。

皇甫主簿期游山不及赴

休官匹马在,新意入山中。更住应难遂,前一作相期恨不同。集蝉
苔树僻,留客雨堂空。深夜谁相访,惟当清净翁。

宿成湘林下

相访夕阳时,千株木未衰。石泉流出一作出幽谷,山雨滴栖鸥。漏
向灯听数,酒因客寝迟。今宵不尽兴,更有月明期。

喜 雍 陶 至

今朝笑语同,几日百忧中。鸟度剑门静,蛮归泸水空。步霜吟菊
畔,待月坐林东。且莫孤此兴,勿论穷与通。

酬 胡 遇

丽句传人口,科名立可图。移居见山烧,买树带巢乌。游远风涛
急,吟清雪月孤。却思初识面,仍未有多须。

宿慈恩寺郁公房

病身来寄宿,自扫一床闲。反照临江磬,新秋过雨山。竹阴移冷
月,荷气带禅关。独住一作往天台意,方从内请还。

送褚山人归日本一作东

悬帆待秋水一作色,去入杳冥间。东海几年别,中华此日还。岸遥
生白发,波尽露青山。隔水相思在,无书也是闲。

寄韩湘

过岭行多少,潮州涨—作瘴满川。花开南去后,水冻北归前。望鹭吟登阁,听猿泪滴船。相思堪面话—作语,不著尺书传。

雨夜寄马戴

芳林杏花树,花落子西东。今夕曲江雨,寒催朔北风。乡书沧海绝,隐路翠微通。寂寂相思际—作处,孤—作红釭残漏中。

喜无可上人游山回

一食复何如,寻山无定居。相逢新夏满,不见半年馀。听话龙潭雪,休传鸟道书。别来还似旧,白发日高梳。

寄毗陵彻公

身依吴寺老,黄叶几回看。早讲林霜在,孤禅隙月残。井通潮浪远,钟与角声寒。已有南游—作浮约,谁言礼谒难。

送韦琼校书

宾佐兼归觐,此行江汉心。别离从阙下,道路向山阴。孤屿消寒沫,空城滴夜霖。若邪溪畔寺,秋色共谁寻。

寄刘侍御

衣多苔藓痕,犹拟更趋门—作村。自夏虽无病,经秋不过原。积泉留岱鸟—作雁,叠岫—作屿隔巴猿。琴月西斋集,如今岂复言。

送穆少府知眉州

剑门倚青汉，君昔未曾过。日暮行人少，山深异鸟多。猿-作狄啼
和峡雨，栈尽到江波。一路白云里，飞泉洒薜萝。

二月晦日留别鄠-作邨中友人

立马柳花里，别君当酒酣。春风渐向北，云-作雪雁不飞南。明晓
日初一，今年月又三。鞭羸去暮色，远岳起烟岚。

送李校书赴吉期

筮算重重吉，良期讵可迁。不同牛女夜，是配凤凰年。佩玉春风
里，题章蜡烛前。诗书与箴训，夫哲又妻贤。

宿　孤　馆

落日投村戍，愁生为客途。寒-作春山晴后绿，秋-作江月夜来-作深
孤。橘树千株在，渔家一半无。自知风水静，舟系岸边芦。

哭宗密禅师

鸟道雪岑巅，师亡谁去禅。几尘增灭后，树色改生前。层塔当松
吹，残踪傍野泉。唯嗟听经虎，时到坏庵边。

宿　山　寺

众岫耸寒色，精庐向此分。流星透疏木，走月逆行云。绝顶人来
少，高松鹤不群。一僧年八十，世事未曾闻。

送友人如边

去日重阳后，前程菊正芳。行车辗秋岳，落叶坠寒霜。云入汉天白，风高碛色黄。蒲轮待恐晚，求荐向诸方。

题竹谷上人院

禅庭高鸟道，回望极川原。樵径连峰顶，石泉通竹根。木深犹积雪，山浅未闻猿。欲别尘中苦，愿师贻一言。

京北原作

登原见城阙，策蹇思炎天。日午路中客，槐花风处蝉。远山秦木一作树上，清渭汉陵前。何事居人世，皆从一作因名利牵。

寄江上人

紫阁旧房在，新家中岳东。烟波千里隔，消息一朝通。寒日汀洲路，秋晴岛屿风。分明杜陵叶，别后两一作雨经红。

送僧归太白山

坚冰连夏处，太白接青天。云塞石房路，峰明雨外巅。夜禅临虎穴，寒漱撇龙泉。后会不期日，相逢应信缘。

暮过山村

数里闻寒水，山家少四邻。怪禽啼旷野，落日恐行人。初月未终夕，边烽不过秦。萧条桑柘外，烟火渐相亲。

鹭鸶

求鱼未得食,沙岸往来行。岛月独栖影,暮天寒过声。堕巢因木
折,失侣遇弦惊。频向烟霄望,吾知尔去程。

内道场僧弘绍

麟德燃香请,长安春几回。夜闲一作寒同像寂,昼定为吾开。讲罢
松根老,经浮海水来。六年双足履,只步院中苔。

蒋亭和蔡湘州

蒋宅为亭榭,蔡城东郭门。潭连秦相井,松老汉朝根。已积苍苔
遍,何曾旧径存。高斋无事后,时复一携尊。

光州王建使君水亭作

楚水临轩积,澄鲜一亩馀。柳根连岸尽,荷叶出萍初。极浦清相
似,幽禽到不虚。夕阳庭际眺,槐雨滴疏一作稀疏。

留别光州王使君建 一本无建字

杜陵千里外,期在末秋归。既见林花落,须防木叶飞。楚从何地
尽,淮隔数峰微。回首馀霞失,斜阳照客衣。

宿姚合宅寄张司业籍 一本无籍字

闲宵因集会一作会集,柱史话先生。身爱无一事,心期往四明。松
枝影摇动,石磬响寒清。谁伴南斋宿,月高霜满城。

哭　张　籍

精灵归恍惚，石磬韵曾闻。即日是前古，谁人耕此坟。旧游孤棹一作枕远，故域九江分。本欲蓬瀛去，餐芝御白云。

灵准上人院

掩扉当太白，腊数等松椿。禁漏来遥一作迟夜，山泉落近邻。经声终卷晓，草色几芽春。海内知名士，交游准上人。

寄柳舍人宗元 一本无宗元二字

格与功俱造，何人意不降。一宵三梦柳，孤泊九秋江。擢第名重列，冲天字几双。誓为仙者仆，侧执驭风幢。

送玄岩上人归西蜀

玉垒山中寺，幽深胜概多。药成彭祖捣，顶受七轮摩。去腊催今夏，流光等逝波。会当依粪扫一作草，五岳遍头陀。

寄宋州田中丞

古郡近南徐，关河万里馀。相思深夜后一作雨，未答去秋一作年书。自别知音少，难忘识面初。旧山期已久，门掩数畦蔬。

送朱休归剑南

剑南归受贺，太学赋声雄。山路长江岸，朝阳十月中。芽新抽雪茗，枝重集猿枫。卓氏琴台废，深芜想径通。

寄长武朱尚书

不日即登坛,枪旗一万竿。角吹边月没,鼓绝爆雷残。中国今如此,西荒可取难。白衣思请谒,徒步在长安。

送皇甫侍御

晓钟催早期,自是一作独自赴嘉招。舟泊湘江阔,田收楚泽遥。雁惊起衰草,猿渴下寒条。来使黔南日,时应问寂寥。

郊 居 即 事

住此园林久,其如未是家。叶书传野意,檐溜煮胡茶。雨后逢行鹭,更深听远蛙。自然还往里,多是爱烟霞。

夜集姚合宅期可公不至

公堂秋一作春,一作初。雨夜,已是念园林。何事疾病日,重论山水心。孤灯明腊后,微雪下更深。释子乖来约,泉西寒磬音。

喜李馀自蜀至

迢递岷峨外,西南驿路高。几程寻崄栈,独宿听寒涛。白鸟飞还立,青猿断更号。往来从此过,词体近风骚。

王侍御南原庄

买得足云地,新栽药数窠。峰头盘一径,原下注双河。春寺闲眠久,晴台独上多。南斋宿雨后一作夜,仍许重来麽一作过。

送 康 秀 才

俱为落第年，相识落花前。酒泻两三盏，诗吟十数篇。行岐逢塞雨，嘶马上津船。树影高堂下，回时应有蝉。

送 僧

此生披衲过，在世得身闲。日午游都市，天寒往华山。言归文字外，意出有无间。仙掌云边树，巢禽时出关。

寄 魏 少 府

来时乖面一作伤远别，终日使人惭。易记卷中句，难忘灯下谈。湿苔黏树瘿，瀑布溅房庵。音信如相惠，移居古井南。

原居即事言怀赠孙员外

出入土门偏，秋深石色泉。径通原上草，地接水中莲。采菌依馀栿，拾薪逢刈田。镊挦白发断，兵阻尺书传。避路来华省，抄诗上彩笺。高斋久不到，犹喜未经年。

登 楼

秋日登高望，凉风吹海初。山川明已久，河汉没无馀。远近涯寥夐一作廓，高低中太虚。赋因王阁笔，思比谢游疏。

上乐使君救康成公 一作陈陶续古诗

曾梦诸侯笑，康囚议脱枷。千根池里藕，一朵火中花。

〔昆〕(毗)明池泛舟

一枝青竹榜,泛泛绿萍里。不见钓鱼人,渐入秋塘水。

送　僧

大内曾持论,天南化俗行。旧房山雪在,春草岳阳生。晓了莲经义,堪任宝盖迎。王侯皆护法,何寺讲钟鸣。

送刘知新往襄阳

此别诚堪恨,荆襄是旧游。眼光悬欲落,心绪乱难收。花木三层寺,烟波五一作伍相楼。因君两地去,长使梦悠悠。

寄慈恩寺郁上人

中秋期夕望,虚室省相容。北斗生清漏,南山出碧重。露寒鸠宿竹,鸿过月圆一作悬钟。此夜情应切,衡阳旧住峰。

全唐诗卷五七四

贾 岛

送饶州张使君

终南云雨连城阙,去路西江白浪头。滁上郡斋离昨日,鄱阳农事劝今秋。道心生向前朝寺,文思来因静夜楼。借问泊帆干谒者,谁人曾听峡猿愁。

观冬设上东川杨尚书

匏革奏冬非独乐,军城未晓启重门。何时却—作去入三台贵,此日空知八座尊。罗绮舞中—作时收雨点,貔貅闉外卷云根。逐迁属吏随宾列,拨—作去棹扁舟不忘恩。

巴兴作

三年未省闻鸿叫,九—作腊月何曾见草枯。寒暑气均思白社,星辰位正忆皇都。苏卿持节终还汉,葛相行师自渡泸。乡味朔山林果别,北归期挂海帆孤。

早 蝉

早蝉孤抱芳槐叶,噪向残阳意度秋。也任一声催我老,堪听—作怜

两耳畏吟休。得非下第无高韵,须是青山隐白头。若问此心嗟叹
否,天人不可怨而尤。

投 元 郎 中

心一作秋在潇湘归未期,卷中多是得名诗。高台聊望清秋色,片水
堪一作难留白鹭鸶。省宿有时闻急雨,朝回尽日伴禅师。旧文去岁
曾将献,蒙与人来说始知。

阮 籍 啸 台

如闻长啸春风里,荆棘丛边访旧踪。地接苏门山近远,荒台突兀抵
高峰。

滕校书使院小池 一本无上三字

小池谁见凿时初,走水南来十里馀。楼上日斜吹暮角,院中人出锁
游鱼。

送陕府王建一本无建字司马

司马虽然听晓钟,尚犹高枕恣疏慵。请诗一作持僧过三门水,卖药
人归五老峰。移舫绿阴一作萍深处息,登楼凉夜此时逢。杜陵惆怅
临相一作岐饯,未寝月前多屐一作履踪。

上 谷 旅 夜

世难那堪恨旅游,龙钟更是对穷秋。故园千里数行泪,邻杵一声终
夜愁。月到寒窗空皓晶,风翻落叶更飕飗。此心不向常人说,倚识
平津万户侯。

寄无得头陀

夏腊今应三十馀，不离树下冢间居。貌堪良匠抽毫写，行称高僧续传书。落涧水声来远远，当空月色自如如。白衣只在青门里，心每相亲迹且疏。

崔卿池上双白鹭

鹭雏相逐出深笼，顶各有丝茎数同。洒石多霜移足冷，隔城远树挂巢空。其如尽在滩声外，何似双飞浦色中。见此池潭—作塘卿自凿，清泠太液底潜通。

送　胡　道　士

短褐身披满渍—作野，—作翠。苔，灵溪深处观门开。却从城里移—作携琴去，许山中寄药来。临水—作洒雪古坛秋醮罢—作后，宿杉—作松幽—作啄查寒鸟夜—作暮飞回。丹梯愿逐真人上—作未游彼地空劳想，日夕归心白发催—作师往如云不可陪。

寄韩潮州愈

此心—作身曾与木兰舟，直到天南潮—作湖水头。隔岭篇章来华岳，出关书信过泷流。峰悬驿路残云断，海浸城根—作闉老树秋。一夕瘴烟风卷尽，月明初上浪西楼。

酬张籍王建

疏林荒宅古坡—作陂前，久住还因太守怜。渐老更思深处隐，多闲数得上方眠。鼠抛贫屋收田日，雁度寒江拟—作撇雪天。身是—作事龙钟应是分，水曹芸阁枉来篇。

逢博陵故人彭兵曹

曲阳分散会京华，见说三年住海涯。别后解餐蓬蘽子，向前未识牧丹花。偶逢日者教求禄，终傍泉声拟置家。蹋雪携琴—作衾相就宿，夜深开户斗牛—作月光斜。

赠牛—作刘山人

二十年中饵茯苓，致书—作身半是老君经。东都旧住商人宅，南国新修道士亭。凿石养峰休买蜜，坐山秤药不争星。古来隐者多能卜，欲就先生问丙丁。

送于中丞使回纥册立

君立天骄发使车，册文字字著金书。渐通—作过青冢乡山尽，欲达皇情译语初。调角寒城边色动，下霜秋碛雁行疏。旌旗来往几多日，应向途中见岁除。

送刘侍御重使江西

时当苦热远行人，石壁飞泉溅马身。又到钟陵知务大，还浮溢浦属秋新。早程猿叫云深极，宿馆禽惊叶动频。前者已闻廉使荐，兼言有画静边尘。

赠圆上人

诵经千纸得为僧，麈尾持行不拂蝇。古塔月高闻咒水，新坛日午见烧灯。一双童子浇红药，百八真珠贯彩绳。且说近来心里事，仇雠相对似亲朋。

处州李使君改任遂州因寄赠

庭树几株阴入户，主人何在客闻蝉。钥开原上高楼锁，瓶汲池东古井泉。趁静野禽—作因趁野僧曾后到，休吟邻叟始安眠。仙都山—作弱水谁能忆，西去风涛书满船。

酬慈恩寺文郁上人

袈裟影入禁—作镜池清，犹忆乡山近赤城。篱落蟋间寒蟹过，莓苔石上晚蛩行—作鸣。期登野阁闲应甚，阻宿山—作幽房疾未平。闻说又寻南岳去，无端诗思忽然生。

访鉴玄师侄

维摩青石讲初休，缘访亲宗到普州。我有军持凭弟子，岳阳溪里汲寒流。

夜　坐

蟋蟀渐多秋不浅，蟾蜍已没夜应深。三更两鬓几枝雪，一念双峰四祖心。

送　别

门外便伸千里别，无车不得到河梁。高楼直上百馀尺，今日为君南望长。

闻蝉感怀

新蝉忽发最高枝，不觉立听无限时。正遇友人来告别，一心—作声分作两般悲。

夏夜上谷宿开元寺

诗成一夜月中题,便卧松风到曙鸡。带月时闻山鸟语,郡城知近武陵溪。

送于总持归京

出家初隶何方寺,上国西明御水东。却见旧房阶下树,别来二十一春风。

崔卿池上鹤

月中时叫叶纷纷,不异洞庭霜夜闻。翎羽如今从放长一作从今如罢剪,犹能飞起向一作上孤云。

登田中丞高亭

高亭林表迥嵯峨,独坐秋宵不寝一作寐多。玉兔一作貌玉人歌里出,白云难似一作虽白莫相和。

友人婚杨氏催妆

不知今夕是何夕,催促阳台近镜台。谁道芙蓉水中种,青铜镜里一枝开。

酬朱侍御望月见寄

他寝一作今夜此时吾不寝,近秋三五日一作月逢晴一作晴时。相思唯有霜台月,望尽孤光见却生一作迟。

题韦云叟草堂

新起此一作北堂开北窗，当窗山隔一重江。白茅草苫一作苦盖重重密，爱此一作杀秋天夜雨淙。

和韩吏部泛南溪

溪里晚从池岸出，石泉秋急夜深闻。木兰船共山人上，月映渡头零落云。

方　镜

背如刀截机头锦，面似升量涧底泉。铜雀台南秋日后一作得，照来照去已三年。

酬　姚　合

黍穗豆苗侵古道，晴原午后早秋时。故人相忆僧一作曾来说，杨柳无风蝉满枝。

送灵应上人

遍参尊宿游方久，名岳奇峰问此公。五月半间看瀑布，青城山里白云中。

赠　丘　先　生

常言吃药全胜饭，华岳松边采茯神。不遣髭须一茎白，拟为白日上升人。

渡桑干

客舍并州已十霜,归心日夜忆咸阳。无端更渡桑干水,却望并州是故乡。

夜期啸客吕逸人不至

一作期吕逸人不至,一作夜期啸客不至。

逸人期宿石床中,遣我开扉对晚空。不知何处啸秋月,闲著一作闲,一作却。松门一夜风。

夜集乌行中所居

环炉促席复持杯,松院双扉向月开。座上同声半先达,名山独入此心来。

赠梁浦秀才斑竹拄杖

拣得林中最细枝,结根石上长身迟。莫嫌滴沥红斑少,恰似一作是湘妃泪尽时。

寻石瓮寺上方

野寺入时春雪后,崎岖得到此房前。老僧不出迎朝客,已住上方三十年。

早秋寄题天竺灵隐寺

峰前峰后寺新秋,绝顶高窗见沃洲。人在定中闻蟋蟀,鹤从一作曾栖处挂猕猴。山钟夜渡空江水,汀月寒生古石楼。心忆悬一作挂帆身未遂,谢公此地昔年游。

黎阳寄姚合

魏都城里曾游—作游从熟，才子斋中止泊多。去日绿杨垂紫陌，归时白草夹—作映黄河。新诗不觉千回咏，古镜曾—作重经几度—作番磨。惆怅心思滑台北，满杯浓酒与愁和。

送崔约秀才

归宁仿佛三千里，月向船窗见几宵。野鼠独偷高树果，前山渐见短禾苗。更深栅锁淮波疾，苇动风生雨气遥。重入石头城下寺，南朝杉老未干燋。

咏　怀

纵把书看未省勤，一生生计只长贫。可能在世无成事，不觉离家作老人。中岳深林秋独往，南原多草夜无邻。经年抱疾谁来问，野鸟相过啄木频。

夏日寄高洗马

三十年来长在客，两三行泪忽然垂。白衣苍鬓经过懒，赤日朱门偃息迟。花发应耽新熟酒，草颠还写早朝诗。不缘马死西州去，画角堪听是晓吹。

送周判官元范赴越

原下相逢便别离，蝉鸣关路使回时。过淮渐有悬帆兴，到越应将坠叶期。城上秋山生菊早，驿西寒渡落潮迟。已曾几遍随旌旆，去谒荒郊—作凉大禹祠。

送罗少府归牛渚

作尉长安始三日一作三月罢，忽思牛渚梦天台。楚山远色独归去，瀺
水空流相送回。霜覆鹤身松子落，月分萤影石房开。白云多处应
频到，寒涧泠泠漱一作濺古苔。

题童真上人

江上修持积岁年，滩声未拟住潺湲。誓从五十身披衲，便向三千界
坐禅。月峡青城那有滞，天台庐岳岂无缘。昨宵忽梦游沧海，万里
波涛在目前。

赠温观主

一别罗浮竟未还，观深廊古院多关。君来几日行虚洞，仙去空坛在
远山。胎息存思当黑处，井华悬绠取朝间。弊庐道室虽邻近，自乐
冬阳炙背闲。

贺庞少尹除太常少卿

太白山前终日见，十旬假满拟秋寻。中峰绝顶非无路，北阙除书阻
一作又入林。朝谒此时闲野屐，宿斋何处止一作正鸣砧。省中石镫
陪随步，唯赏烟霞不厌深。

上邠宁邢司徒

箭头破帖一作栝浑一作全无敌，杖底敲球远有声。马走千蹄朝万乘，
地分三郡拥双旌。春风欲尽山花发，晓角初吹客梦惊。不是邢公
来镇此，长安西北未能行。

欲游嵩岳留别李少尹益 一本无益字

孤策迟回洛水湄,孤禽嘹唳一作晓幸人知。嵩岳望中常待我,河梁
欲上未题诗。新秋爱月愁多雨,古观逢一作寻仙看尽棋。微眇此来
将敢问,凤凰何日定一作始归池。

病 鹘 吟

俊鸟还投高处栖,腾身戛戛下云梯。有时透雾凌空去,无事随风入
草迷。迅疾月边捎玉兔,迟回日里拂金鸡。不缘毛羽遭零落,焉肯
雄心向尔低。

赠 僧

从来多一作只是游山水,省泊禅舟月下涛。初过石桥年尚少,久辞
天柱腊应高。青松带雪悬铜锡,白发如霜落铁刀。常恐画工一作师
援笔写,身长七尺有眉毫。

赠 一本有某字翰林

清重无一作可过知内制,从前礼绝外庭人。看花在处多随驾,召宴
无时不及一作觐身。马自赐来骑觉稳,诗缘见彻语长一作当新。应
怜独向名场苦,曾十馀年浪过一作度春。

颂德上贾常侍

边臣说使朝天子,发语轰然激夏雷。高节羽书期独传,分符绛郡滞
长材。啁啾鸟恐鹰鹯起,流散人归父母来。自顾此身无所立,恭谈
祖德朵颐开。

田将军书院

满庭花木半新栽，石自平湖远岸来。笋迸邻家还长竹，地经山雨几层苔。井当深夜泉微上，阁入高秋户尽开。行背曲江谁到此，琴书锁著未朝回。

投庞少尹

闭户息机搔白首，中庭一树有清阴。年年不改风尘趣，日日转多泉石心。病起望山台上立，觉来听雨烛前吟。庞公相识元和岁，眷分依依直至今。

夏夜登南楼

水岸寒一作闲楼带月跻，夏林初见岳阳溪。一点新萤报秋信，不知何处一作树是菩提。

题青龙寺

碣石山人一轴诗，终南山北数人知。拟看青龙寺里月，待无一点夜云时。

赠李文通

营当万胜冈头下，誓立千年不朽功。天子手擎新钺斧，谏官请赠李文通。

题虢州三堂赠吴郎中　一作题虢州吴郎中三堂

无穷草树昔谁栽，新起临湖白石台。半岸泥沙孤鹤立，三堂风雨四门开。荷翻团一作圆露惊秋近，柳转斜阳过水来。昨夜北楼堪朗咏,虢城初锁月裴回。

送　僧

池上时时松雪落,焚香烟起见孤灯。静夜忆谁来对坐,曲江南岸寺中僧。

三月晦日赠刘评事

三月正一作更当三十日,风一作春光别我苦吟身。共君今夜不须睡一作寝,未到晓钟犹一作五更还是春。

送　张　道　者

新岁抱琴何处去,洛阳三十六峰西。生来未识山人面,不得一听鸟夜啼。

题鱼尊师院

老子堂前花万树,先生曾见几回春。夜煎白石平明吃,不拟教人哭此身。

宿村家亭子 一作宿杜司空东亭,一作题杜司户亭子。

床头枕是溪中石,井底泉通竹下池。宿客未眠过夜半一作当半夜,独闻山雨到来时。

送　称　上　人

归蜀拟从巫峡过,何时得入旧房禅。寺中来后谁身化,起塔栽松向野田。

杨秘书新居

城角新居邻静寺,时从新阁上经楼。南山泉入宫中去,先向诗人门外流。

听乐山人弹易水

朱丝弦底燕泉急,燕将云孙白日弹。嬴氏归山陵已掘,声声犹带发冲冠。

经 苏 秦 墓

沙埋古篆折碑文,六国兴亡事系一作计君。今日凄凉无处说,乱山秋尽有寒云。

题 戴 胜

星点花冠道士衣,紫阳宫女化身飞。能传上界春消息,若到蓬山莫放归。

题 隐 者 居

虽有柴门常不关,片云孤木伴身闲。犹嫌住久人知处,见拟移家更上山。

哭 孟 东 野

兰无香气鹤无声,哭尽秋天月不明。自从东野先生死,侧近云山得散行。

过京索先生坟

京索先生三尺坟，秋风漠漠吐寒云。从来有恨君多哭，今日何人更哭君。

客　思

促织声尖尖似针，更深刺著旅人心。独言独语月明里，惊觉眠童与宿禽。

盐池院观鹿

条峰五老势相连，此鹿来从若个边。别有野麋人不见，一生长饮白云泉。

黄鹄下太液池

高飞空外鹄，下向禁中池。岸印行踪浅，波摇立影危。来从千里岛，舞拂万年枝。踉跄孤风起，裴回水沫移。幽音清露滴，野性白云随。太液无弹射，灵禽翅不垂。

代旧将

旧事说如梦，谁当信老夫。战场几处在，部曲一人无。落日收病一作疲马，晴天晒阵图。犹希圣朝用，自镊白髭须。

老　将

胆壮乱须白，金疮蠹百骸。旌旗犹入梦，歌舞不开怀。燕雀来鹰架，尘埃满箭靫。自夸勋业重，开府是官阶。

春　行

去去行人远，尘随马不穷。旅情斜日后，春色早烟中。流水穿空馆，闲花发故宫。旧乡千里思，池上绿杨风。

题郑常侍厅前竹

绿竹临诗酒，婵娟思不穷。乱枝低积雪，繁叶亚寒风。萧飒疑泉过，萦回有径通。侵庭根出土，隔壁笋成丛。疏影纱窗外，清音宝瑟中。卷帘终日看，欹枕几秋同。万顷歌王子，千竿伴阮公。露光怜片片，雨润爱濛濛。嶰谷蛮湖北，湘川濡水东。何如轩槛侧，苍翠袅长空。

早　行

早起赴前程，邻鸡尚未鸣。主人灯下别，羸马暗中行。蹋石新霜滑，穿林宿鸟惊。远山钟动后，曙色渐分明。

送人南归

分手向天涯，迢迢泛海波。虽然南地远，见说北人多。山暖花常发，秋深雁不过。炎方饶胜事，此去莫蹉跎。

送人南游

此别天涯远，孤舟泛海中。夜行常认火，帆去每因风。蛮国人多富，炎方语不同。雁飞难度岭，书信若为通。

送道者

独向山中见，今朝又别离。一心无挂住，万里独何之。到处绝烟火,逢人话古时。此行无弟子,白犬自相随。

风　蝉

风蝉旦夕鸣,伴叶送新声。故里客归尽,水边身独行。噪轩高树
合,惊枕暮山横。听处无人见,尘埃满甑生。

清明日园林寄友人

今日清明节,园林胜事偏。晴风吹柳絮,新火起厨烟。杜草开三
径,文章忆二贤。几时能命驾,对酒落花前。

上杜驸马

玉山突兀压乾坤,出得朱门入戟门。妻是九重天子女,身为一品令
公孙。鸳鸯殿里参皇后,龙凤堂前贺至尊。今日澧阳非久驻,仁为
霖雨拜新恩。

莲峰歌

锦砾潺湲玉溪水,晓来微雨藤花紫。冉冉山鸡红尾长,一声樵斧惊
飞起。松刺梳空石差一作室齿,烟香一作空风软人参蕊。阳崖一梦
伴云根,仙菌灵芝梦魂里。

壮士吟

壮士不曾悲,悲一作去即无回期。如何易水上,未歌先泪垂。

题兴化园亭

破却千家作一池,不栽桃李种蔷薇。蔷薇花落秋风起,荆棘满庭君
始知。

竹

篱外清阴接药栏,晓风交戛碧琅玕。子猷没后知音少,粉节霜筠漫岁寒。

李　斯　井

井存上蔡南门外,置此井时来相秦。断绠数寻垂古甃,取将寒水是何人。

题诗后 岛吟成独行潭底影,数息树边身二句下,注此一绝。

二句三年得,一吟双泪流。知音如不赏,归卧故山秋。

送友人之南陵

莫叹徒劳向宦途,不群气岸有谁如。南陵暂掌仇香印,北阙终行贾谊书。好趁江山寻胜境,莫辞韦杜别幽居。少年跃马同心使,免得诗中道跨驴。

寻人不遇 一作寄人

闻说到扬州,吹箫有旧游。人来多不见,莫是上迷楼。

寻隐者不遇 一作孙革访羊尊师诗

松下问童子,言师采药去。只在此山中,云深不知处。

行　次　汉　上

习家池沼草萋萋,岚树光中信马蹄。汉主庙前湘水碧,一声风角夕阳低。

马 嵬

长川几处树青青,孤驿危楼对翠屏。一自上皇惆怅后,至今来往马蹄腥。

冬 夜 送 人

平明走马上村桥,花落梅溪雪未消。日短天寒愁送客,楚山无限路迢迢。

句

晴风吹柳絮,新火起厨烟。 见《事文类聚》

长江风送客,孤馆雨留人。 见《杨升庵集》

古岸崩将尽,平沙长未休。 见《吟窗杂录》

不如牛与羊,犹得日暮归。 见《纪事》

全唐诗卷五七五

温庭筠

　　温庭筠,本名岐,字飞卿,太原人,宰相彦博裔孙。少敏悟,才思艳丽,韵格清拔,工为词章小赋,与李商隐皆有名,称温李。然行无检幅,数举进士不第。思神速,每入试,押官韵作赋,凡八叉手而成,时号温八叉。徐商镇襄阳,署为巡官,不得志去,归江东。后商知政事,颇右之,欲白用。会商罢相,杨收疾之,贬方城尉,再迁隋县尉卒。集二十八卷,今编诗为九卷。

鸡鸣埭曲

南朝天子射雉时,银河耿耿星参差。铜壶漏断梦初觉,宝马尘高人未知。鱼跃莲东荡宫沼,濛濛御柳悬栖鸟。红妆万户镜中春,碧树一声天下晓。盘踞势穷三百年,朱方杀气成愁烟。彗星拂地浪连海,战鼓渡江尘涨天。绣龙画雉填宫井,野火风驱烧九鼎。殿巢江燕砌生蒿,十二金人霜炯炯。芊绵平绿台城基,暖色春容一作空荒古陌。宁知玉树后庭曲,留待野棠如雪枝。

织锦词

丁东一作冬细漏侵琼一作瑶瑟,影转高梧月初出。簇簇金梭万缕红,

鸳鸯艳锦初成匹。锦中百结皆同心，蕊乱云盘相间深。此意欲传
传不得，玫瑰作柱朱弦琴。为君裁破合欢被，星斗迢迢—作寥寥共
千里。象尺—作齿熏炉未觉秋，碧池已—作中有新莲子。

夜宴谣

长钗坠发双蜻蜓，碧尽山斜开画屏。虬须—作髯公子五侯客，一饮
千钟如建瓴。鸾咽姹耻下、竹亚二切，一作妖。唱圆无节，眉敛湘烟袖回
雪。清夜恩情四座同，莫令沟水东西别。亭亭蜡泪香珠残—作溅，
暗露晓—作小风罗幕寒。飘飖—作飘戟带俨相次，二十四枝龙画竿。
裂管萦弦共繁曲，芳樽细浪倾春醑。高楼客散杏花多，脉脉新蟾如
瞪目。

莲浦谣

鸣桡轧轧溪溶溶，废绿平烟吴苑东。水清莲媚两相向，镜里见愁愁
更红。白马金鞭—作鞁大堤上，西江日夕多风浪。荷心有露似骊
珠，不是真圆亦摇荡。

郭处士击瓯歌

佶栗金虬石潭古，勺陂潋—作滄潋幽修语。湘君宝马上神云，碎佩
丛铃满烟雨。吾闻三十六宫花离离，软风吹春星斗稀。玉晨冷磬
破昏梦，天—作木露未干香著衣。兰钗委坠垂云发，小响丁当逐回
雪。晴碧烟滋重叠山，罗屏半掩桃花月。太平天子驻云车，龙炉勃
郁双蟠拏。宫中近臣抱扇立，侍女低鬟落翠花。乱珠触续正跳荡，
倾头不觉金乌斜。我亦为君长叹息，缄情远寄愁无色。莫沾香梦
绿杨丝，千里春风正无力。

遏 水 谣

天兵九月渡遏水,马踏沙鸣惊雁—作雁声起。杀气空高万里情,塞
寒如箭伤—作双眸子。狼烟堡上霜漫漫,枯叶号—作飘风天地干。
犀带鼠裘无暖色,清光炯冷黄金鞍。虏尘如雾昏—作罩亭障,陇首
年年汉飞将。麟阁无名期未归,楼中思妇徒相望。

晓 仙 谣

玉妃唤月归海宫,月色澹白涵春空。银河欲转星靥靥,碧—作雪浪
叠山埋早红。宫花有露如新泪,小苑丛丛—作茸茸入寒翠。绮阁空
传唱漏声,网轩未辨凌云字。遥遥珠帐连湘烟,鹤扇—作羽如霜金
骨仙。碧箫曲尽彩霞动,下视九州皆悄然。秦王女骑红尾凤,半—
作乘空回首晨鸡弄。雾—作露盖狂尘亿兆—作万家,世人犹作牵情
梦。

锦 城 曲

蜀山攒黛留晴雪,簝笋蕨芽萦九折。江风吹巧剪霞绡,花上千枝杜
鹃血。杜鹃飞入岩下丛,夜叫思归山月中。巴水漾情情不尽,文君
织得春机红。怨魄未归芳草死,江头学种相思子。树成寄与望乡
人,白帝荒城—作城荒五千里。

生禖屏风歌

玉壖暗接昆仑井,井上无人金索冷。画壁阴森九子堂,阶前细—作
碎月铺花影。绣屏银鸭香蓊濛,天上梦归花绕丛。宜男漫作后庭
草,不似樱桃千子红。

嘲 春 风

春风何处好,别殿饶芳草。苒裛转鸾旗,萎蕤吹雉葆。扬芳历九门,澹荡入兰荪。争奈白团扇,时时偷主恩。

舞 衣 曲

藕肠纤缕抽轻春,烟机漠漠娇娥一作蛾颦。金梭淅沥透空薄,剪落交刀一作鲛绡吹断云。张家公子夜闻雨,夜向兰堂思楚舞。蝉衫麟带压愁香,偷得莺簧一作黄莺锁一作销金缕。管含兰气娇语悲,胡槽雪腕鸳鸯丝。芙蓉力弱应难定,杨柳风多不自持。回鸾笑语西窗客,星斗寥寥波脉脉。不逐秦王卷象床,满楼明月梨花白。

张静婉采莲歌 并序

　　静婉,羊侃妓也,其容绝世。侃自为采莲二曲,今乐府所存,失其故意,因歌以俟采诗者。事具载《梁史》。

兰膏坠发红玉春,燕钗拖颈抛盘云。城边一作西杨柳向娇一作桥晚,门前沟水波粼粼。麒麟公子朝天客,珂一作珮马跄跄一作堂堂,一作当当。度春陌。掌中无力舞衣轻,剪断鲛绡一作鲻破春碧。抱月飘烟一尺腰,麝脐龙髓一作脑怜娇娆一作饶。秋罗拂水一作衣碎光动,露重花多香不销。鸂鶒交交一作胶胶塘水满,绿芒一作萍如一作金粟莲茎短。一夜西风送雨来,粉痕零落愁红浅。船头折藕丝暗牵,藕根莲子相留连。郎心似月月未一作易缺,十五十六清光圆。

湘 宫 人 歌

池塘芳草湿,夜半东风起。生绿画罗屏,金壶贮春水。黄粉楚宫人,芳花一作方飞玉刻鳞。娟娟照棋一作台烛,不语两含颦。

黄昙子歌

参差绿蒲短,摇艳云一作春塘满。红潋荡融融,莺翁灟鹕暖。萋芊小成一作城路,马上修蛾懒。罗衫袅回一作向风,点粉金鹂卵。

屠篲歌 李相妓人吹

蜡烟如纛新蟾满,门外平沙一作沙平草芽短。黑头丞相九天归,夜听飞琼吹朔管。情远气调兰蕙薰,天香瑞彩含缊缊。皓然纤指都揭血,日暖碧霄无片云。含商咀徵双幽咽,软縠疏罗共萧屑。不尽长圆叠翠一作彩愁,柳风吹破澄潭月。鸣梭淅沥金丝蕊,恨语殷勤陇头水。汉将营前万里沙,更深一一霜鸿起。十二楼前花正繁,交枝簇蒂连壁门。景阳宫女正愁绝,莫使此声催断魂。

照影曲

景阳妆罢琼窗暖,欲照澄明香步懒。桥上衣多抱彩云,金鳞一作鲜不动春塘满。黄印额山轻为尘,翠鳞一作鲜红稚俱含颦。桃花百媚如欲语,曾为一作谓无双今两身。

拂舞词 一作公无渡河

黄河怒浪连天来,大响谼谼一作肱肱如殷雷。龙伯驱风不敢上,百川喷雪高崔嵬。二十三一作五弦何太哀,请公勿一作莫渡立徘徊。下有狂蛟锯为尾,裂帆截棹磨霜齿。神椎凿石塞神潭,白马趁趣赤尘起。公乎跃马扬玉鞭,灭没高蹄日千里。

太液池歌

腥鲜龙气连清防,花风漾漾吹细光。叠澜不定照天井,倒影荡摇一

作漾晴翠长。平碧浅春生绿塘，云容雨态连青一作春苍。夜深银汉
通柏梁，二十八宿朝玉堂。

雉场歌

荚叶萋萋接烟曙一作树，鸡鸣埭上梨花露。彩仗锵锵已合围，绣翎
白颈遥相妒。雕尾扇张金缕高，碎铃素拂骊驹豪。绿场红迹未一作
来相接，箭发铜一作狼牙伤彩毛。麦陇桑阴小山晚，六虬归去凝笳
远。城头却望几含情，青一作春亩春一作青芜连石一作古苑。

雍 台 歌

太子池南楼百尺，入一作八窗新树疏帘隔。黄金铺首画钩陈，羽葆
停幢一作亭童拂交戟。盘纡阑楯临高台，帐殿一作殿帐临流鸾扇开。
早雁惊一作声鸣细波起，映花卤簿龙飞回。

吴 苑 行

锦雉双飞梅结子，平春远绿窗中起。吴江澹画水连空，三尺屏风隔
千里。小苑有门红一作门扇开，天丝舞蝶共一作俱徘徊。绮户雕楹
长若此，韶光岁岁如归来。

常 林 欢 歌

宜城酒熟花覆桥，沙晴绿鸭鸣咬咬一作交交。秾桑绕舍麦如尾，幽
轧鸣机双燕巢。马声特特荆门道，蛮水扬光色如草。锦荐金炉梦
正长，东家呷一作呃喔鸡鸣早。

塞 寒 行

燕弓弦劲霜封瓦，朴簌寒雕睇平野。一点黄尘起雁喧，白龙堆下千

蹄马。河源怒浊一作触，一作激。风如刀，剪断朔云天更高。晚出榆关一作林逐征北，惊沙飞进冲貂一作征袍。心许凌烟名不灭，年年锦字伤离别。彩毫一画竟何荣，空一作长使青楼泪一作泣成血。

湖阴词 并序

　　王敦举兵至湖阴，明帝微行，视其营伍，由是乐府有湖阴曲而亡其辞，因作而附之。

祖龙黄须珊瑚鞭，铁骢金面青连钱。虎髯一作须拔剑欲成梦，日压贼营如血鲜。海旗风急惊眠起，甲重光摇照湖水。苍黄追骑尘外归，森索妖星阵前死。五陵愁碧春萋萋，霸川玉马空中嘶。羽书如电入青琐，雪腕如槌催画鞞。白虬天子金煌一作锽铗，高临帝座回龙章。吴波不动楚山晚，花压阑干春昼长。

蒋 侯 神 歌

楚神铁马金鸣珂，夜动蛟潭生素波。商风刮水报西帝，庙前古树蟠白蛇。吴王赤斧斫一作砍云阵，画堂列壁丛一作戟排霜刃。巫娥传意托悲丝，铎语琅琅理双鬟。湘烟刷翠湘山斜，东方日出飞神鸦。青云自有黑龙子，潘妃莫结丁香花。

汉皇迎春词

春草芊芊晴扫一作拂烟，宫城大锦红殷於闲反鲜。海日初一作如融照仙掌，淮王小队一作坠缨铃响。猎猎东风焰赤一作展焰旗，画神金甲葱茏网。钜公步辇迎句芒，复道扫一作拂尘燕一作鸾彗长。豹尾竿前赵飞燕，柳风吹尽眉间黄。碧草含情杏花喜，上林莺啭游丝起。宝马摇环万骑归，恩光暗入帝枕里。

全唐诗卷五七六

温庭筠

兰 塘 词

塘水汪汪凫喋喋，忆上江南木兰楫。绣颈一作领金须荡倒光，团团皱绿鸡头叶。露凝荷卷珠净圆，紫菱刺短浮根缠一作绵，一作鲜。小姑归晚红妆浅，镜里芙蓉照水鲜。东沟潏潏一作缡缡劳回首，欲寄一杯琼液酒。知道无郎却有情，长教月照相思柳。

晚 归 曲

格格水禽飞带波，孤光斜起夕阳多。湖西山浅似相笑，菱刺惹衣攒黛蛾。青丝系船一作舟向江木一作水，兰芽出土吴江曲。水极晴摇泛滟红，草平春染烟绵绿。玉鞭骑马杨叛一作白玉儿，刻金作凤光参差。丁丁暖漏滴花影，催入景阳人不知。弯堤弱柳遥相瞩，雀扇团一作圆圆掩香玉。莲塘艇子归不归一作得，柳暗桑秾闻布谷。

故 城 曲

漠漠沙堤烟，堤西雉子斑。雉声何角角音谷，麦秀桑阴闲。游丝荡平绿，明灭时相续。白马金络头，东风故城曲。故城殷贵嫔，曾占未来一作央春。自从香骨化，飞作马蹄尘。

昆明池_{一作治}水战词

汪汪积水光连_{一作连}碧空，重叠细纹晴漾_{一作漱，一作交漱}。红。赤帝
龙孙鳞甲怒，临流一盼_{一作时}生阴风。鼍鼓三声报天子，雕旌_{一作旗}
兽舰凌波起。雷吼涛惊白石_{一作若山}，石鲸眼裂蟠蛟死。溟_{一作滇}
池海浦俱_{一作浪}相喧豗，青帜白旌_{一作青翰画鹢}相次来。箭羽枪缨三
百万，踏翻西海生尘埃。茂陵仙去菱花老，唼唼游鱼近烟岛。渺莽
残阳钓艇归，绿头江鸭眠沙草。

谢 公 墅 歌

朱雀航南绕香陌，谢郎东墅连春碧。鸩眠高柳日方融，绮榭飘飖紫
庭客。文楸方罫花参差，心阵未成星满池。四座无喧梧竹静，金蝉
玉柄俱持_{一作支颐}。对局含情_{一作颦}见千里，都城已得长蛇尾。江
南王气系疏襟，未许苻坚过淮水。

罩 鱼 歌　_{杂言}

朝罩罩城南_{一作东}，暮罩罩城西。两桨鸣幽幽，莲子相高低。持罩
入深水，金鳞大如手。鱼尾进圆波，千珠落湘藕。风飗飗，雨离离，
菱尖菱刺_{一作菱菱刺三字句}鸂鶒飞。水连网眼白如影，淅沥篷声寒点
微。楚岸有花花盖屋，金塘柳色前溪曲。悠溶_{一作悠杳}若去无穷，
五色澄潭鸭头绿。

春 洲 曲

韶光染色如蛾翠，绿湿红鲜水容媚。苏小慵多兰渚闲，融融浦日鸂
鶒寐。紫骝蹀躞金衔嘶，岸上扬鞭烟草迷。门外平桥连柳堤，归来
晚树黄莺啼。

台城晓朝曲

司马门前火一作柳千炬，阑干星一作北斗天将曙。朱网氄鬃一作骖丞相车，晓随叠鼓朝天去。博山镜树香茟茸，袅袅浮航金画龙。大江敛势避辰极，两一作双阙深严烟翠浓。

走马楼三更曲

春姿暖气昏神沼，李树拳枝紫芽小。玉皇夜入未央宫，长火千条照栖鸟。马过平桥通画堂，虎幡一作蟠龙戟风飘一作悠扬。帘间一作前清唱报寒点，丙舍无人遗烬香。

达摩一作磨支曲 杂言

捣麝成尘香不灭，拗莲作寸丝难绝。红泪文姬洛水春，白头苏武天山雪。君不见无愁高纬花漫漫，漳浦宴馀清露寒。一旦臣僚共囚虏，欲吹羌管先汍澜。旧臣头鬓霜华一作雪早，可惜雄心醉中老。万古春归梦不归，邺城风雨连天草。

阳 春 曲

云母空窗晓烟薄，香昏龙气凝晖阁。霏霏雾雨杏花天，帘外春威一作寒著罗幕。曲阑伏槛金麒麟，沙苑芳郊连翠茵。厩马何能啮芳草，路人不敢随流尘。

湘 东 宴 曲

湘东夜宴金貂人，楚女含情娇翠颦。玉管将吹插钿带，锦囊斜拂双麒麟。重城漏断孤帆去，唯恐琼签报天曙。万户沉沉碧树圆，云飞雨散知何处。欲上香车俱脉脉，清歌响断银屏隔。堤外红尘蜡一作蜜炬归, 楼前澹月连江白。

东 郊 行

斗鸡台下东西道, 柳覆班骓蝶紫草。块霭韶容锁澹愁, 青筐叶尽
蚕应一作春蚕老。绿渚幽香生一作注白蘋, 差差小浪吹鱼鳞。王孙骑
马有归意一作思, 林彩着空一作空中如细尘。安得人一作一生各相守,
烧船破栈休驰一作狂走。世上方一作多应无别离, 路傍更长千株柳。

水 仙 谣

水客夜骑红鲤鱼, 赤鸾双鹤蓬瀛书。轻尘不起雨新霁, 万里孤光含
碧虚。露魄一作冕冠轻见云髮, 寒丝七炷一作柱香泉咽。夜深天碧
乱山姿, 光碎平一作玉波满船月。

东 峰 歌

锦砾潺湲玉溪水, 晓来微雨藤一作蕉花紫。冉冉山鸡红尾长, 一声
樵斧惊飞起。松刺梳一作流空石差齿, 烟香风软人参蕊。阳崖一梦
伴云根, 仙菌灵芝梦魂里。

会昌丙寅丰岁歌 杂言

丙寅岁, 休牛马, 风如吹烟, 日如渥赭。九重天子调天下, 春绿将年
到西野。西野翁, 生儿童, 门前好树青芊茸。芊茸单衣麦田路, 村
南娶妇桃花红。新姑车右一作石及门柱, 粉项一作颈韩凭双扇中。
喜气自能成岁丰, 农祥尔物一作勿来争功。

碌 碌 古 词

左亦不碌碌, 右亦不碌碌。野草自一作著, 一作白。根肥, 赢牛生健

犊。融蜡作杏蒂，男儿不恋家。春风破红意，女颊如桃花。忠言未
一作不见信，巧语翻咨嗟。一鞘无一作没两刃一作刀，徒劳油壁车。

春野行 杂言

草浅浅，春如剪。花压李娘愁，饥蚕欲成茧。东城年少一作少年气
堂堂，金丸惊起双鸳鸯。含羞更问卫公子，月到枕前一作边春梦长。

醉·歌

檐柳初黄燕新一作初乳，晓碧芊绵过微雨。树色深含台榭情，莺声
巧作烟花主。锦袍公子陈杯觞，拨醅百瓮春酒香。入门下马问谁
在，降阶握手登华堂。临邛美人连山眉，低抱琵琶含怨思。朔风绕
指我先笑，明月入怀君自知。劝君莫惜金一作芳樽酒，年少须臾如
覆手。辛勤到老慕箪瓢，于我悠悠竟何有。洛阳卢仝一作生称文
房，妻子脚秃春黄粮。阿鬐光颜不识字，指麾豪俊如驱羊。天犀压
断朱鼹一作鼷鼠，瑞锦惊飞金凤凰。其馀岂足沾牙齿，欲用何能报
天子。驽马垂头抢暝尘，骅骝一日行千里。但有沉冥醉客家，支颐
瞪目持流霞。唯恐南国风雨落一作作，碧芜狼藉棠梨花。

江 南 曲

妾家白蘋浦，日上芙蓉楫。轧轧摇桨声，移舟入菱叶。溪长菱叶
深，作底难相寻。避郎郎不见，鹚鸪自浮沉。拾萍萍无根，采莲莲
有子。不作浮萍生，宁为一作藕花死。岸傍骑马郎，乌帽紫游缰。
含愁复含笑，回首问横塘。妾住金陵浦一作步，门前朱雀航。流苏
持作帐，芙蓉持作梁。出入金犊幰，兄弟侍中郎。前年学歌舞，定
得郎相许。连娟眉绕山，依约腰如杵一作柳。风管悲若咽，鸾弦娇
欲语。扇薄露红铅，罗轻压金缕。明月西南楼，珠帘玳瑁钩。横波

巧能一作相笑,弯蛾不识愁。花开子留树,草长根依土。早一作上闻
金沟远,底事归郎许。不学杨白花一作杨花白,一作闺中妇,朝朝泪如
雨。

堂堂一作钱唐曲

钱唐岸上春如织,淼淼寒潮带晴色。淮南游客马连一作频嘶,碧草
迷人归不得。风飘客意一作思如吹烟,纤指殷勤伤雁弦。一曲堂堂
红烛筵,长一作金鲸泻酒如飞泉。

惜 春 词

百舌问花花不语,低回似恨横塘雨。蜂争粉蕊蝶分香,不似垂杨惜
金缕。愿君一作言留得长妖韶,莫逐东风还荡摇。秦女含颦向烟
月,愁红带露空迢迢一作寥寥。

春 愁 曲

红丝穿露珠帘冷,百尺哑哑下纤绠。远翠愁山入卧屏,两重云母空
烘影。凉簪坠发春眠重,玉兔煜香一作氤氲柳如梦。锦叠空床委堕
一作坠红,飔飔扫尾双金凤。蜂喧蝶驻俱一作戏悠扬,柳拂赤栏纤草
长。觉后梨花委平绿,春风和雨吹池塘。

苏 小 小 歌

买莲莫破券,买酒莫解金。酒里春容抱离恨,水中莲子怀芳心。吴
宫女儿腰似束,家在一作住钱唐小江曲。一自檀郎逐便风,门前春
水年年绿。

春江花月夜词

玉树歌阑海云黑，花庭忽作青芜国。秦淮有水水无情，还向金陵漾春色。杨家二世安九重，不御华芝嫌六龙。百幅锦帆风力满，连天展尽金芙蓉。珠翠丁星复明灭，龙头劈浪哀箾发。千里涵空澄—作照水魂，万枝破鼻飘—作团香雪。漏转霞高沧海西，颇黎—作玻璃枕上闻天鸡。蛮弦代写—作雁曲如语，一醉昏昏天下迷。四方倾—作颓动烟—作风尘起，犹在浓香—作团梦魂里。后主荒宫有晓莺，飞来只隔西江水。

懊　恼　曲

藕丝作线难胜针，蕊粉染黄那得深。玉白兰芳不相顾，青—作红，一作倡。楼一笑轻千金。莫言自古皆如此，健剑刜钟铅绕指。三秋庭绿尽迎霜，惟有荷花守红死。庐—作西江小吏朱斑轮，柳缕吐芽香玉春—作新。两股金钗已相许，不令独作空成—作城尘。悠悠楚水流如马，恨紫愁红满平野。野土千年怨不平，至今烧作鸳鸯瓦。

三　洲　词

团圆—作圆莫作波中月，洁白莫—作无为枝上雪。月随波动碎潾潾，雪似梅花不堪折。李娘十六青丝发，画带双花为君结。门前有路轻—作生别离，唯—作只恐归来旧香灭。

全唐诗卷五七七

温庭筠

春晓曲 一作齐梁体

家临长信往来道,乳燕双双拂一作掠烟草一作旱。油壁车轻金犊肥,
流苏帐晓春鸡早。笼中娇鸟暖犹睡,帘外落花闲不扫。衰桃一树
近前池,似惜红颜镜中老。

猎 骑 辞

早辞平辰殿,夕奉湘南宴。香兔抱微烟,重鳞叠轻扇。蚕一作仆饥
使君马,雁避将军箭。宝柱惜离弦,流黄悲赤县。理钗低舞鬓,换
袖回歌面。晚柳未如丝,春花已如霰。所嗟故里曲,不及青楼宴一
作燕。

西州词 吴声

悠悠复悠悠,昨日下西州。西州风色好,遥见武昌楼。武昌何郁
郁,侬家定无匹。小妇被流黄,登楼抚瑶瑟。朱弦繁复轻,素手直
凄清。一弹三四解,掩抑似含情。南楼登且望,西江广复平。艇子
摇两桨,催过石头城。门前乌臼树,惨澹天将曙。鹨鶒一作鸂鶒飞
复还,郎随早帆去。回头语同伴,定复负情侬。去帆不安幅,作抵

使西风。他日相寻索,莫作西州客。西州人不归,春草年年碧。

烧 歌

起来望南山,山火烧山田。微红夕—作久如灭,短焰复相连。差差
向岩石,冉冉凌青壁。低随回风尽,远照檐茅—作茅檐赤。邻翁能
楚言,倚插欲潸然。自言楚越俗,烧畲为—作作早—作旱田。豆苗虫
促促,篱上花当屋。废栈豕归栏,广场鸡啄粟。新年春雨晴,处处
赛神声。持钱就人卜,敲瓦隔林鸣。卜得山上—作上山卦,归来桑
枣下。吹火向白茅—作苇,腰镰映赪蔗。风驱槲叶烟,槲树连平山。
迸星拂霞外,飞烬落阶前。仰面呻—作呼复嚏,鸦娘咒丰岁。谁知
苍翠容,尽作官家税。

长 安 寺

仁祠写露宫,长安佳气浓。烟树含葱蒨,金刹映芉茸。绣户香焚
象,珠网玉盘龙。宝题斜—作新翡翠,天井倒芙蓉。幡长回远吹,窗
虚含晓风。游骑迷青锁,归鸟思华钟。云栱承趺遍,羽葆背花重。
所嗟莲社客,轻荡不相从。

和沈参军招友生观芙蓉池

桂栋坐清晓,瑶琴商—作瑟双凤丝。况闻楚泽香,适与秋风期。遂
从—作使棹萍客,静啸烟草湄。倒影回澹荡,愁红媚涟漪。湘茎久
鲜—作藓涩,宿雨增离披。而我江海意—作客,楚游动—作勤梦思。北
渚水云叶—作丛,一作蔓,南塘烟雾—作露枝。岂亡—作无台—作池榭芳,
独与鸥鸟知。珠坠鱼迸浅,影多凫泛迟。落英不可攀—作搴,返照
昏澄陂。

寓　怀

诚足不顾一作愿得, 妄矜徒有言。语斯谅未尽, 隐显何一作可悠然。
洵彼都邑盛, 眷惟车马喧。自期尊客卿, 非意干王孙。衒知有贞一
作真爵, 处实非厚颜。苟无海岱一作岳气, 奚取壶浆恩。唯丝一作师
南山杨, 适我松菊香。鹏鹍诚未一作来忆, 谁谓凌风翔。

余昔自西滨得兰数本移艺于庭亦
既逾岁而芃然蕃殖自余游者未始
以芳草为遇矣因悲夫物有厌常而
反一作返不若混然者有之焉遂寄情于此

寓赏一作质本殊致, 意幽非我情。吾常有流一作疏浅, 外物无重轻。
各言艺幽深, 彼美香素茎。岂为赏者设, 自保孤根生。易地无赤
株, 丽土亦同荣。赏际林壑近, 泛馀烟露清。余怀既郁陶, 尔类徒
纵横。妍蚩苟不信, 宠辱何为惊。贞一作真隐谅无迹, 激时犹拣名。
幽丛蔼绿畹, 岂必怀归耕。

秋　日

爽气变昏旦, 神皋遍原隰。烟华久荡摇, 石涧仍清急。柳暗山犬
吠, 蒲荒水禽立。菊花明欲迷, 枣叶光如湿。天籁思林岭, 车尘倦
都邑。祷张凤所违, 悔吝何由入。芳草秋可藉, 幽泉晓堪汲。牧羊
烧外鸣, 林果雨中拾。复此遂闲旷, 脩然脱羁絷。田收鸟雀喧, 气
肃龙蛇蛰。佳节足丰穰, 良朋阻游集。沉机日寂寥, 葆素常呼吸。
投迹倦攸往, 放怀志所执。良时有东菑, 吾将事蓑笠。

七　夕

鸣机札札停金梭,芙蓉澹荡生池一作秋水波。神一作夜轩红粉陈香罗,凤一作风低蝉薄愁双蛾。微光奕奕凌天一作曙河,鸾咽鹤唳飘飖歌。弯桥销尽愁奈一作奈愁何,天气驰荡云陂陁。平明花木有秋一作愁意一作思,露湿彩盘蛛网多。

酬　友　人

辞荣亦素尚,倦游非夙心。宁复思金籍,独此卧烟林。闲云无定貌,佳树有馀阴。坐久芰荷发,钓阑一作馀茭苇深。游鱼自摇漾一作荡,浴鸟故浮沉。唯君清露夕,一为洒烦襟。

观　舞　妓

朔音悲嘒管,瑶踏动芳尘。总袖时增怨,听破复含颦。凝腰倚风软,花题照锦春。朱弦固凄紧,琼树亦迷人。

边笳曲 一作齐梁体

朔管迎秋动,雕阴一作音雁来早。上郡隐黄云,天山吹白草。嘶马悲一作渡寒碛,朝阳照霜堡。江南戍客心一作情,门外芙蓉老。

经西坞偶题

摇摇弱柳黄鹂一作莺啼,芳草无情人自迷。日影明灭金色鲤,杏花唼喋青头鸡。微红奈蒂惹蜂粉,洁白芹芽穿一作入燕泥。借问含颦向何事,昔年曾到武陵溪。

金 虎 台

碧草连金虎，青苔蔽石麟。皓齿芳尘起，纤腰玉树春。倚瑟红铅湿，分香翠黛颦。谁言奉陵寝，相顾复沾巾。

侠客行 一作齐梁体

欲出鸿都门，阴云蔽城阙。宝剑黯如水，微红湿馀血。白马夜频惊一作嘶，三更霸陵雪。

咏 晓

虫歇纱窗静，鸦散碧梧寒。稍惊朝珮动，犹传清漏残。乱珠凝烛泪，微红上露盘。褰一作寨衣复理鬟，馀润拂芝兰。

芙 蓉

刺茎澹荡碧一作绿，花片参差红。吴歌秋水冷，湘庙夜云空。浓艳香露里，美人青一作清镜中。南楼未归客，一夕练塘东。

敕勒歌塞北 一本无塞北二字

敕勒金帷一作陽壄一作碧，阴山无岁华。帐外风飘雪，营前月照沙。羌儿吹玉管，胡姬踏锦花。却笑江南客，梅落不归家。

邯郸郭公词

金箛悲故曲，玉座积深尘。言是一作念邯郸伎，不见一作易鄴城人。青苔竟埋骨，红粉自伤神。唯有漳一作淬河柳，还向旧营春。

古　意

莫莫复莫莫,丝萝缘涧壑。散木无斧斤,纤茎得依—作所托。枝低
浴鸟歇,根静悬泉落。不虑见春迟,空伤致身错。

齐　宫

白马杂金饰,言从雕辇回。粉香随笑度,鬓态伴愁来。远水斜如
剪,青莎绿似裁。所恨章华日,冉冉下层台。

春　日　一作齐梁体

柳岸—作暗杏—作百花稀,梅梁乳燕飞。美人鸾镜笑,嘶马雁门归。
楚宫云影薄,台城心赏违。从来千里恨,边色满戎—作戍衣。

咏　春　幡

闲庭见早梅,花影为谁栽—作裁。碧烟随刃落,蝉鬓觉春来。代—作
戍郡嘶金勒,梵声—作河阳悲镜台。玉钗风不定,香步独徘徊。

陈　宫　词

鸡鸣人草草,香辇出宫花。妓语细腰转,马嘶金面斜。早莺随彩
仗,惊雉避凝—作鸣笳。淅沥湘风外,红轮映曙霞。

春　日　野　行

骑马踏烟莎,青春奈怨何。蝶翎朝—作胡粉尽,鸦背夕阳多。柳艳
欺芳带,山愁萦翠蛾。别情无处说,方寸是星河。

咏 颦 一作齐梁体

毛羽一作羽薄敛愁翠,黛娇攒艳春。恨容偏落泪,低态定思人。枕上梦随月,扇边歌绕尘。玉钩鸾不住,波浅石磷磷一作白粼粼。

中书令裴公挽歌词二首

王俭风华首,萧何社稷臣。丹阳布衣客,莲渚白头人。铭勒燕山暮,碑沉汉水春。从今虚醉饱,无复污车茵。

箭下妖星落,风前杀一本缺气回。国香荀令去,楼月庾公来。玉玺终无虑,金縢意不开。空嗟荐贤路,芳草满燕台。

唐庄恪太子挽歌词二首 一本无唐字

叠鼓辞宫殿,悲笳降杳冥。影离云外日,光灭火前星。郏客瞻秦苑,商公下汉庭。依依陵树色,空绕古一作九原青。

东府虚容卫,西园寄梦思。凤悬吹曲夜,鸡断问安时。尘陌都人恨,霜郊赗马悲。唯馀埋璧地,烟草近丹一作前墀。

秘书刘尚书挽歌词二首

王笔活鸾凤,谢诗生芙蓉。学筵开绛帐,谈柄发洪钟。粉署见飞鹏,玉山猜卧龙。遗风丽一作洒清韵,萧散九原松。

麈尾近良玉,鹤裘吹素丝。坏陵殷浩谪,春墅谢安棋。京口贵公子,襄阳诸女儿。折花兼踏月,多唱柳郎词。

太子西一无西字池二首 一作齐梁体

梨花雪压枝,莺啭柳如丝。懒逐妆成晓,春融梦觉迟。鬓轻全作影,颦浅未成眉。莫信张公子,窗间断暗期。

花红兰紫茎,愁草雨新晴。柳占三春色,莺偷百鸟声。日长嫌辇重,风暖觉衣轻。薄暮香尘起,长杨落照明。

西陵道士茶歌

乳窦溅溅通石脉,绿尘愁草春江色。涧花入井水味香,山月当人松影直。仙翁白扇霜鸟翎,拂坛夜读-作诵黄庭经。疏香皓齿有馀味,更觉鹤心通杳冥。

过西堡塞北

浅草干河阔,丛棘废城高。白马犀匕-作纹犀首,黑裘金佩刀。霜清彻兔目,风急吹雕毛。一经何用厄,日-作已暮涕沾袍。

全唐诗卷五七八

温庭筠

送李亿一作忆东归

黄山远隔秦树，紫禁斜通渭城。别路青青柳弱，前溪漠漠苔生。和风澹荡归客，落月殷勤早莺。灞上金樽未饮，宴歌已有馀声。

开 圣 寺

路分谿石夹烟丛，十里萧萧古树风。出寺马嘶秋色里，向陵鸦乱夕阳中。竹间泉落山厨静，塔下僧归影殿空。犹有南朝旧碑在，耻一作敢将兴废问休公一作渔翁。

赠蜀府将 蛮入成都，频著功劳。一本无府字。

十年分散剑关秋，万事皆随一作从锦水流。志一作心气已曾明汉节，功名犹自一作尚滞一作带吴钩。雕边认箭寒云重，马上听笳塞草愁。今日逢君倍惆怅，灌婴韩信尽封侯。

西江贻钓叟骞生 一作西江寄友人骞生

晴江一作碧天如镜月如钩，泛滟苍茫送一作迷客愁一作游。衣泪潜生竹枝曲，春潮一作滩，一作朝。遥上一作听木兰舟。事随云去身一作心难到, 梦逐烟销水自流。昨日欢娱竟何在一作有, 一作事, 一枝梅谢楚江头。

寄清源一作凉寺僧

石路无尘竹径开, 昔年曾伴戴颙来。窗间半偈闻钟后, 松下残棋送客回。帘一作檐向玉峰藏一作笼夜雪, 砌因蓝一作流水长秋苔。白莲社一作会里如相问, 为说一作道, 一作说与。游人是姓雷。

重游圭一作东峰宗密禅师精庐一作哭卢处士

百尺青崖三尺坟, 微一作玄言已绝杳难闻。戴颙今日称居士, 支遁他年识领军。暂对杉一作山松一作松杉如结社, 偶同一作因麋鹿自成群。故山弟子空回首, 葱岭唯一作还应见宋一作彩云。

题李处士幽居

水玉簪头白一作戴角巾, 瑶琴寂历拂轻尘。浓阴似帐红薇晚, 细雨如烟一作珠碧草春一作新。隔竹见笼疑有鹤, 卷帘看画静一作更无人。南山一作窗自是一作有忘年一作机友, 谷口徒一作空称郑子真。

利州南渡

澹然空水对一作带斜晖, 曲岛苍茫接翠微。波一作坡上马嘶看棹去, 柳边人歇待船归。数丛沙草群鸥散, 万顷江田一鹭飞。谁解乘舟寻范蠡, 五湖烟水独忘机。

赠李将军

谁言荀羡爱功勋, 年少登坛众所闻。曾以能书称内史, 又因明易号将军。金沟故事春长在, 玉轴遗文一作图火半焚。不学龙骧画山水一作色,醉乡无迹似闲云。

寒 食 日 作

红深绿暗径相交,抱暖含芳一作春披一作被紫袍。彩索平时墙婉娩,
轻球落处晚一作花寥梢一作捎。窗中草色妒鸡卵,盘上芹泥憎燕巢。
自有玉楼春一作芳意在,不能骑马度烟郊。

李羽处士寄新酝走笔戏酬

高谈有伴还成薮,沉醉无期即是乡。已恨流莺欺一作期谢客,更将
浮蚁与刘郎。檐前柳色分张绿,窗外花枝借助香。所恨玳筵红烛
夜,草玄寥落近回塘。

郊居秋日有怀一二知己

稻田凫雁满晴沙,钓渚归来一径斜。门带果林招邑吏,井分蔬圃属
邻家。皋原寂历垂禾穗,桑竹参差映豆花。自笑谩怀经济策,不将
心事许烟霞。

题友人池亭 一作偶题林亭

月榭风亭绕曲池,粉一作棘垣一作墙回互瓦参差。侵帘一作檐片白一作
白片摇翻影,落镜愁红一作红愁写倒枝。鸂鶒刷毛花荡漾,鹭鸶拳足
雪离披。山翁醉后如相忆,羽扇清樽我自知。

南 湖

湖上微风入槛凉,翻翻菱荇一作荷芰满回塘。野船著岸偎春草,水
鸟带波飞夕阳。芦叶有声疑雾雨,浪花无际似潇湘。飘然篷艇一作
蓬顶东归一作游客,尽日相看忆楚乡。

赠袁司录 即丞相淮阳公之犹子,与庭筠有旧也。

一朝辞满有心期,花发杨园雪压一作覆枝。刘尹故人谙往事,谢郎
诸弟得新知。金钗醉就胡姬画一作尽,玉管闲留洛客吹。记得襄阳
耆旧语,不堪风景一作雨岘山碑。

题西明寺僧院

曾识匡山远法师,低松片石对前墀。为寻名画来过院一作寺,因访
闲人得看棋。新雁参差云碧处,寒鸦辽一作寥乱一作绕,一作落。叶红
时。自知终有张华识,不向沧洲理钓丝。

偶　题

微风和暖日鲜明,草色迷人向渭城。吴一作洛客卷帘闲不语,楚娥
攀树独含情。红垂果蒂樱桃重,黄染花丛蝶粉轻。自恨青楼无近
信,不将心事许卿卿。

寄湘阴阎少府乞钓轮子

钓轮形与月轮同,独茧和烟影似空。若向三湘逢雁信,莫辞千里寄
渔翁。篷声夜滴松江雨一作漏,菱叶秋传镜水风。终日垂钩还有
意,尺书多在锦鳞中。

哭　王　元　裕

闻说萧郎逐逝川,伯牙因一作自此绝清弦。柳边犹忆青一作红骢影,
坟上俄生碧草烟。箧里诗书疑谢后,梦中风貌似潘前。他时若到
相寻处,碧树红楼自宛然。

法云寺一本无寺字双桧一作晋朝柏树

晋朝名辈此离群，想对浓阴去住分。题处尚寻王内史，画时应是顾将军。长廊夜静声疑雨，古殿秋深影胜云。一下南台到人世，晓一作晚泉清籁更难一作谁闻。

送陈嘏之侯一作候官兼简李常侍

纵得步兵无绿蚁，不缘勾漏有丹砂。殷勤为报一作门同袍友，我亦无心似海槎一作查。春服照尘连一作迷草色，夜船闻雨滴芦花。梅仙一作山梅自是青云客，莫羡相如却到家。

春日野行一作野步

雨涨西塘一作日西塘水金堤斜，碧一作百草芊芊晴一作青，一作暗吐芽。野岸明媚一作灭山芍药，水田叫噪官虾蟆。镜一作湖中有浪动菱蔓一作芰，陌上无风飘一作吹柳花。何事轻桡一作扁舟句一作向溪客，绿萍方一作虽好不归家。

溪 上 行

绿塘漾漾烟濛濛，张翰此来情不穷。雪羽褵褷立倒影，金鳞拨一作拔刺跳晴空。风翻荷叶一向白，雨湿蓼花千穗红。心羡夕阳波上客，片时归梦一作去钓船中。

投一作上翰林萧舍人

人间鸂鶒杳难从，独一作犹恨金扉直九一作几重。万象晚一作晓归仁寿镜，百花春隔一作满景阳钟。紫微芒动词初出，红烛一作蜡香残诰未封。每过朱门爱庭树，一枝何日许相一作从容。

春日偶作

西园一曲艳阳歌,扰扰车尘负薜萝。自欲放怀犹未得,不知经世竟
如何。夜闻猛雨判花尽,寒恋重衾—作衾觉梦多。钓渚别来应更
好,春风还为起微波。

春暮宴罢寄宋寿先辈

斜掩朱门花外钟,晓莺时节好相逢。窗间桃蕊—作萼,一作叶。宿妆
在,雨后牡丹春睡浓。苏小风—作丰姿迷下蔡,马卿才调—作词赋似
临邛。谁怜芳草生—作连三径,参佐桥西陆士龙。

马嵬驿

穆满曾为物外游,六龙经此暂淹留。返魂无验青烟灭,埋血空生—
作成碧草愁。香辇却归长乐殿,晓钟还下景阳楼。甘泉不复—作得
重相见,谁道文成是故侯。

和道溪君别业 —作和友人溪居别业

积润初销碧草新,凤阳晴日带雕轮。风—作丝飘弱柳平桥晚,雪点
寒梅小苑春。屏上楼台陈后主,镜中金翠李夫人。花房透露—作露
透红珠落,蛺蝶双飞—作双护粉尘。

奉天西佛寺

忆昔狂童犯顺年,玉虬闲暇出甘泉。宗臣欲舞千钧—作金剑,追骑
犹观七宝鞭。星背紫垣终扫地,日归黄道却当天。至今南顿—作岭
诸耆旧,犹指榛芜作弄田。

题望苑驿 东有马嵬驿,西有端正树。一作相思树。

弱柳千条杏一枝,半含春雨半垂一作含丝。景阳寒井人难到一作见,
长乐晨钟鸟一作晓自知。花影至今一作几年通博望,树名从此一作何世
号相思。分明一作至今十二楼前月,不向西陵照盛一作戚姬。

寄分司元庶子兼呈元处士

闭门高卧莫长嗟,水木凝晖属谢家。崾岭参差残晓雪,洛波清浅露
晴沙。刘公春尽芜菁色,华〔廞〕(廋)愁深一作多苜蓿花。月榭知君
还怅望,碧霄烟阔雁行斜。

题　柳

杨柳千条拂面丝,绿烟金穗不胜吹一作移。香随静婉歌尘起,影伴
娇娆一作饶舞袖垂。羌管一作笛一声何处曲一作笛,流莺百啭最高枝。
千门九陌一作曲花如雪,飞过宫墙两自一作不知。

和友人悼亡 一作丧歌姬

玉貌潘郎泪满衣,画罗轻鬓〔雨〕(两)霏微。红兰委露愁难尽,白马
朝天望不归。宝镜尘昏鸾影在,钿筝弦断雁行稀。春来多少伤心
事一作春风几许伤心事,碧草侵阶粉蝶飞。

李羽处士故里

柳不成丝草带烟,海槎东去鹤归天。愁肠断处春何限,病眼开时月
正圆。花若有情还一作应怅望,水应无事莫潺湲。终知此恨销难尽
一作得,一作难消遣,辜负南华第一一作二篇。

却经一作归商山寄昔同行人

曾道一作读逍遥第一篇，尔来无处一作何事不怡然。便同南郭能忘象，兼笑东林学坐禅。人事转新花烂熳，客一作驿程依旧水潺湲。若教犹作当时意，应有垂丝在鬓边。

池塘七夕 一作初秋

月出西南露气秋，绮罗一作寮，一作倚霄。河汉在斜沟一作楼，一作针楼。杨家绣作鸳鸯幔，张氏金为翡翠钩。香一作银烛有花一作光妨宿燕，画一作晓屏无睡待牵牛。万家砧杵三篙水，一夕横塘似一作是旧游。

偶　游

曲巷斜临一水间，小门终日不开关。红珠斗帐樱桃熟，金尾屏风孔雀闲。云髻几迷芳草蝶，额黄无限夕阳山。与君便是鸳鸯侣，休一作不向人间觅往还。

寄河南一作北杜少尹

十载一作岁归来鬓未凋，玳簪珠履见常僚。岂关名利分荣路，自有才华作庆霄。鸟影参差一作不飞经上苑，骑声断一作相续过中一作平桥。夕阳亭畔一作下山如画，应念田歌正寂寥。

赠知音 一作晓别

翠羽花冠碧树鸡，未明先向一作上短墙啼。窗间一作前谢女青蛾敛，门外萧郎白马嘶。星汉渐移庭竹影，露珠犹缀野花迷。一作残曙微星当户没，澹烟斜月照楼低。景一作上阳宫里钟初一作声动，不语垂鞭上一作过柳堤。

过 陈 琳 墓

曾于青史见遗文，今日飘蓬一作零过古一作此坟。词客有灵应识我，
霸才无主始一作亦怜君。石麟埋没藏春一作秋草，铜雀荒凉对暮云。
莫怪临风倍惆怅，欲将书剑学从军。

题崔公池亭旧游 一作题怀贞亭旧游

皎镜方一作芳塘菡萏秋，此来重见采莲舟。谁能不逐一作遂当年乐，
还恐添成一作为异日愁。红艳影一作花多风袅袅，碧空云断水悠悠。
檐前依旧青山色，尽日无人独上楼。

回 中 作

苍莽寒空远色愁，呜呜戍角上高楼。吴姬怨思吹双管，燕客悲歌别
一作上，一作动。五侯。千里关山边草暮，一星烽火朔云秋。夜来霜
重西风起，陇水无声冻一作噎不流。

西江上送渔父

却逐严光向若耶，钓轮菱一作荄棹寄年华。三秋梅雨愁枫叶，一夜
篷舟宿苇花。不见水云应有梦，偶随鸥鹭一作烟鸟，一作鸟。便成家。
白蘋风起楼船暮，江燕双双五两一作正雨斜。

经故秘书崔监扬州南塘旧居

昔年曾识范安成一作谢宣城，松竹风姿鹤性情。西掖曙河横漏响，北
山秋月照江声。一作唯向旧山留月色，偶逢秋涧似琴声。乘舟觅吏经舆县，
为酒求官得步兵。千顷水流通故墅，至今留得谢公名。一作玉柄寂寥
谭客散，却寻池阁泪纵横。

七　夕

鹊归燕一作鸾去两悠悠，青琐西南月似钩。天上岁时星右一作又转，世间离别一作恨水东流。金风入树千门夜，银汉横空万象秋。苏小横一作回塘通桂楫，未应清浅隔牵牛。

题韦筹博士草堂 一作薛逢诗，题作韦寿博书斋。

玄晏先生已白头，不随鹓鹭狎群鸥。元卿谢免开三径，平仲朝归卧一裘。醉后独知殷甲子，病来犹作晋春秋。沧浪未濯尘缨在一作尘缨未濯今如此，野水无情处处流。

和友人题壁

冲尚犹来出范围，肯将经一作轻世一作济作风徽。三台位缺严陵卧，百战功高范蠡归。自一作剩欲一鸣一作名惊一作添鹤寝，不应孤愤学牛衣。西州未有看棋暇，洞户何由一作因得掩扉。

春日将欲东归寄新及第
苗绅先辈 一作下第寄司马札

几年辛苦与君同，得丧悲欢尽是空。犹喜故人先折桂，自怜羁客尚飘蓬。三春月照千山道一作路，十日花开一夜风。知有杏园无路一作计入，马前惆怅满枝红。

经李徵君故居 一作王建诗

露浓烟重草萋萋，树映阑干柳拂堤。一院落花无客醉，五更残月有莺啼。芳筵想像情难尽，故榭荒凉路已迷。惆怅羸骖往来惯一作风景宛然人自改，每一作却经门巷亦长一作马频嘶。

送崔郎中一作判官赴幕

一别黔巫一作南似断弦，故交东去更凄一作潸然。心游目送一作断三
千里，雨散云飞一作收二十年。发迹岂劳天上桂，属词还得幕中莲。
相思休话一作莫道长安远，江月随人处处圆。

经旧游 一作怀真珠亭

珠箔金一作银钩对一作近彩桥，昔年于一作曾此见娇娆一作饶。香灯怅
望飞琼鬓，凉月殷勤碧玉箫。屏倚故窗山六扇，柳垂寒砌露千条。
坏墙经雨苍苔遍，拾得当时旧翠翘。

老 君 庙

紫气氤氲捧半岩，莲峰仙掌共巉巉。庙前晚色一作古木连寒水，天
外斜阳带远帆。百二关山扶玉座，五千文字闷瑶缄。自怜金骨无
人识，知有飞龟在石函。

过一作经五丈原

铁马云雕一作骓久一作共绝尘，柳阴高压汉营一作宫春。天晴一作清杀
气屯关右，夜半妖星照渭滨。下国卧龙空误一作嗣主，中原逐一作得
鹿不因一作由人。象床锦一作宝帐无言语，从此谯周是老一作旧臣。

和友人一作王秀才伤歌姬

月缺花残莫怅然，花须终发月终一作须圆。更能何事销芳念，亦有
浓华委逝川。一曲艳歌留婉一作宛转，九原春草妒一作葬婵娟。王
孙莫学多情客，自古多情损少年。

山中与诸道友夜坐闻边防不宁因示同志

龙砂一作沙铁马犯烟尘，迹近群鸥意倍亲。风卷蓬根屯戊己，月移松影守庚申。韬钤岂足为经济，岩壑何尝是隐沦。心许故人知此意，古来知者竟谁一作何人。

秘书省有贺监知章草题诗笔力遒健风尚高远拂尘寻玩因有此一作此有作一作过贺监旧宅

越溪渔客贺知章，任达怜才爱酒狂。鸂鶒苇花随钓艇，蛤蜊菰菜一作叶梦横塘。几年凉月拘华省，一宿秋风忆故乡。荣路脱身终自得，福庭回首莫相忘。出笼一作群鸾鹤归一作辞辽海，落笔龙蛇满坏墙。李白死来无醉客，可怜神彩吊残阳。

题裴晋公林亭

谢傅林亭暑气微，山丘零落闷音徽。东山终为苍生起，南浦虚言白首归。池凤已传春水浴，渚禽犹带夕阳飞。悠然到此忘情处，一日何妨有万几。

全唐诗卷五七九

温庭筠

车驾西游因而有作

宣曲长杨瑞气凝,上林狐兔待秋鹰。谁将词赋陪雕辇,寂寞相如卧茂林。

伤温德彝 一作伤边将

昔年戎虏犯榆关,一败一作破龙城匹马还。侯印不闻封李广,他一作别人丘垄似天山。

赠 少 年

江海相逢客恨多,秋风叶下洞庭波。酒酣夜别淮阴市,月照高楼一曲歌。

赠一作题郑徵君家匡山
首春与丞相赞皇公游止

一抛兰棹逐燕一作征鸿,曾向江湖识谢公。每到朱门还怅望,故山多在画屏中。

夏中一作日病疟作

山鬼扬威正气愁,便辞珍簟袭狐裘。西窗一夕悲人事,团一作圆扇
无情不待秋。

题 友 人 居

尽日松堂看画图,绮疏岑寂一作寂寞似清都。若教烟水无鸥鸟,张
翰何由到五湖。

题李相公敕赐锦屏风

丰沛曾为社稷臣,赐书名画墨犹新。几人同保山河誓,犹一作独自
栖栖九陌尘。

蔡 中 郎 坟

古坟零落野花春,闻说中郎有后身。今日爱才非昔日,莫抛心力作
词人。

元处士池上

蓼穗菱一作荇丛思螳蛄,水萤江鸟满烟蒲。愁红一片风前落,池上
秋波似五湖。

华阴韦氏林亭

自有林亭不得闲,陌尘宫树是非间。终南长一作只在茅檐外,别向
人间看华山。

寄裴生乞钓钩

一随菱棹谒王侯,深愧移文负钓舟。今日太湖风色好,却将诗句乞鱼钩。

长安春晚二首

曲江春半日迟迟,正是王孙怅望时。杏花落尽不归去,江上东风吹柳丝。

四方无事太平年,万象鲜明禁火前。九重细雨惹春色,轻染龙池杨柳烟。

三月十八日雪中作

芍药蔷薇语早梅,不知谁是艳阳才。今朝领得春一作东风意,不复饶君雪里开。

咸阳值雨

咸阳桥上雨如悬,万点空濛隔钓船。还一作绝似洞庭春水色,晚云将入岳阳天。

弹筝人

天宝年中一作间事玉皇,曾将新曲教宁王。钿蝉金雁一作凤今一作皆,一作俱。零落,一曲伊州泪万行。

瑶瑟怨

冰簟银床梦不成,碧天如水夜云轻。雁声远一作还过一作向潇湘去,十二楼中月自明。

题 端 正 树

路傍佳树碧云愁,曾侍金舆幸驿楼。草木荣枯似人事,绿阴寂寞汉
陵秋。

渭上题三首

吕公荣达子陵归,万古烟波绕钓矶。桥上一通名利迹,至今江鸟背
人飞。

目极云霄思浩然,风帆一片水连天。轻桡便是东归路一作客,不肯
忘机作钓船。

烟水何曾息世机,暂时相向亦依依。所嗟白首磻谿叟,一下渔舟更
不归。

经故翰林袁学士居

剑逐惊波玉委尘,谢安门下更何人。西州城外花千树,尽是羊昙醉
后春。

题城南杜邠公林亭 时公镇淮南,自西蜀移节。

卓氏垆前金线柳,隋家堤畔锦帆风。贪为两地分一作行霖雨,不见
池莲照水红。

夜 看 牡 丹

高低深浅一阑红,把火殷勤绕露丛。希逸近来成懒病,不能容易向
春风。

宿城南亡友别墅

水流花落叹浮生，又伴游人宿杜城。还似昔年残梦里，透帘斜_{一作}
新月独闻莺。

过 分 水 岭

溪水无情似有情，入山三日得同行。岭头便是分头处，惜别潺湲一
夜声。

鄠 杜 郊 居

槿篱芳援_{一作杜}近樵家，垄麦青青一径斜。寂寞游人寒食后，夜来
风雨送梨花。

题河中紫极宫

昔年曾伴玉真游，每到仙宫即是秋。曼倩不归花落尽，满丛烟露月
当楼。

四　皓

商於角里_{一作六百}便成功，一寸沉机万古同。但得戚姬甘定分，不
应真有紫芝翁。

赠 张 炼 师

丹溪药尽变金骨，清洛月寒吹玉笙。他日隐居无访处，碧桃花发水
纵横。

全唐诗卷五八〇

温庭筠

病中书怀呈友人 并序

开成五年秋，以抱疾郊野，不得与乡计偕至王府，将议遐适。隆冬自伤，因书怀奉寄殿院徐侍御，察院陈李二侍御，回中苏端公，鄠县韦少府，兼呈袁郊、苗绅、李逸三友人一百韵。

逸足皆先路，穷郊独向隅。顽童逃广柳，羸马卧平芜。黄卷嗟谁问，朱弦偶自娱。鹿鸣皆缀士，雌伏竟非夫。采一作莱地荒遗野，爰田失故都。予先祖国朝公相，晋阳佐命，食采于并汾也。亡羊犹博簺音塞，牧马倦呼卢。奕世参周禄，承家学鲁儒。功庸留剑舄，铭戒在盘盂。经济怀良画，行藏识远图。未能鸣楚玉，空欲握隋珠。定为鱼缘木，曾因兔守株。五车堆缥帙，三径阂绳枢。适与群英集，将期善价沽。叶龙图夭矫，燕鼠笑胡卢。赋分知前定，寒心畏厚诬。蹑尘追庆忌，操剑学班输。文圃陪多士，神州试大巫。对虽希鼓瑟，名亦滥吹一作吁竽。予去秋试京兆荐，句居其副。正使猜奔竞，何尝计有无。镏恢虚访觅，王霸竟揶揄。市义虚焚券，关讥谩弃襦。至言今信矣，微尚亦悲夫。白雪调歌响，清风乐舞雩。胁肩难黾勉一作俯，搔首易嗟吁。角胜非能者，推贤见射乎。晁觫增恐悚一作悚，杯水失锱铢。粉垛收丹采，金镑隐仆姑。垂橐羞尽爵，扬觯辱弯弧。虎

拙休言画，龙希莫学屠。转蓬随款段，耘草辟堘莫千切垆。受业乡
名郑，藏机谷号愚。质文精等贯，琴筑韵相须。筑室连中野，诛茅
接上腴。苇花纶一作编虎落，松瘿斗栾栌。静语莺相对，闲眠鹤浪
俱。蕊多劳蝶翅，香酷坠蜂须。芳草迷三岛，澄波似五湖。跃鱼翻
藻荇，愁鹭睡葭芦。暝一作冥渚藏鹚鹈，幽屏卧鹧鸪。苦辛随艺一作
勃殖，甘旨仰樵苏。笑语空怀橘，穷愁亦据梧。尚能甘半菽，非敢
薄生刍。钓石封苍藓，芳蹊艳一作绝绛趺。树兰畦缭绕，穿竹路萦
纡。机杼非桑女，林园异木奴。横竿窥赤鲤，持弹望青鸲。泮水思
芹味，琅琊得稻租。杖轻藜拥肿，衣破芰披敷。芳意忧鹝鴂，愁声
觉蟪蛄。短檐喧语燕，高木堕饥鼯一作乌。事迫离幽墅，贫牵犯畏
途。爱憎防杜挚，悲叹似杨朱。旅食常过卫，羁游欲渡泸。塞歌伤
督护，边角思单于。堡戍标枪槊，关河锁舳舻。威容尊大树，刑法
避秋荼。远目穷千里，归心寄九衢。寝甘诚系滞，浆一作酱馈贵睢
盱。怀刺名先远，干时道自孤。齿牙频激发，箠笞尚崎岖。莲府侯
门贵，霜台帝命俞。骥蹄初蹑景，鹏翅欲抟扶。寓直回骢马，分曹
对暝乌。百神歆仿佛，孤竹韵含胡。凤阙分班立，鹓行竦剑趋。触
邪承密勿，持法奉讦谟。鸣玉锵登降，衡一作冲牙响曳娄一作褛。祀
亲和氏璧，香近博山炉。瑞景森琼树，轻冰莹玉壶。豸一作象冠簪
铁柱，螭首对金铺。内史书千卷一作帙，将军画一厨。眼明惊气象，
心死伏规模。岂意观文物，保劳琢碔砆。草肥牧骒騄，苔涩渂昆
吾。乡思巢枝鸟，年华过隙驹。衔恩空抱影，酬德未捐躯。时辈推
良友，家声继令图。致身伤短翮，骧首顾疲驽。班马方齐骛，陈雷
亦并驱。昔皆言尔志，今亦畏吾徒。有气干牛斗，无人辩辘轳。客
来斟绿蚁，妻试踏青蚨。积毁方销骨，微瑕惧掩瑜。蛇予犹转战，
鱼服自囚拘。欲就欺人事，何能逭鬼诛。是非迷觉梦，行役议秦
吴。凛冽风埃惨，萧条草木枯。低徊伤志气，蒙犯变肌肤。旅雁唯

闻叫,饥鹰不待呼。梦梭抛促织,心茧一作绪学蜘蛛。宁复机难料,
庸非信未孚。激扬衔箭虎,疑惧听冰狐。处己将营窟一作口,论心
若合符。浪言辉棣萼,何所托葭莩。乔木能求友,危巢一作梁莫吓
雏。风华飘领袖,诗礼拜衾裯。欹枕情何苦,同舟道岂一作固殊。
放怀亲蕙芷,收迹异桑榆。赠远聊攀柳,裁书欲截蒲。瞻风无限
泪,回首更踟蹰。

感旧陈情五十韵献淮南李仆射

嵇绍垂髫日,山涛筮仕年。琴樽陈席一作座,一作几。上,纨绮拜床
前。邻里才三徙,云霄已九迁。感深情悄悦,言发泪潺湲。忆昔龙
图盛,方今鹤羽全。桂枝香可袭,杨叶旧一作射频穿。玉籍标人瑞,
金丹化地仙。赋成攒笔写,歌出满城传。既矫排虚翅,将持造物一
作化权。万灵思鼓铸,群品待陶甄。视草丝纶出,持纲雨露悬。法
行黄道内,居近翠华边。书迹临汤鼎,吟声接舜弦。白麻红烛夜,
清漏紫微天。雷电随神笔,鱼龙落彩笺。闲宵陪雍畤,清暑在甘
泉。耿介非持禄,优游是养贤。冰清临百粤,风靡化三川。委寄崇
推毂,威仪压控弦。梁园提彀骑,淮水换戎旃。照日青油湿,迎风
锦帐鲜。黛蛾一作娥陈二八,珠履列三千。舞转回红袖,歌愁敛翠
钿。满堂开照曜一作耀,分座俨婵娟。油额芙蓉帐,香尘玳瑁筵。
绣旗随影合,金阵似波旋。缇幕深回互,朱门暗接连。彩虬蟠画
戟,花马立金鞭。有客将谁托,无媒窃自怜。抑扬中散曲,漂泊孝
廉船。未展干时策,徒抛负郭田。转蓬犹邈尔,怀橘更潸然。投足
乖蹊径,冥心向简编。未知鱼跃地,空愧鹿鸣篇。余尝忝京兆荐,名居
其副。稷下期方至,漳滨病未痊。一年抱疾,不赴乡荐,试有司。定非笼外
鸟,真是壳中蝉。蕙径邻幽澹,荆扉兴静便。草堂苔点点,蔬圃一作
圃水溅溅。钓罢溪云重,樵归涧月圆。懒多成宿疢,愁甚似春眠。

木直终难怨,膏明只自煎。郑乡空健羡,陈榻未招延。旅食逢春
尽,羁游为事牵。宦无毛义檄,婚乏阮修钱。冉弱营中柳,披敷幕
下莲。傥能容委质,非敢望差肩。涩剑犹堪淬,馀朱或可研。从师
当鼓箧,穷理久忘筌。折简能荣瘁,遗簪莫弃捐。韶光如见借,寒
谷变风烟。

题翠微寺二十二韵 太宗升遐之所

邠土初成邑,虞宾竟让王。乾符初一作春得位,天弩夜收铓。偃息
齐三代,优游念四方。万灵扶正寝,千嶂抱重冈。幽石归一作临阶
陛,乔柯入一作耸栋梁。火云如沃雪,汤殿似含霜。洞籁添仙曲,岩
花借御香。野麋陪兽舞,林鸟逐鹓行。镜写三秦色,窗摇八水光。
问云征楚女,疑粉试何郎。兰芷承雕辇,杉萝入画堂。受朝松露
晓,颂朔桂烟凉。岚湿金铺外,溪鸣锦幄傍。倚丝忧汉祖,持璧告
秦皇。短景催风驭,长星属羽觞。储君犹问竖,元老已登床。鹤盖
趋平乐,鸡人下建章。龙髯悲满眼,螭首泪沾裳。叠鼓严灵仗,吹
笙送夕阳。断泉辞剑佩,昏日伴旗常。遗庙青莲在,颓垣碧草芳。
无因奏韶濩,流涕对幽篁。

过孔北海墓二十韵

抚事如神遇,临风独涕零。墓平春草绿,碑折古苔青。圭玉埋英
气,山河孕炳灵。发言惊辨囿,�翰动文星。蕴策期干世,持权欲
反经。激扬思壮志一作气,流落叹颓龄。恶木人皆息,贪泉我独醒。
轮辕无匠石,刀几有庖丁。硉矹迷藏器,规规守挈瓶。愤容凌鼎
镬,公议动朝廷。故国将辞宠,危邦竟缓刑。钝工磨一作上卿廉白
璧,凡石砺青萍。揭日昭东夏,抟风滞北溟。后尘遵轨辙,前席咏
仪型一作形。木秀当忧悴,弦伤不底宁。矜夸遭斥一作尺鷃,光彩困

飞萤。白羽留谈柄，清风袭德馨。鸾凰婴雪刃，狼虎犯云屏。兰蕙荒遗址，榛芜蔽旧坰。辕辕近一作远沂水，何事恋明庭。一作羡君虽不禄，犹得到明庭。

过华清宫二十二韵

忆昔开元日，承平事胜游。贵妃专宠幸，天子富春秋。月白霓裳殿，风干羯鼓楼。斗鸡花蔽膝，骑马玉搔头。绣毂千门妓，金鞍万户侯。薄云欹一作欺雀扇，轻雪犯貂裘。过客闻韶濩，居人识冕旒。气和春不觉，烟暖雾难收。涩浪和琼甃一作细浪涵瑶甃，晴阳上彩旒。卷衣轻鬓一作髻懒，窥镜澹蛾羞。屏掩芙蓉帐，帘褰玳瑁钩。重瞳分渭曲，纤手指神州。御案迷萱草，天袍妒石榴。深岩藏浴凤，鲜隰媚潜虬。不料邯郸虱，俄成即墨牛。剑锋挥太皞，旗焰拂蚩尤。内嬖陪行在，孤臣预坐筹。瑶簪遗翡翠，霜仗驻骅骝。艳笑双飞断，〔香〕(霜)魂一哭休。早梅悲蜀道，高树隔昭丘。朱阁重霄近，苍崖万古愁一作秋。至今汤殿水，呜咽一作惆怅县前流。

洞户二十二韵

洞户连珠网，方疏隐碧浔。烛盘烟坠一作堕烬，帘压月通阴。粉白仙郎署，霜清玉女砧。醉乡高窈窈，棋阵静愔愔。素手琉璃扇，玄鬟玳瑁簪。昔邪看寄迹，栀子咏同心。树列千秋胜，楼悬七夕针。旧词翻白纻，新赋换黄金。唤鹤调蛮鼓，惊蝉应宝琴。舞疑繁易度，歌转断难寻。露委花相妒，风欹柳不禁。桥弯双表迥，池涨一篙深。清跸传恢囿，黄旗幸上林。神鹰参翰苑，天马破蹄涔。武库方题品，文园有一作自好音。朱茎殊菌蠢，丹桂欲萧森。黼帐回瑶席，华灯对锦衾。画图惊走一作畏兽，书帖得来禽。河曙秦楼映，山晴魏阙临。绿囊逢赵后，青锁一作琐见王沈。任达嫌孤愤，疏慵倦九箴。若为南遁客,犹作卧龙吟。

全唐诗卷五八一

温庭筠

送洛南李主簿

想君秦塞外,因—作应见楚—作远山青。槲叶晓迷路,枳花春满庭。
禄优仍侍膳,官散得专经。子敬怀—作余亦还愚谷,归心在翠屏。

巫山神女庙

黯黯闭宫殿,霏霏荫薜萝。晓峰眉上色,春水脸前波。古树芳菲
尽,扁舟离恨多。一丛斑—作湘竹夜,环佩响如何。

地肺—作脉山春日

冉冉—作苒苒花明岸,涓涓水绕山。几时抛俗事,来共白云闲。

题陈处士幽居

松轩尘外客,高枕—作竹自萧疏。雨后苔侵井,霜来叶满渠。闲看
镜湖画,秋—作时得越僧书。若待前溪月,谁人伴钓鱼。

握—作屈柘词

杨柳萦桥绿,玫瑰拂地红。绣衫金骦袅,花髻玉珑璁。宿雨香潜

润,春流水暗通。画楼初梦断,晓一作晴日照湘风。

题卢处士山居 一作处士卢岵山居

西溪问樵客,遥识一作指楚一作主人家。古树老连石,急泉清露沙。千峰随雨暗,一径入云斜。日暮飞鸦集一作鸟飞散,满山一作庭荞麦花。

初秋寄友人

闲梦正悠悠,凉风生竹楼。夜琴知欲雨,晓簟觉新秋。独鸟楚山远,一蝉关树愁。凭将离别一作别离恨,江外一作水问同一作东游。

题丰安里王相林亭二首 公明太玄经

花竹有薄埃,嘉游集上才。白蘋安石渚,红叶子云台。朱户雀罗设,黄门驭骑来。不知淮水浊,丹藕为谁开。

偶到乌衣巷,含情更惘然。西州曲堤柳,东府旧池莲。星坼悲元老,云归送墨仙。谁知济川楫,今作野人船。

早 秋 山 居

山近觉寒早,草堂霜气晴。树凋窗有日,池满水无声。果落见猿过,叶干闻鹿行。素琴机虑静一作息,空伴夜泉清。

和友人盘石寺逢旧友

楚寺上方宿,满堂皆旧游。月溪逢远客,烟浪有归舟。江馆白蘋夜,水关红叶秋。西风吹暮雨,汀一作江草更堪愁。

送 人 南 游

送君游楚国,江浦树苍然。沙净有波迹,岸平多草烟。角悲临海郡,月到渡淮船。唯以一杯酒,相思高楚—作隔远天。

赠 郑 处 士

飘然随钓艇,云水是天—作生涯。红叶下荒井,碧梧侵古槎。醉收陶令菊,贫卖邵平瓜。更有相期处,南篱一树花。

江 岸 即 事

水容侵古岸,峰影度青蘋。庙竹唯闻鸟,江帆不见人。雀声花外暝,客思柳边春。别恨转难尽,行行—作年年汀草新。

赠 隐 者

茅堂对薇蕨,炉暖一裘轻。醉后楚山梦,觉来春鸟声。采茶溪树绿,煮药—作苔石泉清。不问人间事,忘机过此生。

渚宫晚春寄秦地友人

风华已眇然,独立思江天。凫雁野塘水,牛羊春草烟。秦原晓—作晚重叠,灞浪夜潺湲。今日思归客,愁容在—作满镜悬—作前。

碧涧驿晓思

香灯伴残梦,楚国在天涯。月落子规歇,满庭山杏花。

送并州郭书记

宾筵得佳客,侯印有光辉。候骑不传箭,回文空上机。塞城—作尘收一作牧马去,烽火射雕归。惟有严家濑,回环径草微。

赠越僧岳云一作雪二首

世机消已尽,巾屦一作履亦飘然。一室故山月,满瓶秋涧泉。禅庵过微雪,乡寺隔寒烟。应共白莲客,相期松桂前。

兰亭旧都讲,今日意如何。有树关深院,无尘到浅莎一作沙。僧居随处好,人事出门多。不及新春雁一作鸟,年年镜水波。

咏 山 鸡

万一作石鏊动晴景,山禽凌翠微。绣翎翻草去,红嘴啄花归。巢暖碧云色,影孤清镜辉。不知春树伴一作畔,何处又分飞。

清旦题采药翁草堂

幽人寻药径,来自晓云边。衣湿朮花雨,语成松岭烟。解藤开涧户,踏石过溪泉。林外晨光动,山昏鸟满天。

商 山 早 行

晨起动征铎,客行悲故乡。鸡声茅店月,人迹板桥霜。槲叶落山路,枳花明驿墙。因思杜陵梦,凫雁满回塘。

题竹谷神祠 一作谷神庙

苍苍松竹一作色晚,一径入荒祠。古树风吹马,虚廊日照旗。烟煤朝奠处,风一作云雨夜归时。寂寞东湖一作湘江客,空看蒋帝碑。

途 中 有 怀

驱车何日闲,扰扰路岐一作岐路间。岁暮自多感,客程殊未还。亭皋汝阳道,风雪穆陵关。腊后寒梅发,谁人在故山。

经李处士杜城别业

忆昔儿游集,今来倍叹伤。百花情易老,一笑事难忘。白社一作杜
已萧索,青楼空艳阳。不闲云雨梦,犹欲过高唐。

登李羽士东楼

经客有馀音,他年终故林。高楼本危睇,凉月更伤心。此意竟难折
一作诉,伊人成古今。流尘其一作无可欲,非复懒鸣琴。

题僧泰恭院二首

昔岁东林下,深公识姓名。尔来辞半偈,空复叹劳生。忧患慕禅
味,寂寥遗世情。所归心自得,何事倦尘缨。

微生竟劳止,晤言犹是非。出门还有泪,看竹暂忘机。爽气三秋
近,浮生一笑稀。故山松菊在,终欲掩荆一作柴扉。

西 游 书 怀

渭川通野戍,有路上桑干。独鸟青天暮,惊麏赤烧残。高秋辞故
国,昨日梦长安。客意自如此,非关行路难。

送人东游 一作归

荒戍落黄叶,浩然离故关。高风汉阳渡,初日郢门山。江上几人
在,天涯孤棹还。何当重相见,尊酒慰离颜。

寄山中友人

惟昔有归趣,今兹固愿言。啸歌成往事,风雨坐凉轩。时物信佳

节，岁华非故园。固一作因知春草色，何意为王孙。

偶　题 一作夜宴

孔雀眠高阁一作树，樱桃拂短檐。画明金冉冉一作苒苒，筝语玉纤纤。
细雨无妨烛，轻寒不隔帘。欲将红锦段，因梦寄一作与江淹。

赠考功卢郎中

白首方辞满，荆扉对渚田。雪中无陌巷，醉后似当年。一笈负山
药，两瓶携涧泉。夜来风浪起，何处认渔船。

题　萧　山　庙

故道木阴浓，荒祠山影东。杉松一作松杉一庭雨，幡盖满堂风。客
奠晓一作晚莎一作沙湿，马嘶秋一作春庙空。夜深池上一作雷电歇，龙入
古潭中。

春日寄岳州从事李员外二首

苒一作在弱楼前柳，轻空花外窗。蝶高飞有伴，莺早语无双。剪胜
裁春字，开屏见晓江。从来共情战，今日欲归降。
从小识宾卿，恩深若弟兄。相逢在何日，此别不胜情。红粉座中
客，彩旒一作云江上城。尚平婚嫁累，无路逐双旌。

和段少常柯古

称觞惭座客，怀刺即门人。素向一作尚宁知贵，清谈不厌贫。野梅
江上晚，堤柳雨中春。未报淮南诏，何劳问白蘋。

海　榴

海榴开似火，先解报春风。叶乱裁笺绿，花宜插鬓一作髻红。蜡珠攒作蒂，缃彩剪成丛。郑驿多归思，相期一笑同。

李先生别墅望僧舍宝刹因作双韵声 一作双声

栖息消心象，檐楹溢艳阳。帘栊兰露落，邻里柳一作树林凉。高阁过空谷，孤竿隔古冈。潭庐同淡荡，仿佛复芬芳。

敷水小桃盛开因作

敷水小桥东，娟娟一作涓涓照露丛。所嗟非胜地，堪恨是春风。洪迈取此四句为绝句。二月艳阳节，一枝惆怅红。定知留不住，吹落路尘中。

全唐诗卷五八二

温庭筠

寄山中人

月中一双鹤,石上千—作百尺松。素琴入爽籁,山酒和春容。幽瀑有时一作间断,片云无所从。何事苏门生—作坐,—作啸,携手东南峰。

送淮阴孙令之官

隋堤杨柳烟,孤棹正悠然。萧寺通淮戍,芜城枕楚堧—作田。鱼盐桥上市,灯火雨中船。故老青葭岸,先知虙子贤。

宿辉公精舍

禅房无外物,清话此宵同。林彩水烟里,涧声〔山〕(三)月中。橡霜诸壑霁,杉火一炉空。拥褐寒更彻,心知觉路通。

旅泊新津却寄一二知己

维舟息行役,霁景近江村。并起别离恨—作念,似—作思闻歌吹喧。高林月初上,远水雾犹昏。王粲平生感,登临几断魂。

赠 僧 云 栖

麈尾与筇杖，几年离石坛。梵馀林雪厚，棋罢岳钟残。开卷喜先悟，漱瓶知早寒。衡阳寺前雁，今日到长安。

雪夜与友生同宿晓寄近邻

闭门群动息，积雪透疏林。有客寒方觉，无声晓已深。正繁闻近雁，并落起栖禽。寂寞寒塘路，怜君独阻寻。一作履迹行当满，依依欲阻寻。

题造微禅师院

夜香闻偈后，岑寂掩双扉。照竹灯和雪，看松月到衣。草堂疏磬断，江寺故人稀。唯忆湘南雨，春风独鸟归。

正见寺晓别生公

清晓盥秋水，高窗留夕阴。初阳到古寺，宿鸟起寒林。香火有良愿，宦名非素心。灵山缘未绝，他日重来一作相寻。

旅次盱眙县

离离麦擢芒，楚客意一作思偏伤。波上旅愁起，天边归路长。孤桡一作帆投楚驿一作岸，残月在淮檣。外杜三千里，谁人数雁行。

鄠郊别墅寄所知

持颐望平绿，万景集所思。南塘遇新雨，百草生容姿。幽鸟不相识，美人如何一作何可期。徒然委摇荡，惆怅春风时。

京兆公池上作

稻香山色叠,平野接荒陂。莲折一作少舟行远,萍多钓下迟。坏堤泉落处,凉簟雨来时。京口兵堪用一作问,何因入梦思。

卢氏池上遇雨赠同游者

簟翻凉气集,溪上润残棋。萍皱风来后,荷喧雨到时。寂寥一作寞闲望久,飘洒独归迟。无限松江恨,烦一作劳君解钓丝。

题薛昌之所居

所得乃清旷,寂寥常掩关。独来春尚在,相得暮方还。花白风露晚,柳青街陌闲。翠微应有雪,窗外见南山。

东 归 有 怀

晴川通野一作古陂,此地昔伤离。一去迹常在,独来心自知。鹭眠莰叶折,鱼静蓼花垂。无限高秋泪,扁舟极路岐。

休浣日西掖谒所知

赤墀高阁自从容,玉女窗扉报曙钟。日丽九门一作华青锁一作琐闼,雨晴双阙翠微峰。毫端蕙露滋仙草,琴上薰风入禁松。荀令凤池春婉娩一作腕晚,好将馀润变一作拂鱼龙。

博 山

博山香重欲成云,锦段机丝妒鄂君。粉蝶团飞花转影,彩鸳双泳水生纹。青楼二月春将半,碧瓦千家日未嚏。见说杨朱无限泪,岂能空为路岐分。

送卢处士—作生游吴越

羡君东去见残梅,唯有王孙独未回。吴苑夕阳明古堞,越宫春草上高台。波生野水—作渚雁初下,风满驿楼潮欲来。试逐渔舟看雪浪,几多江燕荇花开。

过 新 丰

一剑乘时帝业成,沛中乡里到咸京。寰区已作皇居—作都贵,风月犹含白社情。泗水旧亭春—作秋草遍—作变,千门遗瓦古苔生。至今留得离家恨,鸡犬相闻落照明。

过 潼 关

地形盘屈带河流,景气澄明是胜游。十里晓鸡关树暗—作静,一行寒雁陇云愁。片时无事溪泉好,尽日凝眸岳色秋。麈尾角巾应旷望,更嗟芳霭隔秦楼。

题西平王旧赐屏风

曾向金扉玉砌来,百花鲜湿隔尘埃。披香殿下樱桃熟,结绮楼前芍药开。朱鹭已随新卤簿,黄鹂犹湿—作识旧池台。世间刚有东流水,一送恩波更不回。

河中陪帅游亭 —作陪河中节度使游河亭

倚阑愁立独徘徊,欲赋惭非宋玉才。满座山光摇剑戟,绕城波色动楼台。鸟飞天外斜阳尽,人过桥心—作边倒影来。添得五湖多少恨,柳花飘荡似寒梅。

和赵嘏题岳寺

疏钟细响乱鸣泉，客省高临似水天。岚翠暗来空觉润，涧茶馀爽不成眠。越僧寒立孤灯外，岳月秋当万木前。张邴宦情何太薄，远公窗外有池莲。

苏　武　庙

苏武魂销汉使－作史前，古祠高树两茫然。云边雁断－作落胡天月，陇上羊归塞草烟。回日楼台非甲帐，去时冠剑－作盖是丁年。茂陵不见封侯印，空向秋波哭逝川。

送客－作途中偶作

石路荒凉－作唐接野蒿，西风吹马利如刀。小桥连驿杨柳晚－作暮程投驿惠兰静，废寺入门禾黍高。鸡犬夕阳喧县市，凫鹥秋水曝城壕。故山有梦不归去，官树－作路陌尘何太劳。

寒食前有怀

万物鲜华－作相鲜雨乍晴，春寒寂－作戚历－作历近清明。残芳荏苒双飞蝶，晓－作晚睡朦胧－作濛笼百啭莺。旧侣－作约不归成独酌，故园虽在有谁耕。悠然更－作便起严滩恨，一宿东风蕙草生。

宿 云 际 寺

白盖微云一径深，东峰－作风弟子远相寻。苍苔路熟僧归寺，红叶声乾鹿在林。高阁清香生静境，夜堂疏磬发禅心。自从紫桂岩前别，不见南能直至－作到今。

寄岳州李外郎远 一作肱

含颦不语坐持一作撘颐，天远一作近楼高宋玉悲。湖上残棋人散后，
岳阳微雨鸟来一作归迟。早梅犹得回歌扇，春水还应理钓丝。独一
作唯有袁宏一作安正一作易憔悴，一樽惆怅落花时。

游南塘寄知者 一作王知白

白鸟梳翎立岸莎，藻花菱刺泛微波。烟光似带侵垂柳，露点如珠落
卷荷。楚水晓一作晚凉催客早，杜陵秋思傍蝉多。镏公不信归心
切，听取江楼一曲歌。

寄 卢 生

遗业荒凉近故都，门前堤路枕平湖。绿杨阴里千家月，红藕香中万
点珠。此地别来双鬓改，几时归去片帆孤。他年犹拟金貂换，寄语
黄公旧酒垆。

春日访李十四处士

花深桥转水潺潺，角里先生自闭关。看竹已知行处好，望云空一作
定得暂时闲。谁言有策堪经世，自是无钱可买山。一局残棋千点
雨，绿萍池上暮方还。

宿 松 门 寺

白石青崖世界分，卷帘孤坐对氛一作氤氲。林间禅室春深雪，潭上
龙堂夜半云。落月一作日苍一作荒凉登阁在一作远，晓钟摇荡隔江一作
墙闻。西山旧是经行地，愿漱寒瓶逐一作在领军。

咏寒宵

寒宵何耿耿，良宴有馀姿。宝鞭徘徊处，熏炉怅望时。曲琼垂翡翠，斜月到罘罳。委坠金钲一作缸烬，阑珊玉局棋。话穷犹注睇，歌罢尚持颐。晻暧一作暖遥相属一作瞩，氛氲一作细缊积所思。秦蛾一作蛾卷衣一作帘晚，胡雁度云迟。上郡归来梦，那知锦字诗。

寄渚宫遗民弘里生

柳弱湖堤曲，篱疏水巷深。酒阑初促席，歌罢欲分襟。波一作坡月欺华烛，汀一作江云润故琴。镜清花并蒂一作共叶，床冷簟连心。荷叠平桥暗一作阔，萍稀败舫沉。城头五通一作更鼓，窗外万家砧。异县鱼投浪，当年鸟共林。八行香一作书未灭一作减，千里梦一作叹难寻。未肯睽良愿，空期一作知嗣好音。他时因咏一作咏怀作，犹得比南金。

春尽与友人入裴氏林探一作采渔竿

一径互纤直，茅棘亦已繁。晴阳入荒竹，暖暖如春园。倚杖息惭一作憩倦，徘徊恋微暄。历寻婵娟节，剪破苍筤根。地闭一作闲修茎孤，林振馀籜翻。适心在所好，非必寻湘沅。

春日

问君何所思，迢递艳阳时。门静人归晚，墙高蝶过迟。一双青琐燕，千万绿杨丝。屏上吴山远，楼中朔管悲。宝书无寄处，香縠有来期。草色将林彩，相添一作将入黛眉。

洛　阳

巩树先春雪满枝，上阳宫柳啭黄鹂。桓谭未便忘西笑，岂为长安有凤池。

题贺知章故居叠韵作

废砌翳薜荔，枯湖无菰蒲。老媪饱一作宝藁草，愚儒输逋租。

雨中与李先生期垂钓先后相失因作叠韵

隔石觅屐迹，西溪迷鸡啼。小鸟扰晓沼，犁泥齐低畦。

全唐诗卷五八三

温庭筠 补遗

春日雨 一作细雨

细雨濛濛入绛纱,湖亭一作沣湖寒食孟珠一作姝家。南朝漫自称流品,宫体何曾为杏花。

细 雨

凭轩望秋雨,凉入暑衣清。极目鸟频没,片时云复轻。沼萍开更敛,山叶动还鸣。楚客秋江上,萧萧故国情。

秋 雨

云满鸟行灭,池凉龙气腥。斜飘看棋簟,疏洒望山亭。细响鸣林叶,圆文破沼萍。秋阴杳无际,平野但冥冥。

春初对暮雨

淅沥生丛筱,空濛泫网轩。暝姿看远树,春意入尘一作陈根。点细飘风急,声轻入夜繁。雀喧争槿树,人静出蔬园。瓦湿光先起,房深影易昏。不应江上草,相与滞王孙。

雪 二 首

砚水池先冻,窗风酒易消。鸦声出山郭,人迹过村桥。稍急方萦
转,才深未寂寥。细光穿暗隙,轻白驻寒条。草静封还折,松欹堕
复摇。谢庄今病眼,无意坐通宵。

嬴骖出更惭,林寺已疏钟。踏紧寒声涩,飞交细点重。围斜人过
迹,阶静鸟行踪。寂寞梁鸿病,谁人代夜春。

送人游淮海 一作宿友人池

背檐灯色暗,宿客梦初成。半夜竹窗雨,满池荷叶声。簟凉秋阆
思,木落故山情。明发又愁起,桂花溪水清。

原隰荑绿柳

迥野韶光早,晴川柳满 一作映柳堤。拂尘生嫩绿,披雪见柔荑。碧
玉牙犹短,黄金缕未齐。腰肢弄寒吹,眉意入春闺。预恐狂夫折,
迎牵逸客迷。新莺将出谷,应借一枝栖。

宿秦生 一作僧山斋

衡巫路不同,结室在东峰。岁晚得支遁,夜寒逢戴颙。龛灯落叶
寺,山雪隔林钟。行解 一作李,一行戒行。无由发,曹溪欲施舂。

赠楚云上人

松根满苔石,尽日闭禅关。有伴年年月,无家处处山。烟波五湖
远,瓶屦一身闲。岳寺蕙兰晚,几时幽鸟还。

宿白盖峰寺寄僧

山房霜气晴—作清，一宿遂平生。阁上见林影，月中闻涧声。佛灯销永夜，僧磬彻寒更。不学何居士，焚香为宦情。

送僧东游

师归旧山去，此别已凄然。灯影秋江寺，篷声夜雨船。鸥飞吴市外，麟卧晋陵前。若到东林社，谁人更问禅。

盘石寺留别成公

槲叶萧萧带苇风，寺前归客—作路别支公。三秋岸雪花初白，一夜林霜叶尽红。山叠楚天云压塞，浪遥吴苑水连空。悠然旅榜频回首，无复松窗半偈同。

题中南佛塔寺

鸣泉隔翠微，千里到柴扉。地胜人无欲，林昏虎有威。涧苔侵客屦，山雪入禅衣。桂树芳阴在，还期岁晏归。

马嵬佛寺

荒鸡夜唱战尘深，五鼓雕舆过上林。才信倾城是真语，直教涂地始甘心。两重秦苑成千里，一炷胡香抵—作直万金。曼倩死来无绝艺，后人谁肯惜青禽—作琴。

清凉寺

黄花红树谢芳蹊，宫殿参差黛巇西。诗阁晓窗藏雪岭，画堂秋水接蓝溪。松飘晚吹—作翠拟金铎，竹荫寒苔上石梯。妙迹奇名竟何在,下方烟暝草萋萋。

赠卢长史

移病欲成隐,扁舟归旧居。地深新—作心事少,官散故交疏。道直
更无侣,家贫唯有书。东门烟水梦,非独为鲈鱼。

秋日旅舍寄义山李侍御

一水悠悠隔渭城,渭城风物近柴荆。寒蛩乍响催机杼,旅雁初来忆
弟兄。自为林泉牵晓—作好梦,不关砧杵报秋声。子虚何处堪消
渴,试向文园问长卿。

晚坐寄友人

九枝灯在琐窗空,希逸无聊恨不同。晓梦未离金夹膝,早寒先到石
屏风。遗簪可惜三秋白,蜡烛犹残一寸红。应卷鰕帘看皓齿,镜
中惆怅见梧桐。

送渤海王子归本国

疆理虽重海,车书本一家。盛勋归旧国,佳句在中华。定界分秋
涨,开帆到曙霞。九门风月好,回首是天涯。

送北阳袁明府

楚乡千里路,君去及良晨。苇浦迎船火,茶山候吏尘。桑浓蚕卧
晚,麦秀雉声春。莫作东篱兴,青云有故人。

送李生归旧居

一从征战后,故社几人归。薄宦离山久,高谈与世稀。夕阳当板

槛,春日入柴扉。莫却严滩意,西溪有钓矶。

早春浐水送友人

青门烟野外,渡浐送行人。鸭卧溪沙暖,鸠鸣社树春。残一作浅波
青有石,幽草绿无尘。杨柳东风里,相看泪满巾。

送襄州李中丞赴从事

汉庭文采有相如,天子通宵爱子虚。把钓看棋高兴尽,焚香起草宦
情疏。楚山重叠当归路,溪月分明到直庐。江雨潇潇帆一片,此行
谁道为一作忆鲈鱼。

江上别友人

秋色满蒹葭,离人西复东。几年方暂见,一笑又难同。地势萧陵
歇,江声禹庙空。如何暮滩上,千里逐征一作离鸿。

与 友 人 别

半醉别都门,含凄上古原。晚风杨叶社,寒食杏花村。薄暮牵离
绪,伤春忆晤言。年芳本无限,何况有兰孙一作荪。

鸿胪寺有开元中锡宴堂楼台池沼雅
为胜绝荒凉遗址仅有存者偶成四十韵

明皇昔御极,神圣垂耿光。沈机发雷电,逸躅陵尧汤。西覃积石
山,北至穷发乡。四凶有獬豸一作�,一臂无螳螂。婵娟得神艳,郁
烈闻国香。紫绦鸣羯鼓,玉管吹霓裳。禄山未封侯,林甫才为郎。
昭融廓日月,妥帖一作贴安纪纲。群生到寿域,百辟趋明堂。四海
正夷宴,一尘不飞扬。天子自犹一作游,一作悦。豫,侍臣宜乐康。轧

然闾阖开，赤日生扶桑。玉砌露—作路盘纡，金壶—作台漏丁当。剑佩相击触，左右随趋跄。玄珠十二旒，红粉三千行。顾眄—作盼睐生羽翼，叱—作咄嗟回雪霜。神霞凌云阁，春水骊山阳。盘斗九子粽，瓯擎五云浆。双琼京兆博—作卜，七鼓邯郸娼。毬鞠碧鸡斗，茏葱翠雉场。仗官绣蔽膝，宝马金镂—作缕锡。椒涂隔鹦鹉，柘弹惊鸳鸯。猗欤华国臣，鬓发俱苍苍。锡宴得幽—作佳致，车从真炜煌。画鹢照鱼鳖，鸣驺乱鸳鸯。飐滟荡碧波，炫煌迷—作连横塘。紫盈舞回雪，宛转歌绕—作绕歌梁。艳带画银络，宝梳金钿筐。沈冥类汉相，醉倒疑楚狂。一旦紫微东，胡星森耀芒。凭陵逐鲸鲵，唐突驱犬羊。纵火三月赤，战尘千里黄。殳函与府寺，从此俱荒凉。兹地乃蔓草，故基摧—作唯坏墙。枯池接断岸，唧唧啼寒螀。败荷塌作泥，死竹森如枪。游人问老吏，相对聊感伤。岂必—作不见麋鹿，然后堪回肠。幸今遇太平，令节称羽觞。谁知曲江曲—作坞，岁岁栖鸾凰。

访知玄上人遇暴经因有赠

缥帙无尘满画廊，钟—作终山弟子静焚香。惠能未肯传心法，张湛徒劳与眼方。风飐檀烟销篆印，日移松影过禅床。客儿自有翻经处，江上秋来蕙草荒。

寄崔先生

往年江海别元卿，家近山阳古郡城。莲浦—作沼香中离席散，柳堤风里钓船横。星霜荏苒无音信，烟水微茫变姓名。菰黍正肥鱼正美，五侯门下负平生。

敬答李先生

七里滩声舜庙前,杏花初盛草芊芊。绿昏晴气春风岸,红漾轻纶一作轮野水天。不为伤离成极望,更因行乐惜流年。一瓢无事鹰裘暖,手弄溪波坐钓船。

宿沣曲僧一作精舍

东郊和气新,芳霭远如尘。客舍一作路停疲马,僧墙画故人。沃田桑景一作叶晚,平野菜花春。更想严家濑,微风荡白蘋。

宿一公精舍

夜阑黄叶寺,瓶锡两俱能。松下石桥路,雨一作山中山一作佛殿灯。茶炉天姥客,棋席剡溪僧。还笑长门赋,高秋卧茂陵。

月中宿云居寺上方

虚阁披衣坐,寒阶踏叶行。众星中夜少,圆月上方明。霭尽无林色,喧馀有涧声。只应愁恨事,还逐晓光生。

登 卢 氏 台

胜地当通邑,前山有故居。台高秋尽出,林断野无馀。白露鸣蛩急,晴天一作天时度雁疏。由来放怀地,非独在吾庐。

牡 丹 二 首

轻阴隔翠帏,宿雨泣晴晖。醉后佳期在,歌馀旧意非。蝶繁经一作轻粉住,蜂重抱香归。莫惜薰炉夜,因风到舞衣。

水漾晴红压叠波,晓来金粉覆庭莎。裁成艳思偏应巧,分得春光最数多。欲绽似含双靥笑,正繁疑有一声歌。华堂客散帘垂地,想凭阑干敛翠蛾。

反生桃花发因题

疾眼逢春—作相逢四壁空,夜来山雪破东风。未知王母千年熟,且共刘郎一笑同。已落又开横晚翠,似无如有带朝红。僧虔蜡炬高三尺,莫惜连宵照露丛。

杏　花

红花初绽雪花繁,重叠高低满小园。正见盛时犹怅望,岂堪开处已缤翻。情为世累诗千首,醉是吾乡酒一樽。杳杳艳歌春日午,出墙何处隔朱门。

和太常杜少卿东都修〔行〕(竹)里有嘉莲

春秋罢注直铜龙,旧宅嘉莲照水红。两处龟巢清露里,一时鱼跃翠茎东。同心表瑞荀池上,半面分妆乐镜中。应为临川多丽句,故持重艳向西风。

题磁岭海棠花

幽态竟谁赏,岁华空与期。岛回香尽处,泉照艳浓时。蜀彩淡摇曳—作拽,吴妆低怨思。王孙又谁恨,惆怅下山迟。

苦　楝　花

院里莺歌歇,墙头蝶舞孤。天香薰羽葆,宫紫晕流苏。晻暧迷青琐,氤氲向画图。只应春惜别,留与博山炉。

自有扈至京师已后朱樱之期

露圆霞赤数千枝,银笼谁家寄所思。秦苑飞禽谙熟早,杜陵游客恨
来迟。空看翠幄成阴日,不见红珠满树时。尽日徘徊浓影_{一作荫}
下,只应重作钓鱼期。

答段柯古见嘲

彩翰_{一作轮}殊翁金缭绕,一千二百逃飞鸟。尾薪_{一作生}桥下未为痴,
暮雨朝云世间少。

莲　花

绿塘摇滟接星津,轧轧兰桡入白蘋。应为洛神波上袜,至今莲蕊有
香尘。

过吴景帝陵

王气销来水淼茫,岂能才与命相妨。虚开直渎三千里,青盖何曾到
洛阳。

龙尾驿妇人图

慢笑开元有幸臣,直教天子到蒙尘。今来看画犹如此,何况亲逢绝
世人。

薛氏池垂钓

池塘经雨更苍苍,万点荷珠晓气凉。朱瑀空偷御沟水,锦鳞红尾属
严光。

简 同 志

开济由来变盛衰,五车才得号镃基。留侯功业何容易,一卷兵书作帝师。

瑟 瑟 钗

翠染冰轻透露光,堕云孙寿有馀香。只因七夕回天浪,添作湘妃泪两行。

元 日

神耀破氛昏,新阳入晏温。绪风调玉吹,端日应铜浑。威凤跐瑶虡,升龙护璧门。雨旸春令煦,裘冕晬容尊。

二月十五日樱桃盛开自所 居蹑履吟玩竟名王泽章洋才

晓觉笼烟重,春深染雪轻。静应留得蝶,繁欲不胜莺。影乱晨飙急,香多夜雨晴。似将千万恨,西北为卿卿。

寒食节日寄楚望二首

芳兰无意绿,弱柳何穷缕。心断入淮山,梦长穿楚雨。繁花如二八,好月当三五。愁碧竞平皋,韶红换幽圃。流莺隐员树,乳燕喧馀哺。旷望恋曾台,离忧集环堵。当年不自遣,晚得终何补。郑谷有樵苏,归来要腰斧。

家乏两千万,时当一百五。飚飚杨柳风,穰穰樱桃雨。年芳苦沉潦,心事如摧橹。金猋近兰汀,铜龙接花坞。青葱建杨宅,隐辚端门鼓。彩素拂庭柯,轻球落邻圃。三春谢游衍,一笑牵规矩。独有恩泽侯,归来看楚舞。

清 明 日

清娥画扇中,春树郁金红。出犯繁花露,归穿弱柳风。马骄偏避
幰,鸡骇乍开笼。柘弹何人发,黄鹂隔故宫。

禁火日 第七句缺一字

骀荡清明日,储胥小苑东。舞衫萱草绿,春鬓杏花红。马箠轻衔
雪,车衣弱向风。□愁闻百舌,残睡正朦胧。

嘲三月十八日雪

三月雪连夜,未应伤物华。只缘春欲尽,留著伴梨花。

杨柳八首 一作杨柳枝

宜春苑外最长条,闲袅春风伴舞腰。正是玉人肠断处,一渠春水赤
阑桥。

南内墙东御路旁,预知春色柳丝黄。杏花未肯无情思,何是一作事
情一作行人最断肠。

苏小门前柳万条,毵毵金线拂平桥。黄莺不语东风起,深闭朱门伴
细腰。

金缕毵毵碧瓦沟,六宫眉黛惹春愁。晚一作晓来更带龙池雨,半拂
阑干半入楼。

馆娃宫外邺城西,远映征帆近拂堤。系得王孙归意切,不关春草绿
萋萋。

两两黄鹂色似金,袅枝啼露动芳音。春来幸自一作有长如线,可惜
牵缠荡子心。

御柳如丝映九重,凤凰窗柱绣芙蓉。景阳楼畔千条露,一面新妆待晓钟。

织锦机边莺语频,停梭垂泪忆征人。塞—作寒门三月犹萧索,纵有垂杨未觉春。

客 愁

客愁看柳色,日日逐春深。荡漾春风里,谁知历乱心。

和周繇

一作和周繇广阳公宴嘲段成式诗。繇诗题:广阳公宴成式速罢驰骋坐观花艳或有眼饱之嘲诗及段答诗并六韵。

齐马驰千驷,卢姬逞十三。玳筵方喜—作昐睐,金勒自趁趋。堕珥情初洽,鸣鞭战未酣。神交花冉冉,眉语柳毿毿。却略青鸾镜,翘翻翠凤篸。专城有佳对,宁肯顾春蚕。

光风亭夜宴妓有醉殴者

吴国初成阵,王家欲解围。拂巾双雉叫,飘瓦两鸳飞。

南歌子词二首 —作添声杨柳枝辞

一尺深红胜—作蒙麹尘,天生旧物不如新。合欢桃核终堪恨,里许元来别有人。

井底点灯深烛伊,共郎长行莫围棋。玲珑骰子安红豆,入骨相思知不知。

题李卫公诗二首

蒿棘深春卫国门,九年于此盗乾坤。两行密疏倾天下,一夜阴谋达

至尊。肉视具僚忘匕箸,气吞同列削寒温。当时谁是承恩者,肯有
馀波达鬼村。

势欲凌云威触天,权倾诸夏力排山。三年骥尾有人附,一日龙须无
路攀。画阁不开梁燕去,朱门罢扫乳鸦还。千岩万壑应惆怅,流水
斜倾出武关。

题谷隐兰若

风带巢熊拗树声,老僧相引入云行。半坡新路畬才了,一谷寒烟烧
不成。

观　棋 一作段成式诗

闲对楸枰倾一壶,黄华坪上几成卢。他时谒帝铜龙水,便赌宣城太
守无。

句

春水碧于天,画船听雨眠。　见《优古堂诗话》

绿树绕村含细雨,寒潮背郭卷平沙。　送人　见《诗人玉屑》

全唐诗卷五八四

段成式

段成式,字柯古,河南人,世客荆州,宰相文昌之子也。以荫为校书郎,研精苦学,秘阁书籍,披阅皆遍。历尚书郎、太常少卿,连典九江、缙云、庐陵三郡。坐累,退居襄阳。集七卷,今编诗一卷。

观山灯献徐尚书 并序

尚书东苑公镇襄之三年,四维具举,而仍岁谷熟。及上元日,百姓请事山灯,以报穰祈祉也。时从事及上客从公登城南楼观之。初烁空焮谷,漫若朝炬,忽惊狂烧卷风,扑缘一峰,如尘烘箟色,如波残鲸龤,如霞驳,如珊瑚露,如丹蛇蚊离,如朱草丛丛,如芝之曲,如莲之擎,布字而疾抵电书,写塔而争同屭构,亦天下一绝也。成式辞多噬累,学未该悉,策山灯事,唯记陈后主宴光壁殿,遥咏山灯诗云:杂桂还如月,依柳更疑星。辄成三首,以纪壮观。

风杪影凌乱,露轻光陆离。如霞散仙掌,似烧上峨嵋。道树千花发,扶桑九日移。因山成众像,不复藉蟠螭。

涌出多宝塔,往来飞锡僧。分明三五月,传照百千灯。驯狖移高柱一作炷,庆云遮半层。夜深寒焰白,犹自缀金绳。

磊落风初定,轻明云乍妨。疏中摇月彩,繁处杂星芒。火树枝柯密,烛龙鳞甲张。穷愁读书者,应得假馀光。

和徐商贺卢员外赐绯一作和徐相公贺襄阳徐副使加章服

云雨轩悬莺语新,一篇佳句占阳春。银黄年少偏欺酒,金紫风流不
让人。连璧座中斜日满,贯珠歌里落花频。莫辞倒载吟归去,看欲
东山又吐茵。

河 出 荣 光

符命自陶唐,吾君应会昌。千年清德水,九折满荣光。极岸浮佳
气,微波照夕阳。澄辉明贝阙,散彩入龙堂。近带关云紫,遥连日
道黄。冯夷矜海若,汉武贵宣房。渐没孤槎影,仍呈一苇航。抚躬
悲未济,作颂喜时康。

哭 李 群 玉

曾话黄陵事,今为白日催。老无儿女累,谁哭到泉台。

寄温飞卿笺纸

予在九江造云蓝纸,既乏左伯之法,全无张永之功,辄送五十板。
三十六鳞充使时,数番犹得裹相思。待将袍袄重抄了,尽写襄阳播
搽一作搦拓词。

题 石 泉 兰 若

蠹竹为篱松作门,石楠阴底藉芳荪。方袍近日少平叔,注得逍遥无
处论。

怯酒赠周繇 一作答周为宪看牡丹

大白东西飞正狂,新刍石冻杂梅香。诗中反语常回避,尤怯花前唤
索郎。

牛尊师宅看牡丹

洞里仙春日更长,翠丛风翦紫霞芳。若为萧史通家客,情愿扛壶入
醉乡。

观 棋 一作温庭筠诗

闲对弈楸倾一壶,黄羊枰上几成都。他时谒帝铜池晓一作晚,便赌
宣城太守无。

题僧壁 一本下有和韦蟾三字

有僧支颊撚眉毫,起就夕阳磨剃刀。到此既知闲最一作处乐,俗心
何啻九牛毛。

哭房处士

独上黄坛几度盟,印开龙渥喜丹成。岂同叔夜终无分,空向人间著
养生。

呈轮上人

虎到前头心不惊,残阳择虱懒逢迎。东林水石未胜此,要假远公方
有名。

题谷隐兰若三首

风惹闲云半谷阴,岩西隐者醉相寻。草衰乍觉径增险,叶尽却疑溪不深。

鸟啄灵雏恋落晖,村情山趣顿忘机。丹成道士过门数,叶尽寒猿下岭稀。

风带巢熊拗树声,老僧相引入云行。半陂新路畲才了,一谷寒烟烧不成。

不赴光风亭夜饮赠周繇

屏开屈膝见吴娃,蛮蜡同心四照花。姹女不愁难管领,斩新铅里得黄牙。

嘲元中丞 一作襄阳中堂赏花为宪与妓人戏语嘲之

莺里花前选孟光,东山遆客酒初狂。素娥毕竟难防备,烧得河车莫遣尝。

寄 一作与周繇 一作为宪求人参

少赋令才犹强作,众医多识不能呼。九茎仙草真难得,五叶灵根许惠无。

嘲飞卿七首

曾见当垆一个人,入时装束好腰身。少年花蒂多芳思,只向诗中写取真。

醉袂几侵鱼子缬,飘缨长胃凤凰钗。知君欲作闲情赋,应愿将身作锦鞋。

翠蝶密偎金叉一作匕首，青虫危泊玉钗梁。愁生半额不开靥，只为
多情团扇郎。

柳烟梅雪隐青楼，残日黄鹂语未休。见说自能裁袙腹，不知谁更著
帩头。

愁机懒织同心苣，闷绣先描连理枝。多少风流词句里，愁中空咏早
环诗。

燕支山色重能轻，南阳水泽斗分明。不烦射雉先张翳，自有琴中威
凤声。

半岁愁中镜似荷，牵环撩鬓却须磨。花前不复抱瓶渴，月底还应琢
刺歌。

柔卿解籍戏呈飞卿三首

长担犊车初入门，金牙新酝盈深樽。良人为渍木瓜粉，遮却红腮交
午痕。

最宜全幅碧鲛绡，自襞春罗等舞腰。未有长钱求邺锦，且令裁取一
团娇。

出意挑鬟一尺长，金为钿鸟簇钗梁。郁金种得花茸细，添入春衫领
里香。

戏高侍御七首

百媚城中一个人，紫罗垂手见精神。青琴仙子长教示，自小来来号
阿真。

七尺发犹三角梳，玳牛独驾长檐车。曾城自有三青鸟，不要莲东双
鲤鱼。

花恨红腰一作腮柳妒眉，东邻墙短不曾窥。犹怜最小分瓜日，奈许
迎春得藕时。

自等腰身尺六强,两重危鬟尽钗长。欲熏罗荐嫌龙脑,须为寻求石
叶香。

别起青楼作几层,斜阳幔卷鹿卢绳。厌裁鱼子深红缬,泥觅蜻蜓浅
碧绫。

诈嫌嚼贝磨衣钝,私带男钱压鬓低。不独邯郸新嫁女,四枝鬟上插
通犀。

可羡罗敷自有夫,愁中漫捋白髭须。豹钱骢子能擎举,兼著连乾许
换无。

送 僧 二 首

形神不灭论初成,爱马乘闲入帝京。四十三年虚过了,方知僧里有
唐生。

想到头陀最上方,桂阴犹认惠宗房。因行恋烧归来晚,窗下犹残一
字香。

猿

却忆书斋值晚晴,挽枝闲啸激蝉清。影沈巴峡夜岩色,踪绝石塘寒
濑声。

送穆郎中赴阙

应念愁中恨索居,鹂歌声里且踟蹰。若逢金马门前客,为说虞卿久
著书。

题 商 山 庙

偶出云泉谒礼闱,篇章曾沐汉皇知。无谋静国东归去,羞过商山四
老祠。

折杨柳七首

枝枝交影锁长门，嫩色曾沾雨露恩。凤辇不来春欲尽，空留莺语到黄昏。此篇一作王贞白诗

水殿年年占早芳，柔条偏惹御炉香。而今万乘多巡狩，辇路无阴绿草长。此篇一作王贞白诗

玉楼烟薄不胜芳，金屋寒轻翠带长。公子骅骝往何处，绿阴堪系紫游缰。

嫩叶初齐不耐寒，风和时拂玉栏干。君王去日曾攀折，泣雨伤春翠黛残。此篇一作王贞白诗

微黄才绽未成阴，绣户珠帘相映深。长恨早梅无赖极，先将春色出前林。

隋家堤上已成尘，汉将营边不复春。只向江南并塞北，酒旗相伴惹行人。

陌上河边千万枝，怕寒愁雨尽低垂。黄金穟短人多折，已恨东风不展眉。

哭 李 群 玉

酒里诗中三十年，纵横唐突世喧喧。明时不作祢衡死，傲尽公卿归九泉。

汉宫词二首

歌舞初承恩宠时，六宫学妾画蛾眉。君王厌世妾头白，闻唱歌声却泪垂。

二八能歌得进名，人言选入便光荣。岂知妃后多娇妒，不许君前唱一声。

醉 中 吟

只爱糟床滴滴声，长愁声绝又醒醒。人间荣辱不常定，唯有南山依
旧青。

桃源僧舍看花

前年帝里探春时，寺寺名花我尽知。今日长安已灰烬，忍能南国对
芳枝。

和周繇见嘲 并序 一作和周为宪广阳公宴见嘲诗

　　近者初开金埒，大敞红筵，骑历块而风生，鼓掺挝而雷发。成式未
曾盘马，徒效执鞭，喜过君子之营，徒接将军之第，款段辞退，因得坐观。
是时满目铅黄，逆鼻兰麝，晚薪馀论，恨织素而不怜；斜柯新知，叹因针
而难假。化符端公，妾换名马；赋辟长门，莫逆赏心；形于善谑，为宪老
舅；吟飘白雪，思效碧云；六韵传观，不得落地；铿如佩玉，粲若列星。儵
眼讵贵于千金，贷心只劳于一句。辄鸣瓦缶，方应金铙，拗辅宜哈，足代
谐笑。

才甘鱼目并，艺怯马蹄间。王谢初飞盖，姬姜尽下山。缚鸡方一作
难角逐，射雉岂开颜。乱翠移林色，狂红照座殷。防梭齿虽在，乞
帽鬓惭斑。儵恕相如瘦，应容累骑还。

和张希复咏宣律和尚袈裟

南山披时寒夜中，一角不动毗岚风。何人见此生惭愧，断续犹应护
得龙。

句

高谈敬风鉴，古貌怯冰棱。 以下见《海录碎事》

虱暴妨归梦,虫喧彻曙更。

梦里思甘露,言中惜惠灯。

新破毗昙义,相期卜夜论。 梦得句云云,因续成十韵。

随樵劫猿藏,隈石觑熊缘。 隐山书事 见《襄阳志》

〔捽〕(�椊)胡云彩落,瘢面月痕消。 光风亭夜宴,妓有醉殴者。

掷履仙凫起,扯衣蝴蝶飘。羞中含薄怒,鬘里带馀娇。醒后犹攘臂,归时更折腰。狂夫自缨绝,眉势倩人描。 题同上 见《纪事》

不愿石郎戴笠,难甘玉女披衣。 苦雨

全唐诗卷五八五

刘 驾

刘驾,字司南,江东人。登大中进士第,官国子博士。诗一卷。

皎 皎 词

皎皎复皎皎,逢时即为好。高秋亦有花,不及当春草。班姬入后宫,飞燕舞东风。青娥中夜起,长叹月明里。

长安旅舍纾情投先达 一作长安抒怀寄知己

歧路不在地,马蹄徒苦辛。上国闻姓名,不如山中人。大宅满六街,此身入谁门。愁心日散乱,有似空中尘。白露下长安,百虫鸣草根。方当秋赋日,却忆归山村。静女头欲白,良媒况我邻。无令苦长叹,长叹销人魂。

送友下第游雁门

相别灞水湄,夹水柳依依。我愿醉如死,不见君去时。所诣星斗北,直行到犹迟。况复挈空囊,求人悲 一作泣,一作恨。路岐。北门记室贤,爱我学古诗。待君如待我,此事固不疑。雁门春色外,四月雁未归。主人拂金台,延客夜开扉。舒君郁郁怀,饮彼白玉卮。若不化女子,功名岂无期。

读 史

平地见天涯,登高天更远。功名及所望,歧路又满眼。万金买园林,千金修池馆。他人厌游览,身独恋轩冕。唯有汉二疏,应觉还家晚。

反贾客乐 乐府有贾客乐,今反之。

无言贾客乐,贾客多无墓。行舟触风浪,尽入鱼腹去。农夫更苦辛,所以羡尔身。

送李垣先辈归嵩少旧居 第九句缺

高秋灞浐路,游子多惨戚。君于此地行,独以寻春色。文章满人口,高第非苟得。要路在长安,归山却为客。□□□□□,狂歌罢叹息。我岂无故山,千里同外国。

苦 寒 吟

百泉冻皆咽,我吟寒更切。半夜倚乔松,不觉满衣雪。竹竿有甘苦,我爱抱苦节。鸟声有悲欢,我爱口流血。潘生若解吟,更早生白发。

上 巳 日

上巳曲江滨,喧于市朝路。相寻不见者,此地皆相遇。日光去此远,翠幕张如雾。何事欢娱中,易觉春城暮。物情重一作爱此节,不是爱芳树。明日花更多,何人肯回顾。

春　台

台上树阴合,台前流水多。青春不出门,坐见野田花。谁能学公
子,走马逐香车。六街尘满衣,鼓绝方还家。

钓 台 怀 古

澄流可濯缨,严子但垂纶。孤坐九层石,远笑清渭滨。潜龙飞上
天,四海岂无云。清气不零雨,安使洗—作浇尘氛。我来吟高风,仿
佛见斯人。江月尚皎皎,江石亦磷磷。如何台下路,明日又迷津。

励　志 —作续励志

白发岂有情,贵贱同日生。二轮不暂驻,似趁长安程。前堂吹参
差,不作缑山声。后园植木槿,月照无馀英。及时立功德,身后犹
光明。仲尼亦为土,鲁人焉敢耕。

桑　妇

墙下桑叶尽,春蚕半未老。城南路迢迢,今日起更早。四邻无去
伴,醉卧青楼晓。姜颜不如谁,所贵守妇道。一春常在树,自觉身
如鸟。归来见小姑,新妆弄百草。

上 马 叹

羸马行迟迟,顽童去我远。时时一回顾,不觉白日晚。路傍豪家
宅,楼上红妆满。十月庭花开,花前吹玉管。君当未贵日,岂不常
屯蹇。如何见布衣,忽若尘入眼。布衣岂常贱,世事车轮转。

唐乐府十首 并序

　　唐乐府,自送征夫至献贺觞,歌河湟之事也。下土土贡臣驾,生于唐二十八年,获见明天子以德归河湟地。臣得与天下夫妇复为太平人,独恨愚且贱,蠕蠕泥土中,不得从臣后拜舞称于上前。情有所发,莫能自抑,作诗十章,目曰唐乐府,虽不足贡声宗庙,形容盛德,而愿与耕稼陶渔者歌田野江湖间,亦足自快。

送 征 夫

昔送征夫苦,今送征夫乐。寒衣纵携去,应向归时著。天子待功成,别造凌烟阁。

输 者 讴

挽粟上高山,高山若平地。力尽心不怨,同我家私事。去者不遑宁,归者唱歌行。相逢古城下,立语天未明。一身远出塞,十口无税征。

吊 西 人

河湟父老地,尽知归明主。将军入空城,城下吊黄土。所愿边人耕,岁岁生禾黍。

边 军 过

城前兵马过,城里人高卧。官家自供给,畏我田产破。健儿食肥肉,战马食新谷。食饱物有馀,所恨无两腹。草青见军过,草白见军回。军回人更多,尽系西戎来。

望 归 马

东人望归马,马归莲峰下。莲峰与地平,亦不更征兵。

祝 河 水

河水清涤涤,照见远树枝。征人不饮马,再拜祝冯夷。从今亿万岁,不见河浊时。

田 西 边

刀剑作锄犁,耕田古城下。高秋禾黍多,无地放羊马。

昆 山

昔时玉为宝,昆山过不得。今时玉为尘,昆山入中国。白玉尚如尘,谁肯爱金银。

乐 边 人

在乡身亦劳,在边腹亦饱。父兄若一处,任向边头老。

献 贺 觞

莫但取河湟,河湟非边疆。愿今日入处,亦似天中央。天子寿万岁,再拜献此觞。

且可怜行 第五句缺三字

园中花自早,不信外无花。良人未朝去,先出登香车。□□五□轮,满城闻呕哑。侍儿衣各别,头上金雀多。只是一家人,路人疑千家。过后香满陌,直到春日斜。今朝且可怜,莫问久如何。

筑 台 一作城词 汉武筑通天台,役者苦之。

前杵与后杵,筑城声 一作功 不住。我愿筑更高,得见秦皇墓。

邻 女

君嫌邻女丑,取妇他乡县。料嫁与君人,亦为邻所贱。菖蒲花可贵,只为人难见。

山 中 夜 坐

半夜山雨过,起来满山月。落尽醉处花,荒沟水决决。怆然惜春去,似与故人别。谁遣我多情,壮年无鬓发。

秦　娥

秦娥十四五,面白于指爪。羞人夜采桑,惊起戴胜鸟。

牧　童

牧童见客拜,山果怀中落。昼日驱牛归,前溪风雨恶。

古　出　塞

胡风不开花,四气多作雪。北人尚冻死,况我本南越。古来犬羊地,巡狩无遗辙。九土耕不尽,武皇犹征伐。中天有高阁,图画何时歇。坐恐塞上山,低于沙中一作上骨。

寄　远

雪花岂结子,徒满连理枝。嫁作一作与征人妻,不得长相随。去年君点行,贱妾是新姬一作归。别早见未熟,入梦无定姿。悄悄空闺中,蛩声绕罗帏。得书喜犹甚,况复见君时。

下第后屏居长安书怀寄太原从事

刖足岂更长,良工隔千里。故山彭蠡上,归梦向汾水。低摧神气尽,僮仆心亦耻。未达谁不然,达者心思此。行年忽已壮,去老年更几。功名生不彰,身殁岂为鬼。才看芳草歇,即叹凉风起。匹马未来期,嘶声尚在耳。

早　行

马上续残梦,马嘶时复惊。心孤多所虞,僮仆近我行。栖禽未分散,落月照古城。莫羡居者闲一作闲居者,豕一作溪边人已耕。

青 门 路

青门有归路,坦坦高槐下。贫贱自耻归,此地谁留我。门开送客
去,落日懒回马。旅食帝城中,不如远游者。舟成于陆地,风水终
相假。吾道谅如斯,立身无苟且。

效 古

融融芳景和,杳杳春日斜。娇娆不自持,清唱翚双蛾。终曲翻成
泣,新人下香车。新人且莫喜,故人曾如此。燕赵犹生女,郎岂有
终始。

战 城 南

城南征战多,城北无饥鸦。白骨马蹄下,谁言皆有家。城前水声
苦,倏忽流万古。莫争城外城一作地,城里终一作有闲土。

曲 江 春 霁

宿雨洗秦树,旧花如新开。池边草未干,日照人马来。马蹄踏流
水,渐渐成尘埃。鸳鸯不敢下,飞绕岸东西。此地喧仍旧,归人亦
满街。

赠 先 达

终南苍翠好,未必如故山。心期在荣名,三载居长安。昔蒙大雅
匠,勉我工五言。业成时不重,辛苦只自怜。皎皎机上丝,尽作秦
筝弦。贫女皆罢织,富人岂不寒。惊风起长波,浩浩何时还。待君
一作谁人当要路,一指王化源。

有 感

弓剑不自行，难引河湟思。将军半夜饮，十里闻歌吹。高门一作行
几世宅，舞袖仍新赐。谁遣一书来，灯前问边事。

姑苏台 一作吴中怀古

勾践饮胆日，吴酒正一作香满杯一作吴王酒满杯。笙歌入海云，声自姑
苏来。西施舞初罢，侍儿整金钗。众女不敢妒，自比泉下泥。越鼓
声腾腾，吴天隔尘埃。难将甬东地，更学会稽栖。《纪事》止此。霸迹
一朝尽，草中棠梨开。

豪 家

九陌槐叶尽，青春在豪家。娇莺不出城，长宿庭上花。高楼登夜
半，已见南山多。恩深势自然，不是爱骄奢。

山 中 有 招

朗朗山月出，尘中事由生。人心虽不闲，九陌夜无行。学古以求
闻，有如石上耕。齐姜早作妇，岂识闺中情。何如此幽居，地僻人
不争。嘉树自昔有，茅屋因我成。取薪不出门，采药于前庭。春花
虽无种，枕席芙蓉馨。君来食葵藿，天爵岂不荣。

空 城 雀

饥啄空城土，莫近太仓粟。一粒未充肠，却入公子腹。且吊城上骨
一作下客，几曾害一作空尔族。不闻庄辛语，今日寒芜绿。

冯叟居

天作冯叟居,山僧尚嫌僻。开门因两树,结宇倚翠壁。溪南有微
径,时遇采芝客。往往白云生,对面千里隔。机忘若僮仆,常与猿
鸟剧。晒药上小峰,庭深无日色。自忘-作从归乡里-作自从忘归乡,
不见新旧-作旧亲戚。累累子孙墓,秋风吹古柏。

醒　后

醉卧芳草间,酒醒日落后。壶觞半倾覆,客去应已久。不记折花
时,何得花在手。

弃　妇

回车在门前,欲上心更悲。路傍见花发,似妾初嫁时。养蚕已成
茧,织素犹在机。新人应笑此,何如画蛾眉。昨日惜红颜,今日畏
老迟。良媒去不远,此恨今告谁。

送李殷游边 -作送李殷游西京

十年梦相识,一觏-作睹俄远-作见别。征驾在我傍,草草意难说。
君居洞庭日,诗句满魏阙。如何万里来,青桂看人折。行装不及
备,西去偶然诀-作成决。孟夏出都门,红尘客衣热。荒城见羊马,
野馆具薇蕨。边境渐无虞,旅宿常待月。西园置酒地,日夕簪裾
列。壮志安可留,槐花樽前发。

江　村

江水灌稻田,饥年稻亦熟。舟中爱桑麻,日午因成宿。相承几十
代,居止连茅屋。四邻不相离,安肯去骨肉。书生说太苦,客路常

在目。纵使富贵还,交亲几坟绿。

出　门

出门羡他人,奔走如得涂。翻思他人意,与我或不殊。以兹聊自安,默默行九衢。生计逐羸马,每出似移居。客从我乡来,但得邻里书。田园几换主,梦归犹荷锄。进犹希万一,退复何所如。况今辟公道,安得不踌躇。

别　道　者

自君入城市,北邙无新坟。始信壶中药,不落白杨根。如何忽告归,藓华还笑人。玉笙无遗音,怅望缑岭云。

兰　昌　宫

宫兰非瑶草,安得春长在。回首春又归,翠华-作叶不能待。悲风生辇路,山川寂已晦。边恨在行人,行人无尽岁。

送友人擢第东归

同家楚天南-作涯,相识秦云西。古来悬弧义,岂顾子与妻。携手践名场,正遇公道开。君荣-作升我虽黜,感恩同所怀。有马不复羸,有奴不复饥。灞岸秋草绿-作槐花落,却是还家时。青门一瓢空,分手去迟迟。期君辙未平,我车继东归。

久　客

久客心易足,主人有馀力。如何昨宵梦,到晓家山色。南音入谁耳,曲尽头自白。

秋　夕

促织灯下吟，灯光冷于水。乡魂坐中去，倚壁身如死。求名为骨肉，骨肉万馀里。富贵在何时，离别今如此。出门长叹息，月白西风起。

效　陶

两曜无停驭，蓬壶应有墓。何况北邙山—作邙山色，只近市朝—作井路。大恢生死网，飞走无逃处。白发忽已新，红颜岂如故。我有杯中物，可以消万虑。醉舞—作袖日婆娑，谁能记朝暮。如求神仙药，阶下亦种黍。但使长兀然，始见天地祖。

长门怨 —作张乔诗

御泉长绕凤凰〔楼〕(栖)，只是恩波别处流。闲摋舞衣归未得，夜来砧杵六宫秋。

苦　寒　行

严寒动八荒，刺刺—作蒴蒴无休时。阳乌不自暖，雪压扶桑枝。岁暮寒益壮，青春安得归。朔雁到南海，越禽何处飞。谁言贫士叹，不为身无衣。

琪树下因吟六韵呈先达者

举世爱嘉树，此树何人识。清秋远山意，偶向亭际得。奇柯交若斗，珍—作生叶—作世业密如织。尘中尚青葱，更想尘外色。所宜巢三鸟，影入瑶池碧。移根岂无时，一问紫烟客。

送人登第东归

学古既到古,反求鉴者难。见诗未识君,疑生建安前。海畔岂无
家,终难成故山。得失虽由命,世途多险艰。我皇追古风,文柄付
大贤。此时如为君,果在甲科间。晚达多早贵,举世咸为然。一夕
颜却少,虽病心且安。所居似清明,冷灶起新烟。高情懒行乐,花
盛仆马前。归程不淹留,指期到田园。香醪四邻熟,霜橘千株繁。
肯忆长安夜,论诗风雪寒。

贾 客 词

贾客灯下起,犹言发已迟。高山有疾路,暗行终不疑。寇盗伏其
路,猛兽来相追。金玉四散去,空囊委路岐。扬州有大宅,白骨无
地归。少妇当此日,对镜弄花枝。

塞 下 曲

勒兵辽水边,风急卷旌旆。绝塞阴无草,平沙去尽天。下营看斗
建,传号信狼烟。圣代书青史,当时破虏年。

春夜二首 一本无二首二字,次首题作秋怀。

一别杜陵归未期,只凭魂梦接亲知。近来欲睡兼难睡,夜夜夜深闻
子规。
几一作岁岁干戈阻路岐,忆山心切与心违。时难何处披衷抱,日日
日斜空醉归。

鄠中感怀

顷年曾住此中来,今日重游事可哀。忆得几家欢宴处,家家家业尽

成灰。

晓登一本有成都二字迎春阁

未栉凭栏眺锦城,烟笼万井二江明。香风满阁花满树,树树树梢啼
晓莺。

白　髭

到处逢人求至药,几回染了又成丝。素丝易染髭难染,墨翟当年合
泣髭。

送卢使君赴夔州

铙管随征旆,高秋上远巴。白波连雾雨,青壁断兼葭。凭几双瞳
静,登楼万井斜。政成知俗变,当应画轮车。

望　月

清秋新霁与君同,江上高楼倚碧空。酒尽露零宾客散,更更更漏月
明中。

古　意

蒲帆出浦去,但见浦边树。不如马行郎,马迹犹在路。大舟不相
载,买宅令委住。莫道留金多,本非爱郎富。

全唐诗卷五八六

刘 沧

刘沧,字蕴灵,鲁人。大中八年进士第,调华原尉,迁龙门令。诗一卷。

长洲怀古

野烧原空尽荻灰,吴王此地有楼台。千年事往人何在,半夜月明潮自来。白鸟影从江树没,清猿声入楚云哀。停车日晚荐蘋藻,风静寒塘花正开。

经炀帝行宫

此地曾经翠辇过,浮云流水竟如何。香销南国美人尽,怨入东风芳草多。残柳宫前空露叶,夕阳川上浩烟波。行人遥起广陵思,古渡月明闻棹歌。

春日游嘉陵江

独泛扁舟映绿杨,嘉陵江水色苍苍。行看芳草故乡远,坐对落花春日长。曲岸危樯移渡影,暮天栖鸟入山光。今来谁识东归意,把酒闲吟思洛阳。

秋日山斋书怀

启户清风枕簟幽,虫丝吹落挂帘钩。蝉吟高树雨初霁,人忆故乡山
正秋。浩渺兼葭连夕照,萧疏杨柳隔沙洲。空将方寸荷知己,身寄
烟萝恩未酬。

晚秋洛阳客舍

清洛平分两岸沙,沙边水色近人家。隋朝古陌铜驼柳,石氏荒原金
谷花。庭叶霜浓悲远客,宫城日晚度寒鸦。未成归计关河阻,空望
白云乡路赊。

深愁喜友人至

不避驱羸道路长,青山同喜惜年光。灯前话旧阶草夜,月下醉吟溪
树霜。落叶已经寒烧尽,衡门犹对古城荒。此身未遂归休计,一半
生涯寄岳阳。

秋日望西阳

古木苍苔坠几层,行人一望旅情增。太行山下黄河水,铜雀台西武
帝陵。风入兼葭秋色动,雨馀杨柳暮烟凝。野花似泣红妆泪,寒露
满枝枝不胜。

邺 都 怀 古

昔时霸业何萧索,古木唯多鸟雀声。芳草自生宫殿处,牧童谁识帝
王城。残春杨柳长川迥,落日兼葭远水平。一望青山便惆怅,西陵
无主月空明。

题龙门僧房

静室遥临伊水东，寂寥谁与此身同。禹门山色度寒磬，萧寺竹声来晚风。僧宿石龛残雪在，雁归沙渚夕阳空。偶将心地问高士，坐指浮生一梦中。

秋夕山斋即事

衡门无事闭苍苔，篱下萧疏野菊开。半夜秋风江色动，满山寒叶雨声来。雁飞关塞霜初落，书寄乡间人一作山客未回。独坐高窗此时节，一弹瑶瑟自成哀。

江 行 书 事

远渚兼葭覆绿苔，姑苏南望思裴徊。空江独树楚山背，暮雨一一作孤舟吴苑来。人度深秋风叶落，鸟飞残照水烟开。寒潮欲上泛萍藻，寄荐三闾情自哀。

过 铸 鼎 原

黄帝修真万国朝，鼎成龙驾上丹霄。天风乍起鹤声远，海雾渐深龙节遥。仙界日长青鸟度，御衣香散紫霞飘。唯留古迹寒原在，碧水苍苍空寂寥。

秋 日 寓 怀

海上生涯一钓舟，偶因名利事淹留。旅涂谁见客青眼，故国几多人白头。雾色满川明水驿，蝉声落日隐城楼。如何未尽此行役，西入潼关云木秋。

江城晚望

一望江城思有馀,遥分野径入樵渔。青山经雨菊花尽,白鸟下滩芦
叶疏。静听潮声寒木杪,远看风色暮帆舒。秋期又涉潼关路,不得
年年向此居。

宿苍㟏馆

孤馆门开对碧岑,竹窗灯下听猿吟。巴山夜雨别离梦,秦塞旧山迢
递心。满地莓苔生近水,几株杨柳自成阴。空思知己隔云岭,乡路
独归春草深。

题王母庙

寂寥珠翠想遗声,门掩烟微水殿清。拂曙紫霞生古壁,何年绛节下
层城。鹤归辽海春光晚,花落闲阶夕雨晴。武帝无名在仙籍,玉坛
星月夜空明。

留别复本修古二上人

二远相知是昔年,此身长寄礼香烟。绿芜风晚水边寺,清磬月高林
下禅。台殿虚窗山翠入,梧桐疏叶露光悬。西峰话别又须去,终日
关山在马前。

边　思

汉将边方背辘轳,受降城北是单于。黄河晚冻雪风急,野火远烧山
木枯。偷号甲兵冲塞色,衔枚战马踏寒芜。蛾眉一没空留怨,青冢
月明啼夜乌。

登龙门敬善寺阁

独步危梯入杳冥,天风潇洒拂檐楹。禹门烟树正春色,少室云屏向
晚晴。花落院深清禁闭,水分川阔绿芜平。琐窗朱槛同仙界,半夜
缑山有鹤声。

题王校书山斋

猿鸟无声昼掩扉,寒原隔水到人稀。云晴古木月初上,雪满空庭鹤
未归。药圃一作圃地连山色近,樵家路入树烟微。栖迟惯得沧浪
思,云阁还应梦钓矶。

浙江晚渡怀古

蝉噪秋风满古堤,荻花寒渡思萋萋。潮声归海鸟初下,草色连江人
自迷。碧落晴分平楚外,青山晚出穆陵西。此来一见垂纶者,却忆
旧居明月溪。

及第后宴曲江

及第新春选胜游,杏园初宴曲江头。紫毫粉壁题仙籍,柳色箫声拂
御楼。霁景露光明远岸,晚空山翠坠芳洲。归时不省花间醉,绮陌
香车似水流。

秋日山寺怀友人

萧寺楼台对夕阴,淡烟疏磬散空林。风生寒渚白蘋动,霜落秋山黄
叶深。云尽独看晴塞雁,月明遥听远村砧。相思不见又经岁,坐向
松窗弹玉琴。

八月十五日夜玩月

中秋朗月静天河, 乌鹊南飞客恨多。寒色满窗明枕簟, 清光凝露拂
烟萝。桂枝斜汉流灵魄, 蘋叶微风动细波。此夜空亭闻木落, 兼葭
霜碛雁初过。

晚春宿僧院

萧寺春风正落花, 淹留数宿惠休家。碧空云尽磬声远, 清夜月高窗
影斜。白日一作社闲吟为道侣, 青山遥指是生涯。微微一点寒灯
在, 乡梦不成闻曙鸦。

怀汶阳兄弟

回看云岭思茫茫, 几处一作度关河隔汶阳。书信经年乡国远, 弟兄
无力海田荒。天高霜月砧声苦, 风满寒林木叶黄。终日路岐归未
得, 秋来空羡雁成行。

题天宫寺阁

丹阙侵霄壮复危, 排空霞影动檐扉。城连伊水禹门近, 烟隔上阳宫
树微。天敛暮云残雨歇, 路穿春草一僧归。此来闲望更何有, 无限
清风生客衣。

游上方石窟寺

苔径萦回景渐分, 脩然空界静埃氛。一声疏磬过寒水, 半壁危楼隐
白云。雪下石龛僧在定, 日西山木鸟成群。几来吟啸立朱槛, 风起
天香处处闻。

怀江南友人

久绝音书隔塞尘,路岐谁与子相亲。愁中独坐秦城夜,别后几经吴
苑春。湘岸风来吹绿绮,海门潮上没青蘋。空劳两地望明月,多感
断蓬千里身。

题敬亭山庙

森森古木列岩隈,迥压寒原雾色开。云雨只从山上起,风雷多向庙
中来。三江入海声长在,双鹤啼天影未回。花落空庭春昼晚,石床
松殿满青苔。

经 麻 姑 山

麻姑此地炼神丹,寂寞烟霞古灶残。一自仙娥归碧落,几年春雨洗
红兰。帆飞震泽秋江远,雨过陵阳晚树寒。山顶白云千万片,时闻
鸾鹤下仙坛。

对 残 春

杨花漠漠暗长堤,春尽人愁鸟又啼。鬓发近来生处白,家园几向梦
中迷。霏微远树荒郊外,牢落空城夕照西。唯有年光堪自惜,不胜
烟草日萋萋。

过 沧 浪 峡

山叠云重一径幽,苍苔古石濑清流。出岩树色见来静,落涧泉声长
自秋。远入虚明思白帝,寒生浩景想沧洲。如何地近东西路,马足
车轮不暂留。

经过建业

六代兴衰曾此地,西风露泣白蘋花。烟波浩渺空亡国,杨柳萧条有
几家。楚塞秋光晴入树,浙江残雨晚生霞。凄凉处处渔樵路,鸟去
人归山影斜。

赠道者

真趣淡然居物外,忘机多是隐天台。停灯深夜看仙箓,拂石高秋坐
钓台。卖药故人湘水别,入檐栖鸟旧山来。无因朝市知名姓,地僻
衡门对岳开。

题马太尉华山庄

别开池馆背山阴,近得幽奇物外心。竹色拂云连岳寺,泉声带雨出
谿林。一庭杨柳春光暖,三径烟——作春,一作松。萝晚翠深。自是功
成闲剑履,西斋长卧对瑶琴。

秋日夜怀

砧杵寥寥秋色长,绕枝寒鹊客情伤。关山云尽九秋月,门柳叶凋三
径霜。近日每思归少室,故人遥忆隔潇湘。如何节候变容发,明镜
一看愁异常。

题巫山庙

十二岚峰挂夕晖,庙门深闭雾烟微。天高木落楚人思,山迥月残神
女归。触石晴云凝翠鬓,度江寒雨湿罗衣。婵娟似恨襄王梦,猿叫
断岩秋藓稀。

题 吴 宫 苑

吴苑荒凉故国名，吴山月上照江明。残春碧树自留影，半夜子规何
处声。芦叶长侵洲渚暗，蘋花开尽水烟平。经过此地千年恨，荏苒
东风一作流露色清。

旅 馆 书 怀

秋看庭树换风烟，兄弟飘零寄海边。客计倦行分陕路，家贫休种汶
阳田。云低远塞鸣寒雁，雨歇空山噪暮蝉。落叶虫丝满窗户，秋堂
独坐思悠然。

赠天台隐者

静者多依猿鸟丛，衡门野色四郊通。天开宿雾海生日，水泛落花山
有风。回望一巢悬木末，独寻危石坐岩中。看书饮酒馀无事，自乐
樵渔狎一作名钓翁。

洛阳月夜书怀

疏柳高槐古巷通，月明西照上阳宫。一声边雁塞门雪，几处远砧河
汉风。独榻闲眠移岳影，寒窗幽思度烟空。孤吟此夕惊秋晚，落叶
残花树色中。

江 行 夜 泊

白浪连空极渺漫，孤舟此夜泊中滩。岳阳秋雾寺钟远，渡口月明渔
火残。绿绮韵高湘女怨，青葭色映水禽寒。乡遥楚国生归思，欲曙
山光上木兰。

赠颛顼山人

浩气含真玉片辉,著书精义入玄微。洛阳紫陌几曾醉,少室白云时
一归。松雪月高唯鹤宿,烟岚秋霁到人稀。知君济世有长策,莫问
沧浪隐钓矶。

长安冬夜书情

上国栖迟岁欲终,此情多寄寂寥中。钟传半夜旅人馆,鸦叫一声疏
树风。古巷月高山色静,寒芜霜落灞原空。今来唯问心期事,独望
青云路未通。

经 古 行 宫

玉辇西归已至今,古原风景自沈沈。御沟流水长芳草,宫树落花空
夕阴。蝴蝶翅翻残露滴,子规声尽野烟深。路人不记当年事,台殿
寂寥山影侵。

秋日登醴泉县楼

闲上高楼时一望,绿芜寒野静中分。人行直路入秦树,雁截斜阳背
塞云。渭水自流汀岛色,汉陵空长石苔纹。秋风高柳出危叶,独听
蝉声日欲曛。

春 日 旅 游

玄发辞家事远游,春风归雁一声愁。花开忽忆故山树,月上自登临
水楼。浩浩晴原人独去,依依春草水分流。秦川楚塞烟波隔,怨别
路岐何日休。

送友人下第归吴

共惜年华未立名,路岐终日轸羁情。青春半是往来尽,白发多因离
别生。楚岸帆开云树映,吴门月上水烟清。东归自有故山约,花落
石床苔藓平。

访友人郊居

登原过水访相如,竹坞莎庭似故居。空塞山当清昼晚,古槐人继绿
阴馀。休弹瑟韵伤离思,已有蝉声报夏初。醉唱劳歌翻自叹,钓船
渔浦梦难疏。

匡城寻薛阆秀才不遇

音容一别近三年,往事空思意浩然。匹马东西何处客,孤城杨柳晚
来蝉。路长草色秋山绿,川阔晴光远水连。不见故人劳梦寐,独吟
风月过南燕。

与 僧 话 旧

巾舄同时下翠微,旧游因话事多违。南朝古寺几僧在,西^{一作北}岭
空林唯鸟归。莎径晚烟凝竹坞,石池春色染苔衣。此时相见又相
别,即是关河朔雁飞。

寄 远

西园杨柳暗惊秋,宝瑟朱弦结远愁。霜落雁声来紫塞,月明人梦在
青楼。蕙心迢递湘云暮,兰思萦回楚水流。锦字织成添别恨,关河
万里路悠悠。

长安逢友人

上国相逢尘满襟,倾杯一话昔年心。荒台共望秋山立,古寺多同雪
夜吟。风度重城宫漏尽,月明高柳禁烟深。终期白日青云路,休感
鬓毛霜雪侵。

下第东归途中书事

峡路谁知倦此情,往来多是半年程。孤吟洛苑逢春尽,几向秦城见
月明。高柳断烟侵岳影,古堤斜日背滩声。东归海上有馀业,牢落
田园荒草平。

经龙门废寺

因思人事事无穷,几度经过感此中。山色不移楼殿尽,石台依旧水
云空。唯馀芳草滴春露,时有残花落晚风。杨柳覆滩清濑响,暮天
沙鸟自西东。

下第后怀旧居

几到青门未立名,芳时多负故乡情。雨馀秦苑绿芜合,春尽灞原白
发生。每见山泉长属意,终期身事在归耕。蘋花覆水曲豀暮,独坐
钓舟歌月明。

经无可旧居兼伤贾岛

尘室寒窗我独看,别来人事几凋残。书空萧寺一僧去,雪满巴山孤
客寒。落叶堕巢禽自出,苍苔封砌竹成竿。碧云迢递长江远,向夕
苦吟归思难。

赠 隐 者

何时止此幽栖处,独掩衡门长绿苔。临水静闻灵鹤语,隔原时有至
人来。五湖仙岛几年别,九转药炉深夜开。谁识无机养真性,醉眠
松石枕空杯。

题 书 斋

一日不曾离此处,风吹疏牖夕云晴。气凌霜色剑光动,吟对雪华诗
韵清。高木宿禽来远岳,古原残雨隔重城。西斋瑶瑟自为侣,门掩
半春苔藓生。

题 秦 女 楼

珠翠香销鸳瓦堕,神仙曾向此中游。青楼月色桂花冷,碧落箫声云
叶愁。杳杳蓬莱人不见,苍苍苔藓路空留。一从凤去千年后,迢递
岐山水石秋。

题桃源处士山居留寄

白云深处葺茅庐,退隐衡门与俗疏。一洞晓烟留水上,满庭春露落
花初。闲看竹屿吟新月,特酌山醪读古书。穷达尽为身外事,浩然
元气乐樵渔。

宿题天坛观

沐发清斋宿洞宫,桂花松韵满岩风。紫霞晓色秋山霁,碧落寒光霜
月空。华表鹤声天外迥,蓬莱仙界海门通。冥心一悟虚无理,寂寞
玄珠象罔中。

洛 神 怨

子建东归恨思长,飘飖神女步池塘。云鬟高动水宫影,珠翠乍摇沙露光。心寄碧沉空婉恋,梦残春色自悠扬。停车绮陌傍杨柳,片月青楼落未央。

龙门留别道友

一顾恩深荷道安,独垂双泪下层峦。飞鸣北雁塞云暮,摇落西风关树寒。春谷终期吹羽翼,萍身不定逐波澜。裴徊偏起旧枝恋,半夜独吟孤烛残。

题 四 皓 庙

石壁苍苔翠霭浓,驱车商洛想遗踪。天高猿叫向山月,露下鹤声来庙松。叶堕阴岩疏薜荔,池经秋雨老芙蓉。雪髯仙侣何深隐,千古寂寥云水重。

望 未 央 宫

西上秦原见未央,山岚川色晚苍苍。云楼欲动入清渭,鸳瓦如飞出绿杨。舞席歌尘空岁月,宫花春草满池塘。香风吹落天人语,彩凤五云朝汉皇。

秋 日 过 昭 陵

寝庙徒悲剑与冠,翠华龙驭杳漫漫。原分山势入空塞,地匝松阴出晚寒。上界鼎成云缥缈,西陵舞罢泪阑干。那堪独立斜阳里,碧落秋光烟树残。

夏日登慈恩寺

金界时来一访僧,天香飘翠琐窗凝。碧池静照寒松影,清昼深悬古殿灯。晚景风蝉催节候,高空云鸟度轩层。尘机消尽话玄理,暮磬出林疏韵澄。

宿题金山寺

一点青山翠色危,云岩不掩与星期。海门烟树潮归后,江面山楼月照时。独鹤唳空秋露下,高僧入定夜猿知。萧疏水木清钟梵,颢气寒光动石池。

送友人游蜀

北去西游春未半,蜀山云雪入诗情。青萝拂水花流影,翠霭隔岩猿有声。日出空江分远浪,鸟归高木认孤城。心期万里无劳倦,古石苍苔峡路清。

题郑中丞东溪

一境新开雉堞西,绿苔微径露凄凄。高轩夜静竹声远,曲岸春深杨柳低。山霁月明常此醉,草芳花暗省曾迷。即随凤诏归清列,几忆风花梦小溪。

代友人悼姬

罗帐香微冷锦裀,歌声永绝想梁尘。萧郎独宿落花夜,谢女不归明月春。青鸟罢传相寄字,碧江无复采莲人。满庭芳草坐成恨,迢递蓬莱入梦频。

夏日登西林白上人楼

几到西林清净境,层台高视有无间。寒光远动天边水,碧影出空烟外山。苔点落花微萼在,叶藏幽鸟碎声闲。旷然多慊登楼意,永日重门深掩关。

江楼月夜闻笛

南浦兼葭疏雨后,寂寥横笛怨江楼。思飘明月浪花白,声入碧云枫叶秋。河汉夜阑孤雁度,潇湘水阔二妃愁。发寒衣湿曲初罢,露色河光生钓舟。

送友人下第东归

漠漠杨花灞岸飞,几回倾酒话东归。九衢春尽生乡梦,千里尘多满客衣。流水雨馀芳草合,空山月晚白云微。金门自有西来约,莫待萤光照竹扉。

从郑郎中高州游东潭

烟岚晚入湿旌旗,高槛风清醉未归。夹路野花迎马首,出林山鸟向人飞。一溪寒水涵清浅,几处晴云度翠微。自是谢公心近得,登楼望月思依依。

罢华原尉上座主尚书

自怜生计事悠悠,浩渺沧浪一钓舟。千里梦归清洛近,三年官罢杜陵秋。山连绝塞浑无色,水到平沙几处流。白露黄花岁时晚,不堪霜鬓镜前愁。

雨后游南门寺

郭南山寺雨初晴，上界寻僧竹里行。半壁楼台秋月过一作迥，一川
烟水夕阳平。苔封石室云含润，露滴松枝鹤有声。木叶萧萧动归
思，西风画角汉东城。

题　古　寺

古寺萧条偶宿期，更深霜压竹枝低。长天月影高窗过，疏树寒鸦半
夜啼。池水竭来龙已去，老松枯处鹤犹栖。伤心可惜从前事，寥落
朱廊堕粉泥。

晚　秋　野　望

秋尽郊原情自哀，菊花寂寞晚仍开。高风疏叶带霜落，一雁寒声背
水来。荒垒几年经战后，故山终日望书回。归途休问从前事，独唱
劳歌醉数杯。

秋月望上阳宫

苔色轻尘锁洞房，乱鸦群鸽集残阳。青山空出禁城日，黄叶自飞宫
树霜。御路几年香辇去，天津终日水声长。此时独立意难尽，正值
西风砧杵凉。

入关留别主人

此来多愧食鱼心，东阁将辞强一吟。羸马客程秋草合，晚蝉关树古
槐深。风生野渡河声急，雁过寒原岳势侵。对酒相看自无语，几多
离思入瑶琴。

留别山中友人

欲辞松月恋知音,去住多同羁鸟心。秋尽书窗惊白发,晚冲霜叶下
青岑。大河风急寒声远,高岭云开夕影深。别后寂寥无限意,野花
门路草虫吟。

春晚旅次有怀

晚出关河绿野平,依依云树动乡情。残春花尽黄莺语,远客愁多白
发生。野水乱流临古驿,断烟凝处近孤城。东西未遂归田计,海上
青山久废耕。

与重幽上人话旧

云飞天末水空流,省与师同别异州。庭树蝉声初入夏,石床苔色几
经秋。灯微静室生乡思,月上严城话旅游。自喜他年接巾舄,沧浪
地近虎溪头。

月夜闻鹤唳

碧落风微月正明,霜毛似怨有离情。莓苔石冷想孤立,杨柳叶疏闻
转清。空夜露残惊堕羽,辽天秋晚忆归程。凤凰楼阁知犹恋,终逐
烟霞上玉京。

过北邙山

散漫黄埃满北原,折碑横路碾苔痕。空山夜月来松影,荒冢春风变
木根。漠漠兔丝罗古庙,翩翩丹旐过孤村。白杨落日悲风起,萧索
寒巢鸟独奔。

咸 阳 怀 古

经过此地无穷事,一望凄然感废兴。渭水故都秦二世,咸原秋草汉
诸陵。天空绝塞闻边雁,叶尽孤村见夜灯。风景苍苍多少恨,寒山
半出白云层。

送友人罢举赴蓟门从事

人生行止在知己,远佐诸侯重所依。绿绶便当身是贵,青霄休怨志
相违。晚云辽水疏残雨,寒角边城怨落晖。此去黄金台上客,相思
应羡雁南归。

看 榜 日

禁漏初停兰省开,列仙名目上清来。飞鸣晓日莺声远,变化春风鹤
影回。广陌万人生喜色,曲江千树发寒梅。青云已是酬恩处,莫惜
芳时醉酒杯。

送李休秀才归岭中

南泛孤舟景自饶,兼葭汀浦晚萧萧。秋风汉水旅愁起,寒木楚山归
思遥。独夜猿声和落叶,晴一作空江月色带回潮。故园新过重阳
节,黄菊满篱应未凋。

寓居寄友人

雨馀虚馆竹阴清,独坐书窗轸旅情。芳草衡门无马迹,古槐深巷有
蝉声。夕阳云尽嵩峰出,远岸烟消洛水平。今夜南原赏佳景,月高
风定苦吟生。

经曲阜城

行经阙里自堪伤,曾叹东流逝水长。萝蔓几凋荒陇树,莓苔多处古宫墙。三千弟子标青史,万代先生号素王。萧索风高洙泗上,秋山明月夜苍苍。

汶阳客舍

年光自感益蹉跎,歧路东西竟若何。窗外雨来山色近,海边秋至雁声多。思乡每读登楼赋,对月空吟叩角歌。迢递旧山伊水畔,破斋荒径闭烟萝。

留别崔澣秀才昆仲

汶阳离思水无穷,去住情深梦寐中。岁晚虫鸣寒露草,日西蝉噪古槐风。川分远岳秋光静,云尽遥天霁色空。对酒不能伤此别,尺书凭雁往来通。

和友人忆洞庭旧居

客舍经时益苦吟,洞庭犹忆在前林。青山残月有归梦,碧落片云生远心。谿路烟开江月出,草堂门掩海涛深。因君话旧起愁思,隔水数声何处砧。

晚归山居

寥落霜空木叶稀,初行郊野思依依。秋深频忆故乡事,日暮独寻荒径归。山影暗随云水动,钟声潜入远烟微。娟娟唯有西林月,不惜清光照竹扉。

送元叙上人归上党 时节镇罢兵

太行关路战尘收,白日思乡别沃州。薄暮焚香临野烧,清晨漱齿涉
寒流。谿边残垒空云木,山上孤城对驿楼。此去寂寥寻旧迹,苍苔
满径竹斋秋。

秋日旅途即事

驱羸多自感,烟草远郊平。乡路几时尽,旅人终日行。渡边寒水
驿,山下夕阳城。萧索更何有,秋风两一作向鬓生。

早　行

旅途乘早景一作起,策马独凄凄。残影郡楼月,一声关树鸡。听钟
烟柳外,问渡水云西。当自勉行役,终期功业齐。

句

海曙云浮日,江遥水合天。 发浙江　见《诗人玉屑》

全唐诗卷五八七

李 频

李频,字德新,睦州寿昌人。少秀悟,逮长,庐西山,多所记览,其属辞于诗尤长。给事中姚合名为诗,士多归重,频走千里,丐其品,合大加奖挹,以女妻之。大中八年,擢进士第,调秘书郎,为南陵主簿,判入等,再迁武功令,俄擢侍御史,守法不阿徇,迁累都官员外郎。表丐建州刺史,以礼法治下,建赖以安。卒官,父老为立庙梨山,岁祠之。有《建州刺史集》一卷,又号《梨岳集》,今编为三卷。

湘口送友人

中流欲暮见湘烟,苇岸无穷接楚田—作天。去雁远冲云梦雪—作泽,离人独上洞庭船。风波尽日依山转,星汉通宵向水连。零落梅花过残腊—作回首羡君偏有我,故园归醉及—作去醉,一作去又。新年。

鄂州头陀寺上方

高寺上方无不见,天涯行客思迢迢。西江帆挂—作过东风急,夏口城衔—作冲楚塞遥。沙渚渔归多湿网,桑林蚕后尽空条。感时叹物寻僧话—作语,惟—作谁向禅心得寂寥。

寄 远

槐欲成阴分袂时,君期十日复金扉。槐今落叶已将尽,君向远乡一
作方犹未归。化石早曾闻节妇,沉湘何必独灵妃。须知此意同生
死,不学他人空寄衣。

题张司马别墅

庭前树尽手中栽,先后花分几番开。巢鸟恋雏惊不起,野人思酒去
还来。自抛官与青山近,谁讶一作料身为白发一作日催。门外寻常
行乐处,重重履迹在莓苔。

长 安 即 事

长遇豪家不敢过,此身谁与取高科。故园久绝书来后,南国空看雁
去多。中夜永怀听叠漏,先秋归梦涉层波。愁人白发自生早,我独
少年能几何。

汉上逢同年崔八

去岁曾一作同游帝里春,杏花开过各离秦。偶先托质逢知己,独未
还家作旅人。世上路岐何缭绕,空中光景自逡巡。一回相见一回
别,能一作更得几时一作回年少身。

五月一日蒙替本官不得
随例入阙感怀献送相公

五月倾朝谒紫宸,一朝无分在清尘。含香已去星郎位,衣锦惟思娶
女邻。折狱也曾为俗吏,劝农元本是耕人。知将何事酬公道,只养
生灵似养身。

春 闺 怨

红妆女儿—作粉儿女灯下羞，画眉夫婿陇西头。自怨愁容长照镜，悔教征戍觅封侯。

送 边 将

防秋戎马恐来奔，诏发将军出雁门。遥领短兵登陇首，独横长剑向河源。悠扬落日黄云动，苍莽阴风白草翻。若纵干戈更深入，应闻收得到昆仑。

太和公主还宫

天骄发使犯边尘，汉将推功遂夺亲。离乱应无初去貌，死生难有却回身。禁花半老曾攀树，宫女多非旧识人。重上凤楼追故事，几多愁思向青春。

将赴黔州先寄本府中丞

八月瞿塘到底翻，孤舟上得已销魂。幕中职罢犹趋府，阙下官成未谢恩。丹嶂耸空无过鸟，青林覆水有垂猿。感知肺腑终难说，从此辞归便扫门。

和友人下第北游感怀

圣代为儒可致身，谁知又别五陵春。青门独出—作步空归鸟，紫陌相逢尽醉人。江岛去寻垂钓远，塞山来见举头频。且须共漉边城酒，何必陶家有白纶。

乐游原春望

五陵佳气晚氛氲，霸业雄图势自分。秦地山河连楚塞，汉家宫一作楼殿入青云。未央树色春中见，长乐钟声月下闻。无那杨华起愁思，满天飘落雪纷纷。

黄　雀　行

欲窃高仓集御河，翩翩疑渡畏秋波。朱宫晚树侵莺语，画阁香帘夺燕窠。疏影暗栖寒露重，空城饥噪暮烟多。谁令不解高飞去，破宅荒庭有网罗。

长安寓居寄柏侍郎

霜轻两鬓欲相侵，愁绪无端不可寻。秦女红妆空觅伴，郢郎白雪少知音。长亭古木春先老，太华青烟一作灯晚更深。独向灞陵东北望，一封书寄万重心。

春　日　思　归

春情不断若连环，一夕思归鬓欲斑。壮志未酬三尺剑，故乡空隔万重山。音书断绝干戈后，亲友相逢梦寐间。却羡浮云与飞鸟，因风吹去又吹还。

朔　中　即　事

关门南北杂戎夷，草木秋来即出师。落日风沙长暝早，穷冬雨雪转春迟。山头墝火孤明后，星外行人四绝时。自古边功何不立，汉家中外自相疑。

感怀献门下相公

谁云郎选不由诗,上相怜才积有时。却是龙钟到门晚,终非稽古致
身迟。谋将郡印归难遂,读著家书坐欲痴。日望南宫看列宿,迢迢
婺女与乡比一作邻毗。

赠长城庾将军

初年三十拜将军,近代英雄独未闻。向国报恩心比石,辞天作镇气
凌云。逆风走马貂裘卷,望塞悬弧雁阵分。定拥节麾从此去,安西
大破犬戎群。

浙东献郑大夫

圣主东忧涨海滨,思移副相倚陶钧。楼台独坐江山月,舟楫先行泽
国春。遥想万家开户外,近闻群盗窜诸邻。几时入去调元化,天下
同为尧舜人。

镜湖夜泊有怀 东晋太守马臻所筑

广水遥堤利物功,因思太守惠无穷。自从版筑兴农隙,长与耕耘致
岁丰。涨接星津流荡漾,宽浮云岫动虚空。想当战国开时有,范蠡
扁舟祗此中。

宣州献从叔大夫

清时选地任贤明,从此观风辍尹京。日月天中辞洛邑,云山江上领
宣城。万家闾井俱安寝,千里农桑竞起耕。闻说圣朝同汉代,已愁·
征入拜公卿。

贺同年翰林从叔舍人知制诰

仙禁何人蹑近踪,孔门先选得真龙。别居云路抛三省,专掌天书在
九重。五色毫挥成涣汗,百僚班下独从容。芳年贵盛谁为比,郁郁
青青岳顶松。

吴门别主人 一作吴门月夜与曹太尉话别

早晚更看吴苑月,小一作西斋长忆落西一作月当窗。不知明夜谁家
见,应照离人隔楚江。

自黔中归新安

朝过春关辞北阙,暮参戎幕向南巴。却将仙桂东归去,江月相随直
到一作至家。

奉和郑薰相公 一本此下有七松亭三字

三四株松匝草亭,便成彭泽柳为名。莲一作遥峰隐去难辞阙,浐水
朝回与出城。

及第后还家过岘岭

魏驮山前一朵一作片花,岭西更有几一作数千家。石斑鱼鲊香冲鼻,
浅水沙田饭绕牙。

春 日 旅 舍

未识东西南北路,青春白日坐销难。如何一别故园后,五度花开五
处看。

过长江伤贾岛

忽从一宦远流离,无罪无人子细知。到得长江闻杜宇,想君魂魄也相随。

自 遣

永拟东归把钓丝,将行忽起半心疑。青云道是不平地,还有平人上得时。

寄曹邺

终南山是枕前云,禁鼓无因晓夜闻。朝客秋来不朝日,曲江西岸去寻君。

述 怀

望月疑无得桂缘,春天又待到秋天。杏花开与槐花落,愁去愁来过几年。

客洛酬刘驾

浮世总应相送老,共君偏更远行多。此回不似前回别,听尽离歌逐棹歌。

题钓台障子

君家尽是我家山,严子前台枕古湾。却把钓竿终不可,几时入海得鱼还。

题阳山顾炼师草堂

若到当时上升处，长生何事后无人。前峰自去种松子，坐见年一作视将来取茯神。

闻金吾妓唱梁州

闻君一曲古梁州，惊起黄云塞上愁。秦女树前花正发，北风吹落满城秋。

游蜀回简友人

别来十二月，去到漏天边。不是因逢闰，还应是一作须知已隔年。

赠泾州王侍御

一旦天书下紫微，三年旌旆陇云飞。塞门无事春空到，边草青青战马肥。

夏日一作秋夜宿秘书姚监宅

贵宅多嘉树，先秋有好风。一作高树密濛濛，开楼待晓风。情闲离一作眠阙下，梦野在一作到山中。露色浮寒瓦，萤光堕一作坠暗丛。听吟丽句尽，河汉任西东一作转虚空。

过嵩阴隐者

当门看少室，倚杖复披衣。每日醒还醉，无人是与非。架书抽读乱，庭果摘尝稀。独有江南客，思家未得归。

留别山家

闲门不易求,半月在林丘。已与山水别,难为花木留。孤怀归静夜,远会隔高秋。莫道无言去,冥心在重游。

送人游吴

楚田开雪_{一作天雪开后},草色与君看。积水浮春气,深山滞_{一作带}雨寒。毗陵孤月出,建业一钟残。为把乡书去,因收别泪难。

东渭桥晚眺

秦地有吴洲_{一作舟},千樯渭曲头。人当返照立,水彻故乡流。落第春难过,穷途日易愁。谁知桥上思,万里在江楼。

送延陵韦少府

延陵称贵邑,季子有高踪。古迹传多代,仙山管几峰。微泉声小雨,异木色深冬。去毕三年秩,新诗箧不容。

淮南送友人归沧州

风色忽_{一作又}西转,坐为千里分。高帆背楚落,寒日逆淮曛。断烧缘乔木,盘雕隐片云。乡关_{一作园}百战地,归去始休军。

夏日题盩厔友人书斋

修竹齐高树,书斋竹树中。四时无夏气_{一作日},三伏有秋风。黑处巢幽鸟,阴来叫候虫。窗西太白雪,万仞在遥空。

寻　山

一径入双崖，初疑有几家。行穷人不见，坐久日空斜。石上生灵草，泉中落异花。终须结茅屋，向此学餐霞。

送元遂上人归钱唐

白衣游帝乡，已得事空王。却返湖山寺，高禅水月房。雨中过岳一作月黑，秋后宿船凉。回顾秦人语，他生会别方。

贻友人喻坦之

从容心自切一作别，饮水胜衔杯。共在山中长，相随阙下来。修身空有道，取事一作士各无媒。不信升平代，终遗草泽才。

送友人往振武

风沙遥见说，道路替君愁。碛夜星垂地，云明火上楼。征鸿辞塞雪，战马识边秋。不共将军语，何因有去留。

赋得长城斑竹杖

秦兴版筑时，蒯伐不知谁。异代馀根在，幽人得手持。细看生古意，闲倚动边思。莫作鸠形并，空将鹤发期。

送德清喻明府

棹返雪溪云，仍参旧使君。州传多古迹，县记是新文。水栅横舟闭，湖田立木分。但如诗思苦，为政即超群。

送薛能少府任盩厔

不才甘下第,君子蹇何重。相送昆明岸,同看太白峰。数瓢留顷
刻,残照迫从容。好去烟霞县,仙人有旧踪。

送许寿下第归东山

吾君设礼闱,谁合学忘机。却是高人起,难为下第归。出关心纵
野,避世事终稀。莫更今秋夕,相思望少微。

冬夜酬范秘书 一作九衢春日酬范秘书

九衢行一匝,不敢入他门。累日无馀一作非无事,通宵得至一作尽言。
命嗟清世蹇,春觉闰冬暄。翻覆吟佳句,何酬国士恩。

送陆肱尉江夏

如何执简去,便作挂帆期。泽国三春早,江天落日迟。县人齐候
处,洲鸟欲飞时。免褐方三十,青云岂白髭。

汉上送人西归

几作西归梦,因为怆别心。一作此日看行意,令人动远心。野衔天去尽,
山夹一作束汉来深。叠浪翻残照一作雪,高帆引片阴。空留相赠句一
作唯应留别句,毕我白头吟。

蜀中逢友人

自古有行役,谁一作无人免别家。相欢犹一作宽须陌上,一醉任天涯。
积叠山藏蜀,潺湲一作萦纡水绕巴。他年复一作又何处,共说海棠花。

寄范评事

行坐不相遗,辕门载笔时。雅知难更遇,旧分合长思。梦即重寻熟,书常转达迟。山斋终拟到,何日遂心期。

南游过湘汉即事寄友人

南去远驱逐,三湘五月行。巴山雪水下,楚泽火云生。向野聊中饭,乘凉探暮程。离怀不可说,已迫峡猿声。

送许浑侍御赴润州

家山近石头,遂意恣一作在东游一作浮。祖席离乌府,归帆转蜃楼。阴氛出海散,落月向潮流。别有为霖日,孤云未自由。

喜友人厉图南及第

相忧过己切,相贺似身荣。心达无前后,神交共死生。承家吾子事,登第世人情。未有通儒术,明时道不行。

送友人下第归越

归意随流水,江湖共在东。山阴何处去,草际片帆通。雨色春愁里,潮声晓梦中。虽为半年客,便是往来鸿。

寄 友 人

一别一相见,须臾老此生。客衣寒后薄,山思夜深清。诗近吟何句,髭新白几茎。路岐如昨日,来往梦分明。

送友人下第归宛陵

天涯长恋亲,阙下独伤春。拟住还求己,须归不为身。临岐仍犯
雪,挂席始离尘。共泣东风别,同为沧海人。

秋夜对月寄凤翔范书记

月过一作遇秋霖后,光应夜夜清。一回相忆起,几度独吟行。河汉
东西直,山川远近明。寸心遥往处,新有雁来声。

送孙明秀才往潘州访一作谒韦卿

北鸟飞不到,北人今一作谁去游。天涯浮瘴水,岭外问潘州。草木
春冬茂,猿猱日夜愁。定知迁客泪,应只对君流。

八月十五夜对月

阴盛此宵中,多为雨与风。坐无云雨至,看与雪霜同。抱湿离遥
海,倾寒向迥空。年年不可值,还似命一作道难通。

及 第 后 归

家临浙水傍,岸对买臣乡。纵棹随归鸟,乘潮向夕阳。苦吟身得
雪,甘意鬓成霜。况此年犹少,酬知足自强。

过 巫 峡

拥棹向惊湍,巫峰一作山直上看。削成从水一作地底,耸出在云端。
暮雨晴时一作归少,啼猿渴下难。一闻神女去,风竹扫空坛。

全唐诗卷五八八

李 频

送友人往太原

离亭聊把酒,此路彻边头。草白雁来尽,时清人去游。汾河流晋地,塞雪满并州。别后相思夜,空一作遥看北斗愁。一作明日相思起,萧条上北楼。

旅 怀

万里共心论,徒言吾道存。奉亲无别业,谒帝有何门。水宿惊涛浦,山行落叶村。长安长梦去,欹枕即闻猿。

送裴御史赴湖南

关一作开门鸟道中,飞传复乘骢。暮雪离秦甸,春云一作雷入楚宫。平芜天共阔,积水地多空。使府悬帆去一作待,能消几日风。

送姚郜先辈赴汝州辟

行李事寒天,东来聘礼全。州当定鼎处,人去偃戈年。雷一作风雨一作雨雪依嵩岭,桑麻接楚田。遥知清夜作,不是借戎篇。第三联同后《送姚评事》诗。

初离黔中泊江上

去去把青桂,平生心不违。更蒙莲府辟,兼脱布衣归。霁岳一作碧
岫明残雪,清波漾落晖。无穷幽鸟戏一作兴,时向一作日起棹前飞。

黔中酬同院韦判官

平生同所为,相遇偶然迟。各著青袍后,无归白社期。江流来绝
域,府地管诸夷。圣代都无事,从公且赋诗。

和范秘书襄阳旧游 一作和范鄷先辈话襄阳旧游

听话扬帆兴,初从岘首还。高吟入白浪,遥坐看一作看出青山。枯
木一作古树猿啼爽,寒一作空汀鹤步一作立闲。秋来关一作南去梦,几夜
度一作过商颜一作关。

秋夜山一作日江中思归送友人

萧条对秋色,相忆在云泉。木落病身起,潮平归思悬。凉钟山顶
寺,暝火渡头船。此地非吾土,淹留又一年。

自黔中东归旅次淮上

行旅本同愁,黔吴复阻修。半年方中路,穷节到孤舟。夕霭垂阴
野,晨光动积流。家山一夜梦,便是昔年游。

江夏春感旧

东风出海门,处处动林园。泽国雪霜少,沙汀花木繁。暖鱼依水
浅,晴雁入空翻。何处阳和力,生萍不驻根。

眉州别李使君 一作眉山留献张端公

回首雪峰前，朱门心杳然。离人自呜咽，流水莫潺湲。毒草通蛮徼，秋林近漏天。一生从此去，五字有谁怜。

送许棠及第归宣州

高科终自致，志业信如神。待得逢公道，由来合贵身。秋归方觉好，旧梦始知真。更想青山宅，谁为后主人。

黔中罢职将泛江东

黔中初罢职，薄俸亦无残。举目乡关远，携家旅食难。野梅将雪竞，江月与一作共沙寒。两鬓愁应白，何劳一作劳心把镜看。

长安书事寄所知

帝里本无名，端居有道情。睡魂春梦断一作短，书兴晚窗明。老拟归何处，闲应过此生。江湖终一日，拜别便东行。

酬姚覃

不见又相招，何曾诉寂寥。醉眠春草长，吟坐夜灯销。泪堕思山切，身归转路遥。年年送别处，杨柳少垂条。

春日鄜州赠裴居言

虽将身佐幕，出入似闲居。草色长相待，山情信不疏。灯前春睡足，酒后夜寒馀。笔砚时时近，终非署簿书。

送于生入蜀

家吴闻入蜀，道路颇乖离。一第何多难，都城可少知。江山非久适
一作恋，命数未终奇。况又将冤抱，经春杜魄随。

送许棠归泾县作尉

青桂复青袍，一归荣一高。县人齐下拜，邑宰共分曹。绕郭看秧
插，寻街听茧缲。封侯万里者，燕颔乃徒劳。

友 人 话 别

论交虽不早，话别且相亲。除却栖禅客，谁非南陌人。半生都返
性，终老拟安贫。愿入白云社，高眠自致身。

山 居

欲出穷吾道，东西自未能。卷书一作帘唯对鹤，开画一作卷独留僧。
落叶和云扫，秋山共月登。何年石上水，夜夜滴高层。

寄 范 郎 中

藜杖山中出，吟诗对一作独范家。相知从海峤，寄食向京华。名宦
成何报，清眸未纵赊。临邛梦来往，雨雪满褒斜。

书 怀

宦途从不问，身事觉无差。华发初生女，沧洲未有家。却闲思洞
穴，终老旷桑麻。别访栖禅侣，相期语劫沙。

越 中 行

越国临沧海，芳洲复暮晴。湖通诸浦白，日隐乱峰明。野宿多无定，闲游兔有情。天台闻不远，终到石桥行。

春日南游寄浙东许同年

孤帆处处宿，不问是谁家。南国平芜远，东风细雨斜。旅怀多寄酒，寒意欲留花。更想前途去，茫茫沧海涯。

明州江亭夜别段秀才

离亭向水开，时候复蒸梅。霹雳灯烛一作烛灯灭，蒹葭风雨来。京关虽一作谁共语，海峤不同回。莫为莼鲈美，天涯滞尔才。

临岐留别相知

百岁竟何事，一身长远游。行行将近老，处处不离愁。世路多相取，权门不自投。难为此时别，欲别愿人留。

鄂渚湖上即事

杜门聊自适，湖水在窗间。纵得沧洲一作江去，无过白日闲。多慵空好道，少贱早凋颜。独有东山一作峰月，依依自往还。

辞夏口崔尚书

一饭仍难受，依仁况一年一作淹留已半年。终期身可报，不拟骨空镌。城晚风高角，江春浪起船。同来一作曾同栖止地，独去塞鸿前。

秦<small>一作春</small>原早望

一忝乡书荐,长安未得回。年光逐渭水,春色上秦台。燕掠平芜去,人冲细雨来。东风生故里,又过几花开。

送友人之扬州 <small>一作游淮南</small>

一别长安后,晨征便信鸡。河声入峡急,地势出关低。绿树丛垓下,青芜阔楚西。路长知不恶,随处得<small>一作好</small>诗题。

过 四 皓 庙

东西南北人,高迹自相亲。天下已归汉,山中犹避秦。龙楼曾作客,鹤氅不为臣。独有千年后,青青庙木春。

陕 下 怀 归

故园何处在,零落五湖东。日暮无来客,天寒有去鸿。大河冰彻塞,高岳雪连空。独夜悬归思,迢迢永漏中。

送徐处士归江南

行行野雪<small>一作云</small>薄,寒气日<small>一作已</small>通春。故国又芳草,沧江终白身。游归花落满,睡起鸟啼新。莫惜闲书札,西来问旅人。<small>一作不得无来札,空令借问人。</small>

鄜州留别王从事

相识未十日,相知如十年。从来易离别,此去忽留连。路险行冲雨,山高度隔天。难终清夜坐,更听说安边。

长 安 夜 怀

匹马西游日，从吴又转荆。风雷几夜坐，山水半年行。梦永秋灯灭，吟馀晓露明。良时不我与，白发向秦生一作头盈。

冬夜山中寻友 一作僧

何人山雪夜，相访不相思。一作夜山深雪后，月下独寻师。若得长闲日，应无暂到一作别时。叶寒凋欲尽，泉冻落还迟。即此天明去，重来未有一作又未期。

送刘山人归洞庭

君逐云山去，人间又绝踪一作去意无人会，唯应道是从。又作却共归云去，高眠最上峰。半湖乘早月，中路入疏钟。秋尽草一作户虫急，夜深山雨重。平生心未已，岂得更相从一作当时同隐者，分得几株松。

古 意

白马游何处，青楼日正长。凤箫抛旧曲，鸾镜懒新妆。玄鸟深一作空巢静一作语，飞花入户香。虽非窦滔妇，锦字已成章。

避 暑

当暑忆归林，陶家借柳阴。蝉从初伏噪，客向晚凉吟。白日欺玄鬓，沧江负素心。神仙倘有术，引我出幽岑。中二联同后《夏日盩厔郊居寄姚少府》诗。

送吴秘书归杭州

为客得从容，官清料复重。海崖归有业，天目近何峰。是处通春棹,无村不夜春。马卿夸贵达,还说返临邛。

中 秋 对 月

秋分一夜停,阴魄最晶荧。好是生沧海,徐看历杳冥。层空疑洗色,万怪想潜形。他夕无相类,晨鸡不可听。

八月上峡 一作八月峡口作

万里巴江一作西南水,秋来满峡流。乱山无陆路,行客在孤舟。汹汹滩声急,冥冥树色愁。免为三不吊,已一作终白一生头。

送狄明府赴九江

字人修祖德,清白定闻传。匹马从一作离秦去,孤帆入楚悬。关中寒食雨,湖上暑衣天。四考兼重请一作摄,相知住几年。

陕下投姚谏议

旧业在东鄙,西游从楚荆。风雷几夜坐,山水半年行。梦永秋灯灭,吟孤晓露明。前心若不遂,有耻却归耕。

关东逢薛能

何处不相思,相逢还有时。交心如到老,会面未为迟。苦学缘明代,劳生欲白髭。唯君一度别,便似见无期。

富春赠孙璐

天柱与天目,曾栖绝顶房。青云求禄晚,白日坐家长。井气通潮信,窗风引海凉。平生诗称一作稿在,老达亦何妨。

送友人游蜀

东堂虽不捷,西去复何愁。蜀马知归路,巴山似旧游。星临剑阁动,花落锦江流。鼓吹青林下,时闻祭武侯。

夏日盩厔郊居寄姚少府

古木有清阴,寒泉有下深。蝉从初伏噪,客向晚凉吟。白日欺玄鬓,沧江负素心。甚思中夜话,何路许相寻。

送胡休处士归湘江 一作南

见说一作话湘江一作荆湘切,长愁有去时。江湖秋涉远,雷一作风雨一作电夜眠迟。旧业多归兴,空山尽老期。天寒一瓢酒,落日醉一作拟留谁。

峡州送清彻上人归浙西 一作送清江上人归东林

风涛几千里,归路半乘舟。此地难相遇一作别,何人更共游一作留。坐经嵩顶夏,行值洛阳秋。到寺安禅夕,江云满一作过石楼。

送僧入天台

一锡随缘赴,天台又去登。长亭旧别路,落日独行僧。夜烧山何处,秋帆浪几层。他时授巾拂,莫为一作说,一作道。老无能。

回山后寄范酂先辈

高楼会月夜,北雁向南分。留住经春雪,辞来见夏云。遥空江不极,绝顶日难曛。一与山僧坐,无因得议文。

长安送友人东归

白社思归处,青门见去人。乡遥一作连茂苑树,路入广陵尘。海日潮浮晓,湖山雪露一作带春。犹期来帝里,未是得闲人一作身。

深秋过源宗上人房 房一作方丈

到日值摇落,相留山舍空。微寒生夜半,积雨向秋终。度讲多来雁,经禅少候虫。方从听话后,不省在愁中。第二联同后《暮秋宿清源上人院》诗。

秋日登山阁

苍苍山阁晚,杳杳隙尘秋。偶上多时立,翻成尽日愁。草平连邑动,河满逐江流。下视穷边路,行人在陇头。

秋宿慈恩寺遂上人院 一作送宋震先辈赴青州

满阁终南色,清宵独倚栏。风高斜汉动,叶下曲江寒。帝里求名老,空门见性难。吾师无一事,不似在长安。

题栖霞寺庆上人院

居与鸟巢邻,日将巢鸟亲。多生从此性,久集得无身。树老风终夜,山寒雪见春。不知诸祖后,传印是何人。后二联同后《赠立规上人》诗,又同后《题栖云寺立上人院》诗。

送友人入一作之蜀

天际蜀门开,西看举别杯。何人不异礼,上客自怀才。夜涧青林发,秋江渌水来。临邛行乐处,莫到白头回。

赠同官苏明府

山中畿内邑，别觉大夫清。簿领分王事，官资寄野情。闲斋无狱讼，隐几向泉声。从此朝天路，门前是去程。

送厉图南往荆州觐伯

云水入荆湘，古来鱼鸟乡。故关重隔远，春日独行长。山溜含清韵，江雷吐夜光。郡中词客会，游子更升堂。

山 中 夜 坐

归家来几夜，倏忽觉秋残。月满方塘白，风依老树寒。戏鱼重跃定，惊鸟却栖难。为有门前路，吾生不得安。

送台州唐兴陈明府

见说海西隅，山川与俗殊。宦游如不到，仙分即应无。瀑布当公署，天台是县图。遥知为吏去，有术字茕孤。

夏日过友人檀溪别业

暑天宜野宅，林籁爽泠泠。沙月邀开户，岩风助扫庭。鹭栖依绿筱，鱼跃出清萍。客抱方如醉，因来得暂醒。

自江上入关

尽室寄沧洲，孤帆独溯流。天涯心似梦，江上雨兼秋。文字为人弃，田园被债收。此名如不得，何处拟将休。

冬夜和范秘书宿秘省中作

每日一作入得闲吟，清曹阙下深。因知遥夜坐，别有远山心。芸细书中气，松疏雪后一作上阴。归一作几时高兴足，还复插朝簪。

送友人游太原

孤帆几日悬，楚客思飘然。水宿南湖夜，山离旧国年。秋风高送雁，寒雨入停蝉。此去勤书札，时常中路传。

江上居寄山中客 一本无居字中字

山后与山前，相思隔叫猿。残云收树末，返照落江源。苦雨秋涛涨，狂风野火翻。朝来卖药客，遇我达无一作君言。

全唐诗卷五八九

李 频

送张郎中赴睦州

青山复渌水,想入富春西。夹岸清猿去,中流白日低。美兼华省出,荣共故乡齐。贱子遥攀送,归心逐马蹄。

送鄂渚韦尚书赴镇

夏口本吴头,重城据上游。戈船转江汉,风月宿汀洲。执宪倾民望,衔恩赴主忧。谁知旧寮属,攀饯泪仍流。

送崔侍御书记赴山北座主尚书招辟

书记向丘门,旌幢夹谷尊。从来游幕意,此去并酬恩。雁叫嫌冰合,骢嘶喜雪繁。同为入室士,不觉别销魂。

入 朝 遇 雪

霜鬓持霜简,朝天向雪天。玉阶初辨色,琼树乍相鲜。密霭空难曙,盈征瑞不愆。谁为洛阳客,是日更高眠。

勉 力

日月不并照,升沉俱有时。自媒徒欲速,孤立却宜迟。尽力唯求己,公心任遇谁。人间不得意,半是鬓先衰。

郊居寄友人

林色树还曛,何时得见君。独居度永日,相去远浮云。故疾随秋至,离怀觉夜分。蛩声非自苦,偏是旅人闻。

送陆肱归吴兴

雪后江上去,风光故国新。清浑天气晓,绿动浪花春。劝酒提壶鸟,乘舟震泽人。谁知沧海月,取桂却来秦。

暮秋重过山僧院

却接良宵坐,明河几转流。安禅逢小暑,抱疾入高秋。静室闻玄理,深山可白头。朝朝献林果,亦欲学猕猴。第二联同后《秋夜宿重本上人院》诗。

送新安少府

南浮虽六月,风水已秋凉。日乱看江树,身飞逐楚樯。后期谁可定,临别语空长。远宦须清苦,幽兰贵独芳。

送 人 归 吴

何人不归去,君去是闲人。帝里求相识,山家即近邻。交情吾道可一作古,一作旧,离思柳条新。未饮青门酒,先如醉梦身。

送姚评事

儒服从戎去，须知胜事全。使君开幕日，天子偃戈年。风雨依嵩岭，桑麻接楚田。新诗随过客，旋满洛阳传。

题栖云寺立上人院

是法从生有，修持历劫尘。独居岩下室，长似定中身。树老风终夜，山寒雪见春。不知诸祖后，传印是何人。

黔中罢职过峡州题田使君北楼

巴中初去日，已遇使君留。及得寻东道，还陪上北楼。江冲巫峡出，檐过洛宫收。好是从戎罢，看山觉自由。

江上送从兄群玉校书东游

逍遥蓬阁吏，才子复诗流。坟籍因穷览，江湖却纵游。眠波听戍鼓，饭浦约鱼舟。处处迎高密，先应扫郡楼。

宛陵东峰亭与友人话别

坐举天涯目，停杯语日晡。修篁齐迥槛，列岫限平芜。乱水通三楚，归帆挂五湖。不知从此去，何处是前途。

华山寻隐者

自入华山居，关东相见疏。瓢中谁寄酒，叶上我留书。巢鸟寒栖尽，潭泉暮冻馀。长闻得药力，此说又何如。末联同后《寻华阳隐者》。

题荐福寺僧栖白上人院

空门有才子，得道亦吟诗。内殿频征入，孤峰久作期。高名何代比，密行几生持。长爱乔松院，清凉坐夏时。

游四明山刘樊二真人祠题山下孙氏居

久在仙坛下，全家是地仙。池塘来乳洞，禾黍接芝田。起看青山足，还倾白酒眠。不知尘世事，双鬓逐流年。

和太学赵鸿博士归蔡中

得禄从高第，还乡见后生。田园休问主，词赋已垂名。扫壁前题出，开窗旧景清。遥知贤太守，致席日邀迎。

送寿昌曹明府

惠人须宰邑，为政贵通经。却用清琴理，犹嫌薄俗听。涨江晴渐渌，春峤烧还青。若宿严陵濑，谁当是客星。

哭贾岛

秦楼吟苦夜，南望只悲君。一宦终遐徼，千山隔旅坟。恨声流蜀魄，冤气入湘云。无限风骚句，时来日夜闻。

送薛能赴镇徐方

列土人间盛，彭门属九州。山河天设险，礼乐牧分忧。皎日为明信，清风占早秋。虽同郤縠举，郤縠不封侯。

送凤翔范书记

西京无暑气,夏景似清秋。天府来相辟,高人去自由。江山通蜀
国,日月近神州。若共将军语,河兰地未收。

岐山逢陕下故人

三秦一会面,二陕久分携。共忆黄河北,相留白日西。寄来书少
达,别后梦多迷。早晚期于此,看花听鸟啼。

送友人陆肱往太原

并州非故国,君去复寻谁。猃狁方为寇,嫖姚正用师。戍烟来自一
作有号,边雪下无时。更想经绵上,应逢禁火期。

赠 李 将 军

吾宗偏好武,汉代将家流。走马辞中禁,屯军向渭州。天心待破
虏,阵面许封侯。却得河源水,方应洗国仇。

送友人喻坦之归睦州 一作送人归新定

归心常共知,归路不相随。彼此无依倚,东西又别离。山花一作云
含雨湿一作亚,江树近一作逆,又作送。潮歊。莫恋渔樵兴,生涯各有
为一作期。

寻华阳隐者

闲却白云居,行踪出去初。窗中聊取笔,架上独留书。日背林光
冷,潭澄岳影虚。长闻得药力,此说复何如。

长安即事 一作长安僻居酬人

岂得有书名,徒为老帝京。关中秋气早,雨后夜凉生。沧海身终泛,青门梦一作路已行。秦人纵相识,多少别离情。一作吟君一句意,又见故人情。

送友人游塞北

朔野正秋风,前程见碛鸿。一作上马问云中,长川送北风。日西身独远一作去,山转路无穷。树隔高关断,沙连大漠空。君看河外将,早晚拟一作合平戎。

陕府上姚中丞

关东领藩镇,〔阙〕(关)下授旌旄。觅句秋吟苦,酬恩夜坐劳。天开吹角出,木落上楼高。闲话钱塘郡,半年一作生听海潮。

送供奉喻炼师归天目山

承恩虽内殿,得道本深山。举世相看老,孤峰独自还。溪来青壁里,路在白云间。绝顶无人住,双峰是旧关。

之任建安渌溪亭偶作二首

入境当春务,农蚕事正殷。逢溪难饮马,度岭更劳人。想取烝黎一作民泰,无过赋敛均。不知成政后,谁是得为邻。

维舟绿溪岸,绕郡白云峰。将幕连山起,人家向水重。短才无独见,长策未相逢。所幸分尧理,烝民悉可封。

送侯郎中任新定二首

为郎非白头,作牧授沧洲。江界乘潮入,山川值胜游。暑气随转扇,凉月傍开楼。便欲归田里,抛官逐隐侯。

罢郎东出守,半路得浮舟。大旆行当夏,桐江到未秋。云闲分岛寺,涛静见沙鸥。谁伴临清景,吟诗上郡楼。

送太学吴康仁及第南归

因为太学选,志业彻春闱。首领诸生出,先登上第归。一荣犹未已,具庆且应稀。纵马行青草,临岐脱白衣。家遥楚国寄,帆对汉山飞。知己盈华省,看君再发机。

陕州题河上亭

岸拥洪流急,亭开清兴长。当轩河草晚,入坐水风凉。独鸟惊来客,孤云触去樯。秋声和远雨,暮色带微阳。浪静澄窗影,沙明发簟光。逍遥每尽日,谁识爱沧浪。

留题姚氏山斋

未厌栖林趣,犹怀济世才。闲眠知道在,高步会时来。露滴从添砚,蝉吟便送杯。乱书离缥帙,迸笋出苔莓。异果因僧摘,幽窗为燕开。春游何处尽,欲别几迟回。

长安书怀投知己 一作投邢员外

所学近雕虫,知难谒一作望至公。徒随众人后,拟老一生中。间岁家书到,经荒世业空。心悬沧海断一作阔,梦与白云通。玉漏声连北,银河气极东。关门迢递月,禁苑寂寥鸿。地广身难束一作跼,时

平道独穷。萧条苔长雨,淅沥叶危一作从风。久愧一作恋,一作怯。干
朝客,多惭别钓翁。因依非不忝,延荐况曾蒙。一作拜投何敢忽,言奖为
曾蒙。与一作举善应一作如无替,垂恩本有终。霜天摇落日,莫使逐孤
一作飘蓬。

送姚侍御充渭北掌书记

北境烽烟急,南山战伐频。抚绥初易帅,参画尽须人。书记才偏
称,朝廷意更亲。绣衣行李日,绮陌别离尘。报国将临虏,之藩不
离秦。豸冠严在首,雄笔健随身。饮马河声暮,休兵塞色春。败亡
仍暴骨,冤哭可伤神。上策何当用,边情此是真。雕阴曾久客,拜
送欲沾巾。

长安书情投知己

陕服因诗句,从容已半年。一从归阙下,罕得到门前。每候朝轩
出,常看列宿悬。重投期见奖,数首果蒙传。转觉功宜倍,兼令住
更坚。都忘春暂醉,少省夜曾眠。烦暑灯谁读,孤云业自专。精华
搜未竭,骚雅琢须全。此事勤虽过,他谋拙莫先。槐街劳白日,桂
路在青天。取第殊无序,还乡可有缘。旅情长越鸟,秋思几秦蝉。
月色千楼满,砧声万井连。江山阻迢递,时节暗推迁。道即穷通
守,才应始末怜。书绅相戒语,藏箧赠行篇。致主当齐圣,为郎本
是仙。人心期际会,凤翼许迁延。毕竟良图在,何妨逸性便。幽斋
中寝觉,珍木正阴圆。隐几闲瞻夜一作彼,临云兴渺然。五陵供丽
景,六义动花笺。倘与潜生翼,宁非助化权。免教垂素发,归种海
隅田。

府试丹浦非乐战

自古为君道，垂衣致理难。怀仁须去杀，用武即胜残。毒帜诛方及，兵临衅可观。居来彭蠡固，战罢洞庭宽。雪国知天远，霜林是血丹。吾皇则尧典，薄伐至桑干。

府试风雨闻鸡

不为风雨变，鸡德一何贞。在暗长先觉，临晨即自鸣。阴霾方见信，顷刻讵移声。向晦如相警，知时似独清。萧萧和断漏，喔喔报重城。欲识诗人兴，中含君子情。

府试观兰亭图

往会人何处，遗踪事可观。林亭今日在，草木古春残。笔想吟中驻，杯疑饮后干。向青穿峻岭，当白认回湍。月影窗间夜，湖光枕上寒。不知诗酒客，谁更慕前欢。

府试老人星见

良宵出户庭，极目向青冥。海内逢康日，天边见寿星。临空遥的的，竟晓独荧荧。春后先依景，秋来忽近丁。垂休临有道，作瑞掩前经。岂比周王梦，徒言得九龄。

省 试 振 鹭

有鸟生江浦，霜华作羽翰。君臣将比洁，朝野共相一作用为欢。月影林梢下，冰光水际残。翻飞时共乐，饮啄道皆安。迥骞宜高咏，群栖入静看。由来鸳鹭侣，济济列千官。

寄辛明府

何处无苛政，东南有子男。细将朝客说，须是邑人谙。别业空经
稔，归田独未甘。目凝烟积树，心贮月明潭。晓鼓愁方乱，春山睡
正酣。不任啼鸟思，乡社欲桑蚕。

苑中题友人林亭

井邑藏岩穴—作洞，幽栖趣若何。春篁抽—作兼笋密，夏鸟杂雏多。
坐有清风至—作起，林无暑气过。乱书还就叶，真饮不听歌。片影
明红薜，斜—作新阴映绿萝。雄文终可惜，莫更弃高科。

投京兆府试官任文学先辈

高兴每论诗，非才独见推。应当明试日，不比暗投时。出口人皆
信，操心自可知。孤单虽有托，际会别无期。取舍知由己，穷通断
在兹。贱身何足数，公道自难欺。泽国违甘旨，渔舟积梦思。长安
未归去，为倚鉴妍媸。

宋少府东溪泛舟

登岸还入舟，水禽惊笑语。晚叶低众色，湿云带繁暑。落日乘醉
归，溪流复几许。

闻北虏入灵州二首

河冰一夜合，虏骑入—作满灵州。岁岁征兵去，难—作徒防塞草秋。
见说灵州战，沙中血未—作不干。将军日告急，走马向长安。

送友人下第归感怀

帝里春无一作无春意，归山对物华。即应来日去一作到日，九陌踏槐花。

赠桂林友人

君家桂林住一作下，日伐桂枝炊。何事东堂树一作桂，年年待一枝。

长 安 感 怀

一第知何日，全家待此身。空将灞陵酒，酌送向东人。

题长孙桐树

一去龙门侧，千年凤影移。空馀剪圭处，无复在孙枝。

渡 汉 江

岭外音书绝，经年一作冬复历春。近乡情更怯，不敢问来人。

嵩 山 夜 还

家住东皋去，好采旧山薇。自省游泉石，何曾不夜归。

暮秋宿清源上人院

野客愁来日，山房木落中。微风生夜半，积雨向秋终。证道方离法，安禅不住空。迷途将觉路，语默见西东。

秋夜宿重本上人院

却忆凉堂坐，明河几度流。安禅逢小暑，抱疾入高秋。水国曾重讲,云林半旧游。此来看月落,还似道相求。

赠立规上人

竹向空斋合,无僧在四邻。去云离坐石,斜月到禅身。树老风终
夜,山寒雪见春。不知诸祖后,传印是何人。

苏州寒食日送人归觐 _{第五句缺一字}

江城寒食下,花木惨离魂。几宿投山寺,孤帆过海门。□声泼火
雨,柳色禁烟村。定看堂高后,斑衣灭泪痕。

即席送许□之曹南省兄 _{缺一字}

梅烂荷圆六月天,归帆高背虎丘烟。到时自见成行雁,别处休听满
树蝉。卖剑为赊吴市酒,携家犹借洞庭船。待看春榜来江外,名占
蓬莱第几仙。

送罗著作两浙按狱 _{著作尝宰苏州吴县}

使印星车适旧游,陶潜今日在瀛洲。科条尽晓三千罪,囹圄应空十
二州。旧绶有香笼驿马,皇华无暇狎沙鸥。归来重过姑苏郡,莫忘
题名在虎丘。

下第后屏居书怀寄张侍御

刖足岂一生,良工隔千里。故山彭泽上,归梦向汾水。低催神气
尽,僮仆心亦耻。未达谁不知,达者多忘此。行年忽已壮,去老年
更几。功名如不彰,身殁岂为鬼。才看芳草歇,即叹凉风起。骢马
未来朝,嘶声尚在耳。

答韩中丞容不饮酒

老大成名仍足病，强听丝竹亦无欢。高情太守容闲坐，借与青山尽日看。

句

只将五字句，用破一生心。《北梦琐言》

楚里八千里，桀桀此都会。巍峨数里城，远水相映带。《方舆胜览》

全唐诗卷五九〇

李郢

　　李郢,字楚望,长安人。大中十年,第进士,官终侍御史。诗一卷。

冬至后西湖泛舟看断冰偶成长句

一阳生后阴飙竭,湖上层冰看折时。云母扇摇当殿色,珊瑚树碎满盘枝。斜汀藻动鱼应觉,极浦波生雁未知。山影浅中留瓦砾,日光寒外送涟漪。崖崩苇岸纵横散,篙蹙兰舟片段随。曾向黄河望冲激,大鹏飞起雪风吹。

阳羡春歌

石亭梅花落如积,玉薛斓班竹姑赤。祝陵有酒清若空,煮糯蒸鱼作寒食。长桥新晴好天气,两市儿郎〔棹〕(擢)船戏。溪头铙鼓狂杀侬,青盖红裙偶相值。风光何处最可怜,邵家高楼白日边。楼下游人颜色喜,溪南黄帽应羞死。三月未有二月残,灵龟可信淹水干。莳草青青促归去,短箫横笛说明年。

茶山贡焙歌

使君爱客情无已,客在金台价无比。春风三月贡茶时,尽逐红旌到山里。焙中清晓朱门开,筐箱渐见新芽来。陵烟触露不停探,官家赤印连帖催。朝饥暮匍谁兴哀,喧阗竞纳不盈掬。一时一饷还成堆,蒸之馥之香胜梅。研膏架动轰一作声如雷,茶成拜表贡天子。万人争唉春山摧,驿骑鞭声春流电。半夜驱夫谁复见,十日一作一见王程路四千。到时须及清明宴一作前,吾君可谓纳谏君。谏官不谏何由闻,九重城里虽玉食。天涯吏役长纷纷,使君忧民惨容色。就焙尝茶坐诸客,几回到口重咨嗟。嫩绿鲜芳出何力,山中有酒亦有歌。乐营房户皆仙家,仙家十队酒百斛。金丝宴馔随经过,使君是日忧思多。客亦无言征绮罗,殷勤绕焙复长叹。官府例成期如何!吴民吴民莫憔悴,使君作相期苏尔。

夏日登信州北楼

高楼上长望,百里见灵山。雨歇河珠定,云开谷鸟还。田苗映林合,牛犊傍村闲。始得消忧处,蝉声催入关。

游天柱观

听钟到灵观,仙子喜相寻。茅洞几千载,水声寒至今。读碑丹井上,坐石涧亭阴。清兴未云尽,烟霞生夕林。

酬刘谷除夜见寄

坐恐三更至,流年此夜分。客心无限事,愁雨不堪闻。灞上家殊远,炉前酒暂一作易醺。刘郎亦多恨,诗忆故山云。

元日作

锵锵华驷客,门馆贺新正。野雪江山霁,微风竹树清。芜庭春意晓,残柝烬烟生。忽忆王孙草,前年在帝京。

酬刘谷立春日吏隐亭见寄

孤亭遥带寺, 静者独登临。楚霁江流慢, 春归泽气阴。野田青牧马, 幽竹暖鸣禽。日日年光尽, 何堪故国心。

宿怜一作潾上人房

重公旧相识, 一夕话劳生。药裹关身病, 经函寄道情。岳寒当寺色, 滩夜入楼声。不待移文诮, 三年别赤城。

园　居

暮雨扬雄宅, 秋风向秀园。不闻砧杵动, 时看桔槔翻。钓下鱼初食, 船移鸭暂喧。橘寒才弄色, 须带一作待早霜繁。

中元夜

江南水寺中元夜, 金粟栏边见月娥。红烛影回仙态近, 翠鬟光动看一作见人多。香飘彩殿凝兰麝, 露绕轻衣杂绮罗。湘水夜空巫峡远, 不知归路欲如何。

赠羽林将军 一作江上逢王将军

虬须一作鬓憔悴羽林郎, 曾入甘泉侍武一作玉皇。雕没夜云知御苑, 马随仙一作春仗识天香。五湖归去孤舟月, 六国平来两鬓霜。唯有桓伊江上笛, 卧吹三弄送残阳。

送人之岭南

关山迢递古交州, 岁〔晏〕(宴)怜君走马游。谢氏海边逢素一作姹女, 越王潭上见青牛。嵩台月照啼猿曙一作树, 石室烟含古桂秋。回望长安五千里,刺桐花下莫淹留。

晚泊松江驿

片帆孤客晚夷犹,红蓼花前水驿秋。岁月方惊离别尽,烟波仍驻古今愁。云阴故国山川暮,潮落空江网罟收。还有吴娃旧歌曲,棹声遥散采菱舟。

江亭春霁

江蓠漠漠荇田田,江上云亭霁景鲜。蜀客帆樯背归燕,楚山花木怨啼鹃。春风掩映千门柳,晓色凄凉万井烟。金磬泠泠水南寺,上方僧室一作台殿翠微连。

早秋书怀

高梧一叶坠凉天,宋玉悲秋泪洒然。霜拂楚山频见菊,雨零溪树忽无蝉。虚村暮角催残日,近寺归僧寄野泉。青鬓已缘多病镊,可堪风景促流年。

为妻作生日寄意

谢家生日好风烟,柳暖花春二月天。金凤对翘双翡翠,蜀琴初一作新上七丝弦。鸳鸯交颈期千岁,琴瑟谐和愿百年。应恨客程归未得,绿窗红泪冷涓涓。

重阳日寄浙东诸从事

野人多病门长掩,荒圃重阳菊自开。愁里又闻清笛怨,望中难见白衣来。元瑜正及从军乐,甯戚谁怜叩角哀。红旆纷纷碧江暮,知君醉下望乡台。

和湖州杜员外冬至日白蘋洲见忆

白蘋亭上一阳生，谢朓新裁锦绣成。千嶂雪消溪影渌，几家梅绽海
波清。已知鸥鸟长来狎，可许汀洲独有名。多愧龙门重招引，即抛
田舍棹舟行。

上 裴 晋 公

四朝忧国鬓如丝，龙马精神海鹤姿。天上玉书传诏夜，阵前金甲受
降时。曾经庾亮三秋月，下尽羊昙两路一作一局棋。惆怅旧堂扃绿
野，夕阳无限鸟飞迟。

钱塘青山题李隐居西斋

小隐西斋为客开，翠萝深处遍青苔。林间扫石安棋局，岩下分泉递
酒杯。兰叶露光秋月上，芦花风起夜潮来。湖山绕屋犹嫌浅，欲棹
渔舟近钓台。

友人适越路过桐庐寄题江驿

桐庐县前洲渚平，桐庐江上晚潮生。莫言独有山川秀，过日仍闻官
长清。麦陇虚凉当水店，鲈鱼鲜美称莼羹。王孙客棹残春去，相送
河桥羡此行。

送 刘 谷

村桥西路雪初晴，云暖沙干马足轻。寒涧渡头芳草色，新梅岭外鹧
鸪声。邮亭已送轻一作征车发，山馆谁将候火迎。落日千峰转迢
递，知君回首望高城。

七 夕 一作赵璜诗

乌鹊桥头双扇开,年年一度过河来。莫嫌天上稀相见,犹胜人间去不回。欲减烟花饶俗世,暂烦烟月掩妆台。别时旧路长清浅,岂肯离情一作心似死灰。

秦处士移家富春发樟亭怀寄

潮落空江洲渚生,知君已上富春亭。尝闻郭邑山多秀,更说官僚眼尽青。离别几宵魂耿耿,相思一座发星星。仙翁白石高歌调,无复松斋半夜听。

故 洛 阳 城

胡兵一动朔方尘,不使銮舆此重巡。清洛但流呜咽水,上阳深锁寂寥春。云收少室初晴雨,柳拂中桥晚渡津。欲问升平无故老,凤楼回首落花频。

紫极宫上元斋次呈诸道流 第五句缺一字

碧简朝天章奏频,清宫仿佛降灵真。五龙金角向星斗,三洞玉音愁鬼神。风拂乱灯山磬□,露沾仙杏石坛春。明朝醮罢羽客散,尘土满城空世人。

立春一日江村偶兴

旧历年光看卷尽,立春何用更相催。江边野店寒无色,竹外孤村坐见梅。山雪乍晴岚翠起,渔家向晚笛声哀。南州近有秦中使,闻道胡兵索战来。

立秋后自京归家

篱落秋归见豆花,竹门当水岸横槎。松斋一雨宜清簟,佛室孤灯对
绛纱。尽日抱愁跧似鼠,移时不动懒于蛇。西江近有鲈鱼否,张翰
扁舟始到家。

奉陪裴相公重阳日游安乐池亭

绛霄轻霭翊三台,稽阮襟怀管乐才。莲沼昔为王俭府,菊篱今作孟
嘉杯。宁知北阙元勋在汉赐萧何等北阙大第,却引东山旧客来。自笑
吐茵还酪酊,日斜空从绛衣回。

浙河馆 一作暮春山行田家歇马

雨湿菰蒲斜日明,茅厨煮茧掉车声。青蛇上竹一种色,黄蝶一作﹝蠋﹞
﹝烛﹞隔溪无限情。何处樵渔将远饷,故园田土忆春耕。千峰万濑一
作霭霭水溅溅,羸马此中愁独行。

春日题山家

偶与樵人熟,春残日日来。依冈寻紫蕨,挽树得青梅。燕静衔泥
起,蜂喧抱蕊回。嫩茶重搅绿,新酒略炊醅。漠漠蚕生纸,涓涓水
弄苔。丁香政堪结,留步小庭隈。

江 亭 晚 望

碧天凉冷雁来疏,闲望江云思有馀。秋馆池亭荷叶后,野人篱落豆
花初。无愁自得仙人术,多病能忘太史书。闻说故园香稻熟,片帆
归去就鲈鱼。

长安夜访澈上人

关西木落夜霜凝,乌帽闲寻紫阁僧。松迥月光先照鹤,寺寒沟水忽生冰。玳玳晓漏喧秦禁,漠漠秋烟起汉陵。闻说天台旧禅处,石房独有一龛灯。

送圆鉴上人游天台

西岭草堂留不住,独携瓶锡向天台。霜清海寺闻潮至,日宴江船乞食回。华顶夜寒孤月落,石桥秋尽一僧来。灵溪道者相逢处,阴洞泠泠竹室开。

送僧之台州

独寻台岭闲游去,岂觉灵溪道里赊。三井应潮通海浪,五峰攒寺落天花。寒潭盥漱铜瓶洁,野店安禅锡杖斜。到日初寻石桥路,莫教云雨湿袈裟。

伤贾岛无可

却到京师事事伤,惠休归寂贾生亡。何人收得文章箧,独我来经苔藓房。一命未沾为逐客,万缘初尽别空王。萧萧竹坞斜阳在,叶覆闲阶雪拥墙。

孔 雀

越鸟青春好颜色,晴轩入户看呫衣。一身金翠画不得,万里山川来者稀。丝竹惯听时独舞,楼台初上欲孤飞。刺桐花谢芳草歇,南国同巢应望归。

秋晚寄题陆勋校书义兴禅居时淮南从事

禅居秋草晚,萧索异前时。莲幕青云贵,翱翔绝后期。薜房桩架掩,山砌石盆欹。剑戟晨趋静,笙歌夜散迟。谷寒霜狖静,林晚磬虫悲。惠远烟霞在,方平杖履随。骨清须贵达,神重有威仪。万卒千蹄马,横鞭从信骑。

酬王舍人雪中见寄

三日柴门拥不开,阶庭平满白皑皑。今朝踏作琼瑶迹,为有诗从凤沼来。

蝉

饮蝉惊雨落高槐,山蚁移将入石阶。若使秦楼美人见,还应一为拔金钗。

自水口入茶山

蒨蒨红裙好女儿,相偎相倚看人时。使君马上应含笑,横把金鞭为咏诗。

重游天台

南国天台山水奇,石桥危险古来知。龙潭直下一百丈,谁见生公独坐一作过时。

山　行

小田微雨稻苗香,田畔清溪潺潺凉。自忆东吴榜舟日,蓼花沟水半篙强。

上元日寄湖杭二从事

恋别山灯忆水灯，山光水焰百千层。谢公留赏山公唤，知入笙歌阿
那朋。

寒食野望 —作远望

旧坟新陇哭多时，流世都堪几度悲。乌鸟—作鹊乱啼人未远，野风
吹散白棠梨。

清明日题一公禅室

山头兰若石楠春，山下清明烟火新。此日何穷礼禅客，归心谁是恋
禅人。

七夕寄张氏兄弟

新秋牛女会佳期，红粉筵开玉馔时。好与檀郎寄—作记花朵，莫教
清晓羡蛛丝。

春晚与诸同舍出城迎座主侍郎 —作郑颢诗

三十骅骝一哄尘，来时不锁杏园春。东风柳絮轻如雪，应有偷游曲
水人。

张郎中宅戏赠二首

薄雪燕蓊紫燕钗，钗垂簏簌抱香怀。一声歌罢刘郎醉，脱取明金压
绣鞋。
谢家青妓邃重关，谁省春风见玉颜。闻道彩鸾三十六，一双双对碧
池莲。

醉　送 一作吟

江梅冷艳酒清光,急拍繁弦醉画堂。无限柳条多少雪,一将春恨付刘郎。

晓　井

桐阴覆井月斜明,百尺寒泉古甃清。越女携瓶下金索,晓天初放辘轳声。

南　池

小男供饵妇搓丝,溢榼香醪倒接䍦。日出两竿鱼正食,一家欢笑在南池。

偶　作

一杯正发吟哦兴,两盏还生去住愁。何似全家上船去,酒旗多处即淹留。

画　鼓

尝闻画鼓动欢情,及送离人恨鼓声。两杖一挥行缆解,暮天空使别魂惊。

燕　蓊　花

十二街中何限草,燕蓊尽欲占残春。黄花扑地无穷极,愁杀江南去住人。

邵博士溪亭

野茶无限春风叶,溪水千重返照波。只去长桥三十里,谁人一解柂帆过。

小石上见亡友题处

笋石清琤入紫烟,陆云题处是前年。苔侵雨打依稀在,惆怅凉风树树蝉。

洞灵观流泉

石上苔芜水上烟,潺湲声在观门前。千岩万壑分流去,更引飞花入洞天。

送李判官

津市停桡送别难,荧荧蜡炬照更阑。东风万叠吹江月,谁伴袁褒宿夜滩。

宿杭州虚白堂

秋—作缺月斜明虚白堂,寒蛩唧唧树苍苍。江风彻晓—作曙不得—作成睡,二十五声秋点长。

全唐诗卷五九一

崔珏

崔珏,字梦之,尝寄家荆州。登大中进士第,由幕府拜秘书郎,为淇县令,有惠政,官至侍御。诗一卷。

道林寺

临湘之滨麓之隅,西有松寺东岸无。松风千里摆不断,竹泉泻入于僧厨。宏梁大栋何足贵,山寺难有山泉俱。四时唯夏不敢入,烛龙安敢停斯须?远公池上种何物,碧罗扇底红鳞鱼。香阁朝鸣大法鼓,天宫夜转三乘书。野花市井栽不著,山鸡饮啄声相呼。金槛僧回步步影,石盆水溅联联珠。北临高处日正午,举手欲摸黄金乌。遥江大船小于叶,远村杂树齐如蔬。潭州城郭在何处,东边一片青模糊。今来古往人满地,劳生未了归丘墟。长卿之门久寂寞,五言七字夸规模。我吟杜诗清入骨,灌顶何必须醍醐。白日不照耒阳县,皇天厄死饥寒躯。明珠大贝采欲尽,蚌蛤空满赤沙湖。今我题诗亦无味,怀贤览古成长吁。不如兴罢过江去,已有好月明归途。

美人尝茶行

云鬟枕落困春泥,玉郎为碾瑟瑟尘。闲教鹦鹉啄窗响,和娇扶起浓睡人。银瓶贮泉水一掬,松雨声来乳花熟。朱唇啜破绿云时,咽入香喉爽红玉。明眸渐开横—作转秋水,手拨丝簧醉心起。台时—作前却坐推金筝,不语思量梦中事。

门前柳 第一句缺一字

门前蜀柳□知春,风淡暖烟愁杀人。将谓只栽郡楼下,不知迤逦连南津。南津柳色连南市,南市戎州三百里。夷陬蛮落相连接,故乡莫道心先死。我今帝里尚有家,门前嫩柳插—作披仙霞。晨沾太一坛边雨,暮宿凤凰城里鸦。别来三载当谁道,门前年年绿阴好。春来定解飞雪花,雨后还应庇烟草。忆昔当年栽柳时,新芽苗苗嫌生迟。如今宛转稊著地,常向绿阴劳梦思。不道彼树好,不道此树恶。试将此意问野人,野人尽道生处乐。为报门前杨柳栽,我应来岁当归来。纵令树下能攀折,白发如丝心似灰。

岳阳楼晚望

乾坤千里水云间,钓艇如萍去复还。楼上北风斜卷席,湖中西日倒衔山。怀沙有恨骚人往,鼓瑟无声帝子闲。何事黄昏尚凝睇,数行烟树接荆蛮。

哭 李 商 隐

成纪星郎字义山,适归高—作黄壤抱长叹。词林枝叶三春尽,学海波澜一夜干。风雨已吹灯烛灭,姓名长在齿牙寒。只应物外攀琪树,便著霓裳—作衣上绛—作玉坛。

虚负凌云万丈才,一生襟抱未曾开。鸟啼花落人何在,竹死桐枯凤不来。良马足因无主蹄,旧交心为绝弦哀。九泉莫叹三光隔,又送文星入夜台。

和友人鸳鸯之什

翠鬣红衣一作毛舞夕一作落晖，水禽情似此禽稀。暂分烟岛犹回首，
只渡寒塘亦共一作并飞。映雾乍一作尽迷珠一作金殿瓦，逐梭齐上一作
还似玉人机。采莲无限兰桡女，笑指中流羡一作候尔归。

寂寂春塘烟晚一作晓时，两心和影共依依。溪头日暖眠沙稳，渡口
风寒浴浪稀。翡翠莫夸饶彩饰，鹡鸰须羡好毛衣。兰深芷密无人
见，相逐相呼何处归。

舞鹤翔鸾俱别离，可怜生死两相随。红丝毳落眠汀处，白雪花成鬣
浪时。琴上只闻交颈语，窗前空展共飞诗一作时。何如相见长相
对，肯羡人间多所思。

有　赠

莫道妆成断客肠，粉胸绵手白莲香。烟分顶上三层绿，剑截眸中一
寸光。舞胜柳枝腰更软，歌嫌珠贯曲犹长。虽然不似王孙女，解爱
临邛卖赋郎。

锦里芬芳少佩兰，风流全占似君难。心迷晓梦窗犹暗，粉落香肌汗
未干。两脸夭桃从镜发，一眸春水照人寒。自嗟此地非吾土，不得
如花岁岁看。

和人听歌

气吐幽兰出洞房，乐人先问调宫商。声和细管珠才转，曲度沉烟雪
更香。公子不随肠万结，离人须落泪千行。巫山唱罢行云过，犹自
微尘舞画梁。

红脸初分翠黛愁，锦筵歌板拍清秋。一楼春雪和尘落，午夜寒泉带
雨流。座上美人心尽死，尊前旅客泪难收。莫辞更送刘郎酒，百斛

明珠异日酬。

水 晶 枕

千年积雪万年冰,掌上初擎力不胜。南国旧知何处得,北方寒气此中凝。黄昏转烛萤飞沼,白日褰帘水在簪。薪篸蜀琴相对好,裁诗乞与涤烦襟。

席间咏琴客

七条弦上五音寒,此艺知音自古难。唯有河南房次律,始终怜得董庭兰。

句

楚王宫地罗含宅,赖许时时听法来。　早梅赠李商隐　见《商隐集注》

全唐诗卷五九二

曹邺

曹邺,字业(一作邺)之,桂州人。登大中进士第,由天平幕府迁太常博士,历祠部郎中、洋州刺史。诗二卷。

徒相逢

江边野花不须采,梁头野燕不用亲。西施本是越溪女,承恩不荐越溪人。

杂诫

带香入鲍肆,香气同鲍鱼。未入犹可悟,已入当何如。

捕渔谣

天子好征战,百姓不种桑。天子好年少,无人荐冯唐。天子好美女,夫妇不成双。

四怨三愁五情诗十二首 并序

郁于内者,怨也;阻于外者,愁也;犯于性者,情也。三者有一贼于前,必为颠、为疹、为早死人。邺专仁谊久矣,有举不得用心,恐中斯物,殒天命。幸未死,间作四怨、三愁、五情,以望诗人救。

其一怨

美人如新花，许嫁还独守。岂无青铜镜，终日自疑丑。

其二怨

庭花已结子，岩花犹弄色。谁令生处远，用尽春风力。

其三怨

短鬓一如蟆，长眉一如蛾。相共棹莲舟，得花不如他。

其四怨

手推呕哑车，朝朝暮暮耕。未曾分得谷，空得老农名。

其一愁

远梦如水急，白发如草新。归期待春至，春至还送人。

其二愁

涧草短短青，山月朗朗明。此夜目不掩，屋头乌啼声。

其三愁

别家鬓未生，到城鬓似发。朝朝临川望，瀰水不入越。

其一情

东西是长江，南北是官道。牛羊不恋山，只恋山中草。

其二情

阿娇生汉宫，西施住南国。专房莫相妒，各自有颜色。

其三情

蛱蝶空中飞，夭桃庭中春。见他夫妇好，有女初嫁人。

其四情

槟榔自无柯，椰叶自无阴。常羡庭边一作亭前竹，生笋高于林。

其五情

野雀空城饥，交交复飞飞。勿怪官仓粟，官仓无空时。

寄刘驾

一川草色青袅袅,绕屋水声如在家。怅望美人不携手,墙东又发数枝花。

风人体

出门行一步,形影便相失。何况大堤上,骢马如箭疾。夜夜如织妇,寻思待成匹。郎只不在家,在家亦如出。将金与卜人,谲道远行吉。念郎缘底事,不具一作见天与日。

杏园即一本无即字席上同年

歧路不在天,十年行不至。一旦公道开,青云在平地。枕上数声鼓,衡门已如市。白日探得珠,不待骊龙睡。匆匆出九衢,僮仆颜色异。故衣未及换,尚有去年泪。晴阳照花影,落絮浮野翠。对酒时忽惊,犹疑梦中事。自怜孤飞鸟,得接鸾凤翅。永怀共济心,莫起胡越意。

恃 宠

二月树色好,昭仪正骄奢。恐君爱阳艳,斫却园中花。三十六宫女,髻鬟各如鸦。君王心所怜,独自不见瑕。台上红灯尽,未肯下金车。一笑不得所,尘中悉无家。飞燕身更轻,何必恃容华。

题 女 郎 庙

数点烟香出庙门,女娥飞去影中存。年年岭上春无主,露泣花愁断客魂。

四望楼 楼在洛阳东，今废。秦时，有贵公子贾虚每日宴其上。

背山见楼影，应合与山齐。座上日已出，城中未鸣鸡。无限燕赵
女，吹笙上金梯。风起洛阳东，香过洛阳西。公子长夜醉，不闻子
规啼。

筑 城 三 首

郎有蘼芜心，妾有芙蓉质。不辞嫁与郎，筑城无休日。
呜呜啄人鸦，轧轧上城车。力尽土不尽，得归亦无家。
筑人非筑城，围秦岂围我。不知城上土，化作宫中火。

奉命齐州推事毕寄本府尚书

越鸟栖不定，孤飞入齐乡。日暮天欲雨，那兼羽翎伤。州民言刺
史，蠹物甚于蝗。受命大执法，草草是行装。仆隶皆分散，单车驿
路长。四顾无相识，奔驰若投荒。重门下长锁，树影空过墙。驱囚
绕廊屋，觳觫如牛羊。狱吏相对语，簿书堆满床。敲枷打锁声，终
日在目旁。既舍三山侣，来馀五斗粮。忍学空城雀，潜身入官仓。
国中天子令，头上白日光。曲木用处多，不如直为梁。恐孤食恩
地，昼夜心不遑。仲夏天气热，鬓须忽成霜。社鼠不可灌，城狐不
易防。偶于擒纵间，尽得见否臧。截断奸吏舌，擘开冤人肠。明朝
向西望，走马归汶阳。

北 郭 闲 思

山前山后是青草，尽日出门还掩门。每思骨肉在天畔，来看野翁怜
子孙。

战 城 南

千金画阵图,自为弓剑苦。杀尽田野人,将军犹爱武。性命换他
恩,功成谁作主。凤凰楼上人,夜夜长歌舞。

自 退

寒一作邻女面如一作上花,空一作寂寂一作床常一作花对影。况我一作妾
不嫁容,甘为瓶堕井。

早 起

月堕沧浪西,门开树无影。此时归梦阑,立在一作独立梧桐井。

古 相 送

行人卜去期,白发根已出。执君青松枝,空数别来日。心如七夕
女,生死难再匹。且愿车声迟,莫使马行疾。巫山千丈高,亦恐梦
相失。

甲 第

游人未入门,花影出门前。将军来此住,十里无荒田。

望 不 来

见花忆郎面,常愿花色新。为郎容貌好,难有一作好相似人。

官 仓 鼠

官仓老鼠大如斗一作牛,见人开仓亦不走。健儿无粮百姓饥,谁遣
朝朝入君口。

题濮庙

晓祭瑶斋夜扣钟,鳌头风起浪重重。人间直有仙桃种,海上应无肉马踪。赤水梦沉迷象罔,翠华恩断泣芙蓉。不知皇帝三宫驻,始向人间著衮龙。

偶题

白玉先一作老生多在市,青牛道士不居山。但能共得丹田语,正是忙时身亦闲。

登岳阳楼有怀寄座主相公

南登岳阳楼,北眺长安道。不见升平里,千山树如草。骨肉在南楚,沈忧起常早。白社愁成空,秋芜待谁扫。常闻诗人语,西子不宜老。赖识丹元君,时来语蓬岛。

出关

山上黄蘗走避人,山下女郎歌满野。我独南征恨此身,更有无成出关者。

将赴天平职书怀寄翰林从兄

居处绝人事,门前雀罗施。谁遣辟书至,仆隶皆展眉。匹马渡河洛,西风飘路岐。手执王粲笔,闲吟向旌旗。香晚翠莲动,吟馀红烛移。开口啖酒肉,将何报相知。况我魏公子,相顾不相疑。岂学官仓鼠,饱食无所为。白露沾碧草,芙蓉落清池。自小不到处,全家忽如归。吾宗处清切,立在白玉墀。方得一侍座,单车又星飞。愿将门底水,永托万顷陂。

贺雪寄本府尚书

雨雪不顺时,阴阳失明晦。麦根半成土,农夫泣相对。我公诚诉天,天地忽已泰。长飙卷白云,散落群峰外。拂砌花影明,交宫鹤翎碎。宿鸟晨不飞,犹疑月光在。碧树香尽发,蠹虫声渐退。有客怀兔园,吟诗绕城内。

寄嵩阳道人

三山浮海倚蓬瀛,路入真元险尽平。华表千年孤鹤语,人间一梦晚蝉鸣。将龙逐虎神初王,积火焚心气渐清。见说嵩阳有仙客,欲持金简问长生。

去 不 返

寒女不自知,嫁为公子妻。亲情未识面,明日便东西。但得上马了,一去头不回。双轮如鸟飞,影尽东南街。九重十二门,一门四扇开。君从此路去,妾向此路啼。但得见君面,不辞插荆钗。

送进士下第归南海

数片红霞映夕阳,揽君衣袂更移觞。行人莫叹碧云晚,上国每年春草芳。雪过蓝关寒气薄,雁回湘浦怨声长。应无惆怅沧波远,十二玉一作重楼非我乡。

送厉图南下第归澧州

当春人尽归,我独无归计。送君自多感,不是缘下第。君看山上草,尽有干云势。结根既不然,何必更掩袂。澧水鲈鱼贱,荆门杨柳细。勿为阳艳留,此处有月桂。言毕尊未干,十二门欲闭。伫立望不见,登高更流涕。吟君别我诗,怅望水烟际。

思 不 见

但见出门踪,不见入门迹。却笑山头女,无端化为石。

贵 宅

入门又到门,到门戟相对。玉箫声尚远,疑似人不在。公子厌花繁,买药栽庭内。望远不上楼,窗中见天外。此地日烹羊,无异我食菜。自是愁人眼,见之若奢泰。

下第寄知己

长安孟春至,枯树花亦发。忧人此时心,冷若松上雪。自知才不堪,岂敢频泣血。所痛无罪者,明时屡遭刖。故山秋草多,一卷成古辙。夜来远心起,梦见潇湘月。大贤冠盖高,何事怜屑屑。不令伤弓鸟,日暮飞向越。闻知感激语,胸中如有物。举头望青天,白日头上没。归来通济里,开户山鼠出。中庭广寂寥,但见薇与蕨。无虑数尺躯,委作泉下骨。唯愁揽清镜,不见昨日发。愿怜闺中女,晚嫁唯守节。勿惜四座言,女巧难自说。

吴 宫 宴

吴宫城阙高,龙凤遥相倚。四面铿鼓钟,中央列罗绮。春风时一来,兰麝闻数里。三度明月落,青娥醉不起。江头铁剑鸣,玉座成荒垒。适来歌舞处,未知身是鬼。

长 相 思

剪妾身上巾,赠郎伤妾神。郎车不暂停,妾貌宁长春。春天无停雪应作云,沧海无停津。遣妾空床梦,夜夜随车轮。

长 城 下

远水犹归壑,征人合忆乡。泣多盈袖血,吟苦满头霜。楚国连天浪,衡门到海荒。何当生燕羽,时得近雕梁。

成名后献恩门

为物稍有香,心遭蠹虫啮。平人登太行,万万车轮折。一辞桂岭猿,九泣东门月。年年孟春时,看花不如雪。僻居城南隅,颜子须泣血。沉埋若九泉,谁肯开口说。辛勤学机杼,坐对秋灯灭。织锦花不常,见之尽云拙。自怜孤生竹,出土便有节。每听浮竞言,喉中似无舌。忽然风雷至,惊起池中物。拔上青云巅,轻如一毫发。珑珑金锁甲,稍稍城乌绝。名字如鸟飞,数日便到越。幽兰生虽晚,幽香亦难歇。何以保此身,终身事无缺。

赠 道 师

举世皆问人,唯师独求己。一马无四蹄,顷刻行千里。应笑北原上,丘坟乱如蚁。

入 关

衡门亦无路,何况入西秦。灸病不得穴,徒为采艾人。

听刘尊师弹琴

曾于一作游清海独闻蝉,又向空庭夜听泉。不似斋堂人静处,秋声长在七条弦。

题 山 居

扫叶煎茶摘叶书,心闲无梦夜窗虚。只应光武恩波晚,岂是严君恋钓鱼。

关试前送进士姚潜下第归南阳

马嘶残日没残霞,二月东风便到家。莫羡长安占春者,明年始见故园花。

浐川寄进士刘驾

我家不背水,君身不向越。自是相忆苦,忽如经年别。山家草木寒,石上有残雪。美人望不见,迢迢云中月。

翠孤至渚宫寄座主相公

万里一孤舟,春行夏方到。骨肉尽单羸,沉忧满怀抱。羁孤相对泣,性命不相保。开户山鼠惊,虫声乱秋草。白菌缘屋生,黄蒿拥篱倒。对此起长嗟,芳年亦须老。恩门为宰相,出入用天道。忽于摧落间,收得青松操。全家到江陵,屋虚风浩浩。中肠自相伐,日夕如寇盗。其下有孤侄,其上有孀嫂。黄粮贱于土,一饭常不饱。天斜日光薄,地湿虫叫噪。惟恐道忽消,形容益枯槁。古人于黄雀,岂望白环报。奉答恩地恩,何惭以诚告。

早秋宿田舍

涧草疏疏萤火光,山月朗朗枫树长。南村犊子夜声急,应是栏边新有霜。

旅次岳阳寄京中亲故

君山南面浪连天，一客愁心两处悬。身逐片帆归楚泽，魂随流水向秦川。月回浦北千寻雪，树出湖东几点烟。更欲登楼向西望，北风催上洞庭船。

题舒乡 一本有驿字

功名若及鸱夷子，必拟将舟泛洞庭。柳色湖光好相待，我心非醉亦非醒。

碧寻 一作浔 宴上有怀知己

获花芦叶满溪流，一簇笙歌在水楼。金管曲长人尽醉，玉簪恩重独生愁。女萝力弱难逢地，桐树心孤易感秋。莫怪当欢却惆怅，全家欲上五湖舟。

从天平节度使游平流园

池塘静于寺，俗事不到眼。下马如在山，令人忽疏散。明公有高思，到此遂长返。乘兴挈一壶，折荷以为盏。入竹藤似蛇，侵墙水成藓。幽鸟不识人，时来拂冠冕。沿流路若穷，及行路犹远。洞中已云夕，洞口天未晚。自怜不羁者，写物心常简。翻愁此兴多，引得嵇康懒。

故人寄茶 一作李德裕诗

剑外九华英，缄题下玉京。开时微月上，碾处乱泉声。半夜招僧至，孤吟对月烹。碧沉霞脚碎，香泛乳花轻。六腑睡神去，数朝诗思清。月馀不敢费，留伴肘书行。

全唐诗卷五九三

曹 邺

东 武 吟

心如山上虎,身若仓中鼠。惆怅倚市门,无人与之语。夜宴李将军,欲望心相许。何曾听我言,贪谑邯郸女。独上黄金台,凄凉泪如雨。

蓟北门行 一本作出自蓟北门行

长河冻如石,征人夜中戍。但恐筋力尽,敢惮将军遇。古来死未歇,白骨碍官路。岂无一有功,可以高其墓。亲戚牵衣泣,悲号自相顾。死者虽无言,那堪生者悟。不如无手足,得见齿发暮。乃知七尺躯,却是速死具。

金 井 怨

西风吹急景,美人照金井。不见面上花,却恨井中影。

姑 苏 台

南一作吴宫酒未销,又宴姑苏台。美人和泪去,半夜阊门开。相对正歌舞,笑中闻鼓鼙。星散九重门,血流十二街。一去成万古,台尽人不回。时闻野田中,拾得黄金钗。

夜坐有怀

悄悄月出树,东南若微霜。愁人不成寐,五月夜亦长。佳期杳天末,骨肉不在旁。年华且有恨一作限,厥体难久康。人言力耕者,岁旱亦有粮。吾道固如此,安得苦怅怅。

寄监察从兄

我祖居邺地,邺人识文星。此地星已落,兼无古时城。古风既无根,千载难重生。空留建安书,传说七子名。贱子生桂州,桂州山水清。自觉心貌古,兼合古人情。因为二雅诗,出语有性灵。持来向长安,时得长者惊。芝草不为瑞,还共木叶零。恨如辙中土,终岁填不平。吾宗戴豸冠,忽然入西京。怜其羽翼单,抚若亲弟兄。松根已坚牢,松叶岂不荣。言罢眼无泪,心中如酒醒。

乐府体

莲子房房嫩,菖蒲叶叶齐。共结池中根,不厌池中泥。

弃　妇

嫁来未曾出,此去长别离。父母亦有家,羞言何以归。此日年且少,事姑常有仪。见多自成丑,不待颜色衰。何人不识宠,所嗟无自非。将欲告此意,四邻已相疑。

读李斯传

一车致三毂,本图行地速。不知驾驭难,举足成颠覆。欺暗尚不然,欺明当自戮。难将一人手,掩得天下目。不见三尺坟,云阳草空绿。

文 宗 陵

千年尧舜心，心成身已殁。始随苍梧云，不返苍龙阙。宫女衣不香，黄金赐白发。留此奉天下，所以无征伐。至今汨罗水，不葬大夫骨。

偶 怀

开目不见路，常如夜中行。最贱不自勉，中涂与谁争。蓬为沙所危，还向沙上生。一年秋不熟，安得便废耕。颜子命未达，亦遇时人轻。

代罗敷诮使君

常言爱嵩山，别妾向东京。朝来见人说，却知在石城。未必菖蒲花，只向石城生。自是使君眼，见物皆有情。麋鹿同上山，莲藕同在泥。莫学天上日，朝东暮还西。

怨 歌 行

丈夫好弓剑，行坐说金吾。喜闻有行役，结束不待车。官田赠倡妇，留妾侍舅姑。舅姑皆已死，庭花半是芜。中妹寻适人，生女亦嫁夫。何曾寄消息，他处却有书。严风厉中野，女子心易孤。贫贱又相负，封侯意何如。

南 征 怨

万浪东不回，昭王南征早。龙舟没何处，独树江上老。吾欲问水滨，宫殿已生草。

和潘安仁金谷集

太守龙为马,将军金作车。香飘十里风,风下绿珠歌。莫怪坐上客,叹君庭前花。明朝此池馆,不是石崇家。

不 可 见

常闻贫贱夫,头白终相待。自从嫁黔娄,终岁长不在。君梦有双影,妾梦空四邻。常思劲北风,吹折双车轮。

秦 后 作

大道不居谦,八荒安苟得。木中不生火,高殿祸顷刻。谁将白帝子,践我礼义域。空持拔山志,欲夺天地德。轵道人不回,壮士断消息。父母骨成薪,虫蛇自相食。鼎乱阴阳疑,战尽鬼神力。东郊龙见血,九土玄黄色。鼛鼓裂二景,妖星动中国。圆丘无日月,旷野失南北。徒流杀人血,神器终不忒。一马渡空江,始知贤者贼。

薄 命 妾

薄命常恻恻,出门见南北。刘郎马蹄疾,何处去不得。泪珠不可收,虫丝不可织。知君绿桑下,更有新相识。

放 歌 行

莫唱放歌行,此歌临楚水。人皆恶此声,唱者终不已。三闾有何罪,不向枕上死。

江 西 送 人

八月江上楼,西风令人愁。携酒楼上别,尽见四山秋。但愁今日知,莫作他时疑。郎本不住此,无人泣望归。何水不生波,何木不改柯。遥知明日恨,不如今日多。将心速投人,路远人如何。

始皇陵下作

千金买鱼灯,泉下照狐兔。行人上陵过,却吊扶苏墓。累累圹中物,多于养生具。若使山可移,应将秦国去。舜殁虽在前,今犹未封树。

洛原西望

筑城畏不坚,城坚心自毁。秦树满平原,秦人不居此。犹为泣路者,无力报天子。

赵城怀古

邯郸旧公子,骑马又鸣珂。手挥白玉鞭,不避五侯车。闲愁春日短,沽酒入倡家。一笑千万金,醉中赠秦娥。如今高原上,树树白杨花。

代班姬

宠极多妒容,乘车上金阶。欻然赵飞燕,不语到日西。手把菖蒲花,君王唤不来。常嫌鬓蝉重,乞人白玉钗。君心无定波,咫尺流不回。后宫门不掩,每夜黄鸟啼。买得千金赋,花颜已如灰。

庭草

庭草根自浅,造化无遗功。低回一寸心,不敢怨春风。

过白起墓

〔夷〕(毗)陵火焰灭,长平生气低。将军临老病,赐剑咸阳西。

对　酒

爱酒知是僻,难与性相舍。未必独醒人,便是不饮者。晚岁无此物,何由住田野。

续幽愤 嵇康、吕安连罪赋此诗,邺纪李御史甘死封之事。

繁霜作阴起,朱火乘夕发。清昼冷无光,兰膏坐销歇。惟公执天宪,身是台中杰。一逐楚大夫,何人为君雪。匆匆鬼方路,不许辞双阙。过门似他乡,举趾如遗辙。八月黄草生,洪涛入云热。危魂没太行,客吊空骨节。千年瘴江水,恨声流不绝。

古　词

高阙碍飞鸟,人言是君家。经年不归去,爱妾面上花。妾面虽有花,妾心非女萝。郎妻自不重一作教,于妾欲如何。

和谢豫章从宋公戏马台送孔令谢病

碧树杳云暮,朔风自西来。佳人忆山水,置酒在高台。不必问流水,坐来日已西。劝君速归去,正及鹧鸪啼。

送进士李殷下第游汾河

上国花照地,遣君向西征。旁人亦有恨,况复故人情。单车欲云去,别酒忽然醒。如何今夜梦,半作道路程。边士不好礼,全家住军城。城中鼓角严,旅客常夜惊。中有左记室,逢人眼光明。西门未归者,下马如到京。还应一开卷,为子心不平。殷勤说忠抱,壮志勿自轻。

相思极 一作长相思

妾颜与日空一作改,君心与日新。三年得一书,犹在湘之滨。料君相轻意,知妾无至亲。况当受明礼,不令一作合再嫁人。愿君从此日,化质为妾身。

代谢玄晖新亭送范零陵

楚水洪无际,沧茫接天涯。相看不能语,独鸟下江蓠。蓬子悉有恋,蓬根却无期。车轮自不住,何必怨路岐。孟冬衣食薄,梦寐亦未遗。

山 中 效 陶

落第非有罪,兹山聊归止。山猿隔云住,共饮山中水。读书时有兴,坐石忘却起。西山忽然暮,往往遗巾履。经时一出门,兼候僮仆喜。常被山翁笑,求名岂如此。齿发老未衰,何如且求己。

城南野居寄知己

奔走未到我,在城如在村。出门既无意,岂如常闭门。作诗二十载,阙下名不闻。无人为开口,君子独有言。身为苦寒士,一笑亦感恩。殷勤中途上,勿使车无轮。

古莫买妾行

千扉不当路,未似开一门。若遣绿珠丑,石家应尚存。

霁后作 齐梁体

新霁辨草木，晚塘明衣袗。乳燕不归宿，双双飞向林。微照露花影，轻云浮麦阴。无人可招隐，尽日登山吟。

田 家 效 陶

黑黍春来酿酒饮，青禾刈了驱牛载。大姑小叔常在眼，却笑长安在天外。

寄贾驰先辈

游子想万里，何必登高台。闻君燕女吟，如自蓟北来。长安高盖多，健马东西街。尽说蒿簪古一作苦，将钱买金钗。我祖西园事，言之独伤怀。如今数君子，如鸟无树栖。济水一入河，便与清流乖。闻君欲自持，勿使吾道低。

送友人入塞

乱蓬无根日，送子入青塞。苍茫万里秋，如见原野大。鸟雀寒不下，山川迥相对。一马没黄云，登高望犹在。惊风忽然起，白日黯已晦。如何恨路长，出门天涯外。

寄阳朔友人

桂林须产千株桂，未解当天影日开。我到月中收得种，为君移向故园栽。

题 广 福 岩

未有天地先融结，方广高深无丈尺。书言不尽画难成，留与人间作奇特。

送曾德迈归宁宜春

湘东山水有清辉, 袁水词人得意归。几府争驰毛义檄, 一乡看侍老莱衣。筵开灞岸临清浅, 路去蓝关入翠微。想到宜阳更无事, 并将欢庆奉庭闱。

送郑谷归宜春

无成归故国, 上马亦高歌。况是飞鸣后, 殊为喜庆多。暑销嵩岳雨, 凉吹洞庭波。莫便闲吟去, 须期接盛科。

老圃堂—作薛能诗,《唐诗纪事》引《又玄集》以为邺作。

邵平瓜地接吾庐, 谷雨干时手自锄。昨日春风欺不在, 就床吹落读残书。

全唐诗卷五九四

储嗣宗

储嗣宗,大中十三年,登进士第。诗一卷。

登 芜 城

昔人登此地,丘垄已前悲。今日又非昔,春风能几时。

沧浪峡 一作储光羲诗

沧浪临古道,道上石成尘。自有沧浪峡,谁为无事人。

垓 城 一作下

百战未言非,孤军惊夜围。山河意气尽,泪湿一作溅美人衣。

南 陂 远 望

闲门横古塘,红树已惊霜。独立望秋草,野人耕夕阳。孤烟起蜗舍,飞鹭下渔梁。唯有田家事,依依似故乡。

宿 玉 箫 宫

尘飞不到空,露湿翠微宫。鹤影石桥月,箫声松殿风。绿毛辞世女,白发入壶翁。借问烧丹处,桃花几遍红。

晚眺徐州延福寺

杉风振旅尘，晚景藉芳茵。片水明在野，万花深见人。静依归鹤
思，远惜旧山春。今日惜_{一作谁}携手，寄怀吟白蘋。

宿甘棠馆

尘迹入门尽，悄然江海心。水声巫峡远，山色洞庭深。风桂落寒
子，岚烟凝夕阴。前轩鹤归处，萝月思沉沉。

和茅山高拾遗忆山中杂题五首

山　泉

香味清机仙府回，萦纡乱石便流杯。春风莫泛桃花去，恐引凡_{一作}
_渔人入洞来。

巢　鹤

千万_{一作岁}云间丁令威，殷勤仙骨莫先飞。若逢茅氏传消息，贞白
先生不久归。

胡　山

犬入五云音信绝，凤楼凝碧悄无声。焚香古洞步虚夜，露湿松花_一
_{作枝}空月明。

小　楼

松杉风外乱山青，曲几焚香对石屏。空忆_{一作记}得去年春雨后，燕
泥时污太玄经。

山　邻

石桥春涧已归迟，梦入仙山山不知。柱史从来非俗吏，青牛道士莫
相疑。

送 道 士

泠然御风客,与道自浮沉。黄鹤有归语,白云无忌心。药炉经月净,天路入壶深。从此分杯后,相思何处寻。

宿 山 馆

寂寞对衰草,地凉凝露华。蝉鸣月中树,风落客前花。山馆无宿伴,秋琴初别家。自怜千万里,笔砚寄生涯。

入 浮 石 山

斜日出门去,残花已过春。鸟声穿叶远,虎迹渡溪新。入洞几时路,耕田何代人。自惭非避俗,不敢问迷津。

送人归故园

远节惨言别,况予心久违。从来忆家泪,今日送君归。野路正风雪,还乡犹布衣。里中耕稼者,应笑读书非。

得 越 中 书

芳草离离思,悠悠春梦馀。池亭千里月,烟水一封书。诗想怀康乐,文应吊子胥。扁舟恋南越,岂独为鲈鱼。

秋 墅

欲暮候樵者,望山空翠微。虹随馀雨散,鸦带夕阳归。穷巷长秋草,孤村时捣衣。谁知多病客,寂寞掩柴扉。

哭彭先生

谷口溪声客自伤,那堪呜咽吊残阳。空阶鹤恋丹青影,秋雨苔封白石床。主祭孤儿初学语,无媒旅榇未还乡。门人远赴心丧夜,月满千山旧草堂。

和顾非熊先生题茅山处士闲居

归耕地肺绝尘喧,匣里青萍未报恩。浊酒自怜终日醉,古风时得野人言。鸟啼碧树闲临水,花满青山静掩门。唯有阶前芳草色,年年惆怅忆王孙。

长安怀古

祸稔萧墙终不知,生人力屈尽边陲。赤龙已赴东方暗,黄犬徒怀上蔡悲。面缺崩城山寂寂,土埋冤骨草离离。秋风解怨扶苏死,露泣烟愁红树枝。

过王右丞书堂二首

澄潭昔卧龙,章句世为宗。独步声名在,千岩水石空。野禽悲灌木,落日吊清风。后学攀遗址,秋山闻草虫。

万树影参差,石床藤半垂。萤光虽散草,鸟迹尚临池。风雅传今日,云山想昔时。感深苏属国,千载五言诗。右丞昔陷贼庭,故有此句。

孤雁

孤雁暮飞急,萧萧天地秋。关河正黄叶,消息断青楼。湘渚烟波远,骊山风雨愁。此时万里道,魂梦绕沧洲。

赠 隐 者

尽室居幽谷,乱山为四邻。雾深知有术,窗静似无人。鹤语松上月,花明云里春。生涯更何许,尊酒与垂纶。

早春怀薛公裕

幽独自成愁,柴门日渐芜。陆机初入洛,孙楚又游吴。失意怨杨柳,异乡闻鹧鸪。相思复相望,春草满南湖。

村 月

月午篱南一作边道,前村半隐林。田翁独归处,荞麦露花深。

早 春

野树花初发,空山独见时。踟蹰历阳道,乡思满南枝。

送友人游吴

吴山青楚吟,草色异乡心。一酌水边酒,数声花下琴。登楼旧国远,探穴九疑深。更想逢秋节,那堪闻夜砧。

赠 别

兰泽伤秋色,临风远别期。东城草虽绿,南浦柳无枝。直道岂易枉,暗投谁不疑。因君问行役,有泪湿江蓠。

经故人旧居

万里访遗尘,莺声泪湿巾。古书无主散,废宅与山邻。宿草风悲夜,荒村月吊人。凄凉问残柳,今日为谁春。

随边使过五原

偶逐星车犯虏尘，故乡常恐到无因。五原西去阳关废，日漫平沙不见人。

春怀寄秣陵知友

庐江城外柳堪攀，万里行人尚未还。借问景阳台下客，谢家谁更卧东山。

宋州月夜感怀

雁池衰草露沾衣，河水东流万事微。寂寞青陵台上月，秋风满树鹊南飞。

吴　宫

荒台荆棘多，忠谏竟如何。细草迷宫巷，闲花误绮罗。前溪徒自绿，子夜不闻歌。怅望清江暮，悠悠东去波。

春游望仙谷

清无车马尘，深洞百花春。鸡犬疑沾药，耕桑似避秦。登山采樵路，临水浣纱人。若得心无事，移家便卜邻。

圣女祠

石屏苔色凉，流水绕祠堂。巢鹊疑天汉，潭花似镜妆。神来云雨合，神去蕙兰香。不复闻双佩，山门空夕阳。

宿范水

行人倦游宦,秋草宿湖边。露湿芙蓉渡,月明渔网船。寒机深竹里,远浪到门前。何处思乡甚,歌声闻采莲。

送顾陶校书归钱塘

清苦月偏知,南归瘦马迟。橐轻缘换酒,发白为吟诗。水色西陵渡,松声伍相祠。圣朝思直谏,不是挂冠时。

题云阳高少府衙斋一本无衙斋二字

大隐能兼济,轩窗逐胜开。远含云水思,深得栋梁材。吏散山逾静,庭闲鸟自来。更怜幽砌色,秋雨长莓苔。

全唐诗卷五九五

于武陵

于武陵,会昌时人。诗一卷。(《通考》,大中进士。)

早春山行

江草暖初绿,雁行皆北飞。异乡那久客,野鸟尚思归。十载过如梦,素心应已违。行行家渐远,更苦得书稀。

宿友生林居因怀贾区

绕屋树森森,多栖紫阁禽。暂过当永夜,微得话前心。入楚行应远,经湘恨必深。那堪对寒烛,更赋别离吟。

赠卖松人

入市虽求利,怜君意独真。剧—作欲将寒涧树,卖与翠楼人。瘦叶几经雪,淡花应少春。长安重桃李,徒染六街尘。

友人南游不回因而有寄

相思春树绿,千里亦—作各依依。鄂杜月频满,潇湘人未—作不归。桂花风半落,烟草蝶双飞。一别无消息,水南车—作踪迹稀。

送鄠县董明府之任

南北行已久,怜君知苦辛。万家同草木,三载得一作返阳春。东道听游子,夷门歌主人。空持语相送,应怪不沾巾。

山上树 一作桂

日暖上山一作峰路,鸟啼知已一作几春。忽逢幽隐处一作树,如见独醒人。石冷开常一作花开晚,风多落亦一作叶落频。樵夫应不识,岁久伐为薪。

长信宫二首

簟凉一作清秋气一作夜初,长信恨何如。拂黛月生指,解一作理鬟云满梳。一从悲画扇,几度泣前鱼。坐听南宫乐,凉风摇翠裾。

一失辇前恩,绮罗生暗尘。惟应深夜月,独伴向隅一作愁人。长信翠蛾老一作蛟故,昭阳红粉新。君心似秋节,不使草长春。

洛阳道

浮世若浮云,千回故复新。旋添青草冢,更有白头人。岁暮容一作客将老,雪一作云晴山欲春。行行车与马一作马客,不尽洛阳〔尘〕(城)。

东门路

东门车马路,此一作北路在一作有浮沉。白日若不落一作不西没,红尘应更深。从来名一作多利地一作计,皆起一作见,一作是。是非心一作起争心。所以青青草,年年生汉阴。

江 楼 春 望

楼下长江路,舟车昼一作尽不闲。鸟声非故国,春色是他山。一望
云复水,几重河与关。愁心随落日,万里各一作为西还。

洛 中 晴 望

九陌尽风尘,器器昼复昏。古今人不断,南北路长存。叶落上阳
树,草衰金谷园。乱鸦归一作来未已,残一作斜日半前轩。

西 归

不系与舟闲,悠悠吴楚间。羞将新白发,却到一作去,一作对。旧青
山。一叶忽离一作初飞树,几人同入关。长安家尚一作有家在,秋至
又西还。

南 游

穷秋几日雨,处处生苍苔。旧国寄书后,凉天方雁来。露繁山草
湿,洲暖水花开。去尽同行客,一帆犹未回。

南 游 有 感

杜陵无厚业,不得驻车轮。重到曾游处,多非旧主人。东风千岭一
作里树,西日一洲𬞟。又一作好渡湘江去一作潇湘水,湘江一作潇湘水复
春。

夜 泊 湘 江

北风吹楚树,此地独先秋。何事屈原恨,不随湘水流。凉天生片一
作半月,竟夕伴孤舟。一作南行客,无成空白头。

客 中

楚人歌竹枝,游子泪沾衣。异国久为客,寒宵频一作方梦归。一封
书未返,千树叶皆飞。南过一作度洞庭水,更应消息稀。

夜寻僧不遇 一作夜寻僧,僧游山未归。

数歇度烟水,渐非尘俗间。泉声入秋寺,月色遍寒山。石路几回
雪,竹房犹闭关。不知双树客,何处与一作伴云闲。

访道者不遇 一作访僧不遇

人间唯此路一作道,长得一作独长绿苔衣。及户无行迹,游方应未归。
平生无一作何限事,到此尽知非。独倚松门久,阴云昏翠微。

赠王隐者山居 一作赠隐者

石室扫无尘,人寰与此分。飞来南浦树,半是华山云。浮世几多
事,先一作此生应不闻。寒山一作川满西日,空照雁成群。

寄 北 客

穷边足风惨,何处醉楼台。家去几一作数千里,月圆十二回。寒阡
一作云山随日远,雪路向城开。游子久无信,年年空雁来。

寄 友 人

长安清渭东,游子迹重重。此去红尘路,难寻君马踪。昔时轻一
别,渐老贵相逢。应恋嵩阳住一作好,嵩阳饶一作有古松。

夜与故人别

白日去难驻,故人非旧容。今宵一别后,何处更_{一作复,一作再}。相逢。过楚水千里,到秦山几_{一作万}重。语_{一作话}来天又_{一作未晓},月落满城钟。

别故_{一作友}人

行子与秋叶,各随南北风。虽非千里别,还阻一宵_{一作欢}同。过尽少年日,尚如长转_{一作路}蓬。犹为布衣客,羞入故关中。

送 客 东 归

一听游子歌,秋计觉_{一作几}蹉跎。四海少平地_{一作路},百川无定波。共惊年已暮,俱向客中多。又驾征轮去,东归事_{一作将}若何。

过侯王故第

过此一酸辛,行人泪有痕。独残新碧树,犹拥旧朱门。歌歇云初散,檐空燕尚存。不知弹铗客,何处感新恩。

孤 云

南北各万里,有云_{一作时}心更闲。因风离海上,伴月到人间。洛浦少高_{一作佳}树,长安无旧山。裴回不可驻,漠漠又空_{一作更东}还。

远 水

悔作望南浦,望中生远愁。因知人易老_{一作感},为有_{一作惟见}水东_{一作长}流。欲附故乡信,不逢归客舟。萋萋两岸草,又度一年秋。

咏　蝉 <small>一作客中闻早蝉</small>

江头一声起，芳岁已难留。听此高林<small>一作枝，一作树。</small>上，遥知故国
秋。应催风落叶，似<small>一作亦</small>劝客回舟。不是新蝉苦，年年自有愁。

感　情

青山长寂寞，南望独高歌。四海故人尽，九原新<small>一作青垄一作冢</small>多。
西沉浮世日，东注逝川波。不使年华驻，此生能<small>一作看</small>几何。

早春日山居寄城郭知己

阳和潜发荡寒阴，便使川原景象新。入户风泉声沥沥，当轩云岫色
沉沉。残云带雨轻飘雪，嫩柳含烟小绽金。虽有眼前诗酒兴，遨游
争得称闲心。

劝　酒

劝君金屈卮，满酌不须辞。花发多风雨，人生足别离。

感　怀 <small>一作感情。以下一本俱作于邺诗。</small>

东风吹草色，空使客蹉跎。不设太平险，更应游子多。几伤<small>一作觞</small>
行处泪<small>一作酒</small>，一曲醉中歌。尽向青门外，东随渭水波。

友人亭松

俯仰不能去，如逢旧友同。曾因春雪散，见在华山中。何处有明
月，访君听远风。相将归未得，各占石岩东。

游 中 梁 山

僻地好泉石,何人曾陆沉。不知青嶂外,更有白云深。因此见乔木,几回思旧林。殷勤猿与一作与猿鸟,惟我独何心。

寻 山

到此绝车轮,萋萋草树春。青山如有利,白石亦成尘。水阔应无路,松深不见人。如知巢与许,千载迹犹新。

宿 江 口

南渡人来绝,喧喧雁满沙。自生江上月,长有客思家。半夜下霜岸,北风吹荻花。自惊归梦断,不得到天涯。

秋夜达萧关

扰扰浮一作游梁路,人忙月自闲。去年为塞客,今夜宿萧关。辞国几经岁,望乡空见山。不知江叶下,又作布衣还。

斜 谷 道

乱峰连叠嶂,千里绿峨峨。蜀国路如此,游人车亦过。远烟当叶敛,骤雨逐风多。独忆紫芝叟,临风歌旧歌。

过百牢关贻舟中者

蜀国少平地,方思京洛间。远为千里客,来度百牢关。帆影清江水,铃声碧草山。不因一作贪名与利,尔我一作我尔各应闲。

客 中 览 镜

何当开此镜,即见发如丝。白日急于水,一年能几时。每逢芳草
处,长返故园迟。所以多为客,蹉跎欲怨谁。

长 安 逢 隐 者

征车千里至,碾遍六街尘。向此有营地,忽逢无事人。昔时颜未
改,浮世路多新。且脱衣沽酒,终南山欲春。

与 僧 话 旧

草堂前有山,一见一相宽。处世贵僧静,青松因岁寒。他山逢旧
侣,尽日话长安。所以闲行迹,千回绕药栏。

赠 王 道 士

日日市朝路,何时无苦辛。不随丹灶客,终作白头人。浮世度千
载,桃源方一春。归来华表上,应笑北邙尘。

匣 中 琴

世人无正心,虫网匣中琴。何以经时废,非为娱耳音。独令高韵
在,谁感隙尘深。应是南风曲,声声不合今。

过 洛 阳 城

古来利与名,俱在洛阳城。九陌鼓初起,万车轮已行。周秦时几
变,伊洛水犹清。二月中桥路,鸟啼春草生。

望　月 一作客中月

离家凡几宵，一望一寥寥。新魄又将满，故乡应渐遥。独临彭蠡水，远忆洛阳桥。更有乘舟客，凄然亦驻桡。

王将军宅夜听歌

朱槛满一作铺明月，美人歌落梅。忽惊尘起处，疑有凤飞来。一曲听初彻，几年愁暂开。东南正云雨，不得见阳台。

长信 一作春宫

莫问一作访古宫名，古宫空有一作古城。惟一作只应东去水，不改旧时声。

高　楼

远天明月出，照此谁家楼。上有罗衣裳一作色，凉风吹不休一作秋。

全唐诗卷五九六

司马扎 高棅《品汇》作礼

　　司马扎,大中时诗人。诗一卷。

感　古

九折无停波,三光如转烛。玄珠人不识,徒爱燕赵玉。祖龙已深惑,汉氏远徇欲。骊山与茂陵,相对秋草绿。

赠　王　道　士

玉洞秋有花,蓬山夜无鬼。岂知浮云世,生死逐流水。瑶台歌一曲,曲尽五烟起。悠然望虚路,玉京在海里。青箓秘不闻,黄鹤去不止。愿随执轻策,往结周太子。

古　思

春华惜妾态,秋草念妾心。始知井边桐,不如堂上琴。月落却羡镜,花飞犹委苔。门前长江水,一去终不回。

猎　客

五陵射雕客,走马占春光。下马青楼前,华裾独煌煌。自言家咸京,世族如金张。击钟传鼎食,尔来八十强。朱门争先开,车轮满路旁。娥娥燕赵人,珠箔闭高堂。清歌杂妙舞,临欢度曲长。朝游园花新,夜宴池月凉。更以驰骤多,意气事强梁。君王正年少,终日在长杨。

送进士苗纵归紫逻山居

汝上多奇山,高怀惬清境。强来干名地,冠带不能整。常言梦归处,泉石寒更静。鹤声夜无人,空月随松影。今朝抛我去,春物伤明景。怅望相送还,微阳在东岭。

卖 花 者

少壮彼何人,种花荒苑外。不知力田苦,却笑耕耘辈。当春卖春色,来往经几代。长安甲第多,处处花堪爱。良金不惜费,竞取园中最。一蕊才占烟,歌声一作笙歌已高会。自言种花地,终日拥轩盖。农夫官役时,独与花相对。那令卖花者,久为生人害。贵粟不贵花,生人自应泰。

弹 琴

凉一作深室无外响,空桑七弦分。所弹非新声,俗耳安肯闻。月落未终曲,暗中泣湘君。如传我心苦,千里苍梧云。

古边卒思归

有田不得耕,身卧辽阳城。梦中稻花香,觉后战血腥。汉武在深殿,唯思廓寰瀛。中原半烽火,比屋皆点行。边土无膏腴,闲地何必争。徒令执耒者,刀下死纵横。

美刘太保

常爱鲁仲连,退身得其趣。不知鸱夷子,更入五湖去。云霞恣摇曳,鸿鹄无低翥。万里天地空,清飙在平楚。藏名向宠节,辞疾去公务。夜尽醉弦歌,日高卧烟树。岂嗤生前乐,千载自垂裕。论道复论功,皆可黄金铸。

蚕 女

养蚕先养桑,蚕老人亦衰。苟无园中叶,安得机上丝。妾家非豪门,官赋日相追。鸣梭夜达晓,犹恐不及时。但忧蚕与桑,敢问结发期。东邻女新嫁,照镜弄蛾眉。

效陶彭泽

一梦倏已尽,百年如露草。独有南山高,不与人共老。尊中贮灵味,无事即醉倒。何必鸣鼓钟,然后乐怀抱。轻波向海疾,浮云归谷早。形役良可嗟,唯能徇天道。

锄 草 怨

种田望雨多,雨多长蓬蒿。亦念官赋急,宁知荷锄劳。亭午霁日明,邻翁醉陶陶。乡吏不到门,禾黍苗自高。独有辛苦者,屡为州县徭。罢锄田又废,恋乡不忍逃。出门吏相促,邻家满仓谷。邻翁不可告,尽日向田一作天哭。

山中晚兴寄裴侍御

雷息疏雨散,空山夏云晴。南轩对林晚,篱落新蜩一作蝉鸣。白酒一樽满,坐歌天地清。十年身未闲,心在人间名。永怀君亲恩,久贱难退情。安得蓬丘侣,提携采瑶英。

筑 台

魏国昔强盛,宫中金玉多。征丁筑层台,唯恐不巍峨。结构切星汉,跻攀横绮罗。朝观细腰舞,夜听皓齿歌。讵念人力劳,安问黍与禾。一朝国既倾,千仞堂亦平。舞模衰柳影,歌留草虫声。月照白露寒,苍苍故邺城。汉文有遗美,对此清飙生。

道 中 早 发

野店鸡一声,萧萧客车动。西峰带晓月,十里犹相送。繁弦满长道,羸马四蹄重。遥羡青楼人,锦衾方远梦。功名不我与,孤剑何所用。行役难自休,家山忆秋洞。

沧 浪 峡

山下水声深,水边山色聚。月照秋自清,花名春不去。似非人间境,又近红尘路。乍入洞中天,更移云外步。我殊惺惺者,犹得沧浪趣。可以濯吾缨,斯言诚所慕。

感 萤

爱尔持照书,临书叹吾道。青荧一点光,曾误几人老。夜久独此心,环垣闭秋草。

自渭南晚次华州

前楼一作登仙鼎原,西经赤水渡。火云入村巷,馀雨依驿树。我行伤去国,疲马屡回顾。有如无窠鸟,触热不得住。峨峨华峰近,城郭生夕雾。逆旅何人寻,行客暗中住。却思林丘卧,自惬平生素。

劳役今若兹,羞吟招隐句。

近 别

咫尺不相见,便同天一涯。何必隔关山,乃言伤别离。君心与我心,脉脉无由知。谁堪近别苦,远别犹有期。

江上秋夕

茂陵归路绝,谁念此淹留。极目月沉浦,苦吟霜满舟。孤猿啼后夜,久客病高秋。欲寄乡关恨,寒江无北流。

送 归 客

多才与命违,末路隐柴扉。白发何人问,青山一剑归。晴烟独鸟没,野渡乱花飞。寂寞长亭外,依然空落晖。

东 门 晚 望

青门聊极望,何事久离群。芳草失归路,故乡空暮云。信回陵树老,梦断灞流分。兄弟正南北,鸿声堪独闻。

上巳日曲江有感

万花明曲水,车马动秦川。此日不得意,青春徒少年。晴沙下鸥鹭,幽沚生兰荃。向晚积归念,江湖心渺然。

宿寿安甘棠馆

行人方倦役,到此似还乡。流水来关外,青山近洛阳。溪云归洞鹤,松月半轩霜。坐恐晨钟动,天涯道路长。

送友人下第东游

出门皆有托,君去独何亲。阙下新交少,天涯旧业贫。烟寒岳树暝,雪后岭梅春。圣代留昆玉,那令愧郄诜。

山 斋 会 别

春草平陵路,荷衣醉别离。将寻洛阳友,共结洞庭期。星月半山尽,天鸡出海迟。无轻此分手,他日重相思。

晓过伊水寄龙门僧

龙门树色暗苍苍,伊水东流客恨长。病马独嘶残夜月,行人欲渡满船霜。几家烟火依村步,何处渔歌似故乡。山下禅庵老师在,愿将形役问空王。

送孔恂入洛

洛阳古城秋色多,送君此去心如何。青山欲暮惜别酒,碧草未尽伤离歌。前朝冠带掩金谷,旧游花月经铜驼。行人正苦奈分手,日落远水生微波。

观 郊 礼

钟鼓旌旗引六飞,玉皇初著画龙衣。泰坛烟尽星河晓,万国心随彩仗归。

宫 怨

柳色参差掩画楼,晓莺啼送满宫愁。年年花落无人见,空逐春泉出御沟。

南 徐 夕 眺

行吟向暮天,何处不凄然。岸影几家柳,笛声何处船。楼一作流分
瓜步月,鸟入秣陵烟。故里无人到,乡书谁为传。

题 清 上 人

古院闭松色,入门人自闲。罢经来宿鸟,支策对秋山。客念蓬梗
外,禅心烟雾间。空怜濯缨处,阶下水潺潺。

涂中寄薛中裕

贫交千里外,失路更伤离。晓泪芳草尽,夜魂明月知。空山连野
外,寒鸟下霜枝。此景正寥落,为君玄发衰。

白马津阻雨

津树萧萧旅馆空,坐看疏叶绕阶红。故乡千里楚云外,归雁一声烟
雨中。漳浦病多愁易老,茂陵书在信难通。功名倘遂身无事,终向
溪头伴钓翁。

秋日怀储嗣宗

故人北游久不回,塞雁南渡声何哀。相思闻雁更惆怅,却向单于台
下来。

夜听李山人弹琴

瑶琴夜久弦秋清,楚客一奏湘烟生。曲中声尽意不尽,月照竹轩红
叶明。

隐 者

松间开一径,秋草自相依。终日不冠带,空山无是非。投纶﹝一作轮﹞
溪鸟伴,曝药谷云飞。时向邻家去,狂歌夜醉归。

登河中鹳〔雀〕(鹊)楼

楼中见千里,楼影入通津。烟树遥分陕,山河曲向秦。兴亡留白
日,今古共红尘。鹳雀飞何处,城隅草自春。

漾 陂 晚 望

远客家水国,此来如到乡。何人垂白发,一叶钓残阳。柳暗鸟乍
起,渚深兰自芳。因知帝城下,有路向沧浪。

全唐诗卷五九七

徐　商

　　徐商,字义声(一云字秋卿),新郑人。擢进士第,大中时尚书左丞。咸通四年,以兵部尚书同平章事,后出为襄州节度。诗一首。

贺襄阳副使节判同加章绶

朱紫花前贺故人,兼荣此会颇关身。同年坐上联宾榻,宗姓亭中布锦裀。晴日照旗红灼烁,韶光入队影玢璘。芳菲解助今朝喜,嫩蕊青条满眼新。

句

萍聚只因今日浪,荻斜都为夜来风。

高　璩

　　高璩,字莹之,渤海人。登进士第,累佐使府。大中朝,历丞郎。咸通中,守中书侍郎平章事。诗一首。

和薛逢赠别

剑外绵州第一州，尊前偏喜接君留。歌声婉转添长恨，管色凄凉似到秋。但务欢娱思晓角，独耽云水上高楼。莫言此去难相见，怨别徵黄是顺流。

句

公斋一到人非旧，诗板重寻墨尚新。

高　湘

　　高湘，字濬之，铢从子也，擢进士第。咸通中，历谏议大夫。僖宗朝，终江西观察使。诗一首。

和李尚书命妓饯崔侍御

谢安春渚饯袁宏，千里仁风一扇清。歌黛惨时方酩酊，不知公子重飞觥。

句

惟有高州是当家。《玉泉子》云：湘从兄中书舍人湜与路相岩亲善，而湘厚刘相瞻，岩既逐瞻，除不附己者十司户。湘得高州，到日，愤湜不佑己，赋诗云。

崔安潜

　　崔安潜，字进之，齐州人，大中三年进士登第。咸通中，累擢忠武节度使，拒王仙芝有功，代高骈镇西川，终太子太傅，谥贞孝。诗一首。

报 何 泽

四十九年前及第,同年唯有老夫存。今日殷勤访吾子,稳将鬐鬣上龙门。

裴 铏

裴铏,高骈客也,官成都节度副使,加御史大夫。诗一首。

题文翁石室

文翁石室有仪形,庠序千秋播德馨。古柏尚留今日翠,高岷犹蔼旧时青。人心未肯抛膻蚁,弟子依前学聚萤。更叹沱江无限水,争流只愿到沧溟。

刘 损

刘损,咸通诗人。诗三首。

愤惋诗三首 一作刘禹锡诗,题作《怀妓》。

宝钗分股合无缘,鱼在深渊日在天。得意紫鸾休舞镜,断踪青鸟罢衔笺。金杯倒覆难收水,玉轸倾欹懒续弦。从此蘼芜山下过,只应将泪比黄泉。

鸾辞旧伴知何止,凤得新梧想称心。红粉尚存香幕幕,白云将散信沉沉。已休磨琢投泥玉,懒更经营买笑金。愿作山头似人石,丈夫衣上泪痕深。

旧尝游处遍寻看,睹物伤情死一般。买笑楼前花已谢,画眉窗下月空残。云归巫峡音容断,路隔星河去住难。莫道诗成无泪下,泪如泉滴亦须干。

郑 愚

郑愚,番禺人。咸通中,观察桂管,入为礼部侍郎。黄巢平后,出镇南海,终尚书左仆射。诗二首。

幼 作

台山初罢雾,岐海正分流。渔浦飔来笛,鸿迳翼去舟。

茶 诗

嫩芽香且灵,吾谓草中英。夜臼和烟捣,寒炉对雪烹。惟忧碧粉散,尝见绿花生。

霍 总

霍总,咸通时池州刺史。诗七首。

郡楼望九华歌

楼上坐见九子峰,翠云赤日光溶溶。有时朝昏变疏密,八峰和烟一峰出。有时风卷天雨晴,聚立连连如弟兄。阳乌生子偶成数,丹凤养雏同此名。日日遥看机已静,未离尘躅思真境。子明龙驾腾九垓,陵阳相对空崔嵬。玉浆瑶草不可见,自有神仙风马来。

塞 下 曲

曾当一面战,频出九重围。但见争锋处,长须得胜归。雪沾旗尾落,风断节毛稀。岂要铭燕石,平生重武威。

关 山 月

珠珑翡翠床,白皙侍中郎。五日来花下,双童问道傍。到门车马狭,连夜管弦长。每笑东家子,窥他宋玉墙。

骢 马

青骊八尺高,侠客倚雄豪。踏雪生珠汗,障泥护锦袍。路傍看骤影,鞍底卷旋毛。岂独连钱贵,酬恩更代劳。

雉 朝 飞

五色有名翚,清晨挟两雌。群群飞自乐,步步饮相随。舰叶逢人处,惊媒妒宠时。绿毛春斗尽,强敌愿君知。

木 芙 蓉

本自江湖远,常开霜露馀。争春候秋李,得水异红蕖。孤秀曾无偶一作遇,当门幸不锄。谁能政摇落,繁彩照阶除。

采 莲 女

舟中采莲女,两两催妆梳。闻早渡江去,日高来起居。

陈 玽

陈玽,咸通中佐廉使郭常侍铨于徐,性耿介,不合,挈家居茅山,焚香习禅。诗一首。

别 僧 一作留别兰若僧

行若独轮车,常畏大道覆。止若员底器,常恐他物触。行止既如此,安得不离俗。

裴虔 一作乾馀

裴虔馀,咸通末佐北门李相蔚淮南幕,乾宁初,官太常少卿。诗二首。

早 春 残 雪

霁日雕琼彩,幽庭减夜寒。梅飘馀片积,日堕晚光残。零落偏依桂,霏微不掩兰。阴林披雾縠,小沼破冰盘。曲槛霜凝砌,疏篁玉碎竿。已闻三径好,犹可访袁安。

柳枝词咏篙水溅妓衣

半额微黄一作满额蛾黄金缕衣,玉搔头袅凤双飞一作翠翘浮动玉钗垂。从教水溅罗裙湿,还道朝来一作知道巫山行雨归。

李　嵘

　　李嵘，咸通时人。诗一首。

献淮南师 一作献李仆射

鸡树烟含瑞气凝，凤池波待玉山澄。国人久倚东关望，拟筑沙堤到广陵。

袁　郊

　　袁郊，字之仪，朗山人，滋之子也。咸通时，为祠部郎中。昭宗朝，为翰林学士。诗四首。

月

嫦娥窃药出人间，藏在蟾宫不放还。后羿遍寻无觅处，谁知天上却容奸。

霜

古今何事不思量，尽信邹生感彼苍。但想燕山吹暖律，炎天岂不解飞霜。

露

湛湛腾空下碧霄，地卑湿处更偏饶。菅茅丰草皆沾润，不道良田有旱苗。

云

楚甸尝闻旱魃侵,从龙应合解为霖。荒淫却入阳台梦,惑乱怀襄父子心。

张 丛

张丛,咸通中,官桂管观察使。诗一首。

游 东 观 山

岩岫碧屏颜,灵踪若可攀。楼台烟霭外,松竹翠微间。玉液寒深洞,秋光秀远山。凭君指归路,何处是人寰。

冯 衮

冯衮,东阳人,定之子,登进士第。咸通中,历任台省,尝为苏州刺史。诗二首。

掷 卢 作

八尺台盘照面新,千金一掷斗精神。合是赌时须赌取,不妨回首乞闲人。

戏 酒 妓

醉眼从伊百度斜,是他家属是他家。低声向道人知也,隔坐刚抛豆蔻花。

郑　綮

郑綮,字蕴武。进士及第,累官散骑常侍。昭宗时,以礼部侍郎同中书门下平章事。诗三首。

老　僧

日照四山雪,老僧门未开。冻瓶黏柱础,宿火陷炉灰。童子病归去,鹿麂寒入来。斋钟知渐近,枝鸟下生台。

题卢州郡斋

九衢尘里一书生,多达逢时拥斾旌。醉里眼开金使字,紫旂风动耀天明。

别郡后寄席中三兰 三妓并以兰为名

淮沘两水不相通,隔岸临流望向东。千颗泪珠无寄处,一时弹与渡前风。

温庭皓

温庭皓,初为襄阳徐商从事,咸通中,辟徐州崔彦曾幕府。庞勋反,使庭皓草表求节度,庭皓拒之,遂遇害。诏赠兵部郎中。诗四首。

观山灯献徐尚书

一峰当胜地,万点照严城。势异昆冈发,光疑玄圃生。焚书翻见字,举燧不招兵。况遇新春夜,何劳秉烛行。

九枝应并耀,午夜忽潜然。景集青山外,萤分碧草前。辉华侵月影,历乱写星躔。望极高楼上,摇光满绮筵。

春山收暝色,爝火集馀辉。丽景饶红焰,祥光出翠微。白榆行自比,青桂影相依。唯有偷光客,追游欲忘归。

梅

一树寒林外,何人此地栽。春光先自暖,阳艳暗相催。晓觉霜添白,寒迷月借开。馀香低惹袖,堕蕊逐流杯。零落移新暖,飘飏上故台。雪繁莺不识,风袅蝶空回。羌吹应愁起,征徒异渴来。莫贪题咏兴,商鼎待盐梅。

全唐诗卷五九八

高　骈

　　高骈,字千里,南平郡王崇文之孙,家世禁卫。幼颇修饬,折节为文学,初事朱叔明为司马,后历右神策军都虞候、秦州刺史。咸通中,拜安南都护,进检校刑部尚书,以都护府为静海军,授骈节度,兼诸道行营招讨使。僖宗立,加同中书门下平章事,迁剑南西川节度,进检校司徒,封燕国公,徙荆南节度,加诸道行营都统、盐铁转运等使,俄徙淮南节度副大使。广明初,进检校太尉、东面都统、京西京北神策军诸道兵马等使,封渤海郡王,为部将毕师铎所害。诗一卷。

言　怀

恨乏平戎策,惭登拜将坛。手持金钺冷,身挂铁衣寒。主圣扶持易,恩深报效难。三边犹未静,何敢便休官。

寄鄠杜李遂良处士

小隐堪忘世上情,可能休梦入重城。池边写字师前辈,座右题铭律后生。吟社客归秦渡晚,醉乡渔去渼陂晴。春来不得山中信,尽日无人傍水行。

和王昭符进士赠洞庭赵先生

为爱君山景最灵,角冠秋礼一坛星。药将鸡犬云间试,琴许鱼龙月
下听。自要乘风随羽客,谁同种玉验仙经。烟霞淡泊—作寂寞无人
到,唯有渔翁过洞庭。

依韵奉酬李迪

柳下官资颜子居,闲情入骨若为除。诗成斩将奇难敌,酒熟封侯快
未如。只见丝纶终日降,不知功业是谁书。而今共饮醇滋味,消得
揶揄势利疏。

留别彰德军从事范校书

无金寄与白头亲,节概犹夸似古人。未出尘埃真落魄,不趋权势正
因循。桂攀明月曾观国,蓬转西风却问津。匹马东归羡知己,燕王
台上结交新。

途次内黄马病寄僧舍呈诸友人

官闲马病客深秋,肯学张衡咏四愁。红叶寺多诗景致,白衣人尽酒
交游。依违讽刺因行得,淡泊供需不在求。好与高阳结吟社,况无
名迹达珠旒。

遣 兴

浮世忙忙蚁子群,莫嗔头上雪纷纷。沉忧万种与千种,行乐十分无
一分。越外险巇防俗事,就中拘检信人文。醉乡日月终须觅,去作
先生号白云。

南 海 神 祠

沧溟八千里,今古畏波涛。此日征南将,安然渡万艘。

送 春

水浅鱼争跃,花深鸟竞啼。春光看欲尽,判却醉如泥。

海 翻

几经人事变,又见海涛翻。徒起如山浪,何曾洗至冤。

筇竹杖寄僧

坚轻筇竹杖,一枝有九节。寄与沃洲人—作僧。闲步青山月。

遣 兴

把盏非怜酒,持竿不为鱼。唯应嵇叔夜,似我性慵疏。

叹 征 人

心坚胆壮箭头亲,十载沙场受苦辛。力尽路傍行不得,广张红旆是
何人。

湘 妃 庙

帝舜南巡去不还,二妃幽怨水云间。当时珠泪垂多少,直到如今竹
尚斑。

赴安南却寄台司

曾驱万马上天—作静江山,风去云回顷刻间。今日海门南面事,莫

教还似凤林关。

闺　怨

人世悲欢不可知，夫君初破黑山归。如今又献征南策，早晚催缝带号衣。

马　嵬驿

玉颜虽掩马嵬尘，冤气和烟锁渭津。蝉鬓不随銮驾去，至今空感往来人。

宴犒蕃军有感

蜀地恩留马嵬哭，烟雨濛濛春草绿。满眼由来是旧人，那堪更奏梁州曲。

寓　怀

关山万里恨难销，铁马金鞭出塞遥。为问昔时青海畔，几人归到凤林桥。

步　虚　词

青溪道士人不识，上天下天一作地鹤一只。洞门深锁碧窗寒，滴露研朱点周易。

赠歌者二首

酒满金船花满枝，佳人立唱惨愁眉。一声直入青云去，多少悲欢起此时。一作酒满金尊花满枝，双蛾齐唱鹧鸪词。清声揭入云间去，驻得春风花落迟。

公子邀欢月满楼，双成一作佳人揭调唱伊州。便从席上风沙一作秋风起,直到阳一作萧关水尽头。

入　蜀

万水千山音信希,空劳魂梦到京畿。漫天岭上频回首,不见虞封泪满衣。

边城听角

席箕风起雁声秋,陇水边沙满目愁。三会五更欲吹尽,不知凡白几人头。

渭川秋望寄右军王特进

长川终日碧潺湲,知道天河与地连。凭寄两行朝阙泪,愿随流入御沟泉。

山亭夏日

绿树阴浓夏日长,楼台倒影入池塘。水精帘动微风起,满架蔷薇一院香。

蜀路感怀

蜀山苍翠陇云愁,銮驾西巡陷几州。唯有萦回深涧水,潺湲不改旧时流。

残春遣兴

画舸轻桡柳色新,摩诃池上醉青春。不辞不为青春醉,只恐莺花也怪人。

春 日 招 宾

花枝如火酒如饧,正好狂歌醉复醒。对酒看花何处好,延和阁下碧
筠亭。

过 天 威 径

豺狼坑尽却朝天,战马休嘶瘴岭烟。归路崄巇今坦荡,一条千里直
如弦。

对花呈幕中

海棠初发去春枝,首唱曾题七字诗。今日能来花下饮,不辞频把使
头旗。

寄题罗浮别业

不将真性染埃尘,为有烟霞伴此身。带日一作月长江好归信一作去,
博罗山下碧桃春。

塞上曲二首

二年边戍一作塞绝烟尘,一曲河湾万恨新。从此凤林关外事,不知
谁是苦心人。
陇上征夫陇下魂,死生同恨汉将军。不知万里沙场苦,空举平安火
入云。

广陵宴次戏简幕宾

一曲狂歌酒百分,蛾眉画出月争新。将军醉罢无馀事,乱把花枝折
赠人。

安南送曹别敕归朝

云水苍茫日欲收,野烟深处鹧鸪愁。知君万里朝天去,为说征南已
五秋。

对　雪

六出飞花入户时,坐看青—作修竹变琼枝。如今—作逡巡好上高楼望
—作看,盖尽人间恶路岐。

访隐者不遇

落花流水认天台,半醉闲吟独自来。惆怅仙翁何处去,满庭红杏碧
桃开。

赴西川途经虢县作

亚夫重过柳营门,路指岷峨隔暮云。红额少年遮道拜,殷勤认得旧
将军。

锦城写望

蜀江波影碧悠悠,四望烟花匝郡楼。不会人家多少锦,春来尽挂树
梢头。

太公庙

青山长在境长新,寂寞持竿一水滨。及得王师身已老,不知辛苦为
何人。

边方春兴

草色青青柳色浓,玉壶倾酒满金钟。笙歌嘹亮随风去,知尽关山第几重。

塞上寄家兄

棣萼分张信使希,几多乡泪湿征衣。笳声未断肠先断,万里胡天鸟不飞。

写怀二首

渔竿消日酒消愁,一醉忘情万事休。却恨韩彭兴汉室,功成不向五湖游。

花满西园月满池,笙歌摇曳画船移。如今暗与心相约,不动征旗动酒旗。

池上送春

持竿闲坐思沉吟,钓得江鳞出碧浔。回首看花花欲尽,可怜寥落送春心。

南征叙怀

万里驱兵过海门,此生今日报君恩。回期直待烽烟静,不遣征衣有泪痕。

风 筝 一作题风筝寄意

夜静弦声响碧空,宫商信任往来风。依稀似曲才堪听,又被移将一作风吹别调中。

平流园席上

画舸摇烟水满塘,柳丝轻软小桃香。却缘龙节为紫绊,好是狂时不得狂。

闻河中王铎加都统

炼汞烧铅四十年,至今犹在药炉前。不知子晋缘何事,只学吹萧便得仙。

句

人间无限伤心事,不得尊前折一枝。

满宫多少承恩者,似有容华妾也无。

满身珠翠将何用,唯与豪家拂象床。

何人种得西施花,千古春风开不尽。　以上见《桂苑丛谈》

全唐诗卷五九九

于 渍

于渍,字子漪咸通进士,终泗州判官。诗一卷。

青 楼 曲

青楼临大道,一上一回老。所思终不来,极目伤春草。

塞 下 曲

紫塞晓屯兵,黄沙披甲卧。一作赤子别父母,犬戎围逻娑。战鼓声未齐,乌鸢已相贺。燕然山上云,半是离乡魂。卫霍待一作徒富贵,岂能无一作清乾坤一作不知谁与论。

山 村 晓 思

开门省禾黍,邻翁水头住。今朝南涧波,昨夜西川雨。牧童披短蓑,腰笛期烟渚。不问水边人,骑牛傍山去。

马 嵬 驿

常经马嵬驿,见说坡前客。一从屠贵妃,生女愁倾国。是日芙蓉花,不如秋草色。当时嫁匹夫,不妨得头白。

苦辛—作辛苦吟

垅上扶犁儿,手种腹长饥。窗下抛—作前掷梭女,手织身无衣。我
愿燕赵姝,化为嫫母姿。一笑不值钱—作金,自然家国肥。

野　蚕

野蚕食青桑,吐丝亦成茧。无功及生人,何异偷饱暖。我愿均尔
丝,化为寒者衣。

秦原览古

耕者戮力地,龙虎曾角逐。火德道将亨,夜逢蛇母哭。昔日望夷
宫,是处寻桑谷。汉祖竟为龙,赵高徒指鹿。当时行路人,已合伤
心目。汉祚又千年,秦原草还绿。

古宴曲

雉扇合蓬莱,朝车回紫陌。重门集嘶马,言宴金张宅。燕娥奉卮
酒,低鬟若无力。十户手胼胝,凤凰钗一只。高楼齐下视,日照罗
衣—作绮色。笑指负薪人,不信生中国。

南越谣

迢迢东南天,巨浸无津埭。雄风卷昏雾,干戈满楼船。此时尉佗
心,儿童待幽燕。三寸陆贾舌,万里汉山川。若令交趾货,尽生虞
芮田。天意苟如此,遐人谁肯怜。

述己叹

不长不成人,及长老逼身。履善本求乐,及善尤苦辛。如何幽并

儿,一箭取功勋。

辽　阳　行

辽阳在何处,妾欲随君去。义合齐死生,本不夸机杼。谁能守空闺,虚问辽阳路。

旅　馆　秋　思

旅馆坐孤寂,出门成苦吟。何事觉归晚,黄花秋意深。寒蝶恋衰草,轸我离乡心。更见庭前树,南枝巢宿禽。

长　城

秦皇岂无德,蒙氏非不武。岂将版筑功,万里遮胡虏。团沙世所难,作垒明知苦。死者倍堪伤,僵尸犹抱杵。十年居上郡,四海谁为主。纵使骨为尘,冤名不入土。

田翁叹 一本下有桑字

手植千树桑,文杏作中梁。频年徭役重,尽属富家郎。富家田业广,用此买金章。昨日门前过,轩车满垂杨。归来说向家,儿孙竟咨嗟。不见千树桑,一浦芙蓉花。

沙　场　夜

城上更声发,城下杵声歇。征人烧断蓬,对泣沙中月。耕牛朝挽甲,战马夜衔铁。士卒浣戎衣,交河水为血。轻裘两都客,洞房愁宿别。何况远辞家,生死犹未决。

里 中 女

吾闻池中鱼,不识海水深。吾闻桑下女,不识华堂阴。贫窗苦机杼,富家鸣杵砧。天与双明眸,只教识蒿簪。徒惜越娃貌,亦蕴韩娥音。珠玉不到眼,遂无奢侈心。岂知赵飞燕,满髻钗黄金。

寒 食

二月野中芳,凡花亦能香。素娥哭新冢,樵柯鸣柔桑。田父引黄犬,寻狐上高冈。坟前呼犬归,不知头似霜。

边游录戍卒言

二十属卢龙,三十防沙漠。平生爱功业,不觉从军恶。今来客鬓改,知学弯弓错。赤肉痛金疮,他人成卫霍。目断望君门,君门苦寥廓。

古 征 战

高峰凌青冥,深穴万丈坑。皇天自山谷,焉得人心平。齐鲁足兵甲,燕赵多娉婷。仍闻丽水中,日日黄金生。苟非夷齐心,岂得无战争。

山 村 叟

古凿岩居人,一廛称有产。虽沾巾覆形,不及贵门犬。驱牛耕白石,课女经黄茧。岁暮霜霰浓,画楼人饱暖。

戍 客 南 归

北别黄榆塞,南归白云乡。孤舟下彭蠡,楚月沉沧浪。为子惜功业,满身刀箭疮。莫渡汨罗水,回君忠孝肠。

经馆娃宫

馆娃宫畔顾,国变生娇妒。勾践胆未尝,夫差心已误。吴亡甘已矣
_{一作昔谁在},越胜今何处。当时二国君,一种江边墓。

村居晏起

村舍少闻事,日高犹闭关。起来花满地,戴胜鸣桑间。居安即永
业,何者为故山。朱门与蓬户,六十头尽斑。

感 怀

采薇易为山,何必登首阳。濯缨易为水,何必泛沧浪。贵崇已难
慕,谄笑何所长。东堂桂欲空,犹有收萤光。

金谷感怀 _{一作怀古}

黄金骄石崇,与晋争国力。更欲住人间,一日买不得。行为忠信
主,身是文章宅。四者俱不闻,空传堕楼客。

恨 从 军

不嫁白衫儿,爱君新紫衣。早知遽相别,何用假光辉。已闻都万
骑,又道出重围。一轴金装字,致君终不归。

烧 金 曲

天寿畏不永,烧金希长年。积土培枯根,自谓松柏坚。南陌试腰
袅,西楼歌婵娟。岂知蔓草中,日日开夜泉。

子 从 军

男作乡中丁,女作乡男妇。南村与北里,日日见父母。岂似从军儿,一去便白首。何当铸剑戟,尽得丁男力。

越 溪 女

会稽山上云,化作越溪人。枉破吴王国,徒为西子身。江边浣纱伴,黄金扼双腕。倏忽不相期,思倾赵飞燕。妾家基业薄,空有如花面。嫁尽绿窗人,独自盘金线。

巫 山 高

何山无朝云,彼云亦悠扬。何山无暮雨,彼雨亦苍茫。宋玉恃才者,恁虚构高唐。自垂文赋名,荒淫归楚襄。峨峨十二峰,永作妖鬼乡。

织 素 谣

贫女苦筋力,缲丝夜夜织。万梭为一素,世重韩娥色。五侯初买笑,建章方落籍。一曲古凉州,六亲长血食。劝尔画长眉,学歌饱亲戚。

拟 古 讽

洛阳大道傍,甲第何深邃。南亩无一廛,东园有馀地。春溪化桃李,秋沼生荷芰。草木本无情,此时如有为。旱苗当垄死,流水资嘉致。余心甘至愚,不会皇天意。

赠太行开路者

手劚太行山,心齐太行巅。劚尽太行险,君心更摩天。何如回苦
辛,自凿东皋田。

戍卒伤春

连年戍边塞,过却芳菲节。东风气力尽,不减阴山雪。萧条柳一
株,南枝叶微发。为带故乡情,依依藉攀折。晚风吹碛沙,夜泪啼
乡月。凌烟阁上人,未必皆忠烈。

富农诗

　　濆寓居尧山南六十里,里有富农,得氏琅玡,人指其貌,此多藏者
　也。积粟万庾,马牛无算,血属星居于里土,生不遗,死不赠,环顾妻孥,
　意与天地等。故作是诗,用广知者。

长闻乡人语,此家胜良贾。骨肉化饥魂,仓中有饱鼠。青春满桑
柘,且夕鸣机杼。秋风一夜来,累累闻砧杵。西邻有原宪,蓬蒿绕
环堵。自乐固穷心,天意在何处。当门见堆一作稚子,已作桑田主。
安得四海中,尽为虞芮土。

早　发

绿野含曙光,东北云如茜。栖鸦林际起,落月水中见。此身何自
苦,日日凌霜霰。流苏帐里人,犹在阳台畔。

季夏逢朝客

浐水桃李熟,杜曲芙蓉老。九天休沐归,腰玉垂杨道。避路回绮
罗,迎风嘶骣袅。岂知山谷中,日日吹瑶草。

陇头水 一作吟

行人何彷徨,陇头水呜咽。寒沙战鬼愁,白骨风霜切。薄日朦胧
秋,怨气阴云结。杀成边将名,名著生灵灭。

古 别 离

入室少情意,出门多路岐。黄鹤有归日,荡子无还时。人谁无分
命,妾身何太奇。君为东南风,妾作西北枝。青楼邻里妇,终年画
长眉。自倚对良匹,笑妾空罗帏。
郎本东家儿,妾本西家女。对门中道间,终谓无离阻。岂知中道
间,遣作空闺主。自是爱封侯,非关备胡虏。知子去从军,何处无
良人。

拟 古 意

白玉若无玷,花颜须及时。国色久在室,良媒亦生疑。鸦鬟未成
髻,鸾镜徒相知。翻惭效颦者,却笑从人迟。

陇头吟 一作水

借问陇头水,终年恨何事。深疑呜咽声,中有征人泪。自古蕴长
策,况我非才智。无计谢潺湲,一宵空不寐。后四句一作昨日上山下,达
曙不能寐。何处接长波,东流入清渭。

思 归 引

不耕南亩田,为一作误爱东堂桂。身同树上花,一落又经岁。交亲
日相薄,知己恩潜替。日开十二门,自是无归计。

秦 富 人

高高起华堂,远远引流水。粪土视金珍,犹嫌未奢侈。陌巷满蓬蒿,谁怜有颜子。

对 花 一作武瓘诗,题云《感事》。

花开蝶满枝,花落蝶还稀。惟有旧巢燕,主人贫亦归。

宫 怨

妾家望江口,少年家财厚。临江起珠楼,不卖文君酒。当年乐贞独,巢燕时为友。父兄未许人,畏妾事姑舅。西墙邻宋玉,窥见妾眉宇。一旦及天聪,恩光生户牖。谓言入汉宫,富贵可长久。君王纵有情,不奈陈皇后。谁怜颊似桃,孰知腰胜柳。今日在长门,从来不如丑。

全唐诗卷六〇〇

牛 徵

牛徵,丛之子,僧孺之孙,登咸通二年进士第。诗一首。

登越王楼即事

危楼送远目,信美奈乡情。转岸孤舟疾,衔山落照明。萧条看草色,惆怅认江声。谁会登临恨,从军白发生。

伊 璠

伊璠,咸通四年,登进士第,为泾阳令。诗一首。

及第后寄梁烛处士

绣毂寻芳许史家,独将羁事达江沙。十年辛苦一枝桂,二月艳阳千树花。鹏化四溟归碧落,鹤栖三岛接青霞。同袍不得同游玩,今对春风日又斜。

萧 遘

萧遘,徐国公嵩之四代孙。咸通五年,登进士第。僖宗幸蜀,拜相,后为伪煴所污,赐死。诗三首。

春　诗

南国韶光早,春风送腊来。水堤烟报柳,山寺雪惊梅。练色铺江晚,潮声逐渚回。青旗问沽酒,何处拨寒醅。

和王侍中谒张恶子庙

青骨祀吴谁让德,紫华居越亦知名。未闻一剑传唐主,长拥千山护蜀城。斩马威棱应扫荡,截蛟锋刃俟升平。酂侯为国亲箫鼓,堂上神筹更布兵。

成　都

月晓已开花市合,江平偏见竹篱多。好教载取芳菲树,剩照岷天瑟瑟波。

句

吾家九叶相,尽继明时出。 与子三儿生日　《困学纪闻》

韦承贻

韦承贻,字贻之,咸通八年登第。诗二首。

策试夜潜纪长句于都堂西南隅

褒衣博带满尘埃,独自都堂纳卷回。蓬巷几时闻吉语,棘篱何日免重来。三条烛尽钟初动,九转丹成鼎未开。残月渐低人扰扰,不知谁是谪仙才。

白莲千朵照廊明,一片升平雅颂声。才唱第三条烛尽,南宫风月画
难成。此首一作薛能诗。

郑洪业

郑洪业,咸通八年,第一人擢第。诗一首。

诏放云南子弟还国

德被陪臣子,仁垂圣主恩。雕题辞凤阙,丹服出金门。有泽沾殊
俗,无征及犷狶。铜梁分汉土,玉垒驾鸾轩。瘴岭蚕丛盛,巴江越
巂垠。万方同感化,岂独自南蕃。

孙　纬

孙纬,咸通八年,宏词登科。诗一首。

中秋夜思郑延美有作

中秋中夜月,世说慑妖精。顾兔云初蔽,长蛇谁与勍。未追良友
玩,安用玉轮盈。此意人谁喻,裁诗穿禁城。

欧阳玭

欧阳玭,衮之子。咸通十年,擢进士第,官书记。诗五首。

清晓卷帘

清晓意未惬，卷帘时一吟。槛虚花气密，地暖竹声深。秀色还朝暮，浮云自古今。石泉惊已跃，会可洗幽心。

巴 陵

孤城向夕原，春入景初暄。绿树低官舍，青山在县门。楼台疑结蜃，枕席更闻猿。客路何曾定，栖迟欲断魂。

榆溪道上

初日在斜溪，山云片片低。乡愁梦里失，马色望中迷。涧底凄泉气，岩前遍绿荑。非关秦塞去，无事候晨鸡。

新岭临眺寄连总进士

关势遥临海，峰峦半入云。烟中独鸟下，潭上杂花熏。寄远悲春草，登临忆使君。此时还极目，离思更纷纷。

幽 轩

幽轩斜映山，空涧复潺潺。重叠岩峦趣，遥来窗户间。桃花飘岫幌，燕子语松关。衣桁侵池翠，阶痕露藓斑。临风清瑟奏，对客白云闲。眷恋青春色，含毫俯碧湾。

张 演

张演，咸通十三年及第。诗一首。

社日村居 一作王驾诗

鹅湖山下稻粱肥,豚阱鸡栖一作埘对一作半掩扉。桑柘影斜春社散,
家家扶得醉人归。

裴　澈

　　裴澈,登咸通进士第。僖宗朝,拜相,以拥立伪煴诛。诗
一首。

吊孟昌图

一章何罪死何名,投水惟君与屈平。从此蜀江烟月夜,杜鹃应作两
般声。

翁　绶

　　翁绶,登咸通进士第。诗八首。

婕妤怨

谗谤潜来起百忧,朝承恩宠暮仇雠。火烧白玉非因玷,霜翦红兰不
待秋。花落昭阳谁共辇,月明长信独登楼。繁华事逐东流水,团扇
悲歌万古愁。

陇头吟

陇水潺湲陇树黄,征人陇上尽思乡。马嘶斜〔日〕(月)朔风急,雁过

寒云边思长。残月出林明剑戟,平沙隔水见牛羊。横行俱是封侯者,谁斩楼兰献未央。

关 山 月

裴回汉月满边州,照尽天涯到陇头。影转银河寰海静,光分玉塞古今愁。笳吹远戍孤烽灭,雁下平沙万里秋。况是故园摇落夜,那堪少妇独登楼。

雨 雪 曲

边声四合殷河流,雨雪飞来遍陇头。铁岭探人迷鸟道,阴山飞将湿貂裘。斜飘旌旆过戎帐,半杂风沙入戍楼。一自塞垣无李蔡,何人为解北门忧。

行 路 难

行路艰难不复歌,故人荣达我蹉跎。双轮晚上铜台雪,一叶春浮瘴海波。自古要津皆若此,方今失路欲如何。君看西汉翟丞相,凤沼朝辞暮雀罗。

折 杨 柳

紫陌金堤映绮罗,游人处处动离歌。阴移古戍迷芳—作荒草,花带残阳落远波。台上少年吹白雪,楼中思妇敛青蛾。殷勤攀折赠行客,此去关山雨雪多。

咏 酒

逃暑迎春复送秋,无非绿蚁满杯浮。百年莫惜千回醉,一盏能消万古愁。几为芳菲眠细草,曾因雨雪上高楼。平生名利关身者,不识狂歌到白头。

白　马

渥洼龙种雪霜同,毛骨天生胆气雄。金埒乍调光照地,玉关初别远
嘶风。花明锦襜垂杨下,露湿朱缨细草中。一夜羽书催转战,紫髯
骑出佩骍弓。

句

海国欧乡浙水东,暂烦良守此凭熊。　见《事文类聚》

潘　纬

　　　潘纬,湘南人,登咸通进士第。诗二首。

中　秋　月

古今逢此夜,共冀沉瀴明。岂是月华别,只应秋气清。影当中土
正,轮对八荒平。寻客徒留望,璇玑自有程。

琴

客来鸣素琴,惆怅对遗音。一曲起于古,几人听到今。尽含一作昼
寒风霭远,自一作日泛月烟深。风一作凤续水山操,坐生方外心。

句

篆经千古涩,影泻一堂寒。 古镜　见《吟窗杂录》

武 瓘

武瓘,贵池人,登咸通进士第,为益阳令。诗三首。

九日卫使君筵上作

佳晨登赏喜还乡,谢宇开筵晚兴长。满眼黄花初泛酒,隔烟红树欲
迎霜。千家门户笙歌发,十里江山白鸟翔。共贺安人丰乐岁,幸陪
珠履侍银章。

劝 酒

劝君金屈卮,满酌不须辞。花发多风雨,人生足别离。

感 事 一作于濆诗,题云《对花》。

花开蝶满枝,花谢蝶还稀。惟有旧巢燕,主人贫亦归。

袁 皓

袁皓,宜春人,登咸通进士第。僖宗狩蜀,擢仓部员外郎。
龙纪中,为集贤殿图书使,自称碧池处士。《碧池书》三十卷,
今存诗四首。

重归宜春偶成十六韵寄朝中知己

水香甘似醴,知是入袁溪。黄竹成丛密,青萝夹岸低。暖流鸂鶒
戏,深树鹧鸪啼。黄犬惊迎客,青牛困卧泥。有村皆绩纺,无地不

耕犁。乡曲多耆旧,逢迎尽杖藜。殷勤倾白酒,相劝有黄鸡。归老
官知忝,还乡路不迷。直言干忌讳,权路耻依栖。拙学趋时态,闲
思与牧齐。稻粮饶燕雀,江海溢凫鹥。昔共逢离乱,今来息鼓鼙。
恩仁沾品物,教化及雕题。上贡贞元禄,曾叨宠记批。何须归紫
禁,便是到丹梯。珍重长安道,从今息马嘶。

及第后作

金榜高悬姓字真,分明折得一枝春。蓬瀛乍接神仙侣,江海回思耕
钓人。九万抟扶排羽翼,十年辛苦涉风尘。升平时节逢公道,不觉
龙门是嶮津。

重归宜春经过萍川题梵林寺

梵林遗址在松萝,四十年来两度过。泸水东奔彭蠡浪,萍川西注洞
庭波。村烟不改居人换,官路无穷行客多。拖紫腰金成底事,凭阑
惆怅欲如何。

寄岳阳严使君

得意东归过岳阳,桂枝香惹蕊珠香。也知暮雨生巫峡,争奈朝云属
楚王。万恨只凭期克手,寸心唯系别离肠。南亭宴罢笙歌散,回首
烟波路渺茫。

公乘亿

　　公乘亿,字寿仙,魏人。咸通末,登进士第,为魏博节度使
乐彦祯从事,加授侍郎。诗一卷,今存四首。

赋得郎官上应列宿

北极仁文昌，南宫晓拜郎。紫泥乘帝泽，银印佩天光。纬结三台侧，钩连四辅旁。佐商依傅说，仕汉笑冯唐。委佩摇秋色，峨冠带晚霜。自然符列象，千古耀岩廊。

春风扇微和

丽日催迟景，和风扇早春。暖浮丹凤阙，韶媚黑龙津。潏荡迎仙杖，霏微送画轮。绿摇宫柳散，红待禁花新。舞席潜回雪，歌筵暗起尘。幸当阳候律，一顾及佳晨。

赋得秋菊有佳色

陶令篱边菊，秋来色转佳。翠攒千片叶，金剪一枝花。蕊逐蜂须乱，英随蝶翅斜。带香飘绿绮，和酒上乌纱。散漫摇霜彩，娇妍漏日华。芳菲彭泽见，更称在谁家。

赋得临江迟来客

江上晚沉沉，烟波一望深。向来殊未至，何处拟相寻。柳结重重眼，萍翻寸寸心。暮山期共眺，寒渚待同临。北去鱼无信，南飞雁绝音。思君不可见，使我独愁吟。

句

十上十年皆落第，一家一半已成尘。见《摭言》

王季文

　　王季文,字宗素,池阳人。少居九华,遇异人,授九仙飞化之术。咸通中,登进士第,授秘书郎,寻谢病归九华,日一浴于山之龙潭,寒暑不渝,竟仙去。诗二首。

九华山谣

　　九华峥嵘占南陆,莲花擢本山半腹。翠屏横截万里天,瀑水落深千丈玉。云梯石磴入杳冥,俯看四极如中庭。丹崖压下庐霍势,白日隐出牛斗星。杉松一岁抽数尺,琼草贪缘秀层壁。南风拂晓烟雾开,满山葱蒨铺鲜碧。雷霆往往从地发,龙卧豹藏安可别。峻极遥看戛昊苍,挺生岂得无才杰。神仙惮险莫敢登,驭风驾鹤循丘陵。阳乌不见峰顶树,大火尚结岩中冰。灵光爽气曛复旭,晴天倒影西江渌。具区彭蠡夹两旁,正可别作一作岳当少阳。

青 出 蓝

　　芳蓝滋匹帛,人力半天经。浸润加新气,光辉胜本青。还同冰出水,不共草为萤。翻覆依襟上,偏知造化灵。

卢　骈

　　卢骈,咸通进士,官员外。诗一首。

题青龙精舍

　　寿夭虽云命,荣枯亦大偏。不知雷氏剑,何处更冲天。

王 镣

王镣，登咸通进士第，累官汝州刺史。乾符中，贬韶州司马，终太子宾客。诗一首。

感 事

击石易得火，扣人难动心。今日朱门者，曾恨朱门深。

李 拯

李拯，字昌时，陇西人，咸通中登第。僖宗朝，累官考功郎、知制诰。伪熅僭号，逼为翰林学士。熅败，为乱兵所杀。诗一首。

退朝望终南山

紫宸朝罢缀鸳鸾，丹凤楼前驻马看。惟有终南山色在，晴明依旧满长安。

顾封人

顾封人，咸通中进士。诗一首。

月 中 桂 树

芬馥天边桂，扶疏在月中。能齐大椿长，不与小山同。皎皎舒华色,亭亭丽碧空。亏盈宁委露,摇落不关风。岁晚花应发,春馀质讵丰。无因遂攀赏,徒欲望青葱。

司马都

司马都,咸通进士。诗二首。

和陆鲁望白菊

耻共金英一例开,素芳须待早霜催。绕篱看见成瑶圃,泛酒须迷傍玉杯。映水好将蘋作伴,犯寒疑与雪为媒。夫君每尚风流事,应为徐妃致此栽。

送羊振文先辈往桂阳归觐

此去欢荣冠士林,离筵休恨酒杯深。云梯万仞初高步,月桂馀香尚满襟。鸣棹晓冲苍霭发,落帆寒动白华吟。君家祖德惟清苦,却笑当时问绢心。

全唐诗卷六〇一

李昌符

　　李昌符，字岩梦。咸通四年，登进士第，历尚书郎、膳部员外郎。诗一卷。

书边事 一作边行书事，一作塞上行。

朔野烟尘起，天军又举戈。阴风向晚急，杀气入秋多。一作莽苍芦关北，孤城帐幕多。客军甘入阵，老将望回戈。树尽禽栖草，冰坚路在河。汾阳无继者一作寻下世，羌虏肯先和。

远归别墅 一作秋晚归故居

马省曾行处，连嘶渡晚河。忽惊乡树出，渐识路人多。细径穿禾黍，颓垣压薜萝。乍归犹似客，邻叟亦相过。

题　友　人　屋

松底诗人宅，闲门远岫孤。数家分小径，一水截平芜。竹节偶相对，鸟名多自呼。爱君真静者，欲去又踟蹰。

赠　同　游

此来风雨后，已觉减年华。若待皆无事，应难更有花。管弦临夜急,榆柳向江斜。且莫看归路,同须醉酒家。

送 人 出 塞

北风吹雨雪,举目已凄凄。战鬼秋频哭,征鸿夜不栖。沙平关路直,碛广郡楼低。此去非东鲁,人多事鼓鼙。

寻僧元皎因赠

此生迷有著,因病得寻师。话尽山中事,归当月上时。高松连寺影,亚竹入窗枝。闲忆草堂路,相逢非素期。

下第后蒙侍郎示意指于新先辈宣恩感谢

才薄命如此,自嗟兼自疑。遭逢好文日,黜落至公时。倚玉甘无路,穿杨却未期。更惭君侍坐,问许可言诗。

夜 泊 渭 津

漂漂东去客,一宿渭城边。远处星垂岸,中流月满船。凉归夜深簟,秋入雨馀天。渐觉家山小,残程尚几年。

晚 夏 逢 友 人

一别同袍友,相思已十年。长安多在客,久病忽闻蝉。骤雨才沾地,阴云不遍天。微凉堪话旧,移榻晚风前。

秋 中 夜 坐

空庭吟坐久,爽气入荷衣。病叶先秋落,惊禽背月飞。瘴云晴未散,戍客老将依。为应金门策,多应说战机。

旅游伤春

酒醒乡关远,迢迢听漏终。曙分林影外,春尽雨声中。鸟思一作倦
江村路,花残野岸风。十年成底事,羸马倦西东。

得远书

故人居谪宦,今日一书来。良久惊兼喜,殷勤卷一作读更开。瘴云
沉去雁,江雨促新梅。满纸殊乡泪,非一作沉冤不可哀。

赠同席

四座列吾友,满园花照衣。一生知几度,后到拟先归。急管侵诸
乐,严城送落晖。当欢莫离席,离席却欢稀。

赠供奉僧玄观

自得曹溪法,诸经更不看。已降禅侣久,兼作帝师难。夜木侵檐
黑,秋灯照雨寒。如何嫌有著,一念在林峦。

送琴客

楚客抱离思,蜀琴留恨声。坐来新一作看月上一作落,听久觉秋生。
夜静骚人语,天高别鹤鸣。因君兴一叹,竟夕意一作亦难平。

别谪者

此地闻犹恶,人言是所之。一家书绝久,孤驿梦成迟。八月三湘
道,闻猿冒雨时。不须祠楚相,臣节转堪疑。

行　思

千里岂云去，欲归如路穷。人间无暇日，马上又秋风。破月衔高岳，流星拂晓空。此时皆在梦，行色独匆匆。

感怀题从舅宅

郗家庭树下，几度醉春风。今日花还发，当时事不同。流言应未息，直道竟难通。徒遣相思者，悲歌向暮空。

与 友 人 会

蝉吟槐蕊落，的的是愁端。病觉离家远，贫知处事难。真交无所隐，深语有馀欢。未必闻歌吹，羁心得暂宽。

赠春游侣 第七句缺一字

密林多暗香，轻吹送馀芳。啼鸟愁春尽，游人喜日长。浮云横暮色，新雨洗韶光。欲散垂□恨，应须入醉乡。

送 人 游 边

愁指萧关外，风沙入远程。马行初有迹，雨落竟无声。地理全归汉，天威不在兵。西京逢故老，暗喜复时平。

寄栖白上人

剪发兼成隐，将心更属文。无慑对豪客，不拜谒吾君。画壁惟泉石，经窗半典坟。归林幽鸟狎，乞食病僧分。默坐终清夜，凝思念碧云。相逢应未卜，余正走嚣氛。

送人入新罗使

鸡林君欲去，立册付星轺。越海程难计，征帆影自飘。望乡当落
日，怀阙羡回潮。宿雾蒙青嶂，惊波荡碧霄。春生阳气早，天接祖
州遥。愁约三年外，相迎上石桥。

咏铁马鞭 并引

> 铁马鞭，长庆二年义成军节度使曹华进献，且曰："得之汴水，有字
> 刻云：'贞观四年尉迟敬德。'字尚在。"

汉将临流得铁鞭，鄂侯名字旧雕镌。须为圣代无双物，肯逐将军卧
九泉。汗马不侵诛虏血，神功今见补亡篇。时来终荐明君用，莫叹
沉埋二百年。

送　友　人

举世谁能与事期，解携多是正欢时。人间不遣有名利，陌上始应无
别离。晚渡待船愁立久，乱山投店独行迟。我今漂泊还如此，江剑
相逢亦未知。

南　潭

匜岸青芜掩古苔，面山亭树枕潭开。有时弦管收筵促，无数凫鹥逆
浪来。路入龙祠群木老，风惊渔艇一声回。人传郭恽多游此，谁见
当初泛玉杯。

秋　夜　作

数亩池塘近杜陵，秋天寂寞夜云凝。芙蓉叶上三更雨，蟋蟀声中一
点灯。迹避险巇翻失路，心归闲淡不因僧。既逢上国陈诗日，长守

林泉亦未能。

客　恨

古原南北旧萧疏,高木风多小雪馀。半夜病吟人寝后,百年闲事酒醒初。频招兄弟同佳节,已有兵戈隔远书。肥马王孙定相笑,不知歧路厌樵渔。

三 月 尽 日

江头从此管弦稀,散尽游人独未归。落日已将春色去,残花应逐夜风飞。

绿 珠 咏

洛阳佳丽与芳华,金谷园中见百花。谁遣当年坠楼死,无人巧笑破孙家。

赠　别

又将书剑出孤舟,尽日停桡结远愁。莫道一作到江波一作头话离别,江波一去不回流。

闷　书

病来难处早秋天,一径无人树有蝉。归计未成书半卷,中宵多梦昼多眠。

伤　春

即是春风尽,仍沾夜雨归。明朝更来此,兼恐落花稀。

登临洮望萧关

渐觉风沙暗,萧关欲到时。儿童能探火,妇女解缝旗。川少衔鱼鹭,林多带箭麛。暂来戎马地,不敢苦吟诗。

全唐诗卷六〇二

汪遵 —作王遵

汪遵,宣城人,幼为县吏,后辞役就贡。咸通七年,登进士第。诗一卷。

彭 泽

鹤爱孤松云爱山,宦情微禄免相关。栽成五柳吟归去,漉酒巾边伴菊闲。

杜 邮 馆

杀尽降兵热血流,一心犹自逞戈矛。功成若解求身退,岂得将军死杜邮。

细 腰 宫

鼓声连日烛连宵,贪向春风舞细腰。争奈君王正沉醉,秦兵江上促征桡。

瑶 台

仙梦香魂不久留,满川云雨满宫愁。直须待得荆王死,始向瑶台一处游。

吴　坂

蹀躅盐车万里蹄,忽逢良鉴始能嘶。不缘伯乐称奇骨,几与驽骀价
一齐。

箕　山

薄世临流洗耳尘,便归云洞任天真。一瓢风入犹嫌闹,何况人间万
种人。

息　国

家国兴亡身独存,玉容还受楚王恩。衔冤只合甘先死,何待花间不
肯言。

梁　寺

立国从来为战功,一朝何事却谈空。台城兵匝无人敌,闲卧高僧满
梵宫。

南　阳

陆困泥蟠未适从,岂妨耕稼隐高踪。若非先主垂三顾,谁识茅庐一
卧龙。

杞梁墓

一叫长城万仞摧,杞梁遗骨逐妻回。南邻北里皆孀妇,谁解坚心继
此来。

夷　门

晋鄙兵回为重难,秦师收旆亦西还。今来不是无朱亥,谁降轩车问抱关。

汴　河

隋皇意欲泛龙舟,千里昆仑水别流。还待春风锦帆暖,柳阴相送到迷楼。

燕　台

礼士招贤万古名,高台依旧对燕城。如今寂寞无人上,春去秋来草自生。

聊　城

刃血攻聊已越年,竟凭儒术罢戈铤。田单漫逞烧牛计,一箭终输鲁仲连。

西　河

花貌年年溺水滨,俗传河伯娶生人。自从明宰投巫后,直至如今鬼不神。

密　县

百里能将济猛宽,飞蝗不到邑人安。至今闾里逢灾沴,犹祝当时卓长官。

升 仙 桥

题桥贵欲露先诚,此日人皆笑率情。应讶临邛沽酒客,逢时还作汉
公卿。

破 陈

猎猎朱旗映彩霞,纷纷白刃入陈家。看看打破东平苑,犹舞庭前玉
树花。

白 头 吟

失却青丝素发生,合欢罗带意全轻。古今人事皆如此,不独文君与
马卿。

短 歌 吟

箭飞乌兔竞东西,贵贱贤愚不梦齐。匣里有琴樽有酒,人间便是武
陵溪。

晋 河

风引征帆管吹高,晋君张〔宴〕(晏)侯雄豪。舟人笑指千馀客,谁是
烟霄六翮毛。

干 将 墓

蓁篰冰霜万古闻,拍灰松地见馀坟。应缘神剑飞扬久,水水山山尽
是云。

金 谷

晋臣荣盛更谁过,常向阶前舞翠娥。香散艳消如一梦,但留风月伴烟萝。

三 闾 庙

为嫌朝野尽陶陶,不觉官高怨亦高。憔悴莫酬渔父笑,浪交—作教千载咏离骚。

易 水

〔七〕(七)首空磨事不成,误留龙袂待琴声。斯须却作秦中鬼,青史徒标烈士名。

严 陵 台

一钓凄凉在杳冥,故人飞诏入山扃。终将宠辱轻轩冕,高卧五云为客星。

淮 阴

秦季贤愚混不分,只应漂母识王孙。归荣便累千金赠,为报当时一饭恩。

鸡 鸣 曲

金距花冠傍舍栖,清晨相叫一声齐。开关自有冯生计,不必天明待汝啼。

采 桑 妇

为报踌躇陌上郎，蚕饥日晚妾心忙。本来若爱黄金好，不肯携笼更
采桑。

渔 父

棹月眠流处处通，绿蓑苇带混元风。灵均说尽孤高事，全与逍遥意
不同。

越 女

玉貌何曾为浣沙，只图勾践献夫差。苏台日夜唯歌舞，不觉干戈犯
翠华。

望 思 台

不忧家国任奸臣，骨肉翻为莽路人。巫蛊事行冤莫雪，九层徒筑见
无因。

比 干 墓

国乱时危道不行，忠贤谏死胜谋生。一沉冤骨千年后，垄水虽平恨
未平。

郢 中

莫言白雪少人听，高调都难称俗情。不是楚词询宋玉，巴歌犹掩绕
梁声。

北 海

汉臣曾此作缧囚,茹血衣毛十九秋。鹤发半垂龙节在,不闻青史说封侯。

招 屈 亭

三闾溺处杀怀王,感得荆人尽缟裳。招屈亭边两重恨,远天秋色暮苍苍。

屈 祠

不肯迂回入醉乡,乍吞忠梗没沧浪。至今祠畔猿啼月,了了犹疑恨楚王。

铜 雀 台

铜雀台成玉座空,短歌长袖尽悲风。不知仙驾归何处,徒遣颦眉望汉宫。

斑 竹 祠

九处烟霞九处昏,一回延首一销魂。因凭直节流红泪,图得千秋见血痕。

题李太尉平泉庄

水一作平泉花木好高眠,嵩少纵横满目前。惆怅人间不平事,今朝身在海南边。

战 城 南

风沙刮地塞云愁,平旦交锋晚未休。白骨又沾新战血,青天犹列旧
旄头。

延 平 津

三尺晶荧射斗牛,岂随凡手报冤雠。延平一旦为龙处,看取风云布
九州。

项 亭

不修仁德合文明,天道如何拟力争。隔岸故乡归不得,十年空负拔
山名。

乌 江

兵散弓残挫虎威,单枪匹马突重围。英雄去尽羞容在,看却江东不
得归。

绿 珠

大抵花颜最怕秋,南家歌歇北家愁。从来几许如君貌,不肯如君坠
玉楼。

升 仙 桥

汉朝卿相尽风云,司马题桥众又闻。何事不如杨得意,解搜贤哲荐
明君。

隋　柳

夹浪分堤万树馀，为迎龙舸到江都。君看靖节高眠处，只向衡门种
五株。

杨　柳

亚夫营畔柳濛濛，隋主堤边四路通。攀折赠君还有意，翠眉轻嫩怕
春风。

桐　江

光武重兴四海宁，汉臣无不受浮荣。严陵何事轻轩冕，独向桐江钓
月明。

招　隐

罢听泉声看鹿群，丈夫才策合匡君。早携书剑离岩谷，莫待蒲轮碾
白云。

陈　宫

椒宫荒宴竟无疑，倏忽山河尽入隋。留得后庭亡国曲，至今犹与酒
家吹。

樊 将 军 庙

玉辇曾经陷楚营，汉皇心怯拟休兵。当时不得将军力，日月须分一
半明。

东　海

漾舟雪浪映花颜，徐福携将竟不还。同作危时避秦客，此行何似武陵滩。

昭　君

汉家天子镇寰瀛，塞北羌胡未罢兵。猛将谋臣徒自贵，蛾眉一笑塞尘清。

五　湖

已立平吴霸越功，片帆高扬五湖风。不知战国官荣一作纵横者，谁似陶朱得始终。

渑　池

西秦北赵各称高，池上张筵列我曹。何事君王亲击缶，相如有剑可吹毛。

函　谷　关

脱祸东奔壮气摧，马如飞电毂如雷。当时若不听弹铗，那得关门半夜开。

咏　酒　二　首

九酝松醪一曲歌，本图闲放养天和。后人不识前贤意，破国亡家事甚多。

万事销沉向一杯，竹门哑轧为风开。秋宵睡足芭蕉雨，又是江湖入梦来。

苍 颉 台

观迹成文代结绳,皇风儒教浩然兴。几人从此休耕钓,吟对长安雪夜灯。

长 城

秦筑长城比铁牢,蕃戎不敢过临洮。虽然万里连云际,争及尧阶三尺高。

全唐诗卷六〇三

许　棠

　　许棠,字文化,宣州泾县人。咸通十二年,登进士第,授泾县尉,又尝为江宁丞。集一卷,今编诗二卷。

过洞庭湖

惊波常不定,半日鬓堪斑。四顾疑无地,中流忽有山。鸟高一作飞恒一作应畏坠一作堕,帆远却如闲。渔父闲一作时相引,时一作行歌浩渺间。

登渭南县楼

近甸名偏著,登城一作楼景又宽。半空分太华,极目是长安。雪助河流涨一作广,一作急,人耕烧色残。闲来时甚少,欲下重凭栏。

送李频之南陵主簿

赴县是还乡,途程岂觉长。听莺离灞岸,荡桨入陵阳。野蕨生公署,闲云拂印床一作章。晴天调膳外,垂钓有池塘。

写　怀

泪没与辛勤,全钟在此身。半生为下客,终老托何人。两鬓关中改,千岩海上春。青云知有路一作非有碍,自是致无因。

过 中 条 山

徒为经异岳,不得访灵踪。日尽行难尽,千重复万重。云垂多作
雨,雷动半和钟。孤竹人藏处,无因认本峰。

早 发 洛 中

半夜发清洛,不知过石桥。云增中岳大,树隐上阳遥。堑黑初沉
月,河明欲认潮。孤村人尚梦,无处暂停桡。

汝州郡楼望嵩山

不共众山同,岩峣出迥空。几层高鸟外,万仞一楼中。水落难归
地,云篱便逐风。唯应霄汉客,绝顶路方通。

将归江南留别友人

连春不得意,所业已疑非。旧国乱离后,新年惆怅归。雪开还楚地
一作路,花惹别秦衣。江徼多留滞,高秋会恐违。

塞 外 书 事

征路出穷边,孤吟傍戍烟。河光深荡塞,碛色迥连天。残日沉雕
外,惊蓬到马前。空怀钓鱼所,未定卜归年。

日 暮 江 上

孤帆收广岸,落照在遥峰。南北渡人少,高低归鸟重。潮回沙出
树,雨过浦沉钟。渔父虽相问,那能话所从。

客　行

旅食一作日日唯草草,此生谁我同。故园魂梦外,长路别离中。人
事萍随水,年光鸟过空。欲吟先落泪,多是怨途穷。

送李员外知扬子州留务 一作后

帝命分留务,东南向楚天。几程回送骑,中路见迎船。冶例开山
铸,民多酌海煎。青云名素重,此去岂经年。

春暮途次华山下

他皆宴牡丹,独又出长安。远道行非易,无图住自难。离城风已
暖,近岳雨翻寒。此去知谁顾,闲吟只自宽。

旅次滑台投献陆侍御

已是鸿来日,堪惊却背秦。天遥三楚树,路远两河人。旅梦难归
隐,吟魂不在身。霜台歆冠豸一作豸次,赖许往来频。

重归江南

无成归故里,不似在他乡。岁月逐流水,山川空夕阳。回潮迷古
渡,进竹过邻墙。一作岸移迷钓石,竹广认邻墙。耆旧休一作稀存省一作者,
胡为止泪行。

寄黔南李校书

从戎巫峡外,吟兴更应多。郡响蛮江涨,山昏蜀雨过。公筵饶越
味,俗土尚巴歌。中夜怀吴梦,知经一作惊滟滪波。

东归留辞沈侍郎

一第久乖期，深心一作终身已自疑。沧江归恨远，紫阁别愁迟。稽古成何事，龙钟负已知。倚门非近日，不虑旧恩移。

题开明里友人居

城中尘一作园外住，入望是田家。井出深山一作泉水，阑藏异国花。风巢和鸟动，雪竹向人斜。来往唯君熟，乡园共海涯。

遣　怀

此生何处遂，屑屑复悠悠。旧国归无计，他乡梦亦愁。飞尘长满眼，衰发暗添头。章句非经济，终难动五侯。

送龙州樊使君

曾见邛人说，龙州地未深。碧溪飞白鸟，红旆映青林。土产唯宜药，王租只贡金。政成开一作闲宴日，谁伴使君吟。

寄盩厔薛能少府

满县唯云水，何曾似近畿。晓庭猿一作禽集惯，寒署吏衙稀。冰色封深洞，樵声出一作在紫一作翠微。时闻迎隐者，依旧著山衣。

送李左丞巡边

狂戎侵内地，左辖去萧关。走马冲边雪，鸣鞭动塞山。风收枯草定，月满一作日闭广沙闲。西绕河兰匝，应多隔岁还。

题青山馆 即谢公旧居

境概殊诸处，依然是谢家。遗文齐日月，旧井照烟霞。水隔平芜远，山横度鸟斜。无人能此隐，来往谩兴嗟。

雁门关野望

高关闲独望，望久转愁人。紫塞唯多雪，胡山不尽春。河遥分断野，树乱起飞尘。时见东来骑，心知近别秦。

五 原 书 事

西出黄云外，东怀白浪遥。星河愁立夜，雷电独行朝。碛迥人防寇，天空雁避雕。如何非战卒，弓剑不离腰。

送从弟归泉州

问省归南服，悬帆任北风。何山犹见雪，半路已无鸿。瘴杂春云重，星垂夜海空。往来如不住，亦是一年中。

留 别 故 人

殊一作孤立本不偶，非唯今所难。无门一作闻闲共老，尽日泣相看。鸟畏闻鹍鸫，花惭一作愁背牡丹。何人知此计，复议出长安。

塞 下 二 首

胡虏偏狂悍，边兵不敢闲。防秋朝伏弩，纵火夜搜山。雁逆风翚振，沙飞猎骑还。安西虽有路，难更出阳关。
征役已不定，又缘无定河。塞深烽砦密，山乱犬羊多。汉卒闻笳泣，胡儿击剑歌。番情终未测，今昔谩言和。

题张乔升平里居

下马似无人，开门只一身。心同孤鹤静，行过老僧真。乱水藏幽径，高原隔远津。匡庐曾共隐，相见自相亲。

题郑拾遗南斋

明时无事谏，岂是隐明君。每值离丹陛，多陪宴白云。门连萧洞僻，地一作路与曲江分。满院皆柽竹一作柏，期栖鸾鹤群。

渭上送人南归

远役与归愁，同来渭水头。南浮应到海，北去阻无州。楚雨天连地，胡风夏甚秋。江人如见问，为话复贫游。

寄睦州陆一作侯郎中 一作寄陆睦州

下国多高趣，终年半是吟。海涛一作汐潮通越分，部伍杂闽一作蛮音。晓郭云藏市，春山鸟护林。东浮一作游虽未遂，日日至中心。

投 徐 端 公

无谋寻旧友，强喜亦如愁。丹桂阻丹恳，白衣成白头。穷吴迷钓业，大汉事贫游。霄汉期提引，龙钟未拟休。

出 塞 门

步步经戎虏，防兵不离身。山多曾战处，路断野行人。暴雨声同瀑，奔沙势异尘。片时怀万虑，白发数茎新。

新 年 呈 友

一月月相似，一年年不同。清晨窥古镜，旅貌近衰翁。处世闲难得，关身事半空。浮生能几许，莫惜醉春风。

银州北书事

南辞采石远，北背乞银深。碛路虽多险一作阻，江人不废吟。雕依孤堠立，鸥向迥沙沉。因共边人熟，行行起战心。

寄 赵 能 卿

我命同君命，君诗似我诗。俱无中道计，各失半生期。素业沧江远，清时白发垂。蹉跎一如此，何处卜栖迟。

夏 州 道 中

茫茫沙漠广，渐远赫连城。堡迥烽一作旗相见，河移浪旋生。无蝉嘶折柳，有寇似防兵。不耐饥寒迫，终谁一作难至此行。

经故杨太尉旧居

在汉信垂功，于唐道更隆。一川留古迹，多代仰高风。树折巢堕鸟，阶荒草覆虫。行人过岂少，独驻夕阳中。

东归次采石江

东下经牛渚，依然是故关。客程临岸尽，乡思入鸥闲。雨涨巴来一作天浪，云增楚际一作国山。渔翁知未达，相顾不开颜。

陇 上 书 事

城叠一作堞连云壑，人家似隐居。树飞鹦鹉众，川下鹧鸪疏。滴梦
关山雨，资餐陇水鱼。谁知江徼客，此景倍相于。

陈情献江西李常侍五首

二十二三年，游秦复滞燕。徒陪群彦后，自苦此生前。径折啼猿
树，岩荒喷月泉。东堂曾受荐，垂白志犹坚。

淅淅复栖栖，人间只自迷。终年愁远道，到老去何蹊。始见红叶
落，又闻黄鸟啼。不因趋大旆，谁肯暂提携。

童蒙即苦辛，未识杏园春。谩倚无为日，还成不偶人。乡程长恨
远，旅梦亦愁贫。天地虽云广，殊难寄此身。

春闱久已滞，秋赋又逢停。选士疑一作宜长阻，伤时自不宁。秦城
还逐梦，楚徼影随形。此去吟虽苦，何人更肯听。

孤立时全塞，求名势转难。身多离下国，分合阻长安。越鸟啼春
早，蛮花送雨寒。丘门沾顾重，未别欲阑干。

经 八 合 坂

蹑险入高空，初疑势不穷。又缘千嶂尽，还共七盘同。下辨东流
水，平随北去鸿。天然无此道，应免患穷通。

送友人北游

北出阴关去，何人肯待君。无青山拥晋，半浊水通汾。雁塞虽多
雁，云州却少云。兹游殊不恶，莫恨暂离群。

登凌歊台

平芜望已极，况复倚凌歊。江截吴山断，天临楚泽遥。云帆高出树，水市迥分桥。立久斜阳尽，无言似寂寥。

曲江三月三日

满国赏芳辰，飞蹄复走轮。好花皆折尽，明日恐无春。鸟避连云幄，鱼惊远浪尘。如何当此节，独自作愁人。

赠栖白上人

闲身却不闲，日日对天颜。已住城中寺，难归海上山。诗传华夏外，偈布市朝间。欲问空门事，空门岂有关。

野　步

闲赏步易远，野吟声自高。路无人到迹，林有鹤遗毛。物外趣都别，尘中心枉劳。沿溪收堕果，坐石唤饥猱。

过湍沟—作浦谷

西去穷胡—作湖处，岩崖境不常。石形相对耸，天势一条长。栈底鸣流水，林端敛夕阳。虽随兵马至，未免畏豺狼。

送友人游蜀 —本无友字

巴兴千万寻，此去若为心。蟋蟀既将定，弥猴应正吟。剑门秋断雁，褒谷夜多砧。自古西南路，艰难直至今。

题 秦 州 城

圣泽滋遐徼，河堤四向通。大荒收虏帐，遗土复秦风。乱烧迷归
路，遥山似梦中。此时怀感切，极目思无穷。

寄敬亭山清越上人

南朝山半寺，谢朓故乡邻。岭上非无主，秋诗复有人。高禅星月
近，野火虎狼驯。旧许陪闲社，终应待此身。

秋 江 霁 望

高秋偏入望，霁景倍关情。落木一作叶满江水，离人怀渭城。山高
孤戍断，野极暮天平。渔父时相问，羞一作修真道姓名。

陇州旅中一作舍书事寄李中丞

三伏客吟过，长安未拟还。蛩声一作惊秋不动，燕别思仍闲。乱叶
随寒雨，孤蟾起暮关。经时高岭一作枕外，来往旆旌间。

秋 日 归 旧 山

山云蝉满树，欲住更何安。上国回将晚，孤峰别自难。碛遥鸿未
到，江近夜先寒。泉石虽堪恋，行人不愿看。

下 黄 耳 盘

独下黄盘路，多虞部落连。云晴仍著地，树古自参天。乱鸟飞人
上，惊麋起马前。行行无郡邑，唯见虎狼烟。

旅　怀

终年唯旅舍，只似已无家。白发除还出，丹霄去转赊。夏游穷塞路，春醉负秦花。应是穷苍意，空教老若耶。

题 金 山 寺

四面波涛匝，中楼一作峰日月邻。上穷如出世，下瞩忽惊神。刹一作塔碍长空鸟，船通外国人。房房皆叠石，风扫永无尘。

送王侍御一作郎赴宣城

朝回离九陌，岛外赏残春。经宿留闲客，看云作主人。时清难议隐，位重亦甘贫。岩洞真仙境，应休别卧邻。

题汧湖二首

偶得湖中趣，都忘陇坻愁。边声风下雁，楚思浪移舟。静极亭连寺，凉多岛近楼。吟游终不厌，还似曲江头。
陇首时无事，湖边日纵吟。游鱼来复去，浴鸟出还沉。蜃气藏孤屿，波光到远林。无人见垂钓，暗起洞庭心。

宿 青 山 馆

下马青山下，无言有所思。云藏李白墓，苔暗谢公诗。烈烧飞荒野，栖凫宿广陵。东来与西去，皆是不闲时。

宿同州厉评事旧业寄华下

从戎依远地，无日见家山。地近风沙处，城当甸服间。阻河通渭水，曲苑带秦关。待月登楼夜，何人相伴闲。

闻蝉十二韵

造化生微物，常能一作偏宜应候鸣。初离何处树，又发去年声。未蜕唯愁一作微能动，才飞似解惊。闻来邻海徼，恨起过边城。骚屑随风远，悠扬类雪轻。报秋凉渐至，嘶月思偏清。互默疑相答，微摇似欲行。繁音人已厌，朽壳蚁犹争。朝士严冠饰，宫嫔逞鬓名。乱依西日噪，多引北归情。筱露凝潜吸，蛛丝忽迸紫。此时吟立者一作听久，不觉万愁生。一本只十韵云：造化全微物，常能应候鸣。初离何处树，又发去年声。骚屑随风远，悠扬类叶轻。报秋凉渐至，嘶夜思偏清。默守疑相答，微摇似欲行。繁音人已厌，朽壳蚁犹争。朝士严冠饰，宫嫔逞鬓名。乱依西月噪，多引北归情。筱露凝潜吸，蛛丝迸忽紫。此时吟立久，万绪一时生。

冬杪归陵阳别业五首

无媒归别业，所向自乖心。闾里故人少，田园荒草深。浪翻全失岸，竹迸别成林。鸥鸟犹相识，时来听苦吟。

眠云终未遂，策马暂休期。上国劳魂梦，中心甚别离。冰封岩溜断，雪压砌松欹。骨肉嗟名晚，看归却泪垂。

学剑虽无术，吟诗似有魔。已贫甘事晚，临老爱闲多。鸡犬唯随鹿，儿童只衣蓑。时因寻野叟，狂醉复狂歌。

乡国乱离后，交亲半旅游。远闻诚可念，归见岂无愁。败苇迷荒径，寒蓑没坏舟。衡门终不掩，倚杖看波流。

游秦复滞燕，不觉近衰年。旅貌同柴毁，行衣对骨穿。篱寒多啄雀，木落断浮烟。楚夜闻鸣雁，犹疑在塞天。

送王侍御赴宣城 一作赴越城令

戴豸却一作忽驱鸡，东南上句溪。路过金谷口一作外，一作尽，帆转石城西。水树连天暗,山禽绕郡_{一作县}啼。江人谙旧化,那复俟招携。

春日乌延道中

边穷厄未穷,复此逐归鸿。去路多相似,行人半不同。山川藏北狄,草木背东风。虚负男儿志,无因立战功。

寄华阴刘拾遗

坚心持谏诤,自古亦艰难。寄邑虽行化,眠云似去官。河分中野断,岳入半天寒。瀑布冰成日,谁陪吟复看。

忆 江 南

南楚西秦远,名迟别岁深。欲归难遂去,闲忆自成吟。雷电闲倾雨,猿猱斗堕林。眠云机尚在,未忍负初心。

全唐诗卷六〇四

许　棠

送前汝州李侍御罢归宣城

吟诗早得名，戴豸又加荣。下国闲归去，他人少此情。云移寒峤出，烧夹夜江明。重引池塘思，还登谢朓城。

失　题 —作送前汝州李侍御罢归宣城第二首，一作塞下曲。

独夜长城下，孤吟近北辰。半天初去雁，穷碛远来人。月黯氛埃积，风膻帐幕邻。惟闻防虏寇，不语暗伤神。

送裴拾遗宰下邽 —作赴畿令

受谪因廷谏，兹—作东行不出关。直庐辞玉陛，上马向—作过仙山。地古桑麻广，城偏仆御闲。县斋高枕卧，犹—作应梦犯天颜。

隗嚣宫晚望

西顾伊兰近，方惊滞极边。水随空谷转，山向夕阳偏。碛鸟多依地，胡云不满天。秋风动衰草，只觉犬羊膻。

江 上 行

片席随高鸟，连天积浪间。苇宽云不匝，风广雨无闲。戍影临孤浦，潮痕在半山。东一作秦原归未得，荏苒滞江关。

登　山

信步上鸟道，不知身忽高。近空一作云无世界，当楚见波涛。顶峭松多瘦，崖悬石尽牢。猕猴呼独散，隔水向人号。

哭宣城元征君 一作士

高眠终不起，远趣固难知。琴剑今无主，园林旧许谁。苔封僧坐石，苇涨鹤翘池。后代传青史，方钦道德垂。

寄建州姚员外

诬谮遭迁谪，明君即自知。乡遥辞剑外，身独向天涯。岭嶂蛮云积，闽空瘴雨垂。南来终不遂，日探北归期。

送厉校书从事凤翔

赴辟依丞相，超荣事岂同。城池当陇右，山水是关中。日有来巴使，秋高出塞鸿。旬休随大旆，应到九成宫。

春夜同厉文学先辈会宿

江汉久分路，京关重聚吟。更为他夜约，方尽昔年心。月隔明河远，花藏宿鸟深。无眠将及曙，多是说山阴。

长 安 书 情

疏散过闲人,同人不在秦。近来惊白发,方解惜青春。僻寺居将
遍,权门到绝因。行藏如此辈,何以谓谋身。

过 故 洛 城

七百数还穷,城池一旦空。夕阳唯照草,危堞不胜风。岸断河声
别,田荒野色同。去来皆过客,何处问遗宫。

寄庐山贾处士

时泰亦高眠,人皆谓不然。穷经休望辟,饵术止期仙。彭蠡波涵
月,炉峰雪照天。常闻风雨夜,到晓在渔船。

下第东归留别郑侍郎

无才副至公,岂是命难通。分合吟诗老,家宜逐浪空。别心悬阙
下,归念极吴东。唯畏重回日,初情恐不同。

泗 上 早 发

独起无人见,长河_{一作淮}夜泛时。平芜疑自动,落月似相随。楚外
离空早,关西去已迟。渔歌闻不绝,却轸洞庭思。

赠 天 台 僧

赤城霞外寺,不忘旧登年。石上吟分海,楼中语近天。重游空有
梦,再隐定无缘。独夜休行道,星辰静照禅。

冬夜与友人会宿

君初离雁塞,我久滞雕阴。隔闰俱劳梦,通宵各话心。禁风吹漏出,原树映星沉。白昼常多事,无妨到晓吟。

送元遂上人归吴中

落发在王畿,承恩著紫衣。印心谁受请,讲疏自携归。泛浦龙惊锡,禅云虎绕扉。吴中知久别,庵树想成围。

赠志空上人

了了在心中,南宗与北宗。行高无外染,骨瘦是真容。饭野盂埋雪,禅云杖倚松。常修不住性,必拟老何峰。

边 城 晚 望

广漠杳无穷,孤城四面空。马行高碛上,日堕迥沙中。逼晓人移帐,当川树列风。迢迢河外路,知直去崆峒。

汴 上 暮 秋

独立长堤上,西风满客衣。日临秋草广,山接远天微。岸叶随波尽,沙云与鸟飞。秦人宁有素,去意自知归。

春 日 言 怀

东风万物新,独未到幽人。赋命自多蹇,阳和非不均。五陵三月暮,百越一家贫。早误闲眠处,无愁异此身。

奉天寒食书事

处处无烟火,人家似暂空。晓林花落雨,寒谷鸟啼风。故里芳洲外,残春甸服中。谁知独西去,步步泣途穷。

长 安 寓 居

贫寄帝城居,交朋日自疏。愁迎离碛雁,梦逐出关书。经雨蝉声尽,兼风杵韵馀。谁知江徼塞,所忆在樵渔。

写 怀

此生居此世,堪笑复堪悲。在处有歧路,何人无别离。长当多难日,愁过少年时。穷达都判了,休闲镊白髭。

白 菊

所尚雪霜姿,非关落帽期。香飘风外别,影到月中疑。发在林凋后,繁当露冷时。人间稀有此,自古乃无诗。

中秋夜对月

月月势皆圆,中秋朗最偏。万方期一夕,到晓是经年。影蔽星芒尽,光分物状全。惟应苦吟者,目断向遥天。

陪郢州张员外宴白雪楼

高情日日闲,多宴雪楼间。洒槛江干雨,当筵天际山。带帆分浪色,驻乐话朝班。岂料羁浮者,樽前得解颜。

和－作同薛侍御题兴善寺松

何年剗到城，满国响一作向高名。半寺阴常匝，邻坊景亦清。代多
无朽势，风定有馀声。自得天然状，非同涧底生。

题郑侍郎岩隐－作隐岩十韵

朝退常归隐，真修大隐情。园林应得趣，岩谷自为名。野步难寻
寺，闲吟少在城。树藏幽洞黑，花照远村明。海石分湖路，风泉递
雨声。性高怜散逸，官达厌公卿。架引藤重长，阶延笋迸生。青门
无到客，紫阁有来莺。物外身虽隐，区中望本清。终难依此境，坐
一作坚卧避钧衡。

宿灵山兰若

江心天半寺，一夕万缘空。地出浮云上，星摇积浪中。滴沤垂阁
雨，吹桧送帆风。旦夕闻清磬，唯应是钓翁。

亲仁里双鹭

双去双来日已频，只应知我是江人。对欹雪顶思寻水，更振霜翎恐
染尘。三楚几时初失侣，五陵何树又栖身。天然不与凡禽类，傍砌
听吟性自驯。

成纪书事二首

东吴远别客西秦，怀旧伤时暗洒巾。满野多成无主冢，防边半是异
乡人。山河再阔千馀里，城市曾经一百春。闲与将军议戎事，伊兰
犹未绝胡尘。
蹉跎远入犬羊中，荏苒将成白首翁。三楚田园归未得，五原歧路去

无穷。天垂大野雕盘草,月落孤城角啸风。难问开元向前事,依稀犹认隗嚣宫。

秦中遇友人

半生南走复西驰,愁过杨朱罢泣岐。远梦亦羞归海徼,贫游多是滞边陲。胡云不聚风无定,陇路难行栈更危。旦暮唯闻语征战,看看已欲废吟诗。

过 分 水 岭

陇山高共鸟行齐,瞰险盘空甚蹑梯。云势崩腾时向背,水声呜咽若东西。风兼雨气吹人面,石带冰棱碍马蹄。此去秦川无别路,隔崖穷谷却难迷。

讲德陈情上淮南李仆射八首

天降贤人佐圣时,自然声教满华夷。英明不独中朝仰,清重兼闻外国知。凉夜酒醒多对月,晓庭公退半吟诗。梁城东下虽经战,风俗犹传守旧规。

多一作累朝轩冕冠乾坤,四海皆推圣最尊。楚玉已曾分卞玉,膺门依旧是龙门。筵开乐振高云动,城掩鼙收落日昏。尝念苍生如赤子,九州无处不沾恩。

未领春闱望早清,况联戎阃控强兵。风威遍布江山静,教化高同日月明。九郡竞歌兼煮海,四方皆得共和羹。东南自此全无事,只为期年政已成。

帝念淮堧疫疹频,牢笼山海委名臣。古来比德由无侣,当代同途岂有人。夜宴独吟梁苑月,朝游重见广陵春。多年疲瘵全苏息,须到讴谣日满秦。

三纪吟诗望一名,丹霄待得白头成。已期到老还沾禄,无复偷闲一作安却养生。当宴每垂听乐泪,望云长起忆山情。朱门旧是登龙客,初脱鱼鳞胆尚惊。

东来淮海拜旌旗,不把公卿一字书。曾侍晚斋吟对雪,又容华馆食兼鱼。孤微自省恩非次,际会谁知分有馀。唯耻旧桥题处在,荣归无计似相如。

平生南北逐蓬飘,待得名成鬓已凋。寒浦一从抛钓艇,旧林无处认风飙。程途虽喜关河尽,时节犹惊骨肉遥。愁策羸蹄更归去,乱山流水满翻潮。

丹霄空把桂枝归,白首依前着布衣。当路公卿谁见待,故乡亲爱自疑非。东风乍喜还沧海,栖旅终愁出翠微。应念无媒居选限,二年须更守渔矶。

献独孤尚书

虚抛南楚滞西秦,白首依前衣白身。退鹢已经三十载,登龙曾见一千人。魂离为役诗篇苦,泪竭缘嗟骨相贫。今日鞠躬高旆下,欲倾肝胆杳无因。

将过单于

荒碛连天堡戍稀,日忧蕃寇却忘机。江山不到处皆到,陇雁已归时一作未归。行李亦须携战器,趋迎当便著戎衣。并州去路殊迢递,风雨何当达近畿。

贞女祠

何穴藏贞骨,荒祠见旧颜。精灵应自在,云雨不相关。落石泉多咽,无风树尽闲。唯疑千古后,为瑞向人间。

宿华山

异境良难测,非仙岂合游。星辰方满岳,风雨忽移舟。喷月泉垂壁,栖松鹤在楼。因知修养处,不必在嵩丘。

送张员外西川从事

为郎不入朝,自是赴嘉招。豸角初离首,金章已在腰。剑横阴绿野,栈响近丹霄。迎驿应相续,悬愁去路遥。

题慈恩寺元遂上人院

竹槛匝回廊,城中似外方。月云开作片,枝鸟立成行。径接河源润,庭容塔影凉。天台频去说,谁占最高房。

送杜仓曹往沧洲觐叔常侍

浮阳横巨浸,南巷拥旌旃。别带秦城雨,行闻魏国蝉。碛鸿来每后,朝日见常先。东一作北鄙云霞广,高林间一作秋媚水天。

雕阴道中作

五月绥州北,途程少郁蒸。马依膻草聚,人抱浊河澄边人多以瓮抱水。迹一作强固长城垒,冤深太子陵。往来经此地,悲苦有谁能。

留别从弟郴 一作琳

同承太岳胤,俱值太平时。丹陛怀趋计,沧洲负去期。久贫成蹭蹬,多病惜支离。宗分兼交分,吾知汝亦知。

寻　山

蹑履复支筇，深山草木中。隔溪遥避虎，当坞忽闻钟。落叶多相似，幽禽半不同。群猱呼却散，如此异林翁。

送徐侍御充南诏判官

西去安夷落，乘轺从节行。彤庭传圣旨，异域化戎情。瘴路穷巴徼，蛮川过峤城。地偏风自杂，天漏月稀明。危栈连空动，长江到底清。笑宜防狒狒，言好听猩猩。抚论如敦行，归情自合盟。回期佩印绶，何更见新正。

送省玄上人归江东

释律周儒礼，严持用戒身。安禅思剡石，留偈别都人。雨合吴江黑，潮移海路新。瓶盂自此去，应不更还秦。

送刘校书游东鲁

内阁劳雠校，东邦忽纵游。才偏精二雅，分合遇诸侯。暗海龟蒙雨，连空赵魏秋。如经麟见处，驻马瞰荒丘。

送金吾侍御奉使日东

还乡兼作使，到日倍荣亲。向化虽多国，如公有几人。孤山无返照，积水合苍旻。膝下知难住，金章已系身。

题甘露寺

丹槛拂丹霄，人寰下瞰遥。何年增造化，万古出尘嚣。地势盘三楚，江声换几朝。满栏皆异药，到顶尽飞桥。泽广方云梦，山孤数沃焦。中〔宵〕(霄)霞始散,经腊木稀凋。铎动天风度,窗明海气消。带釐分迥堞,当日辨翻潮。鸟去沉葭菼,帆来映沴瀄。浮生自多事,无计免回镳。

冬夜怀真里友人会宿

静语与高吟,搜神又爽心。各来依帝里,相对似山阴。漏永星河没,堂寒月彩深。从容不易到,莫惜曙钟侵。

陪—作同友人夏夜对月

后伏中宵月,高秋满魄齐。轮移仙掌外,影下玉绳西。蝉雀飞多误,星萤出自迷。烦蒸惊顿绝,吟玩畏—作怅闻鸡。

送从弟筹任告成尉

海上从戎罢,嵩阳佐县初。故人皆羡去,吾祖旧曾居。地古多生药,溪灵不聚鱼。唯应寻隐者,闲寺讲仙书。

秋日陪陆校书游玉泉

共爱泉源异,频来不觉劳。散光垂草细,繁响出风高。沫滞潭花片,沙遗浴鸟毛。尘间喧与闷,须向此中逃。

送防州邬员外

千溪与万嶂,缭绕复峥嵘。太守劳车马,何从驻旆旌。椒香近满郭,漆货远通京。唯涤双尘耳,东南听政声。

过 穆 陵 关

荒关无守吏,亦耻白衣过。地广人耕绝,天寒雁下多。东西方自感,雨雪更相和。日暮聊摅思,摇鞭一放歌。

江上遇友人

阙下分离日,杏园花半开。江边相值夜,榆塞雁初来。坐久河沉斗,吟长月浸杯。鲈鱼非不恋,共有客程一作尘催。

忆宛陵旧居

旧忆陵阳北,林园近板桥。江晴帆影满,野迥鹤声遥。岛径通山市,汀扉上海潮。秦城归去梦,夜夜到渔樵。

题闻琴馆

城非宓贱邑,馆亦号闻琴。乃是前贤意,常留化俗心。代公存绿绮,谁更寄清音。此迹应无改,寥寥毕古今。

寄江上弟妹

无成归未得,不是不谋归。垂老登云路,犹胜守钓矶。大荒身去数,穷海信来稀。孤立皆难进,非关命独违。

题李昌符丰乐幽居

诗家依阙下,野景似山中。兰菊俱含露,杉梧为奏一作起风。破门韦曲对,浅岸御沟通。莫叹连年屈,君须遇至公。

青山晚望

昔人怀感处,此地倍魂消。四海经摇落,三吴正寂寥。风移残烧远,帆带夕阳遥。欲继前贤迹,谁能似隐招。

宣城送进士郑徽赴举

长安去是归,上马肯沾衣。水国车通少,秦人楚荐稀。鸿方离北鄙,叶下已西畿。好整丹霄步,知音在紫微。

言 怀

万事不关心,终朝但苦吟。久贫惭负债,渐老爱山深。日月销天外,帆樯弃海阴。荣枯应已定,无复系浮沉。

汴河十二韵

昔年开汴水,元应别有由。或兼通楚塞,宁独为扬州。直断平芜色,横分积石流。所思千里便,岂计万方忧。首甚资功济,终难弭宴游。空怀龙舸下,不见锦帆收。浪倒长汀柳,风欹远岸楼。奔逾怀许竭,澄彻泗滨休。路要多行客,鱼稀少钓舟。日开天际晚,雁合碛西秋。一派注沧海,几人生白头。常期身事毕,于此泳东浮。

旅中送人归九华

分与仙山背,多年负翠微。无因随鹿去,只是送人归。顶木晴摩日,根岚晓润衣。会于猿鸟外,相对掩高扉。

送友人归江南

皇州五更鼓,月落西南维。此时有行客,别我孤舟归。上国身无主,下第诚可悲。

洞 庭 湖

空江浩荡景萧然,尽日菰蒲泊钓船。青草浪高三月渡,绿杨花扑一

溪烟。情多莫举伤春目,愁极兼无买酒钱。犹有渔人数家住,不成
村落夕阳边。

句

晓嶂猿开户,寒湫鹿舐冰。

当空吟待月,到晚坐看山。　以上见《纪事》

一年三领郡,领郡管仙山。　赠段成式　见《语林》

全唐诗卷六〇五

邵谒

邵谒,韶州翁源县人。少为县吏,令怒,逐去。遂截髻著县门,发愤读书,工古调,释褐赴官,不知所终。诗一卷。

放歌行

龟为秉灵亡,鱼为弄珠死。心中自有贼,莫怨任公子。屈原若不贤,焉得沉湘水。

长安寒食

春日照九衢,春风媚罗绮。万骑出都门,拥在香尘里。莫辞吊枯骨,千载长如此。安知今日身,不是昔时鬼。但看平地游,亦见摧辀死。

贞女墓

生持节操心,死作坚贞鬼。至今坟上春,草木无花卉。

自叹

春蚕未成茧,已贺箱笼实。蟢子徒有丝,终年不成匹。每念古人言,有得则有失。我命独如何,憔悴长如一。白日九衢中,幽独暗如漆。流泉有枯时,穷贱无尽日。惆怅复惆怅,几回新月出。

送徐群宰望江

古人力文学,所务安疲尫。今人力文学,所务惟公卿。大贤重邦
本,屈迹官武城。劝民勤机杼,自然国用并。但见富贵者,知食不
知耕。忽尔秋不熟,储—作庾廪焉得盈。贡艺既精苦,用心必公平。
吾道不遗贤,霄汉期芳馨。一夫若有德,千古称其英。陶潜虽理
邑,崔烈徒台衡。浊者必恶清,瞽者必恶明。孤松自有色,岂夺众
草荣。为刀若不利,焉得宰牛名。为丝若不直,焉得琴上声。好去
立高节,重来振羽翎。

秋　夕

万里凭梦归,骨肉皆在眼。觉来益惆怅,不信长安远。人人但为
农,我独常逢旱。恶命如漏卮,滴滴添不满。天末雁来时,一叫一
肠断。

览孟东野集

蚌死留夜光,剑折留锋铓。哲人归大夜,千古传圭璋。圭璋遍四
海,人伦多变改。题花花已无,玩月月犹在。不知天地间,白日几
时昧。

送友人江行

送君若浪水,叠叠愁—作悲思起。梦魂如月明,相送秋江里。

下第有感

古人有遗言,天地如掌阔。我行三十载,青云路未—作难达。尝闻

读书者,所贵免征伐。谁知失意时,痛于刃_{一作楚欲}伤骨。身如石上草,根蒂浅难活。人人皆爱春,我独愁花发。如何归故山,相携采薇蕨。

论　政

贤哉三握发,为有天下忧。孙弘不开阁,丙吉宁问牛。内政由股肱,外政由诸侯。股肱政若行,诸侯政自修。一物不得所,蚁穴满山丘。莫言万木死,不因一叶秋。朱云若不直,汉帝终自由。子婴一失国,渭水东悠悠。

战　城　南

武皇重征伐,战士轻生死。朝争刃上功,暮作泉下鬼。悲风吊枯骨,明月照荒垒。千载留长声,呜咽城南水。

赠郑殷处士

善琴不得听,嘉玉不得名。知音既已死,良匠亦未生。退居一河湄,山中物景清。鱼沉池水碧,鹤去松枝轻。长材靡入用,大厦失巨楹。颜子不得禄,谁谓天道平。

古　乐　府

对酒弹古琴,弦中发新音。新音不可辨,十指幽怨深。姜颜不自保,四时如车轮。不知今夜月,曾照几时人。露滴芙蓉香,香销心亦死。良时无可留,残红谢池水。

经安容先生旧居

羽化留遗踪,千载踪难没。一泉岩下水,几度换明月。松老不改柯，龙久皆变骨。云雨有归时，鸡犬无还日。至今青山中，寂寞桃花发。

望 行 人

登楼恐不高，及高君已远。云行郎即行，云归郎不返。嗟为楼上人，望望不相近。若作辙中泥，不放郎车转。白日下西山，望尽妾肠断。

岁 丰

皇天降丰年，本忧贫士食。贫士无良畴，安能得稼穑。工佣输富家，日落长叹息。为供豪者粮，役尽匹夫力。天地莫施恩，施恩强者得。

金谷园怀古

在富莫骄奢，骄奢多自亡。为女莫骋容，骋容多自伤。如何金谷园，郁郁椒兰房。昨夜绮罗列，今日池馆荒。竹死不变一作改节，花落有馀香。美人抱义死，千载名犹彰。娇歌无遗音，明月留清光。浮云易改色，衰草难重芳。不学韩侯妇，衔冤报宋王。

春 日 有 感

我心如蘗苦，他见如荠甘。火未到身者，痛楚难共谙。但言贫者拙，不言富者贪。谁知苦寒女，力尽为桑蚕。

学仙词 第三句缺三字

上仙传秘诀，澹薄与无营。炼药□□□，变姓不变形。三尸既无累，百虑自不生。是知寸心中，有路通上清。祖龙好仙术，烧却黄金精。

妓　女

天若许人登,青山高不止。地若许人穷,黄泉深无水。量诸造化
情,物成皆有以。如何上青冥,视之平若砥。日下骋琅玕,空中无
罗绮。但见势腾凌,将为长如此。炫耀一时间,逡巡九泉里。一种
为埃尘,不学堕楼死。

寒　女　行

寒女命自薄,生来多贱微。家贫人不聘,一身无所归。养蚕多苦
心,茧熟他人丝。织素徒苦力,素成他人衣。青楼富家女,才生便
有主。终日著罗绮,何曾识机杼。清夜闻歌声,听之泪如雨。他人
如何欢,我意又何苦。所以问皇天,皇天竟无语。

览　镜

一照一回悲,再照颜色衰。日月自流水,不知身老时。昨日照红
颜,今朝照白丝。白丝与红颜,相去咫尺间。

轻　薄　行

薄薄身上衣,轻轻浮云质。长安一花开,九陌马蹄疾。谁言公子
车,不是天上力。

苦　别　离

十五为君婚,二十入君门。自从入户后,见君长出门。朝看相送
人,暮看相送人。若遣折杨柳,此地树无根。愿为陌上土,得作马
蹄尘。愿为曲木枝,得作双车轮。安得太行山,移来君马前。

览张骞传

采药不得根,寻河不得源。此时虚白首,徒感武皇恩。桑田未闻改,日月曾几昏。仙骨若求得,垄头无新坟。不见杜陵草,至今空自繁。

白头吟

汉家天宇阔,日月不暂闲。常将古今骨,禅作北邙山。山高势已极,犹自凋朱颜。

瞽者叹

我心岂不平,我目自不明。徒云备双足,天下何由行。

送从弟长安下第南归觐亲

白日不得照,戴天如戴盆。青云未见路,丹车劳出门。采薇秦山镇,养亲湘水源。心中岂不切,其如行路难。为文清益峻,为心直且安。芝兰未入用,馨香志独存。他门种桃李,犹能荫子孙。我家有棠阴,枝叶竟不繁。心醉岂因酒,愁多徒见萱。征徒忽告归,执袂殷勤论。在鸟终为凤,为鱼须化鲲。富贵岂长守,贫贱宁有根。丈夫志不大,何以佐乾坤。昼短疾于箭,早来献天言。莫恋苍梧畔,野烟横破村。

少年行

丈夫十八九,胆气欺韩彭。报仇不用剑,辅国不用兵。以目为水鉴,以心作权衡。愿君似尧舜,能使天下平。何必走马夸弓矢,然后致得人心争。

汉　宫　井

辘轳声绝离宫静,班姬几度照金井。梧桐老去残花开,犹似当时_{一作年}美人影。

显_{一作题}茂楼

秦山渭水尚悠悠,如何草树迷宫阙。繁华朱翠尽东流,唯有望楼对明月。

紫　阁　峰

壮国山河倚空碧,迥拔烟霞侵太白。绿崖下视千万寻,青天只据百馀尺。

全唐诗卷六〇六

林　宽

林宽,侯官人。诗一卷。

送李员外频之建州

勾践江头月,客星台畔松。为郎久不见,出守暂相逢。鸟泊牵滩索,花空押号钟。远人思化切,休上武夷峰。

送许棠先辈归宣州

发枯穷律韵,字字合塓篯。日月所到处,姓名无不知。莺啼谢守垒,苔老谪仙碑。诗道丧来久,东归为吊之。

穷　冬　太　学

投迹依槐馆,荒亭草合时。雪深鸢啸急,薪湿鼎吟迟。默坐同谁话,非僧不我知。匡庐瀑布畔,何日副心期。

陪郑诚郎中假日省中寓直

宪厅名最重,假日许从容。床满诸司印,庭高五粒松。井寻芸吏汲,茶拆岳僧封。鸟度帘旌暮,犹吟隔苑钟。

送谢石先辈归宣州

名随春色远,湖外已先知。花尽方辞醉,莺残是放时。天寒千尺岳,颔白半联诗。笋蕨犹堪采,荣归及养期。

下第寄欧阳瓒

诗人道僻命多奇,更值干一作兵戈乱起时。莫作江宁王少府,一生吟苦竟谁知。

寄何绍馀

雁过君犹未入城,清贤门下旧知名。风波冻马遥逢见,革囊饥僮尚掣行。住在闲坊无辙迹,别来何寺有泉声。芙蓉苑北曲江岸,期看终南新雪晴。

送人宰浦城

东南犹阻寇,梨岭更谁登。作宰应无俸,归船必有僧。滩平眠獭石,烧断饮猿藤。岁尽校殊最,方当见异能。

省试腊后望春宫

皇都初度腊,凤辇出深宫。高凭楼台上,遥瞻瀍浐中。仗凝霜彩白,袍映日华红。柳眼方开冻,莺声渐转风。御沟穿断霭,骊岫照斜空。时见宸游兴,因观稼穑功。

寄省中知己

门掩清曹晚,静将乌府邻。花开封印早,雪下典衣频。怪木风吹阁,废巢时落薪。每怜吾道苦,长说向同人。

朱 坡

朱坡坡上望,不似在秦京。渐觉溪山秀,更高鱼鸟情。夜吟禅子室,晓爨猎人铛。恃此偷佳赏,九衢蜩未鸣。

酬陈樵见寄

失意闲眠起更迟,又将羁薄谢深知。囊书旋入酒家尽,纱帽长依僧壁垂。待月句新遭鬼哭,寻山貌古被猿窥。元和才子多如此,除却清吟何所为。

华 清 宫

殿角钟残立宿鸦,朝元归驾望无涯。香泉空浸宫前草,未到春时争发花。

终 南 山

标奇耸峻壮长安,影入千门万户寒。徒自倚天生气色,尘中谁为举头看。

歌 风 台

蒿棘空存百尺基,酒酣曾唱大风词一作时。莫言马上得天下一作子,自古英雄尽解诗。

送人归日东

沧溟西畔望,一望一心摧。地即同正朔,天教阻往来。波翻夜作电,鲸吼昼为雷。门外人参径,到时花几开。

寓　兴

西母一杯酒,空言浩劫春。英雄归厚土,日月照闲人。衰草珠玑
冢,冷灰龙凤身。茂陵骊岫晚,过者暗伤神。

少　年　行

柳烟侵御道,门映夹城开。白日莫空过,青春不再来。报仇冲雪
去,乘醉臂鹰回。看取歌钟地,残阳满坏台。

塞上还答友人

无端游绝塞,归鬓已苍然。戎羯围中过,风沙马上眠。草衰频过一
作遇烧,耳冷不闻蝉。从此甘贫坐,休言更到边。

哭栖白供奉

侍辇才难得,三朝有上人。琢诗方到骨,至死不离贫。风帐孤萤
入,霜阶积叶频。夕阳门半掩,过此亦无因。

送升道靖恭相公分司

东风时不遇,果见致君难。海一作华岳影犹动,鹍鹏势未安。星沉
关锁冷,鸡唱驿灯残。谁似一作向二宾客,门闲嵩洛寒。

关　下　早　行

轧轧推危辙,听鸡独早行。风吹宿霭散,月照华山明。白首东西
客,黄河昼夜清。相逢皆有事,唯我是闲情。

曲 江

曲江初碧草初青,万毂千蹄匝岸行。倾国妖姬云鬓重,薄徒公子雪
衫轻。琼镄狒狖绕觥舞,金蹙辟邪筝拨鸣。柳絮杏花留不得,随
风处处逐歌声。

长 安 遣 怀

醉下高楼醒复登,任从浮薄笑才能。青龙寺里三门上,立为南山不
为僧。

送僧游太白峰

云深游太白,莫惜遍探奇。顶上多灵迹,尘中少客知。悬崖倚冻
瀑,飞狖过孤枝。出定更何事,相逢必有诗。

哭造微禅师

神迁不火葬,新塔露疏椒。是物皆磨灭,唯师出死生。虚堂_{一作壑}
散钓叟,怪木_{一作土}哭山精。林下路长在,无因更此行。

献同年孔郎中

炊琼爇桂帝关居,卖尽寒衣典尽书。驱马每寻霜影里,到门常在鼓
声初。蟾枝交彩清兰署,鸾珮排光映玉除。一顾深恩身未杀,争期
皎日负吹嘘。

闻 雁

接影横空背雪飞,声声寒出玉关迟。上阳宫里三千梦,月冷风清闻
过时。

送惠补阙

诏下搜岩野,高人入竹一作旧林。长因抗疏日,便作去官心。清俸
供僧尽,沧洲寄迹深。东门有归路,徒自弃华簪。

和友人贼后

带号乞兵急,英雄陷贼围。江山犹未静,鱼鸟欲何归。城露桑榆
尽,时平老幼稀。书从战后得,读彻血盈衣。

长安即事

暝鼓才终复晓鸡,九门何计出沉迷。樵童乱打金吾鼓,豪马争奔丞
相堤。翡翠鬓敧钗上燕,麒麟衫束海中犀。须知不是诗人事,空忆
泉声菊畔畦。

和周繇校书先辈省中寓直

古木重门掩,幽深只欠溪。此中真吏隐,何必更岩栖。名姓镌幢
记,经书逐库题。字随飞蠹缺,阶与落星齐。伴直僧谈静,侵霜蛩
韵低。粘尘贺草没,剥粉薛禽迷。贺知章草书,薛稷鹤也。衰薜墙千堵,
微阳菊半畦。鼓残鸦去北,漏在月沉西。每忆终南雪,几登云阁
梯。时因搜句次,那惜一招携。

苦　雨

霪霖翳日月,穷巷变沟坑。骤洒纤枝折,奔倾坏堵平。蒙〔篷〕(蓬)
来客绝,跃垫噪蛙狞。败屐阴苔积,摧檐湿菌生。斜飞穿裂瓦,迸
落打空铛。叶底迟归蝶,林中滞出莺。润侵书缝黑,冷浸鬓丝明。
膒暗参差影,阶寒断续声。尺薪功比桂,寸粒价高琼。遥想管弦

里,无因识此情。

全唐诗卷六〇七

刘邺

刘邺,字汉藩,三复之子。咸通中,从藩幕召入内庭,特赐及第,历相位。僖宗朝,再迁尚书左仆射,死黄巢之难。《甘棠集》三卷,今存诗二首。

翰 林 作

曾是江波垂钓人,自怜深厌九衢尘。浮生渐老年随水,往事曾闻泪满巾。已觉远天秋色动,不堪闲夜雨声频。多惭不是相如笔,虚直金銮接侍臣。

待 漏 院 吟

玉堂帘外独迟迟,明月初沉勘契时。闲听景阳钟尽后,两莺飞上万年枝。

李 骘

李骘,官至江南西道都团练、观察、处置等使。诗五首。

慧山寺肆业送怀坦上人

流水何山分,浮云空中遇。我生无根株,聚散亦难固。忆昨斗龙春,岩栖侣高步。清怀去羁束,幽境无滓污。日落九峰明,烟生万华暮。兹欢未云隔,前笑倏已故。四时难信留,百草换霜露。离襟一成解,怅抱将何谕。惊泉有馀哀,永日谁与度。缅思孤帆影,再往重江路。去去忽凄悲,因风暂回顾。

读惠山若冰师集因题故院三首

五天何处望,心念起皆知。化塔留今日,泉鸣自昔时。古苔生石静,秋草满山悲。莫道声容远,长歌白雪词。

高怀逢异境,佳句想吟频。月冷松溪夜,烟浓草寺春。浮云将世远,清听与名新。不见开岩日,空为拜影人。

景物搜求歇,山云放纵飞。树寒烟鹤去,池静水龙归。暗榻尘飘满,阴檐月到稀。何年灯焰尽,风动影堂扉。

自惠山至吴下寄酬南徐从事

不接芳晨游,独此长洲苑。风颜一成阻,翰墨劳空返。悠悠汀渚长,杳杳蘋花晚。如何西府欢,尚念东吴远。瑶音动清韵,兰思芬盈畹。犹及九峰春,归吟白云巘。

孙 蜀

孙蜀,与方干同时。诗一首。

中秋夜戏酬顾道流

不那此身偏爱月,等闲看月即更深。仙翁每被嫦娥使,一度逢圆一度吟。

欧阳澥

　　欧阳澥,四门博士詹之孙。诗一首。

咏燕上主司郑愚

翩翩双燕画堂开,送古迎今几万回。长向春秋社前后,为谁归去为谁来。

句

黄菊离家十四一作四十年。

离家已是梦松年。

落日望乡处,何人知客情?　见《纪事》

陈　黯

　　陈黯,字希儒,泉州人。会昌迄咸通,累举不第。集五卷,今存诗一首。

自咏豆花

玳瑁应难比,斑犀定不加。天嫌未端正,满面与妆花。

张 孜

张孜,京兆人。耽酒如狂,与李山甫善。诗一首。

雪 诗

长安大雪天,鸟雀难相觅。其中豪贵家,捣椒泥四壁。到处爇红
炉,周回下罗幂。暖手调金丝,蘸甲斟琼液。醉唱玉尘飞,困融香
汗滴。岂知饥寒人,手脚生皴劈。

句

著牙卖朱紫,断钱赊举选。 见《纪事》

华山秀作英雄骨,黄河泻出纵横才。

梦破青霄春,烟霞无去尘。若夸郭璞五色笔,江淹却是寻常人。
《梦李白歌》

郑仁表

郑仁表,字休范,荥阳人。累擢起居郎,刘邺作相时,贬死
岭外。诗二首。

赠 妓 仙 哥

《北里志》:天水仙哥住平康南曲,善谈谑,能歌,仁表席上赠诗。

严吹如何下太清,玉肌无疹六铢轻。自知不是流霞酌,愿听云和瑟
一声。

赠妓命洛真

《北里志》:洛真有风貌,且辨慧,时为席纠,善章程。

巧制新章拍拍新,金罍巡举助精神。时时欲得横波眄,又怕回筹错指人。

句

文章世上争开路,阀阅山东拄破天。

赵　鸿

赵鸿,咸通中人。诗三首。

杜甫同谷茅茨

工部栖迟后,邻家大半无。青羌迷道路,白社寄杯盂。大雅何人继,全生此地孤。孤云飞鸟什,空勒旧山隅。

栗　亭　赵鸿刻石同谷,曰工部题栗亭十韵,不复见。

杜甫栗亭诗,诗人多在口。悠悠二甲子,题纪今何有。

泥　功　山

立石泥功状,天然诡怪形。未尝私祸福,终不费丹青。

童翰卿

童翰卿,大中、咸通间人。诗二首。

昆明池织女石 一作司马复诗

一片昆明石，千秋织女名。见人虚脉脉，临水更盈盈。苔作轻衣色，波为促杼声。岸云连鬓湿，沙月对眉生。有脸莲同笑，无心鸟不惊。还如朝镜里，形影两分明。

绝　句

大朴逐物尽，哀我天地功。争得荣辱心，洒然归西风。

全唐诗卷六〇八

皮日休

皮日休,字袭美,一字逸少,襄阳人。性傲诞,隐居鹿门,自号间气布衣。咸通八年,登进士第。崔璞守苏,辟军事判官。入朝,授太常博士。黄巢陷长安,伪署学士,使为谶文,疑其讥己,遂及祸。集二十八卷,今编诗九卷。

补周礼九夏系文 并序

《周礼》:钟师掌金奏,凡乐事以钟鼓奏九夏。案郑康成注云:夏者,大也。乐之大者,歌有九也。九夏者,皆诗篇名也。颂之类也(一作九夏者皆诗篇铭颂之类也)。此歌之大者,载在乐章。乐崩亦从而亡,是以颂不能具也。呜呼! 吾观之鲁颂,其古也亦久矣,九夏亡者,吾能颂乎? 夫大乐既去,至音不嗣,颂于古不足以补亡,颂于今不足以入用,庸可(一作何)颂乎? 颂之亡者,俾千古之下,郑卫之内,窈窈(一作杳杳)冥冥,不独有大卷(音拳,黄帝乐名)之音者乎?

九夏歌九篇

王夏之歌者,王出入之所奏也。四章,章四句。

熿熿皎日,欻丽于天。厥明御舒,如王出焉。

熿熿皎日,欻入于地。厥晦厥贞,如王入焉。

出有龙旂,入有珩珮。勿驱勿驰,惟慎惟戒。

出有嘉谋,入有内则。繄彼臣庶,钦王之式。

> 肆夏之歌者,尸出入之所奏也。二章,章四句。

愔愔清庙,仪仪象服。我尸出矣,迎神之谷。

杳杳阴竹,坎坎路鼓。我尸入矣,得神之祜。

> 昭夏之歌者,牲出入之所奏也。二章,章四句。

有郁其鬯,有俨其彝。九变未作,全乘来之。

既醋既酢,爰楝音孕,一作畅。爰舞。象物既降,全乘之去。

> 纳夏之歌者,四方宾客来之所奏也。四章,章四句。

麟之仪仪,不絷不维。乐德而至,如宾之嬉。

凤之愉愉,不篝不笯。乐德而至,如宾之娱。

自筐及筥,我有牢醑。自筐及筐,我有货币。

我牢不愆,我货不匮。硕硕其才,有乐而止。

> 章夏之歌者,臣有功之所奏也。四章,章四句。

王有虎臣,锡之斧钺。征彼不憪,一扑而灭。

王有虎臣,锡之圭瓒。征彼不享,一烘而泮。

王有掌讶,遒音侦尔疆理。王有掌客,馈尔饔饩。

何以乐之,金石九奏。何以锡之,龙旂九旒。

> 齐夏之歌者,夫人祭之所奏也。一章,四句。

玲玲衡笄,翚衣一作翟褕翟。自内而祭,为君之则。

> 族夏之歌者,族人酌之所奏也。二章,章四句。

洪源谁孕,疏为江河。大块孰埏,播为山阿。

厥流浩漾一作洸,厥势嵯峨。今君之酌,慰我实多。

> 械(与陔同,一作械)夏之歌者,宾既出之所奏也。三章,章三句。

礼酒既酌,嘉宾既厚,㦄为之奏。

礼酒既竭,嘉宾既悦,应为之节。

礼酒既罄,嘉宾既醒一作醒,雅为之行。牍、应、雅,三乐器也。宾醉而出,奏械夏,以此三器筑地,为之行事也。

鹜夏之歌者,公出入之所奏也。二章,章四句。

桓桓其圭,衮衮其衣。出作二伯,天子是毗。

桓桓其圭,衮衮其服。入作三孤,国人是福。

三羞诗三首 并序

丙戌岁,日休射策不上,东退于肥陵。出都门,见朝列中论犯当权者,得罪南窜,卯诏辰发,持法吏不容一息留私室。视其色,若将厌禄位、悔名望者。皮子窥之,怒然泣,衄然羞,故作是诗以赆之。

吾闻古君子,介介励其节。入门疑储宫,抚己思斧钺。志一作忠者若不退,佞者何由达。君臣一毂膳,家国共残杀。此道见于今,永思心若裂。王臣方謇謇,佐我无玷缺。如何以谋计,中道生芽蘖。宪司遵故典,分道播南越。苍惶出班行,家室不容别。玄鬓行为霜,清泪立成血。乘遽剧飞鸟,就传过风发。嗟吾何为者,叨在造士列。献文不上第,归于淮之汭。蹇蹄可再奔,退羽可后歇。利则侣轩裳,塞则友松月。而于方寸内,未有是愁结。未为禄食仕,俯不愧粱粝。未为冠冕人,死不惭忠烈。如何有是心,不能叩丹阙。赫赫负君归,南山采芝蕨。

日休旅次于许传舍,闻叫咷之声动于城郭,问于道民,民曰:"蛮围我交阯,奉诏征许兵二千征之,其征且再,有战皆没。其哭者,许兵之属。"呜呼!扬子不云,夫朱崖之绝,捐之之力也,否则介鳞易我衣裳,其是之谓耶?皮子为之内省曰:"吾之道不足以济时,不可以备位,又手不提桴鼓,身不被兵械,恬然自顺,恬然自乐,吾亦为许师之罪人耳。"作诗以吊之。

南荒不择吏,致我交阯覆。绵联三四年,流为中夏辱。儒者斗即退,武者兵则黩。军庸满天下,战将多金玉。刮则齐民痛,分为猛士禄。雄健许昌师,忠武冠其族。去为万骑风,住作一川肉。昨朝残卒回,千门万户哭。哀声动闾里,怨气成山谷。谁能听昼鼟,不忍看金镞。吾有制胜术,不奈贱碌碌。贮之胸臆间,惭见许师属。自嗟胡为者,得蹑前修躅。家不出军租,身不识部曲。亦衣许师衣,亦食许师粟。方知古人道,荫我已为足。念此向谁羞,悠悠颍川绿。

　　丙戌岁,淮右蝗旱。日休寓小墅于州东,下第后,归之。见颍民转徙者,盈途塞陌,至有父舍其子,夫捐其妻,行哭立刁,朝去夕死。呜呼!天地诚不仁耶?皮子之山居,樆有袭,锾有炊,晏眠而夕饱,朝乐而暮娱,何能于颍川民而独享是,为将天地遗之耶?因羞不自容,作诗以唁之。

天子丙戌年,淮右民多饥。就中颍之汭,转徙何累累。夫妇相顾亡,弃却抱中儿。兄弟各自散,出门如大痴。一金易芦卜,一缣换凫茈。荒村墓鸟树,空屋野花篱。儿童啮草根,倚桑空赢羸。斑白死路旁,枕土皆离离。方知圣人教,于民良在斯。厉能去人爱,荒能夺人慈。如何司牧者,有术皆在兹。粤吾何为人,数亩清溪湄。一写落第文,一家欢复嬉。朝食有麦馇,晨起有布衣。一身既饱暖,一家无怨咨。家虽有畎亩,手不秉镃基。岁虽有札瘥,庖不废晨炊。何道以致是,我有明公知。食之以侯食,衣之以侯衣。归时恤金帛,使我奉庭闱。抚己愧颍民,奚不进德为。因兹感知己,尽日空涕洟。

七爱诗 并序

　　皮子之志,常以真纯自许。每谓立大化者,必有真相,以房杜为真相焉;定大乱者,必有真将,以李太尉为真将焉;傲大君者,必有真隐,以卢徵君为真隐焉;镇浇俗者,必有真吏,以元鲁山为真吏焉;负逸气者,必有真放,以李翰林为真放焉;为名臣者,必有真才,以白太傅为真才焉。呜呼！吾之道时耶，行其事也，在乎爱忠矣。不时耶，行其事也，亦在乎爱忠矣。苟有心歌咏者，岂徒然哉！

房杜二相国 玄龄、如晦

吾爱房与杜，贫贱共联步。脱身抛乱世，策杖归真主。纵横握中算，左右天下务。肮脏无敌才，磊落不世遇。美矣名公卿，魁然真宰辅。黄阁三十年，清风一万古。巨业照国史，大勋镇王府。遂使后世民，至今受陶铸。粤吾少有志，敢蹑前贤路。苟得同其时，愿为执鞭竖。

李太尉 晟

吾爱李太尉，崛起定中原。骁雄十万兵，四面围国门。一战取王畿，一叱散妖氛。乘舆既反正，凶竖争亡魂。巍巍柱天功，荡荡盖世勋。仁于曹孟德，勇过霍将军。丹券入帑藏，青史传子孙。所谓大丈夫，动合惊乾坤。所谓圣天子，难得忠贞臣。下以契鱼水，上以合风云。百世必一乱，千年方一人。吾虽翰墨子，气概敢不群。愿以太平颂，题向甘泉春。

卢征君 鸿

吾爱卢徵君，高卧嵩山里。百辟未一顾，三征方暂起。坦腹对宰相，岸帻揖天子。建礼门前吟，金銮殿里醉。天下皆铺糟，徵君独洁己。天下皆乐闻，徵君独洗耳。天下皆怀羞，徵君独多耻。银黄不妨悬，赤绂不妨被。而于心抱中，独作羲皇地。篮舆一云返，泥诏褒不已。再看缑山云，重酌嵩阳水。放旷书里终，逍遥醉中死。吾谓伊与周，不若徵君贵。吾谓巢与许，不若徵君义。高名无阶级，逸迹绝涯涘。万世唐书中，逸名不可比。粤吾慕真隐，强以骨肉累。如教不为名，敢有徵君志。

元鲁山 德秀

吾爱元紫芝，清介如伯夷。辇母远之官，宰邑无玷疵。三年鲁山民，丰稔不暂饥。三年鲁山吏，清慎各自持。只饮鲁山泉，只采鲁山薇。一室冰蘗苦，四远声光飞。退归旧隐来，斗酒入茅茨。鸡黍匪家畜，琴尊常自怡。尽日一菜食，穷年一布衣。清似匣中镜，直如琴上丝。世无用贤人，青山生白髭。既卧黔娄衾，空立陈寔碑。吾无鲁山道，空有鲁山辞。所恨不相识，援毫空涕垂。

李翰林 白

吾爱李太白，身是酒星魄。口吐天上文，迹作人间客。磊砢千丈林，澄澈万寻碧。醉中草乐府，十幅笔一息。召见承明庐，天子亲赐食。醉曾吐御床，傲几触天泽。权臣妒逸才，心如斗筲窄。失恩出内署，海岳甘自适。刺谒戴接䍦，赴宴著穀一作谷屐。诸侯百步迎，明君九天忆。竟遭腐胁疾，醉魄归八极。大鹏不可笼，大椿不可植。蓬壶不可见，姑射不可识。五岳为辞锋，四溟作胸臆。惜哉千万年，此俊不可得。

白太傅 居易

吾爱白乐天，逸才生自然。谁谓辞翰器，乃是经纶贤。欻从浮艳诗，作得典诰篇。立身百行足，为文六艺全。清望逸内署，直声惊谏垣。所刺必有思，所临必可传。忘形任诗酒，寄傲遍林泉。所望标文柄，所希持化权。何期遇訾毁，中道多左迁。天下皆汲汲，乐天独怡然。天下皆闷闷，乐天独舍旃。高吟辞两掖，清啸罢三川。处世似孤鹤，遗荣同脱蝉。仕若不得志，可为龟镜焉。

正乐府十篇 并序

　　乐府盖古圣王采天下之诗，欲以知国之利病，民之休戚者也。得之者，命司乐氏入之于埙篪，和之以管籥。诗之美也，闻之足以劝乎功；诗之刺也，闻之足以戒乎政。故周礼太师之职，掌教六诗；小师之职，掌讽诵诗。由是观之，乐府之道大矣。今之所谓乐府者，唯以魏晋之侈丽，陈梁之浮艳,谓之乐府诗,真不然矣。故尝有可悲可惧者,时宣于咏歌,总十篇,故命曰正乐府诗。

卒 妻 怨

河湟戍卒去,一半多不回。家有半菽食,身为一囊灰。官吏按其籍,伍中斥其妻。处处鲁人髽,家家杞妇哀。少者任所归,老者无所携。况当札瘥年,米粒如琼瑰。累累作饿殍,见之心若摧。其夫死锋刃,其室委尘埃。其命即用矣,其赏安在哉。岂无黔敖恩,救此穷饿骸。谁知白屋士,念此翻欸欸。

橡 媪 叹

秋深橡子熟,散落榛芜冈。伛伛黄发媪,拾之践晨霜。移时始盈掬,尽日方满筐。几曝复几蒸,用作三冬粮。山前有熟稻,紫穗袭人香。细获又精舂,粒粒如玉珰。持之纳于官,私室无仓箱。如何一石馀,只作五斗量。狡吏不畏刑,贪官不避赃。农时作私债,农毕归官仓。自冬及于春,橡实诳饥肠。吾闻田成子,诈仁犹自王。吁嗟逢橡媪,不觉泪沾裳。

贪 官 怨

国家省闼吏,赏之皆与位。素来不知书,岂能精吏理。大者或宰邑,小者皆尉史。愚者若混沌,毒者如雄虺。伤哉尧舜民,肉袒受鞭箠。吾闻古圣王,天下无遗士。朝廷及下邑,治者皆仁义。国家选贤良,定制兼拘忌。所以用此徒,令之充禄仕。何不广取人,何不广历试。下位既贤哉,上位何如矣。胥徒赏以财,俊造悉为吏。天下若不平,吾当甘弃市。

农 父 谣

农父冤辛苦,向我述其情。难将一人农,可备十人征。如何江淮粟,挽漕输咸京。黄河水如电,一半沉与倾。均输利其事,职司安敢评。三川岂不农,三辅岂不耕。奚不车其粟,用以供天兵。美哉农父言,何计达王程。

路 臣 恨

路臣何方来,去马真如龙。行骄不动尘,满辔金珑璁。有人自天来,将避荆棘丛。狞呼不觉止,推一作椎下苍黄中。十夫挈鞭策,御之如惊鸿。日行六七邮,瞥若鹰无踪。路臣慎勿诉,诉则刑尔躬。军期方似雨,天命正如风。七雄战争时,宾旅犹自通。如何太平世,动步却途穷。

贱 贡 士

南越贡珠玑,西蜀进罗绮。到京未晨旦,一一见天子。如何贤与俊,为贡贱如此。所知不可求,敢望前席事。吾闻古圣人,射宫亲选士。不肖尽屏迹,贤能皆得位。所以谓得人,所以称多士。叹息几编书,时哉又何异。

颂 夷 臣

夷师本学外,仍善唐文字。吾人本尚舍,何况夷臣事。所以不学者,反为夷臣戏。所以尸禄人,反为夷臣忌。吁嗟华风衰,何尝不由是。

惜 义 鸟

商颜多义鸟,义鸟实可嗟。危巢末一作年累累,隐在栲木花。他巢若有雏,乳之如一家。他巢若遭捕,投之同一罗。商人每秋贡,所贵复如何。饱以稻粱滋,饰以组绣华。惜哉仁义禽,委戏于宫娥。吾闻凤之贵,仁义亦足夸。所以不遭捕,盖缘生不多。

诮 虚 器

襄阳作髹器,中有库露真。持以遗北虏,绐云生有神。每岁走其使,所费如云屯。吾闻古圣王,修德来远人。未闻作巧诈,用欺禽兽君。吾道尚如此,戎心安足云。如何汉宣帝,却得呼韩臣。

哀 陇 民

陇山千万仞,鹦鹉巢其巅。穷危又极崄,其山犹—作独不全。蚩蚩
陇之民,悬度如登天。空中觇其巢,堕者争纷然。百禽不得一,十
人九死焉。陇川有戍卒,戍卒亦不闲。将命提雕笼,直到金台—作
堂前。彼毛不自珍,彼舌不自言。胡为轻人命,奉此玩好端。吾闻
古圣王,珍禽皆舍旃。今此陇民属,每岁啼涟涟。

奉献致政裴秘监

何胤本征士,高情动天地。既无阀阅门,常嫌冠冕累。宰邑著嘉
政,为郡留高致。移官在书府,方乐鸳池贵。玉季牧江西,泣之不
忍离。舍杖随之去,天下钦高义。乌帽白绤裘,篮舆竹如意。黄菊
陶潜酒,青山谢公妓。月槛咏诗情,花溪钓鱼戏。钟陵既方舟,魏
阙将结驷。甘求白首闲,不为苍生起。优诏加大监,所以符公议。
既为逍遥公,又作鸱夷子。安车悬不出,驷马闲无事。微雨汉陂
舟,残日终南骑。富贵尽凌云,何人能至此。猜祸皆及身,何复至
如是。贤哉此丈夫,百世一人矣。

秋 夜 有 怀

梦里忧身泣,觉来衣尚湿。骨肉煎我心,不是谋生急。如何欲佐
主,功名未成立。处世既孤特,传家无承袭。明朝走梁楚,步步出
门涩。如何一寸心,千愁万愁入。

喜 鹊

弃膻在庭际,双鹊来摇尾。欲啄怕人惊,喜语晴光里。何况佞幸
人,微禽解如此。

蚊 子

隐隐聚若雷,嚼肤不知足。皇天若不平,微物教食肉。贫士无绛
纱,忍苦卧茅屋。何事觅膏腴,腹无太仓粟。

鹿 门 夏 日

满院松桂阴,日午却不知。山人睡一觉,庭鹊立未移。出檐趁云
去,忘戴白接䍦。书眼若薄雾,酒肠如漏卮。身外所劳者,饮食须
自持。何如便绝粒,直使身无为。

偶 书

女娲掉绳索,绹泥成下人。至今顽愚者,生如土偶身。云物养吾
道,天爵高我贫。大笑猗氏辈,为富皆不仁。

读 书

家资是何物,积帙列梁梠。高斋晓开卷,独共圣人语。英贤虽异
世,自古心相许。案头见蠹鱼,犹胜凡侪侣。

贫 居 秋 日

亭午头未冠,端坐独愁予。贫家烟爨稀,灶底阴虫语。门小愧车
马,廪空惭雀鼠。尽室未寒衣,机声羡邻女。

全唐诗卷六〇九

皮日休

鲁望读襄阳耆旧传见赠五百言过褒庸材靡
有称是然襄阳曩事历历在目夫耆旧传所未载
者汉阳王则宗社元勋孟浩然则文章大匠予次
而赞之因而寄答亦诗人无言不酬之义也次韵

汉水碧于天，南荆廓然秀。庐罗遵古俗，鄢郢迷昔囿。幽奇无得
状，巉绝不能究。兴替忽矣新，山川悄然旧。斑斑生造士，一一应
玄宿。巴庸乃嵚岨，屈景实豪右。是非既自分，泾渭不相就。粤自
灵均来，清才若天漱。伟哉洄上隐，卓尔隆中耨。始将麋鹿狎，遂
与麒麟斗。万乘不可谒，千钟固非茂。爰从景升死，境上多兵候一
作堠。檀溪试戈船，岘岭屯贝胄。寂寞数百年，质唯包砾琇。上玄
赏唐德，生贤命之授。是为汉阳王，帝曰俞尔奏。巨德耸神鬼，宏
才轹前后。势端唯金茎，质古乃玉豆。行叶荫大椿，词源吐洪溜。
六成清庙音，一柱明堂构。在昔房陵迁，圆穹正中漏。繄王揭然
出，上下拓宇宙。俯视三事者，骏骏若童幼。低摧护中兴，若凤视
其彀。遇险必伸足，逢诛将引脰。既正北极尊，遂治众星谬。重闻
章陵幸，再见岐阳狩。日似新刮膜，天如重熨绉。易政疾似欤，求

贤甚于购。化之未期年，民安而国富。翼卫两舜趋，钩陈十尧骤。
忽然遗相印，如羿卸一作御其縠。奸幸却乘衅，播迁遂终寿。遗庙
屹峰嵝，功名纷组绣。开元文物盛，孟子生荆岫。斯文纵奇巧，秦
玺新雕镂。甘穷卧牛衣，受辱对狗窦。思变如易爻，才通似玄首。
秘于龙宫室，怪于一作即天篆籀。知者竞欲戴，嫉者或将诟。任达
且百觚，遂为当时陋。既作才鬼终，恐为仙籍售。予生二贤末，得
作升木狖。兼济与独善，俱敢怀其臭。江汉称炳灵，克明嗣清昼。
继彼欲为三，如醨如一作和醇酎。既见陆夫子，笃心却伏厩。结彼
世外交，遇之于邂逅。两鹤思竞闲，双松格争瘦。唯恐别仙才，涟
涟涕襟袖。

鲁望昨以五百言见贻过有褒美内揣庸
陋弥增愧悚因成一千言上述吾唐文物
之盛次叙相得之欢亦迭和之微旨也

三辰至精气，生自苍颉前。粤从有文字，精气铢于绵。所以杨墨
后，文词纵横颠。元狩富材术，建安俨英贤。厥祀四百馀，作者如
排穿。五马渡江日，群鱼食蒲年。大风荡天地，万阵黄须膻。纵有
命世才，不如一空拳。后至陈隋世，得之拘且缦。太浮如激瀺，太
细如蚑蠓。太乱如靡靡，太轻如芊芊。流之为醓醢，变之为游畋。
百足虽云众，不救杀马蚿。君臣作降虏，北走如猱猨。所以文字
妖，致其国朝迁。吾唐革其弊，取士将科县。文星下为人，洪秀密
于緶。大开紫宸扉，来者皆详延。日晏朝不罢，龙姿欢辑辑。音田，
《吕氏春秋》云：天子辑辑。于焉周道反，由是秦法悛。射洪陈子昂，其
声亦喧阗。惜哉不得时，将奋犹拘挛。玉垒李太白，铜堤孟浩然。
李宽包堪舆，孟澹拟一作凝漪涟。埋骨采石圹，留神鹿门埏。俾其

羁旅死,实觉天地窄。猗与子美思,不尽如转辘。纵为三十车,一字不可捐。既作风雅主,遂司歌咏权。谁知耒阳土,埋却真神仙。当于李杜际,名辈或溯沿。良御非异马,由弓非他弦。其物无同异,其人有媸妍。自开元至今,宗社纷如烟。爽若沆瀣英,高如昆仑巅。百家嚣浮说,诸子率寓篇。筑之为京观,解之为牲牷。各持天地维,率意东西牵。竞抵元化首,争扼真宰咽。或作制诰薮,或为宫体渊。或堪被金石,或可投花钿。或为舆隶唱,或被儿童怜。乌垒虏亦写,鸡林夷争传。披揭一作猖覆载枢,捭阖神异键。力掀尾闾立,思一作鬼轧大块旋。降气或若虹,耀影或如蕮。万象疮复痏,百灵瘠且癫。谓乎数十公,笔若明堂椽。其中有拟者,不绝当如綖。齐驱不让策,并驾或争骈。所以吾唐风,直将三代甄。被此文物盛,由乎声诗宣。采彼风人谣,轺轩轻似鹪。丽者固不舍,鄙者亦为铨。其中有鉴戒,一一堪雕镌。乙夜以观之,吾君无释焉。遂命大司乐,度之如星躔。播于乐府中,俾为万代蠲。吹彼圆丘竹,诵兹清庙弦。不惟娱列祖,兼可格上玄。粤予何为者,生自江海埏。駪駪自总角,不甘耕一廛。诸昆指仓库,谓我死道边。何为不力农,稽古真可嗛。遂与袯襫著,兼之笭箵全。风吹蔓草花,飒飒盈荒田。老牛瞪不行,力弱谁能鞭。乃将耒与耜,并换椠与铅。阅彼图籍肆,致之千百编。携将入苏岭鹿门别名,不就无出缘。堆书塞低屋,添砚涸小泉。对灯任髫燕,凭案从肘研。苟无切玉刀,难除指上胼。尔来五寒暑,试艺称精专。昌黎道未著,文教如欲骞。其中有声病,于我如諏韑音天蝉,语不正貌。是敢驱颓波,归之于大川。其文如可用,不敢侫与便。明水在稿秸,太羹临豆笾。将来示时人,猲獢垂馋涎。亦或尚华缛,亦曾为便娟。亦能制灏灏,亦解攻翩翩。唯思逢阵敌,与彼争后先。避兵入句吴,穷悴只自跧。平原陆夫子,投刺来翩跹。开卷读数行,为之加敬虔。忽穷一两首，反顾唯曲拳。始来遗巾帼，乃敢排戈鋋。或为拔帜走，或遭劖垒还。不能收乱辙，岂暇重为笺。虽然未三北，亦可输千镤丑专切，《尚书》云：赎罪千镤。向来说文字，尔汝名可联。圣人病殁世，不患穷而蹇。我未九品位，君无一囊钱。相逢得何事，两笼酬戏笺。无颜解偷合，底事居冗员。方知万钟禄，不博五湖船。夷〔险〕(俭)但明月，死生应白莲。吟馀凭几饮，钓罢偎蓑眠。终抛岘山业，相共此留连。

吴中苦雨因书一百韵寄鲁望

全吴临巨溟，百里到沪渎。海物竞骈罗，水怪争渗漉。狂蜃吐其气，千寻勃然麚。一刷半天墨，架为歆危屋。怒鲸睅相向，吹浪山毂毂。倏忽腥杳冥，须臾坼崖谷。帝命有严程，慈物敢潜伏。嘘之为玄云，弥亘千万幅。直拔倚天剑，又建横海纛。化之为暴雨，淙淙射平陆。如将月窟写，似把天河扑。著树胜戟支，中人过箭镞。龙光倏闪照，虹角挡琤触。此时一千里，平下天台瀑。雷公恣其志，礚礡裂电目。蹋破霹雳车，折却三四辐。雨工避罪者，必在蚊睫宿。狂发铿匍音，不得懈怠僇。顷刻势稍止，尚自倾蔌蔌。不敢履洿处，恐蹋烂地轴。自尔凡十日，茫然晦林麓。只是遇滂沱，少曾逢霡霂。伊余之廧宇，古制拙卜筑。颓檐倒菌黄，破砌顽莎绿。只有方丈居，其中蹐且跼。朽处或似醉，漏时又如沃。阶前平泛滥，墙下起趢趗。唯堪著笤笠，复可乘〔艒〕(舻)宿一作艡。鸡犬并淋漓，儿童但咿喔。勃勃生湿气，人人牢于锢。须眉渍将断，肝膈蒸欲熟。当庭死兰芷，四垣盛荠荬。解帙展断书，拂床安坏楈一作牍。跳梁老蛙龟，直向床前浴。蹲前但相眽，似把白丁辱。空厨方欲炊，渍米未离簏。薪蒸湿不著，白昼须然烛。污莱既已泞，买鱼不获鲦。竟未成麦馈，安能得粱肉。更有陆先生，荒林抱穷蹙。坏

宅四五舍，病筱三两束。盖檐低碍首，薜地滑达足。注欲透承尘，
湿难庇厨簏。低摧在圭窦，索漠抛偏袈。手指既已胼，肌肤亦将
瘃。一苞—作庖势欲陊，将撑乏寸木。尽日欠束薪，经时无寸粟。
〔蝛〕（蝛）蝓将入甊，蹳蜓已临镤。音复。《说文》云：如釜而口大。娇儿未
十岁，枵然自啼哭。一钱买粃秕，数里走病仆。破碎旧鹤笼，狼藉
晚蚕蔟。千卷素书外，此外无馀蓄。著处纻衣裂，戴次纱帽醿。恶
阴潜过午，未及烹葵菽。吴中铜臭户，七万沸如膗。啬止甘蟹螯，
侈唯僭车服。皆希尉吏旨，尽怕里胥录。低眉事庸奴，开颜纳金
玉。唯到陆先生，不能分一斛。先生之志气，薄汉如鸿鹄。遇善必
擎跽，见才辄驰逐。廉不受一芥，其馀安可黩。如何乡里辈，见之
乃猬缩。粤予苦心者，师仰但踯躅。受易既可注，请玄又堪卜。百
家皆搜荡，六艺尽翻覆。似馁见太牢，如迷遇华烛。半年得酬唱，
一日屡往复。三秀间稂莠，九成杂巴濮。奔命既不暇，乞降但相
续。吟诗口吻呐，把笔指节瘃。君才既不穷，吾道由是笃。所益谅
弘多，厥交过亲族。相逢似丹漆，相望如朓朒。论业敢并驱，量分
合继躅。相违始两日，忡忡想华缛。出门泥漫漫，恨无直辕辇。十
钱赁一轮，逢—作篷上鸣斛觫。赤脚枕书帙，访予穿诘曲。入门且
抵掌，大噱时碌碌。兹—作滋淋既浃旬，无乃害九谷。予惟饿不死，
得非道之福。手中捉诗卷，语快还共读。解带似归来，脱巾若沐
浴。疏如松间篁，野甚麋对鹿。行谭弄书签，卧话枕棋局。呼童具
盘餐，摅衣换鸡鹜。或蒸一升麻，或煠两把菊。用以阅幽奇，岂能
资口腹。十分煎皋卢，半楹挽醽醁。高谈纵无尽，昼漏何太促。我
公大司谏，一切从民欲。梅润侵束杖，和气生空狱。而民当斯时，
不觉有烦溽。念涝为之灾，拜神再三告。太阴霍然收，天地一澄
肃。燔炙既芬芬，威仪乃翲翲。须权元化柄，用拯中夏酷。我愿荐
先生，左右辅司牧。兹雨何足云，唯思举颜歇。

初夏即事寄鲁望

夏景恬且旷,远人疾初平。黄鸟语方熟,紫桐阴正清。廪宇有幽处,私游无定程。归来闭双关,亦忘枯与荣。土室作深谷,薜垣为干城。骹杉突枇架,迸笋支檐楹。片石共坐稳,病鹤同喜晴。瘿木四五器,筇杖一两茎。泉为葛天味,松作羲皇声。或看名画彻,或吟闲诗成。忽枕素琴睡,时把仙书行。自然寡俦侣,莫说更纷争。具区包地髓,震泽含天英。粤从三让来,俊造纷然生。顾予客兹地,薄我皆为伧。唯有陆夫子,尽力提客卿。各负出俗才,俱怀超世情。驻我一栈车,啜君数藜羹。敲门若我访,倒屣—作屦欣逢迎。胡饼蒸甚熟,貉盘举尤轻。茗脆不禁炙,酒肥或难倾。扫除就藤下,移榻寻虚明。唯共陆夫子,醉与天壤并。

二游诗 并序

吴之士有恩王府参军徐修矩者,守世书万卷,优游自适。余假其书数千卷,未一年,悉偿夙志,酣饫经史,或日晏忘饮食。次有前泾县尉任晦者,其居有深林曲沼,危亭幽砌,余并次以见之,或退公之暇,必造以息焉。林泉隐事,恣用研咏。大凡游于二君宅,无浃旬之间,因作诗以留赠,名(一作目)之曰二游,兼寄陆鲁望。

徐 诗

东莞为著姓,奕代皆隽哲。强学取科第,名声尽孤揭。自为方州来,清操称凛冽。唯写坟籍多,必云清俸绝。宣毫利若风,剡纸光与月。札吏指欲胼,万通排未阕。楼船若夏屋,欲载如垤堁。转徙入吴都,纵横碍门阛。缥囊轻似雾,缃帙殷于血。以此为基构,将斯用贻厥。重于通侯印,贵却全师节。我爱参卿道,承家能介洁。潮田五万步，草屋十馀一作数箜。微宦不能去，归来坐如刖。
保兹万卷书，守慎如羁绁。念我曾苦心，相逢无间别。引之看秘
宝，任得穷披阅。轴闲翠钿剥，签古红牙折。帙解带芸香，卷开和
桂屑。枕兼石锋刃，榻共松疮疖。一卧寂无喧，数编看尽彻。或携
归廨宇，或把穿林樾。挈过太湖风，抱宿支硎雪。如斯未星纪，悉
得分毫末。翦除幽僻薉，涤荡玄微窟。学海正狂波，予头向中没鸟
没切。圣人患不学，垂诫尤为切。苟昧古与今，何殊暗共�五骨切。
昔之慕经史，有以佣笔札。何况遇斯文，借之不曾辍。吾衣任縠
纻，吾食某糠核。其道苟可光，斯文那自伐。何竹青堪杀，何蒲重
好截。如能盈兼两，便足酬饥渴。有此竞苟荣，闻之兼可哕。东皋
耨烟雨，南岭提薇蕨。何以谢徐君，公车不闻设。

任　诗

任君恣高放，斯道能寡合。一宅闲林泉，终身远嚣杂。尝闻佐浩
穰，散性多僛五盍切偒音沓。不任事貌。欻尔解其绶，遗之如弃鞢。归
来乡党内，却与亲朋洽。开溪未让丁，列第方称甲。入门约百步，
古木声霎霎。广槛小山敧，斜廊怪石夹。白莲倚阑楯，翠鸟缘帘
押。地势似五泻，岩形若三峡。猿眠但腽肭，凫食时唼喋。拨荇下
文竿，结藤萦桂楫。门留医树客，壁倚栽花锸。度岁止褐衣，经旬
唯白袷。多君方闭户，顾我能倒屣。请题在茅栋，留坐于石榻。魂
从清景遛，衣任烟霞袭。阶塂龟任上，枕席鸥为狎。沼〔似〕(以)颇
黎〔镜〕(境)，当中见鱼眨。杯杓悉杉瘤，盘筵尽荷叶。闲斗不置罚，
闲弈无争劫。闲日不整冠，闲风无用箑。以斯为思虑，吾道宁疲
苶。衮衣竞璀璨，鼓吹争辒辖。欲者解挤排，诟者能讠夹讠夹。权豪
暂翻覆，刑祸相填压。此时一圭窦，不肯饶阊阖。有第可栖息，有
书可渔猎。吾欲与任君，终身以斯惬。

追和虎丘寺清远道士诗 并序

　　圣人为春秋，凡诸侯有告则书，无告则不书，盖所以惩其伪而敦其实也。夫怪之与神，虽曰不言，在传则书之者，亦摭其实而为之也。若然者，神之与怪果安(一本作果有)邪？噫！圣贤有不得其志者，则必垂之于言也。大则为经诰，小则为歌咏，盖不信于当时，则取诉于后世。抑鬼神有生不得其志者，死亦然邪？若凭而宣之，则石言乎晋，物叫于宋是也；若梦而辩之，则良夫有昆吾之歌，声伯有琼瑰之谣是也。自兹已后，人伦不修，神藻益炽。在君人者，悟之则为瑞，逆之则为妖。其冥讽昧刺，时出于世者，则与骚人狎客，往往敌于忽微焉。虎丘山有清远道士诗一首，其所称自殷周而历秦汉，迄于近代，抑二千年，末以鬼神自谓，亦神怪之甚者，格之以清健，饰之以俊丽，一句一字，若奋若搏，彼建安词人倘在，不得居其右矣。颜太师鲁公爱之不暇，遂刻于岩际，并有继作。李太尉卫公，钦清远之高致，慕鲁公之素尚，又次而和之。颜之叙事也典，李之属思也丽，并一时之寡和。又幽独君诗二首，亦甚奇怆。予嗜古者，观而乐之，因继而为和答。幽独君一篇，不知孰氏之作，其词古而悲，亦存于篇末。太玄曰："大无方，易无时，然后为鬼神也。"噫！清远道士果鬼神乎？抑道家者流乎？抑隐君子乎？词则已矣，人则吾不知也。

成道自衰周，避世穷炎汉。荆杞虽云梗，烟霞尚容窜。兹岑信灵异，吾怀惬流玩。石涩古铁锉，岚重轻埃漫。松膏腻幽径，藓沫著孤岸。诸萝幄幕暗，众鸟陶匏乱。岩罅地中心，海光天一半。玄猿行列归，白云次第散。蟾蜍生夕景，沆瀣馀清旦。风日采幽什，墨客学灵翰。嗟予慕斯文，一咏复三叹。显晦虽不同，兹吟粗堪赞。

追和幽独君诗次韵

念尔风雅魄，幽咽犹能文。空令伤魂鸟，啼破山边坟。

恨剧但埋土,声幽难放哀。坟古春自晚,愁绪空崔嵬。白杨老无
花,枯根侵夜台。天高有时裂,川去何时回。双睫不能濡,六藏无
可摧。不闻搴蓬事,何必深悲哉。

奉和鲁望读阴符经见寄

三百八十言,出自伊〔祁〕(祈)氏。上以生神仙,次云立仁义。玄机
一以发,五贼纷然起。结为日月精,融作天地髓。不测似阴阳,难
名若神鬼。得之升高天,失之沉厚地。具茨云木老,大块烟霞委。
自颛顼以降,贼为圣人轨。尧乃一庶人,得之贼帝挚。挚见其德
尊,脱身授其位。舜唯一鳏民,冗冗作什器。得之贼帝尧,白丁作
天子。禹本刑人后,以功继其嗣。得之贼帝舜,用以平洚水。自禹
及文武,天机愔然弛。姬公树其纲,贼之为圣智。声诗川竞大,礼
乐山争峙。爰从幽厉馀,宸极若孩稚。九伯真犬羊,诸侯实虎兕。
五星合其耀,白日下阙里。由是圣人生一作生圣人,于焉当乱纪。黄
帝之五贼,拾之若青紫。高挥春秋笔,不可刊一字。贼子虐甚斯,
奸臣痛于箠。至今千馀年,蚩蚩受其赐。时代更复改,刑政崩且
陊。予将贼其道,所动多訾毁。叔孙与臧仓,贤圣多如此。如何黄
帝机,吾得多坎壈。纵失生前禄,亦多身后利。我欲贼其名,垂之
千万祀。

初夏游楞伽精舍

越艓轻似萍,漾漾出烟郭。人声渐疏旷,天气忽寥廓。伊予惬斯
志,有似刮癥瘕。遇胜即夷犹,逢幽且淹泊。俄然棹深处,虚无倚
岩崿。霜毫一道人,引我登龙阁。当中见寿象,欲礼光纷箔。珠幡
时相铿,恐是诸天乐。树杪见觚棱,林端逢赭垩。千寻井犹在,万
祀灵不涸。下通蛟人道,水色黯而恶。欲照六藏惊,将窥百骸愕。

揭去山南岭，其险如邛笮。悠然放吾兴，欲把青天摸。紫藤垂蔚
珥，红荔悬缨络。藓厚滑似藜，峰尖利如锷。斯须到绝顶，似愈渐
离爝一作曛。一片太湖光，只惊天汉落。梅风脱纶帽，乳水透芒屩。
岚姿与波彩，不动浑相著。既不暇供应，将何以酬酢。却来穿竹
径，似入青油幕。穴恐水君开，龛如鬼工凿。穷幽入兹院，前楯临
巨壑。遗画龙奴狞，残香虫篆薄。褫魂窥玉镜，澄虑闻金铎。云态
共萦留，鸟言相许诺。古木势如虺，近之恐相蠚。怒泉声似激，闻
之意争博。时禽倏已嘿，众籁萧然作。遂令不羁性，恋此如缠缚。
念彼上人者，将生付寂寞。曾无肤挠事，肯把心源度。胡为儒家
流，没齿勤且恪。沐猴本不冠，未是谋生错。言行既异调，栖迟亦
同托。愿力傥不遗，请作华林鹤。

公斋四咏

小　松

婆娑只三尺，移来白云径。亭亭向空意，已解凌辽敻。叶健似虬
须，枝脆如鹤胫。清音犹未成，绀彩空不定。阴圆小芝盖，鳞涩修
荷柄。先愁被鹦抢，预恐遭蜗病。结根幸得地，且免离离映。磊砢
不难遇，在保晚成性。一日造明堂，为君当毕命。

小　桂

一子落天上，生此青璧枝。欻从山之幽，劚断云根移。劲挺隐圭
质，盘珊缇油姿。叶彩碧髓融，花状白毫蕤。棱层立翠节，偓蹇缪
青螭。影淡雪霁后，香泛风和时。吾祖在月窟，孤贞能见怡。愿老
君子地，不敢辞喧卑。

新　竹

笠泽多异竹，移之植后楹。一架三百本，绿沈森冥冥。圆紧珊瑚
节，钐利翡翠翎。俨若青帝仗，矗如紫姑屏。械械微风度，漠漠轻

霭生。如神语钧天,似乐奏洞庭。一玩九藏冷,再闻百骸醒。有根可以执,有復音福,《竹谱》云:竹实也。可以馨。愿禀君子操,不敢先凋零。

鹤　屏

三幅吹空縠,孰写仙禽状。骰耳侧以一作似听,《相鹤经》云:雄颊骰耳则听响远。赤精旷如望。露眼赤精则视远。引吭看云势,翘足临池样。颇似近蓐席,还如入方丈。尽日空不鸣,穷年但相向。未许子晋乘,难教道林放。貌既合羽仪,骨亦符法相。愿升君子堂,不必思昆阆。

奉酬崔璐进士见寄次韵

伊余幼且贱,所禀自以殊。弱岁谬知道,有心匡皇符。意超海上鹰,运�辕下驹。纵性作古文,所为皆自如。但恐才格劣,敢夸词彩敷。句句考事实,篇篇穷玄虚。谁能变羊质,竟不获骊珠。粤有造化手,曾开天地炉。文章邺下秀,气貌淹中儒。展我此志业,期君持中枢。苍生眼穿望,勿作磻谿谟。

全唐诗卷六一〇

皮日休

太湖诗 并序

余顷在江汉,尝耦鹿门,渔洞湖,然而未能放形者,抑志于道也。尔后以文事造请,于是南浮至二别,涉洞庭,回观敷浅源,登庐阜,济九江,由天柱抵霍岳,又自箕颍转樊邓,陟商颜,入蓝关,凡自江汉至于京,干者十数侯,绕者二万里。道之不行者,有困辱危殆;志之可适者,有山水游玩,则休戚不孤矣。咸通九年,自京东游,复得宿太华,乐荆山,赏女几,度辕辕,穷嵩高,入京索,浮汴渠至扬州。又航天堑,从北固至姑苏。噫! 江山幽绝,见贵于地志者,余之所到,不翅于半,则烟霞鱼鸟,林壑云月,可为属厌之具矣。尚枵然于志者,抑古圣人所谓独行之性乎? 逸民之流乎? 余真得而为也。尔后闻震泽包山,其中有灵异,学黄老徒乐之,多不返,益欲一观,豁平生之郁郁焉。十一年夏六月,会大司谏清河公忧霖雨之为患,乃择日休,将公命,祷于震泽。祀事既毕,神应如响,于是太湖之中,所谓洞庭山者,得以恣讨。凡所历皆图籍称为灵异者,遂为诗二十章,以志其事,兼寄天随子。

初入太湖 自胥口入,去州五十里。

闻有太湖名,十年未曾识。今朝得游泛,大笑称平昔。一舍行胥塘,尽日到震泽。三万六千顷,千顷颇黎色。连空淡无额,照野平绝隙。好放青翰舟,堪弄白玉笛。疏岑七十二,岋岋露矛戟。悠

然啸傲去,天上摇画艭。西风乍猎猎,惊波竃涵碧。倏忽雷阵吼,
须臾玉崖一作岸坼。树动为虿尾,山浮似鳌脊。落照射鸿溶,清辉
荡抛撋一作捌。云轻似可染,霞烂如堪摘。渐暝无处泊,挽帆从所
适。枕下闻澎湃一作汃,肌上生瘯瘰。讨异足遭回,寻幽多阻隔。
愿风与良便,吹入神仙宅。甘将一蕴书,永事嵩山伯。

晓次神景宫

夜半幽梦中,扁舟似凫跃。晓来到何许,俄倚包山脚。三百六十
丈,攒空利如削。遐瞻但徙倚,欲上先矍铄。浓露湿莎裳,浅泉渐
草屐。行行未一里,节境转寂寞。静径侵沉寥,仙扉傍岩崿。松声
正清绝,海日方照灼。歘临幽虚天,万想皆摆落。坛灵有芝菌,殿
圣无鸟雀。琼帏自回旋,锦旌空粲错。鼎气为龙虎,香烟混丹腋。
凝看出次云,默听语时鹤。绿书不可注,云笈应无钥。晴来鸟思
喜,崦里花光弱。天籁如击琴,泉声似挃铎。清斋洞前院,敢负玄
科约。空中悉羽章,地上皆灵药。金醴可酣畅,玉豉堪咀嚼。存心
服燕胎,叩齿读龙蹻。福地七十二,兹焉永堪一作堪永托。在兽乏
虎貔,于虫不毒蠚。尝闻择骨录,仙志非可作。绿肠既朱髓,青肝
复紫络。伊余乏此相,天与形貌恶。每嗟原宪瘇,常苦齐侯疟。终
然合委顿,刚亦慕寥廓。三茅亦常一作尝住,竟与圭组薄。欲问包
山神,来赊少岩壑。

入 林 屋 洞

斋心已三日,筋骨如烟轻。腰下佩金兽,手中持火铃。幽塘四百
里,中有日月精。连亘三十六,各各为玉京。自非心至诚,必被神
物烹。顾余慕大道,不能惜微生。遂招放旷侣,同作幽忧行。其门
才函丈,初若盘薄硼。洞气黑眹眹,苔发红髿髿。试足值坎窞,
低头避峥嵘。攀缘不知倦,怪异焉敢惊。匍匐一百步,稍稍策可
横。忽然白蝙蝠,来扑松炬明。人语散颃洞,石响高玲玎。脚底龙

蛇气，头上波涛声。有时若服匿，偪仄如见绷。俄尔造平淡，豁然
逢光晶。金堂似镌出，玉座如琢成。前有方丈沼，凝碧融人〔睛〕
(情)。云浆湛不动，琼露涵而馨。漱之恐减算，酌之必延龄。愁为
三官责，不敢携一瓢。昔云夏后氏，于此藏真经。刻之以紫琳，秘
之以丹琼。期之以万祀，守之以百灵。焉得彼丈人，窃之不加刑。
石匮一以出，左神俄不扃。禹书既云得，吴国由是倾。薜缝才半
尺，中有怪物腥。欲去既嘆嗜，将回又伶俜。却遵旧时道，半日出
杳冥。屡泥去声惹石髓，衣湿沾云英。玄箓乏仙骨，青文无绛名。
虽然入阴宫，不得朝上清。对彼神仙窟，自厌浊俗形。却憎造物
者，遣我骑文星。

雨中游包山精舍

松门亘五里，彩碧高下绚。幽人共跻攀，胜事颇清便。翠翠林上
雨，隐隐湖中电。薜带轻束腰，荷笠低遮面。湿屦黏烟雾一作露，穿
衣落霜霰。笑次度岩壑，困中遇台殿。老僧三四人，梵字十数卷。
施稀无夏屋，境僻乏朝膳。散发抵泉流，支颐数云片。坐石忽忘
起，扪萝不知倦。异蝶时似锦，幽禽或如钿。篁笋还戛刃，栟榈自
摇扇。俗态既斗薮，野情空眷恋。道人摘芝菌，为予备午馔。渴兴
一作与石榴羹，饥惬胡麻饭。如何事于役，兹游急于传。却将尘土
衣，一任瀑丝溅。

游毛公坛

却上南山路，松行俨如庑。松根碍幽径，屡颜不能斧。摆履跨乱
云，侧巾蹲怪树。三休且半日，始到毛公坞。两水合一涧，漻崖却
为浦。相敌百千载，共搥十万鼓。喷散日月精，射破神仙府。唯愁
绝地脉，又恐折天柱。一窥耳目眩，再听云发竖。次到炼丹井，井
干翳宿莽。下有蕊刚丹，勺之百疾愈。凝于白獭髓，湛似桐马乳。
黄露醒齿牙，碧黏甘肺腑。桧异松复怪，枯疏互撑拄。乾蛟一百

丈,骷然半天舞。下有毛公坛,坛方不盈亩。当时云龙篆,一片苔藓古。有刘先生镇坛符,今存于堂。时时仙禽来,忽忽祥烟聚。我爱周息元,忽起应明主周微君日息元。三谏却归来,回头唾圭组。伊余何不幸,斯人不复睹。如何大开口,与世争枯腐。将山待夸娥,以肉投獓獢。欻坐侵桂阴,不知巳与午。兹地足灵境,他年终结宇。敢道万石君,轻于一丝缕。

三宿神景宫

古观岑且寂,幽人情自怡。一来包山下,三宿湖之湄。况此深夏夕,不逢清月姿。玉泉浣衣后,金殿添香时。客省高且敞,客床蟠复奇。石枕冷入脑,笋席寒侵肌。气清寐不著,起坐临阶墀。松阴忽微照,独见萤火芝。素鹤警微露,白莲明暗池。窗棂带乳藓,壁缝含云蕤。闻磬走魍魉,见烛奔羁雌。沆瀣欲滴沥,芭蕉未离披。五更山蝉响,醒发如吹篪。杉风忽然起,飘破步虚词。道客巾屦样,上清朝礼仪。明发作此事,岂复甘趋驰。

以毛公泉一瓶献上谏议因寄

刘根昔成道,兹坞四百年。氄氄被其体,号为绿毛仙。因思清〔泠〕（泠）汲,凿彼岑一作崔峇巅。五色既炼矣,一勺方铿然。既用文武火,俄穷雌雄篇。赤盐扑红雾,白华飞素烟。服之生羽翼,倏尔冲玄天。真隐尚有迹,厥祀将近千。我来讨灵胜,到此期终焉。滴苦破窦净,藓深馀甃圆。澄如玉髓洁,泛若金精鲜。颜色半带乳,气味全和铅。饮之融痞塞,濯之伸拘挛。有时玩者触,倏忽风雷颠。素绠丝不短,越甆腹甚便。汲时月液动,担处玉浆旋。敢献大司谏,置之铃阁前。清如介洁性,涤比扫荡权。炙背野人兴,亦思侯伯怜。也知饮冰苦,愿受一瓶泉。

缥缈峰

头戴华阳帽,手拄大夏筇。清晨陪道侣,来上缥缈峰。带露嗅药蔓,和云寻鹿踪。时惊嗣齡鼠,飞上千丈松。翠壁内有室,叩之虚碻户冬切譬音隆。古穴下彻海,视之寒鸿濛。遇歇有佳思,缘危无倦容。须臾到绝顶,似鸟穿樊笼。恐足蹈海日,疑身凌天风。众岫点巨浸,四方接圆穹。似将青螺髻,撒在明月中。片白作越分,孤岚为吴宫。一阵砉磹气,隐隐生湖东。激雷与波起,狂电将日红。礨礨雨点大,金髇轰下空。暴光隔云闪,仿佛亘天龙。连拳百丈尾,下拔湖之洪。摔为一雪山,欲与昭回通。移时却擂下,细碎衡与嵩。神物谅不测,绝景尤难穷。杖策下返照,渐闻仙观钟。烟波渍肌骨,云壑阗心胸。竟死爱未足,当生且欢逢。不然把天爵,自拜太湖公。

桃 花 坞

蔶缘度南岭,尽日穿林樾。穷深到兹坞,逸兴转超忽。坞名虽然在,不见桃花发。恐是武陵溪,自闭仙日月。倚峰小精舍,当岭残耕垡。将洞任回环,把云恣披拂。闲禽啼叫窠,险狖眠碑矹。微风吹重岚,碧埃轻勃勃。清阴减鹤睡,秀色治人渴。敲竹斗铮㧙,弄泉争咽喔。空斋蒸柏叶,野饭调石发。空羡坞中人,终身无履袜。

明 月 湾

晓景澹无际,孤舟恣回环。试问最幽处,号为明月湾。半岩翡翠巢,望见不可攀。柳弱下丝网,藤深垂花鬟。松癭忽似狖,石文或如戯。钓坛两三处,苔老腥斒斑。沙雨几处霁,水禽相向闲。野人波涛上,白屋幽深间。晓培橘栽去,暮作鱼梁还。清泉出石砌,好树临柴关。对此老且死,不知忧与患。好境无处住,好处无境删。赧然不自适,脉脉当湖山。

练　渎　吴王所开

吴王厌得国,所玩终不足。一上姑苏台,犹自嫌局促。舻舰六宫

闹,艨冲后军肃。一阵水麝风,空中荡平渌。鸟困避锦帆,龙蛰防
铁轴。流苏惹烟浪,羽葆飘岩谷。灵境太蹂践,因兹塞林屋。空阔
嫌太湖,崎岖开练渎。三寻礧石齿,数里穿山腹。底静似金膏,砾
碎如丹粟。波殿郑妲醉,蟾阁西施宿。几转含烟舟,一唱来云曲。
不知阑楯上,夜有越人镞。君王掩面死,嫔御不敢哭。艳魄逐波
涛,荒宫养麋鹿。国破沟亦浅,代变草空绿。白鸟都不知,朝眠还
暮浴。

投龙潭 在龟山

龟山下最深,恶气何洋溢。涎水瀑龙巢,腥风卷蛟室。晓来林岑
静,狞色如怒日。气涌扑臭煤,波澄扫纯漆。下有水君府,贝阙光
比栉。左右列介臣,纵横守鳞卒。月中珠母见,烟际枫人出。生犀
不敢烧,水怪恐摧捽。时有慕道者,作彼投龙术。端严持碧简,斋
戒挥紫笔。兼以金蜿蜒,投之光焌律。琴高坐赤鲤,何许纵仙逸。
我愿与之游,兹焉托灵质。

孤园寺 梁散骑常侍吴猛宅

艇子小且兀,缘湖荡白芷。萦纡泊一碕,宛到孤园寺。萝岛凝清
阴,松门湛虚翠。寒泉飞碧螭,古木斗苍兕。钟梵在水魄,楼台入
云肆。岩边足鸣蜙,树杪多飞鼺。香莎满院落,风泛金罍靡。静
鹤啄柏蠹,闲猱弄楒椅。小殿熏陆香,古经贝多纸。老僧方瞑坐,
见客还强起。指兹正险绝,何以来到此。先言洞壑数,次话真如
理。磬韵醒闲心,茶香凝皓齿。巾之劫贝布,馔以栴檀饵。数刻得
清净,终身欲依止。可怜陶侍读,身列丹台位。雅号曰胜力,亦闻
师佛氏。陶隐居尝梦见神像谓己曰:"尔当七地大王,号曰胜力也。"今日到孤园,
何妨称弟子。

上 真 观

径盘在山肋,缭绕穷云端。摘菌杖头紫,缘崖屐齿刉。半日到上

真，洞宫知造难。双户启真景，斋心方可观。天钧鸣响亮，天禄行
蹒跚。琪树夹一径，万条青琅玕。两松峙庭际，怪状吁可叹。大蚪
腾共结，修蛇飞相盘。皮肤坼甲胄，枝节擒貙犴。罅处似天裂，朽
中如井智。褵褷风声敖，趴跚地力疼_{音灘}。根上露钳钛，空中狂波
澜。合时若莽苍，辟处如辕辕。俨对无霸阵，静问严陵滩。灵飞一
以护，山都焉敢干。两廊洁寂历，中殿高巑岏。静架九色节，闲悬
十绝幡。微风时一吹，百宝清阑珊。昔有叶道士，位当升灵官。欲
笺紫微志，唯食虹影丹。既逐隐龙去，道风由此残。犹闻绛目草，
往往生空坛。羽客两三人，石上谭泥丸。谓我或龙胄，粲然与之
欢。衣巾紫华冷，食次白芝寒。自觉有真气，恐随风力抟。明朝若
更住，必拟隳儒冠。

销 夏 湾

太湖有曲处，其门为两崖。当中数十顷，别如一天池。号为销夏
湾，此名无所私。赤日莫斜照，清风多遥吹。沙屿扫粉墨，松竹调
埙篪。山果红鞵鞴，水苔青髳髵。木阴厚若瓦，岩磴滑如饴。我来
此游息，夏景方赫曦。一坐盘石上，肃肃寒生肌。小艓_{《方言》云：小}
_{舸谓之艓}或可泛，短策或可支。行惊翠羽起，坐见白莲披。敛袖弄
轻浪，解巾敌凉飔。但有水云见，更馀沙禽知。京洛往来客，喝死
缘奔驰。此中便可老，焉用名利为。

包 山 祠

白云最深处，像设盈岩堂。村祭足茗栅，水奠多桃浆。篁筱突古
砌，薜荔绷颓墙。炉灰寂不然，风送杉桂香。积雨晦州里，流波漂
稻粱。恭惟大司谏，悯此如发狂。命予传明祷，祇事实不遑。一奠
若肝鬻，再祝如激扬。出庙未半日，隔云逢澹光。峡峡雨点少，
渐收羽林枪。忽然山家犬，起吠白日傍。公心与神志，相向如玄
黄。我愿作一疏，奏之于穹苍。留神千万祀，永福吴封疆。

圣姑庙

在大姑山。晋王彪二女，相次而殁，有灵，因而庙焉。

洛神有灵逸，古庙临空渚。暴雨驳丹青，荒萝绕梁桷。野风旋芝
盖，饥乌衔椒糈。寂寂落枫花，时时斗鼯鼠。常云三五夕，尽会妍
神侣。月下留紫姑，霜中召青女。俄然响环佩，倏尔鸣机杼。乐至
有闻时，香来无定处。目瞪如有待，魂断空无语。云雨竟不生，留
情在何处。

太湖石 出鼋头山

兹山有石岸，抵浪如受屠。雪阵千万战，薛岩高下刿。乃是天诡
怪，信非人功夫。白丁一云取，难甚网珊瑚。厥状复若何，鬼工不
可图。或拳若虺蜴，或蹲如虎貙。连络若钩锁，重叠如尊跗。或若
巨人骼，或如太帝符。胅肛篦笞笋，格磔琅玕株。断处露海眼，移
来和沙须。求之烦毫倪，载之劳舳舻。通侯一以眄，贵却骊龙珠。
厚赐以赊贶，远去穷京都。五侯土山下，要尔添岩嵚。赏玩若称
意，爵禄行斯须。苟有王佐士，崛起于太湖。试问欲西笑，得如兹
石无。

崦 里 傍龟山下有良田二十顷

崦里何幽奇，膏腴二十顷。风吹稻花香，直过龟山顶。青苗细腻
卧，白羽悠溶静。塍畔起鹇鹦，田中通舴艋。几家傍潭洞，孤戍当
林岭。罢钓时煮菱，停缲或焙茗。峭然八十翁，生计于此永。苦力
供征赋，怡颜过朝暝。洞庭取异事，包山极幽景。念尔饱得知，亦
是遗民幸。

石 板 在石公山前

翠石数百步，如板漂不流。空疑水妃意，浮出青玉洲。中若莹龙
剑，外唯叠蛇矛。狂波忽然死，浩气清且浮。似将翠黛色，抹破太

湖秋。安得三五夕,携酒棹扁舟。召取月夫人,啸歌于上头。又恐霄景阔,虚皇拜仙侯。欲建九锡碑,当立十二楼。琼文忽然下,石板谁能留。此事少知者,唯应波上鸥。

全唐诗卷六一一

皮日休

奉和鲁望渔具十五咏

网

晚挂溪上网，映空如雾縠。闲来发其机，旋旋沉平绿。下处若烟雨，牵时似崖谷。必若遇鲲鲕，从教通一目。

罩

芒鞋下荇中，步步沉轻罩。既为菱浪颭，亦为莲泥胶。人立独无声，鱼烦似相抄。满手搦霜鳞，思归举轻棹。

罶

烟雨晚来好，东塘下罶去。网小正星穟，舟轻欲腾翥。谁知荇深后，恰值鱼多处。浦口更有人，停桡一延伫。

钓 筒

笼筇截数尺，标置能幽绝。从浮笠泽烟，任卧桐江月。丝随碧波一作潭漫，饵逐清滩发。好是趁筒时，秋声正清越。

钓 车

得乐湖海志，不厌华辁小。月中抛一声，惊起滩上鸟。心将潭底测，手把波文袅。何处觅奔车，平波今渺渺。

渔　梁

波际插翠筠，离离似清篛。游鳞到溪口，入此无逃所。斜临杨柳津，静下鸬鹚侣。编此欲何之，终焉富春渚。

叉　鱼

列炬春溪口，平潭如不流。照见游泳鱼，一一如清昼。中目碎琼碧，毁鳞殷组绣。乐此何太荒，居然愧川后。

射　鱼

注矢寂不动，澄潭晴转烘。下窥见鱼乐，悦若翔在空。惊羽决凝碧，伤鳞浮殷红。堪将指杯术，授与太湖公。

鸣　桹

尽日平湖上，鸣桹仍动桨。丁丁入波心，澄澈和清响。鹭听独寂寞，鱼惊昧来往。尽水无所逃，川中有钩党。

沪

波中植甚固，磔磔如虾须。涛头倏尔过，数顷跳鯆鮄音逋夫。不是细罗密，自为朝夕驱。空怜指鱼命，遣出海边租。

穄

伐彼槎蘖枝，放于冰雪浦。游鱼趁暖处，忽尔来相聚。徒为栖托心，不问庇庥主。一旦悬鼎镬，祸机真自取。

种　鱼

移土湖岸边，一半和鱼子。池中得春雨，点点活如蚁。一月便翠鳞，终年必赪尾。借问两绶人，谁知种鱼利。

药　鱼

吾无竭泽心，何用药鱼药。见说放溪上，点点波光恶。食时竞夷犹，死者争纷泊。何必重伤鱼，毒泾犹可作。

舴　艋

阔处只三尺,脩然足吾事。低篷挂钓车,枯蚌盛鱼饵。只好携桄
坐,唯堪盖蓑睡。若遣遂平生,舻艎不如是。

笭　箵

朝空笭箵去,暮实笭箵归。归来倒却鱼,挂在幽窗扉。但闻一作觉
虾蚬气,欲生蘋藻衣。十年佩此处,烟雨苦霏霏。

添鱼具诗 并序

　　天随子为鱼具诗十五首以遗予,凡有渔已来,术之与器,莫不尽于
是也。噫!古之人或有溺于渔者,行其术而不能言,用其器而不能状,
此与泽助之渔者,又何异哉!如吟鲁望之诗,想其致,则江风海雨,械械
生齿牙间,真世外渔者之才也。余昔之渔所,在洞上则为庵以守之,居
岘下则占矶以待之,江汉间时候率多雨,唯以簦笠自庇,每伺鱼必多俯,
簦笠不能庇其上,由是织篷以障之。上抱而下仰,字之曰背篷。今观鲁
望之十五篇,未有是作,因次而咏之,用以补其遗者。渔家生具,获足于
吾属之文也。

鱼　庵

庵中只方丈,恰称幽人住。枕上悉渔经,门前空钓具。束竿时一作
将倚壁,晒网还侵户。上洞有杨颙,须留往来路。

钓　矶

盘滩一片石,置我山居足。洼处著篱笓《桂苑》云取虾具,窍中维〔帽〕
(舡)艒。多逢沙鸟污,爱彼潭云触。狂奴卧此多,所以蹋帝腹。

蓑　衣

一领蓑正新,著来沙坞中。隔溪遥望见,疑是绿毛翁。襟色襄朦直
叶切霭,袖香褵褷风。前头不施衮,何以为三公。

箬　笠

圆似写月魂,轻如织烟翠。涔涔向上雨,不乱窥鱼思。携来沙日

微,挂处江风起。纵带二梁冠,终身不忘尔。

背 篷

侬家背篷样,似个大龟甲。雨中踢踏时,一向听霎霎。甘从鱼不见,亦任鸥相狎。深拥竟无言,空成睡舠虚勾切舠虚甲切。

奉和鲁望樵人十咏

樵 谿

何时有此谿,应便生幽木。橡实养山禽,藤花蒙涧鹿。不止产蒸薪,愿当歌械朴。君知天意无,以此安吾族。

樵 家

空山最深处,太古两三家。云萝共凤世,猿鸟同生涯。衣服濯春泉,盘餐烹野花。居兹老复老,不解叹年华。

樵 叟

不曾照青镜,岂解伤华发。至老未息肩,至今无病骨。家风是林岭,世禄为薇蕨。所以两大夫,天年自为一作为自伐。

樵 子

相约晚樵去,跳踉上山路。将花饵鹿麛,以果投猿父。束薪白云湿,负担春日暮。何不寿童乌,果为玄所误。

樵 径

蒙茏中一径,绕在千峰里。歇处遇松根,危中值石齿。花穿皂衣落,云拂芒鞋起。自古行此途,不闻颠与坠。

樵 斧

腰间插大柯,直入深谿里。空林伐一声,幽鸟相呼起。倒树去李父,倾巢啼木魅。不知仗钺者,除害谁如此。

樵 担

不敢量樵重,唯知益薪束。轧轧下山时,弯弯向身曲。清泉洗得洁,翠霭侵来绿。看取荷戈人,谁能似吾属。

樵　风

野船渡樵客,来往平波中。纵横清飙吹,旦暮归期同。蘋光惹衣
白,莲影涵薪红。吾当请封尔,直作镜湖公。

樵　火

山客地炉里,然薪如阳辉。松膏作潸思有切濉,杉子为珠玑。响误
击刺闹,焰疑彗孛飞。傍边暖白酒,不觉瀑冰垂。

樵　歌

此曲太古音,由来无管奏。多云采樵乐,或说林泉候。一唱凝闲
云,再谣悲顾兽。若遇采诗人,无辞收鄙陋。

酒中十咏 并序

　　鹿门子性介而行独,于道无所全,于才无所全,于进无所全,于退无
所全,岂天民之蠢者邪? 然进之与退,天行未觉于余也,则有穷有厄,有
病有殆,果安而受邪,未若全于酒也。夫圣人之诫酒祸也大矣,在书为
沈湎,在诗为童羖,在礼为豢豕,在史为狂药。余饮至酺,徒以为融肌柔
神,消沮迷丧,颓然无思,以天地大顺为堤封,傲然不持,以洪荒至化为
爵赏,抑无怀氏之民乎? 葛天氏之民乎? 苟沉而乱,狂而身,祸而族,真
蚩蚩之为也。若余者,于物无所斥,于性有所适,真全于酒者也。噫!
天之不全余也多矣,独以曲糵全之,抑天犹幸于遗民焉。太玄曰:“君子
在玄则正,在福则冲,在祸则反;小人在玄则邪,在福则骄,在祸则穷。”
余之于酒得其乐,人之于酒得其祸,亦若是而已矣。于是征其具,悉为
之咏,用继东皋子酒谱之后。夫酒之始名,天有星,地有泉,人有乡,今
总而咏之者,亦古人初终必全之义也。天随子深于酒道,寄而请之和。

酒　星

谁遣酒旗耀,天文列其位。彩微尝似酣,芒弱偏如醉。唯忧犯帝

座，只恐骑天驷。若遇卷舌星，谗君应堕地。

酒　泉

羲皇有玄酒，滋味何太薄。玉液是浇漓，金沙乃糟粕。春从野鸟沾，昼仍闲猿酌。我愿葬兹泉，醉魂似凫跃。

酒　笭

翠篾初织来，或如古鱼器。新从山下买，静向瓿中试。轻可网金醅，疏能容玉蚁。自此好成功，无贻我罍耻。

酒　床

糟床带松节，酒腻肥如柠。滴滴连有声，空疑杜康语。开眉既压后，染指偷尝处。自此得公田，不过浑种黍。

酒　垆

红垆高几尺，颇称幽人意。火作缥醪香，灰为冬醅气。有枪尽龙头，有主皆犊鼻。倘得作杜根，佣保何足愧。

酒　楼

钩楯跨通衢，喧闹当九市。金罍潋滟后，玉斝纷纶起。舞蝶傍应酣，啼莺闻亦醉。野客莫登临，相雠多失意。

酒　旗

青帜阔数尺，悬于往来道。多为风所飐，时见酒名号。拂拂野桥幽，翻翻江市好。双眸复何事，终竟望君老。

酒　樽

牺樽一何古，我抱期幽客。少恐消醒酶，满拟一作疑烘琥珀。猿窥曾扑泻，鸟蹋经欹仄。度度醒来看，皆如死生隔。

酒　城

万仞峻为城，沉酣浸其俗。香侵井干过，味染濠波渌。朝倾逾百榼，暮压几千斛。吾将隶此中，但为阍者足。

酒乡

何人置此乡，杳在天皇外。有事忘哀乐，有时忘显晦。如寻罔象归，似与希夷会。从此共君游，无烦用冠带。

奉和添酒中六咏

酒池

八齐竞奔注，不知深几丈。竹叶岛纡徐，凫花波荡漾。凫花，酒名，出《梁简文帝集》。醲应烂地轴，浸可柔天壤。以此献吾君，愿铭于〔几〕（凡）杖。

酒龙

铜为蚴蟉鳞，铸作蛟鳄角。吐处百里雷，泻时千丈壑。初疑潜苑囿，忽似拏寥廓。遂使铜雀台，香消野花落。

酒瓮

坚净不苦窳，陶于醉封疆。临溪刷旧痕，隔屋闻新香。移来近麹室，倒处临糟床。所嗟无比邻，余亦能偷尝。

酒船

剡桂复刳兰，陶陶任行乐。但知涵泳好，不计风涛恶。尝行麹封内，稍系糟丘泊。东海如可倾，乘之就斟酌。

酒枪

象鼎格仍高，其中不烹饪。唯将煮浊醪，用以资酣饮。偏宜旋樵火，稍近馀醒枕。若得伴琴书，吾将著闲品。

酒杯

昔有嵇氏子，龙章而凤姿。手挥五弦罢，聊复一樽持。但取性淡泊，不知味醇醨。兹器不复见，家家唯玉巵。

茶中杂咏 并序

　　案《周礼》：酒正之职，辨四饮之物，其三曰浆。又浆人之职，共王之六饮，水、浆、醴、凉、医、酏。入于酒府，郑司农云："以水和酒也。"盖当时人率以酒醴为饮，谓乎六浆。酒之醨者也。何得姬公制？《尔雅》云："槚，苦茶，即不擿而饮之。"岂圣人纯于用乎？抑草木之济人，取舍有时也。自周已降，及于国朝茶事，竟陵子陆季疵言之详矣。然季疵以前，称茗饮者必浑以烹之，与夫瀹蔬而啜者无异也。季疵之始为经三卷，由是分其源，制其具，教其造，设其器，命其煮，俾饮之者除痟而去疠，虽疾医之不若。其为利也，于人岂小哉！余始得季疵书，以为备矣，后又获其《顾渚山记》二篇，其中多茶事。后又太原温从云、武威段碣之，各补茶事十数节，并存于方册。茶之事，由周至于今，竟无纤遗矣。昔晋杜育有荈赋，季疵有茶歌，余缺然于怀者，谓有其具而不形于诗，亦季疵之徐恨也，遂为十咏，寄天随子。

茶　坞

闲寻尧氏山，遂入深深坞。种荈已成园，栽葭宁记亩。石洼泉似掬，岩罅云如缕。好是夏初时，白花满烟雨。

茶　人

生于顾渚山，老在漫石坞。语气为茶荈，衣香是烟雾。庭从 㯏一作椟，九字反，其木如玉色，诸人以为杖。㯏子遮，果任獳师虏。日晚相笑归，腰间佩轻篓。

茶　笋

褎然三五寸，生必依岩洞。寒恐结红铅，暖疑销紫汞。圆如玉轴光，脆似琼英冻。每为遇之疏，南山挂幽梦。

茶　籝

筤篣晓携去，蓦个山桑坞。开时送紫茗，负处沾清露。歇把傍云泉，归将挂烟树。满此是生涯，黄金何足数。

茶　舍

阳崖枕白屋，几口嬉嬉活。棚上汲红泉，焙前蒸紫蕨。乃翁研茗
后，中妇拍茶歇。相向掩柴扉，清香满山月。

茶　灶

南山茶事动，灶起岩根傍。水煮石发气，薪然杉脂香。青琼蒸后
凝，绿髓炊来光。如何重辛苦，一一输膏粱。

茶　焙

凿彼碧岩下，恰应深二尺。泥易带云根，烧难碍石脉。初能燥金
饼，渐见干琼液。九里共杉林皆焙名，相望在山侧。

茶　鼎

龙舒有良匠，铸此佳样成。立作菌蠢势，煎为潺湲声。草堂暮云
阴，松窗残雪明。此时勺复茗，野语知逾清。

茶　瓯

邢客与越人，皆能造兹器。圆似月魂堕，轻如云魄起。枣花势旋
眼，薠沫香沾齿。松下时一看，支公亦如此。

煮　茶

香泉一合乳，煎作连珠沸。时看蟹目溅，乍见鱼鳞起。声疑松带一
作带松雨，饽恐生烟翠。尚一作倘把沥中山，必无千日醉。

石　榴　歌

蝉噪秋枝槐叶黄，石榴香老愁寒霜。流霞包染紫鹦粟，黄蜡纸裹红
瓠房。玉刻冰壶含露湿，斓斑似带湘娥泣。萧娘初嫁嗜甘酸，嚼破
水精千万粒。

全唐诗卷六一二

皮日休

奉和鲁望四明山九题

石　窗

窗开自真宰,四达见苍涯。苔染浑成绮,云漫便当纱。棂中空吐月,扉际不扃霞。未会通何处,应怜_{一作连,一作邻}玉女家。

过　云

粉洞二十里,当中幽客行。片时迷鹿迹,寸步隔人声。以杖探虚翠,将襟惹薄明。经时未过得,恐是入层城。

云　南

云南背一川,无雁到峰前。墟里生红药,人家发白泉。儿童皆似古,婚嫁尽如仙。共作真官户,无由税石田。

云　北

云北昼冥冥,空疑背寿星。犬能谙药气,人解写芝形。野歆遇松盖,醉书逢石屏。焚香住此地,应得入金庭。

鹿　亭

鹿群多此住,因构白云楣。待侣傍花久,引麛穿竹迟。经时揥玉涧,尽日嗅金芝。为在石窗下,成仙自不知。

樊　榭

主人成列仙,故榭独依然。石洞哄人笑,松声惊鹿眠。井香为大
药,鹤语是灵篇。欲买重栖隐,云峰不售钱。

潺湲洞

阴宫何处渊一作源,到此洞潺湲。敲碎一轮月,熔销半段天。响高
吹谷动,势急喷云旋。料得深秋夜,临流尽古仙。

青㮌子

山风熟异果,应是供真仙。味似云腴美,形如玉脑圆。衔来多野
鹤,落处半灵泉。必共玄都奈,花开不记年。

鞠　侯

堪羡鞠侯国,碧岩千万重。烟萝为印绶,云壑是堤一作提封。泉遣
狙公护,果教�287子供。尔徒如不死,应得蹑玄踪。

五贶诗 并序

　　毗陵处士魏君不琢,气真而志放,居毗陵凡二纪,闭门穷学。是乎,
里民不得以师之;非乎,里民不得以訾之。用之不难进,利之被人也;舍
之不难退,辱非及已也。噫! 古君子处乎进退而全者,由此道乎? 抑夷
之隘,惠之不恭,不能造于是也。江南秋风时,鲈肥而难钓,菰脆而易
挽,不过乘短艒,(《方言》曰:船短而深者谓之艒。)载一瓿酒,加以隐具,
由五泻泾入震泽,穿松陵,抵杭越耳。日休尝闻道于不琢,敢不求雅物,
成雅思乎? 于是买钓船一,修二丈,阔三尺,施篷以庇烟雨,谓之五泻
舟;天台杖一,色黯而力道,谓之华顶杖;有龟头山叠石砚一,高不二寸,
其仞数百,谓之太湖砚;有桐庐养和一,怪形拳跼,坐若变去,谓之乌龙
养和;有南海鲎鱼壳樽一,涩锋鬐角,内玄外黄,谓之诃陵樽;皆寄于不
琢,行以资云水之兴,止以益琴籍之玩,真古人之雅贶也。因思乘韦之
义,不过于词,遂为五篇,目之曰五贶,兼请鲁望同作。

五 泻 舟

何事有青钱，因人买钓船。阔容兼饵坐，深许共蓑眠。短好随朱鹭，轻堪倚白莲。自知无用处，却寄五湖仙。

华 顶 杖

金庭仙树枝，道客自携持。探洞求丹粟，挑云觅白芝。量泉将濯足，阑鹤把支颐。以此将为赠，惟君尽得知。

太 湖 砚

求于花石间，怪状乃天然。中莹五寸剑，外〔差〕(卷)千叠莲。月融还似洗，云湿便堪研。寄与先生后，应添内外篇。

乌 龙 养 和

寿木拳数尺，天生形状幽。把疑伤虺节，用恐破蛇瘤。置合月观内，买须云肆头。料君携去处，烟雨太湖舟。

诃 陵 樽

一片鲎鱼壳，其中生翠波。买须能一作饶紫贝，用合对红螺。尽泻判狂药，禁敲任浩歌。明朝与君后，争那玉山何。

早春病中书事寄鲁望

眼晕见云母，耳虚闻海涛。惜春狂似蝶，养病躁于猱。案静方书古，堂空药气高。可怜真宰意，偏解困吾曹。

又寄次前韵

病根冬养得，春到一时生。眼暗怜晨惨，心寒怯夜清。妻仍嫌酒癖，医只一作又禁诗情。应被高人笑，忧身不似名。

秋晚留题鲁望郊居二首

竹树冷濩落，入门神已清。寒蛩傍枕响，秋菜上墙生。黄犬病仍吠,白驴饥不鸣。唯将一杯酒,尽日慰刘桢。
冷卧空斋内,馀醒夕未消。秋花如有恨,寒蝶似无憀。檐上落斗雀,篱根生晚潮。若轮羁旅事,犹自胜皋桥。

初冬章上人院

寒到无妨睡,僧吟不废禅。尚关经病鹤,犹滤欲枯泉。静案贝多纸,闲炉波律烟。清谭两三句,相向自翛然。

临顿里名为吴中偏胜之地陆鲁望居之不出郛郭旷若郊墅余每相访款然惜去因成五言十首奉题屋壁

一方萧洒地,之子独深居。绕屋亲栽竹,堆床手写书。高风翔砌鸟,暴雨失池鱼。暗识归山计,村边买鹿车。
篱疏从绿槿,檐乱任黄茅。压酒移谿石,煎茶拾野巢。静窗悬雨笠,闲壁挂烟匏。支遁今无骨,谁为世外交。
茧稀初上簇,醅尽未干床。尽日留蚕母,移时祭麹王。趁泉浇竹急,候雨种莲忙。更葺园中景,应为顾辟疆。
静僻无人到,幽深每自知。鹤来添口数,琴到益家资。坏堑生鱼沫,颓檐落燕儿。空将绿蕉叶,来往寄闲诗。
夏过无担石,日高开板扉。僧虽与简簟,人不典蕉衣。鹤静共眠觉,鹭驯同钓归。生公石上月,何夕约谭微。
经岁岸乌纱,读书三十车。水痕侵病竹,蛛网上衰花。诗任传渔客,衣从递酒家。知君秋晚事,白帻刈胡麻。
寂历秋怀动,萧条夏思残。久贫空酒库,多病束鱼竿。玄想凝鹤扇,清斋拂鹿冠。梦魂无俗事,夜夜到金坛。

闭门无一事,安稳卧凉天。砌下翘饥鹤,庭阴落病蝉。倚杉闲把
易,烧术静论玄。赖有包山客,时时寄紫泉。

病起扶灵寿,脩然强到门。与杉除败叶,为石整危根。薜蔓任一作
狂遮壁,莲茎卧枕盆。明朝有忙事,召客䴓桐孙。

缓颊称无利,低眉号不能。世情都太薄,俗意就中憎。云态不知
骤,鹤情非会征。画臣谁奉诏,来此写姜肱。

游 栖 霞 寺

不见明居士,空山但寂寥。白莲吟次缺,青霭坐来销。泉冷无三
伏,松枯有六朝。何时石上月,相对论逍遥。

旅 舍 除 夜

永夜谁能守,羁心不放眠。挑灯犹故岁,听角已新年。出谷空嗟
晚,衔杯尚愧先。晚来辞逆旅,雪涕野槐天。

鲁望示广文先生吴门二章情格
高散可醒俗态因追想山中风度
次韵属和存于诗编鲁望之命也

我见先生道,休思郑广文。鹤翻希作伴,鸥却觅为群。逸好冠清
月,高宜著白云。朝廷未无事,争任醉醺醺。

能谙肉芝样,解讲隐书文。终古神仙窟,穷年麋鹿群。行厨煮白
石,卧具拂青云。应在雷平上,支颐复半醺。

虎丘寺殿前有古杉一本形状丑怪图之不尽况百卉竞媚若妒若娟唯此杉死抱奇节骹然闯然不知雨露之可生也风霜之可瘁也乃造化者方外之材乎遂赋三百言以见志

种日应逢晋,枯来必自隋。鳄狂将立处,螭斗未开时。卓荦掷枪干,叉牙束戟枝。初惊蟉篆活,复讶猗狂痴。劲质如尧瘦,贞容学舜霉。势能擒土伯,丑可骇山祇。虎爪拏岩稳,虬身脱浪欹。槎头秃似刷,栟嘴利于锥。突兀方相胫,鳞皴夏氏胝。根应藏鬼血,柯欲漏龙㴐。拗似神荼怒,呀如獡貐饥。朽痈难可呎,枯瘅_{一作㾕}不堪治。一炷玄云拔,三寻黑槊奇。狼头教宰竖,虿尾掘拏垂。目燥那逢爝,心开岂中铍。任苔为疥癣,从蠹作疮痍。品格齐辽鹤,年龄等宝龟。将怀缩地力,欲负拔山姿。未倒防风骨,初僵负贰尸。漆书明古本,铁室抗全师。碨礧还无极,伶俜又莫持。坚应敌骏骨,文定写麒皮。蟠屈愁凌刹,腾骧恐�池。抢烟寒嶙峋,披苫静褵襹。威仰诚难识,勾芒恐不知。好烧胡律看,堪共达多期。寡色诸芳笑,无声众籁疑。终添八柱位,未要一绳维。尽日来唯我,当春玩更谁。他年如入用,直构太平基。

新秋言怀寄鲁望三十韵

新秋入破宅,疏淡若平郊。户牖深如窟,诗书乱似巢。移床惊蟋蟀,拂匣动蟏蛸。静把泉华掬,闲拈乳管敲。桧身浑个矮,石面得能�。小桂如拳叶,新松似手梢。鹤鸣转清角,鹊下扑金骹。合药还慵服,为文亦懒抄。烦心入夜醒,疾首带凉抓。杉叶尖如镞,藤丝韧似鞝。债田含紫芋，低蔓隐青匏。老柏浑如疥，阴苔忽似胶。王馀落败蛏，胡孟入空庖。度日忘冠带，经时忆酒肴。有心同木偶，无舌并金铙。兴欲添玄测，狂将换易爻。达人唯落落，俗士自哓哓。底力将排难，何颜用解嘲。欲销毁后骨，空转坐来胞。犹豫应难抱，狐疑不易包。等闲逢毒蠚，容易遇咆哮。时事方千蝎，公途正二崤。名微甘世弃，性拙任时抛。白日须投分，青云合定交。仕应同五柳，归莫舍三茅。涧鹿从来去，烟萝任涸骹。狙公闹后戏，云母病来操。从此居方丈，终非竞斗筲。道穷应鬼遣，性拙必天教。无限疏慵事，凭君解一庖。

奉和鲁望秋日遣怀次韵

高蹈为时背，幽怀是事兼。神仙君可致，江海我能淹。共守庚申夜，同看乙巳占。药囊除紫蛊，丹灶拂红盐。与物深无竞，于生亦太廉。鸿灾因足警，鱼祸为稀潜。笔砚秋光洗，衣巾夏藓沾。酒甀香竹院，鱼笼挂茅檐。琴忘因抛谱，诗存为致签。茶旗经雨展，石笋带云尖。鹤共心情慢，乌同面色黔。向阳栽白莶，终岁忆貂襜。取岭为山障，将泉作水帘。溪晴多晚鹭，池废足秋蟾。破衲虽云补，闲斋未办苫。共君还有役，竟夕得厌厌。

江南书情二十韵寄秘阁韦校书贻之商洛宋先辈垂文二同年

四载加前字，今来未改衔。君批凤尾诏，我住虎头岩。季氏唯谋逐，臧仓只拟谗。时讹轻五羖，俗浅重三缄。瘦去形如鹤，忧来态似猻。才非师赵壹，直欲效陈咸。孤竹宁收笛，黄琮未作瑊。作羊宁兔狠，为兔即须毚。枕户槐从亚，侵阶草懒芟。瓮泉教咽咽，垒石放巉巉。掣钓随心动，抽书任意枕。茶教弩父摘，酒遣獠童监。默坐看山困,清斋饮水严。薛生天竺屐,烟外—作坏洞庭帆。病久新乌帽,闲多著白衫。药苞陈〔雨〕(两)匦,诗草蠹云函。遣客呼林犾,辞人寄海蝓。室唯搜古器,钱只买秋杉。寡合无深契,相期有至诫。他年如访问,烟茑暗髟髟。

忆洞庭观步十韵

前时登观步,暑雨正铮摐。上戍看绵蒇,登村度石矼。崦花时有蔟,溪鸟不成双。远树点黑槊,遥峰露碧幢。岩根瘦似壳,杉破腹如腔。校衦音绞了渔人服,符簹野店窗。多携白木锸,爱买紫泉缸。仙犬声音古,遗民意绪厖。何文堪纬地,底策可经邦。自此将妻子,归山不姓庞。

谏议以罢郡将归以六韵赐示因仂酬献

欲下持衡诏,先容解印归。露浓春后泽,霜薄霁来威。旧化堪治疾,馀恩可疗饥。隔花攀去棹,穿柳挽行衣。佐理能无取,酬知力甚微。空将千感泪,异日拜黄扉。

全唐诗卷六一三

皮日休

过一作题云居院玄福上人旧居

重到云居独悄然,隔窗窥影尚疑禅。不逢野老来听法,犹见邻僧为引泉。龛上已生新石耳,壁间空带旧茶烟。南宗弟子时时到,泣把山花奠几筵。

陪江西裴公游襄州延庆寺

丹霄路上歇征轮,胜地偷闲一日身。不署前驱惊野鸟,唯将后乘载诗人。岩边候吏云遮却,竹下朝衣露滴新。更向碧山深处问,不妨犹有草茅臣。

西塞山泊渔家

白纶巾下发如丝,静倚枫根坐钓矶。中妇桑村挑叶去,小儿沙市买蓑归。雨来莼菜流船滑,春后鲈鱼坠钓肥。西塞山前终日客,隔波相羡尽依依。

襄 州 春 游

信马腾腾触处行,春风相引与诗情。等闲遇事成歌咏,取次冲筵隐

姓名。映柳一作竹认人多错误,透花窥鸟最分明。岑牟单绞何曾
著,莫道猖狂似祢衡。

送从弟皮一本无此字崇归复州

羡尔优游正少年,竟陵烟一作风月月似吴天。车螯近岸无妨一作劳
取,蚱艋随风不费牵。处处路傍千顷稻,家家门外一渠莲。殷勤莫
笑襄阳住,为爱南溪一作塘缩项鳊。

题潼关兰若

潼津罢警有招提,近百年无战马嘶。壮士不言三尺剑,谋臣休道一
丸泥。昔时驰道洪波上,今日宸居紫气西。关吏不劳重借问,弃繻
生拟入耶溪。

襄阳闲居与友生夜会

习隐悠悠世不知,林园幽事递相期。旧丝再上琴调晚,坏叶重烧酒
暖迟。三径引时寒步月,四邻偷得夜吟诗。草玄寂淡无人爱,不遇
刘歆更语谁。

习 池 晨 起

清曙萧森载酒来,凉风相引绕亭台。数声翡翠背人去,一番一作朵
芙蓉含日开。菱叶深深埋钓艇,鱼儿漾漾逐流杯。竹屏风下登山
屐,十宿高阳忘却回。

秋晚自洞庭湖别业寄穆秀才

破村寥落过重阳,独自撄宁葺草房。风扯红蕉仍换叶,雨淋黄菊不
成香。野猿偷栗重窥户,落雁疑人更绕塘。他日若修耆旧传,为予

添取此书堂。

华山李炼师所居

麻姑古貌上仙才,谪向莲峰管玉台。瑞气染衣金液启,香烟映面紫文开。孤云尽日方离洞,双鹤移时只有苔。深夜寂寥存想歇,月天时下草堂来。

宏词下第感恩献兵部侍郎

分明仙籍列清虚,自是还丹九转疏。画虎已成翻类狗,登龙才变即为鱼。空惭季布千金诺,但负刘弘一纸书。犹有报恩方寸在,不知通塞竟何如。

襄州汉阳王故宅

碑字依稀庙已荒,犹闻耆旧忆贤王。园林一半为他主,山水虚言是故乡。戟户野蒿生翠瓦,舞楼栖鸽污雕梁。柱天功业缘何事,不得终身似霍光。

伤卢献秀才 献有《愍征赋》一卷,人为作注。

愍征新价欲凌空,一首堪欺左太冲。只为白衣声过重,且非青汉路难通。贵侯待写过门下,词客偷名入卷中。手弄桂枝嫌不折,直教身殁负春风。

南　阳

昆阳王气已萧疏,依旧山河捧帝居。废路塌平残瓦砾,破坟耕出烂图书。绿莎满县年荒后,白鸟盈溪雨霁初。二百年来霸王业,可知今日是丘墟。

秋晚访李处士所居

门前襄水碧潺潺,静钓归来不掩关。书阁鼠穿厨簏破,竹园霜后桔
槔闲。儿童不许惊幽鸟,药草须教上假山。莫为爱诗偏念我,访君
多得醉中还。

李处士郊居

石衣如发小一作水溪清,溪上柴门架树成。园里水流浇竹响,窗中
人静下棋声。儿多狎鸟皆谙性,无限幽花未得名。满引红螺诗一
首,刘桢失却病心情。

送令狐补阙归朝

文如日月气如虹,举国重生正始风。且愿仲山居左掖,只忧徐邈入
南宫。朝衣正在天香里,谏草应焚禁漏中。为说明年今日事,晋廷
新拜黑头公。

洛中寒食二首

千门万户掩斜晖,绣幰金衔晚未归。击鞠王孙如锦地,斗鸡公子似
花衣。嵩云静对行台起,洛鸟闲穿上苑飞。唯有路旁无意者,献书
未纳问淮肥。
远近垂杨映钿车,天津桥影压神霞。弄春公子正回首,趁节行人不
到家。洛水万年云母竹,汉陵千载野棠花。欲知豪贵堪愁处,请看
邙山晚照斜。

登第后寒食杏园有宴因寄录事宋垂文同年

雨洗清明万象鲜,满城车马簇红筵。恩荣虽得陪高会,科禁惟忧犯

列仙。当醉不知开火日，正贫那似看花年。纵来恐被青娥笑，未纳
春风一宴钱。

陈先辈故居

杉桂交阴一里馀，逢人浑似洞天居。千株橘树唯沽酒，十顷莲塘不
买鱼。藜杖闲来侵径竹，角巾端坐满楼书。襄阳无限烟霞地，难觅
幽奇似此殊。

奉和鲁望寒夜访寂上人次韵

院寒青一作清霭正沉沉，霜栈干鸣入古林。数叶贝书松火暗，一声
金磬桧烟深。陶潜见社无妨醉，殷浩谭经不废吟。何事欲攀尘外
契，除君皆有利名心。

江南道中怀茅山广文南阳博士三首

寒岚依约认华阳，遥想高人卧草堂。半日始斋青饲饭，移时空印白
檀香。鹤雏入夜归云屋，乳管逢春落石床。谁道夫君无伴侣，不离
窗下见羲皇。

住在华阳第八天，望君唯欲结良缘。堂肩洞里千秋燕一作雁，厨盖
岩根数斗一作井泉。坛上古松疑度世，观中幽鸟恐成仙。不知何事
迎新岁，乌纳裘中一觉眠。乌纳裘出王筠集。

五色香烟惹内文许远游烧香五色烟，石饴初熟酒初一作微醺。将开丹灶
那防鹤，欲算棋图却望云。海气平一作半生当洞见，瀑冰初坼隔山
闻。如何世外无交者许迈与王羲之父子为世外之交，一卧金坛只有君。

奉和鲁望早春雪中作吴体见寄

威仰噤死不敢语，琼花云魄清珊珊。溪光冷射触鹍鹧，柳带冻脆攒

栏杆。竹根乍烧玉节快,酒面新泼金膏寒。全吴缥瓦十万户,惟君
与我如袁安。

吴中言情寄鲁望

古来伧父爱吴乡,一上胥台不可忘。爱酒有情如手足,除诗无计似
膏肓。宴时不辍琅书味,斋日难判玉鲙香。为说松江堪老处,满船
烟月湿莎裳。

行次野梅

茑拂萝捎一树梅,玉妃无侣独裴回。好临王母瑶池发,合傍萧家粉
水开。共月已为迷眼伴,与春先作断肠媒。不堪便向多情道,万片
霜华雨损来。

扬州看辛夷花

腊前千朵亚芳丛,细腻偏胜素奈功。蝶首不言披晓雪,麝脐无主任
春风。一枝拂地成瑶圃,数树参庭是蕊宫。应为当时天女服,至今
犹未放全红。

暇日独处寄鲁望

幽慵不觉耗年光,犀柄金徽乱一床。野客共为赊酒计,家人同作借
书忙。园蔬预遣分僧料,廪粟先教算鹤粮。无限高情好风月,不妨
犹得事吾王。

屟步访鲁望不遇

雪晴墟里竹欹斜,蜡屟徐吟到陆家。荒径扫稀堆柏子,破扉开涩染
苔花。壁闲定欲图双桧,厨静空如饭一麻。拟受太玄今不遇,可怜

遗恨似侯芭。

开元寺客省早景即事

客省萧条柿叶红,楼台如画倚霜空。铜池数滴桂上雨,金铎一声松杪风。鹤静时来珠像侧,鸽驯多在宝幡中。如何一作今尘外虚为契,不得支公此会同。

奉和鲁望独夜有怀吴体见寄

病鹤带雾傍独屋,破巢含雪倾孤梧。濯足将加汉光腹,抵掌欲捋梁武须。隐几清吟谁敢敌,枕琴高一作酣卧真堪图。此时枉欠高散物,楠瘤作樽石作垆。

病中有人惠海蟹转寄鲁望

绀甲青筐染苔衣,岛夷初寄北人时。离居定有石帆觉,失伴唯应海月知。族类分明连瑣琋,瑣琋似水蚨,有小蟹在腹中,琋出求食,故淮海之人呼为蟹奴。形容好个似蟛蜞。病中无用霜螯处,寄与夫君左手持。

病中美景颇阻追游因寄鲁望

瘿床闲卧昼迢迢,唯把真如慰寂寥。南国不须收薏苡,百年终竟是芭蕉。药前美禄应难断,枕上芳辰岂易销。看取病来多少日,早梅零落玉华焦。

鲁望以花翁之什见招因次韵酬之

九十携锄伛偻翁,小园幽事尽能通。劚烟栽药为身计,负水浇花是世功。婚嫁定期杉叶紫,盖藏应待桂枝红。不知家道能多少,只在勾芒一夜风。

病中庭际海石榴花盛发感而有寄

一夜春光一作工绽绛囊,碧油枝上昼煌煌。风匀只似调红露,日暖
唯忧化赤霜。火齐满枝烧夜月,金津含蕊滴朝阳。不知桂树知情
否,无限同游阻陆郎。

早春以橘子寄鲁望

个个和枝叶捧鲜,彩凝一作疑犹带洞庭烟。不为韩嫣金丸重,直是
周王玉果圆。剖似日魂初破后,弄如星髓未销前。知君多病仍中
圣,尽送寒苞向枕边。

病中书情寄上崔谏议 时眼疾未平

十日来来旷奉公,闭门无事忌春风。虫丝度日萦琴荐,蛙粉经时落
酒筒。马足歇从残漏外,鱼须抛在乱书中。殷勤莫怪求医切,只为
山樱欲放红。

病 孔 雀

烟花虽媚思沉冥,犹自抬头护翠翎。强听紫箫如欲舞,困眠红树似
依屏。因思桂蠹伤肌骨,为忆松鹅损一作换性灵。尽日春风吹不
起,钿毫金缕一星星。

奉和鲁望上元日道室焚修

明真台上下仙官,玄藻初吟万籁寒。飙御有声时杳杳,宝衣无影自
珊珊。蕊书乞见斋心易,玉籍求添一作天拜首难。端简不知清景
暮,灵芜香烬落金坛。

奉酬鲁望惜春见寄

十五日中春日好,可怜沉痼冷如灰。以前虽被愁将去,向后须教醉
一作酒领来。梅片尽飘轻粉腻,柳芽初吐烂金醅。病中无限花番
次,为约东风且住开。

闻鲁望游颜家林园病中有寄

一夜韶姿著水光,谢家春草满池塘。细挑泉眼寻新脉,轻把花枝嗅
一作换宿香。蝶欲试飞犹护粉,莺初学啭尚羞簧。分明不得同君
赏,尽日倾心羡索郎。

奉和鲁望春雨即事次韵

织恨凝愁映鸟飞,半旬飘洒掩韶晖。山容洗得如烟瘦,地脉流来似
乳肥。野客正闲移竹远,幽人多病探花稀。何年细湿华阳道,两乘
巾车相并归。

鲁望春日多寻野景日休抱疾杜门因有是寄

野侣相逢不待期,半缘幽事半缘诗。乌纱任岸穿筋竹,白祫从披趁
肉芝。数卷蠹书棋处展,几升菰米钓前炊。病中不用君相忆,折取
山樱寄一枝。

鲁望以躬掇野蔬兼示雅什用以酬谢

杖摘春烟暖向阳,烦君为我致盈筐。深挑乍见牛唇液,《尔雅》云:蒭,
牛唇,一名水蔦。细掐徐闻鼠耳香。《本草》云:叶似鼠耳,茎赤,可生食。紫甲
采从泉脉畔,翠牙搜自石根旁。雕胡饭熟馊糊软,不是高人不合
尝。

卧病感春寄鲁望

乌皮几上困腾腾,玉柄清羸愧不能。昨夜眠时稀似鹤,今朝餐数减
于僧。药销美禄应一作因夭折,医过芳辰定鬼憎。任是雨多游未
得,也须收在探花朋。

奉和鲁望徐方平后闻赦次韵

金鸡烟外上临轩,紫诰新垂作解恩。涿鹿未销初败血,新安顿雪已
坑魂。空林叶尽蝗来郡,腐骨花生战后村。未遣蒲车问幽隐,共君
应老抱桐孙。

奉酬鲁望见答鱼笺之什

轻如隐起腻如饴,除却鲛工解制稀。欲写恐成河伯诏,试裁疑是水
仙衣。毫端白獭脂犹湿,指下冰蚕子欲飞。若用莫将闲处去,好题
春思赠江妃。

病 后 春 思

连钱锦暗麝氛氲,荆思多才咏鄂君。孔雀钿寒窥沼见,石榴红重堕
阶闻。牢愁有度应如月,春梦无心只似云。应笑病来惭满愿,花笺
好作断肠文。

偶成小酌招鲁望不至以诗为解因次韵酬之

醉侣相邀爱早阳,小筵催办不胜忙。冲深柳驻吴娃幰,倚短花排羯
鼓床。金凤欲为莺引去,钿蝉疑被蝶勾将。如何共是忘形者,不见
渔阳掺一场。

以纱巾寄鲁望因而有作

周家新样替三梁_{头巾起后周武帝}，裹发偏宜白面郎。掩敛乍疑裁黑雾，轻明浑似戴玄霜。今朝定见看花艮，明日应闻漉酒香。更有一般君未识，虎文巾在绛霄房。

临顿宅将有归于_{一作于归}之
日鲁望以诗见贶因抒怀酬之

共老林泉忍暂分，此生应不识回文。几枚竹笴送德曜，一乘柴车迎少君。举案品多缘涧药，承家事少为黝云。居然自是幽人事，辄莫教他孙寿闻。

奉和鲁望谢惠巨鱼之半

钓公来信自松江，三尺春鱼拨剌霜。腹内旧钩苔染涩，腮中新饵藻和香。冷鳞中断榆钱破，寒骨平分玉箸光。何事贶君偏得所，只缘同是越航郎。

馆娃宫怀古

艳骨已成兰麝土，宫墙依旧压层崖。弩台雨坏逢金镞，香径泥销露玉钗。砚沼只留溪_{一作山}鸟浴，屟廊空信_{一作任}野花埋。姑苏麋鹿真闲事，须为当时一怆怀。

以紫石砚寄鲁望兼酬见赠

样如金蹙小能轻，微润将融紫玉英。石墨一研为凤尾，寒泉半勺是龙睛。骚人白芷伤心暗，狎客红筵夺眼明。两地有期皆好用，不须空把洗溪声。

奉和鲁望同游北禅院

戚历杉阴入草堂,老僧相见似相忘。吟多几转莲花漏,坐久重焚柏子香。鱼惯斋时分净食,鸽能闲处傍禅床。云林满眼空羁滞,欲对弥天却自伤。

孙发百篇将游天台请诗赠行因以送之

孙子荆家思有馀,元戎曾荐入公车。百篇宫体喧金屋,一日官衔下玉除。紫府近通斋后梦,赤城新有寄来书。因逢二老如相问,正滞江南为鲍鱼。

奉和鲁望蔷薇次韵

谁绣连延满户陈,暂应遮得陆郎贫。红芳掩敛将迷蝶,翠蔓飘飖欲挂人。低拂地时如堕马,高临墙处似窥邻。只应是董双成戏,剪得神霞寸寸新。

闻开元寺开笋园寄章上人

园锁开声骇鹿群,满林鲜箨水犀文。森森竞泫林梢雨,岻岻一作搜搜争穿石上云。并出亦如鹅管合,各生还似犬牙分。折烟束露如相遗,何胤明朝不茹荤。

开元寺佛钵诗 并序

按释《法显传》云:佛钵本在毗舍离,今在乾陀卫。竟若干百年,当复至西月支国;若干百年,至于阗国;若干百年,当至屈茨国;若干百年,当复来汉地。晋建兴二年,二圣像浮海而至沪渎,僧尼辈取之以归,今存于开元寺。后建兴八年,渔者于沪渎沙汭上获之,以为曰类,乃辇而

用焉。俄有佛像见于外,渔者始为异,意沪渎二圣之遗祥也,乃以钵供
之,迄今尚存。余遂观而为之咏,因寄天随子。

帝青石作绿冰姿,《佛律》云:此钵,帝青玉石也,四天王所献也。曾得金人手
自持。拘律树边斋散后,提罗花下洗来时。乳麋味断中天觉,麦麨
香消大劫知。从此共君新顶戴,斜风应不等闲吹。

夏首病愈因招鲁望

晓入清和尚袷衣,夏阴初合掩双扉。一声拨谷桑柘晚,数点春锄烟
雨微。贫养山禽能个瘦,病关芳草就中肥。明朝早起非无事,买得
莼丝待陆机。

奉和鲁望新夏东郊闲泛 —本此下有见怀次韵四字

水物轻明淡似秋,多情才子倚兰舟。碧莎裳下携诗草,黄篾楼中挂
酒筹。莲叶蘸波初转棹,鱼儿簇饵未谙钩。共君莫问当时事,一点
沙禽—作鸥胜五侯。

奉和鲁望四月十五日道室书事

望朝斋戒是寻常,静—作尽启金根经名第几章。竹叶饮为甘露色,莲
花鲊作肉芝香。松膏背日—作雨凝云磴,丹粉经年染石床。剩欲与
君终此志,顽仙唯恐鬓成霜。

奉和鲁望看压新醅 —本此下有次韵二字

一簳松花细有声,旋将渠碗撇寒清。秦吴只恐筹来近,刘项真能酿
得平。酒德有神多客颂,醉乡无货没人争。五湖烟水郎山月,合向
樽前问底名。

登初阳楼寄怀北平郎中

危楼新制号初阳，白粉青蒸射沼光。避酒几浮轻舴艋，下棋曾觉睡鸳鸯。投钩列坐围华烛，格簺分朋占靓妆。莫怪重登频有恨，二年曾侍—作待旧吴王。

夏初访鲁望偶题小斋

半里芳阴到陆家，藜床相劝饭胡麻。林间度宿抛棋局，壁上经旬挂钓车。野客病时分竹米，邻翁斋日乞藤花。踟蹰未放闲人去，半〔岸〕(片)纱帩待月华。

所居首夏水木尤清适然有作

病来无事草堂空，昼水—作永休闻十二筒。桂静似逢青眼客，松闲如见绿毛翁。潮期暗动庭泉碧，梅信微侵地障红。尽日枕书慵起得，被君犹自笑从公。

重玄寺元达年逾八十好种名药凡所植者多至自天台四明包山句曲丛翠纷糅各可指名余奇而访之因题二章

雨涤烟锄伛偻赍—作偃破篱，绀牙红甲两三畦。药名却笑桐君少，年纪翻嫌竹祖低。白石静敲蒸朮火，清泉闲洗种花泥。怪来昨日休持钵，一尺雕胡似掌齐。

香蔓蒙茏覆昔邪，桂烟杉露湿袈裟。石盆换水捞松叶，竹径穿床避笋芽。藜杖移时挑细药，铜瓶尽日灌幽花。支公谩道怜神骏，不及今朝种一麻。

全唐诗卷六一四

皮日休

怀华阳润卿博士三首

先生一向事虚皇,天市坛西与世忘。环堵养龟看气诀,刀圭饵犬试仙方。静探石脑衣裾润,闲炼松脂院落香。闻道征贤须有诏,不知何日到良常。

冥心唯事白英君,不问人间爵与勋。林下醉眠仙鹿见,洞中闲话隐芝闻。石床卧苦浑无藓,藤箧开稀恐有云。料得虚皇新诏样,青琼板上绿为文。

凤骨轻来称瘦容,华阳馆主未成翁。陶隐君昔为华阳馆主。数行玉札存心久,一掬云浆漱齿空。白石煮多熏屋黑,丹砂埋久染泉红。他年欲事先生去,十赉须加陆逸冲。逸冲尝事隐居,隐居锡名栖静处士。十赉,犹人间九锡也。

鲁望以竹夹膝见寄因次韵酬谢

圆于玉柱滑于龙,来自衡阳彩翠中。拂润恐飞清夏雨,叩虚疑贮碧湘风。大胜书客裁成束,颇赛豀翁截〔作〕(竹)筒。从此角巾因尔戴,俗人相访若为通。

夏景无事因怀章来二上人二首

澹景微阴正送梅,幽人逃暑瘿楠杯。水花移得和鱼子,山蕨收时带
竹胎。啸馆大都偏见一作得月,醉乡终竟不闻雷。更无一事唯留
客,却被高僧怕不来。

佳树盘珊枕草堂,此中随分亦闲忙。平铺风簟寻琴谱,静扫烟窗著
药方。幽鸟见贫留好语,白莲知卧送清香。从今有计消闲日,更为
支公置一床。

寄琼州杨舍人

德星芒彩瘴天涯,酒树堪消谪宦嗟。行遇竹王因设奠,居逢木客又
迁家。清斋净溲桄榔面,远信闲封豆蔻花。清切会须归有日,莫贪
勾漏足丹砂。

鲁望以轮钩相示缅怀高致因作三篇

角柄孤轮细腻轻,翠篷十载伴君行。撚时解转蟾蜍魄,抛处能啼络
纬声。七里滩波喧一舍,五云溪月静三更。牛衣鲋足和蓑睡,谁信
人间有利名。

一线飘然下碧塘,溪翁无语远相望。蓑衣旧去烟披重,箬笠新来雨
打香。白鸟白莲为梦寐,清风清月是家乡。明朝有物充君信,椑
酒三瓶寄夜航。椑酒出《沈约集》。

尽日悠然胙艋轻,小轮声细雨溟溟。三寻丝带桐江烂,一寸钩含笠
泽腥。用近詹何传钓法,收和范蠡养鱼经。孤篷半夜无馀事,应被
严滩聒酒醒。

吴中书事寄汉南裴尚书

万家无事锁兰桡，乡味腥多厌紫蕇。《江文通集》云：紫蕇，石劫也。水似棋文交度郭，柳如行障俨遮桥。青梅蒂重初迎雨，白鸟群高欲避潮。唯望旧知怜此意，得为伧鬼也逍遥。

夏景冲澹偶然作二首

祇限蒲褥岸乌纱，味道澄怀景便斜。红印寄泉惭郡守，青筐与笋愧僧家。茗炉尽日烧松子，书案经时剥瓦花。园吏暂栖君莫笑，不妨犹更著南华。

一室无喧事事幽，还如贞白在高楼。天台画得千回看，湖目一作月芳来百度游湖目，莲子也。无限世机吟处息，几多身计钓前休。他年谒帝言何事，请赠刘伶作醉侯。

送李明府之任海南

五羊城在蜃楼边，墨绶垂腰正少年。山静不应闻屈鸟，草深从使翳贪泉。蟹奴晴上临潮槛，燕婢秋随过海船。一事与君消远宦，乳蕉花发讼庭前。

寄题罗浮轩辕先生所居

乱峰四百三十二罗浮山峰数，欲问微君何处寻。红翠山鸟名数声瑶室响，山有璇房瑶室七十有二。真檀一炷石楼深。山都遣负沽来酒，樵客容看化后金。从此谒师知不远，求官先有葛洪心。

宿报恩寺水阁

寺锁双峰寂不开，幽人中夜独裴回。池文带月铺金簟，莲朵含风动玉杯。往往竹梢摇翡翠,时时杉子掷莓苔。可怜此际谁曾见,唯有支公尽看来。

醉中偶作呈鲁望

黐云涧鸟本吾侪,刚为浮名事事乖。十里寻山为思役,五更看月是情差。分将吟咏华双鬓,力以壶觞固百骸。争得草堂归卧去,共君同作太常斋。

寄滑州李副使员外

兵绕临淮数十重,铁衣才子正从公。军前草奏旄头下,城上封书箭秆中。围合只应闻晓雁,血腥何处避春风。故人勋重金章贵,犹在江湖积剑功。

伤史拱山人

一缄幽信自襄阳,上报先生去岁亡。山客为医翻贳药,野僧因吊却焚香。峰头孤冢为云穴,松下灵筵是石床。宗炳死来君又去,终身不复到柴桑。

吴中言怀寄南海二同年

曲水分飞岁已赊,东南为客各天涯。退公只傍苏劳竹,移宴多随末利花。铜鼓夜敲溪上月,布帆晴照海边霞。三年谩被鲈鱼累,不得横经侍绛纱。

奉和鲁望白鸥诗

雪羽褵褷半惹泥,海云深处旧巢迷。池无飞浪争教舞,洲少轻沙若遣栖。烟外失群惭雁鹜,波中得志羡凫鹥。主人恩重真难遇,莫为心孤忆旧溪。

奉和鲁望怀杨台文杨鼎文二秀才

羊昙留我昔经春，各以篇章斗五云。宾草每容闲处见，击琴多任醉中闻。钓前青翰交加倚，醉后红鱼取次分。为说风标曾入梦，上仙初著翠霞裙。

友人以人参见惠因以诗谢之

神草延年出道家神草，别名，是谁披露记三桠。开时的定涵云液，副后还应带石花。名士寄来消酒渴，野人煎处撇泉华。从今汤剂如相续，不用金山焙上茶。

伤进士严子重诗 并序

　　余为童在乡校时，简上抄杜舍人牧之集，见有与进士严恽诗。后至吴，一日，有客曰严某，余志其名久矣，遽怀文见造，于是乐得礼而观之。其所为工于七字，往往有清便柔媚，时可轶骇于常轨。其佳者曰："春光冉冉归何处，更向花前把一杯。尽日问花花不语，为谁零落为谁开？"余美之，讽而未尝怠。生举进士，亦十馀计偕。余方冤之，谓乎竟有得于时也。未几，归吴兴，后两月(咸通十一年也)，雪人至云："生以疾亡于所居矣。"噫！生徒以词闻于士大夫，竟不名而逝，岂止此而湮没耶？江湖间多美材，士君子苟乐退而有文者死，无不为时惜，可胜言耶？于是哭而为诗。鲁望，生之友也，当为我同作。

十哭都门榜上尘，盖棺终是五湖人。生前有敌唯丹桂，没后无家只白蘋。箸下斩新醒处月，江南依旧咏来春。知君精爽应无尽，必在酆都颂帝晨。梁成酆都官颂，纣绝标帝晨。

奉和鲁望早秋吴体次韵

书淫传癖穷欲死，诶诶何必频相仍。日干阴藓厚堪剥，藤把欹松牢似绳。捣药香侵白袷袖,穿云润破乌纱棱。安得瑶池饮残酒,半醉骑下垂天鹏。

奉和鲁望秋赋有期次韵

十载江湖一作南尽是闲,客儿诗句满人间。郡侯闻誉亲邀得,乡老知名不放还。应带瓦花经汴水,更携云实出包山。太微宫里环冈树,无限瑶枝待尔攀。

奉和鲁望病中秋怀次韵

贫病于君亦太兼,才高应亦被天嫌。因分鹤料家资减,为置僧餐口数添。静里改诗空凭几,寒中注易不开帘。清词一一侵真宰,甘取穷愁不用占。

新秋即事三首

痴号多于顾恺之,更无馀事可从知。酒坊吏到常先见,鹤料符来每探支吴郡有鹤料案。凉后每谋清月社,晚来专赴白莲期。共君无事堪相贺,又到金齑玉鲙时。

堪笑高阳病酒徒,幅巾潇洒在东吴。秋期净扫云根瘦,山信回缄乳管粗。白月半窗抄尤序,清泉一器授芝图。乞求待得西风起,尽挽烟帆入太湖。

露槿风杉满曲除,高秋无事似云庐。醉多已任家人厌,病久还甘吏道疏。青桂巾箱时寄药,白纶卧具半抛书。君卿唇舌非吾事,且向江南问鳆鱼。

南阳润卿将归雷平因而有赠

借问山中许道士,此回归去复何如。竹屏风扇抄遗事,柘步舆竿系隐书。绛树实多分紫鹿，丹沙泉浅种红鱼。东卿旄节看看至，静启茅斋慎扫除。

访寂上人不遇

何处寻云暂废禅，客来还寄草堂眠。桂寒自落翻经案，石冷空消洗钵泉。炉里尚飘残玉篆，龛中仍锁小金仙。须将二百签回去，得一作待得支公恐隔年。

顾道士亡弟子以束帛乞铭
于余鲁望因赋戏赠日休奉和

师去东华却炼形，门人求我志金庭。大椿枯后新为记，仙鹤亡来始有铭。前朝文集，未有道士铭志。琼板欲刊知不朽，冰纨将受恐通灵。君才莫叹无兹分，合注神玄剑解经。

秋夕文宴得遥字

啼螀衰叶共萧萧，文宴无喧夜转遥。高韵最宜题雪赞，逸才偏称和云谣。风吹翠蜡应难刻，月照清香太易消。无限玄言一杯酒，可能容得盖宽饶。

南阳广文欲于荆襄卜居因而有赠

地脉从来是福乡，广文高致更无双。青精饭熟云侵灶，白袷裁成雪溅窗。度日竹书千万字，经冬尤煎两三缸。鲈鱼自是君家味，莫背松江忆汉江。

寄毗陵魏处士朴

文籍先生不肯官，絮巾冲雪把鱼竿。一堆方册为侯印，三级幽岩是

将〔坛〕(台)。醉少最因吟月冷, 瘦多偏为卧云寒。兔皮衾暖篷舟
稳, 欲共谁游七里滩。

初冬偶作寄南阳润卿

寓居无事入清冬, 虽设樽罍酒半空。白菊为霜翻带紫, 苍苔因雨却
成红。迎潮预遣收鱼笱, 防雪先教盖鹤笼。唯待支硎最寒夜, 共君
披氅访林公。

冬晓章上人院

山堂冬晓寂无闻, 一句清言忆领军。琥珀珠黏行处雪, 棕榈帚扫卧
来云。松扉欲启如鸣鹤, 石鼎初煎若聚蚊。不是恋师终去晚, 陆机
茸内足毛群。

寄题镜岩周尊师所居 并序

　　处州仙都山, 山之半有洞口, 下望之如鉴, 目之曰镜岩。下去地二
　　百尺, 上者以竹梯为级, 中如方丈, 内有乳水, 滴沥嵌巇, 黄老徒周君景
　　复居焉。迨八十年, 不食乎粟, 日唯焚降真香一炷, 读灵宝度人经而已。
　　东牟段公柯昔为州日, 闻其名, 梯其室以造之, 且曰:"君居此久矣, 乳水
　　之滴, 昼夜可知量乎?"周君曰:"某常揣之, 尽昼与夜, 一斛加半焉。"公
　　异而礼之。后柯别十二年, 日休至吴, 处人过, 说周君尚存。吟想其道,
　　无由以睹, 因寄题是诗云。

八十馀年住镜岩, 鹿皮巾下雪髟髟。床寒不奈云萦枕, 经润何妨雨
滴函。饮涧猿回窥绝洞, 缘梯人歇倚危杉。如何计吏穷于鸟, 欲望
仙都举一帆。

寒夜文宴得泉字

分明竞擘七香笺, 王朗风姿尽列仙。盈箧共开华顶药, 满瓶同坼惠

山泉。蟹因霜重金膏溢,橘为风多玉脑鲜。吟罢不知诗首数,隔林明月过中天。

庚寅岁十一月新罗弘惠上人与本国同书
请日休为灵鹫山周禅师碑将还以诗送之

三十麻衣弄渚禽,岂知名字彻鸡林。勒铭虽即多遗草,越海还能抵万金。鲸鬣晓掀峰正烧,鳌睛夜没岛还阴一作深。二千馀字终天别,东望辰韩泪洒襟。

送润卿博士还华阳

雪打篷舟离酒旗,华阳居士半酣归。逍遥只恐逢雪将,恬淡真应降月妃。仙市鹿胎如锦嫩,阴宫燕肉似酥肥。公车草合蒲轮坏,争不教他白日飞。

寒日书斋即事三首

参佐三间似草堂,恬然无事可成忙。移时寂历烧松子,尽日殷勤拂乳床。将近道斋先衣褐,欲清诗思更焚香。空庭好待中宵月,独礼星辰学步罡。

不知何事有生涯,皮褐亲裁学道家。深夜数瓯唯柏叶,清晨一器是云华。盆池有鹭窥蘋沫,石版无人扫桂花。江汉欲归应未得,夜来频梦赤城霞。

方朔家贫未有车,肯从荣利舍樵渔。从公未怪多侵酒,见客唯求转借书。暂听松风生意足,偶看溪月世情疏。如钩得贵非吾事,合向烟波为五鱼松江有五鱼。

腊后送内大德从勖游天台

讲散重云下九天,大君恩赐许随缘。霜中一钵无辞乞,湖上孤舟不
废禅。梦入琼楼寒有月,天台山有金庭不死之乡及琼楼玉室。行过石树冻
无烟。按消山有石楼树,吴大皇元年,郡吏伍曜于海际得之,枝茎紫色有光,南越谓之
石连理也。他时瓜镜知何用,吴越风光满御筵。

寄题玉霄峰叶涵象尊师所居

青冥向上玉霄峰,元始先生戴紫蓉。晓案琼文光洞壑,夜坛香气惹
杉松。闲迎仙客来为鹤,静 噪灵符去是龙。子细扪心无偃骨,偃骨
在胸者,名入星骨。欲随师去肯相容。

奉和鲁望寄南阳广文一本此下有还雷平三字次韵

春彩融融释冻塘,日精闲咽坐岩房。琼函静启从猿觑,金液初开与
鹤尝。八会旧文多搭一作榻写,七真遗语剩思量。不知梦到为一作
惊何处,红药满山烟月香。

题支山南峰僧

云侵坏衲重隈肩,不下南峰不记年。池里群鱼曾受戒,林间孤鹤欲
参禅。鸡头竹上开危径,鸭脚花中擿废泉。无限吴都堪赏事,何如
来此看师眠。

送董少卿游茅山

名卿风度足杓斜,一舸闲寻二许家。天影晓通金井水,山灵深护玉
门沙。空坛礼后销香母,阴洞缘时触乳花。尽待于公作廷尉,卿尝
为大理,用法有廉平之称。不须从此便餐霞。

酬鲁望见迎绿罽次韵

轻裁鸭绿任金刀,不怕西风断野蒿。酬赠既无青玉案,纤华犹欠赤
霜袍。烟披怪石难同逸,竹映仙禽未胜高。成后料君无别事,只应
酣饮咏离骚。

寄怀南阳润卿

鹿门山下捕鱼郎,今向江南作渴羌。无事只陪看藕样,有钱唯欲买
湖光。醉来浑忘移花处,病起空闻焙药香。何事对君犹有愧,一篷
冲雪返华阳。

鲁望悯承吉之孤为诗序邀予属和欲用
予道振其孤而利之噫承吉之困身后乎
鲁望视予困与承吉生前孰若－作苦哉未
有已困而能振人者抑为之辞用塞良友

先生清骨葬烟霞,业破孤存孰为嗟。几箧诗编分贵位,一林石笋散
豪家。儿过旧宅啼枫影,姬绕荒田泣稗花。唯我共君堪便戒,莫将
文誉作生涯。

寄润卿博士

高眠可为要玄纁,鹊尾金炉一世焚陶贞白有金鹊尾香炉。尘外乡人为
许掾,山中地主是茅君。将收芝菌唯防雪,欲晒图书不奈云。若使
华阳终卧去,汉家封禅用谁文。

奉和鲁望白菊

已过重阳半月天,琅华千点照寒烟。蕊香亦似浮金靥,花样还如镂
玉钱。玩影冯妃堪比艳,炼形萧史好争妍。无由撷向牙箱里,飞上
方诸赠列仙。

华亭鹤闻之旧矣及来吴中以钱半千得
一只养之殆经岁不幸为饮啄所误经夕
而卒悼之不已遂继以诗南阳润卿博士
浙东德师侍御毗陵魏不琢处士东吴陆
鲁望秀才及厚于予者悉寄之请垂见和

池上低摧病不行,谁教仙魄反层城。阴苔尚有前朝迹,皎月新无昨
夜声。菰米正残三日料,筠笼休碍九霄程。不知此恨何时尽,遇著
云泉即怆情。

伤开元观顾道士

协晨宫上启金扉,诏使先生坐蜕归。鹤有一声应是哭,丹无馀粒恐
潜飞。烟凄玉笥封云篆,月惨琪花葬羽衣。肠断雷平旧游处,五芝
无影草微微。

醉中即席赠润卿博士

适越游吴一散仙,银瓶玉柄两倏然。茅山顶上携书篾,笠泽心中漾
酒船。桐木布温吟倦后,桃花饭熟醉醒前。谢安四十馀方起,犹自
高闲得数年。

偶留羊振文先辈及一二文友小饮日休
以眼病初平不敢饮酒遣侍密欢因成四韵

谢庄初起恰花晴，强侍红筵不避觥。久断杯盂华盖喜，忽闻歌吹谷
神惊。襦襬正重新开柳，咕嗫难通乍唼莺。犹有僧虔多蜜炬，不
辞相伴到天明。

奉送浙东德师侍御罢府西归

建安才子太微仙，暂上金台许二年。形影欲归温室树，梦魂犹傍越
溪莲。空将海月为京信，尚使樵风送酒船。从此受恩知有处，免为
伧鬼恨吴天。

送羊振文先辈往桂阳归觐

桂阳新命下彤墀，彩服行当欲雪时。登第已闻传祢赋，问安犹听讲
韩诗。竹人临水迎符节，曹毗《湘中赋》云：箽筜中实，内有实，状如人也。风
母穿云避信旗。桂阳山中有风母兽，击杀，见风辄活。无限湘中悼骚恨，凭
君此去谢江蓠。

褚　家　林　亭

广亭遥对旧娃宫，竹岛萝溪委曲通。茂苑楼台低槛外，太湖鱼鸟彻
池中。萧疏桂影移茶具，狼藉蘋花上钓筒。争得共君来此住，便披
鹤氅对清风。

送圆载上人归日本国

讲殿谈馀著赐衣，椰帆却返旧禅扉。贝多纸上经文动，如意瓶中佛
爪飞。飓母影边持戒宿，波神宫里受斋归。家山到日将何入一作

日,白象新秋十二围。

重　送

云涛万里最东头,射马台深玉署秋射马台即今王城也。无限属城为裸国,几多分界是亶州。州在会稽海外,传是徐福之裔。取经海底开龙藏,诵咒空中散蜃楼。不奈此时贫且病,乘桴直欲伴师游。

润卿遗青饖饭兼之一绝聊用答谢

传得三元饖饭名,大宛闻说有仙卿。案西梁子文撰黄锦素书,十通其二,传大宛北谷子,自号青精先生。分泉过屋春青稻此饭以青龙稻为之,拂雾攲衣折紫茎南稻茎微紫色。蒸处不教双鹤见,服来唯怕五云生。草堂空坐无饥色,时把金津漱一声。

鸳　鸯　二　首

双丝绢上为新样,连理枝头是故园。翠浪万回同过影,玉沙千处共栖痕。若非足恨佳人魄,即是多情年少魂。应念孤飞争别宿,芦花萧瑟雨黄昏。

钿镜雕镂费深功,舞妓衣边绣莫穷。无日不来湘渚上,有时还在镜湖中。烟浓共拂芭蕉雨,浪细双游菡萏风。应笑豪家鹦鹉伴,年年徒被锁金笼。

全唐诗卷六一五

皮日休

伤小女

一岁犹未满，九泉何太深。唯馀卷书^{一作蕙草}，相对共伤心。

秋^{一作汉}江晓望

万顷湖天碧，一星飞鹭白。此时放怀望，不厌为浮客。

闲夜酒醒

醒来山月高，孤枕群^{一作琴}书里。酒渴漫思茶，山童呼不起。

和鲁望风人诗三首

刻石书离恨，因成别后悲。莫言春茧薄，犹有万重思。
镂出容刀饰，亲逢巧笑难。日中骚客佩，争奈即阑干。
江上秋声起，从来浪得名。逆风犹挂席，若不会凡^{一作帆}情。

古函关

破落古关城，犹能扼帝京。今朝行客过，不待晓鸡鸣。

聪 明 泉

一勺如琼液,将愚拟望贤。欲知心不变,还似饮贪泉。

史 处 士

山期须早赴,世累莫迟留。忽遇狂风起,闲心不自由。

芳 草 渡

溪南越乡音,古柳渡江深。日晚无来客,闲船系绿阴。

古宫词三首

楼殿倚明月,参差如乱峰。宫花半夜发,不待景阳钟。

闲骑小步马,独绕万年枝。尽日看花足,君王自不知。

玉枕寐不足,宫花空触檐。梁间燕不睡,应怪夜明帘。

春日陪崔谏议樱桃园宴

万树香飘水麝风,蜡熏花雪尽成红。夜深欢态状不得,醉客图开明
月中卫协画《醉客图》。

松 江 早 春

松陵清净雪消初,见底新安恐未如。稳凭船舷无一事,分明数得鲙
残鱼。

女坟湖 即吴王葬女之所

万贵千奢已寂寥,可怜幽愤为谁娇。须知韩重相思骨,直在芙蓉向
下消。

泰 伯 庙

一庙争祠两让君,几千年后转清〔芬〕(氛)。当时尽解称高义,谁敢
教他莽卓闻。

宿 木 兰 院

木兰院里双栖鹤,长被金钲聒不眠。今夜宿来还似尔,到明无计梦
云泉。

重 题 蔷 薇

浓似猩猩初染素,轻如燕燕欲凌空。可怜细丽难胜日,照得深红作
浅红。

春 夕 酒 醒

四弦才罢醉蛮奴,醽醁馀香在翠炉。夜半醒来红蜡短,一枝寒泪作
珊瑚。

青—作胥门闲泛

青翰虚徐夏思清,愁烟漠漠荇花平。醉来欲把田田叶,尽裹当时醒
酒鲭。

木 兰 后 池 三 咏

重 台 莲 花

欹红嫷媠力难任,每叶头边半米金。可得教他水妃见,两重元是
一重心。

浮　萍

嫩似金脂飔似烟,多情浑欲拥红莲。明朝拟附南风信,寄与湘妃作
翠钿。

白　莲

但恐醍醐难并洁,只应薝卜可齐香。半垂金粉知何似,静婉临溪照
额黄。

重 题 后 池

细雨阑珊眠鹭觉,钿波悠漾并鸳娇。适来会得荆王意,只为莲茎重
细腰。

庭中初植松桂鲁望偶题奉和次韵

氄氄绿发垂轻露,猎猎丹华动细风。恰似青童君欲会,俨然相向立
庭中。

鲁望戏题书印囊奉和次韵

金篆方圆一寸馀,可怜银艾未思渠。不知夫子将心印,印破人间万
卷书。

馆娃宫怀古五绝

绮阁飘香下太湖,乱兵侵晓上姑苏。越王大有堪羞处,只把西施赚
得吴。

郑妲无言下玉墀,夜来飞箭满罘罳。越王定指高台笑,却见当时金
镂楣。

半夜娃宫作战场,血腥犹杂宴时香。西施不及烧残蜡,犹为君王泣
数行。

素袜虽遮未掩羞,越〔兵〕(王)犹怕伍员头。吴王恨魄今如在,只合
西施濑上游。

响屦廊中金玉步,采蘋一作兰山上绮罗身。不知水葬今何处,溪月
弯弯欲效颦。

虎丘寺西小溪闲泛三绝

鼓子花明白石岸,桃枝竹覆翠岚溪。分明似对天台洞,应厌顽仙不
肯迷。

绝壑只怜白羽傲,穷溪唯觉锦鳞痴。更深尚有通樵处,或是秦人未
可知。

高下不惊红翡翠,浅深还碍白蔷薇。船头系个松根上,欲待逢仙不
拟归。

天竺寺八月十五日夜桂子

玉颗珊珊下月轮,殿前拾得露华新。至今不会天中事,应是嫦一作
姮娥掷与人。

钓 侣 二 章

趁眠无事避风涛,一斗霜鳞换浊醪吴中卖鱼论斗。惊怪儿童呼不得,
尽冲烟雨漉车螯。

严陵滩势似云崩,钓具归来放石层。烟浪溅篷寒不睡,更将枯蚌点
渔灯。

寄同年韦校书

二年疏放饱江潭,水物山容尽足耽。唯有故人怜未替,欲封干鲙寄
终南。

初冬偶作

豹皮茵下百馀钱，刘堕闲沽尽醉眠。酒病校来无一事，鹤亡松老似经年。

醉中寄鲁望一壶并一绝

门巷寥寥空紫苔，先生应渴解醒杯。醉中不得亲相倚，故遣青州从事来。

更次来韵寄鲁望

萧萧红叶掷苍苔，玄晏先生欠一杯。从此问君还酒债，颜延之送几钱来。

重玄寺双矮桧

扑地枝回是翠钿，碧丝笼细不成烟。应如天竺难陀寺，一对狻猊相枕眠。

奉酬鲁望醉中戏赠

秦吴风俗昔难同，唯有才情一作清才事事通。刚恋水云归不得，前身应是太湖公。

皋 桥

皋桥依旧绿杨中，闾里犹生隐士风。唯我到来居上馆，不知何道胜梁鸿。

军事院霜菊盛开因书
一绝寄上谏议 一本无寄字

金华千点晓霜凝,独对壶觞又不能。已过重阳三十日,至今犹自待
王弘。

悼　鹤

莫怪朝来泪满衣,坠毛犹傍水花飞。辽东旧事今千古,却向人间葬
令威。

醉中先起李毂戏赠走笔奉酬

麝烟苒苒生银兔,蜡泪涟涟滴绣闱。舞袖莫欺先醉去,醒来还解验
金泥。

奉和鲁望招润卿博士辞以道侣将至之作

瘿木樽前地肺图,为君偏辍俗功夫。灵真散尽光一作先来此,莫恋
安妃在后无。

奉和再招 一作文燕招润卿

飙御已应归杳眇,博山犹自对氛氲。不知入夜能来否,红蜡先教刻
五分。

酒病偶作

郁林步障昼遮明,一炷浓香养病酲。何事晚来还欲饮,隔墙闻卖蛤
蜊声。

润卿鲁望寒夜见访各惜其志遂成一绝

世外为交不是亲,醉吟俱岸白纶巾。清风月白更三点,未放华阳鹤
上人。

奉和鲁望玩金鸂鶒戏赠

镂羽雕毛迥出群,温麝飘出麝脐熏。夜来曾吐红茵畔,犹似_{一作自}自
溪边睡不闻。

友人许惠酒以诗征之

野客萧然访我家,霜威白菊两三花。子山病起无馀事,只望蒲台酒
一车。《庾信集》云:蒲州刺史中山公许酒一车未送。

寒夜文宴润卿有期不至

草堂虚洒待高真,不意清斋避世尘。料得焚香无别事,存心应降月
夫人。

汴河怀古二首

万艘龙舸绿丝间,载到扬州尽不还。应是天教开汴水,一千馀里地
无山。

尽道隋亡为此河,至今千里赖通波。若无水殿龙舟事,共禹论功不
较多。

寄题天台国清寺齐梁体

十里松门国清路,饭猿台上菩提树。怪来烟雨落晴天,元是海风吹
瀑布。

咏　蟹

未游沧海早知名，有骨还从肉上生。莫道无心畏雷电，海龙王处也横行。

金　钱　花

阴阳为炭地为炉，铸出金钱不用模。莫向人间逞颜色，不知还解济贫无。

惠山听松庵

千叶莲花旧有香，半山金刹照方塘。殿前日暮高风起，松子声声打石床。

全唐诗卷六一六

皮日休

杂体诗 并序

　　案《舜典》：帝曰："夔，命汝典乐，教胄子。"诗言志，歌永言在焉。《周礼》：太师之职，掌教六诗。讽赋既兴，风雅互作，杂体遂生焉。后系之于乐府，盖典乐之职也。在汉代李延年为协律，造新声，雅道虽缺，乐府乃盛。铙歌鼓吹，拂舞予俞，因斯而兴，词之体不得不因时而易也。古乐书论之甚详，今不能备载，载其他见者。案《汉武集》：元封三年，作柏梁台，诏群臣二千石，有能为七言诗者乃得上坐。帝曰："日月星辰和四时。"梁王曰："骖驾驷马从梁来。"由是联句兴焉。孔融诗曰："渔父屈节水，潜匿方作郡。"姓名字离合也，由是离合兴焉。晋傅咸有回文反覆诗二首云："反覆其文者，以示忧心展转也，悠悠远迈独茕茕是也。"由是反覆兴焉。晋温峤有回文虚言诗云："宁神静泊，损有崇亡。"由是回文兴焉。梁武帝云："后牖有朽柳。"沈约云："偏眠船舷边。"由是叠韵兴焉。《诗》云："蟏蛸在东。"又曰："鸳鸯在梁。"由是双声兴焉。《诗》云："维南有箕，不可以簸扬。维北有斗，不可以挹酒浆。"近乎戏也。古诗或为之，盖风俗之言也。古有采诗官，命之曰风人。"围棋烧败袄，看子故依然。"由是风人之作兴焉。《梁书》云："昭明善赋短韵，吴均善压强韵。"今亦效而为之，存于编中。陆生与余，各有是为。凡八十六首。至如四声诗，三字离合，全篇双声叠韵之作，悉陆生所为，又足见其多能也。案齐竟陵王郡县诗曰："追芳承荔浦，挹道信云丘。"县名由是兴焉。案梁元药名诗曰："戍客恒山下，当思衣锦归。"药名由是兴焉。陆与予亦有是作。至如鲍昭之建除，沈炯之六甲、十二属，梁简文之卦名，陆惠晓之百姓，梁元帝之鸟名、龟兆，蔡黄门之口字，古两头纤纤、藁砧、五杂组已降，非不能也，皆鄙而不为。噫！由古至律，由律至杂，诗之道尽乎此也。近代作杂体，唯《刘宾客集》中有回文、离合、双声、叠韵，如联句则莫若孟东野与韩文公之多，他集罕见，足知为之之难也。陆与予窃慕其为人，遂合己作，为杂体一卷，属予序杂体之始云。

苦雨杂言寄鲁望

吴中十日涔涔雨，歊蒸庳下豪家苦。可怜临顿陆先生，独自脩然守环堵。儿饥仆病漏空厨，无人肯典破衣裾。蟗蠃时时上几案，蛙龟往往跳琴书。桃花米斗半百钱，枯荒湿坏炊不然。两床苴席一素几，仰卧高声吟太玄。知君志气如铁石，瓯冶虽神销不得。乃知苦雨不复侵，枉费毕星无限力。鹿门人作州从事，周章似鼠唯知醉。府金廪粟虚请来，忆著先生便知愧。愧多馈少真徒然，相见唯知携酒钱。豪华满眼语不信，不如直上天公笺。天公笺，方修次，且榜鸣篷来一醉。

奉和鲁望齐梁怨别次韵

芙蓉泣恨红铅落，一朵别时烟似幕。鸳鸯刚解恼离心，夜夜飞来棹边泊。

奉和鲁望晓起回文

孤烟晓起初原曲，碎树微分半浪中。湖后钓筒移夜雨，竹傍眠几侧晨风。图梅带润轻沾墨，画藓经蒸半失红。无事有杯持永日，共君惟好隐墙东。

奉酬鲁望夏日四声四首
平　声

塘平芙蓉低，庭闲梧桐高。清烟埋阳乌，蓝空含秋毫。冠倾慵移簪,杯干将铺糟。脩然非随时,夫君真吾曹。

平 上 声

沟渠通疏荷,浦屿隐浅筱。舟闲攒轻蘋,桨动起静鸟。阴稀馀桑闲,缕尽晚茧小。吾徒当斯时,此道可以了。

平 去 声

怡神时高吟,快意乍四顾。村深啼愁鹃,浪雾醒睡鹭。书疲行终朝,罩困卧至暮。吁嗟当今交,暂贵便异路。

平 入 声

先生何违时,一室习寂历。松声将飘堂,岳色欲压席。弹琴奔玄云,劚药折白石。如教题君诗,若得札玉册。

苦雨中又作四声诗寄鲁望

平 声

涔涔将经旬,昏昏空迷天。鸀鹠成群嬉,芙蓉相偎眠。鱼通蓑衣城,帆过菱花田。秋收吾无望,悲之真徒然。

平 上 声

河平州桥危,垒晚水鸟上。冲崖搜松根,点沼写茨响。舟轻通萦纤,栈堕阻指掌。携桡将寻君,渚满坐可往。

平 去 声

狂霖昏悲吟,瘦桂对病卧。檐虚能影斜,舍蠹易漏破。宵愁将琴攻,昼闷用睡过。堆书仍倾筋,富贵未换个。

平 入 声

羁栖愁霖中,缺宅屋木恶。荷倾还惊鱼,竹滴复触鹤。闲僧千声琴,宿客一笈药。悠然思夫君,忽忆蜡屐著。

奉和鲁望叠韵双声二首

叠韵山中吟

穿烟泉潺湲，触竹秇虀緣。荒篁香墙匡，熟鹿伏屋一作屈曲。

双声溪上思

疏杉低通滩，冷鹭立乱浪。草彩欲夷犹，云容空淡荡。

奉和鲁望叠韵吴宫词二首

侵深寻嵌岑，势厉卫睥睨。荒王将乡亡，细丽蔽袂逝。

枌棍替制曳，康庄伤荒凉。主房部伍苦，嫱亡房廊香。

奉和鲁望闲居杂题五首

晚秋吟 以题十五字离合

东皋烟雨归耕日，兔去玄一作黄冠手刈禾。火满酒炉诗在口，今人
无计奈侬何。

好 诗 景

青盘香露倾荷女，子墨风流更不言。寺寺云萝堪度日，京尘到死扑
侯门。

醒 闻 桧

解洗馀醒晨半酉一作酒，星星仙吹起云门。耳根无一作莫厌听佳木，
会尽山中寂静源。

寺 钟 暝

百缘斗薮无尘土，寸地章煌欲布金。重击蒲牢唅山日，冥冥烟树睹
栖禽。

砌 思 步

福福古薜绷危石，切切阴螿应晚田。心事万端何处止，少夷峰下
旧云泉。

奉和鲁望药名离合夏月即事三首

季春人病抛芳杜,仲夏溪波绕坏垣。衣典浊醪身倚桂,心中无事到云昏。

数曲急溪冲细竹,叶舟来往尽能通。草香石冷无辞远,志在天台一遇中。

桂叶似茸含露紫,葛花如绶蘸溪黄。连云更入幽深地,骨录闲携相猎郎。

怀锡山药名离合二首

暗窦养泉容决决,明园护桂放亭亭。历山居处当天半,夏里松风尽足听。

晓景半和山气白,薇香清净杂纤云。实头自一作事是眠平石,脑侧空林看虎群。

怀鹿门县名离合二首

山瘦更培秋后桂,溪澄闲数晚来鱼。台前过雁盈千百,泉石无情不寄书。

十里松萝阴乱石,门前幽事雨来新。野霜浓处怜残菊,潭上花开不见人。

奉和鲁望寒日古人名一绝

北顾欢游悲沈宋梁武改为北顾,南徐陵寝叹齐梁。水边韶景无穷柳,寒被江淹一半黄。

胥口即事六言二首

波光杳杳不极,霁景澹澹初斜。黑蛱蝶粘莲蕊,红蜻蜓袅菱花。鸳鸯一处两处,舴艋三家五家。会把酒船偎获,共君作个生涯。

拂钓清风细丽,飘蓑暑雨霏微。湖云欲散未散,屿鸟将飞不飞。换酒艄头把看,载莲艇子撑归。斯人到死还乐,谁道刚须用机?

夜会问答十

寒夜清_{日休问龟蒙}，帘外迢迢星斗明。况有萧闲洞中客，吟为紫凤呼凰声。_{时华阳广文先生在焉。}

瘿木杯_{龟蒙问日休}，杉赘楠瘤刳得来。莫怪家人畔边笑，渠心只爱黄金罍。

落霞琴_{日休问贲}，寥寥山水扬清音。玉皇仙驭碧云远，空使松风终日吟。

莲花烛_{贲问日休}，亭亭嫩蕊生红玉。不知含泪怨何人，欲问无由得心曲。

金火障_{日休问龟蒙}，红兽飞来射罗幌。夜来斜展掩深炉，半睡芙蓉香荡漾。

忆山月_{龟蒙问贲}，前溪后溪清复绝。看看又及桂花时，空寄子规啼处血。

锦鲸荐_{贲问日休}，碧香红腻承君宴。几度闲眠却觉来，彩鳞飞出云涛面。

怀溪云_{日休问龟蒙}，漠漠闲笼鸥鹭群。有时日暮碧将合，还被鱼舟来触分。

霜中笛_{龟蒙问日休}，落梅一曲瑶华滴。不知青女是何人，三奏未终头已白。

月下桥_{日休问龟蒙}，风外拂残衰柳条。倚栏杆处独自立，青翰何人吹玉箫？

全唐诗卷六一七

陆龟蒙

　　陆龟蒙,字鲁望,苏州人,元方七世孙。举进士不第,辟苏、湖二郡从事,退隐松江甫里,多所论撰,自号天随子。以高士召,不赴。李蔚、虞携素重之,及当国,召拜拾遗,诏方下卒。光化中,赠右补阙。集二十卷,今编诗十四卷。

读襄阳耆旧传因作诗五百言寄皮袭美

汉皋古来雄,山水天下秀。高当轸翼分,化作英髦囿。暴秦之前人,灰灭不可究。自从宋生贤,特立冠耆旧。离骚既—作纪日月,九辩即列宿。卓哉悲秋辞,合在风雅右。庞公乐幽隐,辟聘无所就。只爱鹿门泉,泠泠倚岩漱。孔明卧龙者,潜伏躬耕耨。忽遭玄德云,遂起鳞角斗。三胡节皆峻,二习名亦茂。其馀文武家,相望如斥堠。缅思齐梁降,寂寞寡清胄。凝融为漪澜,复结作莹琇。不知粹和气,有得方大受—作授。将生皮夫子,上帝可其奏。并包数公才,用以殿厥后。尝闻儿童岁,嬉戏陈俎豆。积渐开词源,一派分万溜。先崇丘旦室,大惧隳结构。次补荀孟垣,所贵亡罅漏。仰瞻三皇道,虮虱在宇宙。却视五霸图,股掌弄孩幼。或能醢髋髀,或与翼雏毂。或喜掉直舌,或乐斩邪脰。或耨锄翳荟,或整理错谬。或如百千骑,合沓原野狩。又如晓江平,风死波不皱。幽埋力须掘,遗落赀必购。乃于文学中,十倍猗顿富。囊乏向咸镐,马重迟步骤。专场射策时,缚虎当羿彀。归来把通籍,且作高堂寿。未足逞戈矛,谁云被文绣。从知偶东下,帆影拂吴岫。物象悉摧藏,精灵畏雕镂。伊余抱沉疾,憔悴守圭窦。方推洪范畴,更念大玄首去声。陈诗采风俗,学古穷篆籀。朝朝贯薪米,往往逢责诟。既被邻里轻,亦为妻子陋。持冠适瓯越,敢怨不得售。窘若晒沙鱼,悲如哭霜狖。唯君枉车辙,以逐海上臭。披襟两相对,半夜忽白昼。执热濯清风,忘忧饮醇酎。驱为文翰侣,鸳皂参骧厩。有时谐宫商,自喜真邂逅。道孤情易苦,语直诗还瘦。藻匠如见酬,终身致怀袖。

袭美先辈以龟蒙所献五百言既蒙见和复示荣唱至于千字提奖之重蔑有称实再抒鄙怀用伸酬谢

洪范分九畴,转成天下规。河图孕八卦,焕作玄中奇。先开否臧源,次筑经纬基。粤若鲁圣出,正当周德衰。越疆必载质,历国将扶危。诸侯恣崛强,王室方陵迟。歌凤时不偶,获麟心益悲。始嗟吾道穷,竟使空言垂。首赞五十易,又删三百诗。遂令篇籍光,可并日月姿。向非笔削功,未必无瑕疵。迨至夫子没一作退,微言散如枝一作披。所宗既不同,所得亦异宜。名法在深刻,虚玄至希夷。自从战伐来,一派纵横驰。寒谷生艳木,沸潭结流澌。惊奔失壮士,好恶随纤儿。嬴氏并六合,势尊丞相斯。加于挟书律,尽取坑焚之。南勒会稽颂,北恢胡亥阺。犹怀遍巡狩,不暇亲维持。及汉文景后,鸿生方铱觇出三都赋。籝扬尧舜风,反作三代吹。飘飘四百载,左右为藩篱。邺下曹父子,猎贤甚熊罴。发论若霞驱魏文帝

《典论》有《论文》篇，裁诗如锦摛。徐王应刘辈，头角咸相衰。或有妙绝赏，或为独步推。或许润色美，或嫌诋诃痴。倏以中利病，且非混醇醨。雅当乎魏文，丽矣哉陈思。不肯少选妄，恐贻后世嗤。吾祖仗才力±衡《文赋》，革车蒙虎皮。手持一白旄，直向文场麾。轻去声若脱钳钛，豁如抽痰痹。精钢不足利，骙袅何劳追。大可罩山岳，微堪析毫厘。十体免负赘，百家咸起痿。争入鬼神奥，不容天地私。一篇迈华藻，万古无孑遗。刻鹄尚未已，雕龙奋而为刘勰有《文心雕龙》。刘生吐英辩，上下穷高卑。下臻宋与齐，上指轩从羲。岂但标八索，殆将包两仪。人谣洞野老，骚怨明湘累。立本以致诘，驱宏来抵巇。清如朔雪严，缓若春烟羸。或欲开户牖，或将饰缨緌。虽非倚天剑，亦是囊中锥。皆由内史意，致得东莞词。梁元尽索虏，后主终亡隋。哀音但浮脆，岂望分雄雌。吾唐揖让初，陛列森岌嶪。作颂媲吉甫，直言过祖伊。明皇践中日，墨客肩参差。岳净秀擢削，海寒光陆离。皆能取穴凤，尽拟乘云螭。迩来二十祀，俊造相追随。余生落其下，亦值文明时。少小不好弄，逡巡奉弓箕。虽然苦贫贱，未省亲嚅呬。秋倚抱风桂，晓烹承露葵。穷年只败袍，积日无晨炊。远访卖药客，闲寻捕鱼师。归来蠹编上，得以含情窥。抗韵吟比雅，覃思念梲摛。因知昭明前，剖石呈清琪。又嗟昭明后，败叶埋芳蕤。纵有月旦评，未能天下知。徒为强貔豹，不免参狐狸。谁骞行地足，谁抽刺天髻。谁作河畔草，谁为洞中芝。谁若灵囿鹿，谁犹清庙牺。谁轻如鸿毛，谁密如凝脂。谁比蜀严静，谁方巴賨赀。谁能钓抃鳌，谁能灼神龟。谁背如水火，谁同若埙篪。谁可作梁栋，谁敢驱谷蠡音鹿黎。用此常不快，无人动交铍。空消病里骨，枉白愁中髭。鹿门先生才，大小无不怡。就彼六籍内，说诗直解颐。顾我迷未远，开怀溃其疑。初开一作看凿本源，渐乃疏旁支。邃古派泛滥，皇朝光赫曦。揣摩是非际，一一如

襟期。李杜气不易，孟陈节难移。信知君子言，可并神明蓍。枯腐
尚求律，膏肓犹谒医。况将太牢味，见唼�悬饥。今来置家地，正
枕吴江湄。饵薄钩不曲，蹷然守空坻。嘿坐无影响，唯君款茅茨。
抽书乱签帙，酌茗烦瓯榼。或伴补缺砌，或偕诣荒祠。孤筇倚烟
蔓，细木横风漪。触雨妨扉屝，临流泥江蓠。既狎野人调，甘为豪
士訾一作嗤。不敢负建鼓，唯忧掉降旗。希君念馀勇，挽袖登文陴。

奉酬袭美先辈吴中苦雨一百韵

微生参最灵，天与意绪拙。人皆机巧求，百径无一达。家为唐臣
来，奕世唯稷契。只垂青白风，凛凛自贻厥。龟蒙五代祖、六代祖，皇朝继
在台辅。犹残赐书在，编简苦断绝。其间忠孝字，万古光不灭。孱
孙诚瞀昧，有志常搯揥。敢云嗣良弓，但欲终守节。喧哗不入耳，
谗佞不挂舌。仰咏尧舜言，俯遵周孔辙。所贪既仁义，岂暇理生
活。纵有旧田园，抛来亦芜没。因之成否塞，十载真契阔。冻骭
一襜褕，饥肠少糠覈。甘心付天壤，委分任回斡。笠泽卧孤云，桐
江钓明月。盈筐盛芡芰，满釜煮鲈鳜。酒帜风外㸌，茶枪露中撷。
茶芽未展者曰枪，已展者曰旗。歌谣非大雅，捃摭为小说。上可补熏荃，
傍堪跐一作蹈芽蘖龟蒙尝著《稗说》三卷。方当卖罾罩，尽以易纸札。踪
迹尚吴门，梦魂先魏阙。寻闻天子诏，赫怒诛叛卒。宵旰悯烝黎，
谟一作谋明问征伐。王师虽继下，贼垒未即拔。此时淮海波，半是
生人血。霜戈驱少壮，败屋弃嬴虇。践蹋比尘埃，焚烧同稿秸。吾
皇自神圣，执事皆间杰。射策亦何为，春卿遂聊辍。伊余将贡技，
未有耻可刷。却问渔樵津，重耕烟雨垡。诸侯急兵食，冗剩方翦
截。不可抱一作把词章，巡门事干谒。归来阖蓬楗，壁立空竖褐。
暖手抱孤烟，披书向残雪。幽忧和愤懑，忽愁一作忽自惊蹶。文兮
乏寸毫，武也无尺铁。平生所韬蓄，到死不开豁。念此令人悲，翕

然生内热。加之被鞍瘃，况复久藜粝。既为霜露侵，一卧增百疾。
筋骸将束缚，腠理如箠挞。初谓抵狂狴，又如当毒蝎。江南多事
鬼，巫觋连瓯粤。可口是妖讹，恣情专赏罚。良医只备位，药肆或
虚设。而我正萎痿，安能致诃咄。椒兰任芳苾，精一作糈粫从罗列。
酤酽既屡倾，钱刀亦随爇。兼之渎财贿，不止行盗一作诪窃。天地
如有知，微妖岂逃杀。其时心力愤，益使气息辍。永夜更呻吟，空
床但皮骨。君来赞贤牧，野鹤聊簪笏。谓我同光尘，心中有溟渤。
轮蹄相压至，问遗无虚月。首一作直到春鸿濛，犹残病根茇。看花
虽眼晕，见酒忘肺渴。隐几还自怡，蓬卢亦争喝。抽毫更唱和，剑
戟相磨戛。何大不包罗，何微不挑刮。今来值霖雨，昼夜无暂歇。
杂若碎渊沦，高如破缪轕。何劳鼍吼岸，讵要鹳鸣垤。只意江海
翻，更愁山岳裂。初惊蚩尤阵，虎豹争搏啮。又疑伍胥涛，蛟蜃相
蹩拶。千家濛瀑练，忽似好披拂。万瓦垂玉绳，如堪取萦结。况余
居低下，本是蛙蚓窟。迩来增号呼，得以恣唐突。先夸屋舍好，又
恃头角凸。厚地虽直方，身能遍穿穴。常参庄辩里，亦造扬玄末。
偃仰纵无机，形容且相忽。低头增叹诧，到口复喎咽。泪泗渍琴
书，莓苔染巾袜。解衣换仓粟，秕稗犹未脱。饥鸟屡窥临，泥僮苦
舂师音伐。或闻秋稼穑，大半沉澎汃。耕父蛊齐民，农夫思旱魃。
吾观天之意，未必洪水割。且要虐飞龙，又图滋跛鳖。三吴明太
守，左右皆儒哲。有力即扶危，怀仁过救暍。鹿门皮夫子，气调真
俊逸。截海上云鹰，横空一作天下霜一作䴏骨。文坛如命将，可以持
玉钺。不独庖羲轩，便当城老佛。顾余为山者，所得才篑撮。譬如
饰箭材，尚欠镞与筈。闲将歈儿唱，强倚帝子瑟。幸得远潇湘，不
然嗤贾屈。开缄窥宝肆，玑贝光比栉。朗咏冲乐悬，陶匏响铿揭。
古来愁霖赋，不是不清越。非君顿挫才，沴气难摧折。驰情扣虚
寂，力尽无所掇。不足谢徽音，只令凋鬓发。

奉酬袭美先辈初夏见寄次韵

积雨晦皋圃,门前烟水平。蘋蘅增遥吹,枕席分馀清。村篘诧酒美,赊来满铧程-作铉。未必减宣子,何羡谢公荣。借宅去人远,败墙连古城。愁鸱占枯桛,野鼠趋前楹。昨日云破损,晚林先觉晴。幽篁倚微照,碧粉含疏茎。蠹简有遗字,攲琴无泛声。蚕寒茧尚薄,燕喜雏新成。览物正摇思,得君初夏行。诚明复散诞,化匠-作工安能争。海浪刷三岛,天风吹六英。洪崖领玉节,坐使虚音生。吾祖傲洛客,因言几为伧。末裔实渔者,敢怀干墨卿。唯思钓璜老,遂得持竿情。何须乞鹅炙,岂在斟羊羹。畦蔬与瓮醅,便可相携迎。蟠木几甚曲,笋皮冠且轻。闲心放羁靮,醉脚从欹倾。一径有馀远,一窗有馀明。秦皇苦不达,天下何足并。

奉和袭美二游诗

徐　诗

尝闻四书曰,经史子集焉。苟非天禄中,此事无由全。自从秦火来,历代逢迍遭。汉祖入关日,萧何为政年。尽力取图籍,遂持天下权。中兴熹平-作延嘉时,教化还相宣。立石刻五经,置于太学前。贼卓乱王室,君臣如转圜。洛阳且煨烬,载籍宜为烟。逮晋武革命,生民才息肩。惠怀亟寡昧,戎羯俄腥膻。已觉天地闭,竞为东南迁。日既不暇给,坟索何由专。尔后国脆弱,人多尚虚玄。任学者得谤,清言者为贤。直至沈范辈,沈约、范云皆藏书数万卷。始家藏简编。御府有不足,仍令就之传。梁元渚宫日,尽取如蚳蝝。兵威忽破碎,焚爇无遗篇。近者隋后主,搜罗势骈阗。宝函映玉轴,彩翠明霞鲜。伊唐受命初,载史声连延。砥柱不我助,惊波涌沦涟。遂令因去-作往古书,半在馀浮泉。贞观购亡逸,蓬瀛渐周旋。

炅然东壁光，与月争流天。伟矣开元中，王道真平平。八万五千卷，一一皆涂铅。案开元丽正殿书录云。人间盛传写，海内奔穷研。目云西斋书，有过东皋田。吾闻徐氏子，奕世皆才贤。因知遗孙谋，不〔在〕(用)黄金钱。插架几万轴，森森若戈铤。风吹签牌声，满室铿锵然。佳哉鹿门子，好问如除痟。倏来参卿处，遂得参卿怜。开怀展橱簏，唯在性所便。素业已千仞，今为峻云巅。雄才旧百派，相近浮日一作百川。君抱一作苞王佐图，纵步凌陶甄。他时若报德，谁在参卿先。

任 诗

吴之辟疆园，在昔胜概敌。前闻富修竹，后说纷怪石。竟陵子陆羽《玩月》诗云：辟疆旧林园，怪石纷相向。风烟惨无主，载祀将六百。草色与行人，谁能问遗迹。不知清景在，尽付任君宅。却是五湖光，偷来傍檐隙。出门向城路，车马声蹦踪一作辐。入门望亭隈，水木气岑寂。壂墙绕曲岸，势似行无极。十步一危梁，乍疑当绝壁。池容澹而古，树意苍然僻。鱼惊尾半红，鸟下衣全碧。斜来岛屿隐，恍若潇湘隔。雨静持残丝，烟消有馀脉。揭来任公子，摆落名利役。虽将禄代耕，颇爱巾随策。秋笼支遁鹤，夜榻戴颙客。说史足为师，谭禅差作伯。君多鹿门思，到此情便适。偶荫桂堪帷，纵吟苔可席。顾余真任诞，雅遂中心获。但知醉还醒，岂知玄尚白。甘闲在鸡口，不贵封龙额。即此自怡神，何劳谢公展。

次追和清远道士诗韵

一代先后贤，声容剧河汉。况兹迈古士，复历苍崖甯。辰经几十万，邈与灵寿玩。海岳尚推移，都鄙固芜漫。嬴僧下高阁，独鸟没远岸。啸初风雨来，吟馀钟呗乱。如何炼精魄，万祀忽欲半。宁为断臂忧，肯作秋柏一作拍散。吾闻酆宫内，日月自昏旦。左右修文郎,纵横洒篇翰。斯人久冥漠,得不垂慨叹。庶或有神交,相从重兴赞。

补沈恭子诗 并序

　　案清远道士诗题中,有沈恭子同游,既为神怪之俦,得非姓氏谥为恭子乎(一作若)? 赵宣子、韩献子之类耶? 恭子,美谥也,而诗中有风流词翰之称,岂独唱而不和者欤? 疑阙其文,以为恭子之恨,乃作一章存于编中,亦补亡之义也。

灵质贯轩昊,遐年越商周。自然失远裔,安得怨寡俦。我亦小国胤,易名惭见优。虽非放旷怀,雅奉逍遥游。携手桂枝下,属词山之幽。风雨一以过,林麓飒然秋。落日倚石壁,天寒登古丘。荒泉已无夕,败叶翳不流。乱翠缺月隐,衰红清露愁。览物性未逸,反为情所囚。异才偶绝境,佳藻穷冥搜。虚倾寂寞音,敢作杂佩酬。

全唐诗卷六一八

陆龟蒙

读阴符经寄鹿门子

清晨整冠坐，朗咏三百言。备识天地意，献词犯乾坤。何事不隐德，降灵生轩辕。口衔造化斧，凿破机关门。五贼忽迸逸，万物争崩奔。虚施神仙要，莫救华池源。但学战胜术，相高甲兵屯。龙蛇竞起陆，斗血浮中原。成汤与周武，反覆更为尊。下及秦汉得一作传，黩弄兵亦烦。奸强自林据，仁弱无枝蹲。狂喉恣吞噬，逆翼争飞翻。家家伺天发，不肯匡淫昏。生民坠涂炭，比屋为冤魂。只为读此书，大朴难久存。微臣与轩辕，亦是万世孙。未能穷意义，岂敢求瑕痕。曾亦爱两句，可与贤达论。生者死之根，死者生之根。方寸了十字，万化皆胚晖。身外更何事，眼前徒自喧。黄河但东注，不见归昆仑。昼短苦夜永，劝君倾一尊。

奉和袭美初夏游楞伽精舍次韵

吴都涵汀洲，碧液浸郡郭。微雨荡春醉，上下一清廓。奇踪欲探讨，灵物先瘵瘼。飘然兰叶舟，旋倚烟霞泊。吟谭乱篙舻，梦寐杂嵼崿。纤情不可逃，洪笔难暂阁。岂知楞伽会一作舍，乃在山水箔。金仙著书日，世界名极乐。蒼卜冠诸香，琉璃代华箦。禽言经不

辍，象口川宁涸。万善峻为城，巉巉捍群恶。清晨欲登造，安得无
自愕。险穴骇坤牢，高萝挂天笮一作索。池容淡相向，蛟怪如可摸。
苔藓石髓根，蒲差水心锷。岚侵答一作达摩髻，日照狻猊络。仰首
乍眩施，回眸更辉爚。檐端凝去声飞羽，磴外浮碧落。到回一作迥解
风襟，临幽濯云屏。尘机性非便，静境心所著。自取海鸥知，何烦
尸祝酢。峰围震泽岸，翠浪舞绡幕。激湍岂尧遭，岐嶭非禹凿。
潜听钟梵处，别有松桂壑。霭重灯不光，泉寒网犹薄。僮能蹑孤
刹，鸟惯亲扠铎。服道身可遗，乞闲心已诺。人间亦何事，万态相
毒蠚。战垒竞高深，儒衣谩褒博。宣尼名位达，未必春秋作。管氏
包霸图，须人解其缚。伊余采樵者，蓬藋方索寞。近得风雅情，聊
将圣贤度。多君富道采，识度两清恪。讵宠生灭词，肯教夷夏错。
未为尧舜用，且向烟霞托。我亦摆尘埃，他年附鸿鹤。

奉和袭美公斋四咏次韵

小　松

擢秀逼客岩，遗根飞鸟径。因求饰清闷，遂得辞危复。贞同柏有
心，立若珠无胫。枝形短未怪，鬣数差难定。《名山记》云：松有两鬣、三
鬣、七鬣者，言如马鬣形也，言粒者非。况密三天风，方遵四时柄。那兴培
塿叹，免答邻里病。微霜静可分，片月疏堪映。奇当虎头笔，韵叶
通明性。会拂阳乌胸，抢才膺帝命。

小　桂

讽赋轻八植，擅名方一枝。才高不满意，更自寒山移。宛宛别云
态，苍苍出尘姿。烟归助华杪，雪点迎芳蕤。青条坐可结，白日如
奔螭。谅无劖音嵓欂音欂忧，即是萧森时。洛浦虽有荫，骚人聊自怡。
终为济川楫，岂在论高卑。

新　竹

别坞破苔藓，严城树轩楹。恭闻禀璇玑，化质离青冥。竹璇玑玉精，受
气于玄轩之宿。色可定鸡颈，实堪招凤翎。立窥五岭秀，坐对三都屏。
晴月窈窕入，曙烟霏微生。昔者尚借宅，况来处宾庭。金罍纵倾
倒，碧露还鲜醒。若非抱苦节，何以偶惟馨。徐观稚龙出，更赋锦
苞零。

鹤　屏

时人重花屏，独即胎化状。丛毛练分彩，疏节筇相望。八公相鹤经云：
大毛落，丛毛生，其色如雪。又云：高脚疏节，则多跛也。曾无觗觠态，颇得连轩
样。势拟抢高寻，身犹在函丈。如忧鸡鹜斗，似忆烟霞向。尘世任
纵横，霜襟自闲放。空资明远思，不待浮丘相。何由振玉衣，一举
栖瀛阆。

奉和袭美酬前进士崔璞
盛制见寄因赠至一百四十言

孔圣铸颜事，垂之千载馀。其间王道乖，化作荆榛墟。天必授贤
哲，为时攻蒉除。轲雄骨已朽，百代徒趑趄。近者韩文公，首为闲
一作开辟锄。夫子又继起，阴霾终廓如。搜得万古遗，裁成十编书。
南山盛云雨，东序堆琼琚。偶此真籍客，悠扬两情摅。清词忽窈
窕，雅韵何虚徐。唱既野芳坼，酬还天籁疏。轻波掠翡翠，晓露披
芙蕖。俪曲信寡和，末流难嗣初。空持一竿饵，有意渔鲸鱼。

奉和袭美太湖诗二十首

初　入　太　湖

东南具区雄，天水合为一。高帆大弓满，羿射争箭疾。时当暑雨
后，气象仍郁密。乍如开雕笯，音奴，笼也。耸翅忽飞出。行将十洲近，

坐觉八极溢。耳目骇鸿濛，精神寒怵栗。坑来斗呀豁，涌处惊嵯峉。嶮异一作险若拔龙湫，喧如破蛟室。斯须风妥帖，若受命平秩。微茫诚端倪，远峤疑格音阁笔。巉巉见铜阙湖中穹崇山有铜阙，左右皆辅弼。盘空俨相趋，去势犹横逸。尝闻咸池气，下注作清质。至今涵赤霄，尚且浴白日。太湖上禀咸池五车之气，故一水五名也。又云构浮玉，宛与昆阆匹。肃为灵官家，此事难致诘太湖乃仙家浮玉之北堂。才迎沙屿好，指顾俄已失。山川互蔽亏，鱼鸟空聱语彪切耴鱼乙切。何当授真检，得召天吴术。一一问朝宗，方应可谭悉。

晓次神景宫

晓帆逗碕岸，高步入神景。洒洒襟袖清，如临蕊珠屏。虽然群动息，此地常寂静。翠镮有寒锵，碧花无定影。凭轩羽人傲，夹户天兽猛。稽首朝元君，褰衣就虚省。呀空雪牙利，嗽水石齿冷。香母未垂婴，芝田不论顷。遥通河汉口，近抚松桂顶。饭荐七白蔬，杯酾九光杏。人间附尘躅，固陋真钳颈。肯信抃鳌倾，犹疑夏虫永。玄津荡琼垄，紫汞啼金鼎。尽出冰霜书，期君一披省。

入 林 屋 洞

知名十小天，林屋当第九。人间三十六洞天，知名者十尔，馀二十六天，出九微志，未行于世。题之为左神，理之以天后。林屋洞为左神幽居之天，即天后真君之便阙。魁堆一作罡辟邪辈，左右专备守。自非方瞳人，不敢窥洞口。唯君好奇士，复啸忘情友。致一作敛伞在风林，低冠入云窦。中深剧苔井，傍坎才药臼。石角忽支颐，藤根时束肘。初为大幽怖，渐见微明诱。屹若造灵封，森如达仙薮。尝闻白芝秀，状与琅花偶。又坐紫泉光，甘如酌天酒。白芝、紫泉皆此洞所出，乃神仙之饮饵，非常人所能得。何人能挹嚼，饵以代浆糗。却笑探五符，徒劳步双斗。真君不可见，焚盟空迟久。眷恋玉碣文，行行但回首。

雨中游包山精舍

包山信神仙，主者上真职。及栖钟梵侣，又是清凉域。乃知烟霞
地，绝俗无不得。岩开一径分，柏拥深殿黑。僧闲若图画，像古非
雕刻。海客施明珠，湘蘤料平声净食。有鱼皆玉尾，有鸟尽金臆。
手携鞞铎佉，唐言杨枝，佉一作供。若在中印国。千峰残雨过，万籁清
且极。此时空寂心，可以遗智识。知君战未胜，尚倚功名力。却下
听经徒生公有听经石，孤帆有行色。

毛 公 坛

古有韩终道，授之刘先生。身如碧凤凰，羽翼披轻轻。先生盛驱
役，臣伏甲与丁。势可倒五岳，不唯鞭群灵。飘飖驾翔螭，白日朝
太清。空遗古坛在，稠叠烟萝屏。远怀步罡夕，列宿森然明。四角
镇露兽，三层差羽婴。回眸盼七炁，运足驰疏星。象外真既感，区
中道俄成。迩来向千祀，云峤空峥嵘。石上橘花落，石根瑶草青。
时时白鹿下，此外无人行。我访岑寂境，自言斋戒精。如今君安死
字君安，魂魄犹膻腥。有笈皆绿字，有芝皆紫茎。相将望瀛岛，浩荡
凌沧溟。

三宿神景宫

灵踪未遍寻，不觉溪色暝。回头问栖所，稍下杉萝径。岩居更幽
绝，洞户相隐映。过此即神宫，虚堂惬云性。四轩尽疏达，一榻何
清零去声。仿佛闻玉笙，鼓铿动凉磬。风凝古松粒，露压修荷柄。
万籁既无声，澄明但心听。希微辨真语，若授虚皇命。尺宅按来
平，华池漱馀净。频窥宿羽丽，三吸晨霞盛。岂独冷衣襟，便堪遗
造请。徒深一作探物外趣，未脱尘中病。举首一作手谢灵峰，徜徉事
归榜。

以毛公泉献大谏清河公

先生炼飞精，羽化成翩翩。荒坛与古甃，隐轸清泠存。四面蹙山

骨，中心含月魂。除非紫水脉，即是金沙源。香实洒桂蕊，甘惟渍云根。向来探幽人，酌罢祛蒙昏。况公圭璋质，近处谏净垣。又闻虚静姿，早挂冰雪痕。君对瑶华味，重献兰薰言。当应涤烦暑，朗咏辇飞轩。我愿得一掬，攀天叫重阍。霏霏散为雨，用以移焦原。

缥缈峰

左右皆跳岑，孤峰挺然起。因思缥缈称，乃在虚无里。清晨跻磴道，便是孱颜一作顽始。据石即更歌，遇泉还徙倚。花奇忽如荐，树曲浑成几。乐静烟霭知，忘机猿狖喜。频攀峻过斗，末造平如砥。举首阂青冥，回眸聊下视。高帆大于鸟，广埒才类蚁。就此微茫中，争先未尝已。葛洪话刚气，去地四千一作十里。苟能乘之游，止若道路耳。吾将自峰顶，便可朝帝庡。尽欲活群生，不唯私一己。超骑明月蟾，复弄华星蕊。却下蓬莱巅，重窥清浅水。身为大块客，自号天随子。他日向华阳，敲云问名氏。

桃花坞

行行问绝境，贵与名相亲。空经桃花坞，不见秦时人。愿此为东风，吹起枝上春。愿此作流水，潜浮蕊中尘。愿此为好鸟，得栖花际邻。愿此作幽蝶，得随花下宾。朝为照花日，暮作涵花津。试为探花士，作此一作出作偷桃臣。桃源不我弃，庶可全天真。

明月湾

昔闻明月观在建业故台城，只伤荒野基。今逢明月湾，不值三五时。择此二明月，洞庭看最奇。连山忽中断，远树分毫厘。周回二十里，一片澄风漪。见说秋半夜，净无云物欺。兼之星斗藏，独有神仙期。初闻锵镣跳一作铫，积渐调参差。空中卓羽卫，波上停龙螭。踪一作纵舞玉烟节，高歌碧霜词。清光悄不动，万象寒呷呷。此会非俗致，无由得旁窥。但当乘扁舟，酒翁仍相随。或彻三弄笛，或成数联诗。自然莹心骨，何用神仙为。

练　渎 一云吴王开以练兵

越恃君子众,大将压全吴。越有私卒君子六千人。吴将派天泽,以练舟
师徒。一镜止千里,支流忽然迂。苍莨束洪波,坐似冯夷驱。战舰
百万辈,浮宫三十馀。平川盛丁宁,绝岛分储胥。凤押半鹤膝,锦
杠杂肥胡。香烟与杀气,浩浩随风驱。弹射尽高鸟,杯舷醉潜鱼。
山灵恐见鞭,水府愁为墟。兵利德日削,反为雠国屠。至今钩镞
残,尚与泥沙俱。照此月倍苦,来兹烟亦孤。丁魂尚有泪,合洒青
枫枯。

投　龙　潭

名山潭洞中,自古多秘邃。君将接神物,聊用申祀事。熔金象牙
角,尺木无不备。亦既奉真官,因之徇前志。持来展明诰,敬以投
嘉瑞。鳞光焕水容,目色烧山翠。吾皇病秦汉,岂独探幽异。所贵
风雨时,民皆受其赐。良田为巨浸,污泽成赤地。掌职一不行,精
灵又何寄。唯贪血食饱,但据骊珠睡。何必费黄金,年年授星使。

孤　园　寺

浮屠从西来,事者极梁武。岩幽与水曲,结构无遗土。穷山林干
尽,竭海珠玑聚。况即侍从臣,敢爱烟波坞。幡条玉龙扣,殿角金
虬舞。释子厌楼台,生人露风雨。今来四百载,像设藏云浦。轻鸽
乱驯鸥,鸣钟和朝橹。庭蕉裂旗旆,野蔓差缨组。石上解空人,窗
前听经虎。林虚叶如织,水净沙堪数。遍问得中天,归修释迦谱。

上　真　观

尝闻升三清,真有上中下。官居乘佩服,一一自相亚。霄裙或霞
縠,侍女忽玉姹。坐进金碧映,去驰飙欻驾。今来上真观,恍若心
灵讶。只恐暂神游,又疑新羽化。风馀撼朱草,云破生瑶榭。望极
觉波平,行虚信烟藉。闲开飞龟帙,静倚宿凤架。俗状既能遗,尘

冠聊以卸。人间方大火，此境无朱夏。松盖荫日车，泉绅垂天鏬。
穷幽不知倦，复息芝园舍。锵佩引凉姿，焚香礼遥夜。无情走声
利，有志依闲暇。何处好迎僧，希将石楼借。

销　夏　湾

霞岛焰难泊，云峰奇未收。萧条千里湾，独自清如秋。古岸过新
雨，高萝荫横流。遥风吹蒹葭，折处鸣飕飕。昔予守圭窦，过于回
禄囚。日为籧篨徒_{渠曲二音，籧之异名}，分作祇裯鳾_{低刁二音，并单衣}。愿
狎寒水怪，不封朱毂侯。岂知烟浪涯，坐可思重裘。健若数尺鲤，
泛然双白鸥。不识号火井，孰问名焦丘。我真鱼鸟家，尽室营扁
舟。遗名复避世，消夏还消忧。

包　山　祠

静境林麓好，古祠烟霭浓。自非通灵才，敢陟群仙峰。百里波浪
沓，中坐箫鼓重。真君具琼舆，仿佛来相从。清露濯巢鸟，阴云生
昼_{一作画龙}。风飘橘柚香，日动幡盖容。将命礼且洁，所祈年不凶。
终当以疏闻，特用诸侯封。

圣　姑　庙

渺渺洞庭水，盈盈芳屿神。因知古佳丽，不独湘夫人。流苏荡遥
吹，斜领生轻尘。蜀彩驳霞碎，吴绡盘雾匀。可怜飞燕姿，合是乘
鸾宾。坐想烟雨夕，兼知_{一作之}花草春。空登油壁车，窈窕谁相亲。
好赠玉条脱，堪携紫纶巾。殷勤拨香池，重荐汀洲蘋。明朝动兰
楫，不翅星河津。

太　湖　石

他山岂无石，厥状皆可荐。端然遇良工，坐使天质变。或裁基栋
宇，礌硠成广殿。或剖出温瑜，精光具华瑱。或将破仇敌，百炮资
苦战。或用镜功名，万古如会面。今之洞庭者，一以非此选。槎牙

真不才,反作天下彦。所奇者嵌崆,所尚者葱蒨。旁穿参洞穴,内
窍均环钏。刻削九琳窗,玲珑五明扇。新雕碧霞段,旋破秋天片。
无力置池塘,临风只流眄。

崦　里

山横路若绝,转楫逢平川。川中水木幽,高下兼良田。沟塍堕微
溜,桑柘含疏烟。处处倚蚕箔,家家下鱼筌。骏犊卧新荄,野禽争
折莲。试招搔首翁,共语残阳边。今来九州内,未得皆恬然。贼阵
始吉语,狂波又凶年。吾翁欲何道,守此常安眠。笑我掉头去,芦
中闻刺船。余知隐地术,可以齐真仙。终当从之游,庶复全于天。

石　板

一片倒山屏,何时隳洞门。屹然空阔中,万古波涛痕。我意上帝
命,持来压泉源。恐为庚辰官,囚怪力所掀。又疑广袤次,零落潜
惊奔。不然遭霹雳,强半沈无垠。如何造化首,便截秋云根。往事
不足问,奇踪安可论。吾今病烦暑,据簟常昏昏。欲从石公乞石板
在石公山前,莹理平如璊。前后植桂桧,东西置琴尊。尽携天壤徒,
浩唱羲皇言。

全唐诗卷六一九

陆龟蒙

杂讽九首

红蚕缘枯桑,青茧大如瓮。人争探其臂,羿矢亦不中。微微待贤禄,一一希入梦。纵操上古言,口噤难即贡。蛟龙在怒水,拔取牙角弄。丹穴如可游,家家畜孤凤。凶门尚儿戏,战血波涊—作鸿溶。社鬼苟有灵,谁能遏秋恸。

童麎来触犀,德力不相及。伊无惬心事,只有碎首泣。况将鹏虱校,数又百与十。攻如饿鸥叫,势若脱兔急。斯为朽关键,怒莝抉以入。年来横干戈,未见拔城邑。得非佐饔者,齿齿待啜汁。羁维豪杰辈,四骇方少絷。此皆乘时利,纵舍在呼吸。吾欲斧其吭,无雷动幽蛰。

轵鹅惨于冰,陆立怀所适。斯人道仍闷—作闷,不得不鸣呃。当时布衣士,亦作天子客。至今东方生,满口自夸白。终为万乘交,谈笑无所隔。致君非有书,乃是尧舜画。只今侯门峻,日扫贫贱迹。朝趋九韶音,暮列五鼎食。如闻恭俭语,謇謇事夕惕。可拍伊牧肩,功名被金石。

赤舌—作石可烧城,谗邪易为伍。诗人疾—作病之甚,取俾投豺虎。长风吹籁木,始有音韵吐。无木亦无风,笙簧由喜怒。女娲炼五

石，天缺犹可补。当其利口衔，罅漏不复数。元精遗万类，双目如
牖户。非是既相参，重瞳亦为瞽。

东南有狂兕，猎者西北矢。利尘白一作曰冥冥，独此清夜止。无人
语其事，偶坐窥天纪。安得东壁明，洪洪用坟史。搜扬好古士，一
以馨云水。流堪洒菁英，风足去稗秕。如能出奇计，坐可平贼垒。
徐陈羲皇道，高驾太平轨。攫疏成特雄，濯垢为具美。贡贤当上
赏，景福视所履。永播南熏音，垂之万年耳。

有檗何青青，空城雪霜里。千林尽枯槁，苦节独不死。他遭匠石
顾，总入牺黄美。遂得保天年，私心未为耻。高从一作徒宿枭怪，下
亦容蝼蚁。大厦若抡材，亭亭托君子。

左右佩剑者，彼此亦相笑。趋时与闭门，喧寂不同调。潜机取声
利，自许臻乎妙。志士以神窥，惭然一作寂真可吊。天之发退籁，大
小随万窍。魁其垆冶姿，形质惟所召。鼗笙磬竽瑟，是必一作以登
清庙。伊圣不可一作吾欺，谁能守蓬藋。

横笛喝一作鸣秋风，清商入疏越。君居不夜城，肯怨孤戍月。吴兵
甚犀利，太白光突兀。日已费千金，廛闻侵一拨一作拨。岂无恶年
少，纵酒游侠窟。募为敢死军一作士，去以枭叛卒。岂无中林士，贯
穿学问骨。兵法五十家，浩荡如溟渤。高悬鹿皮睡，清涧一作润时
依楲。分已诺烟霞，全遗事干谒。既非格猛兽，未可轻华发。北面
师其谋，几能止征伐。何妨秦董勇，又有曹刿说。尧舜尚询刍一作
事，公乎听无忽。

朝为壮士歌，暮为壮士歌。壮士心独苦，傍人谓之何。古铁久不
快，倚天无处磨。将来易水上，犹足生寒波。捷可搏飞狖，健能超
橐驼。群儿被坚利，索手安冯河。惊飙扫长林，直木谢檽科。严
霜冻大泽，僵龙不如蛇。昔者天血碧，吾徒安叹嗟。

美　人

美人抱瑶瑟,哀怨弹别鹤。雌雄南北飞,一旦异栖托。谅非金石性,安得宛如昨。生为并蒂花,亦有先后落。秋林对斜日,光景自相薄。犹欲悟君心,朝朝佩兰若。

感　事

将军被鲛函,只畏金石镞。岂知谗箭利,一中成赤族。古来信簧舌,巧韵凄锵曲。君闻悦耳音,尽日听不足。初因起毫发,渐可离骨肉。所以贤达一作达贤心,求人须任目。

素　丝

园客丽独茧,诗人吟五缫。如何墨子泪,反以悲途穷。我意岂如是,愿参天地功。为线补君衮,为弦系君桐。左右修阙职,宫商还古风。端然洁白心,可与神明通。

次幽独君韵 二首

灵气独不死,尚能成绮文。如何孤窆里,犹自读三坟。
落日送万古,秋声含七哀。枯株不萧瑟,枝干虚崔嵬。伊昔临大道,歌钟醉高台。台今已平地一作高台今已平,只有春风回。明月白草死,积阴荒陇摧。圣贤亦如此,恸绝真悠哉。

赠　远

芙蓉匣中镜,欲照心还懒。本是细腰人,别来罗带缓。从君出门后,不奏云和管。妾思冷如簧,时时望君暖。心期梦中见,路永魂梦短。怨坐一作生泣西风,秋窗月华满。

村夜二篇

江上冬日短,裴回草堂暝。鸿当绝塞来,客向孤村病。绵绵起归念,咽咽兴微咏。菊径月方高,橘斋霜已并。盘餐蔬粟粗,史籍签牌盛。目冷松桂寒一作闲,耳喧儿女竞。开瓶浮蚁绿,试笔秋毫劲。昼户亦重关,寒屏递相映。诗从骚雅得,字向铅椠一作黄正。遇敌舞蛇矛,逢谈捉犀柄。无名升甲乙,有志扶荀孟。守道希昔贤,为文一作人通古圣。幽忧废一作拂长剑,憔悴惭清镜。只会鱼鸟情,讵知时俗性。浮虚多徇势,老一作疏懒图一作徒历聘。既不务人知,空馀乐天命。吾家一作如何在田野,家事苦辽复。耕稼一以微,困仓自然馨。愁襟风叶乱,独坐灯花一作然灯迸。明发成浩歌,谁能少倾听。

世既贱文章,归来事耕稼。伊人著农道《亢仓子》有《农道篇》,我亦赋田舍。所悲劳者苦,敢用词为诧。只效刍牧言,谁防轻薄骂。嘻今居宠禄,各自矜雄霸。堂上考华钟,门前仜高驾。纤洪动丝竹,水陆供鲙炙。小雨静楼台,微风动兰麝一作送檀麝。吹嘘川可倒,昒眯花争姹一作侘。万户膏血一作雨穷,一筵歌舞价。安一作宁知勤播植,卒岁无闲暇。种以春扈初,获从秋隼下一作鹰乍。专专望穜稑,�😔揢条桑柘。日晏腹未充,霜繁体犹裸。平生守仁义,所疾唯狙诈。上诵周孔书,沉湎一作涵至醊藉。岂无致君术,尧舜不一作驰上下。岂无活国方,颇一作稸牧齐教化。蛟龙任干死,云雨终不借。羿臂束如囚,徒劳夸善射。才能消箕斗,辩可移嵩华。若与甿辈量,饥寒殆相亚。长吟倚清瑟,孤愤生遥夜。自古有遗贤,吾容偏称谢。

记　事

本作渔钓徒,心将遂疏放。苦为饥寒一作衣食累,未得恣闲畅。去

年十二月，身住霅溪上。病里贺一作见丰登，鸡豚聊馈饷。巍峨卞
山雪，凝冽不可向。瘦骨倍加寒，徒为厚缯纩。晴来露青霭，千一作
万仞缺寻丈。卧恐玉华销，时时推枕望。虽然营卫困，亦觉精神
王。把笔强题诗，粗言瑰怪状。吴兴郑太守，文律颇清壮。凤尾与
鲸牙，纷披落杂一作新唱。缄书寄城内，搪突无以况。料峭采莲船，
纵横簸天浪。方倾谢公酒一作咏，一作言，忽值庄生一作叟丧。郑员外仁
规是年受代，俄丧偶。默默阻音徽一作徽音，临风但惆怅。春归迫一作待
秋末，固自婴微恙。岁晏一作早弗躬亲，何由免欺诳。今来观刈获，
乃在松江并步浪切。门外两潮过，波澜光荡漾。都缘新卜筑，是事
皆草创。尔后如有年，还应惬微尚。天高气味爽，野迥襟怀旷。感
物动牢一作劳愁，愤时频肮脏。平生乐篇翰，至老安敢忘。骏骨正
牵盐，玄文终覆酱。嗟今多赤舌，见善惟蔽谤。忖度大为防，涵容
宽作量。图书筐簏外，关眼皆剩长。饿隶亦胜无，薄田家所仰。稍
离饥寒患，学古一作古学真可强。圣道庶经营，世途多踉跄。近闻
天子诏，复许私酝酿。促使春一作奉酒材，呼儿具盆盎。宵长拥吟
褐，日晏开书幌。我醉卿可还，陶然似元亮。

孤　雁

我生天地间，独作南宾雁。哀鸣慕前侣，不免饮啄晏。虽蒙小雅
咏，未脱鱼一作生网患。况一作刿是婚一作摽礼须一作经，忧为弋者篡。
晴鸢争上下，意气苦凌慢。吾常吓鸳雏，尔辈安足讪。回头语晴
鸢，汝食腐鼠惯。无异驽骀群，恋短豆皂栈。岂知潇湘岸，葭菼蘋
萍一作藜萍蘋间。有石形状奇，寒流古来湾。闲看麋鹿一作甫里志，了
不忧一作爱刍豢。世所重巾冠，何妨野夫幞。骚人夸蕙芷，易象取
陆苋。漆园逍遥篇，中亦载斥鷃。汝惟材性下，嗜好不可谏。身虽
慕高翔，粪壤是一作长盼盼。或闻通鬼魅，怪祟立可辩。菩蔟书尚

存，宁容恣妖幻。<small>晢蔟，《周礼·秋官·司寇下》：晢蔟氏掌覆夭鸟之巢。晢，郑司农读为摘，又他历反。蔟，读为爵蔟之蔟，谓巢也。夭鸟，恶鸣鸟。</small>

南泾<small>一作溪</small>渔父

予方任疏慵，地僻即所好。江流背村落，偶往心已嫪。田家相去远，岑寂且纵傲。出户手先筊，见人头未帽。南泾<small>一作溪</small>有渔父，往往携稚造。问其所以渔，对我真蹈道。我初籍鱼鳖，童妝至于耄。窟穴与生成，自然通<small>一作知</small>壼奥。孜孜戒吾属，天物不可暴。大小参去留，候其孳养报。终朝获鱼<small>一作渔利</small>，鱼亦未常耗。同覆天地中，违仁幸覆焘。余观为政者，此意谅难到。民皆死搜求，莫肯兴<small>一作与</small>愍悼。今年川泽旱，前岁山源潦。牒诉已盈庭，闻之类禽噪。譬如死<small>一作豕</small>鸡鹜，岂不容乳抱。孟子讥宋人，非其揠苗躁。吾嘉渔父旨，雅叶贤哲操。倘遇采诗官，斯文诚敢告。

引泉诗 <small>睦州龙兴观老君院作</small>

上嗣位六载，吾宗刺桐川。余来拜旌戟，诏下之明年。是时春三月，绕郭花蝉联。岚盘百万髻，上插黄金钿。授以道士馆，置榻于东偏。满院声碧树，空堂形<small>一作影</small>老仙。本性乐凝淡，及来更虚玄。焚香礼真像，盥手披灵编。新定<small>一作安</small>山角角，乌龙山名独巉然。除非净晴日<small>一作晴目</small>，不见苍崖巅。上有拏云峰，下有喷壑泉。泉分数十汊，落处皆峥潺。寒声入烂醉，聒破西窗眠。支筇起独寻，只在墙东边。呼童具畚锸，立凿莓苔穿。潀淙<small>一作漾</small>一派堕，练带横斜牵。乱石抛落落，寒流响溅溅。狂奴<small>一作怒</small>七里濑，缩到疏楹前。跳花<small>一作光</small>泼半散，涌沫飞旋圆。势束三峡挂，泻危孤磴悬。曾闻瑶池溜，亦灌朱草田。凫伯弄翠蕊，鸾雏舞丹烟。凌风捩桂柁，隔雾<small>一作霞</small>驰犀船。况当玄元家，尝著道德篇。上善可比水，斯文参五千。精灵若在此,肯恶微波传。不拟争滴沥,还应会沦涟。出门复一作后飞箭,合势浮青天。必有学真子,鹿冠秋鹤颜。如能辅余志,日使疏其源。

纪梦游甘露寺 寺在京口北固山上。第十四句缺三字。

昔卧嵩高云,云窗正寒夕。披裘忽生梦,似到空王宅。峨天一峰立,栏楯横半壁。级倚绿巅差,关临赤霄辟。扪虚陟孤峭,不翅千馀尺。叠掌望杲罳,分明祖肩释。凌香稽首罢,嘹晓一作哓□□□。高户乘一作承北风,声号大波白。光中目难送,定验方可觌。树细鸿蒙烟,岛疏零落碧。须臾群籁入,空水相喷激。积浪亚寒堆,呀如斗危石。跳音簇鼙鼓,溅沫交矛戟。鸟疾帆亦奔,纷纷助劲敌。思非水灵怒,即是饥龙擘。怯慑不敢前,荷襟汗沾霡。回经定僧处,泉木光相射。岩礴云族栖,招一作松柯露华适。逍遥得真趋,逦迤寻常迹。山腹贮孤亭,岚根四垂帟。谁题雪月句,乃是曹刘格。爱树亭有故太尉房公诗。阆阙一枝琼,边楼数声笛。吟高蘁然起,若自苍旻掷。短烛堕馀花,圆蟾挂斜魄。自从神锡境,无处不登陟。忽上南徐山,心期豁而获。岂伊烦恼骨,合到清凉域。暗得胡蝶身,幽期一作寄尽相识。奈何有名氏,未列金闺籍。翻惭艹顶童,得奉真如策。云涛触风望,毫管和烟搦。聊记梦中游,留之问禅客。

惜　花

人寿期满百,花开唯一春。其间风雨至,旦夕旋为尘。若使花解愁,愁于看花人。

别　离

丈夫非无泪,不洒离别间。杖一作仗剑对尊酒,耻为游子颜。蝮蛇一螫手,壮士即解腕。所志在功名,离别何足叹。

鸣 雁 行

朔风动地来,吹起沙上声。闺中有边思,玉箸此时横。莫怕儿女恨,主人烹不鸣。

短 歌 行

爪牙在身上,陷阱犹可制。爪牙在胸中,剑戟无所畏。人言畏猛虎,谁是撩头弊。只见古来心,奸雄暗相噬。

挟瑟—作琴歌

挟瑟—作琴为君抚,君嫌声太古。寥寥倚浪系,嗟嗟沉湘语。赖有秋风知,清泠吹玉柱。

婕 妤 怨

妾貌非倾国,君王忽然宠。南山掌上来,下—作不敌新恩重。后宫多窈窕,日日学新声。一落君王耳,南山又须轻。

江 南 曲

为爱江南春,涉江聊采蘋。水深烟浩浩,空对双车轮。车轮明月团,车盖浮云盘。云月徒自好,水中行路难。遥遥洛阳道,夹道生春草。寄语棹船郎,莫夸风浪好。

全唐诗卷六二〇

陆龟蒙

渔具诗 并序

天随子渔于海山之颜有年矣,矢鱼之具,莫不穷极其趣。大凡结绳持纲者,总谓之网罟。网罟之流曰罛、曰罾、曰翼(侧交切),圆而纵舍曰罩,挟而升降曰罧(女减切),缗而竿者总谓之筌,筌之流曰筒、曰车。横川曰梁,承虚曰笱,编而沉之曰箔(音卑),矛而卓之曰罜(音册,矛也),棘而中之曰叉,镞而纶之曰射,扣而骇之曰桹,(以薄板置瓦器上,击之以驱鱼。)置而守之曰神,鲤鱼满三百六十岁,蛟龙辄率而飞去,置一神守之,则不能去矣。神,龟也。列竹于海澨曰沪(吴之沪渎是也),错薪于水中曰罧(音椮),所载之舟曰舴艋,所贮之器曰笭箵,其他或术以招之,或药而尽之,皆出于诗书杂传。及今之闻见,可考而验之,不诬也。今择其任咏者,作十五题以讽。噫! 矢鱼之具也如此,予既歌之矣;矢民之具也如彼,谁其嗣之? 鹿门子有高洒之才,必为我同作。

网

大罟纲目繁,空江波浪黑。沉沉到波底,恰共波同色。牵时万鬐入,已有千钧力。尚悔不横流,恐他人更得。

罩

左手揭圆罛,轻桡弄舟子。不知潜鳞处,但去笼烟水。时穿紫屏一作萍破,忽值朱衣起松江有朱衣鲋。贵得不贵名,敢论鲂与鲤。

罩

有意烹小鲜，乘流驻孤棹。虽然烦取舍，未肯求津要。多为虾蚬
误，已分鸡鹜笑。寄语龙伯人，荒唐不同调。

钓　筒

短短截筠光，悠悠卧江色。蓬差橹相应，雨慢烟交织。须臾中芳
饵，迅疾如飞翼。彼竭我还浮，君看不争得。

钓　车

溪上持只轮，溪边指茅屋。闲乘风水便，敢议朱丹毂。高多倚衡
惧，下有折轴速。曷若载逍遥，归来卧云族。

鱼　梁

能编似云薄，横绝清川口。缺处欲随波，波中先置笱。投身入笼
槛，自古难飞走。尽日水滨吟，殷勤谢渔叟。

叉　鱼

春溪正含绿，良夜才参半。持矛若羽轻，列烛如星烂。伤鳞跳密
藻，碎首沉遥岸。尽族染东流，傍人作佳玩。

射　鱼

弯弓注碧浔，掉尾行凉沚。青枫下晚照，正在澄明里。抨弦断荷
扇，溅血殷菱蕊。若使禽荒闻，移之暴烟水。

鸣　桹

水浅藻荇涩，〔钓〕(钩)罩无所及。铿如木铎音，势若金钲急。驱之
就深处，用以资俯拾。搜罗尔甚微，遁去将何入。

沪 吴人今谓之簖

万植御洪波，森然倒林薄。千颅咽云上，过半随潮落。其间风信
背，更值雷声恶。天道亦哀多，吾将移海若。

穆 吴人今谓之丛

斩木置水中，枝条互相蔽。寒鱼遂家此，自以为生计。春冰忽融
冶，尽取无遗裔。所托成祸机，临川一凝睇。

种　鱼

凿池收赪鳞，疏疏置云屿。还同汗漫游，遂以江湖处。如非一神
守，潜被蛟龙主。蛟龙若无道，跛鳖亦可御。

药　鱼

香饵缀金钩，日一作目中悬者几。盈川是毒流，细大同时死。不唯
空饲犬，便可将贻蚁。苟负竭泽心，其他尽如此。

舴　艋

篷棹两三事，天然相与闲。朝随稚子去，暮唱菱歌还。倚石迟后
侣，徐桡供远山。君看万斛载，沉溺须臾间。

笭　箵

谁谓笭箵小，我谓笭箵大。盛鱼自足餐，寘璧能为害。时将刷蘋
浪，又取悬藤带。不及腰上金，何劳问蓍蔡。

奉和袭美添渔具五篇

渔　庵

结茅次烟水，用以资啸傲。岂谓钓家流，忽同禅室号。闲凭山叟
占，晚有溪禽嫪。华屋莫相非，各随吾所好。

钓　矶

拣得白云根，秋潮未曾没。坡陁坐鳌背，散漫垂龙发。持竿从掩
雾，置酒复待月。即此放神情，何劳适吴越。

蓑　衣

山前度微雨，不废小涧渔。上有青袯襫，下有新腒一作骺疏。滴沥

珠影泫,离披岚彩虚。君看荷制者,不得安吾庐。

箬笠

朝携下枫浦,晚戴出烟艇。冒雪或平檐,听泉时仄顶。飘移霭然色,波乱危如影。不识九衢尘,终年居下泂。

背蓬

敏手劈_{一作试}江筠,随身织烟壳。沙禽固不知,钓伴犹初觉。闲从翠微拂,静唱沧浪濯。见说万山潭,渔童尽能学。

樵人十咏 并序

　　环中先生谓天随子曰:"子与鹿门子应和为渔具诗,信尽其道而美矣。世言樵渔者,必联其命称,且常为隐君子事。诗之言错薪,礼之言负薪,传之言积薪,史之言束薪,非樵者之实乎? 可不足以寄兴咏,独缺其词耶?"退作十樵,以补其阙漏,寄鹿门子。

樵谿

山高谿且深,苍苍但群木。抽条欲千尺,众亦疑朴樕。一朝蒙翦伐,万古辞林麓。若遇燎玄穹,微烟出云族。

樵家

草木黄落时,比邻见相喜。门当清涧尽,屋在寒云里。山棚日才下,野灶烟初起。所谓顺天民,唐尧亦如此。

樵叟

自小即胼胝,至今凋鬓发。所图山褐厚,所爱山炉热。不知冠盖好,但信烟霞活。富贵如疾颠,吾从老岩穴。

樵子

生自_{一作在}苍崖边,能谙白云养_{山家谓养柴地为养}。才穿远林去,已在孤峰上。薪和野花束,步带山词唱。日暮不归来,柴扉有人望。

樵　径

石脉青霭间,行行自幽绝。方愁山缭绕,更值云遮截。争推好林浪,共约归时节。不似名利途,相期覆车辙。

樵　斧

淬砺秋水清,携持远山曙。丁丁在前涧,杳杳无寻处。巢倾鸟犹在,树尽猿方去。授钺者何人,吾今一作方易其虑。

樵　担

轻无斗储价,重则筋力绝。欲下半岩时,忧襟两如结。风高势还却,雪厚疑中折。负荷诚独难,移之赠来哲。

樵　风

朝随早潮去,暮带残阳返。向背得清飙,相追无近远。采山一何迟,服道常苦蹇。仙术信能为,年华未将晚。

樵　火

积雪抱松坞,蠹根然草堂。深炉与远烧,此夜仍交光。或似坐奇兽,或如焚异香。堪嗟宦游子,冻死道路傍。

樵　歌

纵调为野吟,徐徐下云磴。因知负樵乐,不减援琴兴。出林方自转,隔水犹相应。但取天壤情,何求郢人称。

奉和袭美酒中十咏

酒　星

万古醇酎气,结而成晶荧。降为稽阮徒,动与尊罍并。不独祭天庙,亦应邀客星。何当八月槎,载我游青冥。

酒　泉

初悬碧崖口,渐注青溪腹。味既敌中山,饮宁拘一斛。春疑浸花骨，暮若酺云族。此地得封侯，终身持美禄。

酒　筹

山斋酝方熟，野童编近成。持来欢伯内，坐使贤人清。不待盎中满，旋供花下倾。汪汪日可挹，未羡黄金籯。

酒　床

六尺样何奇，溪边濯来洁。糟深贮方半，石重流还咽。闲移秋病可，偶听寒梦缺。往往枕眠时，自疑陶靖节。

酒　垆

锦里多佳人，当垆自沽酒。高低过反坫，大小随圆瓿。数钱红烛下，涤器春江口。若得奉君欢，十千求一斗。

酒　楼

百尺江上起，东风吹酒香。行人落帆上，远树涵残阳。凝睇复凝睇，一舫还一舫。须知凭栏客，不醉难为肠。

酒　旗

摇摇倚青岸，远荡游人思。风欹翠竹杠，雨澹香醪字。才来隔烟见，已觉临江迟。大旆非不荣，其如有王事。

酒　尊

黄金即为侈，白石又太拙。斸得奇树根，中如老蛟穴。时招山下叟，共酌林间月。尽醉两忘言，谁能作天舌。

酒　城

何代驱生灵，筑之为酿地。殊无甲兵守，但有糟浆气。雉堞屹如狂，女墙低似醉。必若据而争，先登仪狄氏。

酒　乡

谁知此中路，暗出虚无际。广莫是邻封，华胥为附丽。三杯闻古乐，伯雅逢遗裔。自尔等荣枯，何劳问玄弟。

添酒中六咏 并序

　　鹿门子示予酒中十咏,物古而词丽,旨高而性真,可谓穷天人之际矣。予既和而且曰:昔人之于酒,有注为池而饮之者,象为龙而吐之者,亲盗瓮间而卧者,将实舟中而浮者,可为四荒矣。徐景山有酒枪,嵇叔夜有酒杯,皆传于后代,可谓二高矣。四荒不得不刺,二高不得不颂,更作六章,附于末云。

酒　池

万斛输曲沼,千钟未为多。残霞入醍齐,远岸澄白鹅。后土亦沉醉,奸臣空浩歌。迩来荒淫君,尚得乘馀波。

酒　龙

铜雀羽仪丽,金龙光彩奇。潜倾邺宫酒,忽作商庭漦。若怒鳞甲赤,如酣头角垂。君臣坐相灭,安用骄奢为。

酒　瓮

候暖麹蘖调,覆深苫盖净。溢处每淋漓,沉来还瀺滢。常闻清凉酎,可养希夷性。盗饮以为名,得非君子病。

酒　船

昔人性何诞,欲载无穷酒。波上任浮身,风来即开口。荒唐意难遂,沉湎名不朽。千古如比肩,问君能继不。

酒　枪

景山实名士,所玩垂清尘。尝作酒家语,自言中圣人。奇器质含古,挫糟未应醇。唯怀魏公子,即此飞觞频。

酒　杯

叔夜傲天壤,不将琴酒疏。制为酒中物,恐是琴之馀。一弄广陵散,又裁绝交书。颓然掷林下,身世俱何如。

奉和袭美茶具十咏

茶　坞

茗地曲隈回，野行多缭绕。向阳就中密，背涧差还少。遥盘云髻慢，乱簇香篝小。何处好幽期，满岩春露晓。

茶　人

天赋识灵草，自然钟野姿。闲来北山下，似与东风期。雨后探芳去，云间幽路危。唯应报春鸟，得共斯人知顾渚山有报春鸟。

茶　笋

所孕和气深，时抽玉苕短。轻烟渐结华，嫩蕊初成管。寻来青霭曙，欲去红云暖。秀色自难逢，倾筐不曾满。

茶　籝

金刀劈翠筠，织似波文斜。制作自野老，携持伴山娃。昨日斗烟粒，今朝贮绿华。争歌调笑曲，日暮方还家。

茶　舍

旋取山上材，驾为山下屋。门因水势斜，壁任岩隈曲。朝随鸟俱散，暮与云同宿。不惮采掇劳，只忧官未足。

茶　灶《经》云茶灶无突

无突抱轻岚，有烟映初旭。盈锅玉泉沸，满甑云芽熟。奇香袭春桂，嫩色凌秋菊。炀者若吾徒，年年看不足。

茶　焙

左右捣凝膏，朝昏布烟缕。方圆随样拍，次第依层取。山谣纵高下，火候还文武。见说焙前人，时时炙花脯。紫花，焙人以花为脯。

茶　鼎

新泉气味良，古铁形状丑。那堪风雪夜，更值烟霞友。曾过赪石下,又住清溪口。<small>赪石、清溪皆江南出茶处。</small>且共荐皋卢<small>茶名</small>,何劳倾斗酒。

茶　瓯

昔人谢坥埞,徒为妍词饰。<small>《刘孝威集》有谢坥埞启。</small>岂如圭璧姿,又有烟岚色。光参筠席上,韵雅金罍侧。直使于阗君,从来未尝识。

煮　茶

闲来松间坐,看煮松上雪。时于浪花里,并下蓝英末。倾馀精爽健,忽似氛埃灭。不合别观书,但宜窥玉札。

全唐诗卷六二一

陆龟蒙

置 酒 行

落尘花片排香痕,阑珊醉露栖愁魂。洞庭波色惜不得,东风领入黄金尊。千筠掷毫春谱大,碧舞红啼相倡和。安知寂寞西海头,青𧃲未垂孤凤饿。

江湖散人歌 并传

　　散人者,散诞之人也,心散,意散,形散,神散,既无羁限,为时之怪民。束于礼乐者外之曰:"此散人也。"散人不知耻,乃从而称之。人或笑曰:"彼病子散而目之,子反以为其号,何也?"散人曰:"天地,大者也,在太虚中一物耳。劳乎覆载,劳乎运行,差之晷度,寒暑错乱,望斯须之散,其可得耶? 水土之散,皆有用乎? 水之散,为雨、为露、为霜雪,水之局,为潴、为洳、为潢污。土之散,封之可崇、穴之可深,生可以艺、死可以入,土之局,埒不可以为埏,甓不可以为盂。得非散能通于变化,局不能耶? 退若不散,守名之筌;进若不散,执时之权。筌可守耶? 权可执耶?"遂为散歌、散传,以志其散。

江湖散人天骨奇,短发搔一作抓来蓬半垂。手提一作捉孤篁曳寒茧,口诵太古沧浪词。词云太古万万古,民性甚一作怪其野无风期。夜栖止与禽兽杂,独自构架一作架结纵横枝。因而称曰有巢氏,民共一作相与敬贵如君师。当时只效乌鹊辈,岂是有意陈尊卑。无端后圣穿凿破,一派前导千流随。多方恼乱元气死,日使文字—作父子生奸欺。圣人事业转销耗,尚有渔者存熙熙。风波不独困—作因一士,凡百器具—作用皆能施。罳疏沪腐鲈鳜脱—作肥,止—作正失—作上失检驭无—作非谗疵。人间所谓好男子,我见妇女留须眉。奴颜婢膝真乞丐,反以正直为狂痴。所以头欲散,不散弁—作冠峨巍。所以腰欲散,不散珮陆离。行散任之适,坐散从倾欹。语散空谷应,笑散春云—作容披。衣散单复便,食散酸咸宜。书散浑真草,酒散甘醇醨。屋散势斜直,树散行参差。客散忘簪屦,禽散虚笼池。物外—作外物一以散,中心散何疑? 不共诸侯分邑里,不与天子专隍陴。静则守桑柘,乱则逃妻儿。金镳贝—作绅带未尝识,白刃杀—作投我穷生为。或闻蕃将负恩泽,号令铁马如风驰。大君年小丞相少,当轴自请都—作诸旌旗。神锋悉出羽林仗,缋画日月蟠龙螭。太宗基业甚牢固,小丑背叛当歼夷。禁军近自肃宗置—作署,抑遏辅国争雄雌。必然大段剪凶逆,须召劲勇持—作扶军麾。四方贼垒犹占地,死者暴骨生寒饥。归来辄拟荷锄笠,诉吏已责租钱迟。兴师十万一日费,不啻千金何以支。只今利口且箕敛,何暇俯首哀茕嫠。均荒补败岂无术,布在方册撑颏巇。冰霜襦袴易反掌。白面诸郎殊不知。江湖散人悲古道,悠悠幸寄羲皇傲。官家—作吾皇未议活苍生,拜赐江湖散人号。

五　歌 并序

　　古者歌咏言,《诗》云:我歌且谣。《传》曰:劳者愿歌其事。吾言之拙艰,不足称咏且谣,而歌其事者,非吾而谁? 作五歌以自释意。

放　牛

江草秋穷似秋半,十角吴牛放江岸。邻肩抵尾乍依隈—作偎,横去斜奔忽分散。荒陂断堑无端入，背上时时孤鸟立。日暮相将带雨归，田家烟火微茫湿。

水　鸟

水鸟山禽虽异名，天工各与双翅翎。雏巢吞啄即一例，游处高卑殊不停。则^{一作别}有嘴铍爪戟劲立直视者，击搏挽裂图膻腥。如此等色恣豪横，耸身往往凌青冥。为人罗绊取材力，韦韝彩绶^{一作绂}悬金铃。三驱不以鸟捕鸟，矢下先得闻诸经。超然可继义勇后，恰似有志^{一作意}行天刑。鸥闲鹤散两自遂，意思不受人丁宁。今朝棹倚寒江汀，春^{一作鹤}龃翡翠参䴔鶄。孤翘侧睨瞥灭没，未是即肯驯檐楹。妇女衣襟便佞舌，始得金笼日提挈。精神卓荦^{一作荦}背人飞，冷^{一作合}抱兼葭宿烟月。我与时情大乖剌，只是江禽有毛发。殷勤谢汝莫相猜，归来长短同群活。

刈　获

自春徂秋天弗雨，廉廉早稻才遮亩。芒粒稀疏熟更轻，地与^{一作上}禾头不相拄。我来愁筑心如堵，更听农夫夜深语。凶年是物即为灾，百阵野凫千穴鼠。平明抱杖入田中，十穗萧条^{一作然}九穗空。敢言一岁困仓实，不了如^{一作而}今朝暮春。天职谁司下民籍，苟有区区^{一作分宜}析析。本作耕耘意若何，虫豸兼教食人食。古者为邦须蓄积，鲁饥尚责如齐籴。今之为政异当时，一任流离恣征索。平生幸^{一作早}遇华阳客，向日餐霞转^{一作亦}肥白。欲卖耕牛弃水田，移家且^{一作直}傍三茅宅。

雨　夜

屋小茅干雨声大，自疑身著蓑衣卧。兼似^{一作是}孤舟小泊时，风吹折苇来相佐。我有愁襟无可那，才成好梦刚惊破。背壁残^{一作寒}灯不及萤，重挑却向灯前坐。

食　鱼

江南春旱鱼无泽,岁晏未曾腥鼎鬲。今朝有客卖鲈鲂,手提见我长
于尺。呼儿舂取红莲米,轻重相当加十倍。且作一作图吴羹助早一
作朝餐,饱卧晴檐曝寒背。横戈负羽正纷纷,只用骁雄不用文。争
如晓夕讴吟样,好伴沧洲白鸟群。

丁隐君歌 并序

　　隐君,姓丁氏,字翰之,济阳人也,名飞举。读老子庄周书,善养生,
能鼓琴,居钱塘龙泓洞之左右,或曰憩馆耳。别业在深山中,非得得行
不可适。到其下,畜妻子,事耕稼,如常人。余尝南浮桐江,途而诣龙泓
憩馆,获见,纶巾布裘,貌古而意澹,好古文,乐闻歌诗,见待加厚。因
曰:"他时愿为山中仆。"丁笑而不应。问之年,曰:"七十二。"当咸通丙
午岁,逮今十四年矣。雷平道士葛参寥话与翰之熟,至今齿发不衰,气
力益壮,疏繁导蒙,灌溉刬刿,皆自执绠缶斤劚辈,升高望远,不翅履平
地。时时书细字,作文纪事,皆有楷法意义。夜半山静,取琴弹之,奏雅
弄一二而已。少睡,寡言语,与人相接,礼简而情至,周旋累年,未尝有
罢倦之色,不唯疾病也,非养生之效欤? 又不见其有所服饵。或问之,
对曰:"治心修身之外,复有何物?"予始嘉其遁世,又闻其老而益精,又
悦其治心修身之说,孔子所谓乐而寿者,斯人也欤。既乐而寿,则仁智
充乎其内。充乎其内者,非有德者欤? 有德而不耀于世者,非隐君子
欤? 乃作丁隐君歌,以寄其声云。

华阳道士南游归,手中半卷青萝衣一作皮。自言逋客持赠我,乃是
钱塘丁翰之。连江一作天大抵多奇岫,独话君家最奇秀。盘烧天竺
春笋肥,琴倚洞庭秋石瘦。草堂暗引龙泓溜,老树根株若蹲兽。霜
浓果熟未容收,往往儿童杂猿狖。去岁猖狂有黄寇,官军解一作骇
散无人斗。满城奔进翰之闲,只把枯松塞圭窦。前度相逢正卖文,
一钱不直虚云云。今来利作采樵客,可以抛身麋鹿群。丁隐君,丁

隐君，叩－作昂头且莫变名氏，即日更寻丁隐君。

紫溪翁歌

　　紫溪翁过甫里先生，举酒相属，醉而歌，先生侧弁而和之，歌阕而
去。

一丘之木，其栖深也屋，吾容不辱。一溪之石，其居平也席，吾劳以
息。一窦之泉，其音清也弦，吾方在悬。得乎人，得乎天，吾不知所
以然而然。

赓　歌

采江之鱼兮，朝船有鲈。采江之蔬兮，暮筐有蒲。左图且书，右琴
与壶。寿欤夭欤，贵欤贱欤。

鹤媒歌

偶系渔舟－作江船汀树枝，因看射鸟令人悲。盘空野鹤忽然下，背
翳见媒心不疑。媒闲静立如无事，清唳时时入遥吹。裴回未忍过
南塘，且应同声就－作与同类。梳翎宛若相逢喜，只怕才来又惊起。
窥鳞啄藻乍低昂，立－作注定当胸流一矢。媒欢舞跃势离披，似诮
功能邀－作腰，一作罾。弩儿。云飞水宿各自物，妒侣害群犹尔为。
而－作何况世－作人间有名利，外头笑语中猜忌。君不见荒陂野鹤
陷良媒，同类同声真可畏。

庆封宅古井行 并序

　　《春秋左氏传》云：襄二十八年，齐庆封乱而来奔，既而齐人来让，奔
吴。吴句馀与之朱方，聚族而居之，富于其旧。后七年，荆人使屈申围
朱方，执庆封而尽灭其族。按图经，润之城南一里，则封所居之地。询

诸故老，并尚存焉。因览其遗甃，故歌之以志其恶。

古甃团团薜花碧，鼎渫_{一作澄}寒泉深百尺。江南戴白尽能言，此地曾为庆封宅。庆封嗜酒荒齐政，齐人剪族封奔迸。虽过鲁国羞鲁儒，欲弄吴民窃吴柄。吴分岩邑号朱方，子家负固心强梁。泽车豪马驰似水，锦凤玉龙森若墙。一朝云梦围兵至，胸陷锋铿脑涂地。因知富德不富财，颜氏箪瓢有深意。宣父尝违盗泉水，懦夫立事贪夫止。今歌此井示吴人，断绠沉瓶自兹始。

小鸡山樵人歌 并序

　　　小鸡山在胥门外光福之西，龟蒙岁入薪五千束于其山，其供事之樵氓曰顾及。乾符六年九月，致薪二百五十，责之曰："何数廉而至晚，得非赭吾山为汝之利耶？"与之酒，继之以歌。

长其船兮利其斧，输予薪兮勿予侮。田予登兮谷予庾，突晨烟兮蓬缕缕。窗有明兮编有古，饱而安兮惟编是伍，时不用兮吾无汝抚。

吴俞儿舞歌

剑　俞

枝月喉，棹霜脊，北斗离离在寒碧。龙魂清，虎尾白，秋照海心同一色。蠡影吒沙千_{一作干}影侧，神豪发直。四睨之人股佶栗，欲定不定定不得。春牍残，儿且止。狄胡有胆大如山，怖亦死。

矛　俞

手盘风，头背分，电光战扇，欲刺敲心留半线。缠肩绕脰，礻合眩旋，卓植赴列，夺避中节。前冲函礼穴，上指字彗灭，与君一用来有截。

弩　俞

牛来开弦，人为置镞。揿机关，进山谷，鹿骇涩，隼击迟。析毫中睫,洞腋分龟。达坚垒,残雄师,可以冠猛乐壮曲。抑扬蹈厉,有裂犀兕之气者,非公与?

句曲山朝真词二首 并序

岁三月十八日,句曲山道士朝真于大茅峰上,学神仙有至自千万里者。余距华阳洞天,程止信宿,尘约不能遂去,驰神旦旦,忽若载升矣。因作朝真词迎送各二解,以自塞意。

迎 真

九华磬答寒泉急,十绝幡摇翠微湿。司命旂旌未下来,焚香抱简凝神立。残星下照霓襟冷,缺月才分鹤轮影。空洞灵章发一声,春来万壑烟花醒。

送 真

紫云凤髻飘然解,玉钺玄干俨先迈。朝真弟子悄无言,再拜碧杯添沆瀣。火锒跳跃龙毛盖,脑发青青霞缞缞。万象销沉一瞬间,空馀月外闻残佩。

战 秋 辞

八月空堂,前临隙荒。抽关散扇,晨乌未光。左右物态,森疏强梁。天随子爽骇恂栗,恍军庸之我当。濠然而沟,垒然而墙。蘽然而桂,队然而篁。杉巉攒矛,蕉标建常。槁艾矢束,矫蔓弦张。蛙合助吹,鸟分启行。若革进而金止,固违阴而就阳。无何,云颜师,风旨一作日伯。苍茫惨一作湛澹,隳危撼划。烟蒙上焚,雨阵下棘。如濠者注,如垒者辟;如蘽者亚,如队者析;如矛者折,如常者拆;如矢者仆,如弦者礫;如吹者喑,如行者惕。石有发兮尽累,木有耳兮咸齸一作木具耳而盛齸。云风雨烟,乘胜之势骄;杉篁蕉蔓,败北之气撼。天随子曰:吁,秋无神则已,如其有神,吾为尔羞之。南北畿

圻,盗兴五期。方州大都,虎节龙旗。瓦解冰碎,瓜分豆离。斧抵
耄老,干－作戈穿乳儿。昨宇今烬,朝人暮尸。万犊一啖,千仓一
炊。扰践边朔,歼伤蜑夷。制质守帅,披攘城池。弓弮不刟,甲缀
不离。凶渠歌笑－作凶魁啸歌,裂地无疑。天有四序,秋为司刑。少
昊负扆,亲朝百灵。薅收相臣,太白将星。可霾可电,可风可霆。
可堑溺颠陷,可夭札迷冥。曾忘－作无蕰剪,自意澄宁。苟蜡礼之
云责,触天怒而谁丁,奈何欺荒庭?凌坏砌,揉－作撤崇莛,批宿蕙,
揭编茅而逞力,断纬萧而作势,不过约弱欹垂,戕残废替。可谓弃
其本而趋其末,舍其大而从其细也。辞犹未已,色若愧耻,于是堕
者止,偃者起。

祝牛宫辞 并序

　　冬十月,耕牛为寒,筑宫纳而皂之。建之前日,老农请乞灵于土官,
　　以从乡教。予勉之,而为之辞。

四牸三牯,中一去乳。天霜降寒,纳此室处。老农拘拘,度地不亩。
东西几何,七举其武。南北几何,丈二加五。偶楹当闲,载尺入土。
太岁在亥,馀不足数。上缔蓬茅,下远官府。耕耰以时,饮食得所。
或寝或卧,免风免雨。宜尔子孙,实我仓庾。

迎潮送潮辞 并序

　　余耕稼所在松江,南旁田庐,门外有沟通浦溆,而朝夕之潮至焉。
　　天弗雨则轧而留之,用以涤濯灌溉,及物之功甚巨,其赢壮迟速,系望晦
　　盈虚也。用之则顺而进,舍之则黜而退,有类乎君子之道。玩而感之,
　　作迎潮送潮词二首,聊寄声于骚人之末。

迎　潮

江霜严兮枫叶丹,潮声高兮墟落寒。鸥巢卑兮渔箔－作箱短,远岸

没兮光烂烂。潮之德兮无际，既充其大兮又充其细。密幽人兮款
柴门，寂寞流连兮依稀旧痕。濡腴—作馀泽槁兮潮之恩，不尸其功
兮归于混元。

送　潮

潮西来兮又东下，日染中流兮红洒洒。汀葭苍兮屿蓼枯，风骚牢兮
愁烟孤。大几望兮微将晦翳，睨瀛溶兮敛然而退。爱长波兮数数，
一幅巾兮无缨可濯。帆生尘兮楫有衣，怅潮之还兮吾犹未归。

问吴宫辞 并序

　　　　甫里之乡曰吴宫，在长洲苑东南五十里，非夫差所幸之别馆耶？披
　　图籍不见其说，询故老不得其地，其名存，其迹灭，怅然兴怀古之思，作
　　问吴宫辞云。

彼吴之宫兮江之那涯，复道盘兮当高且斜。波摇疏兮雾濛箔，菡萏
国兮鸳鸯家。鸳之箫兮蛟之瑟，骈筍参差兮界丝密。宴曲房兮上
初日，月落星稀兮歌酣未毕。越山丛丛兮越溪疾，美人雄剑兮相先
后出。火姑苏兮沼长洲，此宫之丽人兮留乎不留。霜氛重兮孤榜
晓，远树扶苏兮愁烟悄眇。欲摅愁烟兮问故基，又恐愁烟兮推白
鸟。

全唐诗卷六二二

陆龟蒙

萤 诗

肖翘虽振羽，戚促尽疑冰。风助流还急，烟遮点渐一作暂凝。不须
轻列一作别宿，才可拟一作乱孤灯。莫倚隋家事，曾烦下诏征。

蝉

只凭风作使，全仰柳为都。一腹清何甚，双翎薄更无。伴貂金换酒
一作置影，并雀画成图。恐是千年恨，偏令落日呼。

秋 热

自惜秋捐扇，今来意未衰。殷勤付柔握，渐沥待清吹。午气朱崖
近，宵声白羽随。总如南国候，无复婕好悲。

村 中 晚 望

抱杖柴门立，江村日易斜。雁寒犹忆侣，人病更离家。短鬓看成
雪，双眸旧有花。何须万一作千里外，即此是天涯。

四明山诗 并序

　　谢遗尘者,有道之士也,尝隐于四明之南雷。一旦访予来,语不及世务,且曰:"吾得于玉泉生,知子性诞逸,乐神仙中书,探海岳遗事,以期方外之交,虽铜墙鬼炊,虎狱剑饵,无不窥也。(已上八言谢语,不知所谓者何,一云出隐中书。)今为子语吾山之奇者:有峰最高,四穴在峰上,每天地澄霁,望之如牖户,相传谓之石窗,即四明之目也。山中有云不绝者二十里,民皆家云之南北,每相从,谓之过云。有鹿亭,有樊榭,有潺湲洞。木实有青棂子,味极甘而坚不可卒破。有猿,山家谓之鞠侯。其他在图籍,不足道也。凡此佳处,各为我赋诗。"予因作九题,题四十字,谢省之曰:"玉泉生真不诬矣。"好事者为予传之,因呈袭美。

石　窗

石窗何处见,万仞倚晴虚。积霭迷青琐,残霞动绮疏。山应列圆峤,宫便接方诸。只有三奔客,时来教隐书。

过　云

相访一程云,云深路仅分。啸台随日辨,樵斧带风闻。晓著衣全湿,寒冲酒不醺。几回归思静,仿佛见苏君。

云　南

云南更有溪,丹砾尽无泥。药有巴赏卖,枝多越鸟啼。夜清先月午,秋近少岚迷。若得山颜住,芝簪手自携。

云　北

云北是阳川,人家洞壑连。坛当星斗下,楼揍翠微边。一半遥峰雨,三条古井烟。金庭如有路,应到左神天。

鹿　亭

鹿亭岩下置一作坐,时领白麛过。草细眠应久,泉香饮自多。认声来月坞,寻迹到烟萝。早晚吞金液,骑将上绛河。

樊榭

樊榭何年筑，人应白日飞。至今山客说，时驾玉麟归。乳蒂缘松嫩，芝台出石微。凭栏虚目断，不见羽华衣。

潺湲洞

石浅洞门深，潺潺万古音。似吹双羽管，如奏落霞琴。倒穴漂龙沫，穿松溅鹤襟。何人乘月弄，应作上清吟。

青㭎子

山实号青㭎，环冈次第生。外形坚绿壳，中味敌琼英。堕石樵儿拾，敲林宿鸟惊。亦应仙吏守，时取荐层城。

鞠侯

何事鞠侯名，先封在四明。但为连臂饮，不作断肠声。野蔓垂缨细，寒泉佩玉清。满林游宦子，谁为作君卿。

奉和袭美赠魏处士五贶诗

五泻舟

样自桐川得，词因隐地成。好渔翁亦喜，新白鸟还惊。沙际拥江沫，渡头横雨声。尚应嫌越相，遗祸不遗名。

华顶杖

万古阴崖雪，灵根不为枯。瘦于霜鹤胫，奇似黑龙须。拄访谭玄客，持看泼墨图。湖云如有路，兼可到仙都。

太湖砚

谁截小秋滩，闲窥四绪宽。绕为千嶂远，深置一潭寒。坐久云应出，诗成墨未干。不知新博物，何处拟重刊。

乌龙养和

养和名字好，偏寄道情深。所以亲逋客，兼能助五禽。倚肩沧海望,钩膝白云吟。不是逍遥侣,谁知世外心。

诃陵尊

鱼骼匠成尊,犹残海浪痕。外堪欺玳瑁,中可酌昆仑酒名。水绕苔
矶曲,山当草阁门。此中醒复醉,何必问乾坤。

奉酬袭美早春病中书事

只贪诗调苦,不计病容生。我亦休文瘦,君能叔宝清。药须勤一
服,春莫累多情。欲入毗耶问,无人敌净名。

又酬次韵

从来多远思,尤向静中生。所以令心苦,还应是骨清。酒香偏入
梦,花落又关情。积此风流事,争无后世名。

奉酬袭美秋晚见题二首

为爱晚窗明,门前亦懒行。图书看得熟,邻里见还生。鸟啄琴材
响,僧传药味精。缘君多古思,携手上空城。
何事乐渔樵,巾车或倚桡。和诗盈古箧,赊酒半寒瓢。失雨园蔬
赤,无风蚰叶凋。清言一相遗,吾道未全消。

奉和袭美初冬章上人院

每伴来方丈,还如到四禅。菊承荒砌露,茶待远山泉。画古全无
迹,林寒却有烟。相看吟未竟,金磬已泠然。

袭美见题郊居十首因次韵酬之以伸荣谢

近来唯乐静,移傍故城居。闲打修琴料,时封谢药书。夜停江上
鸟,晴晒篓中鱼。出亦图何事,无劳置栈车。

倩人医病树，看仆补衡茅。散发还同阮，无心敢慕巢。简便书露竹，尊待破霜匏。日好林间坐，烟萝近—作仅欲交。

倭僧留海纸，山匠制云床。懒外应无敌，贫中直是王。池平鸥思喜，花尽蝶情忙。欲问新秋计，菱丝一亩强。

故山空自掷，当路竟谁知。只有经时策，全无养拙资。病深怜灸客，炊晚信樵儿。谩欲陈风俗，周官未采诗。

福地能容堑，玄关讵有扉。静思琼版字，闲洗铁筇衣。鸟破凉烟下，人冲暮雨归。故园秋草梦，犹记绿微微。

水影沉鱼器，邻声动纬车。燕轻捎坠叶，蜂懒卧燋花。说史评诸例，论兵到百家。明时如不用，归去种桑麻。

禹穴奇编缺，雷平异境残。静吟封篆检，归兴削帆竿。白石堪为饭，青萝好作冠。几时当斗柄，同上步罡坛。

强起披衣坐，徐行处暑天。上阶来斗雀，移树去惊蝉。莫问盐车骏，谁看酱瓿玄。黄金如可化，相近买云泉。

野入青芜巷，陂侵白竹门。风高开栗刺，沙浅露芹根。迸鼠缘藤桁，饥乌立石盆。东吴虽不改，谁是武王孙。

疏慵真有素，时势尽无能。风月虽为敌，林泉幸未憎。酒材经夏阙，诗债待秋征。只有君同癖，闲来对曲肱。

和张广文贲旅泊吴门次韵

高秋能叩触，天籁忽成文。苦调虽潜倚，灵音自绝群。茅峰曾醮斗，笠泽久眠云。许伴山中蹢，三年任一醺。

又次前韵酬广文

独倚秋光岸，风漪学篆文。玄堪教凤集，书好换鹅群。叶堕平台月，香消古径云。强歌非白纻，聊以送馀醺。

送延陵张宰

春尽未离关，之官亦似闲。不嫌请薄俸，为喜带名山。默祷三真后，高吟十字还。_{季子有仲尼所书十字碑。}只应江上鸟，时下讼庭间。

送人罢官归茅山

呼僮晓拂鞍，归上大茅端。薄俸虽休入，明霞自足餐。暗霜松粒赤，疏雨草堂寒。又凿中峰石，重修醮月坛。

立 春 日

去年花落时，题作送春诗。自为重相见，应无今日悲。道孤逢识寡，身病买名迟。一夜东风起，开帘不敢窥。

中秋夜寄友生

秋来一度满，重见色难齐。独坐犹过午，同吟不到西。疏芒唯斗在，残白合河迷。更忆前年望，孤舟泊大溪。

全唐诗卷六二三

陆龟蒙

奉和袭美古杉三十韵

众木尽相遗,孤芳_{一作杉}独任奇。锸天形硉兀,当殿势敧危。恐是夸娥怒,教临巇崿衰。节穿开耳目,根瘿坐熊罴。世只论荣落,人谁问等衰_{初危切}。有巅从日上,无叶与秋欺。虎搏应难动,雕蹲不敢迟。战锋新缺磤,烧岸黑黬黳。斗死龙骸杂,争奔鹿角差。肢_{一作胈}销洪水脑,棱耸梵天眉。磔索珊瑚涌,森严獬豸窥。向空分莘指,冲浪出鲸鬐。杨仆船橦在,蚩尤阵纛隳。下连金粟固,高用铁菱披。挺若苻坚棰,浮于祖纳椎。峥嵘惊露鹤,趔趄阁云螭。傍宇将支压,撑霄欲抵巇。背交虫臂搞,相向鹘拳追。格_{音阁}笔差_{初加切}犹立,阶干卓未靡。鬼神应暗画,风雨恐潜移。已觉寒松伏,偏宜后土疲。好邀清啸傲,堪映古茅茨。材大应容蝎,年深必孕夔。后雕依佛氏,初植必僧弥。_{寺即东晋王家别墅。僧弥,王珉小字。}拥肿烦庄辩,槎牙费庾词。咏多灵府困,搜苦化权卑。类既区中寡,朋当物外推。蟠桃标日域,珠草侍仙墀。真宰诚求梦,春工幸可医。若能嘘巕竹,犹足动华滋。

奉和袭美新秋言怀三十韵次韵

身闲唯爱静，篱外是荒郊。地僻怜同巷，庭喧厌累巢。岸声摇胙
艒，窗影辨蟏蛸。径只溪禽下，关唯野客敲。竹冈从古凸，池缘本
来颛。早藕擎霜节，凉花束紫梢。渔情随锤网，猎兴起鸣髇。好
梦经年说，名方著处抄。才一作木疏惟自补，技痒欲谁抓。窗静常
悬菜，鞭闲不正鞘。山衣轻斧藻，天籁逸弦匏。蕙转一作展风前带，
桃烘雨后胶。藓干黏晚砌，烟湿动晨庖。沈约便图籍，扬雄重酒
肴。目曾窥绝洞，耳不犯征铙。历外穷飞朔，著中记伏爻。石林空
寂历，云肆肯哓哓。松桂何妨蠹，龟龙亦任嘲。未能丹作髓，谁相
紫为胞。莫把荣枯异，但平声和大小包。由弓猿不捷，梁圈虎忘嗥。
旧友怀三益，关山阻二峣。道随书篋古，时共钓轮抛。好作忘机
士，须为莫逆交。看君驰谏草，怜我卧衡茅。出处虽冥默，薰莸肯
溷殽。岸沙从鹤印，崖蜜劝人蒃。白菌盈枯柿，黄精满绿筲。仙因
隐居信，禅是净名教。勿谓江湖永，终浮一大匏一作泡。

和袭美江南书情二十韵寄秘阁韦校
书贻之商洛宋先辈垂文二同年次韵

我志如鱼乐，君词称凤衔。暂来从露冕，何事买云岩。水石应容
病，松篁未听谗。罐香松蠹腻，山信药苗缄。爱鹭欹危立，思猿夔
铄狞。谢才偏许朓，阮放最怜咸。大乐宁忘缶，奇工肯顾瑊。客
愁迷旧隐，鹰健想秋毚。砚缺犹慵琢，文繁却要芟。雨馀幽沼净，
霞散远峰巉。洗笔烟成段，培花土作杴。访僧还觅伴，医鹤自须
监。荒庙犹怀季，清滩几梦严。背风开蠹简，冲浪试新帆。闷忆年
支酒，闲裁古样衫。钓家随野舫，仙蕴逐雕函。度岁赊嬴马，先春
买小蛃。共疏泉入竹，同坐月过杉。染翰穷高致，怀贤发至诚。

不堪潘子鬓,愁促易髟髟。

忆袭美洞庭观步奉和次韵

闻君游静境,雅具更拟拟。竹伞遮云径,藤鞋踏藓矼。杖斑花不
一,尊大瘿成双。水鸟行沙屿,山僧礼石幢。已甘三秀味,谁念百
牢腔。远棹投何处,残阳到几窗。仙谣珠树曲,村饷白醝〔缸〕(釭)。
地里方吴会,人风似冉庞。探幽非遁世,寻胜肯迷邦。为读江南
传,何贤过二庞。

江墅言怀

病身兼稚子,田舍劣相容。迹共公卿绝,贫须稼穑供。月方行一作
行方到闰,霜始近言一作来浓。树少栖禽杂,村孤守犬重。汀洲藏晚
弋,篱落露寒舂。野弁欹还整,家书拆又封。杉篁宜夕照,窗户倚
疏钟。南北唯闻战,纵横未胜农。大春虽苦学,叔夜本多慵。直使
貂裘弊,犹一作还堪过一冬。

自和次前韵

命既时相背,才非世所容。著书粮易绝,多病药难供。梦为怀山
数,愁因戒一作忌酒浓。鸟媒呈不一,鱼寨下仍重。晚桁蓑兼褐,晴
檐织带春。著签分水味,标石认田封。此地家三户,何人禄万钟。
草堂聊当贵,金穴任轻农。把钓竿初冷,题诗笔未慵。莫忧寒事
晚,江上少严冬。

秋日遣怀十六韵寄道侣

尽日临风坐,雄词妙略兼。共知时世薄,宁恨岁华淹。且把灵方
试,休凭吉梦占。夜然烧汞火,朝炼洗金盐。有路求真隐,无媒举

孝廉。自然成啸傲,不是学沉潜。水恨同心隔,霜愁两鬓沾。鹤屏
怜掩扇,乌帽爱垂檐。雅调宜观乐,清才称典签。冠餕玄发少,书
健紫毫尖。故疾因秋召,尘容畏日黔。壮图须行行,儒服谩襜襜。
片石聊当枕,横烟欲代帘。蠹根延穴蚁,疏叶漏庭蟾。药鼎高低
铸,云庵早晚苦。胡麻如重寄,从诮我无厌。

京口与友生话别

共是悲秋客,相逢恨不堪。雁频辞蓟北,人尚在江南。名利机初
发,樵渔事先谙。松门穿戴寺,荷径绕秦潭秦潭,始皇所开。绳检真难
束,疏慵却易耽。枕当高树稳,茶试远泉甘。架上经唯一,尊前雅
只三。风云劳梦想,天地人醺酣。历自尧阶数,书因禹穴探。御龙
虽世禄,下马亦清谭。国计徒盈策,家储不满甔。断帘从燕出,餕
弁请一作倩人簪。木坠凉来叶,山横霁后岚。竹窗深窈窱,苔洞绿
㲯毵。积行依颜子,和光则老聃。杖诚为虎节,披一作被信作鲛函。
养鹭看窥沼,寻僧助结庵。功名思马援,歌唱咽羊昙。乞食羞孤
凤,无衣羡八蚕。系帆留宿客,吟句任羸骖。宠鹤空无卫,占乌未
见鹌。香还须是桂,青会出于蓝。蜀酒时倾甒,吴虾遍一作偏发柑苦
甘切。玉封千挺藕,霜闭一筒柑。惜佩终邀祸,辞环好激贪。宗测
虽畎浍,成厦必梗楠。碧玉雕琴荐,黄金饰剑镡。烟缘莎砌引,水
为药畦担。博物君能继,多才我尚惭。别离犹得在,秋鬓未鬑鬑。

丹阳道中寄友生

烟树绿微微,春流浸竹扉。短蓑携稚去,孤艇载鱼归。海俗芦编
室,村娃练苧衣。旧栽奴橘老,新刈女桑肥。锦鲤冲风掷,丝禽掠
浪飞。短亭幽径入,陈庙数峰围。地废金牛暗,陵荒石兽稀。思君
同一望,帆上怨馀晖。

寄茅山何道士

终身持玉舄，丹诀未应传。况是曾同宿，相违便隔年。问颜知更少，听话想逾玄。古篆文垂露，新金汞绝烟。蜂供和饵蜜，人寄买溪钱。紫燕长巢硐，青龟忽上莲。箧藏征隐诏，囊佩摄生篇。圃暖芝台秀，岩春乳管圆。池栖子孙鹤，堂宿弟兄仙。幸阅灵书次，心期赐一编。

江南秋怀寄华阳山人

栉发凉天曙，含毫故国情。归心一夜极，病体九秋轻。忽起襜褕咏，因悲络纬鸣。逢山即堪隐，何路可图荣。揲策空占命，持竿不钓名。忘忧如有待，纵懒似无营。小径才分草，斜扉劣辨一作辬荆。冷荷承露药，疏菊卧烟茎。谱为听琴阅，图缘看海帧。鹭毛浮岛白，鱼尾撇波赪。庭橘低攀嗅，园葵旋折烹。饿乌窥食案，斗鼠落书棚。种豆悲杨恽，投瓜忆卫玠。东林谁处士，南郭自先生。分野星多蹇，连山卦少亨。衣裾徒博大，文籍漫纵横。兰叶骚人佩，莼丝内史羹。鹖冠难适越，羊酪未饶伧。倚啸微抽恨，论玄好析酲。栖迟劳鼓箧，豪侠爱金篇。炼药传丹鼎，尝茶试石甀。沼连枯苇暗，窗对脱梧明。未达讥张翰，非才嫉祢衡。远怀魂易黯，幽愤骨堪惊。砺缺知矛利，磨瑕见璧瑛。道源疏滴沥，儒肆售精诚。敢叹良时掷，犹胜乱世撄。相秦犹几死，王汉尚当黥。饮啄期应定，穷通势莫争。髡钳为皂隶，谭笑得公卿。浴日安知量，追风不计程。尘埃张耳分，肝胆季心倾。谕蜀专操檄，通瓯独请缨。匹夫能曲踊，万骑可横行。许国轻妻子，防边重战耕。俄分上尊酒，骤厌五侯鲭。静默供三语，从容等一枰。弘深司马法，雄杰贰师兵。朔雪埋烽燧，寒笳裂旆旌。乘时收句注，即日扫欃枪。武昔威殊俗，文今被八弦。琼璜陈始毕，韶夏教初成。芽蘖群妖灭，松筠百度贞。
郎官青琐拜，使者绣衣迎。帝道将云辟，浇波渐砥平。学徒羞说
霸，佳士耻为跨。负杖歌栖亩，操觚赋北征。才当曹斗怯，书比惠
车盈。谢氏怜儿女，郗家贵舅甥。唯荒稚珪宅，莫赠景山枪。贤彦
风流远，江湖思绪萦。讴哑摇舴艋，出没漾鸂鶒。晚树参差碧，奇
峰逦迤晴。水喧摁紫茨，村响邮香粳。荷笠渔翁古，穿篱守犬狞。
公衫白纻卷，田饷绿筲擎。地与膏腴错，人多富寿并。相欢时帖
泰，独坐岁峥嵘。唧喷蛩吟壁，连轩鹤舞楹。戍风飘叠鼓，邻月动
哀筝。未得文章力，何由俸禄请。和铅还揹揹，持斧自丁丁。惊
惧疑凋朽，功勤过屑琼。凝神披夕秀，尽力取朝英。蠹简开尘箧，
寒灯立晓檠。静翻词客系，闲难史官评。天地宁舒惨，山川自变
更。只能分踦惠，谁解等殇彭。项岂重瞳圣，夔犹一足鼪。阮高酣
麴糵，庄达谢牺牲。醋舌无劳话，宽心岂可盛。但从垆冶锻，莫受
罽罗婴。砚拨萍根洗，舟冲蓼穗撑。短床编翠竹，低机一作几凭红
桯。霜信催杨柳，烟容袅杜蘅。桁排巢燕燕，屏画醉猩猩。懒桧推
岚影，飞泉撼玉玎。舼舠寻远近，握槊斗输赢。枝压离披瓠，檐
垂礌磊橙。忘情及宗炳，抱疾过刘桢。野馈夸菰饭，江商贾蔗饧。
送神抱瓦釜，留客上瓷觥。举楫挥青剑，鸣榔扣远钲。鸟行沉莽碧
一作苍，鱼队破泓澄。手戟非吾事，腰镰且发硎。谅难求摽摽，聊欲
取铮铮。几叹虫甘蓼，还思鹿美苹。愁长难自剪，歌断有谁赓。未
去师黄石，空能说白珩。性湍休激浪，言莠罢抽萌。地僻琴尊独，
溪寒杖屦清。物齐消臆对，戈倒共心盟。丝曳灵妃瑟，金涵太子
笙。幽栖胶竹坞，仙虑驿蓬瀛。想像珠襦凤，追飞翠蕊莺。雾帟深
杳悄，云磬冷敲铿。篆宇多阶品，华阳足弟兄。焚香凝一室，尽日
思层城。匿景崦嵫色，呀空渤澥声。吾当营巨柿，东去射长鲸。

送宣武从事越中按狱

晓看呈使范，知欲救星辂。水国难驱传，山城便倚桡。秉筹先独立，持法称高标。旌旆临危堞，金丝发丽谯。别愁当翠巘，冤望隔风潮。木落孤帆迥，江寒叠鼓飘。客鸿吴岛尽，残雪剡汀消。坐想休秦狱，春应到柳条。

江南冬至和人怀洛下

昔居清洛涯，长恨苦寒迟。自作江南客，稀迟下雪时。有烟栖菊梗，无冻落杉枝。背日能寻径，临风尚覆棋。鸟声浑欲转，草邑固应知。与看平湖上，东流或片澌。

谨和谏议罢郡叙怀六韵

已报东吴政，初捐左契归。天应酬苦节，人不犯寒威。江上思重借，朝端望载饥。紫泥封夜诏，金殿赐春衣。对酒情何远，裁诗思极微。待升熔造日，江海问渔扉。

全唐诗卷六二四

陆龟蒙

二遗诗 并序

二遗者何？石枕材，琴荐也。石者何？松之所化也。松者(一作化于)何？越之东阳也。东阳多名山，就中金华为最，枝峰蔓壑，秀气磅礴者数百里，不啻神仙登临。草木芬怪，永康之地，亦蝉联其间。中饶古松，往往化为石，盘根大柯，文理曲折，尽为好事者得(一作攻)而致于人间，以为耳目之异。太山羊振文得枕材，赵郡李中秀得琴荐，皆兹石也，咸以遗予。予以二遗之奇，聊赋诗以谢。

谁从毫末见参天，又到苍苍化石年。万古清风吹作籁，一条寒溜滴一作涤成穿一作川。闲追金带徒劳恨，静格朱丝更一作也可怜。幸与野人俱一作供散诞，不烦良匠更雕镌。

鸂鶒 并序

客有过震泽，得(一作寻)水鸟所谓鸂鶒者贶予，黑襟青胫，碧爪丹嘴(一作碧嘴丹爪)。色几及项，质甚高而意甚卑(一作草)戚，畏人。予极哀其野逸性，又非以能招累者，而囚录笼槛，逼迫窗户，俯啄仰饮，为活大不快，真天地之穷鸟也。为之赋诗，拟好事者和。

词赋曾夸鸂鶒流，果为名误别沧洲。虽蒙静置疏笼晚，不似闲栖折苇秋。自昔稻粱高鸟畏，至今圭组野人仇。防徽避缴一作钓无穷事,好与裁书—作诗谢白鸥。

新秋月夕客有自远相
寻者作吴体二首以赠

风初寥寥月乍满,杉篁左右供—作有馀清。因君一话故山事,忆鹤
互应深溪声。云门老僧定未起,白阁道士遥相迎。日闻—作世间羽
檄日夜急—作至,掉臂欲归岩下行。

惊闻远客访良夜,扶病起坐纶巾攲。清谈白纻思悄悄,玉绳银汉光
离离。三吴烟雾且如此,百越琛赆来何时。林端片月落未落,强慰
别情言后期。

闲　书

病学高僧置一床,披衣才暇即焚香。闲阶雨过苔花润,小簟风来薤
叶凉。南国羽书催部曲时黄巢围广州告急,东山毛褐傲羲皇。升平闻
—作人道无时节,试问中林亦不妨。

独　夜

新秋霁夜有清境,穷褣—作褴病客无佳期。生公把经向石说,而我
对月须人为。独行独坐亦独酌,独玩独吟还独悲。古称独坐与独
立,若比群居终校奇。

寄吴融

一夜秋声入井桐,数枝危绿怕西风。霏霏晚砌烟华上,浙浙疏帘雨
气—作欲通。君整—作隐轮蹄名未了,我依琴—作云鹤病相攻。到头
江畔从渔事,织作中流万尺—作匹箕。

中 秋 待 月

转缺霜轮上转迟,好风偏似送佳期。帘斜树隔情无限,烛暗香—作花残坐不辞。最爱笙调闻北里,渐看星澹失南箕。何人为校清凉力,未似—作欲减初圆欲—作及午时。

重忆白菊 一本作二绝句

我怜贞白重寒芳,前后丛生夹小堂。月—作霜朵暮—作并开无绝艳,风茎时动有奇香。何惭谢雪清才—作中情咏,不羡刘梅贵主—作色妆。更忆幽窗凝一梦—作望,夜来村落—作月有微霜。

别 墅 怀 归

水国初冬和暖天,南荣方好背阳眠。题诗朝忆复暮忆,见月上弦还下弦。遥为晚花吟白菊,近炊香稻识红莲。何人授我黄金百,买取苏君负郭田。

寄淮南郑—作窦宝书记

记室千年翰墨孤,唯君才学似应徐。五丁驱得神功尽,二酉搜来秘检疏。炀帝帆樯留泽国,淮王笺奏入班书。清词醉草无因—作人见,但钓寒江半尺鲈。

小雪后书事

时候频过小雪天,江南寒色未曾—作多偏。枫汀尚忆逢人别,麦陇唯应—作凭欠雉眠。更拟结茅临水次,偶因行药到村前。邻翁意绪相安慰,多—作曾说明年是稔年。

寒夜同袭美访北禅院寂上人

月楼风殿静沉沉，披拂霜华访道林。鸟在寒枝栖影动，人依古堞坐禅深。明时尚阻青云步，半夜犹追白石吟。自是海边鸥伴侣，不劳金偈更降心。

和袭美江南道中怀茅山
广文南阳博士三首次韵

一片轻帆背夕阳，望三峰拜七真堂。三茅、二许、一杨、一郭，是为七真。天寒夜漱云牙净，雪坏晴梳石发香。自拂烟霞安笔格，独开封检试砂床。莫言洞府能招隐，会碾飙轮见玉皇。

壶中行坐可携天，何况一作向林间息万缘。组绶任垂三品石，佩环从落四公泉。丹台已运阴阳火一作气，碧简须雕一作调次第仙广文三年犹在场中。想得雷平春色动，五一作玉芝烟甲一作草又芊眠。

良常应不动移文，金醴从酸亦自醺。蓬莱公洛广文以金醴四升待主簿，主簿恨其味酸。桂父旧歌飞绛雪，桐孙新一作遗韵倚玄云。春临柳谷莺先觉，曙醮芜香一作灵芜鹤共闻。珍重双双玉条脱，尽凭三岛寄羊君。

早春雪中作吴体寄袭美

迎春避腊不肯下，欺花冻草还飘然。光填马窟盖塞外，势压鹤巢偏殿巅。山炉瘿节万状火，墨突乾衰孤穗烟。君披鹤氅独自立，何人解道真神仙。

奉和袭美吴中言情见寄次韵

菰烟芦雪是侬乡，钓线随身好坐忘。徒爱右军遗点画，闲披左氏得膏肓。无因月殿闻移犀，只有风汀去采香。莫问江边渔艇子，玉皇看赐羽衣裳。

和袭美扬州看辛夷花次韵

柳疏梅堕少春丛，天遣花神别致功。高处朵稀难避日，动时枝弱易
为风。堪将乱蕊添云肆，若得千株—作枝便雪宫。不待群芳应有
意，等闲桃杏即争红。

奉和袭美行次野梅次韵

飞棹参差拂早梅，强欺寒色尚低徊。风怜薄媚留香与，月会深情借
艳开。梁殿得非萧帝瑞，齐宫应是玉儿媒。不知谢客离肠醒，临水
应—作刚添万恨来。

奉和袭美暇日独处见寄

谢府殷楼少暇时，又抛清宴入书帷。三千馀岁上下古，八十一家文
字奇。司马迁书上下纪三千馀岁，太玄有八十一家，率多奇字。冷梦汉皋怀鹿
隐，静怜烟岛觉鸿离。知君满箧前朝事，凤诺龙奴借与窥。

奉和袭美见访不遇

为愁烟岸老尘嚣，扶病呼儿刷翠苕。只道府中持简牍，不知林下访
渔樵。花盘小坡晴初压，叶拥疏篱冻未烧。倚仗遍吟春照午，一
池冰段几多消。

酬袭美见寄海蟹

药杯应阻蟹螯香，却乞江边采捕郎。自是扬雄知郭索，《太玄经》云：蟹
之郭索。且非何胤敢饤饾。何胤侈于食味。稍欲去其甚者，犹有鳝腊、糟蟹。
骨清犹似含春霭，沫白还疑带海霜。强作南朝风雅客，夜来偷醉早

梅傍。

奉和袭美开元寺客省早景即事次韵

日上罘罳叠影红，一声清梵万缘空。褵褷满地贝多雪，料峭入楼于阗风。水榭初抽寥沉思，作窗犹挂梦魂中。灵香散尽禅家接，谁共殷源小品同。《辨正论》亦有九流，一曰禅家者流。殷浩读《小品经》，下二百签疑义，以问支道林。

独夜有怀因作吴体寄袭美

人吟侧景抱冻竹，鹤梦缺月沉枯梧。清涧无波鹿无魄，白云有根虬有须。云虬涧鹿真逸调，刀名锥利非良图。不然快作燕市饮，笑抚肉 枡音磬眠酒垆。

阖闾城北有卖花翁讨春
之士往往造焉因招袭美

故城边有卖花翁，水曲舟轻去尽通。十亩芳菲为旧业，一家烟雨是元功。闲添药品年年别，笑指生涯树树红。若要见春归处所，不过携手问东风。

奉和袭美病中庭际
海石榴花盛发见寄次韵

紫府真人饷露囊，猗兰灯烛未荧煌。丹华乞曙先侵日，金焰欺寒却照霜。谁与佳名从海曲，只应芳裔出河阳。那堪谢氏庭前见，一段清香染郄郎。

袭美以春橘见惠兼之雅篇因次韵酬谢

到春犹作九秋鲜,应是亲封白帝烟。良玉有浆须让味,明珠无颣亦
羞圆。堪居汉苑霜梨上,合在仙家火枣前。珍重更过三十子,不堪
分付野人边。王僧辩尝为荆南,得橘一蒂三十子,以献梁元帝。

奉和袭美病中书情寄上崔谏议次韵

或偃虚斋或在公,蔼然林下昔贤风。庭前有蝶争烟蕊,帘外无人报
水筒。行药不离深幌底时患眼疾,寄书多向远山中。西园夜烛偏堪
忆,曾为题诗刻半红。

奉酬袭美病中见寄

逢花逢月便相招,忽卧云航一作疏隔野桥。春恨与谁同酩酊,玄言
何处问逍遥。题诗石上空回笔,拾蕙汀边独倚桡。早晚却还岩下
电袭美时有眼疾,共寻芳径结烟条。

奉和袭美病孔雀

懒移金翠傍檐楹,斜倚芳丛旧态生。唯奈一作耐瘴烟笼饮啄,可堪
春雨滞飞鸣。鸳鸯水畔回头羡,豆蔻图前举眼惊。争得鹧鸪来伴
一作往著,不妨还校有心情。

上元日道室焚修寄袭美

三清今日聚灵官,玉刺齐抽谒广寒。执盖冒花香寂历,侍晨交佩响
阑珊。执盖、侍晨,皆仙之贵侣矣。将排风节分阶易,欲校龙书下笔难。
唯有世尘中小兆,夜来心拜七星坛。

正月十五惜春寄袭美

六分春色一分休,满眼东波尽是愁。花匠凝寒应束手,酒龙多病尚垂头。无穷懒惰齐中散,有底机谋敌右侯。见织短篷裁小楫,挐烟闲弄个渔舟。

袭美病中闻余游颜家园见寄次韵酬之

日华风蕙正交光,羯末相携藉草塘。羯,谢玄小字。末,谢川小字。佳酒旋倾醹醁嫩,短船闲弄木兰香。烟丝鸟拂来萦带,蕊槛人收去约簧。今日好为联句会,不成刚为欠檀郎。

春雨即事寄袭美

小谢轻埃日日飞,小谢咏雨诗有"散漫似轻埃"句。城边江上阻春晖。虽愁野岸花房冻,还得山家药笋肥。双屐著频看齿折,败裘披苦见毛稀。比邻钓叟无尘事,洒笠鸣蓑夜半归。

奉和袭美抱疾杜门见寄次韵

虽失春城醉上期,下帷裁遍未裁诗。因吟郢岸百亩蕙,〔欲〕(秋)采商崖三秀枝。栖野鹤笼宽使织,施山僧饭别教炊。但医沈约重瞳健,不怕江花不满枝。

偶掇野蔬寄袭美有作

野园烟里自幽寻,嫩甲香薤引渐深。行歌每依鸦舅影,挑频时见鼠姑心。凌风蔼彩初携笼,带露虚疏或贮襟。欲助春盘还爱否,不妨萧洒似家林。

奉和袭美卧疾感春见寄次韵

共寻花思极飞腾，疾带春寒去未能。烟径水涯多好鸟，竹床蒲椅但
高僧。须知日富为神授，只有家贫免盗憎。除却数函图籍外，更将
何事结良朋。

徐方平后闻赦因寄袭美

新春旒扆御羣轩，海内初传涣汗恩。秦狱已收为厉气，瘴江初返未
招魂。英材尽作龙蛇蛰_{时停贡举}，战地多成虎豹村。除却数般伤痛
外，不知何事及王孙。

袭美以鱼笺见寄因谢成篇

捣成霜粒细鳞鳞，知作愁吟喜_{一作幸}见分。向日乍惊新茧色，临风
时辨白萍文_{鱼子曰白萍}。好将花下承金粉，堪送天边咏碧云。见倚
小窗亲襞染，尽图春色寄夫君。

次和袭美病后春思

气和灵府渐氤氲，酒有贤人药有君。七字篇章看月得，百劳言语傍
花闻。闲寻古寺消晴日，最忆深溪枕夜云。早晚共摇孤艇去，紫屏
风外碧波文。

袭美以公斋小宴见招因代书寄之

早云才破漏春阳，野客晨兴喜又忙。自与酌量煎药水，别教安置晒
书床。依方酿酒愁迟去，借样裁巾怕索将。唯待数般幽事了，不妨
还入少年场。

京　口

江干古渡伤离情,断山零落春潮平。东风料峭客帆远,落叶夕阳天际明。战舸昔浮千骑去,钓舟今载一翁轻。可怜宋帝筹帷处,苍翠无烟草自生。

润州送人往长洲

秋来频上向吴亭,每上思归意剩生。废苑池台烟里色,夜村蓑笠雨中声。汀洲月下菱船疾,杨柳风高酒旆轻。君住松江多少日,为尝鲈鲙与莼羹。

润州江口送人谒池阳卫郎中

山翁曾约旧交欢,须拂侯门侧注冠。月在石头摇戍角,风生江口亚帆竿。闲随野醉溪声闹,独伴清谭晓色残。待取新秋归更好,九华苍翠入楼寒。

全唐诗卷六二五

陆龟蒙

袭美以纱巾见惠继以雅音因次韵酬谢

薄如蝉翅背斜阳,不称春前赠厍郎。初觉顶寒生远吹,预忧头白透新霜。堪窥水槛澄波影,好拂花墙亚蕊香。知有芙蓉留自戴桐柏真人戴芙蓉冠也,欲峨烟雾访黄房。

闻袭美有亲迎之期因以寄贺

梁鸿夫妇欲双飞,细雨轻寒拂雉衣。初下雪窗因眷恋,次乘烟幨奈光辉。参差扇影分华月,断续箫声落翠微。见说春风偏有贺,露花千朵照庭闱。

袭美以巨鱼之半见分因以酬谢

谁与春江上信鱼,可怜霜刃截来初。鳞隳似撤骚人屋,腹断疑伤远客书。避网几跳山影破,逆风曾蹙浪花虚。今朝最是家童喜,免泥荒畦掇野蔬。

奉和袭美馆娃宫怀古次韵

镂楣消落濯春雨,苍翠无言空断崖。草碧未能忘帝女,燕轻犹自识宫钗。江山只有愁容在，剑珮应和愧色埋。赖在伍员骚思少，吴王才免似荆怀。

同袭美游北禅院 院即故司勋陆郎中旧宅

连延花蔓映风廊，岸帻披襟到竹房。居士只今开梵处，先生曾是草玄堂。清尊林下看香印，远岫窗中挂钵囊。今日有情消未得，欲将名理问思光。

袭美以紫石砚见赠以诗迎之

霞骨坚来玉自愁，琢成飞燕一作物象古钗头。澄沙脆弱闻应伏，青铁沉埋见亦羞。最称风亭批碧简，好将云一作雪窦渍寒流。君能把赠闲吟客，遍写江南物象酬。

和袭美送孙发百篇游天台

直应天授与诗情，百咏唯消一日成。去把彩毫挥下国，归参黄绶别春卿。闲窥碧落怀烟雾，暂向金庭隐姓名。珍重兴公徒有赋，石梁深处是君行。

奉和袭美闻开元寺开笋园寄章上人

春龙争地养檀栾，况是双林雨后看。迸出似毫当�墭，孤生如恨倚栏干。凌虚势欲齐金刹，折赠光宜照玉盘。更得锦苞零落后，粉环高下搞烟寒。

蔷薇

倚墙当户自横陈，致得贫家似不贫。外布芳菲虽笑日，中含芒刺欲伤人。清香往往生遥吹，狂蔓看看及四邻。遇有客来堪玩处，一端晴绮照烟新。

奉和袭美开元寺佛钵诗

空王初受逞神功，四钵须臾现一重至今钵缘有四重也。持次想添香积
饭，覆时应带步罗钟。光寒好照金毛鹿，响静堪降白耳龙。从此宝
函香里见，不须一作烦西去诣灵峰。

酬袭美夏首病愈见招次韵

雨多青合是垣衣，一幅蛮笺夜款扉。蕙带又闻宽沈约，茅斋犹自忆
王微。方灵只在君臣正，篆古须抛点画肥。除却伴谈秋水外，野鸥
何处更忘机。

新夏东郊闲泛有怀袭美

迟于春日好于秋，野客相携上钓舟。经略彴时冠暂亚，佩笭箵后带
频挡。兼葭鹭起波摇笠，村落蚕眠树挂钩。料得祇君能爱此，不争
烟水似封侯。

四月十五日道室书事寄袭美

乌饭新炊芼臛香，道家斋日以为常。月苗杯举存三洞，云蕊函开
叩九章。一掬阳泉堪作雨，数铢秋石欲成霜。可中值著雷平信，为
觅闲眠苦竹床。

看压新醅寄怀袭美

晓压糟床渐有声，旋如〔荒〕(虎)涧野泉清。身前古态熏应出，世上
愁痕滴合平。饮啄断年同鹤俭，风波终日看人争。尊中若使常能
渌，两绶通侯总强名。

奉和袭美登初阳楼寄怀北平郎中

远窗浮槛亦成年，几伴杨公白昼筵。日暖烟花曾扑地，气浮星象却归天。闲将水石侵军垒，醉引笙歌上钓船。无限恩波犹在目，东风吹起细漪涟。

奉和夏初袭美见访题小斋次韵

四邻多是老农家，百树鸡桑半顷麻。尽趁〔晴〕(清)明修网架，每和烟雨掉缫车。啼莺偶坐身藏叶，饷妇归来鬓有花。不是对君吟复醉，更将何事送年华。

奉和袭美所居首夏水木尤清适然有作次韵

柿阴成列药花空，却忆桐江下钓筒。亦以鱼虾供熟鹭，近缘樱笋识邻翁。闲分酒剂多还少，自记书签白间红。更爱夜来风月好，转思玄度对支公。

奉和袭美题达上人药圃二首

药味多从远客赍，旋添花圃旋成畦。三桠旧种根应异，九节初移叶尚低。山英便和幽涧石，水芝须带本池泥。从今直到清秋一作明日，又有香苗几番一作畚，筐也齐。

净名无语示清羸，药草搜来喻更微。一雨一风皆遂性，花开花落尽忘机。教疏兔镂金弦乱兔丝别名，自拥龙刍紫汞肥。莫怪独亲幽圃坐，病容销尽欲依归。

奉和袭美怀华阳润卿博士三首

几降真官授隐书，洛公曾到梦中无。眉间入静三辰影，肘后通灵五岳图。北洞树形如曲盖，东凹山色入薰炉。金墟福地能容否，愿作冈前蒋负刍。

火景应难到洞宫，萧闲堂冷任天风。谈玄麈尾抛云底，服散龙胎在酒中。有路还将赤城接，无泉不共紫河通。奇编早晚教传授，免以神仙问葛洪。

终日焚香礼洞云，更思琪树转劳神。曾寻下泊宫名常经月，不到中峰又累春。仙道最高黄玉箓，暑天偏称白纶巾。清斋若见茅司命，乞取朱儿十二斤。

以竹夹膝寄赠袭美

截得筼筜冷似龙，翠光横在暑天中。堪临薤簟闲凭月，好向松窗卧跂风。持赠敢齐青玉案，醉吟偏称碧荷筒。添君雅具教多著，为著西斋谱一通。

奉和袭美夏景无事因
怀章来二上人次韵

檐外青阳有二梅，折来堪下冻醪杯。《离骚》注云：盛夏以醇酒置冰上。高杉自欲生龙脑，小弁谁能寄鹿胎。丽事肯教饶沈谢，谈微一作微谈何必减宗雷。还闻拟结东林社，争奈渊明醉不来。

忽忆高僧坐夏堂，厌泉声闹笑云忙。山重海澹怀中印，月冷风微宿上方。病后书求嵩少药，定回衣染贝多香。何时更问逍遥义，道林有逍遥游别义。五粒松阴半石床。

颀自桐江得一钓车以袭美乐烟波之思因出以为玩俄辱三篇复抒酬答

旋屈金钩劈翠筠,手中盘作钓鱼轮。忘情不效孤醒客,有意闲窥百丈鳞。雨似轻埃时一起,云如高盖强相亲。任他华毂低头笑,此地终无覆败人。

曾招渔侣下清浔,独茧初随一锤深。细碾烟华无辙迹,静含风力有车音。相呼野饭依芳草,迭和山歌逗远林。得失任渠但取乐,不曾生个是非心。

病来悬著脆缊丝,独喜高情为我持。数幅尚凝烟雨态,三篇能赋蕙兰词。云深石静闲眠稳,月上江平放溜迟。第一莫教谙此境,倚天功业待君为。

奉和袭美吴中书事寄汉南裴尚书

风清地古带前朝,遗事纷纷未寂寥。三泖凉波鱼蒗动,远祖士衡对晋武帝以三泖冬温夏清。五茸春草雉媒娇。五茸,吴王猎所,草各有名。云藏野寺分金刹,月在江楼倚玉箫。不用怀归忘此景,吴王看即奉弓招。

奉和袭美夏景冲澹偶作次韵二首

蝉雀参差在扇纱,竹襟轻利箨冠斜。垆中有酒文园会,琴上无弦靖节家。芝畹烟霞全覆穗,橘洲风浪半浮花。闲思两地忘名者,不信人间发解华。

只于池曲象山幽,便是潇湘浸石楼。斜拂茭盘轻鸶下,细穿菱线小鲵游。闲开茗焙尝须遍,醉拨书帷卧始休。莫道仙家无好爵,方诸还拜碧琳侯。

奉和袭美送李明府之任南海

春尽之官直到秋，岭云深处凭泷楼。居人爱近沉珠浦，候吏多来拾翠洲。赉税尽应输紫贝，蛮童多学佩金钩。知君不恋南枝久，抛却经冬白罽裘。

奉和袭美寄题罗浮轩辕先生所居

鼎成仙驭入崆峒，百世犹传至道风。暂应青词为穴凤，却思丹徼伴冥鸿。金公的的生炉际，琼刃时时到梦中。预恐浮山归有日，载将云室十洲东。

奉和袭美寄琼州杨舍人

明时非罪谪何偏，鹏鸟巢南更数千。酒满椰杯消毒雾，风随蕉叶一作扇下泷船。人多药户生一作行狂蛊，吏有珠官出俸钱。只以直诚天自信，不劳诗句咏贪泉。

奉和袭美宿报恩寺水阁

峰抱池光曲岸平，月临虚槛夜何清。僧穿小桧才分影，鱼掷高荷渐有声。因忆故山吟易苦，各横秋簟梦难成。周颙不用裁书劝，自得凉天证道情。

奉和袭美醉中偶作见寄次韵

海鹤飘飘韵莫侪，在公犹与俗情乖。初呈酒务求专判，合祷山祠请自差。永夜谭玄侵罔象，一生交态忘形骸。怜君醉墨风流甚，几度题诗小谢斋。

奉和袭美寄滑州李副使员外

洛生闲咏正抽毫，忽傍旌旗著战袍。檄下连营皆破胆，剑离孤匣欲吹毛。清秋月色临军垒，半夜淮声入贼壕。除却征南为上将，平徐功业更谁高。

奉和袭美吴中言怀寄南海二同年

曾见凌风上赤霄，尽将华藻赴嘉招。城连虎踞山图丽，路入龙编海舶遥。江客渔歌冲白苧，野禽人语映红蕉。庭中必有君迁树，莫向空台望汉朝。《交州记》云：有君迁树，有朝台，尉陀望汉所筑。

奉和袭美伤史拱山人

曾说山栖欲去寻，岂知霜骨葬寒林。常依净住师冥目，兼事容成学算心。史学浮图，兼善算术。逋客预斋还梵唱，老猿窥祭亦悲吟。唯君独在江云外，谁诔孤贞置岘岑。

白鸥诗 并序

　　乐安任君，尝为泾尉，居吴城中，地才数亩，而不佩俗物。有池，池中有岛屿，池之南西北边合三亭，修篁嘉木，掩隐隈隩，处其一，不见其二也。君好奇乐异，喜文学名理之士，所得皆清散凝莹，袭美知而偕诣。既坐，有白鸥翩然，驯于砌下，因请浮而玩之。主人曰："池中之族老矣，每以豪健据有。鸥之始浮，辄逐而害之，今畏不敢入。"吁！昔人之心蓄机事，犹或舞而不下，况害之哉！且羽族丽于水者多矣，独鸥为闲暇，其致不高耶？一旦水有鲸鲵之患，陆有狐狸之忧，俦侣不得命啸，尘埃不得澡刷，虽蒙人之流赏，亦天地之穷鸟也。感而为诗，邀袭美同作。

惯向溪头漾浅沙，薄烟微雨是生涯。时时失伴沉山影，往往争飞杂

浪花。晚树清凉还鸂鶒,旧巢零落寄蒹葭。池塘信美应难恋,针在
鱼唇剑在虾。

怀杨台文杨鼎文<small>一作台鼎</small>二秀才

秋早相逢待得春,崇兰清露小山云。<small>崇兰、小山,郡中二堂。</small>寒花独自
愁中见,曙角多同醒后闻。钓具每随轻舸去,诗题闲上小楼分。重
思醉墨纵横甚,书破羊欣白练裙。

奉和袭美谢友人惠人参

五叶初成根树阴,紫团峰外即鸡林。名参鬼盖须难见,材似人形
不可寻。品第已闻升碧简,携持应合重黄金。殷勤润取相如肺,封
禅书成动帝心。

严子重以诗游于名胜间旧矣余晚于江南相遇甚乐不幸且没袭美作诗序而吊之其名真不朽矣又何戚其死哉余因息悲而为之和

每值<small>一作忆</small>江南日落春,十年诗酒爱逢君。芙蓉湖上吟船倚,翡翠
岩前醉马分。只有汀洲连旧业,岂无章疏动遗文。犹怜未卜佳城
处,更勵要离冢畔云。

算　山

水绕苍山固护来,当时盘踞实雄才。周郎计策清宵定,曹氏楼船白
昼灰。五十八年争虎视,三千馀骑骋龙媒。何如今日家天下,阊阖
门临万国开。

寄茅山何威仪二首

大小三峰次九华,灵踪今尽属何家。汉时仙上云巅鹤,蜀地春开洞底花。闲傍积岚寻瀑眼,便凌残雪探芝芽。年来已奉黄庭教,夕炼腥魂晓吸霞。

曾向人间拜节旄,乍疑因梦到仙曹。身轻曳羽霞襟狭,髻耸峨烟鹿帻高。山暖不莘峰上薤,水寒仍落洞中桃。从闻此日搜奇话,转觉魂飞夜夜劳。

全唐诗卷六二六

陆龟蒙

早秋吴体寄袭美

荒庭古村只独倚,败蝉残蛩苦相仍。虽然诗胆大如一作于斗,争奈愁肠牵似绳。短烛初添蕙幌影,微风渐折蕉衣棱。安得弯弓似明月,快箭拂下西飞鹏。

病中秋怀寄袭美

病容愁思苦相兼,清镜无形未我嫌。贪广异蔬行径窄。故求偏药出钱添。同人散后休赊酒,双燕辞来始下帘。更有是非齐未得,重凭詹尹拂龟占。

秋赋有期因寄袭美 时将主试贡士

云似无心水似闲,忽思名在贡书间。烟霞鹿弁聊悬著,邻里渔舠暂解还。文草病来犹满箧,药苗衰后即离山。广寒宫树枝多少,风送高低便可攀。

和袭美新秋即事次韵三首

心似孤云任所之,世尘中更有谁知。愁寻冷落惊双鬓,病得清凉减四支。怀旧药溪终独往,宿枯杉寺已频期。兼须为月求高处,即是霜轮杀满时。

帆樯衣裳尽钓徒,往来踪迹遍三吴。闲中展卷兴亡小,醉后题诗点画粗。松岛伴谭多道气,竹窗孤梦岂良图。还须待致升平了,即往一作任扁舟放五湖。

声利从来解破除,秋滩唯忆下桐庐。鸥鹭阵合残阳少,蜻蜓吟高冷雨疏。辩伏南华论指指,才非玄晏借书书。当时任使真堪笑,波上三年学炙鱼。

和袭美赠南阳润卿将归雷平

朝市山林隐一般,却归那减卧云欢。堕阶红叶谁收得,半盏清醪客酹一作醉干。玉笈诗成吟处晓,金沙泉落梦中寒。真仙若降如相问,曾步星罡绕醮坛。

顾道士亡弟子奉束帛
乞铭于袭美因赋戏赠

童初真府召为郎,君与抽毫刻便房。亦谓神仙同许郭,不妨才力似班扬。比于黄绢词尤妙,酬以霜缣价未当。唯我有文无卖处,笔锋销尽墨池荒。

和访寂上人不遇

芭蕉霜后石栏荒,林下无人闭竹房。经抄未成抛素几,锡环应撼过寒塘。蒲团为拂浮埃散,茶器空怀碧饽香。早晚却还宗炳社,夜深风雪对禅床。

秋夕文宴 得成字

笔阵初临夜正清,击铜遥认小金钲。飞觥壮若游燕市,觅句难于下赵城。隔岭故人因会忆,傍檐栖鸟带吟惊。梁王座上多词客,五韵甘心第七成。梁昭明尝文宴,赋诗各五韵,刘孝威第七方成。

南阳广文欲于荆襄卜居袭美有赠代酬次韵

不知天隐在何乡,且欲烟霞迹暂双。鹤庙未能齐月驭,鹿门聊拟并云窗。藓衔荒磴移桑屐,花浸春醪挹石缸。莫惜查头容钓伴,也应东印有馀江。

和袭美寄毗陵魏处士朴

经苑初成墨沼开,何人林下肯寻来。若非宗测图山后,即是韩康卖药回。溪籁自吟朱鹭曲,沙云还作白鸥媒。唯应地主公田熟,时送君家麴蘖材。

和袭美初冬偶作寄南阳润卿次韵

逐日生涯敢计冬,可嗟寒事落然空。窗怜返照缘书小,庭喜新霜为橘红。衰柳尚能和月动,败兰犹拟倩烟笼。不知海上今清浅,试与飞书问洛公。

和袭美冬晓章上人院

山寒偏是晓来多,况值禅窗雪气和。病客功夫经未演,故人书信纳新磨。闲临静案修茶品,独旁深溪记药科。从此逍遥知有地,更乘清月伴君过。

和袭美寄题镜岩周尊师所居

见说身轻鹤不如，石房无侣共云居。清晨自削灵香柿，独夜空吟碧落书。十洞飞精应遍吸，一簪秋发未曾梳。知君便入悬珠会，早晚东骑白鲤鱼。

寒夜文宴得惊字

各将寒调触诗情，旋见微澌入砚生。霜月满庭人暂起，汀洲半夜雁初惊。三秋每为仙题想，一日一作勺多因累句倾。千里建康衰草外，含毫谁是忆昭明。

送润卿还华阳

何事轻舟近腊回，茅家兄弟欲归来。茅司命以三月十八日、十二月二日会于华阳天。封题玉洞虚无奏，点检霜坛沆瀣杯。云肆先生分气调，山图公子爱词才。殷勤为向东乡荐，洒扫含真雪后台。

和袭美为新罗弘惠上人
撰灵鹫山周禅师碑送归诗

一函迢递过东瀛，只为先生处乞铭。已得雄词封静检，却怀孤影在禅庭。春过异国人应写，夜读沧洲怪亦听。遥想勒成新塔下，尽望空碧礼文星。

和袭美寒日书斋即事
三首每篇各用一韵

不必探幽上郁冈，公斋吟啸亦何妨。唯求薏苡供僧食，别著氍毹待客床。春近带烟分短蕙，晓来冲雪撼疏篁。馀杭山酒犹封在，遥嘱高人未肯尝。

已上星津八月槎,文通犹自学丹砂江文通有《丹砂可学赋》。仙经写得空三洞,隐士招来别九华。静对真图呼绿齿,偶开神室问黄芽。方诸更是怜才子,锡赉于君合有差。

名价皆酬百万馀,尚怜方丈讲玄虚。西都宾问曾成赋,东海人求近著书。袭美尝作《吊江都赋》。又新罗僧请为大师碑文。茅洞烟霞侵痼寐,檀溪风月挂樵渔。清朝还要廷臣在,两地宁容便结庐。

和袭美腊后送内大德从勖游天台

应缘南国尽南宗,欲访灵溪路暗通溪在天台山下。归思不离双阙下,去程犹在四明东。铜瓶净贮桃花雨,金策闲摇麦穗风上人指期国清过夏。若恋吾君先拜疏,为论台岳未封公。

和袭美寄题玉霄峰叶涵象尊师所居

天台一万八千丈,师在浮云端掩扉。永夜只知星斗大,深秋犹见海山微。风前几降青毛节,雪后应披白羽衣。南望烟霞空再拜,欲将飞魄问灵威。

南阳广文博士还雷平后寄

微微春色染林塘,亲拨烟霞坐涧房。阴洞雪胶知未入,浊醪风破的偷尝。芝台晓用金铛一作铼煮,星度闲将玉铃量。几遍侍晨官欲降,曙坛先起独焚香。

和袭美题支山南峰僧次韵

眉毫霜细欲垂肩,自说初栖海岳年。万壑烟霞秋后到,一林风雨夜深禅。时翻贝叶添新藏,闲插松枝护小泉。好是清冬无外事,匡林斋罢向阳眠。

送董少卿游茅山

威辇高悬度世名，至今仙裔作公卿。将随羽节朝珠阙，曾佩鱼符管赤城董尝判台州。云冻尚含孤石色，雪干犹堕古松声。应知四扇灵方在，待取归时绿发生。

和袭美寄怀南阳润卿

高抱相逢各绝尘，水经山疏不离身。才情未拟汤从事，玄解犹嫌竺道人。霞染洞泉浑变紫，雪披江树半和春。谁怜故国无生计，唯种南塘二亩芹。

袭美将以绿罽为赠因成四韵

三径风霜利若刀，襜褕吹断冒蓬蒿。病中只自悲龙具，世上何人识羽袍。狐貉近怀珠履贵，薜萝遥羡白巾高。陈王轻暖如相遗，免致衰荷效广骚。

和过张祜处士丹阳故居 并序

　　张祜，字承吉。元和中，作宫体小诗，辞曲艳发，当时轻薄之流能其才，合噪得誉。及老大，稍窥建安风格，诵《乐府录》，知作者本意。短章大篇，往往间出，谏讽怨谲，时与六义相左右；善题目佳境，言不可刊置别处。此为才子之最也。由是贤俊之士及高位重名者，多与之游，谓有鹓鹭之野，孔翠之鲜，竹柏之贞，琴磬之韵。或荐之于天子，书奏不下。亦受辟诸侯府，性狷介不容物，辄自勃去。以曲阿地古澹，有南朝之遗风，遂筑室种树而家焉。性嗜水石，常悉力致之。从知南海间罢职，载罗浮石笋还。不蓄善田利产为身计，死未二十年，而故姬遗孕冻馁不暇。前所谓鹓鹭、孔翠、竹柏、琴磬之家，虽朱轮尚乘，遗编尚吟，未尝一省其孤而恤其穷也。噫,人假之为玩好,不根于道义耶?惧其怨刺于神明耶?天果不爱才,没而犹谴耶?吾一不知之。友人颜弘至行江南道中,访其庐,作诗吊而序之,属余应和。余汩没者,不足哀承吉之道。邀袭美同作,庶乎承吉之孤,倚其传而有怜者。

胜华通子共悲辛,荒径今为旧宅邻。一代交游非不贵,五湖风月合教贫。魂应绝地为才鬼,名与遗编在史臣。闻道平生多爱石,至今犹泣洞庭人。

和袭美寄广文先生

忽辞明主事真君,直取姜巴路入云。龙篆拜时轻诰命,霓襟披后小玄𪩘。峰前北帝三元会,石上东卿九锡文。应笑世间名利火,等闲灵府剩先焚。

和袭美先辈悼鹤

一夜圆吭绝不鸣,八公虚道得千龄。方添上客云眠思,忽伴中仙剑解形。但掩丛一作脩毛穿古堞,永留寒影在空屏。君才幸自清如水,更向芝田为刻铭。

幽居有白菊一丛因而成咏呈知己

还是延年一种材菊之别名,即将瑶一作琼朵冒霜开。不如一作知红艳临歌扇,欲伴黄英入酒杯。陶令接䍦堪岸著,梁王高屋好歆来梁朝有白纱高屋帽。月中若有闲田地,为劝嫦娥作意裁。

和袭美伤开元观顾道士

何事神超入杳冥,不骑孤鹤上三清。多应白简迎将去,即是朱陵炼更生。药奠肯同椒醑味,云谣空替薤歌声。武皇徒有飘飘思,谁问山中宰相名。

和袭美醉中即席赠润卿博士次韵

共是虚皇简上仙，清词如羽欲飘然。登山凡著几緉一作屦，破浪欲乘千里船。远梦只留丹井畔，闲吟多在酒旗前。谁知海上无名者，只记渔歌不记年。

送浙东德师侍御罢府西归

王谢遗踪玉籍仙，三年闲上鄂君船。诗怀白阁僧吟苦，俸买青田鹤价偏。行次野枫临远水，醉中衰菊卧凉烟。芙蓉散尽西归去，唯有山阴九万笺。

送羊振文先辈往桂阳归觐

风雅先生去一麾，过庭才子趣归期时使君丈人自毛诗博士出牧。让王门外开帆叶，义帝城中望戟支。郢路渐寒飘雪远，湘波初暖涨云迟。灵均精魄如能问，又得千年贾傅词。

袭美留振文宴龟蒙抱病
不赴猥示倡和因次韵酬谢

绮席风开照露晴，只将茶荈代云舠。繁弦似玉纷纷碎，佳妓如鸿一一惊。毫健几多飞藻客，羽寒寥落映花莺，幽人独自西窗晚，闲凭香桎反照明。

和袭美重送圆载上人归日本国

老思东极旧岩扉，却待秋风泛舶归。晓梵阳乌当石磬，夜禅阴火照田衣。见翻经论多盈箧，亲植杉松大几围。遥想到时思魏阙，只应遥拜望斜晖。

和袭美褚家林亭

一阵西风起浪花，绕栏杆下散瑶华。高窗曲槛仙侯府，卧一作折苇
荒芹白鸟家。孤岛待寒凝片月，远山终日送馀霞。若知方外还一作
仙如此，不要秋乘上海槎。

归　雁

北走南征象我曹，天涯迢递翼应劳。似悲边雪音犹苦，初背岳云行
未高。月岛聚栖防暗缴，风滩斜起避惊涛。时人不问随阳意，空拾
栏边翡翠毛。

王先辈草堂

松径隈云到静堂，杏花临涧水流香。身从乱后全家隐，日校人间一
倍长。金箓渐加新品秩，玉皇偏赐羽衣裳。何如圣代弹冠出，方朔
曾为汉侍郎。

伤　越

越溪自古好风烟，盗束兵缠已半年。访戴客愁随水远，浣纱人泣共
埃捐。临焦赖洒王师雨，欲堕重登刺史天。早晚山川尽如故，清吟
闲上鄂君船。

新定陪太守一百五夜南馆玩月

风雨教春处处伤，一宵云尽见沧浪。全无片烛侵光彩，只有清滩助
雪霜。烟蔽棹歌归浦溆，露将花影到衣裳。却嫌殷浩南楼夕，一带
秋声入恨长。

中元夜寄道侣二首

学饵霜茸骨未轻，每逢真夕梦还清。丁宁独受金妃约，许与亲题玉篆名。月苦撼残临水珮，风微飘断系云缨。须臾枕上桐窗晓，露压千枝滴滴声。

橘斋风露已清馀，东郭先生病未除。孤枕易为蛩破梦，短檐难得燕传书。广云披日君应近，倒影裁花我尚疏。唯羡羽人襟似水，平持旄节步空虚。

寄怀华阳道士

华阳门外五芝生，餐罢愁君入杳冥。遥夜独栖还有梦，昔年相见便忘形。为分科斗亲铅椠，与说蜉蝣坐竹根。醮后几时归紫阁，别来终日诵黄庭。闲教辨药僮名甲，静识窥巢鹤姓丁。绝涧饮羊春水腻，傍林烧石野烟腥。深沉谷响含疏磬，片段岚光落画屏。休采古书探禹穴，自刊新历斗尧蓂。珠宫凤合迎萧史，玉籍人谁访蔡经？架上黑椟长褐稳，案头丹篆小符灵。霓轩入洞齐初月，羽节升坛拜七星。当路独行冲虎豹，向风孤啸起雷霆。凝神密室多生白，叙事联编尽杀青。匝地山川皆暗写，隐天竽籁只闲听。分张火力烧金灶，拂拭苔痕洗酒瓶。翠壁上吟朝复暮，暖云边卧醉还醒。倚身长短裁筇杖，倩客高低结草亭。直用森严朝北帝，爱将清浅问东溟。常思近圃看栽杏，拟借邻峰伴采苓。掩树半扉晴霭霭，背琴残烛晓荧荧。旧来扪虱知王猛，欲去为龙叹管宁。蟾魄几应临蕙帐，渔竿犹尚枕枫汀。衔烟细草无端绿，冒雨闲花作意馨。掠岸惊波沉翡翠，入檐斜照碍蜻蜓。初征汉栈宜飞檄，待破燕山好勒铭。六辔未收千里马，一囊空负九秋萤。我悲雌伏真方柄，他骋雄材似建瓴。合在深崖齐散术一作木，自求沧海点流萍。频抛俗物心还爽，远忆幽期目剩瞑。见买扁舟束真诰,手披仙语任扬舲。

全唐诗卷六二七

陆龟蒙

人日代客子 _{是日立春}

人日兼春日，长怀复短怀。遥知双彩胜，并在一金钗。

筑城词二首

城上一培_{一作杯，一作掊}土，手中千万杵。筑城畏不坚，坚城在何处。

莫叹将军逼_{一作筑城劳}，将军要却敌。城高功亦高，尔命何劳_{一作足}惜。

古　意

君心莫淡薄，妾意正栖托。愿得双车轮，一夜生四角。

春　晓

春庭晓景别，清露花逦迤。黄蜂一过慵，夜夜栖香蕊。

杂　兴

桃李傍檐楹，无人赏春华。时情重不见，却忆菖蒲花。

雁

南北路何长,中间万弋张。不知烟雾里,几只到衡阳。

寄　远

鬟乱羞云卷,眉空羡月生。中原犹将将,何日重卿卿。

庭　前

合欢能解恚,萱草信忘忧。尽向庭前种,萋萋特地愁。

洞 房 怨

玉锤朝扶鬓,金梯晚下台。春衫将别泪,一夜两难裁。

江　行

酒旗菰叶外,楼影浪花中。醉帆张数幅,唯待鲤鱼风。

巫　峡

巫峡七百里,巫山十二重。年年自云雨,环佩竟谁逢。

归　路

渐入新丰路,衰红映小桥。浑如七年病,初得一丸销。

南 塘 曲

妾住东湖下,郎居南浦边。闲临烟水望,认得采菱船。

黄　金　二　首

自古黄金贵,犹沽骏与才。近来簪珥重,无可一作复上高台。
平分从满箧,醉掷任成堆。恰莫持千万,明明买祸胎。

夕　阳

渡口和帆落,城边带角收。如何茂陵客,江上倚危楼。

残　雪

桂冷微停素,峰干不遍岚。何谿背林处,犹覆定僧庵。

古　态

古态日渐薄,新妆心更劳。城中皆一尺,非妾髻鬟高。

大　堤

大堤春日暮,骢马解镂衢。请君留上客,容妾荐雕胡。

金　陵　道

北雁行行直,东流澹澹春。当时六朝客,还道帝乡人。

离　骚

天问复招魂,无因彻帝阍。岂知千丽句,不敌一谗言。

对　酒

后代称欢伯,前贤号圣人。且须谋日富,不要道家贫。

寄南岳客乞灵芜香

闻说融峰下,灵香似反魂。春来正堪采,试为劚云根。

山阳燕中郊乐录

淮上能无雨,回头总是情。蒲帆浑未织,争得一欢成。

偶　作

双眉初出茧,两鬓正藏鸦。自有王昌在,何劳近宋家。

有　示

相对莫辞贫,蓬蒿任塞门。无情是金玉,不报主人恩。

秋 思 三 首

桐露圭初落,兰风佩欲衰。不知能赋客,何似枉一作捉刀儿。
谁在嫖姚幕,能教霹雳车。至今思秃尾,无以代寒菹。
未得同菌杵,何时减药囊。莫言天帝醉,秦暴不灵长。

早　春

雨冷唯添暑,烟初不著春。数枝花颣一作类小,愁杀扈芳人。

怀 仙 三 首

闻道阳都女,连娟耳细长。自非黄犊客,不得到云房。
但服镮刚子,兼吟曲素词。须知臣汉客,还见布龙儿。
神烛光华丽,灵祛羽翼生。已传餐玉粒,犹自买云英。

芙 蓉

闲吟鲍照赋，更起屈平愁。莫引西风动，红衣不耐秋。

春 思

怨莺新语涩，双蝶斗飞高。作个名春恨，浮生百倍劳。

风人诗四首

十万全师出，遥知正忆君。一心如瑞麦，长一作惟作两岐分。
破襕供朝爨，须怜是苦辛。晓天窥落宿，谁识独醒人。
旦日思双屦，明时愿早谐。丹青传四渎，难写是秋怀。
闻道更新帜，多应发旧旗。征衣无伴捣，独处自然悲。

乐府杂咏六首

双 吹 管

长短裁浮筠，参差作飞凤。高楼微一作明月夜，吹出江南弄。

东 飞 凫

裁得尺锦书，欲寄东飞凫。胫短翅亦短，雌雄恋菰蒲。

花 成 子

春风等君意，亦解欺桃李。写得去时真，归来不相似。

月 成 弦

孤光照还没，转益伤离别。妾若是嫦娥，长圆不教缺。

孤 烛 怨

前回边使至，闻道交河战。坐想鼓鼙声，寸心攒百箭。

金 吾 子

嫁得金吾子，常闻轻薄名。君心如不重，妾腰徒自轻。

子夜四时歌

春

山连翠羽屏,草接烟华席。望尽南飞燕,佳人断消息。

夏

兰眼抬路斜,莺唇映花老。金龙倾漏尽,玉井敲冰早。

秋

凉汉清沉寥,衰林怨风雨。愁听络纬唱,似与羁魂语。

冬

南云一作光走冷圭,北籁号空木。年年任霜霰,不减筼筜绿。

大子夜歌二首

歌谣数百种,子夜最可怜。慷慨吐清音,明转出天然。
丝竹发歌响,假器扬清音。不知歌谣妙,声势出口心。

子夜警歌二首

镂碗传绿酒,雕炉薰紫烟。谁知苦寒调,共作白雪弦。
恃爱如欲进,含羞出不前。朱口发艳歌,玉指弄娇弦。

子夜变歌三首

人传欢负情,我自未尝见。三更开门去,始知子夜变。
岁月如流迈,春尽秋已至。荧荧条上花,零落何乃驶。
岁月如流迈,行已及素秋。蟋蟀吟堂前,惆怅使侬愁。

江南曲五首

鱼戏莲叶间,参差隐叶扇。鸂鶒鸂鶒窥,激滟无因见。

鱼戏莲叶东,初霞射红尾。旁临谢山侧,恰值清风起。
鱼戏莲叶西,盘盘舞波急。潜依曲岸凉,正直斜光入。
鱼戏莲叶南,欹危舞烟叠。光摇越鸟巢,影乱吴娃楫。
鱼戏莲叶北,澄阳动微涟。回看帝子渚,稍背鄂君船。

全唐诗卷六二八

陆龟蒙

陌上桑

皓齿还如贝色一作光含，长眉亦似烟华贴。邻娃尽著绣裆襦，独自提筐采蚕叶。

自遣诗三十首

> 自遣诗者，震泽别业之所作也。故疾未平，厌厌卧田舍中。农夫日以耒耜事相聒，每至夜分不睡，则百端兴怀搅人思，益纷乱无绪。且诗者，持也。谓持其情生，使不暴去。因作四句诗，累至三十绝，绝各有意。既曰自遣，亦何必题为。

五年重别一作到旧山村，树有交柯犊有孙。更一作重感卞峰颜色好，晓云才散便一作已当门。

雪下孤村淅淅鸣，病魂无睡洒来清。心摇只待东窗晓，长愧寒鸡第一声。

多情多感自难忘，只有风流共古长。座上不遗金带枕，陈王词赋为谁伤。

甫一作角里先生未白头，酒旗犹可战高楼。长鲸好鲙无因得，乞取艅艎作钓舟。

花濑濛濛紫气昏<small>紫花濑在顾渚步</small>，水边山曲更深<small>一作容村</small>。终须拣取幽栖处<small>一作地</small>，老桧成双便作门。

阴洞曾为采药行，冷云凝绝烛微明。玉芝敲折琤然堕，合有真人<small>一作官上</small>姓名。

长叹人间发易华，暗将心事许烟霞。病来前约分明在，药鼎书囊便是家。

酝得秋泉似玉容，比于云液更应浓。思量北海徐刘辈，枉向人间号酒龙。

羊侃多应自古豪，解盘金槊置纤腰。纵然此事教双得，不博溪田二顷苗。

偶然携稚看微波，临水春寒一倍多。便使笔精如逸少，懒能书字换群鹅。

昔闻庄叟迢迢梦，又道韩生<small>一作冯</small>苒苒<small>一作冉冉</small>飞。知有姓名聊寄问，更无言语抱斜晖。

雪侵春事太无端，舞急微还近腊寒。应是也疑真宰怪，休时犹未遍林峦。

数尺游丝堕碧空，年年长是惹东<small>一作春风</small>。争知天上无人住，亦有春愁鹤发翁。

谁使寒鸦意绪娇，云情山晚动情憀。乱和残照纷纷舞，应索阳乌次第饶。

古往天高事渺茫，争知灵媛不凄凉。月娥如有相思泪，只待方诸寄两行。

本来云外寄闲身，遂与溪云作主人。一夜逆风愁四散，晓来零落傍衣巾。

渊明不待公田熟，乘兴先秋解印归。我为馀粮春未去，到头谁是复谁非。

云拥根株抱石危, 甃来文似瘦蛟螭。幽人带病慵—作愁朝起, 只向春山尽日欹。

月淡花闲夜已深, 宋家微咏若遗音。重思万古无人赏, 露湿清香独满襟。宋玉有《微咏赋》。

南岸春田手自农, 往来横截半江风。有时不耐轻桡兴, 暂欲蓬山访洛公。

贤达垂竿小隐中, 我来真作捕鱼翁。前溪一夜春流急, 已学严滩下钓筒。

水国君王又姓萧, 风情由是冠南朝。灵和殿下巴江柳, 十二旒前舞翠条。

强梳蓬鬓整斜冠, 片烛光微夜思阑。天意最饶惆怅事, 单栖分付与春寒。

无多药圃近南荣, 合有新苗次第生。稚子不知名品上, 恐随春草斗输赢。

一派溪随箬—作若下流, 春来无处不汀洲。漪澜未碧蒲犹短, 不见鸳鸯正自由。

山下花明水上曛, 一桡青翰破霞文。越人但爱风流客, 绣被何须属鄂君。

妍华须是占时生, 准拟差肩不近情。佳丽几时腰不细, 荆王辛苦致宫名。

姹女精神似月孤, 敢将容易入洪炉。人间纵道铅华少, 蝶翅新篁未肯无。

贞白求丹变姓名, 主恩潜助亦无成。侯家竟换梁天子, 王整徒劳作外兵。

春雨能膏草木肥, 就中林野碧含滋。唯馀病客相逢背, 一夜寒声减四肢。

别墅怀归

东去沧溟百里馀,沿江潮信到吾庐。就中家在蓬山下,一日堪凭两寄书。

野 井

朱阁前头露井多,碧梧桐一作桃花下美人过。寒泉未必能如此,奈有银瓶素绠何。

南 征

丞相南征定有无,幕中谁是骋良图。遥知贼胆纵横破一作大,绕帐生犀一万株。

北 渡

江客柴门枕浪花,鸣机寒橹任呕哑。轻舟过去真堪画,惊起鸬鹚一阵斜。

夜泊咏栖鸿

可怜霜月暂相依,莫向衡阳趁逐一作队飞。同是江南一作天寒夜客,羽毛单薄稻粱微。

早 行

水一作冰寒孤棹触天文,直似乘槎去问津。纵使碧虚无限好,客星名字也愁人。

木兰堂 一作李商隐诗

洞庭波浪渺无津,日日征帆送远人。几度木兰舟上望,不知元是此花身。

和袭美春夕陪崔谏议樱桃园宴

佳人芳树杂春蹊,花外烟濛月渐低。几度艳歌清欲转,流莺惊起不成栖。

和袭美松江早春

柳下江餐待好风,暂时还得狎渔翁。一生无事烟波足,唯有沙边水勃公。

和袭美女坟湖 即吴王葬女之所

水平波淡绕回塘,鹤殉人沉万古伤。应是离魂双不得,至今沙上少鸳鸯。

和袭美泰伯庙

故国城荒德未荒,年年椒奠湿中堂。迩来父子争天下,不信人间有让王。

和袭美木兰院次韵

苦吟清漏迢迢极,月过花西尚未眠。犹忆故山歆警枕,夜来呜咽似流泉。

和袭美重题蔷薇

秾华自古不得久,况是倚春春已空。更被夜来风雨恶,满阶狼藉没
一作许多红。

和袭美春夕酒醒

几年无事傍江湖,醉倒黄公旧酒垆。觉后不知明月上,满身花影倩
人扶。

和袭美木兰后池三咏

重 台 莲 花

水国烟乡足芰荷,就中芳瑞此难过。风情为与吴王近,红萼常教一
倍多。

浮 萍

晚来风约半池明,重叠侵沙绿罽成。不用临池更相笑,最无根蒂是
浮名。

白 莲

素花多蒙别艳欺,此花真一作端合在瑶池。还应一作无情有恨无一作
何人觉,月晓风清欲堕时。

和袭美重题后池

晓烟清露暗相和,浴雁浮鸥意绪多。却是陈王词赋错,枉将心事托
微波。

和胥一作青门闲泛

细桨轻划下白蘋,故城花谢绿阴新。岂无今日逃名士,试问南塘著

犀人。

袭美初植松桂偶题

轩阴冉冉移斜日,寒韵泠泠入晚风。烟格月姿曾不改,至今犹似在
山中。

和袭美馆娃宫怀古五绝

三千虽衣水犀珠,半夜夫差国暗屠。犹有八人皆二八,独教西子占
亡吴。

一宫花渚漾涟漪,俀堕鸦鬟出茧眉。可料座中歌舞袖,便将残节拂
降旗。

几多云榭倚青冥,越焰烧来一片平。此地最应沾恨血,至今春草不
匀生。

江色分明练绕台,战帆遥隔绮疏开。波神自厌荒淫主,勾践楼船稳
帖来。

宝袜香綦碎晓尘,乱兵谁惜似花人。伯劳应是精灵使,犹向残阳泣
暮春。

和袭美虎丘寺西小溪闲泛三绝

树号相思枝拂地,鸟语提壶声满溪。云涯一里千万曲,直是渔翁行
也迷。

荒柳卧波浑似困,宿云遮坞未全痴。云情柳意萧萧会,若问诸馀总
不知。

每逢孤屿一倚楫,便欲狂歌同采薇。任是烟萝中待月,不妨欹枕扣
舷归。

和袭美天竺寺八月十五夜桂子

霜实常闻秋半夜，天台天竺堕云岑。_{垂拱中，天台桂子落一百馀日方止。}如何两地无人种，却是湘漓是桂林。

戏题袭美书印囊

鹊衔龟顾妙无馀，不爱封侯爱石渠。应笑休文过万卷，至今谁道沈家书。

和袭美钓侣二章

一艇轻划看晓涛，接罱抛下漉春醪。相逢便倚蒹葭泊，更唱菱歌掣蟹螯。

雨后沙虚古岸崩，鱼梁移入乱云层。归时月堕汀洲暗，认得妻儿结网灯。

和袭美寄同年韦校书

万古风烟满故都，清才搜括妙无馀。可中寄与芸香客，便是江南地里书。

和袭美初冬偶作

桐下空阶叠绿钱，貂裘初绽拥高眠。小炉低幌还遮掩，酒滴灰香似去年。

袭美醉中寄一壶并一绝走笔次韵奉酬

酒痕衣上杂莓苔，犹忆红螺一两杯。正被绕篱荒菊笑，日斜还有白衣来。

再 和 次 韵

阶下饥禽啄嫩苔,野人方倒病中杯。寒蔬卖却还沽吃,可有金貂换得来。

和袭美重玄寺双矮桧

可怜烟刺是青螺,如到双林误礼多。更忆早秋登北固,海门苍翠出晴波。

醉中戏赠袭美

南北风流旧不同,伧吴今日若相通。病来犹伴金杯满,欲得人呼小褚公。

润卿遗青饲饭兼之一绝聊用答谢

旧闻香积金仙食,今见青精玉斧餐。自笑镜中无骨录,可能飞上紫雪端。

文宴招润卿博士辞以道侣将至一绝寄之

仙客何时下鹤翎,方瞳如水脑华清。不过传达杨君梦,从许人间小兆听。

再 招

遥知道侣谈玄次,又是文交丽事时。虽是寒轻云重日,也留花箪待徐摛。

玩金䴔鹕戏赠袭美

曾向溪边泊暮云,至今犹忆浪花群。不知镂羽凝香雾,堪与鸳鸯觉后闻。

子 规 一 首

碧竿微露月玲珑,谢豹伤心独叫风。高处已应闻滴血,山榴一夜几枝红。

寄题天台国清寺齐梁体

峰带楼台天外立,明河色近罘罳湿。松间石上定僧寒,半夜楢溪水声急。

奉和谏议酬先辈霜菊

紫茎芳艳照西风,只怕霜华掠断丛。争奈病夫一作虽伴应刘难强饮一作醉,应须速自召车一作路人终要识山公。

和袭美咏皋桥

横截春流架断虹,凭栏犹思五噫风。今来未必非梁孟,却是无人断伯通。

和袭美悼鹤

鄮都香稻字重思,遥想飞魂去未饥。争奈野鸦无数健,黄昏来占旧栖枝。

和醉中袭美先起次韵

莫唱艳歌凝翠黛，已通仙籍在金闺。他时若寄相思泪，红粉痕应伴紫泥。

和袭美酒病偶作次韵

柳疏桐下晚窗明，只有微风为折酲。唯欠白绡笼解散，解散，王俭髯名，时人皆慕之也。洛生闲咏两三声。

忆 白 菊

稚子书传白菊开，西成相滞未容回。月明阶下窗纱薄，多少清香透入来。

和同润卿寒夜访袭美各惜其志次韵

醉韵飘飘不可亲，掉头吟侧华阳巾。如能跂脚南一作东窗下，便是羲皇世上人。

和袭美寒夜文宴润卿有期不至

细雨轻觞玉漏终，上清词句落吟中。松斋一夜怀贞白，霜外空闻五粒风。

移 石 盆

移得龙泓潋滟寒，月轮初下白云端。无人尽日澄心坐，倒影新篁一两竿。

石 竹 花 咏

曾看南朝画国娃，古萝_{一作罗}衣上碎明霞。而今莫共金钱斗，买却春风是此花。

全唐诗卷六二九

陆龟蒙

和袭美友人许惠酒以诗征之

冻醪初漉嫩如春,轻蚁漂漂杂蕊尘。得伴方平同一醉,明朝应作蔡经身。

闻圆载上人挟儒书洎释
典归日本国更作一绝以送

九流三藏一时倾,万轴光凌渤澥声。从此遗编东去后,却应荒外有诸生。

闲　吟

闲吟料得三更尽,始把孤灯背竹窗。一夜西风高浪起,不教归梦过寒江。

秘 色 越 器

九秋风露越窑开,夺得千峰翠色来。好向中宵盛沆瀣,共嵇中散斗遗杯。

景 阳 宫 井

古堞烟埋宫井树,陈主吴姬堕泉处。舜没苍梧万里云,却不闻将二妃去。

江 南 二 首

便风船尾香粳熟,细雨层头赤鲤跳。待得江餐闲望足—作处,日斜方动木兰桡。

村边紫豆花垂次,岸上红梨叶战初。莫怪烟中重回首,酒家—作旗青帘一行书。

溪 思 雨 中

雨映前山万绚—作句丝,橹声冲破—作碎似鸣机。无端织得愁成段,堪作骚人酒病衣。

江 城 夜 泊

漏移寒箭丁丁急,月挂虚弓霭霭明。此夜离魂堪射断,更须江笛两三声。

宫 人 斜

草著—作树愁烟似不春,晚莺哀怨问行人。须知一种埋香骨,犹胜昭君作虏尘。

送 棋 客

满目山川似势棋,况当秋雁正斜飞。金门若召羊玄保,赌取江东太守归。

汉 宫 词

招灵阁上霓旌绝,柏梁台中珠翠稠。一身三十六宫夜,露滴玉盘青桂秋。

上 清

玉林风露寂寥清,仙妃对月闲吹笙。新篁冷涩曲未尽,细拂云枝栖凤惊。

秋 荷

蒲茸承露有佳色,菱叶束烟如效颦。盈盈一水不得渡,冷翠遗香愁向人。

有 别 二 首

且将丝纼系兰舟,醉下烟汀减去愁。江上有楼君莫上,落花随浪一作水正东流。

池上已看莺舌默,云间应即雁翰开。唯愁别后当风立,万树将秋入恨来。

病 中 晓 思

月堕霜西竹井寒,辘轳丝冻下瓶难。幽人病久浑成渴,愁见龙书一鼎干。

送友人之湖上

故人溪上有渔舟,竿倚风蘋夜不收。欲寄一函聊问讯,洪乔宁作置书邮。

寒 日 逢 僧

瘦胫高褰梵屣轻，野塘风劲锡环鸣。如何不向深山里，坐拥闲云过一生。

冬 柳

柳汀斜对野人窗，零落衰条傍晓江。正是霜风飘断处，寒鸥惊起一双双。

寄 友 人

敬亭寒夜溪声里，同听先生讲太玄。上得云梯不回首，钓竿犹在五湖边。

岛 树

波涛漱苦盘根浅，风雨飘多著叶迟。迥出孤烟残照里，鹭鹚相对立高枝。

头 陀 僧

万峰围绕一峰深，向此长修苦行心。自扫雪中归鹿迹，天明恐被猎人寻。

晚 渡

半波风一作飞雨半波晴，渔曲飘秋野调清。各样莲船逗村去，笠檐蓑袂有残一作馀声。

赠老僧二首

枯貌自同霜里木,馀生唯指佛前灯。少时写得坐禅影,今见问人何处僧。

自有家山供衲线,不离溪曲取庵茅。旧曾闻说林中鸟,定后长来顶上巢。

忆　山　泉

一夜寒声来梦里,平明著屐到声边。心期盛夏同一作重过此,脱却荷衣石上眠。

白　芙　蓉

澹然相对却成劳,月染风裁个个高。似说玉皇亲谪堕,至今犹著水霜袍。

严　光　钓　台

片帆竿外揖清风,石立一作上云孤万古中。不是狂奴为故态,仲华争得黑头公。

读陈拾遗集

蓬颗何时与恨平,蜀江衣带蜀山轻。寻闻骑士枭黄祖,自是无人祭祢衡。

吴　宫　怀　古

香径长洲尽棘丛,奢云艳雨只悲风。吴王事事须亡国,未必西施胜六宫。

送琴客之建康

蕙风杉露共泠泠,三峡寒泉漱玉清。君到南朝访遗事,柳家双锁旧知名。

闺　怨

白袷行人又远游,日斜空上映花楼。愁丝堕絮相逢著,绊惹春风卒未休。

丁　香

江上悠悠人不问,十年云外醉中身。殷勤解却丁香结,纵一作从放繁枝散诞春。

种　蒲

杜若溪边手自移,旋抽烟剑碧参差。何时织得孤帆去,悬向秋风访所思。

范　蠡

平吴专越祸胎深,岂是功成有去心。勾践不知嫌鸟喙,归来犹自铸良金。

山　僧　二　首

山藓几重生草履,涧一作洞泉长自满铜瓶。时将如意敲眠虎,遣向林间坐听经。

一夏不离苍岛上,秋来频话石城南。思归瀑布声前坐,却把松枝拂旧庵。

上云乐

青丝作筰一作筙桂为船,白兔捣药虾蟆丸。便浮天汉泊星渚,回首笑君承露盘。

新秋杂题六首

眠

一簟临窗薤叶秋,小帘风荡半离钩。魂清雨急梦难到,身在五湖波上头。

行

寻人直到月坞北,觅鹤便过云峰西。只今犹有疏野调,但绕莓苔风雨畦。

倚

橘下凝情香染巾,竹边留思露摇身。背烟垂首一作手尽日立,忆得山中无事人。

吟

忆山摇膝石上晚,怀古掉头溪畔凉。有时得句一声发,惊起鹭鹚和夕阳。

食

日午空斋带睡痕,水蔬山药荐盘飧。林乌信我无机事,长到而今下石盆。

坐

偶避蝉声来隙地,忽随鸿影入辽天。闲僧不会寂寥意,道学西方人坐禅。

新　沙

渤澥声中涨小堤，官家知后海鸥知。蓬莱有路教人到，应亦年年税紫芝。

邺宫词二首

魏武平生不好香，枫胶蕙炷洁宫房。可知遗令非前事，却有馀薰在绣囊。

花飞蝶骇不愁人，水殿云廊别置春。晓日靓妆千骑女，白樱桃下紫纶巾。

古　别　离

仙人左手把长箭，欲射日乌乌不栖。何事离情畏明发，一心唯恨汝南鸡。

高　道　士

峨眉道士风骨峻，手把玉皇书一通。东游借得琴高鲤，骑入蓬莱清浅中。

蔬　食

孔融不要留残胔，庾悦无端吝子鹅。香稻熟来秋菜嫩，伴僧餐了听云和。

寄　远

缥梨花谢莺口吃，黄犊少年人未归。画扇红弦相掩映，独看斜月下帘衣。

山 中 僧

手关一作开一室翠微里,日暮白云栖半间。白云朝出天际去,若比老僧犹一作云未闲。

洞 宫 秋 夕

浓霜打叶落地声,南溪石泉细泠泠。洞宫寂寞人不去,坐见月生云母屏。

连昌宫词二首

门

金铺零落兽镮空,斜掩双扉细草中。日暮鸟归一作啼宫树绿,不闻鸦轧闭春风。

阶

草没苔封叠翠斜,坠红千叶拥残霞。年年直为秋霖苦,滴陷青珉隐起花。

怀宛陵旧游

陵阳佳地昔年游,谢朓青山李白楼。唯有日斜溪上思,酒旗风影落春流。

松石晓景图

霜骨云根惨淡愁,宿烟封著未全收。将归与说文通后,写得松江岸上秋。

钓　车

小轮轻线妙无双,曾伴幽人酒一缸。洛客见诗如有问,碾烟冲雨过桐江。

漉酒巾

靖节高风不可攀,此巾犹坠一作堕冻醪间。偏宜雪夜山中戴,认取时情与醉颜。

华阳巾

莲花峰下得佳名,云褐相兼上鹤翎。须是古坛秋霁后,静焚香炷礼寒星。

方　响

击霜寒玉乱丁丁,花〔底〕(低)秋风拂坐生。王母闲看汉天子,满猗兰殿佩环声。

白　鹭

雪然飞下立苍苔,应伴江鸥拒我来。见欲扁舟摇荡去,倩君先作水云媒。

溪　行

晚天寒雨上滩时,他已扬舻我尚迟。自是樯低帆幅少,溪风终不两般吹。

太 湖 叟

细桨轻船卖石归,酒痕狼藉遍苔衣。攻车战舰繁如织,不肯回头问是非。

答 友 人

荆卿雄骨化为尘,燕市应无共饮人。能脱鸊鶙来换酒,五湖赊与一年春。

偶 作

酒信巧为缲病绪,花音长作嫁愁媒。也知愁病堪回避,争奈流莺唤起来。

春 思 二 首

竹外麦烟愁漠漠,短翅啼禽飞魄魄。此时忆著千里人,独坐支颐看花落。

江南酒熟清明天,高高绿旆当风悬。谁家无事少年子,满面落花犹醉眠。

访 僧 不 遇

棹倚东林欲问禅,远公飞锡未应还。蒙庄弟子相看笑,何事空门亦有关。

谢 山 泉

决决春泉出洞霞,石坛封寄野人家。草堂尽日留僧坐,自向前溪摘茗芽。

洞宫夕 一作华阳观

月午山空桂花一作中天月冷霜华落,华阳道士云衣薄。石坛香一作风散步虚声,杉云一作露清泠一作泠泠滴栖鹤。

峡 客 行

万仞峰排千剑束,孤舟夜系峰头宿。蛮溪雪坏蜀江倾,滟滪朝来大如屋。

江 边

江边日晚潮烟上,树里鸦鸦桔橰响。无因得似灌园翁,十亩春蔬一藜杖。

帘

枕映疏容晚向敧,秋烟脉脉雨微微。逆风障燕寻常事,不学人前当妓衣。

开元杂题七首

玉 龙 子

何代奇工碾玉英,细镌纤角尽雕成。烟干雾悄君心苦,风雨长随一掷声。

照 夜 白

雪虬轻骏步如飞,一练腾光透月旗。应笑穆王抛万乘,踏风鞭露向瑶池。

舞 马

月窟龙孙四百蹄,骄骧轻步应金鞞。曲终似要君王宠,回望红楼不敢嘶。

杂　伎

拜象驯犀角抵豪,星丸霜剑出花高。六宫争近乘舆望,珠翠三千拥赭袍。

雪　衣　女

嫩红钩曲雪花攒,月殿栖时片影残。自说夜来春梦恶,学持金偈玉栏干。

绣　岭　宫

绣岭花残翠倚空,碧窗瑶砌旧行宫。闲乘小驷浓阴下,时举金鞭半袖风。

汤　泉

暖殿流汤数十间,玉渠香细浪回环。上皇初解云衣浴,珠棹时敲瑟瑟山。

题杜秀才水亭 一本题上有荆溪早景四字

晓和风露立晴烟,只恐腥魂浇洞天。云肆有龙君若买,便敲初日铸金钱。

翠　碧

红襟翠翰两参差,径拂烟华上细枝。春水渐生鱼易得,莫辞风雨坐多时。

全唐诗卷六三〇

陆龟蒙

水国诗 以下杂体诗

水国不堪旱,斯民生甚微。直至荬荭少,敢言鱼蟹肥。我到荒村无食啖,对案又非梁谢览。况是干苗结子疏,归时只得藜羹糁。

井 上 桐

美人伤别离,汲井长待晓。愁因辘轳转,惊起双栖鸟。独立傍银床,碧桐风袅袅。

门 前 路

门前向城路,一直复一曲。曲去日中一作终还,直行日暮宿。何必日中还,曲途荆棘间。

彼 农 二 章

世路浇一作巇险,淳风荡除。彼农家流,犹存厥初。藁焉而席,茨焉而居。首乱如葆,形枯若腒。大耋既鲐,童子未艒音鱼。以负以载,悉薅悉鉏。我慕圣道,我耽古书。小倦于学,时游汝庐。有饭一盛,莫盐莫蔬。有缦一缇,不襜不袪。所谓饥寒,汝何�欤。

禹贡厥田，上下各异。善人为邦，民受其赐。去年西成，野有遗穗。
今夏南亩，旱气赤地。遭其丰凶，概敛无二。退输弗供，进诉弗视。
号于旻天，以血为泪。孟子有言，王无罪岁。诗之穷辞，以嫉悍吏。

奉酬袭美苦雨见寄

松篁交加午阴黑，别是江南烟霭国。顽云猛雨更相欺，声似虓号色
如墨。茅茨衰烂檐生衣，夜夜化为萤火飞。萤飞渐多屋渐薄，一注
愁霖当面落。愁霖愁霖尔何错，灭顶于余奚所作。既不能赋似陈
思王，又不能诗似谢康乐。曹有愁霖赋，谢有愁霖诗。昔年尝过杜子美，
亦得高歌破印纸。惯曾掀撼大笔多，为我才情也如此。高揖愁霖
词未已，披文忽自皮夫子。哀弦怨柱合为吟，侘我穷栖蓬藋里。初
悲湿翼何由起，末欲笺天叩天耳。其如玉女正投壶，笑电霏霏作天
喜。我本曾无一棱去声田，平生啸傲空渔船。有时赤脚弄明月，踏
破五湖光底天。去岁王师东下急，输兵粟尽民相泣。伊予不战不
耕人，敢怨烝黎无糁粒。不然受性圆如规，千姿万态分毫厘。唾壶
虎子尽能执，舐痔折枝无所辞。有头强方心强直，撑拄颓风不量
力。自爱垂名野史中，宁论抱困荒城侧。唯君浩叹非庸人，分衣辍
饮来相亲。横眠木榻忘华荐，对食露葵轻八珍。欲穷玄，凤未白。
欲怀仙，鲸尚隔。不如驱入醉乡中，只恐醉乡田地窄。

夏日闲居作四声诗寄袭美

平　声

荒池菰蒲深，闲阶莓苔平。江边松篁多，人家帘栊清。为书凌遗
编，调弦夸新声。求欢虽殊途，探幽聊怡情。

平上声

朝烟涵楼台，晚雨染岛屿。渔童惊狂歌，艇子喜野语。山容堪停

杯,柳影好隐暑。年华如飞鸿,斗酒幸且举。

平 去 声

新开窗犹偏,自种蕙未遍。书签风摇闻,钓榭雾破见。耕耘闲之资,啸咏性最便。希夷全天真,讵要问贵贱。

平 入 声

端居愁无涯,一夕发欲白。因为鸾章吟,忽忆鹤骨客。手披丹台文,脚著赤玉舄。如蒙清音酬,若渴吸月液。

奉酬袭美苦雨四声重寄三十二句

平 声

幽栖眠疏窗,豪居凭高楼。浮沤惊跳丸,寒声思重裘。床前垂文竿,巢边登轻舟。虽无东皋田,还生鱼乎忧。

平 上 声

层云愁天低,久雨倚槛冷。丝禽藏荷香,锦鲤绕岛影。心将时人乖,道与隐者静。桐阴无深泉,所以逞短绠。

平 去 声

乌蟾俱沉光,昼夜恨暗度。何当乘云螭,面见上帝诉。臣言阴云一作灵欺,诏用利剑付。回车诛群奸,自散万籁怒。

平 入 声

危檐仍空阶,十日滴不歇。青莎看成狂,白菊即欲没。吴王荒金尊,越妾挟玉瑟。当时虽愁霖,亦若惜落月。

晓起即事因成回文寄袭美

平波落一作送月吟闲景一作境,暗幌浮烟思起人。清露晓垂花谢半,远风微动蕙抽新。城荒上处樵童小,石藓分来宿鹭驯。晴寺野寻同去好,古碑苔字细书匀。

回　文

静烟临碧树,残雪背晴楼。冷天侵极戍,寒月对行舟。

叠韵山中吟

琼英轻明生,石脉滴沥碧。玄铅仙偏怜,白帻客亦惜。

双声溪上思

溪空唯容云,木密不阂雨。迎渔隐映间,安问讴雅橹。

叠韵吴宫词二首

肤愉吴都姝,眷恋便殿宴。逡巡新春人,转面见战箭。
红栊通东风,翠珥醉易坠。平明兵盈城,弃置遂至地。

和胥口即事

雨后山容若动,天寒树色如消。目送回汀隐隐,心随挂鹿摇摇。白
蒋知秋露裛,青枫欲暮烟饶。莫问吴趋行乐,酒旗竿倚河桥。
把钓丝随浪远,采莲衣染香浓。绿倒红飘欲尽,风斜雨细相逢。断
岸沈渔罢罟约略二音,鱼网也。邻村送客舣艒。即是清霜剖野,乘闲
莫厌来重。

齐　梁　怨　别

寥寥缺月看将落,檐外霜华染罗幕。不知兰棹到何山,应倚相思树
边泊。

闲居杂题五首 以题十五字离合

鸣 蜩 早

闲来倚杖柴门口,鸟下深枝啄晚虫。周步一池销半日,十年听此鬓如蓬。

野 态 真

君如有意耽田里,予亦无机向艺能。心迹所便唯是直,人间闻道最先憎。

松 间 斟

子山园静怜幽木,公干词清咏荜门。月上风微萧洒甚,斗醪何惜置盈尊。

饮 岩 泉

已甘茅洞三君食,欠买桐江一朵山。严子濑高秋浪白,水禽飞尽钓舟还。

当 轩 鹤

自笑与人乖好尚,田家山客共柴车。干时未似栖庐一作接卢雀,鸟道闲携相尔书。

药名离合夏日即事三首

乘屐著来幽砌滑,石罂煎得远泉甘。草堂只待新秋景,天色微凉酒半酣。

避暑最须从朴野,葛巾筇席更相当。归来又好乘凉钓,藤蔓阴阴著雨香。

窗外晓帘还自卷,柏烟兰露思晴空。青箱有意终须续,断简遗编一半通。

和袭美怀锡山药名离合二首

鹤伴前溪栽白杏,人来阴洞写枯松。萝深境静日欲落,石上未眠闻
远钟。

佳句成来谁不伏,神丹偷去亦须防。风前莫怪携诗稿,本是吴吟荡
桨郎。

和袭美怀鹿门县名离合二首

云容覆枕无非白,水色侵矶直是蓝。田种紫芝餐可寿,春来何事恋
江南。

竹溪深处猿同宿,松阁秋来客共登。封径古苔侵石鹿,城中谁解访
山僧。

寒日古人名

初寒朗咏裴回立,欲谢玄关早晚开。昨日登楼望江色,鱼梁鸿雁几
多来。

句

几点社翁雨,一番花信风。 见《提要录》

水鸟歌妇女,衣襟便佞舌。 以下并见《海录碎事》

溪山自是清凉国,松竹合封萧洒侯。

山上花明水上曛,一桡青翰破霞文。

白帝霜舆欲御秋。

但说漱流并枕石,不辞蝉腹与龟肠。 以下见《侯鲭录》

头方不会王门事,尘土空缁白苎衣。

秋来懒上向吴亭。 见《方舆胜览》